飞花令里品诗词，梅

赵梓伊 / 著 /

责任编辑：王　旺
责任印制：李未圻

图书在版编目（CIP）数据

飞花令里品诗词 / 赵梓伊等著 . -- 北京 : 华龄出版社 , 2020.2
ISBN 978-7-5169-1638-4

Ⅰ . ①飞…　Ⅱ . ①赵…　Ⅲ . ①古典诗歌—诗歌欣赏—中国　Ⅳ . ① I207.2

中国版本图书馆 CIP 数据核字（2019）第 297099 号

书　　名：飞花令里品诗词
作　　者：赵梓伊等著

出 版 人：胡福君
出版发行：华龄出版社
地　　址：北京市东城区安定门外大街甲 57 号　邮　　编：100011
电　　话：010-58122246　传　　真：010-84049572
网　　址：http://www.hualingpress.com

印　　刷：三河市龙大印装有限公司
版　　次：2020 年 11 月第 1 版　2020 年 11 月第 1 次印刷
开　　本：880mm × 1230mm　1/32　印　　张：30
字　　数：622 千字
定　　价：120 .00 元（全四册）

总序

千年文明，瀚若星辰，唐诗宋词早已融入中华民族的血脉，成为中华文化最具代表性的符号。一席宣纸承不住绵密的离愁，一支轻笔诉不完岁月的荏苒，一盏杯酒饮不尽失意的落寞，一架古筝唱不断人生的跌宕。推开尘封的历史，品一品诗词，念一念过往，俊俏风骨与风采鸾章迎面而来。透过隽永的诗句，唯美的字词，我们仿若看见盛世长安的轻歌曼舞，依稀听到秦淮河畔的靡靡之音。但是诗词绝非出尘之想、镜花水月，更不是浮光掠影、虚幻烟霞。它为后人留下了宝贵的精神财富，每一次品味，都有新的感触。

飞花令，原本是古人行酒令时的一个文字游戏，源自古人的诗词之趣，得名于唐代诗人韩翃《寒食》中的名句“春城无处不飞花”。河北电视台《中华好诗词》栏目全国率先引进并改良了“飞花令”用于两位选手间的对抗赛，之后《中国诗词大会》等诗词综艺栏目也引进并进行了改良，从而掀起了一场声势浩大的诗词热潮。

此次《飞花令》系列共计四本，分为《梅》《兰》《竹》《菊》。探波傲雪，剪雪裁冰，一身傲骨，梅为高洁志士；空谷幽放，孤芳自赏，香雅怡情，兰乃世上贤达；筛风弄月，潇洒一生，清雅淡泊，竹为谦谦君子；凌霜飘逸，特立独行，不趋炎势，菊为世外隐士。每一首诗词均配有相应的注释和赏析，让读者在浮躁尘世之中，翻阅笔墨书香，与文学大家一起，探寻内心深处的宁静悠远之地，采撷精神上的充实与幸福。

目录

第一篇　梅

梅雪争春未肯降　2

黄梅时节家家雨　4

闻道梅花坼晓风　8

东阁官梅动诗兴　11

檐流未滴梅花冻　14

荆州十月早梅春　17

麻衣如雪一枝梅　19

第二篇　子

子城阴处犹残雪　24

扬子江头杨柳春　26

江东子弟多才俊　29

却看妻子愁何在　31

蜀国曾闻子规鸟　35

一骑红尘妃子笑　37

无端隔水抛莲子　40

第三篇　黄

黄河远上白云间　44
霜黄碧梧白鹤栖　47
报君黄金台上意　50
更待菊黄家酿熟　53
为公唤起黄州梦　56
儿童急走追黄蝶　59
乱条犹未变初黄　62

第四篇　时

时人不识余心乐　66
来时浦口花迎入　68
海仙时遣探芳丛　71
三五年时三五月　74
留连戏蝶时时舞　76
绿阴不减来时路　79
天涯地角有穷时　82

第五篇　雨

雨里鸡鸣一两家　86
风雨端阳生晦冥　88
墙头雨细垂纤草　91
渭城朝雨浥轻尘　94
风回云断雨初晴　97

荷尽已无擎雨盖 100
青山一道同云雨 102

第六篇　夜

夜阑卧听风吹雨 106
今夜偏知春气暖 109
楼船夜雪瓜洲渡 112
故乡今夜思千里 116
寒雨连江夜入吴 119
二十五弦弹夜月 122
小怜玉体横陈夜 124

第七篇　千

千门万户曈曈日 130
三千里兮家未归 133
落木千山天远大 137
人去秋千闲挂月 141
飞来山上千寻塔 144
桃花潭水深千尺 148
新丰美酒斗十千 151

第八篇　愁

愁冲毒雾逢蛇草 156
莫愁前路无知己 160

宓妃愁坐芝田馆 164
谁为含愁独不见 168
鸿雁不堪愁里听 172
重帏深下莫愁堂 175
江娥啼竹素女愁 179

飞花令里品诗词
梅

梅雪争春未肯降

雪梅·其一

［宋］卢梅坡

梅雪争春未肯降，骚人阁笔费评章。

梅须逊雪三分白，雪却输梅一段香。

【注释】

降：服输，认输。

骚人：诗人。

阁笔：阁同“搁”，指放下。这里指把笔放下的意思。

评章：评价讨论的文章。在这里出现是指评价讨论梅和雪的高下之分。

自古以来人们一直喜欢将梅花和雪花做对比，可以说梅花和雪花在冬天的时候同时出现真的是占尽了冬景，似乎它们的出现就是为了互相媲美，谁都不肯向谁屈服一样。所有的文人墨客都很难将雪花和梅花的高下评论出来，因此，只有暂且放下笔，好好地斟酌一番了。似乎梅花在晶莹雪白这一点上应该逊让雪花三分，可是雪花又没有梅花的清香，这一点梅花就占了优势。

实际上无论是梅花还是雪花能在冬日的严寒中盛放，都是一种精神或者品质的象征。梅花尤其是这样的，严寒的日子所有的花都在这个时候剩下了枯枝，花瓣和叶子早就凋谢了，这似乎是符合大自然的生长规律的，但只有梅花不是这样，即便是开在早春时节，那个时候天气也是一样的寒冷彻骨，梅花却能独自傲立雪中，这种精神是值得学习的。而雪花从天而降，小小的一片，花瓣却依然分明。大自然造物的鬼斧神工还是非常神奇的，特别是在早春的时候下雪，不会太大，却能让景色变得奇美，空气也变得异常新鲜，而雪花的洁白配上梅花的粉嫩，一个象征着精神，一个象征着品格，对比鲜明，却始终让人觉得胜负难辨。

古往今来有成千上万的诗人喜欢把雪和梅一并写出。盛开的梅花和飘落的雪花永远可以传递出春天的气息，梅也会因为雪的衬托而彰显出自身高尚的品格。毛泽东就曾在《卜算子·咏梅》中这样写道："风雨送春归，飞雪迎春到。已是悬崖百丈冰，犹有花枝俏。俏也不争春，只把春来报。待到山花烂漫时，她在丛中笑。"雪和梅的相并出现意味着冬去春来，万物复苏，代表了春天到来的意思。

"梅雪争春未肯降，骚人阁笔费评章。"开篇诗人便引用了拟人的手法，写出了梅花和雪花彼此争相斗艳的感觉，似乎在梅和雪的心里都自信地认为只有自己才是早春的特色代表，彼此谁都不肯认输，这样的写法显得别具一格，将早春时分梅花和雪花那种生动活泼写得活灵活现。而后便是诗人自己的心理活动，在他心中很难将梅花和雪花的高低评判出来。原本以为挥笔就能一气呵成的诗，由于眼前的难以评判而不得不放下手中的笔，开始仔细地思索。

"梅须逊雪三分白，雪却输梅一段香。"结尾两句是诗人给予梅和雪的一种评价。诗人认为如果拿洁白作为标准来衡量，那梅就要比雪差三分；不过雪无色无味，不像梅散发清香，如果拿清香做比较，雪就会逊色很多。诗句中"三分"指的是差不多的意思，而"一段"是诗人将梅的这种香气做了一个量化比喻，似乎梅的这种香气都是可以测量到的。诗人岑参和王安石曾经分别在自己的诗中写过梅和雪的特点，如："忽如一夜春风来，千树万树梨花开。""墙角数枝梅，凌寒独自开。遥知不是雪，为有暗香来。"这是他们写梅和雪的诗句，不过与这首诗相比不同之处是，此诗用短小精悍的两句话便将梅和雪的全部特点很全面地概括出来了，妙笔生辉，活灵活现，故而，这首诗才会流传至今，并产生了深远的影响。

这首诗的作者是宋朝诗人卢梅坡，他流传在世间的诗并不多，而这一篇《雪梅·其一》就是他留下的作品中，最具有代表性的一首，内容短小精悍，言语贴近生活，用平实的言语将生活中的景色描述得活灵活现。尽管卢梅坡并不是宋代很有名气的诗人，但是这首诗却写得不逊于其他著名诗人，因此，一直被研究至今，这种梅花和雪花的对比，还有品格，或许也象征着诗人自己的品质吧。不过无论是诗人还是其他读书人，谁又能不渴望有这样的精神和品质呢？如果能将梅花和雪花的品质都具备，那就真的算是高素质的人了。但愿读过这首诗后，我们也可以拥有这样的品格和精神，然后再去对梅花和雪花进行品评。

黄梅时节家家雨

约客

［宋］赵师秀

黄梅时节家家雨，青草池塘处处蛙。

有约不来过夜半，闲敲棋子落灯花。

【注释】

约客：请指定的客人前来赴约。

黄梅时节：每年五月的时候，江南地区的梅子成熟了，随之也开始了阴雨连绵的季节，俗称“梅雨季节”，也因此江南地区的这个时节也被称为“黄梅时节”。意思是初夏时分江南的梅子刚刚黄熟的时候。

家家雨：所有人家都遭逢着雨天，以此来形容雨四处下着。

处处蛙：蛙的鸣叫声处处都是。

有约：与朋友有约会。

落灯花：古时候人们夜晚用油灯来照明，当灯芯燃烧残落的时候，看上去就像是一朵朵闪着光的花朵慢慢坠落。

当梅雨季节到来的时候，家家户户都被烟雨朦胧的天气笼罩着，池塘边长满了青青的绿草，时不时地从远处传来蛙鸣。早已过了午夜时分，约好的客人还是迟迟未到，诗人百无聊赖地轻敲着手中紧握的棋子，眼看着那些灯芯燃尽的残花一朵朵地飘落着。

所有的人都有过等待的经历，无论是等待一个人的到来，等待一件事情的结果，还是等待一次考试的成绩，所有的所有只要是和等待沾边的事情，都会让人从彷徨到焦急，一直到百无聊赖，心空空的没有着落，这是所有等待中最为正常的心理过程。特别是一场约会，你早早地就到了，而对方迟迟未到，特别是在交通和通信都不便利的年代，更是会让人很困惑，很焦急。一方面是因为一个人独自等待，非常无聊；另一方面是心中的担忧，替朋友担心，在心里不断地猜测对方迟迟未到的原因，到底是路途遥远长途跋涉旅途疲惫，还是在跋山涉水的过程中遇到了什么麻烦，是不是有什么事情耽误了，诸如此类。等待确实是一个让人备受煎熬的过程，就像诗人写的感觉一样。

久候的客人迟迟不至，等待让诗人略显焦灼不安，这种彷徨的等待或许是所有经历过此般等待的人都体会过的感觉，以此种手笔作为诗句的开篇总是难写出那种蕴藉的味道。不过诗人赵师秀却恰恰能够运用这种描写方式，以此情此景此种情致将诗句写得深蕴含蓄、余味悠长、曲包待放、活灵活现。

此诗以一句“黄梅时节家家雨”作为开篇直入主题点明时令和环境，“黄梅时节”即是立夏到来后所有的梅子由青色转变为熟黄的时候，也就是江南雨季的时期，民间俗称这种时节为“黄梅天”。“家家雨”看似平淡无奇的三个字简明扼要地引出了“梅雨时节”特别的地方，描绘出了江南细雨蒙蒙的特别画面，每一家都被这种朦胧的细雨笼罩其中。就像另一个诗句“自在飞花轻似梦，无边丝雨细如愁”中形容的一样，在视觉中形成了一种暗藏的低沉和安慰，那些细雨淅淅沥沥地滴落在屋檐的瓦片上，滴答的声响也是轻重交替地出现着，最后汇聚成一股细小的水流从房檐上慢慢地倾泻而下，各种不同的声响交替重叠，仿佛是“谁的千指百指在按摩耳轮”，而心境却异常安然恬静。

“青草池塘处处蛙。”诗人用写实的方式写出了烟雨朦胧中的池塘，那种阵阵袭来的蛙鸣声就像是在耳畔响起一般真实。诗人的手笔迅速从缠绵的霏霏淫雨很自然地过渡到了此起彼伏的蛙鸣，由远及近越鸣越响亮，越发地震耳欲聋，也就越能将江南夏夜的宁静凸显得淋漓尽致。由蛙鸣烘托着周遭的静，如身临其境，毕竟不是心如止水，旁若无人，反而是内心焦灼不安，才能将这些蛙鸣虫叫都收录到视听的范围。

接下去一句“有约不来过夜半”，由此点题，从而使前两句的景物和声响的来由有了归处。诗人用“有约”这两个字交代了此前自己“约客”到家中拜访，“过夜半”指出了等待的时间，一定是客人许久未至。诗人只能既耐心又焦躁不安、辗转反侧地等待着，心中一直想要等到的都是“约客”到来叩门的声响，只可惜略显失望地仅仅听到的是细雨绵绵滴落以及蛙鸣的声响而已，如此鲜明的对比，更能看出诗人焦躁的情绪。

最后以“闲敲棋子落灯花”结尾，可谓是点睛之笔，将整首诗得以升华。诗人久等“约客”未曾见人，夜晚照明的油灯都快要燃尽了，无所事事的同时随手将棋子放在手上漫不经心地轻轻敲打着，而轻敲棋子的声音引起的震动又不知不觉地将那些灯花都震得四处飘落了。敲打棋子，眼望灯花，友人未至，纵使烦躁，可诗人却可以在那一瞬间将自己所有的情绪抽离出来，陶醉于窗外的景物之中，独享其乐。

应该说久候的朋友一直没有到来，诗人在等待中也是百无聊赖，也就只能是下意识地看看周围的景色，听听蛙鸣的声音，无聊的时候敲打几下棋盘，或许换成任何人都会做类似的动作，这都是说得通的。而诗人唯一不一样的是能把自己这样微妙的心理变化，用诗句的形式既准确真实，又贴切地写了出来，还写得那么绘声绘色，像是画了一幅画一样，这就能看出诗人和普通人的区别了。

整首诗通过诗人的情绪、周遭的环境和诗人“闲敲棋子”的动作渲染出江南雨夜独候访客的情景，间接写出了约客未至惆怅彷徨的心理活动，形神兼备。诗句富含着较为浓重的生活气息，又用脱俗的写法摆脱了雕琢之习，清丽可诵。

闻道梅花坼晓风

梅花绝句·其一

［宋］陆游

闻道梅花坼晓风，雪堆遍满四山中。

何方可化身千亿，一树梅花一放翁。

【注释】

闻道：听闻，听说。

坼晓风：坼，原指裂开的意思，用在此处是指绽开。指在东风中依然开放。

雪堆：梅花像雪堆一样地盛开着。

何方：还能有什么办法呢?

放翁：诗人陆游号放翁，字务官。这里是指希望可以变成成千上万个陆游。

听闻那些远山的梅花早就已经迎着春风竞相绽放了，远远看去，周围群山环绕的地方，那些盛开的梅花仿佛一堆堆白雪一样。能用什么方法让自己变出成百上千的身影，然后让每一棵盛开着的梅花树前都能有这样一个陆游陪伴着它们永远常在呢?

这首诗是陆游在嘉泰二年（1202）春天在阴山所作，此时的陆游年事已高，已是七十八岁高龄。这组诗句共有六首，这首是其中的第一首。据说陆游本人酷爱梅花，也写过很多关于梅花的诗句。这一首诗主要表达了诗人对梅花那种笑傲寒风依然绽放的倾慕之情。

整首诗以“闻道梅花坼晓风，雪堆遍满四山中”平实朴素的手笔开篇，先交代了梅花绽放的景象，用“坼晓风”一词写出了梅花傲立在严寒的风雪之中却无所畏惧的情态，诗人陆游听闻梅花开放后欣喜若狂，立即出游观赏。“雪堆遍满四山中。”这里诗人将眼前的梅花比喻成了白雪，既写出了梅花洁白的特点，也突出了梅花四处开放的盛况。当他身在其中时被眼前的景色所震撼，这样的奇景，远远超出了他的想象，在冲破早春的严寒后独自绽放的梅花绝不是唐代诗人齐己所写的那么“一枝”，也并不是宋代诗人林逋笔下的“疏影”，恰恰是那些梅花开满枝头如同瑞雪普降一般的样子，开满了山林的各个角落。诗人被眼前的一切所震撼，竟然一时间不知道该从哪里开始欣赏才好了。

随后两句“何方可化身千亿，一树梅花一放翁”是诗人的想象，幻想着能用什么样的办法变出无数个放翁，浮现在每枝梅花上，这是多么奇妙的想象。此处的梅花与诗人的想象面对面的呈现，是梅？是人？一时间实在难以分辨，这正是诗人妙笔生辉之处。柳宗元曾在诗中写道“若为化得身千亿，散上峰头尽望乡”，而陆游的这首诗正是点化了柳宗元的诗句。引用“雪堆遍满四山中”显得情景更为自然，极富意趣。

为什么说陆游的诗句点化了柳宗元的诗句呢？理由有三点，首先陆游七十八岁高龄时，望着眼前的梅山梅海，一时间怎么可能逐一寻芳到呢？其次，尽管陆游年事已高，不过童心永在，在平时陆游的生活中他也常常会展露出“梅花重压帽檐偏，曳杖行歌意欲仙”的不符合实际年龄的举动，引人注目，这时的陆游再一次突发奇想，把自己想象成仙人的模样，渴望着自己能够拥有分身之术，完全是童心未泯在作怪，与其真实的心理活动相呼应。

最后一个原因即是诗人平日非常喜欢用梅花来比喻自己，在自己心里常有伯仲之间难分高低的感觉，此刻千万树枝繁叶茂的梅花竞相盛开，美景就在眼前，自然不愿仅仅以此单一地仰望，总觉得也要让自己融入其中，化身千亿才能与这些梅花匹配相称，或许只有这样才能把自己对梅花的情感完全地抒发出来，方不辜负自己对梅花的喜爱。

基于这三种情况，“何方可化身千亿，一树梅花一放翁”虽然看起来像是有借鉴之嫌，而深层次地也反映出了诗人实属情景相生之辞，就像是诗人林逋为江为的诗做的点化之笔诗成梅花绝唱一般，都历经了作者的再次创造，融合了古人的陶铸诗意加以翻新而成，从而使诗句更加富有蓬勃生机和趣味十足的意境。

前面两句写的都是关于梅的诗句，实际上也是为了后面写人做的一种铺垫。望着盛开得花团锦簇的梅花，景色震撼，激起了诗人的想象，化身无数个这样的自己，每一个自己都要与一树梅花相陪伴。如此这般大胆创新的想象，将诗人对梅花的爱慕之情淋漓尽致地表达个通透，也烘托出了诗人那种不拘小节、高雅脱俗的高贵品格。收官之笔是诗人在脑海中的各种拟想，完全可以引起人们内心的欢乐和微笑。

古往今来，描写梅花的作品数不胜数，唐宋时期更是到达了一种高峰，不过写梅的人多数只是就梅外表看着的样子简单地描述，还有很多是通过梅在雪中绽放的样子而进一步深入地描写梅花的品格，当然还有很多作品是通过对梅花的各种描写或者对梅花品格上的解读进一步联想到自己，或者是借物喻人，类似这样套路非常多见，并没有太多的新意，几乎都是按部就班，读者很容易读了第一句就能猜到最后一句的内容，因此，那些便算不上诗中的上品，而陆游的这首诗则完全不同，不仅写出了雪景，还有真实的梅花，还将自己无限的想象力融入其中，让人百读不厌。

整首诗看似平淡，却趣味颇丰富，难怪诗人曾经断言“后五百年君记取，断无人似放翁颠”，读过此诗便完全可以体会到这句话的真实程度了。语句干净利落，耐人寻味。

东阁官梅动诗兴

和裴迪登蜀州东亭送客逢早梅相忆见寄

［唐］杜甫

东阁官梅动诗兴，还如何逊在扬州。
此时对雪遥相忆，送客逢春可自由？
幸不折来伤岁暮，若为看去乱乡愁。
江边一树垂垂发，朝夕催人自白头。

【注释】

东阁：阁名，东亭。原址在现在的四川省崇庆县东部。

官梅：古时候官府种植的梅，称为官梅。

何逊在扬州：出自《初学记》卷二十八。何逊：这里指南朝梁诗人。

春：另一种解释为“花”的意思。

可：另一种解释是“更”的意思。

岁暮：岁末，一年将近尾声终末。

若为：怎堪。

垂垂：渐渐地。

朝夕：时时，常常，经常的意思。

蜀州的东亭，官梅盛放，引发了蓬勃的诗兴，此情此景就像是曾经咏梅扬州的何逊。这一刻，望着眼前的雪景，不知不觉地勾起了心中的思念，况且又赶上送别客人，正巧看到蜡梅迎春的景象，自然会对故人更加地想念。好在没有折梅寄过来，否则定会唤起那份岁末伤情，如果欣赏眼前的折梅，该如何去面对那份思绪的烦忧，乡愁的缭乱呢？在这里也有一棵梅花，开在江边，逐渐吐露着花蕊，朝朝暮暮，竟然催促诗人白发丝丝，两鬓也像是染了白霜一样。

“东阁官梅动诗兴，还如何逊在扬州。”这两句诗完全是对裴迪咏早梅的那首诗的一种赞赏，赞赏裴迪看到梅花在凛冬时节依然盛开的景象，心中有了很大的触动，在诗兴大发的时刻写出了这样动人的诗篇，就像何逊在扬州时也曾咏梅一样的高雅。

何逊是南朝梁代的诗人，杜甫对这个人特别地信服钦佩，在这首诗里能把裴迪和何逊放在一起做一个比较，充分表明了杜甫对裴迪诗的一种赞赏之情。

“此时对雪遥相忆，送客逢春可自由？”这两句承接上文，是说在此时此刻，单单仰望着漫天飞舞的雪花就会不自觉地思念起故人，想起曾经的好友，更何况这次又是在去东亭送客的时候，看到眼前的梅花，遭遇恼人，同样觉得此刻故人也一定会是同样的心情，一样地想念着自已，故而，想要不去思念朋友是怎么可能的事情呢？这种相隔甚远还能遥遥领会到友人对自己一样的思念的情感，也充分地表露出了对故人那份深切的谢忱以及来自友情的心有灵犀。“此时”，指的是唐肃宗上元元年末二年初，这个时候正好是安史叛乱的时期，叛军正处于势力壮大，气焰嚣张的时刻，大唐朝正是濒危之际，万方多难，正巧裴杜二人又都聚集在蜀中，一种“同是天涯沦落人”的感觉，这种相忆之情，弥足珍贵。

“幸不折来伤岁暮，若为看去乱乡愁。”梅花最早开放的时间是在岁末春前，总能让人有一种岁月无情流逝的伤感，似乎老去也就是瞬间而至的事情，就更加会让人思念家乡亲人，那份强烈的想要与亲人团聚的情感和渴望一下子就被点燃了。就像裴迪在诗句中表达的不能折梅相赠的那种意境一样。

诗人在这里说：“幸亏你没有把折断的梅花寄给我，否则一定会勾起我那种岁月落幕的伤怀，试想眼望着那折断的梅枝定会乡愁缭乱，万分慨叹。”诗人还在为自己庆幸没有接到这样的折梅，也想间接地告知好友，尽管没收到折梅也请友人不要感到不安和歉意。因为有一株梅树开放在诗人草堂门前，就在那浣花溪的上边。

“江边一树垂垂发，朝夕催人自白头。”意思是说：眼前的这一树梅花啊，它也在悄悄地开放着，仿佛像是时时刻刻朝夕催促人老去一般，如此的催促竟然让我满头爬满了白发。如果你把你那边的梅花此刻寄来，看着它们对我一定是一种心灵上的折磨，让我怎么才能承受得住呢？其实催人老去的，让人黑发变得斑白的并不是那么几树梅花，而是各种愁苦填满心智导致的。那种对老去的慨叹之愁，对事态失意的愁苦，对故乡的思念之愁，对故人的想念之愁，以及那份对国家的忧患之愁，伤春悲秋，千愁百感，凝聚于一身，如何才能不愁白了头呢？这样的愁苦和这些梅花、梅树又有什么关系呢？这“江边一树”也实属可怜，真是够晦气的，无缘无故地被责骂了一顿，不仅这树梅花就连那遥在东亭的梅花也一起受到了牵连，同样被归类到了不被欢迎的行列。

整首诗都围绕着对早梅的伤愁而立意，前部分是绕着一个“忆”字展开的对故人思怀之情的感谢；后部分是迎合着“愁”字抒发着诗人自己的情怀，整个作品的重点都在抒情，而并不是咏物，也因为这样这首诗才会一直被推为咏梅诗的上上之作。看似咏物诗篇，却可以在物中见情，越真挚深切越显得别具一格。

檐流未滴梅花冻

山中雪后

［清］郑板桥

晨起开门雪满山，雪晴云淡日光寒。
檐流未滴梅花冻，一种清孤不等闲。

【注释】

清孤：冷清孤独。

等闲：平常，普通。

清晨刚刚从睡梦中爬起来，轻轻地打开房门便看到了白茫茫一片雪景。大雪过后，天气逐渐转为晴朗，天空飘浮着稀淡的白云，忽然觉得日光都是那么的冰冷。屋檐下长长的冰溜子没有融化的迹象，院子里那些梅花枝上面也因冰雪的覆盖而凝冻上了冰霜。一种清丽、孤傲又不与俗同的情怀陡然跃上心头。

这首《山中雪后》由清代文学家、书画家、官吏郑板桥所著，描绘了一幅在寒冷的冬日里幽居山中的雪景图。具体的创作时间至今无从考证。仅仅可以查证到这首诗是由作者眼望雪景之后触景生情，有感而发所创作的。据说郑板桥的出身十分窘迫，年少时因“为忌者所嘱不得入试”，故此颠沛流离，卖画、乞讨，尝尽了人间的酸甜苦辣。因而在他的作品中总是会找到他对身世和遭遇的种种感慨。

“晨起开门雪满山，雪晴云淡日光寒。”首句开门见山。清晨时分诗人醒来推开家中的房门，映入眼帘的便是漫天覆盖的积雪，天寒地冻，白雪皑皑。在这样的氛围下眼望着初升的太阳却感受不到阳光的温暖和活力。院子里四处结满了冰霜，丝毫找不到会融化的痕迹，就连那墙角处的梅花枝也像是被冻住了一样，再找不到那种要盛放的意思了。前两句诗完全是对雪景的细节描述，旭日东升，白云惨淡，大雪刚过天空放晴，却带着刺骨的寒冷，一幅冬日实景便呈现在了眼前。两句诗一下子就把严寒的氛围铺垫好，以便后面可以直入正题。可以想见，正是这样严酷寒冽的天气一下刺激了诗人，回忆起自己年少时的种种艰辛，成年后的种种不顺、不幸与不得志，进而激发了诗人创作这首诗。

“檐流未滴梅花冻，一种清孤不等闲。”诗人用了借物咏志的手法，用“檐流未滴”和“梅花冻”集中体现了严寒对“梅”的压迫，进一步突出了“一种清孤不等闲”之难、之可贵！自唐以来，借“寒梅”咏志是众多诗人普遍采用的寄托手法，“梅”的品性高洁，不畏严寒的形象历来为文人所称道。诗人以“梅”自比，借以表达自己“清孤不等闲”，这本无甚稀奇，但是结合郑板桥的人生经历，使人们体会到那种孤傲的性格。

郑板桥一降生就家道中落，少年多次丧亲，中年丧子，常年以卖画为全家生计，托名风雅，实为困窘。后世对板桥的画推崇有加，引为收藏至宝，但无论当时的人或后世的收藏家，又有几人能理解体会他生无所托、朝不保夕、阖家困窘甚至饥馑的境况？

自古以来天赋才情者众，经得起风吹浪打、人情摧折、世事浮沉的又有几人？遍观郑板桥其人其事却当得起一句“一种清孤不等闲”。郑板桥四十三岁才得中进士，此前却早已才名远播。四十八岁才有机会补了个实缺任山东范县县令，郑板桥范县、潍县任上多办实事，赈灾救人无数，地方百姓交口称赞，官声甚好！六十一岁时因替灾民请赈而得罪上级被罢官，至此也不过是个小小地方官。可以想见，此诗作成时郑板桥应该还未做官，但是“一种清孤不等闲”的性情却为其后来种种言行所印证，当得起一句“言行合其心”！

整首诗前三句写“山”、写“雪”、写“天”、写“梅”，不过是铺垫。精髓全在最后一句，“一种清孤不等闲”。板桥在诗中只字未提自己的坎坷身世，生活的种种不顺、不幸与不得志。但是结合诗人的人生经历可知，那“山”，那“雪”，那“天”，就是人生的困窘，失所爱，丧其志。进而更显“梅”的“清孤不等闲”之可贵。清丽、孤傲又不与俗同的性情跃然纸上，后人读之，如见其人！

荆州十月早梅春

哀郢二首·其二

［宋］陆游

荆州十月早梅春，徂岁真同下阪轮。

天地何心穷壮士，江湖从古著羁臣。

淋漓痛饮长亭暮，慷慨悲歌白发新。

欲吊章华无处问，废城霜露湿荆榛。

【注释】

哀郢：本是屈原《九章》中的篇名，陆游借以为题。郢，春秋战国时期楚国的都城，在今湖北江陵。

荆州：郢都。

徂岁：过去的岁月。

下阪轮：下坡的车轮。

羁臣：羁旅流窜之臣。

章华：章华台，春秋时楚灵王所筑，遗址在今湖北。

废城：郢城。

荆榛：荆树丛。

郢都十月就早梅初开，迫不及待地现出春天的样子了，时光飞逝如轮转啊！这天地，这时光并不会因仁人志士富有雄心壮志而有片刻的等待，哪管你何等的壮志未酬；这天地，这时光似是要把去国离乡的贞臣节士逼上绝路，可叹从古至今大都是如此吧！人们又能怎么样呢？也唯有豪迈畅快地痛饮到夕阳西下，而后悲从中来，以慷慨悲歌来缅怀那逝去的、改天换地的机会。哪怕那机会从未真正有过。到头来，也只能眼睁睁地看着白发日新，壮志难酬！满眼所见的城池荒废，霜露满地，荆棘丛生，恰似身心的荒度废弛，哀叹大势一去不返，再难挽回。

陆游的《哀郢二首》从楚国的兴衰着笔，说历史、叹人事，实是借古悼今。真正哀叹的是那些去国离乡的贞臣节士的壮志未酬，再无机会遂未竟之志的悲观绝望！这当然也包括陆游自己。陆游活跃的南宋是中国历史上少有的山河破碎、家园零落的时代！陆游其人在这样的时代颠沛流离一生，晚年写下这样的诗句实是悲观绝望之下的人之常情！其中的辛酸愤懑实不是生活在和平时代的我们可以感同身受的。

“荆州十月早梅春，徂岁真同下阪轮。”首句是感叹时光飞逝留不住！之所以有此感叹是因为以陆游为代表的仁人志士依然心怀救国、收复旧山河之志，但是大势却不站在他们的一边。年复一年，收拾旧山河的机会越加渺茫，方才由此感叹。

“天地何心穷壮士，江湖从古著羁臣。”二句极为沉重，诗人苦闷愤慨之情无处宣泄，甚至开始“怨天怨地”。其实陆游一生颠沛起伏，历人事观世情，见识广博，又怎么会不知道山河破碎、家园难复、壮志难酬并非天地、时光刻意为难仁人志士，到底还是人心不复、人事不为罢了！可陆游对人事人心无能为力，只能埋怨两句天地、时光，借此讽刺当权者不思进取、亲佞远贤罢了。

“淋漓痛饮长亭暮，慷慨悲歌白发新。”诗人至此已经悲观失望到了顶点，以终日痛饮、悲声喝唱来发泄！除了感叹时光飞逝，大势不再，诗人已经做不了什么了。长亭的“暮”是影射过去的无所作为，时机不再；白发的“新”则是影射未来的悲观绝望，江山、家园再难复！诗人深知这一切的一切并不是天地、时光的过错。他把这些归咎于上位者的人心不复，当权者的人事不为。而他却无能为力，所以他的苦闷愤慨是注定无法解脱的，狂饮悲歌也是无用。

“欲吊章华无处问，废城霜露湿荆榛。”末联勾画出的这种城池荒废、霜露满地、荆棘丛生的景象实是影射诗人内心的荒度废弛。而“无处问”一句更是点出了希望破灭，此生注定无法光复山河家园，遗憾终身，可悲可叹！

《哀郢二首》虽然是大诗人陆游的作品，却并不为人所熟知，其原因大概不外乎诗中苦闷愤慨、隐约露出的悲观绝望之情不为后世之人所喜。特别是如果没有经过山河破碎、离家去国、颠沛流离、壮志未酬种种经历更是难以深入理解陆游的此情此心！但是，此诗先后运用了多种文学手法来丰富所要表达的情境，“下阪轮”的比喻，形象新颖；“天地，江湖”的借物讽人，创新大胆；“长亭暮，白发新”的对照，刻画入骨。单单从诗词的文学价值来看也是不可多得的创新佳作！偶然读到，颇有沧海遗珠之感！

麻衣如雪一枝梅

赠道者

［唐］武元衡

麻衣如雪一枝梅，笑掩微妆入梦来。

若到越溪逢越女，红莲池里白莲开。

【注释】

道者：道士。

麻衣如雪：语出《国风·曹风·蜉蝣》，此处借用来描绘女子一身如雪的白衣。

越溪：春秋末年越国美女西施浣纱的地方。

梦中似有佳人来访，微微装扮，眉眼间似有笑意，却都不如那一身白衣，冬日铺雪般的，让人心驰神往！又似那冬雪后的梅花，满地洁白映衬梅枝上一点红妆，见之忘俗！如此美好的身心感受让我梦醒之后不禁思绪飘然，春秋时期有个越国，以美人溪边浣纱的美景而闻名。畅想白衣佳人亦漫步溪边，越国众美人红装艳似火，佳人白衣胜铺雪，恰似满池红莲却唯唯一朵白莲悠然绽放！其遗世独立、飘然出尘的风姿实在让人心向往之！

这首《赠道者》大量采用了借物喻人的手法，“梅”一处，“红莲”一处，“白莲”一处。虽然以梅花、莲花比佳人并非武元衡的独创，但是他兼用了烘托的手法，以越女的“红莲”来映衬佳人的“白莲”，便更有一种优美的意境呈现出来！且有别于一般的以花比佳人的诗句了。

“麻衣如雪一枝梅，笑掩微妆入梦来。”首句中的“麻衣如雪”，出自《国风·曹风·蜉蝣》，诗人借此表达对佳人强烈的印象，白衣似雪，素雅胜梅！之后一笔带过神情装束，“笑掩”“微妆”，小小表达一下对佳人早先不假辞色的怨念。

“若到越溪逢越女，红莲池里白莲开。”末句则是诗人从梦中醒来，为梦中的美好情境所陶醉，不禁浮想联翩！仿佛眼前现出一幅诗画般的美景：越国众美人溪边浣纱嬉闹，白衣佳人亦置身其中。

武元衡是武则天的曾侄孙，后来武则天称帝，国号大周，武元衡就成了正经八百的皇亲国戚。从此诗看来，全诗一直在表达对佳人的向往之情，诗旨实不可取。要不是唐朝风气开放，实有登徒子之嫌！若是放到越趋保守的明清，此诗恐怕会被文人士大夫抨击得体无完肤。所以说，写诗甚至所有的文学创作，都讲究个时移事异，后世之人欣赏时如果能够结合当时的实事风俗，方能体会其中三昧。

武元衡其人其事并未在历史留下浓墨重彩，这首《赠道者》本身也并不出彩，中国古诗词浩如烟海，博大精深，此诗实在难称佳作。但是结合诗的题目和诗中做梦的情节我们可以试着猜测一下武元衡的创作过程，也是别有一番趣味。首先结合题目《赠道者》和诗中描写的佳人可以看出，诗人要把这首诗赠给一位道姑，而诗人必然事先见过让他倾心的这位道姑。可惜这位道姑并未对诗人假以辞色，所以才有诗中“笑掩微妆”，无非是现实中未得的，梦中来弥补罢了。诗人见过佳人后，念念不忘，才有后来梦中再见，继而畅想越女与佳人同现。至于成诗之后，诗人是否真的赠与那位道姑，佳人又是否收下了，就非后世可知了。猜测怕是无疾而终。

武元衡作为皇亲国戚，又颇具文采，必然颇为自命不凡！偏偏是道姑的不假辞色最能吸引他，正应了那句“求而不得，辗转反侧”。武元衡此诗立意不高，勉强算是世上留名。反倒是诗中描写的道姑美丽神秘，风姿折人，留与后世无限的遐想！也是一桩异数！不禁让人感叹古人的浪漫神秘，可以引为千古佳话！

飞花令里品诗词
子

子城阴处犹残雪

庾楼晓望

［唐］白居易

独凭朱槛立凌晨，山色初明水色新。
竹雾晓笼衔岭月，频风暖送过江春。
子城阴处犹残雪，衙鼓声前未有尘。
三百年来庾楼上，曾经多少望乡人。

【注释】

子城：被大城所包围在里面的内城。
衙鼓：在古代衙门中用来召集官兵的一种鼓。

这首诗的作者是唐代著名的现实主义诗人，唐代三大家之一的白居易（772–846），字乐天，号香山居士，又称醉吟先生，祖籍在太原，到其曾祖父时迁居下邽，生于河南新郑。他写的诗词题材非常广泛，样式繁多，用平实易懂的语言将深刻的意思传递出去，故而有“诗魔”和“诗王”之称。这首《庾楼晓望》就是他写过的脍炙人口传诵至今的作品之一。

古代诗词盛行时期很多诗人都很喜欢写一些关于“登高望远”的作品，有的写站在高山上，还有的写站在一些楼台之上。可能是因为人站在高处的时候视野开阔，凭栏临风，更让人感受到满是豪情壮志的气概吧。怀揣着这些豪情壮志若不在当下立刻抒发出来，一定会感觉不舒服。故此，那些喜爱舞文弄墨的人便会将这些感受化作诗句表达出来，喜欢作曲的自然是将这些感受转为即兴创作的曲调弹唱出来，就算两者都不会的也要呐喊几声才痛快。诗人白居易也是如此，当他站在庾楼之上时，自然也触动了他想要创作的灵感，只是他这一刻想到的并不是什么汹涌澎湃的壮志豪情，反而是一种悠远的深深的乡情。

“独凭朱槛立凌晨，山色初明水色新。”前两句诗人便直接交代了激发出写诗灵感的地点、时间以及周围的景色，开篇便表述了创作时的意境。独自一个人在凌晨时分站在庾楼之上，刚刚可以看到初明的山色，还有清澈的水色。

“竹雾晓笼衔岭月，频风暖送过江春。”随后的两句依然还是写景色的，竹雾岭月，山光水色，给人带来一种轻松清新愉快的感觉。“频风暖送过江春”这里“频风”指风的意思，古时候人们都觉得“夫风生于地，起于青频之末”，因此，古人也将“风”称作为“频风”。后一句也指明了时间和季节是在初春的时候，在江的一边吹来一阵微风，如此充满暖意的春天就被吹到江的这一边来了。

“子城阴处犹残雪，衙鼓声前未有尘。”在这里诗人白居易是在想这个庾楼就在城市边缘的一角处坐落着（可能是今日江城，具体未曾考证），应该站在这里就能将满城的景色览入眼中了，这其中也包括诗人白居易平时工作所在的衙门。这两句诗继续交代时间和地点，第一句明确写出了大体时间是冬末春初的时候，在城市的角落阴暗的地方残存的积雪还没有融化干净；后一句再度表明了是在清晨的时候，百姓们还没有开始新一天的辛苦劳作，衙门口那个打鼓的前面也还看不到飞扬起来的尘土，证明还没有人出来活动，一切都是安静的。

“三百年来庾楼上，曾经多少望乡人。”结尾的两句是全诗的点睛之笔，之前的诗句几乎都是在描写各种景物，而结尾处的感叹显得意味深长，意蕴悠远。

诗人白居易在写这首诗的时候正是他被贬到江州的时期，官场失意，独自任职他乡，难免会想念自己的家乡，而当他站在了三百年来的庾楼上时，想到的是在这里望着远方想念家乡的人，自己也只是其中一个而已，间接表达了思乡时那种深沉的情感和忧伤之情。

扬子江头杨柳春

淮上与友人别

［唐］郑谷

扬子江头杨柳春，杨花愁杀渡江人。

数声风笛离亭晚，君向潇湘我向秦。

【注释】

淮上：扬州。淮：淮水。

扬子江：现在江苏镇江、扬州一带的长江干流。古时候称扬子江。

杨花：柳絮。

愁杀：愁绪满怀的程度非常的深。

风笛：在风中远远传过来的笛子的声音。

离亭：驿亭。古代供人休息的地方，人们也常常会选择在这样的地方彼此送别，因此也称作“离亭”。

潇湘：今日湖南地区一带。

秦：今日的陕西境内。古时候的首都长安。

在扬子江边上，杨柳发着青青的枝丫，绿油油的一片，感受着春天浓烈的气息，看那漫天飞舞着的柳絮让渡江的人很是烦忧。清风吹拂，笛声悠扬，看那离亭的上空，暮色早已悄悄降临，而你我就要分路而行了，你要去南方的潇湘，而我就要西下去西秦了。

这首诗是唐代诗人郑谷所创作的，自晚唐时期的杜牧和李商隐之后，这样单纯抒情性、形象性及音乐性的诗句逐渐减少。而此刻郑谷的这首诗却依然保留了这种七言绝句中的长于抒情、富于风韵的特点，实属罕见。

“扬子江头杨柳春，杨花愁杀渡江人。”开篇两句意思是：扬子江的旁边，杨柳依依在岸边生长着，柳絮随着风四处飞舞，真是让渡江的游子很犯愁。

这两句诗借景抒情，引出别离的场景，文笔潇洒自如，读起来别有一种自然的风韵涵盖其中。画面感很清晰：在扬子江的岸边，杨柳青青垂落；随着夜晚的微风轻轻摆动着柳枝，柳絮飞扬；在岸边有船只等待着渡江的乘客，这个诗人的朋友很快便要乘船南下而去了。轻描淡写的几笔，却将这样的场面写成了一幅风水秀丽、景色迷人、友人送别的水墨画，在画面中涵盖了深深的情感。那些岸边的柳枝低垂着，像是替人们倾诉离别伤感的深情一样，使人们心中那份离别的愁绪也被唤醒了；随风狂舞，漫天飘零的柳絮拨乱着离愁的情绪，因此称“愁杀渡江人”。诗人在这里用淡墨柔和的笔调书写周围的景色，却用浓重的一笔勾画离别的愁绪，乍一看一点都不协调，仔细读来才能感觉到其中绝佳和谐的意境。这两句中的“扬子江头”“杨柳春”“杨花”等词语同音字（扬、杨）的重复也是诗人有意加入的，这样会使诗句读起来轻松流利，具有更多情韵的美感，使人既能读出诗中情感的深切永恒，又不会显得过于伤感或者沉重。第二句单独提到了“渡江人”，但是彼此乘船远去的方向却不相同，一个南一个北，此刻那种彼此都有愁绪的感受是不需要言表的。

“数声风笛离亭晚，君向潇湘我向秦。”结尾两句，话锋一转，从江南的美景写到了离别时候的离亭，直接写到了临别之际的情景。在驻足的离亭大摆筵席，以酒话别，酒至微醺竟有感而发地吹奏起了笛子，那个曲调凄清怨慕略带伤感。借景抒情，即兴吹奏，也许吹奏的就像《折杨柳》的调子一样感伤。笛声为两个好友送别的画面加深了气氛的渲染，道出了彼此的离衷，使两个人在这一刻对视无言，思绪万千，只能随风远扬。在这样离别的笛声中，天色渐渐暗了下来，不知不觉已经到了傍晚，到了握手言别的时候了。两个人伴随着沉沉暮霭互道珍重，随即便转身踏上彼此新的征程。“君向潇湘我向秦。”诗句以这样的一句话草草收笔，更加意味深长。

这首诗时至今日仍然被无数人诵读着，它之所以如此成功，与诗人这种别开生面的开始以及带有韵味的草草结尾有着很重要的联系。最后只是交代了彼此行程的方向，看似缺乏寓情于景的描写内容，也没有过多的抒情语句；事实上，诗中意味深长的情感就隐藏在这质朴的结束中了。因开篇已经用景物做了渲染的铺垫，尾句的戛然而止，更显得黯然神伤，从此各奔东西，无限的惆怅，那种天各一方的牵挂，意味深长的思念，漫长旅途的寂寥，都变成了无言的感伤，以这样的方式表达得更真实。

江东子弟多才俊

题乌江亭

［唐］杜牧

胜败兵家事不期，包羞忍耻是男儿。

江东子弟多才俊，卷土重来未可知。

【注释】

乌江亭：位于今日安徽和县东北部的乌江浦，传说那里是西楚霸王项羽自刎的原址。《史记·项羽本纪》：“于是项王乃欲东渡乌江。乌江亭长舣船待，谓项王曰：‘江东虽小，地方千里，众数十万人，亦足王也。愿大王急渡。今独臣有船，汉军至，无以渡。’项王笑曰：‘天之亡我，我何渡为！且籍与江东子弟八千人渡江而西，今无一人还，纵江东父兄怜而王我，我何面目见之？纵彼不言，籍独不愧于心乎？’……乃自刎而死。”

事不期：不可预期，不期，指难以预测。

包羞忍耻：指大丈夫要具备能屈能伸的能力，要有可以忍辱负重的气度和胸襟。

江东：从汉朝开始一直到隋唐期间都将今日的安徽芜湖以下的长江南岸地区称为江东。

才俊：才华卓著的人。才：豪。

胜败是兵家常有的事情，毕竟世事难料。因此，凡事能够沉得住气，可以让自己拥有忍辱负重本事的人才能算作真正的男子汉。西楚霸王啊，江东的才子层出不穷，可以在经历了失败之后，重新鼓起勇气，重头再来，卷土杀回，如果这样，楚汉之争最终的输赢还是难以估算的事情。

“胜败兵家事不期，包羞忍耻是男儿。”这句说的是胜败是兵家稀疏平常的事情。间接指明了诗人自己的观点，认为无论胜负的结果如何，主要是看自己怎么面对，也为下文要描述的内容做了良好的铺垫。第二句就是对项羽的批评，觉得项羽内心不够宽广，气度太小，缺少大将胸怀。“包羞忍耻是男儿”，这里再次强调指出了要有超强的忍辱负重的气魄才是男子汉所为。而项羽却是那种经受不了打击的人，受到了挫折就心灰意冷，才会拔剑自刎，这样的人怎么能算是一个顶天立地的男子汉呢？那个曾经不可一世的盖世枭雄，“力拔山兮气盖世”的西楚霸王，直到死去都没为自己找到失败的原因，只是怪罪于“时不利”就选择了自杀这种方式了结了自己的生命，真的愧对他的“英雄”称号了。

“江东子弟多才俊，卷土重来未可知。”接下来的两句是诗人自己融入的设想，如果项羽当时没有选择自刎，而是选择回到江东一切从新开始，或许就可以卷土重来。这里涵盖了诗人对项羽选择自刎方式结束生命的惋惜，更主要的是在批判项羽不善用人，固执己见，不肯接受他人建议，不能把握好机会的遗憾。

“江东子弟多才俊”是一种建议式的说法，类似于亭长忠言：“江东虽小，地方千里，众数十万人，亦足王也”的艺术语言概括。很多人都欣赏西楚霸王“无颜见江东父兄”一语，觉得这句话能表现项羽的气节。实际上这正反映了他刚愎自用，听不进亭长忠言的自负表现。项羽不善用忠臣，才会错过韩信，气死范增，这是多么愚蠢可笑的行为。尽管如此，如果他能在最后一刻鼓起勇气，接受现实，正确面对，“包羞忍耻”，接纳忠言，重回江东，重整旗鼓，最后的结果也许未必真的还是以失败告终。如此说来便引出了下文。

“卷土重来未可知”，这是全诗中的重点，意思是指如果可以这样做，也许项羽还能有大展宏图的机会；可惜项羽太要面子，放不下身架，就选择了强硬的方式了此残生了。这也为开篇两句话找到了依据，让人想到“江东子弟”“卷土重来”的情况，是很有气势的。与此同时，在诗人表述了这种遗憾、惋惜、讽刺之余，间接指出了“败不馁”的道理。

这首诗和《赤壁》诗相似，都是在总结讨论战争成败的道理，将自己的结论和假设融入其中。司马迁也曾用“天亡我，非战之罪”这样的一句话来评价项羽的偏执。司马迁是以史家眼光对此给予的评价，而杜牧却是以兵家的眼光给出的评价。只是司马迁只单一地对项羽的失败做了总结；而杜牧却添加了假设的情形，从而写出了兵家要具备的能力，要有远见、有意志，才能成就大事。诗中涵盖了杜牧的独特见解，值得一读。

却看妻子愁何在

闻官军收河南河北

［唐］杜甫

剑外忽传收蓟北，初闻涕泪满衣裳。
却看妻子愁何在，漫卷诗书喜欲狂。
白日放歌须纵酒，青春作伴好还乡。
即从巴峡穿巫峡，便下襄阳向洛阳。

【注释】

闻：听说。

官军：唐朝时朝廷的军队。

剑外：今日四川。剑门关以南的地区。

蓟北：今日的河北北部地区。在唐朝时是幽州、蓟州一带，也是安史叛军的大本营。

漫卷诗书喜欲狂：原意是迅速地卷起。这里是指杜甫急不可待地去收拾行李准备返回家乡去了。

放歌：放声高歌。

青春：美丽的春色。

巫峡：长江三峡的一部分，因穿过巫山而得名。

便："就"。

忽然有消息从剑外传来，据说蓟北被收复了，刚刚得知这个消息的时候泪流满面打湿了衣襟。回头看着这些年妻子儿女陪着自己一起走过的岁月竟然在这一刻再也找不到那种忧伤的感觉了，胡乱卷起诗书迫不及待地收拾起行李，高兴得像要发疯了一样。在阳光的照耀下放声高歌，开怀畅饮，伴随着明媚的春光带着妻子和儿女一同重返故乡。就这样走巴峡越巫山，过了襄阳就是洛阳了。那种回乡心切的心情是难以言表的兴奋。

这首诗主要抒发了听闻安史叛乱被平息的捷报后，诗人着急返乡的兴奋与喜悦之情。

"剑外忽传收蓟北"，开篇便交代了捷报到来的突然。诗人多年来一直在"剑外"地区漂泊，饱尝了背井离乡之苦，想回家乡又回不去，因"蓟北"地区一直被叛军所占领着，安史之乱一直没有平息。如今突然得知"收蓟北"的消息后，欣喜若狂，将自己积聚已久的情感全部释放了出来，心中波涛汹涌。"初闻涕泪满衣裳”，“初闻”在这里是承接了上文的“忽传”，“忽传”更能说明捷报到来的意外和突然，“涕泪满衣裳”这是一种用行动传神的写法，突出了收到捷报瞬间那种情感上的波动，是欣喜若狂、悲喜交加的复杂心情和真实情感的流露。“蓟北”已经被收复了，安史之乱也被平息了，这段时间那些黎民的疾苦，也都将得到救治，也代表着诗人颠沛流离、有家难返的苦日子终于熬过去了。然而却在这样的时刻诗人回想起这八年来所有的岁月，走过的旅程，历尽的苦难，痛定思痛，悲伤的情绪一拥而上，难以压抑。不过这场浩劫终于算是噩梦初醒，一切都将成为过去，终于可以回到家乡，开始新的生活了，由悲到喜，喜不胜收。这里“初闻”捷报的种种心理活动，以及各种难以言表的情感，假如用散文的描写手法，定会浪费很多笔墨，而诗人只是用了“涕泪满衣裳”这么几个字就形象生动地将这一切概括其中了，可见诗人写诗的功底之深。

“却看妻子愁何在，漫卷诗书喜欲狂。”这两句承接上文，写出了惊喜达到了顶峰的感觉。“却看妻子”“漫卷诗书”，这些都是关于动作的描写，彼此之间有着一种因果关系。在诗人感慨万千、悲喜交加、“涕泪满衣裳”之时，顺理成章地想到了这么多年陪着自己共同吃苦受难的妻儿。“却看”这里指的就是回头看的意思。“愁何在”这三个字用在这里极富意蕴，似乎诗人在此刻很想跟自己的家人寒暄几句，但又无从说起。实际上，也不用过多地表达了，安史之乱平定，一家人的愁云也该散了，看着家人们无忧愁了，诗人心里也会更加欢喜。

“白日放歌须纵酒，青春作伴好还乡。”接下来这句是诗人从细节上对自己这种狂喜表现的描写。“白日”，这里指晴空万里的日子，也间接地说明了诗人已经是人到老年了。按理说古代的老人都比较庄重，不会轻易地像年轻人一样纵情“放歌”，身体上也不可以再过多“纵酒”了；可是此刻诗人既要喝酒又要唱歌，也是那种“喜若狂”的侧面表现。“青春”指春天的景色、景物，春日再现，繁花盛开，鸟语花香，在这样的春日里，在妻儿的陪伴下，正是“还乡”的大好时节。想到这里诗人就更加地开心了。后一句“青春作伴好还乡”是诗人此刻的联想，期盼着自己迅速返程还乡。

“即从巴峡穿巫峡，便下襄阳向洛阳。”最后一句直接写出了四个地名，“巴峡”与“巫峡”，“襄阳”与“洛阳”，这几个词互为对偶关系；随后用“即从”“便下”两个词使两个句子紧密地联系在了一起，一气呵成，形成了“流水对”。加上“穿”“向”这样表示动作的字出现，更能表达诗人那种飞跃式的想象了。按理说“巴峡”“巫峡”“襄阳”“洛阳”这几个地方相隔甚远，不是一下子就能走到的，因此，诗人又加上“即从”“穿”“便下”“向”这样的字将他们贯穿在一起，也就出现了那种万里千山一日还的飞驰画面。诗人在这里既展开了自己无限的想象，又将真实的场景一一给予了描述。从“巴峡”到“巫峡”，因峡险而且窄，只能乘舟穿行，因此，用了“穿”字；“巫峡”到“襄阳”，正好是顺流之势，船可以急速行驶，因而，用“下”字；而从“襄阳”到“洛阳”则换作了走陆路，只能用“向”字来形容了，可见诗人用字的巧妙和精准程度是非常有造艺的，值得品鉴。

蜀国曾闻子规鸟

宣城见杜鹃花 / 子规

［唐］李白

蜀国曾闻子规鸟，宣城还见杜鹃花。

一叫一回肠一断，三春三月忆三巴。

【注释】

宣城：今日安徽境内。

蜀国：现在的四川。

子规鸟：也叫杜鹃。因这种鸟的啼鸣声凄美动人，能够唤起人们思乡的愁绪，故此，也称之为断肠鸟。在当时蜀国地区较为多见；是传说中古蜀王杜宇的化身。

杜鹃花：也叫映山红，每年春季快结束的时候盛开，也是杜鹃啼鸣声最多的时候，因此，也叫杜鹃花。

三春：春季。

三巴：巴郡、巴东、巴西三郡。也就是古时候蜀国的全部占地面积，隶属今日四川。

在那遥远的家乡，杜鹃鸟啼叫的声音是我曾经听过的，而现如今我身在他乡宣城，又在这时候看到了正在盛开的杜鹃花，杜鹃的叫声很是悲戚，真是让人愁断肠的伤感。三月春末，正好是杜鹃鸟啼鸣，杜鹃花开放的时候，游子一样也想念着自己的故乡三巴。

此诗是借物抒情的诗。“蜀国曾闻子规鸟，宣城还见杜鹃花。”三月的春天，诗人李白还寄居在宣城，忽然感觉自己像是老眼昏花了一样，一片红色竟然在眼前一晃而过，追过去仔细观看，才知道竟然是杜鹃花开放了。而这杜鹃花不就是家乡的花吗？这一刻，诗人的乡愁被再一次触动了。

在蜀国期间，每到杜鹃花开放的时刻，杜鹃鸟就跟着一起开始啼叫了。因这花和鸟的名字一样，也就成了唤起诗人联系到家乡的一个因素。这种鸟据说是古蜀王杜宇的化身。杜宇也称望帝，他自认为自己德行尚浅，因此禅让了自己的王位而出走，死后便化为了杜鹃鸟。到了春天三月的时候，这种鸟就会悲鸣起来，啼叫的声音就像是在说着："不如归去！不如归去！"昼夜不停，一直啼叫，直到叫得嘴边都流血还没停止。这时候诗人听到了杜鹃鸟的叫声，像是一声声呼唤他回故乡一样。

全诗的前两句很自然地形成了对比，从地理和时间的两个角度出发进行对比，更能突出重现诗人那种触动乡愁的真实感觉。两句的语序也是倒置写的：原本首先看见的是在宣城里的杜鹃花，因为看到了杜鹃花才会联想到蜀国的杜鹃鸟，可是诗人在写法上却将它们倒了过来，先写的是在回忆中追寻到的空虚的景色，而后才写实景。如此写就把诗人对故国的强烈思念之情放在了最为突出的位置上了，侧面反映了对祖国故乡的思念一直就是潜藏在心中的，这个时候唤起，更为悲凉凄苦。可惜，此刻诗人只能被这样的乡愁苦苦折磨着，却无法立刻重返家乡。青春年少的时候，他曾"仗剑去国，辞亲远游"，一定要远行去故乡以外的大千世界大展宏图，实现抱负。曾经以为可以荣归故里，功成名就。谁料想并没有什么丰功伟绩，年事已高，却混到了这种境地，真是无言面对家乡蜀国的父老乡亲。更何况诗人现在正困居在他乡宣城，年老体迈，身体虚弱，即使能回去，这样的身体也没办法踏上返乡之路了。诗人慨叹自己就这样兜兜转转漂泊了大半生，年老了不但政治事业没有着落，想要落叶归根的愿望怕是也难实现了，就连这年迈的身体都像没有根基的房子一样无处依靠，眼望着千里外的家乡，心中的愁绪不言而喻。

后两句紧密承接前两句，给这种乡愁更加上了浓重的一笔。诗的第一句说“曾闻”，第三句就写“一叫一回肠一断”，杜鹃鸟的啼叫是不死不休的，诗人那种愁肠也变成了一寸寸的了。最后一句用“三春三月”四字，补充第二句诗的内容；“忆三巴”，这几个字再次强调了思念家乡的主题，将杜鹃花的盛开，杜鹃鸟的啼鸣和诗人这种愁肠的痛苦融合在一起，用一种漫无边际略显苍白的思念将整首诗都笼罩在其中了。这么一来使人读起来更能感受到那种思乡时悲伤袭来的感觉了，也是全诗最有代表性的描写部分，值得阅读。

一骑红尘妃子笑

过华清宫绝句三首·其一

［唐］杜牧

长安回望绣成堆，山顶千门次第开。

一骑红尘妃子笑，无人知是荔枝来。

【注释】

华清宫：据《元和郡县志》记载：“华清宫在骊山上，开元十一年初置温泉宫。天宝六年改为华清宫。又造长生殿，名为集灵台，以祀神也。”

绣成堆：在骊山的左右侧分别有两个岭，东绣岭和西绣岭。唐玄宗时期曾在岭上大面积种植树木花草，显得郁郁葱葱。

千门：形容上顶部的宫殿显得非常壮丽，有着众多门户。

次第：依次的意思。

红尘：飞扬起来的尘土。

妃子：杨贵妃。

知是：知道的意思。

站在长安回头远眺壮丽的骊山就像是一堆堆锦绣一般，在山顶上的位置，华清宫的千门按次序打开，一骑马车在远处驰骋着飞奔了过来，妃子见到了便露出了欢欣的笑容，没有人知道原来这车里装的是从南方千里迢迢运过来的新鲜荔枝。

这首诗通过描述驰骋的马车不远万里送荔枝而来的事件，侧面反映了唐玄宗时期，唐玄宗与杨贵妃那种奢靡淫逸的宫廷生活，这种描写方式充满着知微见著的艺术效果，用词精准，因此，成为了脍炙人口的千古名诗。

“长安回望绣成堆”第一句是在描写骊山周围的景色以及华清宫所处的位置。诗人是通过长安“回望”的视觉角度出发来描写的，就像是电影开场前的描述片段一样，在观众面前展示着骊山那个风光秀丽的整体景色：林木茂密，花香四溢，百花争艳，宫殿的楼阁就矗立在这繁花似锦的美景之中，看上去像是团团锦绣一般。“绣成堆”，即指的是骊山左右两侧的东绣岭和西绣岭，也在诉说着骊山壮美辽阔的景色，可谓是语意双关。

“山顶千门次第开”紧接着将场景移近，突出描写了山顶雄伟壮观的皇帝行宫。在平常的日子里那一道道紧闭着的宫门在这个时候一扇扇地慢慢打开了。

“一骑红尘妃子笑”是说：在宫墙的外面传来了一阵快马加鞭驰骋而过的马蹄疾驰飞奔的声音，马车经过的地方便掀起了一团团飞扬而起的尘土；这时，宫内听闻马蹄声的妃子便开心地笑了。这些片段看起来并没有什么联系，却涵盖了诗人巧妙的伏笔，给读者留下了一个悬念。“千门”，这本该紧闭的门为什么就会在此刻敞开？“一骑”为什么会来到这里？“妃子”又为什么会在此刻露出笑容？诗人刻意留下了悬念，不立刻一语道破，一直到读者攒足了好奇才将谜底揭开。

“无人知是荔枝来”结尾句便将全诗的谜底揭示了出来。“荔枝”两个字一下子就道出了实情。据《新唐书·杨贵妃传》：“妃嗜荔枝，必欲生致之，乃置骑传送，走数千里，味未变，已至京师。”很明显，诗人之前埋下的伏笔都是为了引出全诗的重点，那就是荔枝的到来，之前细碎的片段很自然地合成一体了。

吴乔曾在《围炉诗话》中说：“诗贵有含蓄不尽之意，尤以不著意见声色故事议论者为最上”。诗人杜牧所写的这首《过华清宫绝句三首·其一》绝妙之处就在于它的精深与含蓄，充满着诗句的艺术魅力，诗句中没有任何一句直接点明唐玄宗荒淫无度，生活极度奢靡。而杨贵妃又是那么恃宠而骄，反而用一句“一骑红尘”与“妃子笑”合并在一起，形成明显的对比，这样用笔含蓄婉转寓意深刻，比直接抒发己见要强上百倍，艺术效果更能凸显出来。“妃子笑”这三个字有着沉重的分量和寓意。曾经西周时期荒唐的周幽王，为了博得美人一笑，不惜烽火戏诸侯，最终国破家亡。看到杜牧的诗句人们很容易将之与这个故事联系在一起。“无人知”更让人深思。实际上“荔枝来”绝对不会无人知晓，最起码唐玄宗的妃子杨贵妃就是心知肚明的，送来荔枝的人也知道马车上装的是什么，当然，还有荒淫无度的皇帝也清楚地知道。这样的描写更能显示出对于这件事情的重视程度，外人是无从知晓的，这里不仅揭示了唐玄宗为博宠妃欢心做尽了荒唐的事情，也与之前诗人描写的不同寻常的场景和氛围彼此呼应。全诗用词简单，没有刻意的修饰，语言质朴寓意却特别深刻，绝对是唐代诗人作品中的上品佳作。

无端隔水抛莲子

采莲子

［唐］皇甫松

船动湖光滟滟秋，贪看年少信船流。

无端隔水抛莲子，遥被人知半日羞。

【注释】

滟滟：在水面上闪着光。

年少：少年时期的男子。

信船流：任凭船只随意地随波逐流。

无端：无缘无故，没有来由的意思。

在景色秀美宜人的地方，伴随着湖光秋色，姑娘划着一只小船采莲而来。她放任小船肆意地随波逐流，只因她想看到那个站在岸上的美少年。

姑娘无缘无故地便抓起一大把莲子，随后便向那个美少年抛了过去。这瞬间的一幕竟然被他人远远地瞧见了，因此姑娘害羞了好长时间。

这首《采莲子》是一首描写江南水乡特有的风俗民情的诗歌，诗人将诗写得清新隽永，极富民歌风味。

“船动湖光滟滟秋”，船动时荡起阵阵水波，映出了秋色，湖面清澈透明，可以见底。简短的一句话，就勾画出了一幅秋景图，非常具有诗情画意，用船动起来时的“湖光滟滟”来映衬秋色，可以看出诗人用词和构思的精准和巧妙。在这样湖光山色的衬托中，展开一段和感情有关的故事，一定会是浪漫动人的。此处诗人以景衬托感情，达到了良好的收益。

“贪看年少信船流”，这句中诗人通过“信船流”道出了船动的原因。只因岸上站着一位英俊潇洒的俊美少年，是他吸引了采莲姑娘的眼球，这个采莲姑娘目不转睛地凝望着意中人，以至于连船只在随波逐流都没有察觉到。“贪看”两个字，彻底表现出了采莲姑娘情窦初开的胆大妄为。这般胆大的热辣目光和“信船流”的痴情呆望，将采莲姑娘那种情真意切没有掩饰的真情以及对爱情真挚热烈的渴望，表现得淋漓尽致。

“无端隔水抛莲子”，“莲”同“怜”谐音，这里饱含着示爱的意思。这位姑娘抛的莲子是有寓意的，谐音涵盖了隐藏的示爱意思，用含蓄的方式大方地表示了自己的爱慕之情，很有情趣，充满着江南民歌的特色。抛起莲子的这一举动，着实是胆大包天，她真是忘记了礼法，也忘记了作为女孩子本该有的矜持，真是太不顾一切了。船动波起，采莲姑娘心中也泛起了汹涌的波澜。忽然，姑娘随手抓起一大把莲子，不顾一切地向岸上的意中人直接投掷了过去。这一举动极具挑逗、爱慕、戏谑，趣味感十足，进一步显现了江南姑娘开朗大胆的豪情。自南朝以来，江南地区便开始盛行哼唱情歌，经常不把那种“爱慕”“思念”挂在嘴上，也不提这类字眼，只是会取同音词，表达隐藏的意思。

“遥被人知半日羞”，这句中一个“遥”字便可以看出看到采莲姑娘抛莲子举动的人距离她还是很远的，可能对方根本就没有什么特别的反应，也可能根本没取笑她什么，还有可能人家根本就没看到这些，这一切都是采莲女自己的心理反应，一种猜测，只是心虚的她就是觉得被人窥视到了自己大胆的一面，而娇羞满面，由此可见这位采莲姑娘尽管胆大，终究还是女孩子，害羞是女儿家的本能心理。诗人急速收笔，为读者留下了诸多的悬念，充满回味。

这首诗对人物的描写生动具体，形象刻画得非常真实，读起来朗朗上口，清新爽朗，和声在这里的运用非常巧妙，既能展现出诗歌的委婉含蓄，又不失细腻地升华和美化了艺术特点，还带有江南民歌中那种直爽、大胆、真挚、朴实的曲风，流畅自如，别具一格，展现出诗人纯圆浑熟的艺术功底。

飞花令里品诗词
黄

黄河远上白云间

凉州词二首·其一

［唐］王之涣

黄河远上白云间，一片孤城万仞山。
羌笛何须怨杨柳，春风不度玉门关。

【注释】

凉州词：又称《出塞》。是为当时流行的曲子《凉州词》所写的唱词。

凉州：今日甘肃省武威市凉州区。当时的位置是姑臧县的唐陇右道凉州治所。

远上："远"在这里指直的意思。在很远的地方向西眺望。

黄河远上：遥望黄河的源头。

孤城：边防地区孤零零矗立的城堡。

仞：测量长度的单位，古时候一仞是七八尺。(等于233厘米或267厘米，约等于2.3米或2.7米)

羌笛：羌族的一种横吹式的管乐。

何须：何必，没必要。

何须怨：没必要埋怨。

杨柳：杨树垂落下来的柳条，又指《杨柳曲》

度：吹到过。不度：吹不到。

玉门关：古时候通往西域的重要通道，由于西域输入玉石取道而得名。原址在今甘肃敦煌西北小方盘城；六朝时期由原址东移至今日的安西双塔堡附近。

从白云之间奔流而下的黄河，远远看上去十分壮观，而玉门关却屹立在群山之中孤独地耸峙着。此刻的羌笛声吹出哀怨的曲调，何必如此苍凉埋怨那春光迟来的原因呢？原来在玉门关一带春风根本就不会吹到的。

这首诗是唐代诗人王之涣初到凉州之时所创作的，有感而发地写出了诗人体会到的戍边士兵怀念家乡的深切情感。当诗人面对这辽阔的黄河及边城的壮丽景象时，又恰巧听到了远处传来的《折杨柳》曲，顿时诗兴大发，将整首诗写得苍凉慷慨，铿锵有力，虽有悲伤，却不失壮阔，尽管诗中对戍卒们终日难以返还家乡的忧怨之情给予了极大地渲染，却找不到丝毫对这种思乡之情的消极和颓废情绪，以此彰显了诗人内心的豁达和广阔胸怀。

“黄河远上白云间，一片孤城万仞山。”首句将西北边远地区广漠辽阔的风光描绘得非常生动细致。从远眺黄河上下游的感受出发，勾画出“黄河远上白云间”的锦绣画面：波涛汹涌的黄河像是一条曲折绵延的丝带一样直冲云端。写得栩栩如生，气象开阔。王之涣还有一句诗也是描写黄河的，同样流传千古，那一句“黄河入海流”可见观察的角度与此首诗恰恰相反，这一句描写时是从上而下的位置观看到的景象；而另一位诗人李白写的“黄河之水天上来”尽管观测点也是在黄河上游，而角度却是由远及近，也与此诗大有异同。李白的“黄河之水天上来”与王之涣的“黄河入海流”，感觉都是描写黄河水一泻千里的壮阔气派，写的是一种动态的美景。不过此首诗的“黄河远上白云间”，刻意从相反角度去写黄河源远流长的仪态，凸显了这种静态的美感。侧面烘托了边塞的壮丽景象，因此被传颂至今。

“一片孤城万仞山”写到了边塞的孤城，通过远处高山的环抱，更加可以反衬出孤城的险要地势和那种独领风骚的孤危感。

诗人引用“一片”这个词，也为这座孤城增添了些许“单薄”的意思。既然这里已经被定义为了边关的孤城，显然这里就是一片荒芜，人迹罕至，不属于多数百姓的定居地，因此，这里就只能是边疆的堡垒了，此刻，间接地提醒人们这里一定会有官兵在戍守边疆。“孤城”这个词在古诗句中出现时，往往意味着悲伤或是离别的愁绪。就像是杜甫在《秋兴》中写的“夔府孤城落日斜，每依北斗望京华”；王维在《送韦评事》写的“遥知汉使萧关外，愁见孤城落日边”都是相同的特定含义。可以说王之涣的这句“一片孤城万仞山”在全诗中起到了承上启下的作用，为下文刻画戍卒的心理做了一个良好的铺垫。

“羌笛何须怨杨柳”，是说在这样的环境气氛渲染下又听到了羌笛吹出的《折杨柳》这般离别的曲调，轻而易举地就唤起了那些戍守边疆的戍卒的那份乡愁。据说古人有一种“折柳”的习俗，在送别友人的时候会折断柳枝相赠，“柳”和“留”谐音，故而以此来表示自己的留念之情。根据记载北朝乐府《鼓角横吹曲》中有《折杨柳枝》的相关描述，内容是：“上马不捉鞭，反折杨柳枝。蹀座吹长笛，愁杀行客儿。”这里所提到的“反折杨柳枝”说的就是人们临别之际折柳留念的情景。这种折柳留念的风俗到了唐朝达到了一种高峰期，在当时极为盛行。戍卒听到了如此凄凉哀怨的离别曲调，自然会勾起内心思乡的惆怅，诗人虽能感同身受地体会到戍卒的这种心情，却不知该如何去劝慰开解，也就只能自顾自地感叹那首《折杨柳》的曲子为什么要一遍遍地吹奏了，无论如何春风终究不会吹到玉门关的位置。既没有春风的光临，哪里又会有杨柳的存在呢？没有杨柳又如何折来相赠呢？字里行间渗透着怨气以及无可奈何、不知所措，尽管乡愁会催人哀怨，可戍卒的职责在此，只能以国家的责任为重才对。一句“何须怨”似乎像是对戍卒的安慰，也间接表达了戍卒的心声，从而使整首诗变得意味深长。当然，这里的春风也有暗指皇上的意味，毕竟这里山高皇帝远，戍卒是很难得到来自皇上的关怀的，因而，也能看出在那时候戍守边疆的戍卒的处境有多么的艰难、孤寂、危险、恶劣了。诗人也通过这样的诗句表达了对皇帝不够体恤边塞戍卒的疾苦而感到不满，有一种抱怨隐含其中。

王之涣这一首七言绝句，苍凉悲壮，满腹抱怨，却不消极，由此可见诗人的胸襟是多么的宽广。对比的手法运用自如，张弛有度，语言委婉、精准，情词恳切，值得深思。

霜黄碧梧白鹤栖

暮归

［唐］杜甫

霜黄碧梧白鹤栖，城上击柝复乌啼。

客子入门月皎皎，谁家捣练风凄凄。

南渡桂水阙舟楫，北归秦川多鼓鼙。

年过半百不称意，明日看云还杖藜。

【注释】

黄：指霜将原本碧绿的梧桐树叶变黄。

梧：梧桐。

击柝：打更。

乌：乌鸦。

客子：诗人给自己的称谓。

捣练：古时候女性非常常见的一种劳作。这里指捣洗白绸。

桂水：湘水。现在的连江，还有一种说法叫漓江，都在广西。

鞞：古时候的军用小鼓。

杖藜：用藜做成的手杖。

秋日的风霜将原本碧绿的梧桐树叶都打黄了，而白鹤却依然在枝头栖息，乌鸦在城楼上面不停地啼叫着，也许是那些梆子的声音惊扰到它们了吧。伴随着明亮而皎洁的月光诗人走进了家门，寒风微凉地吹着，时不时会传来阵阵捶绢声，只是不知道这样的声响是从谁家传来的。很想渡过湘水南下而去，却找不到一艘可以搭乘的船只，想回到北方的秦川，又苦于连连战乱，一直未曾停息。回想一下，尽管早已年过半百，却历尽坎坷，没有什么事情是可以顺意的，就连明天想看看云都要拄着手杖前行，很是无奈。

“霜黄碧梧白鹤栖，城上击柝复乌啼。客子入门月皎皎，谁家捣练风凄凄。”开篇四句话是在描述暮归时的景色和周围的环境，用外界环境渲染出凄凉的氛围，侧面烘托出诗人内心的哀愁和悲伤。看着那些栖息在被秋霜打黄了的梧桐树上。听着远处传来的城头更夫打更的声音和啼叫的乌鸦发出的声响。暗指天色已晚，月亮早已挂上枝头，为那些未归的客人照亮回家的道路，却不知道是哪一家的勤劳妇人还在捣洗着白绸，随着呼啸的风声，传来阵阵悲凉的钻杵声音。夜已深，城边上的那些守卫的士兵在此刻要打着梆子巡视警夜了。唐代的诗词中很多写夜景的句子常常出现捣衣、捣练或钻杵等类似的词语，这些词语的出现也是提示夜晚的到来，因当时民间的妇女早已习惯了在夜晚到来的时候才开始捣洗衣物，才会传出木杵敲打衣服的种种声音，可以看出当时的百姓生活是非常艰苦的，故此，诗人才会通过这一系列的声响描写那些人发自内心的悲哀呐喊之情。

“南渡桂水阙舟楫，北归秦川多鼓鼙。年过半百不称意，明日看云还杖藜。”接下来四句话转入抒情的部分。想要向南方而行渡过湘水，可惜根本找不到船只去南方；如果去北方到长安，一路都在战乱，兵戎相见，很难平安到达。思来想去，怕是哪里都去不成了。回望自己的人生经历，如今岁数也过了半百，却事事不顺心意，想着去看看明天的云彩都要拄着手杖步行才可以，很是感慨。最后一句写出了诗人旅途中居住在夔州时生活中的种种寂寥，每天都是重复着拄杖赏云很是悲凉。

这首诗是唐代诗人杜甫创作的一首拗体七律，充分展示了杜甫在写诗方面的造诣。整首诗以虚实结合的手笔贯穿全篇，在诗句艺术中也极具艺术特点。特别是在“霜黄碧梧白鹤栖”这句中，一下子就写出了三种颜色。细细考量，所有的颜色仿佛都是虚虚实实的存在。就像“黄”和“白”就是真实存在的，而“碧”就是运用的虚写的手法，因为“碧梧”叶早就被秋霜打得发“黄”了。由此可见诗人杜甫用字的巧妙，灵活自如，用这种虚实结合的方式将词语超脱自如地呈现在诗句中，完全丰富了词的组合形式，这样的表达手法更具有诗词艺术的感染力。真可谓“语不惊人死不休”，这种艺术感染力值得推敲借鉴。

报君黄金台上意

雁门太守行

[唐]李贺

黑云压城城欲摧，甲光向日金鳞开。

角声满天秋色里，塞上燕脂凝夜紫。

半卷红旗临易水，霜重鼓寒声不起。

报君黄金台上意，提携玉龙为君死!

【注释】

雁门：郡名。在唐朝时期是大唐与北方边境处突厥部族接壤的地方，大约在现在的山西省西北部的位置。雁门太守行：是古代乐府曲名。

黑云：由于战争而导致的硝烟弥漫，边城附近到处都是。由此可以感受到战争带来的紧张气氛。

甲光：将士们身穿的铠甲在太阳下发出闪闪的光芒。甲：铠甲。

金鳞开：将士们穿的铠甲就像是鱼鳞一样，在阳光的照射下闪着金光。

塞上燕脂凝夜紫：在傍晚的暮色之中将泥土填入其中，就仿佛是胭脂凝成一般。夜紫：战争过后遗留的斑斑血迹。

两军对战之时眼看着敌方的援兵源源不断蜂拥而至，就像天空黑云伴随狂风狂卷一般，像是要将城墙都摧毁了似的，在阳光强烈地照射之下，将士们身穿的铠甲也在闪闪地反射着耀眼的光芒。号角的声音不断地传来，在秋夜里响彻了整个夜空，看着天边的云霞仿佛都在这一刻凝结成了紫色。伴随着半卷起的飘扬的红旗，前来支援的将士们又要向易水的方向奔赴而去了，寒夜里风霜重重，只有那鼓声在此刻更显得沉闷。为了精忠报国，不负皇恩，对得起那些厚重的赏赐，便心甘情愿地手挥宝剑浴血奋战，为国效忠。

“黑云压城城欲摧，甲光向日金鳞开。”开篇两句诗人简单地交代了周遭的环境，战争的形势，勾画出了那种紧张的气氛和压抑的画面。第一句中用“黑云”这个词加入比喻手法，形容敌军方面的来势汹汹，再用“压”这个字突出描写敌军的猛烈攻势，随后用“欲摧”这个词进一步加大渲染这种敌军攻势的效果，将危险的情形勾画得非常生动逼真。“甲光向日金鳞开”，这一句将我军的整体风貌做了一个交代，军容整齐，威严肃穆，大气磅礴，临危不惧。整体来说诗句的开篇便引人入胜，画面感人：伴随着翻滚的黑云，敌军源源不断地向我军的城池扑过来，整个阵势就像是要把城墙都在瞬间摧毁一样；尽管如此，我军的将士们临危不惧，从容不迫，整装披甲等待着积极应战。在阳光的照射下那些铠甲反射出闪闪的金光，显得将士们更加的气宇轩昂，整装待发。通过这样对比的手法，将环境和将士的表现相结合，更加突显我军战士的英雄气概。

“角声满天秋色里，塞上燕脂凝夜紫。”这两句从声音和景色两个方面着手，进一步将那种悲壮的氛围加以更深层的渲染。号角的声音响彻了山谷，听上去似乎一下就能感受到那种悲凉；如今正逢秋季原本就格外的荒凉，在这时回荡起号角的呜呜声更能渲染出满目萧瑟的悲怆。从声音描写环境，再通过“塞上燕脂凝夜紫”从色调上烘托。战场狼藉一片，血迹斑斑，鲜血染红了大地，在暮色的衬托下鲜血看上去像是暗紫色的一样，为这种悲怆加上了浓重的一笔。

“半卷红旗临易水”，这里“半卷”的寓意更为深刻。夜间行军，更要偃旗息鼓，在敌军毫无防备的情况下偷袭对方。“临易水”交代了两军对战所选择的地理位置，侧面展现出将士们那种“风萧萧兮易水寒，壮士一去兮不复还”的豪情壮举。而后对双方激战的场面给予了进一步描写：增援而来的大部队已经逼近了敌军的营区，这个时候击鼓为自己的部队助威，为的是更有激情地迎风而战。可惜在这样寒冷而霜重的深夜，就连战鼓都难以擂响。困难叠加着困难，接踵而至，而战士们却依旧斗志昂扬，毫不气馁。

经过以上几句的烘托渲染之后，诗人便将所写的主人公呈上台前。“报君黄金台上意，提携玉龙为君死。”这句所说的黄金台其实就是战国时期在易水的东南部地区由燕昭王下旨修筑的，据说燕昭王在这里建成之后曾把大量的黄金放在这个台上，以此昭告天下，他不惜重金招揽天下的文武全才。诗人将这个典故放在这里，间接地写出了那些浴血奋战的将士们渴望报效祖国的决心。

翻看这首诗的创作背景，在中唐时期，藩镇之间和讨伐藩镇的对抗战持续未断，战火连连，不曾终止。时不时地就会有各种关于战争的传言从漫天烽烟的战场络绎传出，各种情况比比皆是，有成功的也有失败的，有懦夫一样的失败将领，也有为国英勇应战的英烈。诗人李贺是一个爱国志士，对于这些关乎国家危难的消息自然是格外的留意，当年他远离京城背井离乡，辞别了家乡的秀丽美景，一路辗转来到了潞州一带的雁门时，回想着自己所见所闻，有感而发，便写下了这首流传千古的著名诗篇。

更待菊黄家酿熟

与梦得沽酒闲饮且约后期

［唐］白居易

少时犹不忧生计，老后谁能惜酒钱?
共把十千沽一斗，相看七十欠三年。
闲征雅令穷经史，醉听清吟胜管弦。
更待菊黄家酿熟，共君一醉一陶然。

【注释】

梦得：刘禹锡，字梦得。

沽酒：这里指买酒的意思。

后期：后会有期。

犹：尚且，还可以。

十千：钱数是十千钱。通过酒价钱的高额表示一定要开怀畅饮。

七十欠三年：诗人写此诗时他和刘禹锡诗人均是六十七岁，都生于772年，距离七十岁都还有三年的时间。

征：征引，就是行酒令的一种动作。

雅令：从唐朝时期开始流行于士大夫之间的一种喝酒时喜欢玩儿的游戏，实际上就是一种高雅的酒令。

穷：寻找事情的根源。

清吟：用清雅的语调去吟唱诗句。

陶然：欢乐闲散舒适的样子。

人在青春年少的时候很少会为生计的事情而忧虑，如今老了谁还能在这样的时刻去痛惜那么几个微不足道的酒钱呢？一斗上等的好酒十千钱，你我争来抢去地去付钱，醉眼蒙眬相视一望我们都一把年纪了，距离七十岁就差三年的时间而已。闲散的时刻我们互相以行酒令的方式寻找着经书史籍的根源，醉酒之后聆听着彼此清吟雅诗的声音似乎比听到那些管弦乐器的响声更为动听。等到菊花黄了的时候自家酿制的酒就成熟了，我会再邀请你一起品尝，到时候我们一定要喝个痛快，一醉方休。

这首诗表面上看去像标题中所写的一样，像是一种“闲饮”，实际上却想表达出那种闲而不适，酒醉却无法忘记忧愁的深层次情感。并不仅仅是解囊买酒，豪情畅饮那般闲适、旷达。其中隐含着诗人对人生际遇愁苦和世事艰难的感触和体会，也间接地写出了诗人和刘禹锡命运相似、经历相同、感同身受、彼此懂得的深厚友谊。整首诗蕴含深刻含义，句里句外都透露着深情清语，在闲适的游戏间将心中的愁苦倾倒出来，增添了抒情的特殊效果。诗句言简意赅，意味深长，通篇运用赋体写法却并不死板，这种炉火纯青的诗句造诣恐怕也只有白居易这样优秀的诗人才能良好地驾驭了吧。题目就透露出了诗人寂寞愁烦的心境，值得细品。

前几句“少时犹不忧生计，老后谁能惜酒钱？共把十千沽一斗，相看七十欠三年。”表面上写的单单只是普通诗友相聚时的兴奋感觉，买酒时彼此的豪爽，把酒言欢时的快乐，实际上写的却是那种凄凉而又沉痛的深刻情感。“少时”到“老后”诗人完全是在回顾自己走过的人生路。“不忧生计”与不“惜酒钱”相应出现，既表明了“沽酒”二字的字面意思，也说出了诗人内心的政治抱负以及隐含着的诗人的身世之感。“少时”写出了诗人少不更事的幼稚，还有那么一种“初生牛犊不惧虎”的胆识和气魄。“老后”是诗人想到如今自己年事已高，饱经沧桑，阅历繁多，看过了人世间的人情世故，人间冷暖，变得暮气重了。回望来时路，自然会有“早岁那知世事艰”的慨叹。“共把”一词的出现起到了承上启下的作用，诗人喜忧参半，将神情也描绘在其中了。“十千沽一斗”这是一种夸张的手笔，将诗友之间的豪情倾注在了其中，从“共”字可以看出两个老诗友都是争先恐后地慷慨解囊，这也是一种真挚友情的流露。也暗指两个人有着相同的遭遇，同病相怜的感受，也有借酒消愁的意思，“相看”之时是两个人落座之后彼此望着对方仔细地端详着对方的变化，这是一种亲切真实的场景。两位诗人乃同年出生，按照习俗的虚岁计算已经到了六十七岁的高龄了，因此说“七十欠三年”。两位都已是两鬓斑白的老人了，此刻都是有着多种感慨在心中的。望着朋友老态龙钟的面容和样子，想着眼前的人也像是自己的一面镜子一般的存在着，便起了怜惜之感，怜惜彼此的变化，岁月的无情。无言的对白眼含泪花地凝视对方，依然露出一丝微笑，饱含了多重的心酸，以及宦海浮沉、忧患一生的复杂情感。

接下来“闲征雅令穷经史，醉听清吟胜管弦。”写闲饮小酌的过程，而身心却不得闲适，借着游戏看似闲情养性是假象，实际打发寂寥才是真的。尽管二人都是满腹经纶，怀有救世的高雅情怀，可此刻却只能引经据典，以行酒令的方式来虚掷光阴，对于他们这样的仁人志士而言完全是一种极大的不幸。在看似醉酒的情况下，醉了的只是人的意识，心却没办法跟着一起醉，尽管乐器发出的声音是悦耳动听的，可还是觉得比不上知己在此刻吟诵的诗歌，能让人产生共鸣。通过“闲饮”和人的内心活动相结合把所有的愁闷心烦都抒发了出来。

“更待菊黄家酿熟，共君一醉一陶然。”全诗以这一句作为结尾，将眼前的相聚同样指向了未来，将这样的友谊和诗的意境都推向了新的高峰。此番相聚意犹未尽，便将下次的重聚定在了重阳佳节那一天，到时候自家酿制的酒也正好熟了，它或许比买来的酒更为醇美，喝下去可能更能将心中的愁苦释放出来。“共君一醉一陶然”一边表达了朋友间的情谊，一边又露出了深重的哀愁，可能只有醉了才能获得那份“陶然”之趣，才能将忧愁烦恼都忘掉，而这样的想法原本就是一种痛苦的展现。全诗用闲适的语气道出了多种无奈忧愁之感，加深了抒情的效果，故此流传至今。

为公唤起黄州梦

双井茶送子瞻

［宋］黄庭坚

人间风日不到处，天上玉堂森宝书。
想见东坡旧居士，挥毫百斛泻明珠。
我家江南摘云腴，落硙霏霏雪不如。
为公唤起黄州梦，独载扁舟向五湖。

【注释】

子瞻：诗人黄庭坚的挚友，苏轼，字子瞻。

玉堂：翰林院。森宝书：翰林院的藏书非常的多。

斛：古代称重的器材，十斗就是一斛。

云腴：在高山云雾之中长成的一种枝叶肥美的茶叶，称这种茶叶为云腴。

硙：研制茶叶的器具。

整首诗从诗人所处的环境起笔。据记载当时正是苏轼在翰林院当学士期间，所负责的工作就是掌管机要文件，起草一些诏令。玉堂既可以指翰林院也可以指神仙洞府的意思。翰林学士很多都有着接近皇帝的机会，因此，地位显得格外高贵，诗人在这里用了玉堂这个词可以说是语意双关。将翰林院比喻成风吹日晒都不会被影响到的天上殿阁，在翰林院藏有种类繁多的书籍，数不胜数，看上去一派清雅。

“人间风日不到处，天上玉堂森宝书。”诗人用这样一句话作为开篇，显得格外的气派，以此方式开头为后文引出的人物做了一个强有力的铺垫。

“想见东坡旧居士，挥毫百斛泻明珠。”接下来写出描写对象。“想见东坡旧居士”，在这里用上了一个“旧”字，间接指出了描写对象身份角色的转变。苏轼由一个罪臣摇身一变成了如此高贵的官员，不由得让人唤起旧情引起反思，可谓用意非凡，也为结尾处的篇章留下了浓重的伏笔。“挥毫百斛泻明珠”这句来源于诗人杜甫写的《奉和贾至舍人早朝大明宫》诗中的那句“诗成珠玉在挥毫”。杜甫在诗中写的就是清晨朝见皇帝的壮观场景，将诗句比喻成“玉珠”，意有称赞对方才华并且也间接展现了那种贵气，与诗歌的取材相呼应。因此，本诗中作者便引用了“明珠”这个词，交代苏轼在翰林院负责起草的文字，“百斛”指的就是快而多的意思，加上一个“泻”字后，更能突出那种挥毫泼墨奋笔疾书的工作姿态了，这也是借鉴了杜甫诗意后很成功的写作手笔。

“我家江南摘云腴，落硙霏霏雪不如。”从这句开始切入赠茶的叙述部分。既然这首诗是因赠茶而作的，就说明了这个茶一定是特别珍贵的。“云腴”形容茶树生长在高处，因接触云端的气息而长得非常茂盛茁壮。在宋朝人们喝茶的时候有一个特别的习惯，都是先将茶叶全部磨碎之后，再将磨碎后的茶叶一同放入水中煮沸，与今日人们品茶的习惯大不相同。这两句的意思就是：茶叶是从诗人的江南老家采摘来的，是茶中的上品，将茶叶细心地研磨之后，似乎这种细洁的叶片连雪花也很难与之媲美。诗人将茶叶形容得如此美好，其实就是为了突出他赠茶的心意，这送的不仅是茶叶，还有一份真挚的友情在其中。不过这部分的描写只是诗中的衬托方式，为下文诗人规劝朋友起到了一个很好的引导作用。

“为公唤起黄州梦，独载扁舟向五湖。”这句话作为全诗的最后一句，彻底点题。是想提点苏轼凡事要进退自如，好自为之。诗人这般语重心长地劝说着自己的挚友：当你品尝到了来自我家乡的茶叶之后，或许就会唤起你对黄州时期的回忆，独身一人，乘着扁舟，在太湖之上自由地畅游着。最后一句诗人引用了春秋时期范蠡的一个典故。苏轼被贬至黄州时，也曾有过“小舟从此逝，江海寄余生”的退隐江湖的意向。与今日的状态完全相反，那时候是政治失意，如今是应召还朝，很是威风，不过与此同时也被迫再次卷入政治上明争暗斗的旋涡。诗人在这里一边是替老朋友今日风光的一切感到高兴，另一边却是在为老朋友担心。故此，借助赠茶这样的一个机会，间接地劝告一下朋友，不要忘了自己曾经的挫折失意，黄州的旧事历历在目，官场的风云莫辨，尔虞我诈，还不如学学范蠡，在得意之时全身而退。最后一句才将诗人赠茶的本意表述了出来，在全诗中起到了画龙点睛之意。用不经意的举动和平常的语态将旧事重提，这样既免去了教训对方的误会，还显出了诗人的语重心长，令人深思。

全诗以高雅玉堂引入主题，而后叙述赠茶的事件，最后将赠茶用意明确道出，词意畅达，引用典故，有种百转千回的构思方式，充分体现了黄庭坚作诗的艺术风格，看似清淡无味，却别有一番滋味在心头，值得回味。

儿童急走追黄蝶

宿新市徐公店

［宋］杨万里

篱落疏疏一径深，树头花落未成阴。

儿童急走追黄蝶，飞入菜花无处寻。

【注释】

篱：篱笆。

疏疏：稀疏。

径：小路。

阴：树枝繁叶茂自然形成的树荫。

急走：奔跑。

三月，是春天的季节，万物复苏，鸟语花香，春潮涌动，谁都无法抵御春天的诱惑。在春风和煦，阳光普照的时刻欣然向着乡村的方向走去。当晚霞的余晖将要落幕时终于到达了那个村落。

一路奔波疲累，不如就在这个名叫“新市徐公店”的客栈住下吧。

当晨起的太阳送走了黑夜皎洁的月光，新的一天又开始了。窗外的鸟鸣声声入耳，扰醒了慵懒的清梦，披衣下床，打开门窗：清新的空气扑面而来，山村的景色格外迷人。一条悠远的小路直映眼帘，稀稀落落的篱笆在小路的两边站立着，那金灿灿的油菜花就那样远远近近地簇拥着。

我竟然情不自禁地踏上这林间小路，悠闲自得地漫步起来。桃花、杏花曾经是多么骄傲绽放的存在，如今却早已凋落无存。而这路边的杨树却个个吐露着嫩枝，那新叶上的露珠在晨光的照耀下闪着耀眼的光芒；无数的柳条垂落着像数条绿丝绦随风荡漾；鸟儿在枝头吟唱着悦耳的曲调；小草来回扭动着身躯，像是在为春天献舞一样，实在是令人陶醉。菜园里的油菜花尽情地舒展着自己黄嫩的花瓣，阵阵袭来轻拂的微风，热闹非凡。蹲下身去，随手将一束油菜花揽入怀中，深嗅着扑鼻而来的花香，细瞧着这黄色的花瓣，一丝淡白，一抹浅绿，轻薄的花瓣片片分明，透明晶莹。

忽然，传来一阵银铃般富有磁性的笑声，吸引了我的目光。原来是孩童们嬉闹着你追我赶地捕捉蝴蝶。这时，一只蝴蝶悄悄地落在了菜花上，只见一个女孩子轻手轻脚地靠近它，随后以闪电般的速度擒住了它。女孩开心极了，拿着蝴蝶在小伙伴们面前不停地炫耀着自己的收获，可惜这过度的兴奋让她放松了警惕，不小心松了一下手，蝴蝶就在她松手的瞬间“嗖”地一下飞走了。等女孩儿回过神来，蝴蝶早就飞入了菜花丛中，消失得无影无踪了。小姑娘不放弃地想要向着蝴蝶飞去的方向寻找，却无论如何都弄不清蝴蝶到底藏到了哪里。

这是一首描绘春天乡村景色的诗歌，写出了盎然的春色，配上孩童们可爱的嬉戏更显得生动逼真。

“篱落疏疏一径深”，首句是对周围景色的静态描写。篱笆、小路都能突出这是农村才有的景色，“篱落疏疏”交代了篱笆之间的间隔，因篱笆之间的间隔较大，才会看到篱笆以外的道路。“一径深”是说蜿蜒的山路只有这么一条，却格外深远，一眼望不到头。稀疏宽广的篱笆和这个窄小深远的小路形成了鲜明地对比，彼此映衬，将乡村的清新宁静感完全呈现在了读者的眼前。

“树头花落未成阴”写的也是静止的景物，道路两旁曾经盛开的桃花、李花早就已经凋谢了，如今它们的枝叶还没有长得枝繁叶茂，从而写出了乡村朴素而自然的天然景象。

“儿童急走追黄蝶”，接下来这句是转入动态的人物描写。将“急走”和“追”放在一起，将孩童们追赶捕捉蝴蝶的跌跌撞撞、嬉嬉闹闹的欢乐场景写得栩栩如生，展现出了孩子特有的天真。

“飞入菜花无处寻”，这里写到了“菜花”，很容易想到的就是金灿灿的黄色花瓣，一片片地盛开着，只见一只飞舞着的蝴蝶闯入了这片黄色的花海之中，肯定是消失得无影无踪了。在这里读者很容易联想到孩子们那种焦急寻找蝴蝶的样子，以及找寻不到蝴蝶后的失落，更能体现出孩子们的纯真和稚气。

全诗通过对季节交替的自然描写，用朴实的手笔写出了万物蓬勃生长的活力。看似平淡的景物，以及真实存在的人物，将景物与人相结合，动静交错，成功地将乡村自然景色的美好全部刻画得淋漓尽致，因此，成为至今诵读的名篇诗句。

乱条犹未变初黄

咏柳

［宋］曾巩

乱条犹未变初黄，倚得东风势便狂。

解把飞花蒙日月，不知天地有清霜。

【注释】

倚：依靠，仰仗。

狂：狂妄，猖狂。

解把：懂得。

飞花：飘舞的柳絮。

当春天到来的时候，冬日里早已被寒风吹得略显杂乱的柳树枝条还没有变为黄色，却在东风吹起的时候不知不觉间就转为了绿色。柳树似乎只想用自己漫天飞舞的柳絮将日月都掩埋，而这些幼稚的柳树啊，还不知道在天地之间还有秋霜。

这首托物言志的诗《咏柳》是由北宋诗人曾巩所创作的。曾巩是北宋著名的政治家、散文家，字子固。拥有“唐宋八大家”之一的美名，世人称他为“南丰先生”。曾巩的文风偏于平易，看似雍容，很难轻易找到锋芒之处，细细品读却寓意深刻，曲尽事理。关于咏物的诗句他写的寓意更为深刻，发人深思。《咏柳》就是很具代表性的作品之一，这里曾巩借助对春日柳树的描写，抨击那些得势便猖狂的小人，间接给予这样的恶势力一种强而有力的嘲讽。这也是曾巩诗作的独特之处。因而，他的诗歌被世人至今吟诵，流传千古。

“乱条犹未变初黄，倚得东风势便狂。”开篇两句讲述的是：春天悄悄到来的时刻，那些飘舞的凌乱不堪的柳条还没来得及将自己的外衣换为淡淡的青黄色，便仰仗着东风袭来随风飘摇了起来，非常的猖狂，气势逼人。开篇便将词语运用得如此含沙射影，充满了讥讽、鄙视的味道，这里所提到的“乱条”将原本凌乱的柳枝却仗势欺人一般狂妄自大、张牙舞爪、大显威风地飘摇写得有寓意，也是为全诗通篇主旨在铺路，也是一种“蓄势”的描写方式，憋足了力气，定是为了道破结论而做的努力一样。

“解把飞花蒙日月，不知天地有清霜。”结尾两句借助前句的蓄势水到渠成地便将警示语直奔主题道了出来：那些柳条尽管肆意地狂舞着，也不过只能支撑着柳絮在半空中飞舞片时而已，它们似乎想要将日月的光辉全部笼罩住，只是这些狂妄的柳树还不知道秋季终究还会来临，随后便是一场场的霜降，到了那个时候还拿什么去舞动猖狂呢？也就只能凋零枯萎罢了。“不知天地有清霜”是整首诗的点睛部分，是对那些暂时得势的小人发出的警示，震耳欲聋式地给予警醒。

这首诗曾巩把柳树比作小人，看似对柳树不断贬义讽刺，实则根本不是对大自然柳树的描写，而是对人物的抨击。借柳讽世，完全是针对得意忘形猖狂不已的小人的。非常具有哲意，意味深长，引人深思。

飞花令里品诗词
时

时人不识余心乐

春日偶成

［宋］程颢

云淡风轻近午天，傍花随柳过前川。

时人不识余心乐，将谓偷闲学少年。

【注释】

偶成：偶然的机会创作而成。

云淡：天气晴朗，有着淡薄的云层。

午天：中午时候的太阳。

傍花随柳：靠近沿着花柳之间。

川：河流或瀑布。

时人：旁人。

将谓：就以为。

偷闲：百忙之中抽出的时间。

临近正午的时候，望着天边飘过的淡薄云彩，时不时地会刮起阵阵微风。从花柳之间穿行而过，不知不觉地就来到了花柳前方的小河边。

其他人是无法体会我此刻内心的快乐的，或许都在误以为我是在效仿少年的模样，荒废着光阴偷闲呢。

这是一首描写春天景色的诗，在春日里郊游别有一番美好，诗人用愉悦的心情写下了这首诗。也是一首思理情致的诗，诗人采用朴实的手笔将春日温和的景象和明亮的暖阳与自己的心情相结合，把这景物与人的心情巧妙地融合在了一起，很有意境。

“云淡风轻近午天，傍花随柳过前川。”开篇一句乍一看平淡无奇，反复细品后才能感受到诗句中蕴含的几层意思。第一层意思交代的就是诗人来这里春游的感受和见闻。“云淡风轻”“傍花随柳”简简单单地描述就将春天的景色尽揽其中了，这里还强调了春风轻轻吹拂大地的动感画面，诗人轻松闲散地漫游着，四处都是盛开着的鲜艳的花朵，随处可见搔首弄姿的垂柳，完全将自己与这春景融在了同一幅画面中。第二层意思说的是诗人看着春景流连忘返的心情。诗人用“近午天”“过前川”这六个字将自己这种流连忘返、依依不舍对自然喜爱的情感很自然地表达了出来。“近午天”在这里指的是强调诗人自己被春天迷人的景色所吸引了，根本就忘了时间，而不是指诗人在中午时分才刚刚出来游玩。诗人用这种恍然意识到时间已经中午的描写强调了自己沉醉在春景的大自然中的心情。同理，“过前川”在这里也并不是单一指诗人漫步河岸边的简述，用一个“过”字来突出强调当自己猛然发现自己不知不觉地已经越过了前面的河流，在两岸边春花绿柳的一路陪伴之下竟然走了那么远的路。因此，开篇两句诗虽然看似写的只是云风花柳这些景物以及诗人对它们那种热爱的心情，而实际上却隐藏着诗人渴望着自己可以超凡脱俗的高雅情调，也正因为这样，诗人才会忘记旅途的疲累，忘记时间的流逝，对眼前的景色沉迷其中，如痴如醉。

“时人不识余心乐，将谓偷闲学少年。”接下来这句是诗人对自己心理活动的一种真实的描写。用抒发的笔调直接写了出来。原本能够在这样春意盎然的景色中郊游，可以在春花绿柳间徜徉完全就该是对自己性情的一种陶冶，这本该是自然而然的事情。

可惜，在那个封建时代人们这样自然的灵性往往会被无情打压，因此，能在这里有这样闲情雅兴的人恐怕也就只有那些“狂”劲十足的少年了吧，而当人们过了那个年轻妄为的年龄之后就该规规矩矩端然危坐，要有长者的威严，看起来冷酷，板着一张脸才可以。尽管诗人程颢是著名的理学家，在写诗的时候他也可能会有一种蔼然长者的姿态，但是那来自大自然的吸引，他还是没办法去抗拒，才会做出旁人所难以理解的这些举动。这里涵盖了诗人想要靠近大自然追求自然的愿望，还间接地写出了他对那些不理解他这些举动的旁人的一种讽刺和嘲笑。侧面展现了他对自己生命价值中的另一种解读，也显示出了他孤芳自赏却乐在其中的高雅。故此，这样在他人眼中很多时候略显得道貌岸然的理学家，也展现出了自己真性情的一面，完全活在“理”的世界中，是人都会透不过气，此刻在大自然中感受生的气息，更能反映出诗人是一个热爱生活愿意欣赏自然的有血有肉的人，只是平常生活中他这些情感完全被那些“理”所控制扭曲、打压了而已。

整首诗将情景融合一体，描写的色调也十分和谐，展现了诗人对平淡自然的热爱和追求，渴望修身养性的性格特点，也写出了那种闲散舒适的自然意境，值得品鉴。

来时浦口花迎入

采莲曲二首

［唐］王昌龄

吴姬越艳楚王妃，争弄莲舟水湿衣。

来时浦口花迎入，采罢江头月送归。

荷叶罗裙一色裁，芙蓉向脸两边开。

乱入池中看不见，闻歌始觉有人来。

【注释】

采莲曲：是一首古代有名的曲子。其内容主要是歌颂江南地区的风光和采莲女们在劳动时候的一种生活情态。

“吴姬”句：古时候有吴、越、楚三国分布在今日的长江中下游和浙江的北部地区，非常流行采莲戏，采莲女据说个个貌美迷人，类似吴越的国色天香，很像楚王的嫔妃。

浦口：江河湖海汇合的地方。

罗裙：采用非常细软的带有疏孔的丝织品做成的裙子。

一色裁：用的是同一种颜色的布料剪裁而成的。

芙蓉：荷花。

看不见：很难分辨哪里是芙蓉的绿叶红花，哪里是少女的绿裙红颜。

采莲女所穿着的罗裙颜色绿得就跟荷叶似的，浮出水面的那些荷花朝着这些采莲女的脸庞竞相开放着。此刻碧绿的罗裙跟荷花混合在一起，同时出现在荷花池中很难去区分，一直到动听的歌声传到了耳中，才知道原来这池中竟然早有人来采莲了。

“吴姬越艳楚王妃，争弄莲舟水湿衣。来时浦口花迎入，采罢江头月送归。”这几句主要描写的是江南水乡那些姑娘们的采莲活动。“吴姬越艳楚王妃”说的是采莲的姑娘们个个亭亭玉立，如花似玉，争芳斗艳地呈现在世人面前的景象。“争弄莲舟水湿衣”是说采莲这个活动，从诗句上可以看出采莲活动是一种竞赛形式的游戏。曾经唐汝询说过：“采莲之戏盛于三国，故并举之。”意思是说由于要划着船去才能竞赛采莲，根本就顾不上水打湿了衣衫。由此可以看出那些采莲姑娘争强好胜、活泼开朗的情态。

这些采莲的姑娘划着小船畅游在花的海洋。“来时浦口花迎人，采罢江头月送归。”这两句点出了这些姑娘们回去的时间，一直到了月亮爬上江头的时候才肯离去。这里诗人并没有急于描写采莲女们回程的情景，反而是插叙了采莲女前来采莲时的情景，来的时候一路都是被花海包围着，突出描写花儿对这些采莲女的欢迎程度，间接写出这些采莲女们对这种采莲竞赛的热爱之情，真的是享乐其中。当竞赛结束这些采莲女回程的时候，那些月儿指的就是那些花儿，对这些采莲女们依依不舍的感情。这里“花迎人”和“月送归”诗人采用的是拟人的一种描写手法，这么一来就将采莲竞赛活动的场面写活了，极其地富有诗情画意，莲花对采莲女的迎接，月亮对采莲女的送别，无非就是为了突出那些采莲女的可爱而已。

“荷叶罗裙一色裁，芙蓉向脸两边开。乱入池中看不见，闻歌始觉有人来。”随后几句完全就是在用诗句的方式刻画了一幅生动逼真的《采莲图》，这画面的重点还是采莲女。奇怪的是诗人总是巧妙地不让这些采莲女很明显地在这样的画面中出现，而是让她们穿梭于荷叶荷花中，若隐若现，让这些采莲女同大自然的景色融为一体，使整首诗充满了优美可遐想的种种意境，这样的独特构思，确实是诗人的别具匠心。

“荷叶罗裙一色裁，芙蓉向脸两边开。”这句是将女子的罗裙和荷叶相比较，绿得相似，看似普通的比喻而已，实际上却是说采莲女置身其中，荷叶跟罗裙混在一起，难辨雄雌，这也是这个地区特有的一道风景，感觉画面很喜人，将朴实和美艳结合更加生动。“芙蓉向脸两边开”说的是采莲少女的容貌个个貌美如花，像是刚刚出水的荷花一般艳丽红润。

让读者身临其境地感受到当时采莲比赛的美景，以及采莲女和大自然融合在一起的美貌，她们就像是采摘荷花的仙女一般，真切的生活实景，又夹杂着童话般的梦境色彩，惟妙惟肖。

“乱入池中看不见”这句话承接上文。“乱入”这里指混入的意思。这句写的正是人们看到采莲女的罗裙跟荷叶混在一起，难去辨别，那些伫立凝望的人们在瞬间产生的幻觉，似乎一下子那些采莲女就没了踪影一般，让人难免会产生一种变幻莫测的感觉。也就是俗称的“看花了眼”。“闻歌始觉有人来”是说：可是就在人们还没有缓过神儿的时候，四周又传来了采莲女悦耳的歌唱声，这时候人们才恍然大悟，原来消失不见的采莲女就隐藏在这荷花丛中呢。

这首《采莲曲》是王昌龄被贬至龙标的时候所创作的，据记载，这是在王昌龄担任龙标尉之后一次独自游玩时，在龙标城外的东溪荷花池附近，见到了酋长的公主——蛮女阿朵正巧在荷花池中边唱歌边采莲的情景，王昌龄被眼前的景象所吸引，有感而发写下了这首诗。被世人传颂至今。

海仙时遣探芳丛

西江月·梅花

［宋］苏轼

玉骨那愁瘴雾，冰姿自有仙风。

海仙时遣探芳丛。倒挂绿毛么凤。

素面翻嫌粉涴，洗妆不褪唇红。

高情已逐晓云空。不与梨花同梦。

【注释】

玉骨：梅花枝干的美称。唐冯贽《云仙杂记》卷二：“袁丰居宅后，有六株梅……（丰）叹曰：‘烟姿玉骨，世外佳人，但恨无倾城笑耳。’即使妓秋蟾出比之。”

瘴雾：瘴气。南方山林中的湿热之气。

冰姿：淡雅的姿态。

仙风：神仙的风致。

芳丛：丛生的繁花。

绿毛么凤：么：同幺。岭南的一种珍禽，似鹦鹉。

涴（wò）：玷污，弄脏。

唇红：喻红色的梅花。

高情：高隐超然物外之情。

“不与”句：苏轼自注：“诗人王昌龄，梦中作梅花诗。”

梅花品性高洁，自有其风骨，又哪里是岭南的蛮荒烟瘴可以攀附损伤的！其身冰肌玉骨，其性高洁出尘，如出世之仙人！非是凡俗可比！其姿容风骨自然引来了海上仙人的关注。仙人时常派遣使者，周身翠绿的小鹦鹉来探望。小鹦鹉调皮可爱，喜欢倒挂在树枝上欣赏梅花的绝世风姿。绝色佳人亦如品行高洁，姿容胜仙的梅花。其容颜不施粉黛已是绝世！涂粉、描红反而会破坏这绝色！正应了那句“著粉则太白，施朱则太赤”，如此的天生丽质，活脱脱的“东家之子”。难得的是佳人品性亦如梅花，高洁出尘，不与俗同！可叹这样的姿容风骨连同我的爱慕之情已经追随天上的白云而去，一切成空了！可悲自己无法像王昌龄梦梨花那样，梦中与如“梅”的朝云相会。

苏轼的这首《西江月·梅花》借梅喻人，实是悼念侍妾朝云。词中“晓云空”三字隐约点出了这点。朝云随苏轼被贬谪岭南惠州。那里蛮荒烟瘴，环境恶劣，但是朝云毅然跟随，并无怨言，最后身死惠州。

“玉骨那愁瘴雾，冰姿自有仙风。”首句从描写惠州的梅花开始，称赞“梅”的冰肌玉骨，风采似仙。而“那愁瘴雾”隐约点出了诗人身在岭南以及当地的蛮荒烟瘴，环境恶劣。侧面点出朝云甘于追随被贬谪的苏轼到岭南的深情。

“海仙时遣探芳丛。倒挂绿毛么凤。”第二句诗人则话风一转，开始想象有海外的仙人为“梅”的风姿神采所吸引，常常派遣使者来探望。海外的仙人是想象，使者自然也不例外，居然是翠绿的小鹦鹉！小鹦鹉调皮可爱，喜欢倒挂在树枝上欣赏“梅”的绝世风姿！诗人的想象跳脱却极具画面感。短短两句已经把“绿凤”的调皮可爱，“红梅”的仙姿出尘，绘成一幅画印入了读者的脑海里！

“素面翻嫌粉涴，洗妆不褪唇红。”第三句诗人进入正题，原来前面写“梅”是为了衬托“佳人”。佳人绝色，敷粉便是多余，洗去妆容依然唇色嫣然如“红梅”。可见如何丽质天生，一见忘俗！

“高情已逐晓云空。不与梨花同梦。”末句诗人感叹对“梅”的爱慕之情已经追随天上的白云而去，一切成空了！隐喻朝云佳人已逝！而自己也难以学王昌龄梦梨花那样，梦中与朝云相会。

苏轼的这首《西江月·梅花》先是以花喻人，然后再以人比花，妙的是皆得其神韵！其诗旨在缅怀侍妾朝云，但是通篇并未提到朝云其人，反借咏“梅”颂“云”喻其人，文字空灵高远，又别有一番趣志！虽是悼念亡妻，但是通篇不见悲词，又处处“可见”朝云的风姿风骨！手法之妙，用情之深，怪不得后世明代杨慎评“古今梅词，以东坡此首为第一”。

三五年时三五月

绮怀

［清］黄景仁

几回花下坐吹箫，银汉红墙入望遥。

似此星辰非昨夜，为谁风露立中宵。

缠绵思尽抽残茧，宛转心伤剥后蕉。

三五年时三五月，可怜杯酒不曾消。

【注释】

绮：原本指的是带有花纹的丝织品，后人以此来形容一种美丽。

银汉红墙：词句源自李商隐的《代应》：“本来银汉是红墙，隔得卢家白玉堂。”

星辰：源自李商隐《无题》“昨夜星辰昨夜风，画楼西畔桂堂东。”

据说清代诗人黄景仁曾经在自己青春年少之时与自己的表妹产生过一段两情相悦、刻骨铭心的感情。可惜这段爱情故事像所有无疾而终的感情一样，开始得很美丽，结束得很可惜，温馨的开始却换来了一个无法想象的无言的结局。因此，黄景仁在自己作的这首《绮怀》诗中将自己那份隐藏的伤感全部表述了出来。回想着曾经有过的甜蜜，联想着现实的残酷和苦涩无结局的爱情，让诗人一点点地在绝望中徘徊、痛苦而不能自拔。那让人绝望而伤感的爱情，无着落地在回忆中穿行，更加显得凄美而温婉。

“几回花下坐吹箫，银汉红墙入望遥。”首联以此句开篇，意思是说：在皎洁的月光陪伴之下，诗人静静地端坐在花前月下吹着萧，这样的环境下本该是一种美好的相遇。可惜美好的相遇往往都没有一个好的结局，仅仅是一个美好的开始而已。想着心中依然放不下的伊人与自己隔着一道红墙，近在咫尺却远在天边，就像是天上的银汉是难以触及的一般。

“似此星辰非昨夜，为谁风露立中宵。”此句堪称经典，意思是：今夜早已物是人非，造物弄人，似乎那昨夜闪烁的星辰只是为了将那段浪漫的爱情故事记录下来一样，花前月下静吹箫，是多么唯美的画面。而此刻望着今夜依然悬挂在空中的星辰，陪伴自己的却只剩下那份撕心裂肺的伤感了。可见诗人此刻的头脑是十分清晰的，理智在提醒着他昨日已成往事，不可重现，越是这样清醒地提醒自己，内心的伤感和绝望就会越来越深刻。

在这首诗中可以看出诗人连安慰自己的虚幻想象都已经消失不见了，只能让自己孤独地眼望星空，心中却五味杂陈。难以想象诗人独自一个人伫立在中庭，呆呆地望着和往日一样明亮的月光，一整夜露水打湿了他的外衣也淋湿了他伤怀的心灵。这看似等待的动作却只能换来一片虚无，而最矛盾的是明知不会再有结果却忍不住继续思念的心情，是难以释怀的痛苦，也是感情中最为绝望的一种表现。

“缠绵思尽抽残茧，宛转心伤剥后蕉。”这句的伤感程度完全可以同李商隐《无题》诗中的那句“春蚕到死丝方尽，蜡炬成灰泪始干”相媲美了。春蚕用自己吐出的蚕丝将自己重重地包裹了起来，就像是诗人用这样痛苦而缠绵的思念将自己重重包围起来一样。春蚕吐丝终是死，蜡炬成灰还是死，无论怎样都是没有希望的绝望，自然是人间最悲伤的事情了。而黄景仁诗中的“芭蕉”也同样是一种幽怨饱含其中的意象。

“三五年时三五月，可怜杯酒不曾消。”结尾两句与开篇两句“几回花下坐吹箫，银汉红墙入望遥”互为呼应。“三五年时三五月”从这句可以看出诗人一定是在很长的一段时间里都在重复地静坐花下静吹箫，为的就是思怀过往的种种，只可惜往日不可重现，那夜的美酒鲜花早已成了今日苦涩凋落的伤感了。而这样的伤感苦涩却像是将要终身伴随一样，无法遗忘。想念是诗人无法自控的事情，而理智和现实又在催人醒，清醒地告诉自己昨日已逝，就这样诗人的思绪在昨夜与今夜之间来回地游离着，更是没办法让自己从这种情感的缝隙中抽身离开了。也正是因为有了这样的绝望和伤感，才让整首诗镀上了新的魅力。

留连戏蝶时时舞

江畔独步寻花·其六

［唐］杜甫

黄四娘家花满蹊，千朵万朵压枝低。

留连戏蝶时时舞，自在娇莺恰恰啼。

【注释】

黄四娘：这个人是杜甫居住在成都草堂时期的一个邻居。

蹊：这里指的是小路。

留连：留恋的意思。指不忍离开。

娇：形容样子可爱。

恰恰：指鸟叫的声音好听。恰恰也是唐朝时期方言，意思是正巧，刚刚好的意思。

在黄四娘家的周围有一条小路，小路的四周开满了鲜花，成千上万的花朵竞相开放，压弯了枝头，看起来枝头被压得很低很低，那些嬉戏打闹着的彩蝶在空中不停地盘旋着，舞动着绚丽夺目的翅膀，不时地传来黄莺悦耳的叫声，画面非常动人。

这是唐代诗人杜甫所写的一首富有情趣的写景诗篇。整首诗带给读者一种轻松愉悦的心情，诗人巧妙地运用了时时、恰恰这些富于韵律的字眼，使全诗就像一幅壮观美丽的景物画一样呈现在世人的眼前。满是动感与活力，更能展现出整首诗句明快、流畅的感觉。整个诗篇比较偏于口语化的书写方式，读起来更加亲切，更能跟随诗句去感受诗人当时身临其境接触大自然带来的快乐。

“黄四娘家花满蹊”，第一句直入主题，交代了诗人赏花的地点，在“黄四娘家”附近的一条小路上。开篇便以一个人名引出全诗，更能凸显浓郁的生活情趣，很有农歌的感觉。

“千朵万朵压枝低”，接下来这句是对上文中“满”字的一个具体化描写。“压枝低”说的就是繁花似锦，花朵团簇将树枝都压弯了，这样的景象仿佛就在眼前。诗人杜甫引用了“压”“低”两个字，用词特别精准到位，生动具体。

“留连戏蝶时时舞”这句开始描写彩蝶翩翩起舞，因为“留恋”花朵的芬芳艳丽而不愿离去。因这些花朵和彩蝶的可爱连带着来这里散步的人们也一样“留恋”起这里的景色来。

不过这些前来散步的人未必会因为这么一处景色而完全停下脚步，驻足观赏，有些人可能还是会不停地前行去前方欣赏更多的美景。“时时”这里指的是不时偶尔地见一下，用这两个字更能描绘出春意浓重的色彩。

“自在娇莺恰恰啼”，结尾句正当诗人欣赏着美景心中无比喜悦的时候，传来了一阵黄莺悦耳的歌声，一下将诗人从赏花的醉意中唤醒，体现了诗句的意境。“娇”字将黄莺啼叫时那种轻软的声音一下子就展示了出来。“自在”这里不仅是指黄莺在枝头歌唱的自在感，也用此来形容诗人心理上感受到的那种轻快愉悦的心情。整首诗以黄莺“恰恰啼”的声音结尾，颇有余韵。

这类赏景的诗唐朝时期非常多见，只是像这首诗这样将内容刻画得惟妙惟肖的，充满自然色彩的并不多。比如：常建写的《三日寻李九庄》中的“故人家在桃花岸，直到门前溪水流”；王昌龄在《春宫曲》中写到的“昨夜风开露井桃，未央前殿月轮高”，都是描写景色的诗句，只是这些描写都显得过于“清丽”，只有杜甫的这首诗，在“花满蹊”后，再加“千朵万朵”，使那种彩蝶飞舞、黄莺高歌的景色更显得“秾丽”亲近了。这样的写作手法，恐怕也只有唐代大诗人杜甫才会灵巧地运用自如吧。

在唐朝诗词歌赋盛行的时代，人们都很注重诗句声调的和谐性。他们写的诗句很多时候会被配诸管弦，才更讲究韵律。杜甫写的诗只是为了诵读而作，所以经常会出现一些拗句。如这首诗中的“千朵万朵压枝低”这句，就是一个拗句，这样的方式并不是对音律的肆意破坏，细细读来，带有一种朗朗上口的口语美感。其实诗人也不是完全忽略了诗歌的韵律。第三、第四句就显得音调较为婉转。对娇莺叫声的形容，以及时时、恰恰这样重叠字的出现，都能给人身临其境的感觉。上下两句对比着出现，使语句更生动，表现力更强。此两句中除了“舞”“莺”两个字以外，都是舌齿音。将一系列的舌齿音放在一起，就能带给人们喁喁自语的语感，从而更能看出赏花人陶醉的感觉，真是喜不胜收。这样借助声音效果的表达也能显示出诗人别具一格的写作特色，不愧为一代“诗圣”。

绿阴不减来时路

三衢道中

［宋］曾几

梅子黄时日日晴，小溪泛尽却山行。

绿阴不减来时路，添得黄鹂四五声。

【注释】

三衢道中：在去往衢州的道路上。三衢就是衢州，位于今日的浙江省常山县，因在这里有一个三衢山，所以得名衢州。

梅子黄时：梅子成熟的时候，大概是在每年的五月。

小溪泛尽：乘坐着小船一直行驶到小溪的尽头。

却山行：再走山间小路。

绿阴：绿色的树荫。

不减：没减少什么，几乎差不多。

当梅子成熟黄透的时候，每一天都是晴空万里白云朵朵的大晴天，乘坐着一叶扁舟顺着小溪行驶，不知不觉便走到了小溪的尽头，此时再改为步行，在山路中穿梭而行。山路上满是苍翠的树木，和来的时候是一样的，这些树木依旧浓密，没有什么变化，不时会从深山丛林中传来几声黄鹂歌唱的声音，可以说比来这里的时候更多了几分幽趣。

这首诗的作者是南宋时期著名诗人曾几。字吉甫，号称茶山居士。曾经担任江西、浙西提刑，秘书少监，礼部侍郎。曾几一生博学多才，学识渊博，忙于勤政。据说曾几生前酷爱旅行。这首诗便是他在浙江衢州三衢山旅游的时候所创作的，抒写了自己在旅途中接触大自然风貌时的新鲜感受。曾几一生在学术上较有成就，因此，他的学生陆游最后在为他撰写《墓志铭》时写下了这样一句话："治经学道之余，发于文章，雅正纯粹，而诗尤工。"后人将其列入江西诗派。他写的诗多数都是抒情遣兴、唱酬题赠，富有闲雅清淡的类型。

这首《三衢道中》写的就是夏天刚刚到来时宁静的自然气息以及诗人旅行时那种轻松愉悦的心情。属于纪行诗，整首诗文笔轻松明快，非常有生活的真实韵味。将自己行于三衢山道中的真实感受写得栩栩如生，让读者有一种身临其境的感觉。

"梅子黄时日日晴"是全诗的首句，说明了诗人此行具体的时间。"梅子黄时"恰巧是江南地区俗称的黄梅天，也就是南方的梅雨季节，很难得会赶上这样"日日晴"的天气。也因为巧遇这样的大好天气，诗人的心情也显得更为爽朗，旅游的兴致大增。

第二句"小溪泛尽却山行"，是说诗人乘坐着一叶扁舟顺着溪水流动的方向而行，一直行驶到了小溪的尽头，虽然小溪到了尽头，而旅游的兴致却依然浓厚，于是诗人便登岸步行，畅游山林间，在山路中漫步。其中一个“却”字，突出了诗人高涨的旅游兴致。

“绿阴不减来时路，添得黄鹂四五声。”结尾两句承接上文中的“山行”，开始对山林间的一切进一步给予了详细地描写，写出了那种绿树浓密，林间幽静，伴随黄鹂的啼鸣徒步在山林之间的感觉，也间接地写出了诗人此刻的内心是多么舒畅愉悦。“来时路”几个字话锋一转马上转到了归程的叙述，“添得”两个字侧面反映出了诗人在归途中意犹未尽的旅行兴致，因此，才会留意到黄鹂啼鸣的叫声，由此可以看出诗人在作诗之时构思上的巧妙和精当。

诗人曾几能够将一次平淡无奇的旅程，写得绘声绘色、错落有致，不仅将初夏时自然风光的秀美写得淋漓尽致，而且还将自己此行的畅快心情写得惟妙惟肖，让读者也可以感受到这种自然的意趣，很是不易。

整首诗最大的特点就是用对比的手法将自己的感情融入其中。其中用以往江南连绵不断的阴雨天气和眼下日日放晴的天气做了鲜明的对比；将来这里时感受到的丛林的幽静和归途中的绿荫和黄莺啼叫也做了对比，使全诗显得跌宕起伏，更具新意。诗人巧妙运用了写景的词语，将浙西山区初夏之时的景色描绘得栩栩如生，尽管诗人对自己的感情没有过多地铺写，却可以自然地将对景物的描写和自己的心情契合在一起，可见文笔十分巧妙，值得赏析阅读。

天涯地角有穷时

玉楼春·春恨

［宋］晏殊

绿杨芳草长亭路，年少抛人容易去。
楼头残梦五更钟，花底离愁三月雨。
无情不似多情苦，一寸还成千万缕。
天涯地角有穷时，只有相思无尽处。

【注释】

玉楼春：又称“木兰花”。是词牌名。

长亭路：送别时的路。

年少抛人：人从年少变老。也是说人总会被年少的时光抛弃。

残梦：还没有做完的梦。

五更钟、三月雨：形容的都是思念人的时刻。

一寸：指愁肠。

还：已经。

千万缕：千丝万缕。以此来形容离恨是无穷尽的。

在那杨柳和芳草绿油油的长亭古道边，青春年少的人总是可以轻而易举地就将送别自己的人抛下，随之自己孤身一人扬长而去，登陆远程。五更时楼头总是会传来打更的声音，惊扰了离人未曾做完的梦，花底飘散的三月春雨总是能让人增添几分愁思。那些无情冷酷的人，永远都不会读懂多情人的种种情愁烦忧，一寸相思忧愁在这时化作了无穷无尽的离思。即便是天涯海角也有走到尽头的时候，可偏偏只有那相思的情感永远没有终止的时候。

“绿杨芳草长亭路”第一句首先描写的便是春天的景色、离别的亭子，还有去路，为的是衬托出后文中人的感情部分。这句说的是就在这样绿柳芳草碧连天的长亭外、古道边，青春年少的人像一个游子一样，在这里告别了自己的心上人。“绿杨芳草”在这里指的就是春天优美的春景，为后文离别后情愁埋怨的进一步抒发埋下了伏笔。

“年少抛人容易去”第二句说的是临别之时，那个痴情的姑娘泪眼朦胧，无语凝噎地望着自己的恋人，而“年少”的他却可以做到轻而易举地扬长而去，将自己的恋人就这样轻易地放弃一边。在赵与时写的《宾退录》中记载，“晏叔原见蒲传正曰：‘先君平日小词虽多，未尝作妇人语也。’传正曰：‘绿杨芳草长亭路，年少抛人容易去，岂非妇人语乎？’叔原曰：‘公谓年少为所欢乎，因公言，遂解得乐天诗两句：欲留所欢待富贵，富贵不来所欢去。’传正笔而悟。余按全篇云云，盖真谓所欢者，与乐天‘欲留年少待富贵，富贵不来年少去’之句不同，叔原之言失之。”这些话都是晏几道为自己的父亲那句“年少”语所给出的没有意义的一种辩解。而事实上，这首词原本写的就是思妇的一种闺怨，运用的就是“妇人语”。

“楼头残梦五更钟，花底离情三月雨。”这两句写出了相思的痛苦和情真意切的哀怨之情。残梦依稀尚存，而钟鼓便惊扰了那个未完的梦，绵延的细雨不断，离别的痛苦更深，这一系列的感受都是被抛弃之人最真实的感受。这两句音节对仗非常工整，运用的描写方式也非常的巧妙，更能突出那种离别委婉的意境。像一首含蓄的歌在不停地低吟，真切地抒发着自己的情感，将三月的小雨，五更时候未完的梦境，楼头分别之人的种种寂寥，连带着所有的思绪连成一片，显得更加悲伤失望，这样的悲伤无边无际。

“无情不似多情苦，一寸还成千万缕。”这两句用的是反语的描写方式，首先用无情和多情做了一个鲜明地比较，随后通过具体的形容用相反的方式去说明一切，这样描写可以加深语气的强度和语意的深刻。先交代无情的人就没有烦恼，多情的人烦恼多，因此，多情的人就是不如无情的人洒脱。这两句的意思是说：无情人怎么能像多情的人那么痛苦呢，付出的一寸芳心，在这一刻都化作了“千丝万缕”，象征着很多的情愁怨恨之情。

“天涯地角有穷时，只有相思无尽处。”结尾这两句有深刻的含义。“天涯地角”指的是天地之间的尽头，因此称“有穷时”。可是，在离别了之后那种刻骨铭心的相思，根本就是无穷尽的存在，因此说“只有相思无尽处”。这里作者用了一种比较的方式来进一步突出“多情”的人会受到的精神打击和折磨更深，表达得真切含蓄。而对于那个“年少”却没流露出丝毫的埋怨之语。

这首词写的是闺怨，没有引用任何典故，请辞达意，运用比喻、反语、对比、夸张等写法，很细致地反映出思妇最真实的心理活动和感受，以及难以言说的相思之苦，展现了非常巧妙的艺术效果，值得一读。

飞花令里品诗词
雨

雨里鸡鸣一两家

雨过山村

［唐］王建

雨里鸡鸣一两家，竹溪村路板桥斜。

妇姑相唤浴蚕去，闲看中庭栀子花。

【注释】

竹溪：长在小溪旁边的竹子。

妇姑：媳妇和婆婆。

相唤：彼此呼唤。

浴蚕：古时候人们将蚕的种子浸泡在盐水之中，用这种方法来选拔出品质优良的蚕种，称为浴蚕。

闲看：农民都忙着农忙干活，根本没有闲暇的时间去观赏此时盛开的栀子花。

中庭：庭院的中间。

大雨降落的时候远处传来了鸡叫的声音，山村里只能依稀看见那么一两户人家。在小溪的两岸绿色的翠竹挺拔茁壮地生长着，狭窄的板桥连成一线与一条山路相连。婆媳彼此呼唤着准备一同去浴蚕，然后选出优良的种子，在庭院的正中间生长着很多栀子花，争相斗艳地盛开着，只可惜却没有人来欣赏它们的美丽。

“雨里鸡鸣一两家”，整首诗开始就渗透出了山村的气息，这种气息首先就是从鸡鸣的声音而引出的。“鸡鸣桑树颠”是在乡村生活的最大特征，在阴雨的天气里，天空明暗交替，就会引得

“鸡鸣不已”。如果是在那种平原地区，村落一般都很大，一只鸡打鸣就会有很多只鸡也跟着打鸣。不过放在这种偏远的山村就不会这样了，由于地势的原因，使这个村子的居民居住的位置相隔甚远，有的甚至根本不能形成村子，即使能构成村子，人家也很稀少。“鸡鸣一两家”，点明了这种乡村的特点。

“竹溪村路板桥斜”，上一句显示出了山村幽静的特点，这一句就是用“曲径通幽”的描写，体现出山村的深远；引人入胜，让读者可以以诗人的感受去感受漫步山行的感觉。雨下得并不算大，沿着蜿蜒盘曲的小路一直走到一座小桥边。这座小桥并不是那种看上去多么宏伟壮观的大桥，更不是石匠精心打造的石桥，只不过是这个山里的居民用普通的木板搭建而成的“板桥”。山民很简朴，整个山村和小溪都并不是很大，本来也不需要铺张。因此，“竹溪村路”这样的地方，这样的板桥，都像是自然形成的一样。

“妇姑相唤浴蚕去”，诗人写到这句的时候就把“雨过山村”的感觉都写到了。笔锋急转，写到了农忙之事:“妇姑相唤浴蚕去”，“浴蚕”是说用盐水浸泡的方式去选择蚕种。据《周礼》“禁原蚕”注引《蚕书》:“蚕为龙精，月值大火（二月）则浴其种。”通过这个可以知道这个时间是在仲春。在这样一个僻静简朴的山村，婆媳相互呼叫着搭伴而行，看上去特别地亲近，可以看出家庭成员之间的关系还是非常和睦的，彼此招呼着都不想被落在最后。“相唤浴蚕”的季节，肯定也会有“相唤牛耕”的事情，诗人只是列举了一件事情，没有必要逐一去介绍。在雨景中添加了那么一对互相呼唤的“妇姑”使文章更显得有生活气息，很有诗意。

“闲看中庭栀子花”，最后一句，农家少空闲，顶着雨也要去浴蚕，就将农忙季节农民格外繁忙的气氛烘托了出来。可是诗人偏偏要在这个时候锦上添花写下这么一笔“闲看中庭栀子花”。就是想告诉人们这个时候村子里是没有闲散的人的，只是诗人并没有正面去述说，反而侧面去描写。用“闲”字去映衬那种繁忙，通过栀子花开无人赏来侧面间接写出人们都在忙碌的事实，颇具韵味。也让整首诗显得更加饱满。雨后的栀子花格外的香气扑鼻，那种意象一定很美。这个花还有一个名字叫“同心花”，在古时候象征着爱的表达，因此很多妙龄少女很喜欢采集这种花。这首诗写栀子花无人理睬，一方面是说明农忙时期大家都在忙着自己手头的事情，另一方面也说明这个时候实在是太忙了，大家都在忙着耕耘，没空去谈情说爱，因此，这花原本的意义也就随之忽略了。这样含蓄的结尾方式，妙趣横生，饶有意境。曾经有人这样评价这首诗的结尾句：“心思之巧，词句之秀，最易启人聪颖。”

诗人无处不在地紧扣山村的特色，特别是乡村特有的劳动生活，从景物写到人，再从人物写到一种意境，处处流露着生活的气息；言语新鲜活跃，富有意境，让人读起来赏心悦目。真的应了前人说的那一句话了：“心思之巧，辞句之秀，最易启人聪颖。”

风雨端阳生晦冥

已酉端午

［元］贝琼

风雨端阳生晦冥，汨罗无处吊英灵。

海榴花发应相笑，无酒渊明亦独醒。

【注释】

端阳：端午节。

晦冥：阴沉昏暗的一种气象，出自《史记·龟策列传》。

汨罗：汨罗江。

英灵：这里指的是屈原。

海榴：石榴。由于石榴最初是从海外传过来的，故此称海榴。

渊明：东晋诗人陶渊明。

独：独自一人。

醒：清醒。

在端午节的这一天突然遭遇了一场大雨，天空昏暗阴沉，汨罗江上竟然没有一个人凭吊已经逝去的屈原。看那盛开着的娇艳的石榴花仿佛也在嘲笑我一样，而陶渊明就算是滴酒未沾，也在心里一样仰慕屈原，真的是全然不一样的清醒。

这首诗的作者是元代诗人贝琼，初名阙，字廷臣，一字廷琚、仲琚，又字廷珍，别号清江。于元成宗大德初出生，于明太祖洪武十二年去世，享年八十多岁。贝琼曾经师从杨维桢，并且在学习过程中“取其精华，去其糟粕”，吸纳师傅写诗的长处。他的文章多数融和雅正，诗风温厚，自带高秀，也曾独领风骚。这首《已酉端午》创作于1369年的五月初期。诗人因在端午节这天遭遇了一场昏天黑地的滂沱大雨，眼看着汨罗江却找不到一个前来祭祀屈原的人，心中感慨万千，有感而发便写下这首诗。

贝琼在端午恰逢大雨，天气骤变，汨罗江上放眼望去却空无一人，谁都没有前来祭祀屈原，联想到屈原曾经的经历，一心报国，屡屡遭迫害、被贬，一生身怀大才却始终未遇到伯乐，而在时隔千年之后的今日，在端午节这天又遇到了这样的大雨，使人们对屈原的祭祀和缅怀都耽误了，整个汨罗江空空如也，不见人影，这么大的江边竟然无处凭吊英魂，诗人贝琼心中产生了无限感伤，可是那盛放着的石榴花仿佛是在嘲讽贝琼这种烦恼自扰之的状态，因此，诗人也只好用自嘲的方式在这里引用了陶渊明的真实事迹，即便陶渊明是一个隐居山中的隐士，有自己的一片“桃花源”，可是陶渊明依然能保持对屈原的敬仰之情，实属不易。整首诗利用平实的语言，抒发深刻的情感，可见诗人的用笔之完美。

“风雨端阳生晦冥，汨罗无处吊英灵。”开篇两句先写景后抒情。“风雨端阳生晦冥”，这一句主要是写端午节这天室外的天气状况，晦明交替，狂风暴雨，这里利用外景中的恶劣天气为后文的抒情句做了一个良好的铺垫作用。“汨罗无处吊英灵”，此句带有一种感慨，在这个时候诗人联想起了屈原一生的坎坷经历，怀才不遇，屡遭迫害等，用屈原的这种典故，进一步也感怀到了自己可悲的身世，自己也是一样的处境，怀才不遇，突出了一种心有不甘的愤懑情绪；“无处”在这里一方面是为了对应上文中的“风雨晦暝”，另一方面也写出了诗人看着屈原英灵无人祭祀的一种遗憾和伤感。

“海榴花发应相笑，无酒渊明亦独醒。”结尾两句将“榴花”用了一种拟人的方式给予了进一步的描写，“笑”字加重了石榴花那种活灵活现的人物情感，从而使整首诗显得别开生面，生动有趣寓意深刻，诗人在自己的心里和石榴花展开了一番讨论式的交谈，而后，借着石榴花的那种“笑”间接抒发了自己空留一身才华在，却始终无真正用武之地的有志不得的失落感。巧妙借鉴了陶渊明的典故，用这样一种超强的对比方式，意味深长地自嘲，超脱着自我。随后“醒”字又将读者的情绪带回了原本的主题中，让人难免会产生自然的想象，有着丰富的畅想空间，着实回味无穷。

墙头雨细垂纤草

夏日题老将林亭

［唐］张蠙

百战功成翻爱静，侯门渐欲似仙家。

墙头雨细垂纤草，水面风回聚落花。

井放辘轳闲浸酒，笼开鹦鹉报煎茶。

几人图在凌烟阁，曾不交锋向塞沙？

【注释】

林亭：老将军住的地方。

翻：反而。

侯门：古时候君主时代将爵位分为五个等级，第二等爵位就是侯，用在这里指老将军的家。

仙家：仙人的家，仙人住的地方。

纤草：细细的小草。

辘轳：运用轮轴的动力制作而成的一种用来起重的工具，古时候将这种东西放在井上来汲水。

煎茶：烹煮茶水。

凌烟阁：贞观十七年，唐太宗在位时命人将开国功臣长孙无忌等带兵打仗的武将合计二十四人的画像刻在这里，还亲自为其做过赞。

向塞沙：塞外上阵打仗，这里泛指领兵作战。

当一个人身经百战，集所有功名利禄于一身的时候，反而会愿意回归平静安逸的生活，原本侯门显贵人来人往，变得逐渐冷清幽静像是仙人幽居的山洞一般宁静。在那墙头之上淅沥的小雨缓缓地下着，嫩绿的青草低垂，微风袭来水面泛起一阵阵回旋的涟漪，落花片片散落在水面上。到水井边将辘轳放下来，悠闲自得地将美酒侵入水中至酒水微凉，打开鸟笼，鹦鹉还在那里学人说话，仿佛提醒着人们不要忘了煎茶一样。没有几个人有资格将自己的画像悬挂在凌烟阁之中，若不是久经沙场数次与敌人交锋的人哪来这样的资格呢?

“百战功成翻爱静，侯门渐欲似仙家”，第一句诗笼统地交代了老将军寂寞的心境以及如今门第清冷的现状。“翻”字用在这里恰到好处。毕竟老将军不是归隐山中的居士，本不应该“爱静”，“侯门”终究不是仙人洞，不应该有相同之处，可是偏偏“渐欲似”，这几个字一下就将这位老将军有别于他人的个性展露无疑了。

“墙头雨细垂纤草”，“侯门”的围墙上经过多年的风雨侵蚀久久无人过问，已经是年久失修的样子了，“纤草”随处可见。在“纤草”前加了一个“垂”字，可以看出这种景象似乎没有丝毫生机，意味着荒凉的意境，也是诗人要表达的言外之意。

“水面风回聚落花”，这句描写的是老将军园内的湖面景色，湖面上泛起微风，阵阵微波打着旋儿，将湖面上散落的花瓣都集聚在了一起。仅仅七个字却描绘出了一幅微风轻拂、花瓣散落、湖面凄冷、寂寞而萧条的景色。园林都是如此冷清，主人的心境更是如此。这是诗人借物寓情的手笔。

“井放辘轳闲浸酒”，老将军借助井水的冰冷，使酒水变得清凉，喝起来更清爽，表现了老将军生活的闲逸。“笼开鹦鹉报煎茶”，将关着的鹦鹉鸟笼打开，让其自由放风，就可以让它在有客人来访的时候提前通报主人，像是要监督主人煎茶招待客人一样。这两句借助动物的描写来反映人情的活动，这样的描写更显生动鲜明，形成了一个清幽而深邃的境界，侧面烘托出老将军的生活情趣以及精神面貌，可见诗人用笔的高明之处。

“几人图在凌烟阁，曾不交锋向塞沙”，用反问的句式给老将军间接的安慰和劝说，直扣主题。据《新五代史》载：蜀王建五年曾起寿昌殿于龙兴宫，“画建像于壁”，并且还起“扶天阁，画诸功臣像”。这两句的意思是说：那些有资格在凌烟阁留下自己画像的人，哪一个不是身经百战，功勋无数的人呢？功勋卓著是真实存在的，没有必要再感到生活寂寥萧条。

整首诗颇具艺术特色。前六句作为铺垫，写的都是老将军寂寥、闲散、安逸的生活，随后两句笔锋急转，画龙点睛，文章波澜曲折。原本久经沙场、身经百战的老将军，早已丰功进爵，更应该继续为国效力，鞠躬尽瘁。可是功成名就后反而喜爱上了宁静的生活，非常让人意外；不仅仅是喜欢幽静，可以说静得像在闹市中隐居一般，任何世事都不过问了；不仅如此，就连自己府邸中的园林都不愿再去维修。间接写出了老将军消沉之意，层层递进，这么一来要规劝老将军也就越来越顺理成章了。诗人就在这样的情景交融之中将文章的主旨写了出来，既表达了主旨，也显现出了诗歌本有的诗情画意，可见不同凡响之处蕴含其中，值得品鉴。

渭城朝雨浥轻尘

送元二使安西 / 渭城曲

［唐］王维

渭城朝雨浥轻尘，客舍青青柳色新。

劝君更尽一杯酒，西出阳关无故人。

【注释】

渭城：古代秦朝时期的古城咸阳。现在陕西省西安市的西北部地区。

浥：湿润。

客舍：客栈、旅馆。

柳色：古时候柳树代表着离别的意思。

阳关：在甘肃敦煌的西南部地区，是自古以来奔赴西北边疆的重要通道。

渭城清晨时分下了一场淅沥的春雨连轻尘都被沾湿了，客栈四周随处可见枝叶嫩绿焕然一新的柳树。故交邀你再一次共赏美酒，等到向西边奔去，过了阳关就很难再遇到老朋友了。

这首诗所写的是一种常见的离别情形。并没有任何华丽或复杂的历史背景，只是单纯朋友情深的离别之情，因此，更显得脍炙人口，非常适合在告别的筵席上诵读，而后还被收进了乐府，古时候曾一度流行，成了经久不衰的经典曲目。

诗人笔下捕捉到的瞬间竟成为一种永恒。故友远行在即，就要奔赴那黄沙漫天飞舞的边疆地区了。这一刻分别再见就很难了，尽管有万语千言，也是如哽在喉，或许能说的也就只有一句：请喝下这杯辞行的酒吧！那种惜别的深情以及所有的叮咛和祝福全都浸在这无言的酒水中了。

“渭城朝雨浥轻尘，客色青青柳色新。”开篇两句便生动地描绘了诗人面对即将奔赴边疆荒野之地的好友元二的依依不舍和惦念。这两句表面上看是在写春天的景色，实际上却在间接暗指离别。由于古时候柳树象征着离别，因此，诗人提到了“青柳”。“轻尘”“客舍”这两个词也都含有远行的意思，侧面交代了诗人送别故友时的时间、地点以及周围的环境。“劝君更尽一杯酒，西出阳关无故人。”结尾两句直戳主题，以酒话别，诗人借着分别时刻对故友的劝酒，间接表达了对故友的真挚友情。诗人的故友即将奔赴当时的安西，现在新疆库车县境内。唐代另一位诗人王之涣在诗中写道“春风不度玉门关”的情形，更何况当时的安西位置要比玉门关还要遥远，极度荒凉，难以想象。

由于这首诗属于七言绝句，有着条条框框的各种局限。因此，诗中并没有对这场离别具体如何摆放筵席，筵席上大家又是什么状态，具体说了哪些关于辞行的话语，以及心中还有哪些心理活动，是怎么个不舍的心境，故友踏上旅途后是怎样回头遥望，诗人全部没去细细描述，只是将辞行接近尾声时主人的劝酒词节选了出来：请你再干一杯酒，过了阳关之后，故友恐怕今生都难再见了。诗人将最具有表现力的片段节选了出来。告别的筵席看来已经持续很久了，那代表离别的酒杯早已不知举过多少次，叮嘱的话也说过了成千上万遍，朋友即将踏上征途，一定要前来才是，因此，在这个时候无论是主人还是客人惜别之情都到了最升华的部分。主人简单平实的劝酒词，却饱含着对朋友的深切情感，这种离别的惆怅也都随着表现了出来。

“劝君更尽一杯酒，西出阳关无故人。”结尾句要整体来看。要从中细品这简单的劝酒词富含的深情，就一定会想到“西出阳关”。河西走廊尽头的阳关，同它北面的玉门关位置相对，自汉朝开始便一直是内地通往西域的必经之路。到了唐朝鼎盛时期，内地和西域之间的往来达到了一个新的高峰，如果在当时有人去从军或是去往西域阳关之外的地区，在唐朝人心中都是一种象征勇气的壮举。只是当时阳关以西地区还处于近似荒无人烟的境地，一切都与内地完全不一样。虽然老朋友此行是一种壮举，可终究免不了旅途的跋涉，一定会备尝旅途独自一人的孤独以及难以言表的寂寞。故此，在即将临行前还不忘“劝君更尽一杯酒”，就更是饱含着丰富情感在其中的举动了。这里涵盖了道别的不舍，友情的炽热，为老朋友担忧的牵挂，还有说不出口的无数句祝福和叮嘱。对于前来送友人的人来说“劝君更尽一杯酒”，不仅是想让朋友将自己的真切情感留在心中，也是由于不舍想要更多地拖延时间、挽留朋友；“西出阳关无故人”这是无论临行者还是送行者都会产生的感觉。离别在即，太多话要讲，却在一瞬间无语凝噎。越是这样的时刻，越会显得格外沉默，让朋友再喝一杯，既是想缓解一下这样无言伤感的气氛，也是丰富情感的表达。

这首诗能传颂至今，也是因为它内容饱满，简单而丰富，情感真切，与真实生活相符。

风回云断雨初晴

南湖早春

［唐］白居易

风回云断雨初晴，返照湖边暖复明。

乱点碎红山杏发，平铺新绿水蘋生。

翅低白雁飞仍重，舌涩黄鹂语未成。

不道江南春不好，年年衰病减心情。

【注释】

南湖：彭蠡湖，即鄱阳湖。《太平寰宇记·江州》："彭蠡湖在（德化）县东南，与都昌县分界。"湛方生《帆入南湖诗》："彭蠡纪三江，庐岳主众阜。"

早春：初春。

风回：春风重返大地。

云断：天空的云朵被风吹散了的样子。

返照：阳光重新照射。

乱：繁多。也是说遍布得满山都是。

碎红：杏花的花苞刚展露出来零星的红色。

发：开花。

水蘋：水上的浮萍。

翅低：飞得特别低。

白雁：白鸥。

舌涩：语言表达不流畅。涩，形容叫声不连贯、不婉转，艰涩。

云雾被春风吹散了，一场暴风骤雨刚刚停止，天空刚有一点放晴，温暖的阳光重返大地，照射在湖面上，鲜明、畅快。山杏遍布山野，初泛碎红；新生出来的绿色的浮萍齐刷刷地铺满了水面。湖边的白鸥身上被大雨淋湿的痕迹犹存，翅膀看上去显得格外沉重，只能勉强在低空中飞翔；黄鹂的舌头也不听使唤地略发声音，叫声生涩。并不是江南的春天不好，只不过是逐渐变得体弱多病的我对这一切的兴致减少了而已。

“风回云断雨初晴，返照湖边暖复明。乱点碎红山杏发，平铺新绿水蘋生。翅低白雁飞仍重，舌涩黄鹂语未成。”全诗中这几句写的完全是一幅景色奇美的春景图。

苏轼曾经用“诗中有画”来评价王维的山水诗。实际上并不是只有王维的山水诗可以达到这种境界，确切地说应该是我国所有优秀的山水田园诗都具备这一特点。应该说诗的前几句就是给读者描绘一幅视觉清新的风景画。这幅画向人们展示早春一场大雨过后天空放晴，山杏斗艳，绿色浮萍随处可见，白鸥在湖面低飞，黄鹂叫声生涩的唯美景象。大雨刚停，地面和湖上像是被春雨洗礼了一番，妖娆清新。早春这个季节，还有一丝丝未曾褪去的寒意，不过由于阳光的返照，反而显得景色格外美丽又明快；山杏初发，水萍丛生，一片新绿之意，色彩鲜明，也是初春最具特色的特点，更是诗人描述的山水画中不可或缺的一部分。随处可见的山杏，露出斑斑红色碎点，散落得到处都是，可就是这种散落的凌乱感才更能显现出大自然的勃勃生机，因此，诗人用了一个“乱”字，将这一切做了总结性的概括。而此刻湖面上的浮萍像是草坪一样平铺在湖面上，因此说是“平铺”。“平”字在这里有两个作用：一是将浮萍在湖面的样子加了一个具体化的修饰，二是和“铺”联用有着广阔无边际的意思，可以想象出场面的壮观。“翅低白雁飞仍重，舌涩黄鹂语未成。”接下来两句是说因雨水浸湿了翅膀的羽毛，很沉重，飞起来很吃力，白鸥只能低飞；相同的因为雨水的降临，连黄鹂鸟的舌头也好像不好使了一样，叫声生涩，不能活动自如。但是，无论是白鸥还是黄鹂尽管都被雨水浇湿了，毛发未干，但是仍然愿意翩翩起舞，无论怎样都要飞翔、要歌唱，间接地说明了春天到来的美好，非常有活力。两个动物的表现都更加增加了早春独有的魅力。曾有人说：“刻画早春，有色泽，腹联尤警。”(《唐宋诗醇》卷二十三)正是指出第三联的关键作用。有了这一联，一幅完整的《南湖早春图》才算彻底完成。

“不道江南春不好，年年衰病减心情。”结尾句写的是诗人独自漫步在湖畔，将春景尽览眼中，本该是开心的时刻，可是他却发出了不自觉的感叹。其中的原因和诗人当时被人冤枉而被贬有关，在被贬之后心中的怨气很重，都是愤懑之感，而在江州的生活又非常的冷清、贫苦，这一切的现实一直在他的脑海中不停旋转，才会这样多感慨。这也说明了诗人“减心情”不仅因为“年年衰病”，最重要的原因是政治上仕途不顺，遭到打击所致。按照正常心理分析，一般这样的心情，诗句应该开篇就表现出悲伤而不是写景，可此诗偏偏不同，用了反衬的手笔，先写景色的美好，在美好中添加惆怅之笔，更能凸显这份哀愁的深刻。这是诗人写这首诗最妙笔生辉的亮点，值得研读。

荷尽已无擎雨盖

赠刘景文

［宋］苏轼

荷尽已无擎雨盖，菊残犹有傲霜枝。

一年好景君须记，最是橙黄橘绿时。

【注释】

荷尽：荷花枯萎凋落。

擎：向上托举。

雨盖：古时候雨伞，这里指荷叶舒展的样子。

菊残：菊花残落。

犹：仍然。

傲霜：不惧怕霜冻寒冷，顽强不屈。

橙黄橘绿时：橙子刚刚变为黄色、橘子刚要变黄还有一点点绿未褪去的时候，大概是农历深秋初冬交替的时候。

荷花逐渐地凋落了，就连支撑托举荷花的荷叶也凋落了，唯有凋落的菊花仍然在寒霜中孤傲地挺立着。你必须要记住一年中最为美好的时光，也就是橙黄橘绿秋冬交替的时候。

这首诗写的主要就是初冬季节。“荷尽已无擎雨盖”，这句写的是枯萎的荷花。荷花也同莲花一样，出淤泥而不染，原本象征着一种高尚纯洁的品质，可是到了秋季要接近尾声的时候池子里的荷花只有残茎犹存，表达了一种凄冷寂静的感觉。昔李璟作《山花子》，首句云：“菡萏香销翠叶残。”王国维乃谓“大有‘从芳芜秽’‘美人迟暮’之感”。这首诗苏轼将这一些描写得更为夸张，留着残落的枯叶似乎还能细听雨声，近看好像枯叶也没有了，真是特别的凄凉，诗人的感叹也就仅此一句。

“菊残犹有傲霜枝”，第二句诗人笔锋突起，直接转到了“残菊”上。残落的菊花和枯萎的荷花，尽管都是表现花尽凋落的凄冷景象，可是却独显“傲霜枝”，这样就将秋日菊花的孤傲姿态和高贞的品质完全展现了出来。看此句和第一句是彼此对应的，但是在对应的同时又有着不同的含义，有着彼此呼应的感觉，实际上却将侧重点放在了那个“傲”字上。第一句中的“擎雨”之“盖”是对实景的真实描写，也就说那些看起来像伞盖一样的荷叶也全部消失不见了；而这一句中“傲霜”之“枝”的“傲”是诗人运用了一种类似移情的手法将菊花涵盖的深层次的精神写了出来，给人以凛不可犯、不可一世的气概。前两句之间彼此呈递进关系，层层深入有了升华。

“一年好景君须记，最是橙黄橘绿时。”结尾两句前一句以爽快的方式画龙点睛，所有的人都认为那瑟瑟的秋风以及冷酷的寒冬季节是很难熬的日子，而诗人却连连称“一年好光景”，还劝说大家都要记得，用平实的言语给人意想不到的感觉，心中充满疑惑和不解之时诗人便道出了缘由。“最是橙黄橘绿时”，以这样一句结尾，显得有点牵强。诗人从开篇的花和花枝，写到了花的枝叶果实，而这一句的“橙黄橘绿时”，却是秋天要逝去的时候，可是却在这样的时候万物丰收，又显现出了另一种欣欣向荣的美好景象，在前两句凄冷的景色渲染下，这时丰收的景象更显得耀眼，这就看出了诗人用笔的神韵之精巧了。诗人用的都是简单的字眼，平实的描述，却能给人带来走进生活踏实真切的美感。

这首诗是苏轼写出来赠给刘景文的。刘景文是世家子弟，可惜年近六十却过着朝不保夕的日子。诗人苏轼第二次来杭州为官的时候与刘景文一见如故。既体恤他心中的愁苦，又企盼他可以振作起来，不希望他由于年老体迈、生活潦倒而一直颓废下去。因此，这首诗的前两句荷花指的就是君子，而到了荷花残落的季节，正是指君子一生遭遇的凄苦，免不了潦倒；之后写菊，比喻的就是刘景文的晚年，晚节犹在，丝毫未变，有着菊一样傲雪鼎立的姿态。可惜人到了晚年，一生都是各种失意，无论是谁遭遇这样的人生都免不了颓废；可是身为读书之人胸怀远志，还要有希望，或许还能有用武之地、人生丰收的时刻。故而，结尾两句就是劝勉的话，给予鼓励和希望，让刘景文心中重燃希望。诗人借物喻人，用比兴手法把隐晦的意思涵盖其中，不直接说出来，反而使诗句更意味深长，耐人寻味。

青山一道同云雨

送柴侍御

［唐］王昌龄

沅水通流接武冈，送君不觉有离伤。

青山一道同云雨，明月何曾是两乡。

【注释】

侍御：一种官职的名称。

通流：四处的水路互相通着。

武冈：古时候一个县名，在今日湖南省西部地区。

两乡：两个人住的地方。

沅江的阵阵波浪一直与武冈相连，送你离开的时候也就少了一分离别的感伤。你看那青山一路上像是与你我一直相连一样，也会陪着我们继续共同沐浴春风，经历风雨，抬头望星空，我们依然能看见同一轮明月高悬，我们是否身处两地又有什么关系呢?

这首诗的作者是唐代著名诗人王昌龄，据说王昌龄是个非常看重友情的人，单单看他写的七言绝句来说，似乎写关于送别友人的内容就很多，而且写得都非常的用情至深，有着各种不同的特色。这首诗应该是王昌龄被贬龙标尉时期创作的。而王昌龄的这位朋友柴侍御或许就是要从龙标地区赶往武冈去，因此，诗人王昌龄为他送行便创作了这首诗。

“沅水通流接武冈”，首句诗人便直截了当地交代了朋友要前往的具体地点，语言直接，笔锋流畅，轻快自然，“流水”与“通波”相互顺势而下，看得出江河湖海那种紧密相连的关系，彼此一脉相承，畅通无阻。随后一个“接”字，更能给人两地接壤的感觉，也是为下一句做了铺垫。

“送君不觉有离伤”，第二句承接上文，由于两地离得比较近，才少了那么一份离别的伤感。

可是尽管龙标和武冈的位置相互比邻，但是仍然隔着一段路程，这路程包括了隔着的山水等，故此称“两乡”。便顺理成章地引出后两句，“青山一道同云雨，明月何曾是两乡。”可见诗人用笔的灵活。肯定句与反诘句的交替使用，来回强调旨意，使全诗更显得情真意切，感人肺腑。假如首句就是为了表达两地距离很近，那么结尾的两句就是进一步强调了那种感觉上距离近的原因，共赏明月，共睹云雨，这种用词巧妙的诗句，既有着浓郁的抒情气息，又不失鲜明的特性。

诗人用自己的想象力描述了各种意想中的情景，将原本距离上的遥远，浓缩成了一种比邻的相近，又使原本两个地方在心中化为同一个地方。用词新颖，让人焕然一新，在情理的抒发上也很合逻辑，因为既然是很好的朋友知己，那么心一定是连接在一起的，就算分开两地，友谊之情依旧相互连接。随后诗人写的那些青山、云雨、明月等，都是可以唤人思念的景物，因此，结尾两句一方面是在宽慰好朋友，另一方面也很自然地就将分别后的思念之情渗透在其中了。

这么一看，读者对诗人的那种离别感伤也会有淡淡的体会。他并不是不会有离别的伤感，只是为了安慰朋友，将这种伤感埋在了心底，不去提及，也不想让对方难过。也可能是因为朋友已经流露出了这种伤感，才会让诗人克制着自己的伤感，从另一个角度去安慰朋友，避开了和离别直接有关联的词语，写得充满想象，看起来乐观开朗，却将深情婉转地涵盖在其中了，而越是这样就越能看出诗人对朋友的体恤，可见友情的真挚。诗人间接地安慰朋友，马上就要离开了，离别的时刻我不伤感，因为我们还在同一片天空下，看同一轮明月，是不是分开两地，都无所谓了，它们一样陪着我们。诗人用这种含蓄婉转的表现方式，更耐人寻味，回味悠长。

飞花令里品诗词
夜

夜阑卧听风吹雨

十一月四日风雨大作二首

［宋］陆游

风卷江湖雨暗村，四山声作海涛翻。

溪柴火软蛮毡暖，我与狸奴不出门。

僵卧孤村不自哀，尚思为国戍轮台。

夜阑卧听风吹雨，铁马冰河入梦来。

【注释】

溪柴：若耶溪所出的小捆柴火。

蛮毡：中国西南部地区和南方的少数民族地区出品的毛毡，在宋朝时期就开始盛产了。

狸奴：一种在生活中被人类驯化后的猫。

僵卧：躺卧着不肯起来。以此来形容一个人穷居在孤村，无所事事，没有作为。僵：僵硬。

孤村：孤独寂寞又荒凉的村落。

不自哀：不再为自己感到哀伤。

戍轮台：戍守边疆。戍：守卫。轮台：是古代时候的边防重地，今日新疆境内，也指边关。

铁马：身披铁甲的战马。

冰河：北方地区被冰封了的河流。

在黑暗的夜色中，狂风卷着湖面上的雨，周围传来了山中大雨倾盆的声音，听上去就像海浪在翻滚一样。溪柴燃起的小火和身上加盖着的毛毡让整个人都觉得格外暖和，养的猫和我都不想出门。我僵直地躺在这个四周荒凉孤寂的村子里，并没有为自己的这种处境感到丝毫的悲哀，心中一直还惦记着替祖国边疆的防守尽自己的一份力量。夜已经深了，我还是呆呆地躺在床上，聆听着风雨大作的声音，模糊之中进入了梦乡，梦见自己骑上了披着铁甲的战马，横跨被冰封了的河流，远赴北方的疆场，浴血奋战。

“风卷江湖雨暗村，四山声作海涛翻。溪柴火软蛮毡暖，我与狸奴不出门。”这是全诗中的第一首，讲述的是十一月四日外面下的那场大雨以及诗人当时的真实处境。“风卷江湖雨暗村，四山声作海涛翻。”这两句诗人运用了夸张的文笔描写了倾盆大雨，直泻而下的场景，声音非常的响亮，将黑夜里狂风暴雨的意境写得非常生动具体，这种波浪滔天的巨大声音正好跟诗人此刻的心情是一致的。诗人企盼着报效祖国，光复中原。“溪柴火软蛮毡暖，我与狸奴不出门。”随后两句从远景的描写改为对近景的描写，描述了诗人由于天气的寒冷而不愿外出的想法，其中最经典的表达方式是将自己的感受和猫的感受融合在了一起。间接地交代了诗人当时的悲凉处境。

“僵卧孤村不自哀，尚思为国戍轮台。夜阑卧听风吹雨，铁马冰河入梦来。”全诗第二首的部分是诗人用痴人说梦的方式，表述着自己内心渴望光复中原、为国出力的凌云壮志，是一种忘记年龄不顾一切，一心为国矢志不渝的精神，侧面烘托出诗人对祖国的赤诚和忠心。

“僵卧孤村不自哀，尚思为国戍轮台。”这两句前后文紧密连接着：“僵卧孤村不自哀”是在讲述诗人自己当下的处境和自己真实的内心感受以及精神状态，“尚思为国戍轮台”是对“不自哀”

这种状态的补充说明，相互映衬，形成了一种对比。“僵、卧、孤、村”这四个字，诗人用词简练而真实地反映出自己当时凄凉的生活现状。“僵”字在这里更多地是说人年事已高，筋骨老化的意思；“卧”指的是卧病在床，身体虚弱，时常需要休息；“孤”是指在这个地方生活的孤独与痛苦，因为这里本就是个孤寂的村落，地点偏僻，又没有什么知己，心中的忧愁无处倾诉；“村”指诗人居住在这个贫困的荒村里，生活凄苦且略显得窘迫。通过这看似简单的四个字，却将诗人罢官返乡后的穷困、寂寥、孤独、凄苦的一切都写得清清楚楚了。这种氛围很自然地会让读者产生同情的感觉。而接下来诗人却自己加了一句“不自哀”将自己的情绪完全转为一种豪放自如的气度。诗人的处境本是凄凉的，只是自己不想那么认为，生活上的贫寒，躯体上的病痛疾苦根本不算什么；自己都不把这一切放在心里，就更无须他人同情了。只是诗人期盼能够有人懂自己，懂自己的爱国情怀，那种矢志不渝盼望祖国统一的愿望，渴望有人能明白他想要为此而奉献毕生精力和满腔热血的赤胆忠心，也就是“尚思为国戍轮台”的这种感受和精神。同样这句话也显示出了诗人崇高的灵魂和高尚的人格，尽管国难当头，山河还未完全统一，很多人都会选择先保全自己，按理说诗人也完全可以那么做，可是他却没有。还有诗人就是因为太喜欢谈论关于光复的问题了，总是一腔热血想要顽强抗敌，才屡遭打击，最终只能罢官告老还乡。如今身为一个年事已高的老人来说，他真的是无愧于心了，对于国家的命运和前途他能做的都尽力去做了，现在告老还乡，国运如何完全不是他该负责的，况且年迈体弱，又不能上战场杀敌，再去替国家命运担忧完全没有必要了。可就是这样的情况下，诗人仍然有着“为国戍轮台”

的意愿，着实让人肃然起敬，非常钦佩。在这样的对比下，那些投降叛国的达官贵族，还有为了个人利益苟且偷生的人，他们身负重任，本该尽职尽责，可是却愧对祖国，显得格外无耻、卑劣、渺小且自私。

“夜阑卧听风吹雨”衔接上文。因为思虑烦多，因此彻夜难眠，越是睡不着的时候越能感受到外界传来的声音，而后通过当晚的倾盆大雨，联想到了国家经历着的风雨，再通过国家经历的一切联想到青年时期的军旅生涯，以及战争中亲临战场所感受到的风云变幻。就在这样反复的幻想之中进入了梦境，于是就会梦见“铁马冰河”这种壮观的场面，随后一句“入梦来”却映衬出国家政治的可悲状态：诗人一直怀揣着一颗报效祖国的心，却得不到支持，反而遭到了种种排斥和打压，只能被罢官，也无法上阵去杀敌，一腔抛头颅洒热血的抗敌之情也就只能在梦境里实现了。“铁马冰河入梦来”就是诗人日思夜想期盼的结果，间接表现了诗人的英雄豪情。这首诗不仅写出了诗人自己的心声，也写出了那一代像他一样的志士们的共同企盼，也是南宋时期最该被歌颂的民族正气和爱国情怀，值得诵读。

今夜偏知春气暖

月夜 / 夜月

［唐］刘方平

更深月色半人家，北斗阑干南斗斜。

今夜偏知春气暖，虫声新透绿窗纱。

【注释】

更深：古代将一夜分为五更。以此来计算时间。更深，就是夜已经深了。

月色半人家：夜晚的月光只是照到了人家居住房屋的一半而已，还有一半没照到的地方，便隐藏在黑暗之中了。

北斗：在北方天空中可以看到七颗连到一起像一个斗形的星星。

阑干：横斜。

南斗：在北斗星以南的方向，也是形似斗形，由六颗星星组成，称为“南斗”。

偏知：才知道，突然知道，有非常意外的意思。

新：初。新透：第一次透过。

深夜的月光斜照着半边院子，天空中北斗星像是横卧在北方似的，南斗星也看似向西斜挂着。这个夜晚真的是让人有一种初春的暖意涌上心头，非常出乎意料，仿佛还会不时地听到春虫透过纱窗传过来的叫声。

唐代诗歌盛行的时代，那些以春月为题材的诗歌真是数不胜数。有的是借着书写春景而感怀的，也有借着月色而各种生情的。而这首诗同样是写春，但是却不走俗路，不是开篇就写绿树红花之类，反而是借着夜晚黑暗的场景将那些明显的春天特点都隐藏了起来，写月色，也不仔细去写月的光影，也没有什么看到月色就发出各种物景上的感叹；只是在相同的夜色中取了一半的月光而已，如此写不会让夜色显得太深沉，也不会显得太明亮，形成了一种朦胧的感觉。

“更深月色半人家”，开篇“更深”二字便为整首诗接下来的叙述添加了大环境的基调，也让整首诗上来便有一种类似朦胧的感觉。“月色半人家”这几个字也是为了突出夜已深的意思。

“北斗阑干南斗斜”，接下来这句是进一步对深夜景色的描写，开篇两句连接在一起营造了一种春夜宁静深邃的感觉。月光只能照到一半的地方，是由于月亮西斜的原因，诗人用星斗和阑干作为衬托，将两句话在无形之中紧密地连接在一起。

“今夜偏知春气暖，虫声新透绿窗纱。”这句话完全是诗人将自己融入大自然当中而得到的真实感受。从虫鸣的声音感受着春天渐暖的气候变化，证明诗人一直有着乡村生活的根基，才会感知到这一切。一切来源于生活，不是一般在城市生活久了的人能有的生活体会。没有这样的乡村生活经历是写不出来这样的感受的；即便是每天生活在乡村的人也未必会说得出来。这一晚听到的虫鸣声，到底是第几次听到这样的声音，未可知，一定要有心的人才能感受到，还要有诗人这样的诗情画意才能表述清楚。诗人在这里引用了一个“新”字，饱含着诗人对乡村生活的一往情深，既有着清新的感觉又有着喜悦的意思。

“今夜偏知春气暖”，接下来这句“春气暖”来自于“今夜”，写出了诗人对气候变化十分敏感，“偏知”这个词体现了诗人悠然自得的感受。

“虫声新透绿窗纱”，最后一句隔着窗子还是听到了虫鸣的声音，因此，这里用了一个“透”字。加重了那种生机盎然的力度感。原本窗纱的颜色在夜晚是看不出来的，只是这样的绿色存在于诗人的心里。读到最后才会恍然大悟，为什么诗人想要描写春天却不直接去描写象征春天到来的景物，反而借助夜晚和一半的月色来衬托这样的意境，都是因为一切都只在诗人心中，这是他心里的企盼。

诗人在用自己纯澈的内心去跟大自然亲密接触，感知着自然界的微小变化。开篇的两句诗完全是在写景，只是没有任何象征春天的字眼，却涵盖着春天的气息，非常耐人寻味。

第三句所有的描写都是互为映衬的，“春意暖”“虫声”“绿窗纱”都是互相映衬出现的。这样一来就将春天的感觉写了出来。声色都从“意”中感知而来。诗人也不仅仅是因为听到了虫鸣才感受到春意，“春气暖”的感受都是诗人由“今夜”加重的细微感受。“虫声”只是和“春气暖”相符合的产物，从而看出诗人写诗独有的韵味，构思独特、新颖，感受也非同寻常。唐朝时期田园诗自成一种流派，也包括很多名家。像这首诗这样写得独特的、能侧面陶冶情操的，却不多见，能将真实场景反衬着写出的也寥寥无几。因此，才会一直被研究揣摩至今。

楼船夜雪瓜洲渡

书愤五首·其一

［宋］陆游

早岁那知世事艰，中原北望气如山。

楼船夜雪瓜洲渡，铁马秋风大散关。

塞上长城空自许，镜中衰鬓已先斑。

出师一表真名世，千载谁堪伯仲间！

【注释】

书愤：将自己愤恨的情感写出来。书：书写。

早岁：年轻的时候。

那：“哪”的意思。

世事艰：指抗金大业屡次遭到破坏。

“中原”句：向北望去，属于中原的地方，一种期望收复故土的豪迈坚如磐石。

“楼船”句：指的是采石之战的时候宋军用的交通工具车船，也叫明轮船、车轮柯。在船体内部有用踩踏方式驱动的机械，用这个来与船外的明轮相连接，整个船凭靠一组人用脚力踩踏而行驶。据说这种车船在宋朝时期风靡一时。因这种车船构造看起来高大、有楼，“楼船”便因此而得名。

铁马：披着铁甲的战马。

堪：能够。

年轻的时候就一直有北伐中原的志向，可是没想到会如此不容易。我常常一个人眺望本该属于中原的北方大地，一腔热血涌上心头，也有很多的埋怨在心中。依稀记得曾经在瓜洲渡的时候我们一起痛击金兵，那些楼船战舰就那么在雪夜里穿梭着。在秋风呼啸的时刻仍然跨上战马驰骋沙场，一下就将大散关收复了，接二连三的捷报频频传出。回想当年我将自己比作万里长城，想要戍守边关，也曾立下壮志为祖国扫清边患。可到如今我已经垂垂老去，两鬓斑白，发丝如霜，一心盼望着北伐回复等，似乎都变成了空想。不由得让我想起了诸葛孔明，《出师表》写得确实名不虚传，谁能像诸葛亮一样鞠躬尽瘁死而后已，率领三军复汉室，而北定中原呢！

整首诗都围绕着一个“愤”字，可以将诗分为两部分。前面部分主要是叙述诗人当年想要收复失地的凌云壮志，后面部分则是慨叹时间一去不复返，雄心壮志未能实现的失落。

“早岁那知世事艰，中原北望气如山。”这是诗人在追忆自己年轻时候豪情壮志和气势磅礴的爱国情怀。既有回顾一生对世事难测，一切不易的艰难感叹，也有对自己年轻时候抗击金兵收复国土的英雄豪气的显露。据说诗人在青春年少之时就立下“上马击狂胡，下马草军书”的远大志愿。孝宗即位之后，诗人陆游向他递了奏折，将有关定都、备战和革新政治的建议全部呈了上去，当时掀起了一阵主战热潮。隆兴二年春，诗人极力支持当时的爱国将士张浚前去北伐，但是在符理之战失败之后，朝中大臣都纷纷建议与金国议和，也因此事张浚被罢去了官职，诗人陆游也受到了同样的处罚，免去了官职。乾道八年，诗人来到南郑，在当时四川宣抚使王炎手下任干办公事兼检法官，为期八个多月的军旅生涯成为陆游一生中亲临前线最值得珍藏的时光，那时候他身披铠甲，壮志昂扬地在西北国防的一线驰骋着。那个时候陆游就将南郑地区的地形以及特有的风土民情彻底地考察了一遍，成为他后期“却用关中作本根”(《山南行》)的战略思想的重要依据，他开始向王炎主动讲述自己考察后的“进取之策”，但是当时的南宋朝廷根本就没办法去接受陆游的这一套北伐策划行动。最终因此事王炎也受到处罚，被朝廷召回，解散了幕府，陆游急切想要收复中原的意愿瞬间化为废墟，内心极度失落，只是爱国热情却依然有增无减。

“楼船夜雪瓜洲渡，铁马秋风大散关。”这两句描写的是诗人在镇江前线时的事情。当时诗人在风雪飘摇的时刻远望瓜洲渡口宋朝军队的高大战舰；在南郑战争的第一线，伴随着瑟瑟秋风，跨着铁马，驰骋在大散关道上。这两次战役都是陆游亲身经历的与金兵誓死抵抗的战斗。“瓜洲渡”位于今日江苏省扬州市南部的瓜州镇，此事是说宋孝宗隆兴二年，陆游担任镇江通判时期极力劝说张浚发兵北伐的事情。“大散关”位于今日陕西省宝鸡市西南部地区，也是当时宋朝和金的边界地区，此事指宋孝宗乾道八年，陆游做王炎幕僚，也筹划过光复中原的大事，想要领兵强渡渭水，直接驱入大散关，跟金人进行殊死搏斗。这里诗人引用了列景的写法，两句中引用了几个简单的词语就将所有战斗的地点、地形以及自己想要抗金报国的复杂心情写出了。据记载宋朝的大部队也曾经在瓜洲渡和大散关两个地方击溃过金兵，一次在冬季，一次在秋季。一次是在楼船战舰上，还有一次是在陆地上正面交锋。诗人一直在追忆年轻时参加战役的大快人心之感，也展现了陆游抗金北伐中原的壮志。

“塞上长城空自许，镜中衰鬓已先斑。”岁月总是无情地流逝，分分催人老，年少时期早已成为有去无回的过往，可惜壮志未曾实现，两鬓却早已斑白了，这样的现实对于诗人来说是彻夜难眠、不可言喻的痛苦。诗人陆游常常以战略家的身份自许，可见当年陆游是多么英勇善战，总是渴望着能扬威耀武地捍卫边疆，为了光复国土可以舍弃自我。可是这时的陆游年老体迈壮志仍未实现，全部变成了一场“空”。志愿落空，企盼落空，一切皆空，而照着镜子却发现自己老去的样子，更是失落，相比之后，更感悲怆。可是这样的结局，并不是因为陆游不努力，不尽所能，只是因为路遇小人，世事难测。诗人有心为国效忠，而上天却不给他这个机会，只能将这些化为一种怨愤埋藏在心里了。

“出师一表真名世，千载谁堪伯仲间！”全诗以这样一句作为结尾，用典明志。意思是说诸葛亮当年执意提倡北伐，最终扬名天下，估计时隔千百年也是没人能与之相提并论的。通过这些可以看出诗人把出师表的典故用在这里就是想讽刺那些朝中的小人，觉得自己想要光复中原是“名世”的大志向，那些碌碌无为的小人是不会懂的。在现实中陆游怕是找不到可以安慰自己的方式了，也就只能将这心中的诉求寄予在未来，这就是一种无奈的表现。当然，这种愤慨也就只能用无奈的方式倾泻一下而已。

整首诗不仅巧用了典故，还用了鲜明的对比，将理想与现实做了很好的比较，也将自己的报国情怀一直未得到重视和机遇的不满全部发泄了出来，字里行间都渗透着不满的情绪。而后引用典故，以古鉴今，褒贬分明，气韵浑厚，这种展示真实政治思想的作品并不多见，值得一读。

故乡今夜思千里

除夜作

［唐］高适

旅馆寒灯独不眠，客心何事转凄然。

故乡今夜思千里，霜鬓明朝又一年。

【注释】

除夜：除夕之夜。

客心：诗人自己的心事。

转：转变，变得。

凄然：凄凉悲伤的感觉。

霜鬓：渐渐发白的两鬓头发。

明朝：明天。

借宿在客栈里，独自面对着将要燃尽的残烛，辗转难眠。不知道是因为什么，此刻诗人的内心十分凄凉而忧伤。今夜是除夕之夜，本该团圆的日子，想象着千里之外的家人想念自己的种种情境，明天就是新的一年了，自己又徒增一岁，只是增加了些许白发。古往今来都是每逢佳节倍思亲，可是一把年纪却感觉一生一事无成，很是伤感。

高适一直被称为边塞诗人，诗的风格浑厚有力，只有这首《除夜作》诗的风格略显平缓自然，整首诗用词极为朴实，找不到任何过分的修饰和华丽辞藻，也并没有写什么关于塞外特有的景观壮景，词语舒缓浅近，抒发了除夕夜多数人的正常感受，只是诗人此刻独居异乡，那种漂泊的游子心情写得更加真实，感人肺腑。

“旅馆寒灯独不眠”，开篇一句话，饱含了诗人丰富的情感，也引人入胜产生联想，直入主题地说出了自己在除夕之夜还在外漂泊的现状，可以想象到诗人在这个时候眼望着其他百姓家里都是灯火通明，热闹非凡地欢聚一堂，可怜自己却只能独自一人远离家乡，借居客栈的失意。在鲜明的对比之下很自然地会触景生情，连眼前面对着的本该象征温暖和光明的烛灯都在此刻变得“寒”气逼人了。“寒灯”两个字，突出了客栈在除夕夜这天的冷清以及诗人内心的那种失落孤寂感。在除夕之夜如此形单影只肯定难以入睡，而“独不眠”的时候肯定脑海中浮现的又全都是与家人相聚的场景，想到那种家人欢聚其乐融融共同守岁的热闹景象更让此时的自己显得悲凉。因此，这句看着是写景的句子，却处处反扣主题，为后文渲染了一种孤清的感觉。

“客心何事转凄然”接下来这句承接上文，用自问的方式将表述的情感更加明朗化，因为诗人身在客栈，因此将自己称为“客”。这句的意思是说：不知道是什么样的原因，会让客人此刻的内心世界显得如此悲哀而凄凉呢？其实就是因为他在除夕之夜独自一人。在夜晚周围那种浓重的年夜氛围，却单单把诗人包围在了这样凄冷的客栈中，让他内心的孤寂感更加重了。“转凄然”写出了诗人独自一人在除夕之夜的孤独，还有对家乡亲人的想念和感叹时光流逝的情怀。

“故乡今夜思千里”，随后这句中“故乡”指的就是家乡的亲人；“今夜”指除夕夜的意思，“千里”指的是距离故乡千里远的自己。意思是说：“此刻，在样的除夕之夜，家里的亲人也一样是记挂着远隔千里的我吧，他们会惦记我今夜在哪里度过，也会想到我是怎么一个人度过这个本该团圆的节日的。”实际上这也是诗人节日思亲的表现。诗人在这里表达得只是非常委婉含蓄而已。

“霜鬓明朝又一年”，除夕夜之后就是新的一年了，辞旧迎新，唯有思念的痛苦伴随在诗人的左右，因此，也只能独自伤悲让白发爬满双鬓了。沈德潜说过：“作故乡亲友思千里外人，愈有意味。”（《唐诗别裁》）之所以“愈有意味”，主要就是由于诗人运用对比的手法运用得非常巧妙，将深刻的情感更进一步地有了含蓄的抒发。全诗三、四句也是对一、二句的进一步说明。“独不眠”与“转凄然”的原因有两个，一个是思念家人和故乡，还有一个是感叹自己年老未成器以及对岁月无情流逝的感慨。

在明朝时期胡应麟提出过，绝句“对结者须意尽。如高达夫‘故乡今夜思千里，霜鬓明朝又一年’，添著一语不得乃可”（《诗薮·内编》卷六）。这里“意尽”指诗句的意思一定要完整地表达；而“添著一语不得乃可”说的是诗人语言要精准，用词要准确、简练。此诗中“故乡今夜思千里，霜鬓明朝又一年”，这样简短的一句就将自己和家人的思念情感完全地表述清楚了，完满的将主题内容阐述了一遍，简单深刻。故此，就这首诗的用词准确和言语含蓄的特别之处而言，早已达到了“意尽”和“添著一语不得”的完美绝句艺术效果。

寒雨连江夜入吴

芙蓉楼送辛渐

［唐］王昌龄

寒雨连江夜入吴，平明送客楚山孤。
洛阳亲友如相问，一片冰心在玉壶。

【注释】

芙蓉楼：原名叫作西北楼，在今日江苏省镇江市，古时候是润州，芙蓉楼就在润州的西北部。登上芙蓉楼据说可以俯瞰长江江北全景。

寒雨：秋冬季节时下的冷雨。

连江：江面和下的雨水连接在一起，说明雨很大。

吴：古时候的吴国，诗中泛指江苏南部和浙江北部地区。古时候吴国所包括的地方就是江苏镇江一带。

平明：天亮的时候。

客：这里指诗人的朋友辛渐。

楚山：指楚地的山。在诗中楚是指南京一带，由于古时候吴国、楚国都曾经统治过这片地区，因此吴、楚也可以通称。

孤：孤单，独自一人。

冰心：形容人心的纯洁。

秋冬季节下了一场冷雨，在这冷雨洒满江天的晚上我来到了吴地，天亮的时候送走了挚友，空留楚山孤独的影子。来到洛阳，要是有亲朋好友跟你打探关于我的消息，请帮我告诉这些人，我的心依然保持着纯洁，还像玉壶里的冰一样，不曾被世俗的功名利禄所玷污。

这是一首为送别而作的诗。“寒雨连江夜入吴”，指朦胧的寒雨雾气蒙蒙地笼罩着这吴地的江天，就像编制而成的愁网一样无边无际。夜晚的大雨使秋意更浓了，也加重了离别时那种感伤的氛围。那样的寒冷之意不仅在满江的烟雨里，更是在两个即将离别的友人心里浸透着。“连”和“入”两个字合在一起用将这场雨的那种连绵写得淋漓尽致，这场雨悄无声息地到来，却还是能让人察觉到，看来诗人因友人的离开定是一夜未眠，这样的情景一下就展现在眼前了。不过，这样水天相连虚幻缥缈的吴地雨夜图，也间接地表达了一种高远壮阔的境界。唐朝中晚期以及婉约派的宋词常常是把一场雨写在各种事物上加以体现的，比如梧桐、檐前铁马、池中残荷等诸如此类，反而这首诗并未直接写到这些景物之中，仅仅是将视听的感觉加以想象整理成了连江入吴的大雨，用简单的笔墨便写出了大雨滂沱之势，以这样的磅礴大气衬托出了“平明送客楚山孤”的开阔意境。早晨，天已经亮了，辛渐马上就要乘舟北归故乡了。诗人眺望着江北那边的深山，联想到朋友的身影很快就会消失在这楚山以外了，孤独失落的伤感涌上了心头。“孤”字就像是情感的引导语，顺理成章地将后来的离别叮嘱引了出来：“洛阳亲友如相问，一片冰心在玉壶。”诗人在那个清澈见底、澄空无瑕的玉壶中取出了一颗冰心，以此来告诉朋友他的心未曾改变，这比什么都更能表达他的真心和对洛阳亲朋好友的深切情感。

自开元时期姚崇作了一首《冰壶诫》之后，唐朝很多诗人也都拿冰壶这个寓意来自励，都是推崇那种光明磊落，纯洁无瑕的品质。此诗中诗人托好友给亲朋好友带去的消息并不是普通报平安的信息，而是将自己那种始终如一、冰清玉洁的，不染尘埃的信念传递了出去，具有特殊深刻的寓意。

诗人在这首诗里同样以玉壶比喻自己的现状，也是出于他和洛阳的亲朋好友间存在着一份真正的了解和信任的缘故，这并不是他想掩盖自己谗名的表白，而是不希望被误解的自娱。只因诗人仅仅捧出纯洁的冰心以此告友，这就是对亲朋真情的最深刻表达。

全诗景中含情，蕴含深意。这首诗中苍茫的江雨和孤峙的楚山不仅衬托出了诗人送别友人的失落孤寂的情感，更表现出了诗人豁达开朗的情怀和坚毅不曾动摇的性格。矗立在江天中的楚山、玉壶中拿出的冰心形成了间接的对应，让人很自然地就能联想到诗人那种光明磊落、不染尘埃、孤介傲岸、冰清玉洁的形象，构思精巧，表达深婉，浑然天成，寓意深刻，回味无穷。

二十五弦弹夜月

归雁

［唐］钱起

潇湘何事等闲回，水碧沙明两岸苔。

二十五弦弹夜月，不胜清怨却飞来。

【注释】

潇湘：二水名，属于今湖南管辖范围。

等闲：轻易或随便。

水碧沙明：《太平御览》卷六五引《湘中记》："湘水至清，……白沙如雪。"

苔：鸟类吃的食物，大雁对这个尤其喜爱。

二十五弦：瑟。《楚辞·远游》："使湘灵鼓瑟兮。"

胜：承受。

这些飞往北方的大雁啊，在那潇湘的下游地区，水碧沙明，风景壮美，食物丰富，可是你们为什么要轻易离开这么物资丰富，风景秀丽的地方，一定要去往北方呢？大雁说：原本潇湘地区的风景确实十分秀丽，食物也非常的富足，也打算过定居在此。可是偏偏有那月夜中传来湘灵在这里鼓瑟，从那瑟瑟的琴声中我们听到了凄凉悲鸣，实在是太悲哀了！在情感上我们实在受不了这样的哀伤，不如就向北方飞去了。

这首诗的作者钱起，是当时吴兴人，今日属浙江人，自他任职以来，都是在长安和京畿两地做官。据记载他也曾有一首诗是描写秋天南飞的大雁的，诗中这样写道：“秋空万里静，嘹唳独南征……怅望遥天外，乡情满目生。”与这首诗相反的是，这首诗虽然也是写大雁，但是写的却是春天从南方迁徙回北方的大雁。

这首诗描写“归雁”，大雁属于候鸟，到了深秋就会迁徙到南方，到了春天又会迁徙回北方。古人一直认为大雁在秋天南飞，一般情况下是不会飞过湖南衡山的回雁峰这个地方的，只不过是到了峰北的位置就停在湘江下游的位置暂时寄居栖息了，熬过了寒冷的冬天后，再返回北方。诗人按照大雁这样的旅程，联想到了这些大雁归来前栖息的地方湘江，从而又联想到了传说中湘江女神喜欢鼓瑟的那段神话，而后又依据瑟曲《归雁操》把大雁和这鼓瑟的一切都联系到了一起，从而形成了天马行空的奇幻想象。

诗人利用自己最大的想象力与历代诗人相反地将大雁北归当作了一种新奇事物去描写，突破了以往的惯例，还特意对大雁这样北归的迁徙提出了不满的情绪。“潇湘何事等闲回？水碧沙明两岸苔”，这两句就是在质问大雁，怎么能舍得离开那么美、食物水草又丰盈的湘江而北归呢？这样的诗句设计，让读者直接就跟随着诗人的质问也产生了疑问，甚至会一样地将大雁北归的习惯给抛之脑后了，而是想要寻找大雁北归那隐秘的原因了。

“二十五弦弹夜月，不胜清怨却飞来。”而后的两句话，诗人便以大雁的口吻，对之前的疑问给出了建设性的回答。指的是湘江神话中的女神总是喜欢在月下鼓瑟（二十五弦），那琴声实在太凄凉，大雁不忍心听下去了，就选择了北飞。

诗人凭借自己超人的想象和不同寻常的笔锋将那个童话中湘江女神鼓瑟的凄凉场景直接展现在了读者的眼前，侧面描绘了大雁通晓音乐和情绪善感的特点。可是，为什么诗人要将潇湘女神鼓瑟说得那么凄惨呢？而大雁的“不胜清怨”又是什么原因呢？为了将诗人欲表达的内容搞清楚，就要去翻看诗人当年考取进士时的答卷了。他作了一首《湘灵鼓瑟》的诗，诗人在这首诗中写到这样一句话“苍梧来怨慕”，由此指出了湘水女神鼓瑟哀鸣的原因，是因为她在这样的琴声中有自己对死在苍梧的亡夫——舜的一种思念之情。诗中还有一句“楚客不堪听”，也间接写出了诗人被贬后来到湘江成“楚客”听到瑟声更加难过的感受。

用《湘灵鼓瑟》同《归雁》相比较，就会明白，原来这首诗中的“不胜清怨却飞来”是从“楚客不堪听”延伸过来的，诗人就是对照着被贬后迁到他乡成“楚客”来塑造的北飞大雁的形象。故此，才会让这些大雁听到湘灵感觉到凄凉、思乡、满怀愁绪、思念难耐，因此，毅然决然离开那个美丽富饶的湘江，向北飞去了。“虽信美而非吾土兮，曾何足以少留。”这是建安文学家王粲《登楼赋》中的两句话，间接展示了羁客情怀的句子，正好可以用来解释《归雁》中听到萧瑟的声音后的心情。而诗人也是借助大雁的愁绪，婉转地抒发了自己处境的哀伤。构思新颖，选材精准，舒畅婉转，有独特艺术收藏价值，因此，永为流传。

小怜玉体横陈夜

北齐二首

［唐］李商隐

一笑相倾国便亡，何劳荆棘始堪伤。

小怜玉体横陈夜，已报周师入晋阳。

巧笑知堪敌万几，倾城最在著戎衣。

晋阳已陷休回顾，更请君王猎一围。

【注释】

“一笑”句:《汉书·外戚传》李延年歌曰:“北方有佳人，绝世而独立。一顾倾人城，再顾倾人国。”这里“一笑倾城”中“倾”主要是指倾倒、倾心的意思，是说身为君王一旦开始贪恋美色就等于是埋下了祸国的种子。

小怜：北齐后主高纬的宠妃，冯淑妃。

万几：万机。这里指君王政务繁忙。

身为一代君王，一旦开始贪恋美色，就等于是为自己埋下了甚至可以亡国的祸根，根本就不用等到自己的宫殿爬满荆棘才开始忧伤，在那个拥有美貌和玉体的小怜进了御殿服侍君王的那个晚上开始，北周的军队占领了晋阳的消息就远远地传来了。

这首诗是借鉴古代真实史实展开的讨论，通过批判北齐后主高纬宠幸冯淑妃，由于贪恋美色，荒淫无度，最终导致亡国的史实，以此来借古鉴今。这两首诗在写作手法上有着类似的共同点:

第一个共同点是将所有的议论内容附丽在形象上表达出来。提起历史就一定会展开讨论。但是真正的好诗句永远是会以具体的形象去让读者感动或是受到触动，并不是用一种变向抽象难懂的内容去教训人。在议论之中又饱含着生动的形象，是两首诗都有的优点。

“一笑相倾国便亡，何劳荆棘始堪伤。小怜玉体横陈夜，已报周师入晋阳。”第一首诗开篇便以议论的形式展开了讨论。“一笑相倾国便亡”指的是周幽王贪图美色宠爱褒姒导致亡国的史实，讥讽“无愁天子”高纬这种沉迷淫色的日子。“荆棘”在这里用典照应国亡的意思。晋国时期有一个叫索靖的人非常有远见，他曾预言天下将会大乱，指着洛阳宫门口的铜驼感叹道:“会见汝在荆棘中耳!”这两句都是说荒淫就会亡国的真实先兆。尽管引用的都是一个典故，但是却没有留下任何痕迹，如不细细品味很难知道意脉在哪里，可见诗人用典故的巧妙。

“小怜玉体横陈夜，已报周师入晋阳。”第一首诗的后两句进一步添加了形象的画面描写。“小怜玉体横陈夜”写的就是“小怜”即冯淑妃进御殿的事情，司马相如曾以这样一句话形容当时画面，“花容自献，玉体横陈”，完全就是一幅荒淫的图片，这句与“一笑倾城”句形成映衬;“已报周师入晋阳”写的就是北齐亡国时的真实状况。57 年，北周武帝攻破晋阳，晋阳就是今日山西太原，继而向齐都邺城发兵，高纬在此刻出逃，最终被俘，北齐从此便灭亡了。这句话又与前面的“荆棘”形成映衬。这两句就是进一步将前两句的内容更加形象地展示出来了。冯淑妃进殿服侍君王与周武帝攻破晋阳之间的时间还是有一些日子的。“已报”将两件事很自然地联系到了一起，主要着重描述荒淫无度才会无心处理朝政，亡国是必然的，因此，可以联系在一起。诗人用了超前夸张的修辞方式，更令人深思。这就是论述内容附丽于形象，用特殊突出一般的方式，也是完全符合形象思维的必然规律。

第一首诗应该说是将议论和形象的描写交替着使用，而第二首则是将议论和形象完全地融合在一起了。

“巧笑知堪敌万几，倾城最在著戎衣。晋阳已陷休回顾，更请君王猎一围。”第二首诗中“巧笑”，引用《诗经》中形容漂亮女子妖娆妩媚表情的一句话“巧笑倩兮，美目盼兮”。“巧笑”与

“万儿”同步出现，因为女子和江山，孰轻孰重一目了然。“巧笑”堪敌“万机”，其实就是反过来批判高纬的昏庸好色。“知”实际意思就是哪里知道，讽刺意味十足。如果说“一笑相倾国便亡”这句话是直接火爆的嘲骂，那这句“巧笑知堪敌万儿”就是冷冷的嘲笑，不需议论而自带议论感。据说当年高纬与冯淑妃最爱的寻欢方式就是畋猎，因为高纬认为冯淑妃换着一身又一身出猎着装，风韵更能凸显，更加让人沉醉，因此说“倾城最在著戎衣”。古往今来人们常常用英姿飒爽形容英雄的豪气或外表的俊朗和年轻有为，着实给人一种美好的感觉。只是冯淑妃穿着这身戎装，根本不是为了什么保家卫国，只是为了取悦高纬，将天下江山都搁置了。高纬着迷的也不是英雄气概，巾帼外表，只是宠妃的婀娜姿态而已，他们玩着这样的游戏，却将大敌当前的一切都抛诸脑后了。据《北齐书》载:“周师取平阳（晋阳），帝猎于三堆，晋州告急。帝将返，淑妃更请杀一围，从之。”由此可见高纬是多么的荒淫又荒唐了，大敌当前，即将要成为俘虏的时候还想着那些男欢女爱的事情，还想着要再猎一围，这是多么的荒谬。“晋阳已陷休回顾，更请君王猎一围。”这两句就是用这样的模拟式的语气，将君王和妃子那种荒淫昏庸的情景刻画得栩栩如生。就算不加以讨论，通过这些形象的描绘和运用，也一样形象地道出中心思想要表达的意图。讽刺气息极其浓重。

两首诗还有一个共同点就是强烈的对比。在诗人描述的形象画面呈现之间添加对比，从而使诗人想要突出描写的人物更加鲜明，有着更强的表现力。

第一首中的三、四两句先把一个美色镜头展现出来，随后加一个危急时刻的画面，放在一起对比鲜明，触目惊心。一句“小怜玉体横陈”就写出了高纬的荒淫，与“周师入晋阳”这句话联系在一起，读者一下就能感受到惊险的效果。第二首中的三、四两句将“晋阳已陷”与“更请君王猎一围”的荒诞画面做对比。在即将要亡国的时刻，身为君王竟然还能安然享乐，对一切熟视无睹，沉迷美色之中。鲜明的画面对比，使读者为之心寒，突出了那种场面可悲可笑的感觉，应该说诗人举的例子都非常的有代表性，高纬也是上下五千年荒唐君王中数一数二的好色误国了，众所周知，作为一代君王要以国家为重，凡事都要先以处理朝政为主，因此，很多当过君王的人都觉得自己是孤家寡人，很孤独，那是因为站在高处有着很多的局限性，为了治理好国家，就要放弃很多，不能贪恋美色，更不能被儿女情长所困，一旦跨越了这个底线就等于迈进了万丈深渊，诗人这种举例方式和描写含蓄有力，也是诗人用笔构思的高超之处。

飞花令里品诗词
千

千门万户曈曈日

元日

[宋] 王安石

爆竹声中一岁除，春风送暖入屠苏。

千门万户曈曈日，总把新桃换旧符。

【注释】

元日：农历正月初一，也就是春节这一天。

爆竹：古时候古人想要驱鬼避邪时便会找竹子来烧，燃烧时竹子会发出爆裂的声音。后来慢慢变成了放鞭炮。

一岁除：一年到了尽头。除：逝去。

屠苏：指屠苏酒，在过年的时候喝屠苏酒，是古人的一个习俗，在大年初一这一天阖家欢乐之时一同饮这种用屠苏泡制而成的酒，用来避邪预防瘟疫，象征着求长寿的意思。

千门万户：比喻门户很多，人口密集。

曈曈：指在日出的时刻，那种明亮而又温暖的样子。

桃：桃符。是古时候民间流传的一种风俗，在大年初一的时候人们将神荼、郁垒两位神灵的名字写在一个桃木板子上面，然后再将这个桃木板子挂在门旁边，用以镇宅压邪。也作春联。

随着爆竹的声响过去的一年就接近尾声了，伴随着和煦的暖阳、微微的春风把酒言欢，畅饮屠苏酒，晨起新一轮朝阳再次照耀进了千家万户，家家户户都会把过去一年的桃符取下来，把新的桃符挂上去。

这首诗描写的就是中国传统节日春节到来的时候，家家户户辞旧迎新的景象。在一声声爆竹的响声中人们送走了过去的一年，迎接崭新的一年到来，大家畅饮着屠苏酒感受着春天再次到来的气息，早晨初升的朝阳普照着大地，也照进了家家户户，所有人家都在这个时候忙着将新的桃符悬挂在自家门上。用这样的方式迎接新的一年。

这首诗的取材源于古代的民间习俗，是一首即景诗，诗人用敏感的手法和独到的眼光摄取了民间春节时最有代表性的素材，捕捉到了最为敏感性质的生活小细节：爆竹、屠苏酒、桃符，这些都是最具特色的事物，充分展现了古时候人们过春节时那种浓厚的年味儿，非常具有生活真实的气息。

“爆竹声中一岁除，春风送暖入屠苏。”每到过年的时候点燃爆竹是从古时候一直延续至今仍然存在的一种习俗。但是在古代，人们还有一种风俗，一定要在大年初一这一天，全家人都团聚的时刻，全家上上下下、老老小小，共同品尝屠苏酒，随后再用一块红色的布将剩下的渣滓包裹起来，悬挂在自己家的门框上面，用这样的方式去避邪，也希望用这样的方式来预防瘟疫。

“千门万户曈曈日”，全诗第三句承接上文，说的就是千家万户共同在清晨的春光中沐浴阳光，感受阳光照耀的暖意。

“总把新桃换旧符”，全诗收尾的一句诗人笔锋一转，转为一种议论式的描写，把桃符挂上去，更是传统节日中很有代表性的特色习俗。这句在描写的过程中诗人采用了压缩省略的表达方式，“新桃”把“符”字省略掉了，而“旧符”就等于是将“桃”这个字省略了，穿插着运用，这并非是诗人特有的用笔特色，只是因为这首诗是七言绝句，每句话只能用七个字，因此，有很多局限性，导致诗人采取了这种省略的描写手段。

诗句中袒露的也是诗人过春节的一种体会。很多评论诗句的人会留意到，此首诗诗人所表达的那种意境和现实生活的场景，应该都是相当有寓意和比喻性的象征。宋代诗人王安石写的这一首诗完全是积极向上、欣欣尚荣、奋发向上的一种精神，这当然也很自然地会跟诗人此刻的心境大抵相似，那个时候王安石正好在朝担任宰相，正在推行新的政法。据史实记载，王安石是北宋时期非常出名的一位改革家，在他担任宰相期间，就像他诗中描述的人们将旧的桃符取下来换上新的桃符，辞旧迎新，将旧的政策更换掉，将新的政策极力推崇上去。王安石对当时新推出的政策充满着非常大的信心，因此，诗境如人心，这首诗也映衬出王安石当时开朗的内心世界。诗人通过对新的一年到来以及新鲜事物的产生和周围一切的变化，描写出了一种“春风送暖”、生机勃勃的景象；“曈曈日”照着“千门万户”，这里照耀的阳光深层面看说的绝对不单单只是阳光的照射，更多的是在比喻美好生活崭新的开始，王安石一直坚信这种变法，这种新政策一定会让老百姓收益更多，生活将会迎接越来越多的希望和光明。在整首诗的结尾句中“总把新桃换旧符”，隐含的意思间接地表达出诗人对这次变法取得了胜利感到欣慰，看到百姓们安居乐业整体生活水平有了质的飞跃而欣喜万分。这种深刻的哲理蕴含其中，也想告诉人们要学会创新，接受新生的事物，陈旧的俗套事物总会被新生事物所取代，这似乎是大千世界中永恒不变的真理和自然规律。

这首诗尽管诗人只是采用了一种白描的手法来书写，看似竭力地在营造新年那种热闹喜庆的氛围，与此同时，也是想通过对大年初一这一天更新桃符的习俗将自己的思绪寄托在其中，然而，诗人能将自己这种深层次的思想活动表达得如此隐蔽，就是诗人写作最厉害的地方了。

时至今日，中国人在春节这一天还有很多地区依然延续着放爆竹、贴桃符这样的习俗，只是现在人们把桃符换成了春联粘贴在自己家的大门上，过年很多大城市由于爆竹被禁止燃放也就用音乐声取代了爆竹声，不过全家团圆一起把酒言欢的习惯还是一直存在着的。这也能看出我们中国传统文化的悠久历史。也就更能凸显出这首诗另一层传统美德的含义了。可见诗人这首诗尽管只是从细节写心声，却写得非常真实，把生活中的美好表述得非常细致，就像是有预知未来的能力一样，因此，广为流传，至今在过年的时候人们想到这首诗时还是会感觉到同样的真切。

三千里兮家未归

思吴江歌

［魏晋］张翰

秋风起兮木叶飞，吴江水兮鲈正肥。

三千里兮家未归，恨难禁兮仰天悲。

【注释】

木叶：树叶。

鲈：古时候称这种鱼为银鲈、玉花鲈，也就是桂花鱼。体型呈扁平状，巨口鳞细微，身上有像桂花一样的色斑，肉非常的鲜美且肥厚。

突然刮起了一阵秋风，落叶随着秋风在空中盘旋飞舞，吴江里的那些鲈鱼真是特别的新鲜，肉味又非常的肥美。如今远离家乡，想要回到家乡，可是种种原因又不能回去，心中那种思乡的愁情怎么也抑制不住，只能向天空悲叹这一切的遭遇！

后人阅读唐诗宋词的时候，经常会看到关于“秋风鲈脍”“莼羹鲈脍”的典故，其实这些典故最初就是来源于张翰之笔。张翰写的这首诗可以说是最早的一首七言绝句，四句押同部平声韵，是很有绝句代表性的特点的作品，尽管诗人每句话都在押韵，每句话都有“兮”，看似还是没有脱离楚歌的那种格调，但是这首诗终究还是在向七言绝句的方式靠拢，等于是向七言绝句的方向迈出第一步。

“秋风起兮木叶飞”，首句便露出了诗人的情思。在秋季，清风微凉，万物凋落，这种氛围就会引起人们不自觉地伤感，很多人都会在这样的时节、这样的环境熏陶下思念远方，万千情绪都会在此刻涌上心头。从一年四季的变化顺序而论，秋天往往是象征着年终岁末将要到来的意思，令绝大多数的人都会有一种时间飞逝的惆怅，也会在这样的时刻感叹时间无情的流逝，年华似乎总是在虚度的感觉。如果从空间的角度去解读，那么秋天秋高气爽，万物凋落后显得世界都是那么的空旷萧条，视野也跟着越来越显得空洞，这种环境空间给人遐想的联系，会想到自己独自一个人身在异乡的孤独，会感叹家在哪里？何方才是自己的家的种种愁情。《楚辞·湘夫人》有“袅袅兮秋风，洞庭波兮木叶下”这样的一句话，是本句的前身，但是诗人张翰也未必真的就是想去效仿谁的描写内容，可能只不过单单的就是一种语言上的定势，心理上的类似感受。这里的秋风吹起，很可能会让诗人感觉到自己身在洛阳停留了太长时间了，当然同样的秋风吹，也让诗人想到了自己以往在家乡时那种乡居的日子，还有自己故乡独有的风土人情，这样一来很自然地就引出了下文的内容。

“吴江水兮鲈正肥”，接下来这句承接上文。鲈鱼又是诗人家乡特有的产品，非常的鲜美，而秋季本是收获的季节，这个时候打捞上来的鱼不仅味道鲜美，还非常的肥厚。“鲈正肥”中“正”字的出现，正好与上文中的“秋风起”有了一个对应性的紧密连接关系，与此同时，也流露出了诗人一种迫切想要回去的那种心情。

其实鲈鱼也分很多种，不过诗人在这里只是单一地提到了其中的这么一种，这是因为在诗中有很多字数限制的原因，提到一种，能够有代表性的表达出内容也就可以了，恰好这首诗还可以和那段感人的佳话互相映衬，也就更多地加深了诗句和表述的事情的共同魅力了。如果我们再进一步深究诗人更深一层的意思的话，相信诗人在写这首诗的时候表达的不只是那种看似浓郁的思乡情绪，还涵盖了诗人此刻对政治上的种种失望、对未来的担忧，基于这种种原因累积在一起，才会将情绪展现得更加强烈了而已。而这里诗人又想将所谓的动荡时局和自身遭遇的感叹都一一抛开，想远离那勾心斗角的官场是非，因而，将这一切化为了对美食的期待，单一地去表现自己生理上对食物的渴求，这样的描写可以进一步加深诗句的含蓄程度，还可以有一种浓郁的思乡情绪让整首诗看起来具有感情色彩和生活细节的意义。

“三千里兮家未归，恨难禁兮仰天悲。”结尾两句非常直截了当地点出了诗人对远隔千里的故乡想回而不能回的那种“悲”与“恨”，从而也将前两句中深层次涵盖的情感进一步给予了升华，看起来这两句的表现力并没有前两句那么强烈深远，但是却能承接上文，将文章重点给予凸显。上两句中，诗人看到了突如其来的秋风，使凋落的树叶四处飞舞，想到了自己家乡这个时候鲈鱼的那种肥美，这两句便指出了现在诗人身处遥远的北方，远离自己的故乡，万水千山，千里迢迢相隔甚远，根本不是想回马上就能回去的事情，诗人再联想到如今的自己还在做着与自己的理想抱负和期待相背的工作，真是空留悲伤在心头了。更悲哀的是这种心理上的没着没落的哀伤还没有地方可以去倾诉，也就只能将这一切深埋在自己的内心深处了，不轻易地表达出来，将这样的心境抑制在自己的心头。可是说来简单，一个人压抑太久了，终究还是需要一种发泄方式的，故此，诗人张翰只能仰头望天空，为自己长长地发出一声悲哀式的感叹。“三千里兮家未归”就是在说诗人家乡远隔千万里，有家难归，想回家乡，可是现实告诉他回去的愿望恐怕也难实现了，这也就是诗人突然仰天长叹唉声不断的真正因素了。“恨难禁兮仰天悲”，最后一句彻底道出了诗人的心境，表示结果的句子，和前面的因素全部契合，这种表述的手法畅快自然，诗人的用笔流畅，犹如高山流水，顺理成章。

整首诗通过诗人对秋天到来的各种描写，写出了诗人思乡的情怀，不过据史实记载，当初诗人张翰在政治上遇到了棘手的问题，便想要辞官回家，最后找的理由就是家乡的鲈鱼好吃，味道鲜美，想回家去过平常的生活，以此为借口辞官回到了自己的家乡。至于诗人在政治上的具体遭遇暂且不加评论，单这首诗来说能看出诗人心中还是有美好的事物存在的，他能用这样的手笔写出自己的内心世界，可见诗人写诗的艺术水平，因此，这首诗才会被流传至今。

落木千山天远大

登快阁

［宋］黄庭坚

痴儿了却公家事，快阁东西倚晚晴。

落木千山天远大，澄江一道月分明。

朱弦已为佳人绝，青眼聊因美酒横。

万里归船弄长笛，此心吾与白鸥盟。

【注释】

快阁：在今日江西赣江之上，古时候称为吉州泰和县东澄江。以江山广阔悠远，景物清新华丽而得名。这首诗创作于诗人任泰和令时期，也就是元丰五年（1082）。

痴儿了却公家事：自己只是在每天敷衍着做着当官必须做的事情，却未成什么大器。痴儿：指诗人自己。了却：完成。

倚：倚靠。

落木：落叶。

澄江：赣江。澄，澄清，清澈。

朱弦：指琴。

佳人：指的就是美人，更深一层的意思也指知己。

青眼：正眼看人，表示对人的尊重，喜爱。

弄：演奏。

与白鸥盟：这里指的是并没有什么利禄的心思了，暗指想要归隐的意思。

在公事办完了之后，我这个呆子一个人攀登上了快阁，在这暮色将要降临，晚霞伴着余晖的时刻举目远眺。放眼望去，有着数不清的秋山和那些飘落的落叶，天地之间显得更加的辽阔。在皎洁的月光映照之下澄江淙淙流过，在月光的映衬之下显得更加的清澈透明。因好朋友的远离，也早就失去了弄弦吹箫的雅兴，只好借助一樽美酒，来解忧愁了。我一个人乘着船走过万水千山归来了，在船上的时候，我竟然不知不觉地吹起了我的长笛；我现在的心里真的很想和这些空中飞着的白鸥成为知己。

这首诗是黄庭坚在泰和县任泰和令时登上快阁的时候写的一首抒情类型的诗歌。

正常情况下，万事开头难，写文章和诗歌也是如此，导致很多人甚至将文章开头的地方用特殊方式忽略掉了，这样的情况出现就代表着作者的作品还不能和他想描述的情景互相融合为一体，所以就比较容易作态。黄庭坚的这首诗开篇便用了通俗易懂的语言，像是在讲故事一样，不过还加上了自己巧妙的构思部分，让读者心领神会。

“痴儿了却公家事，快阁东西倚晚晴。”意思是说：我这个呆子很快就要处理完公事了，等处理完公事后，就可以登上快阁看看景色了，在这样傍晚的时刻在夕阳余晖的照耀下，靠着栏杆远眺看看不一样的光景。这两句话的意思看似只是一般的叙述，很通俗，意思也并没有什么难以理解的地方，看着也没有什么意味涵盖其中，实际上诗人简单的寥寥几笔却包含了非常丰富的内容：“痴儿了却公家事”这一句引用的是《晋书·傅咸传》所载夏侯济之语，“生子痴，了官事，官事未易了也。了事正坐痴，复为快耳!”。“快阁东西倚晚晴”这句便是引用了杜甫的“注目寒江倚山阁”及李商隐“万古贞魂倚暮霞”之典故，不过诗人再次加上了自己的奇思妙想，便有了另一份韵味。“痴儿”这两个字引用前人说的意思，诗人认为自己也是“痴儿”，这是一种带着趣味性的说法。“了却”这两个字，间接说出了诗人那种卸下重负一般轻松明快的感觉和心境，“快阁”之“快”也是暗地里彼此有着呼应的，一个“快”字两个意思，一气呵成，运用得非常巧妙。“倚晚晴”这三个字，应该说是一种超越脱俗的感觉，超越了前人写的那种窠臼感。杜甫诗中那个“倚”，指的就是倚在山阁的意思，只是一种对于实景实况的正常描述。黄庭坚这首诗的“倚”，却是虚实结合，有实景有虚幻的景色。接下来“倚晚晴”这三个字，还起到了一种承上启下的作用，为后文做了良好的铺垫，使诗人顺水推舟一般就将后一句写了出来。

“落木千山天远大，澄江一道月分明。”这句说的就是眼望着远方，看到了无数的秋山，那秋山上有着无数凋落了的树叶随风舞动，空旷浩大的天空这时候显得更加一望无际，而那个清澈透明的澄江却在快阁亭的下方涓涓流过，头顶一轮明月，照映着夜晚的江面，使江水显得更加清澈明净了。这些都是诗人上了快阁亭，将美景尽览眼中之后，又通过自己的手笔将这样的盛况描绘出来，通过这个也能感受到诗人那种博大的胸襟和怀抱理想的真实写照。阅读这类诗，很容易想起诗人杜甫写的一句“无边落木萧萧下，不尽长江滚滚来”。还会想到谢朓的那句“余霞散成绮，澄江净如练”，这些都是千古名句。但是黄庭坚的这句就等于是青出于蓝而胜于蓝了，借鉴了前辈写诗的所有营养，加入了自己的理解部分和创新部分，给人以焕然一新的感觉。因此，张宗泰曾在《鲁斋所学集》中用这样一句话来形容黄庭坚的这两句诗：“其意境天开，则实能劈古今未泄之奥妙。”可见黄庭坚的诗得到了多么高的赞誉。

“朱弦已为佳人绝，青眼聊因美酒横。”接下来两句就是黄庭坚用的典故。“朱弦已为佳人绝”，这句说的就是伯牙捧着自己的琴感谢自己的知音钟子期的典故。《吕氏春秋·本味篇》载：“钟子期死，伯牙破琴绝弦，终身不复鼓琴，以为世无足复为鼓琴者。”“青眼聊因美酒横”，这一句引用的是阮籍青白眼的典故。史载阮籍善为青白眼，“见礼俗之士，以白眼对之，见所悦之人，乃见青眼”（《晋书·阮籍传》）。而这首诗这两句意思大概是：由于我的知音不在这里，我便将琴上面的朱弦给弄断了，这样以后也就再也不会去弹琴了，因此，也就只能靠着几樽好酒，借此解忧了。在这里“横”字运用非常的生动，将诗人自己那种孤寂无奈的状态完全描绘了出来，非常传神。

“万里归船弄长笛，此心吾与白鸥盟。”结尾句是诗人的畅想，诗人期望自己能乘坐归去的船只，可以在船上悠闲地吹着长笛，然后返回自己那遥远的家乡，似乎还在心里说我一直这样想着，也和那些白鸥有了一个约定。从诗句的整体来看，结尾非常的精彩，加入了诗人的愿望和想象。

这首诗是非常受后人称赞的一首诗。姚鼐称此诗“豪而有韵，此移太白歌行于七律内者”；方东树评析说：“起四句且叙且写，一往浩然，五、六句对意流行。收尤豪放。此所谓寓单行之气于排偶之中者。”这些评价都非常的中肯。翁方纲评黄山谷诗云：“坡公之外又出此一种绝高之风骨，绝大之境界，造化元气发泄透矣。”意思也就是这首诗需要细品，越读越有韵味，不同凡响。

人去秋千闲挂月

望江南·三月暮

［宋］吴文英

三月暮，花落更情浓。人去秋千闲挂月，马停杨柳倦嘶风。堤畔画船空。

恹恹醉，长日小帘栊。宿燕夜归银烛外，啼莺声在绿阴中。无处觅残红。

【注释】

望江南：也称“忆江南”或“梦江南”，最初是唐教坊的名曲，后来被用为词牌的名字。段安节《乐府杂录》：“《望江南》始自朱崖李太尉（德裕）镇浙日，为亡妓谢秋娘所撰，本名‘谢秋娘’，后改此名。”《金奁集》入“南吕宫”。属小令，单调只有二十七个字，三平韵。

恹恹：精神萎靡不振的样子。

“宿燕”句：引用温庭筠《七夕》“银烛有光妨宿燕”中的诗意。

三月是初春的季节，那些早就凋落的花瓣已无踪影，反而会将那种浓厚的情意显得更加深切。人荡过秋千后匆忙离去，唯独留下那悬挂的秋千还在月光中高悬着，那些疲惫不堪的马儿累得精疲力尽，都忘记了还要迎风嘶叫，只是静静地被人拴在了杨柳树的下面。在堤边停靠着一艘画船，却空无一人。在那些小帘栊中待着的人们，整日整夜的都没有力气，非常的疲乏，只想着可以昏昏沉沉地睡去。飞回自己家中的燕子由于那些烛光还亮着，而胆怯地迟迟不敢回到自己鸟巢中去。在那些绿树的树荫内，那些漂泊在外的黄莺鸟却不知疲惫地叫着。当春光逝去之后，恐怕连那些凋零了的花瓣都消失不见了。

“三月暮，花落更情浓。”第一句作者开篇便直接将时节交代出来，在三月的春天，红花万朵均凋谢了，春光将至，作者在这样的时刻反而对春天越发地有了更加浓烈的喜爱之情。在这句话中，作者并没有直接写春天万物复苏，小草发芽，花朵露出红晕等，反而是想到了那些残落了的花朵，通过这种方式进一步写出了自己对春天那种格外眷恋之情。在春天要离去的时候，就像经历了一场别开生面的生离死别一样，情感得到了一定程度的升华，作者将这样的道理藏在了词中，仅仅一句“花落更情浓”便把那种春天逝去的悲伤情感刻画得出神入化了，比以往我们常常在诗词中看到的那些“愁”“忧”“哀”“伤”“怜”这类浅白的词语更能镌刻出作者内心的失落感。

“人去秋千闲挂月，马停杨柳倦嘶风。堤畔画船空。”这两句是说佳人已经离开了，空留秋千还在那里空荡荡地悬挂在月光下。那些被人们拴在杨柳树旁边的疲惫的马儿，可能是让它们经历了太长的等待了，主人还是迟迟未归，也不经意地随着阵阵春风狂嘶了起来。在岸边停泊的那个船只竟然空无一人，只是伴随着风吹动而起的波浪上下浮动着。这句作者描绘的完全就是一幅春夜里湖边的杨柳画。真实宁静而美丽。

“宿燕夜归银烛外，啼莺声在绿阴中。”房间里蜡烛一直持续地点亮着，宿归的燕子飞回自己的巢穴开始休息了，在绿荫之中那些黄莺还在不知疲惫地吱吱咯咯地唱着婉转而动听的歌。这句引用了温庭筠《池塘七夕》诗中“银烛有光妨宿燕”的句意，暗指的家人盼望自己的郎君，可是郎君却迟迟未归的那种孤寂而凄冷的心情。那些黄莺不停地啼叫，只会让那些备感孤独的人更加的孤独伤心，将佳人那种独守的彷徨以及等待的寂寥和忧伤的心境写得特别的婉转而真切。

“无处觅残红”，结尾一句话，落花流水，残红难觅，这里完全是和上阕词中的“花落”形成了对应的关系。也代表着人世间聚散总是匆匆，再见的日子很难确定，很多时候都是一种无法言表的无奈，最后一句就是以佳人的一种漫无边际的想念和惆怅，草草收笔，给读者留下无数遐想的空间。

这首词的作者是宋代词人吴文英（约 1200–1260），字君特，号梦窗，晚年又号觉翁，四明（今浙江宁波）人。原来姓翁，后出嗣吴氏。著有《梦窗词集》一部，其中收纳了三百四十余首词，分四卷本与一卷本。他的作品风格偏于雅致，很多都是伤时和忆悼的作品，因此，号“词中李商隐”。只是后人对他的词的品论却始终有争论。不过这首《望江南·三月暮》还是很值得赏读的。

这首词是一首感伤春天流逝，又有怀念人物的感情涵盖其中的词。至于所怀念的人到底是谁今日早已无从考证。不过细细品读后根据作者所写的时间是三月的暮春时节，地点又是杨柳树旁边的堤岸边，根据这些内容分析来看，作者写的很可能是西湖的景色，因此，很可能是在伤悼在杭州的已亡之妾的作品。

从这首词来分析，作者从起笔写暮春的花落开始到最后以残红难觅而草草结尾，首尾呼应，搭配结合也非常的完美。此外，上阙词虽然看起来是在写暮春时候天空的景色，却在暗地里描绘男女之间的感情之事。下阙词中作者开始写佳人独守闺中，孤独寂寞，其中加入了春景的各种描绘。整首作品尽管只有简短的几十个字，却将春天的景色和男女的爱情，以及各种感触全部写了出来，结尾处，以伤春悲秋式的方式暗中涵盖欢乐的日子容易逝去，似乎还是意犹未尽，余情未了的意思，暗藏其中，使读者深思、回味。

飞来山上千寻塔

登飞来峰

［宋］王安石

飞来山上千寻塔，闻说鸡鸣见日升。
不畏浮云遮望眼，自缘身在最高层。

【注释】

飞来峰：有两种解释，一种说法是说飞来峰是浙江绍兴城外的林山。唐宋时期，在这有个应天塔。民间有一种传说，就是这座山峰是从琅即郡东武县飞来的，故名飞来峰。还有一种说法是说这座山峰在今日浙江杭州西湖的灵隐寺的前面。

千寻塔：特别高的塔。寻，古代的一种长度单位，八尺就是一寻。

闻说：听说。

浮云：云雾，在山间飘浮着的云雾。

望眼：视线。

缘：缘由。

攀登到了飞来峰的峰顶，来到了这个特别高的塔上，听人说每天清晨在鸡打鸣的时候站在这个地方，就能看见旭日东升的全过程。根本就不在乎那些看上去一层层的浮云遮挡我周围的视线，因为我已经站在了飞来峰顶最高的位置。

这首诗是王安石在宋仁宗皇祐二年（1050）创作的，那时候王安石只有三十岁，正值壮年，胸怀大志，年富力强。那时候他已经由鄞县县令改任为舒州通判了，这首诗展现了诗人那种为了自己的政治抱负和理想不顾一切、勇往直前、不屈不挠、毫不畏惧的进取精神。

“飞来山上千寻塔”，诗人这里引用“千寻”这个词，是一种夸张的写法，借用这个词来突显峰上那个古塔位置的高，也间接地告诉读者自己所站的位置是多么的高。

“闻说鸡鸣见日升”，诗人用了一种非常精巧的方式将站在高塔上可以看到的壮观景象描绘了出来，在这里可以看到清晨旭日东升的景色，侧面反映了诗人这种富有朝气的心态，还有心中一直期待改革可以得到推广的志向，以及对自己的政治前途信心满满，贯穿了全文感情色彩的所有基调。

“不畏浮云遮望眼，自缘身在最高层。”而结尾两句完全是承接上文，继续写景色。紧接着给予进一步的议论和抒情，从而使整首诗既有诗情画意，又充满深刻而耐人寻味的哲理性。古人常常会为浮云蔽日、邪臣蔽贤的事情感到忧虑重重，可诗人偏偏在这种忧虑上加上了“不畏”两个字。从而反映了诗人在政治道路上的深谋远虑，以及诗人不畏艰险、不怕邪恶的强大决心和不可一世的勇气。

这首诗的精华部分都聚集在前两句，这两句中包含了诗人要表达的全部哲理：生而为人不应该鼠目寸光，只看眼前，应该将眼光放长远，顾全大局，深谋远虑。诗人在诗句的描写方法上开篇便交代了飞来峰的环境，周围的地势情况，随后又写到了峰上有最高的塔。这句主要就是想描述登到高峰的临高之险。第二句就是告诉人们站在上面放眼望去可以看到的一切。还引用了一个典故，《玄中记》云:“桃都山有大树，曰桃都，枝相去三千里。上有天鸡，日初出照此木，天鸡即鸣，天下鸡皆随之。”通过这句话可以验证，而“闻说鸡鸣见日升”七字，不只是交代了站在这里可以看到万里以外的景色，还告诉人们在这里听到鸡鸣的声音之后还能看到更壮观的景色，非常有气势的一种感觉。尽管这句就是为下文做铺垫的，也不可以忽视，这种笔调高调地写出了实际的景色。作者的用心真是颇具匠心。就像典故中提到的“日初出照此木，天鸡即鸣”，原本是“先日出，后天鸡鸣”，可是诗人王安石偏偏不说“闻说日升听鸡鸣”，反而说“闻说鸡鸣见日升”，则是“先鸡鸣，后日升”。因为诗人写诗自然有点化，也不能勉强要求平仄，恐怕被人误解另有所指。

随后第三句中的“不畏”两个字，非常能显现气势夺人的感觉。“浮云遮望眼”在这里引用的是一个典故。根据后来的吴小如教授进一步地考证，根据各种史料显示西汉人一般喜欢把浮云形容成奸诈、邪恶的小人，如《新语・慎微篇》:“故邪臣之蔽贤，犹浮云之障日也。”这句说的就是这个意思。还有一首《读史有感》的七律，颔联云:“当时黯暗犹承误，末俗纷纭更乱真。”想要成就大事业的人，最害怕遇到的就是“浮云遮目”“末俗乱真”。

而诗人王安石在后来的岁月中推行新法也恰恰是败在了这两件事情上。可见诗人的用心良苦，在这首诗中已经提前找到了蛛丝马迹。最后一句“身在最高层”这么写是为了将诗句的整体意境拔升一个高度，有着一种登高远望的气魄。这是诗人画龙点睛之笔，也是整首诗的结束语。如果就情境而论，按理说语序本该是“因为身在最高层，所以不畏浮云遮目”，可是诗人就是要将一切反过来说，先说结果，后说原因，因果倒置，将诗眼得以转换。在诗句中尽管这样的手法也算是常见，但是也完全可以看出诗人在诗句构思上的用心。

诗人以诗歌的形式阐述着对政治和学术的自我独特见解，边议论当时的政治情况，边对历史发生的事情有一种间接的评说，这样的写法在宋朝的诗句中是非常多见的。这首诗在对景物的描写之中，包含着非常深刻的哲理和趣味。诗人并没有将这个登山的过程进行任何的描述，更没有详细去叙述山中看到的所有景物，反而是开篇就将自己置身“千寻塔”的最顶端，登高望远，视野开阔，看到的世界也会变得完全不一样，诗人就用这样的方式，先交代了自己的地理位置，再去抒发自己的内心全部感受，这样的描写更能让读者有一种置身其中的感觉。这首七言绝句一共用了二十八个字，诗人却能在这短短的二十八个字之中就将极其深刻又有深度的道理隐藏其中，用隐含的意思表达出来，有一种将抽象的道理涵盖在事物本身一样。诗人在政治上的远大理想和抱负，以及面对自己前途永远抱有信心的精神状态，都能通过这样的一首诗得到充分的体现。这首诗的诗人想要阐述的哲理主要特点有两部分：第一部分是把涵盖的哲理从实际景物以及周围环境之中自然而然地显露出来；第二部分的哲理也是通过栩栩如生的动作语言加上各种表达体现出来的。简单一点说就是“哲理的诗化，诗化的哲理”。时至今日，我们读起这首诗的时候仍然可以感到那种豪情壮志，可以体会到其中深刻的道理。可见诗人写诗的精妙之处，真是让人百读不厌。

桃花潭水深千尺

赠汪伦

［唐］李白

李白乘舟将欲行，忽闻岸上踏歌声。

桃花潭水深千尺，不及汪伦送我情。

【注释】

汪伦：李白的好友。

将欲行：将要远行。

踏歌：唐朝时期民间流行的一种舞蹈形式的名称。以一种彼此手拉手、两脚踏地踩出节拍的方式跳的舞，这种舞也可以边走边唱。

桃花潭：在今日安徽泾县西南一百里。

深千尺：是诗人用潭水的这种深不可测来比喻自己和汪伦的朋友情谊，也是比较夸张的描写手法。

不及：比不上。

李白即将乘舟远行离开这里，忽然听见岸边传来有人踏歌的声音，桃花潭的水有千尺之深，可是也比不上汪伦送我的这一番情谊。

这首诗是唐代著名诗人李白写的，李白一生有两大喜好，喜欢旅游，喜欢喝酒，因此，他一生中关于斗酒的诗写了近百篇之多。根据袁枚《随园诗话补遗》记载：曾经有一位名叫汪伦的人给李白写了一封信，内容就是邀请他去今日的安徽皖南地区游玩，信写得非常的热情洋溢。他这样写道："先生好游乎？此地有十里桃花，先生好饮乎？此地有万家酒店。"李白看了信之后欣然接受了汪伦的邀请，来到了汪伦说的地方。见到汪伦后觉得汪伦是个很豪爽的人，为人朴实热情好客，倜傥不羁。遂问桃园酒家何处？汪伦道："桃花者，潭水名也，并无桃花；万家者，店主人姓万也，并无万家酒店。"这样的回答使李白不由得捧腹大笑。便在这里留下游玩了数日，临别之际，将这首诗写给了汪伦，留作道别的纪念。

很明显可以看出这首诗一定是李白在当时的情况下即兴创作直接吟诵出来的，自然是妙趣横生，因此，被后人广为流传。可也是因为这首诗写得就像生活一样非常的顺理成章，人们只能看到这首诗表面上的妙，却很难体会到这首诗到底妙在哪里。诗的后两句后人还有一些评判，可是开始的两句语句过于直白，人们都说不出来为什么要这样写。可是综合了李白当时的写作背景之后，会发现前两句写得应该说更加的成功才对。

"李白乘舟将欲行"，说的就是李白将要乘舟离开桃花潭这个地方了。这样的方式非常通俗易懂，看似一定是未加思索，张口就来的，像是顺口溜一样，其实充分展现了李白乘舟前来时兴致勃勃的样子，和离去时玩儿的尽兴而返的潇洒姿态。

"忽闻岸上踏歌声"，"忽闻"用在这里，完全可以看出汪伦前来真的是意想不到的事情。人还没到呢，声音就先传了过来，从那朴实而豪爽的踏歌声中李白猜到了一定是汪伦为他送行来了。

这种送别的场面侧面说明了李白和汪伦这样的好朋友之间相处模式是轻松自在的，不拘小节，没有那么多的客套和俗礼。在古代的偏远山村，人们受到教育的程度较低，没有上层社会那些弯弯绕绕的东西，也就免去了那些纷繁复杂的礼数，通过这个说明在李白离开的时候汪伦应该是不在家中的。等到汪伦回到家中才知道李白已经离开了，马上加快步伐带着美酒赶到了渡口饯别。这种不辞而别的方式和李白的一贯作风完全符合，放荡不羁，潇洒自如，没有虚假的客套；踏歌前来欢送李白的汪伦也绝对是完全的豪情志士，也就免去了忧伤的煽情姿态。李白用简短的十四个字就将两个人天生的性格和他们之间不在乎形式的收放自如的友谊写得淋漓尽致了。

可能正是两个人之间性格思想上的契合，李白就会更加珍惜汪伦这个知己了。情谊所致，便面对这风景秀丽的桃花潭水真情流露地说道："桃花潭水深千尺，不及汪伦送我情。"

在这样特殊的地点和情景下，李白的诗句便潇洒自如地脱口而出了，可见李白此刻情感的率真。用桃花潭水的深度来比喻友情的深厚，也是诗人常常喜欢用的描写方式，如果汪伦和李白的友谊要是真的像桃花潭水那么深的话当然不算夸张，这里用这样夸张的成分也是让这首诗更有诗意，毕竟这是李白作的一首诗，就该有诗该有的味道才对。用这样的手笔去写，感觉像是在讲述一个故事：两个朋友道别，其中一个是劝酒的，劝着离开的人再饮一杯，另一个便是一杯接着一杯地将酒喝了下去。就在李白酒过三巡，微醺之时，借酒情浓，意态飞扬，便举起了杯中的酒望着脚下潺潺流动的潭水道："桃花潭的水无论你有多么的深，你再深也比不上汪伦赠给我的友情深厚啊！"这样的口头叙述，借景喻人，不乏天真自然的意趣在其中，也可以随着这样的诗句追寻到大诗人李白当年豪放不羁的身影。因此，清人沈德潜说："若说汪

伦之情，比于潭水千尺，便是凡语。妙境只在一转换间。”(《唐诗别裁》)

古时候人们写诗正常情况下直呼人的名字是非常犯忌讳的事情，大家都认为这样的诗会让人读起来索然无味。而李白的这首诗从他自己的名字开始，到称呼汪伦的名字结束，反而给人一种生动逼真、坦率、直白的洒脱感，更加有一种韵味在其中。

“清水出芙蓉，天然去雕饰”，这是后人在用李白的话评价李白自己的诗句，从而去夸赞李白的见识。当然，李白能出口成章，即兴赋诗，还这么轻松自然，可见他情感的真切奔放，毫无修饰，浑然天成。在看似绚烂的时候马上回归到平淡，这样的文学功底绝非一朝一夕就能练就的。这首《赠汪伦》就充分展现了李白这种超脱自然的高超诗风。

新丰美酒斗十千

少年行四首·其一

［唐］王维

新丰美酒斗十千，咸阳游侠多少年。
相逢意气为君饮，系马高楼垂柳边。

【注释】

新丰：今日陕西省临潼县东北，据说古时候这里盛产美酒。

斗十千：美酒的价钱非常的昂贵，价值万贯。

咸阳：秦国的首都咸阳，这里代指唐朝的首都长安。

古时候新丰这个地方一直盛产价钱昂贵的美酒，在都城长安附近游转的人很多都是年少的游侠。相逢在长安的时候都是一身义气，也会意气相投，便会在这里尽情豪饮美酒，喝酒前他们会把自己骑的骏马拴在酒楼下面的柳树旁边，而后便开始了把酒言欢。

这首诗的作者是唐朝诗人王维（701–761，一说699–761），字摩诘，汉族，河东蒲州（今山西运城）人，祖籍山西祁县，又称他为“诗佛”。苏轼曾经这样评价王维的诗：“味摩诘之诗，诗中有画；观摩诘之画，画中有诗。”开元九年（721）中进士，任太乐丞。诗人王维也是盛唐时期诗人的代表，时至今日仍有四百多首诗在民间广为流传，代表作有《相思》《山居秋暝》等。据说王维一生善于钻研佛学，受佛教的熏陶很大。佛教有一部《维摩诘经》作品，就是王维名和字的由来。王维一生诗书画都很有名气，可谓是多才多艺。据陈铁民《王维年谱》及组诗所记载，王维的《少年行四首》是王维早期创作，应当作于安史之乱发生之前。

《少年行四首·其一》写的就是少年游侠相逢之后，开怀畅饮的情形。

“新丰美酒斗十千”，新丰，是一个地名，在今日陕西省临潼县东北新丰镇，古代这个地方盛产上等美酒。斗酒卖十千，诗人用这个数字来说酒的价钱，就是想强调说明这种酒的昂贵程度。为下一句的“咸阳游侠”提前做一个良好的铺垫。

“咸阳游侠多少年”，这句是说：在咸阳城里那些游走的人，那些往来这里的游侠，大多数都是一些青少年。咸阳，也是地名，是今日陕西省咸阳市，秦朝时期是秦国的首都，而用在这里其实就是诗人在用咸阳代指长安。游侠，古时候人们将那种重情义、轻生死、敢于见义勇为、朋友有难敢救人于危难之中的人称作游侠。在那个特定的历史时期，百姓心中的游侠，全部都是行侠仗义的英雄豪杰，这样的人走到哪里都是备受尊崇的。诗人曾经在自己的另外一首诗中这样写道：“纵死犹闻侠骨香”，意思就是那些侠客就算他们不幸去世了，可是他们就连剩下的骨头都散发着香气。由此可见，侠客在当时的地位是多么的高大尊贵。诗人在这首诗中特意强调了“少年”两个字，看得出这些一定是青春年少、朝气蓬勃、永不畏惧的少年豪杰，而这些年少的游侠来到新丰后便在“新丰美酒”的衬托下更彰显出少年志士本该有的风流倜傥的壮士豪情。

“相逢意气为君饮”，接下来这一句说的意思是：这些青春年少的游侠，在咸阳城也是很偶然的相逢了，由于志同道合的原因，彼此都为对方的侠肝义胆所折服，都想和对方喝上一杯酒，以示尊敬，也是想表达出这种投缘的友谊溢于言表，不如借着酒劲儿，酒逢知己千杯少，大概也就是这个感觉了吧。“意气”这里诗人用的这两个字所涵盖的内容非常的丰富，替天行道、除暴安良、行侠仗义等这些内容都是衡量一个人是否可以称作侠客的重要组成部分，也就是那些侠客彼此关注的意气。这样一来诗人便顺理成章地将这些侠客饮酒的目的交代了出来，也侧面强调出了他们饮酒的意义，看得出这些侠客并不是想要寻欢作乐才去饮酒的，只是为了彼此间都能是这样侠肝义胆、无畏无惧的行侠仗义之人而感到荣幸，也是一种变向的庆功酒。他们之间还算不上什么熟人，只是道路相同，志趣相投，因此，算不上朋友叙旧的酒局，他们只是偶然的相逢，便有了遇到故人的亲切感，因此，才会不惜花掉大把的银子来买酒为彼此庆功，也为彼此勉励。这句诗完全将少年侠客的那种豪情以及豪爽的劲头展现得十分鲜明，完全可以让人心生敬畏。

“系马高楼垂柳边”，最后一句的意思是说：这些游侠都会在喝酒之前将自己骑的那匹高头大马拴在酒楼下面的垂柳旁边。诗人也是想通过这个告诉人们这个时候这些游侠已经坐在酒楼里面，将“为君饮”的这种心愿变成了现实。这句诗中对于场景的描写不仅是将酒楼周围的环境交代了一遍，也对人物的形象起到了更深一层的渲染和烘托。“马”字完全可以看出少年游侠那种自由奔放的性格，还有那种阳刚之气；“高楼”间接写出了这些少年游侠慷慨和豪爽的气魄；“垂柳”侧面写出了少年游侠的风流倜傥和潇洒的样子，诗人的用笔真的是非常的妙。

这首诗极具浪漫色彩，诗人运用了一系列美好的词语和象征美好的景物，将诗句勾画成了一幅画面，处处洋溢着青春的气息，以及那种壮志豪情的振作精神，有着鼓舞人心的艺术魅力。

飞花令里品诗词
愁

愁冲毒雾逢蛇草

谪岭南道中作

[唐] 李德裕

岭水争分路转迷，桄榔椰叶暗蛮溪。
愁冲毒雾逢蛇草，畏落沙虫避燕泥。
五月畬田收火米，三更津吏报潮鸡。
不堪肠断思乡处，红槿花中越鸟啼。

【注释】

岭南：五岭以南的地区，即今广东、广西等地。

桄榔：一种常绿乔木，叶为羽状复叶。

蛮溪：泛指岭南的溪流。

毒雾：古人常称南方有毒雾，人中了毒气会死去，大概是瘴气。

沙虫：古人传说南方有一种叫沙虱的虫，色赤，进入人的皮肤能使人中毒死亡。

畬田：用火烧掉田地里的草木，然后耕田种植。

火米：赤谷米。

津吏：管理摆渡的人。

潮鸡：《舆地志》说："移风县有鸡……每潮至则鸣，故称之'潮鸡'。"

红槿：落叶小灌木，花有红、白、紫等颜色。

越鸟：泛指岭南的鸟。隐隐指向《古诗十九首·行行重行行》中的"越鸟巢南枝"。

岭南地区的河流曲折纵横，纷繁复杂。道路更是迂回曲折，极易让人迷失路途。一路上随处可见高大的乔木和椰子树，遮天蔽日，更加让人难以找到正确的道路。尤其让人担忧的是沿途的瘴气毒性剧烈，中者无救，需要格外的小心躲避。毒蛇毒草也使中者非死即残。尤其可怕的是一种叫作沙虱的红色的虫子，它会钻到皮肤下把人毒死。为了躲避沙虱，连沿途头上飞过燕子也要避开，担心燕子嘴里衔着的泥巴里藏有沙虱，落在人身上使人中毒。

这里的风土人情实在与中原迥异。耕种的方式依然是原始的刀耕火种，每年的五月就可以收获当地一种叫赤谷米的作物。这里的鸡三更天就打鸣，并且赶上涨潮也会打鸣，到时守渡口的小吏就会通知打鱼的乡民海潮来了。这样蛮荒烟瘴，危机四伏的环境，迥异于中原的风土人情，都让我分外想念家乡，以致不能自已，好似肝肠寸断。眼中看着鲜艳如火的槿花，耳中听着小鸟的鸣叫，不禁让人想起《古诗十九首·行行重行行》那句“越鸟巢南枝”。可叹鸟儿都眷恋故乡，何况是人呢！思乡之情更是无法排遣。

李德裕家中世代为官，其人两度为相，可惜卷入“党争”，被新帝唐宣宗一再贬谪。这首诗是他在最终被贬岭南的路上所作。乍一看似乎诗中写的是岭南的蛮荒烟瘴、风土人情以及诗人的思乡之情。其实诗人别有怀抱！值得细细品鉴。

“岭水争分路转迷，桄榔椰叶暗蛮溪。”首句从大处的山水地势写诗人被贬岭南，路上的种种困难以及见闻。岭南的河流交错纵横，五里一分叉，十里现新溪。这样的河流更使道路曲折难行，极易使人迷失路途。一个“争”字用得极妙，以拟人化的手法描绘了“岭水”的“迷”。似乎它有自己的意志，刻意地多分支流，与人为难，形成“路转迷”的局面。这当然是诗人自己的主观臆想。但是结合诗人被贬谪岭南，心中担忧彷徨，偏偏岭南河流交错，道路难行，面对这种种困难，似乎也不难理解诗人的这一丝怨意。结合诗人一生的遭遇：跌宕起伏，几起几落，多次卷入“党争”，最后被一贬再贬。来更深一层地去揣摩这个“争”字，似乎别有一番怀抱！更加难得的是诗人被贬，本应是犹豫彷徨之时，但是依然在诗中能精妙地用出这个“争”字，除了令人钦佩的文学才华之外，还流露出一丝世事沉浮后的镇定自若，尤其难能可贵！沿途高大的乔木和椰子树，更是遮天蔽日，进一步加大了旅人找到正确道路的难度。“暗蛮溪”这里诗人用了一个“暗”来进一步强调正确道路的“难”，实与前面的“争”字有异曲同工之妙！

“愁冲毒雾逢蛇草，畏落沙虫避燕泥。”第二句从小处进一步强调岭南蛮荒烟瘴、蛇虫遍地的恶劣环境。借以体现诗人对自己这番被贬的彷徨以及担忧。怕不小心骤然走进瘴气之间，无法躲避，骤然丧命；怕无知无觉地碰到毒虫毒草，很可能非死即残；更怕那诡异凶毒的南疆虫蠡，名叫沙虱的毒虫能钻入人的皮下，相比之下更是狰狞可怖！诗人这里用了极生动的手法描写毒虫的恐怖：旅人连天上衔泥的燕子都要躲避，生怕泥里有沙虱随泥落到身上。这样生动的描写让读者有一种身临其境的恐惧，从而留下极为深刻的印象，岭南的蛮荒烟瘴跃然纸上！二句从小处描写的种种，瘴气、蛇虫、毒草也隐隐与诗人的宦海沉浮，官场的种种际遇相合。

“五月畲田收火米，三更津吏报潮鸡。”第三句的基调相对温和，描写的是岭南与中原故地迥异的风土人情，为第四句的思乡之情做铺垫。一写岭南的落后，依然采用刀耕火种的生产方式；二写岭南独特的气候，五月就可以收获粮食；三写岭南的报潮鸡，不但三更就打鸣，还可以提前预警海潮的到来，蔚为神异！诗人的这些描写是为了强调岭南相比中原的种种不同，更加鲜明地体现了“独在异乡为异客”的种种忧愁。

“不堪肠断思乡处，红槿花中越鸟啼。”末尾句才真正点题。诗人开始诉说对故乡的思念无法排遣。“肠断思乡处”看似夸张，但是如果读者结合诗人当时的处境：李德裕家族世代为官，其人曾经两度入朝为相，可惜卷入“党争”之后被新帝唐宣宗一贬再贬，最后被流放到岭南这离家千里的蛮荒烟瘴、蛇虫遍地的地方。可想而知他的忧惧乃至绝望！“肠断思乡处”这一句除了表达诗人离家千里的思乡之情外也隐含着对自己政治处境的极大忧虑。眼中看着鲜艳如火的槿花，耳中听着小鸟的鸣叫，诗人想起了《古诗十九首·行行重行行》中的名句“越鸟巢南枝”，更加感叹鸟儿都会眷恋故乡，何况是自己呢！思乡之情愈加不得排遣。

李德裕的这首《谪岭南道中作》结合自己被贬岭南一路上的所见所闻，为读者勾勒了一幅生动的画卷：河流繁复，道路难寻，山高林密，雾障蛇虫，阡陌鸡鸣，红花鸟啼皆入其中。而全诗不过短短二十八个字而已，可见诗人驾驭文字的功力之深！诗中实写景，虚写人情世故，宦海沉浮，前途莫测！手法之高，寓意之深，着实令人钦佩！试想以作者当时的处境，如果在诗中公开表达不满、冤屈之情，必然更加触怒新帝唐宣宗，招致更加残酷的惩罚，而坑害他的政敌更不会放过落井下石的机会。所以诗人只说“毒雾”“蛇草”“沙虫”，而只字未提他人。但是只要结合诗人当时的际遇处境思考一下，自然能知道“毒雾”“蛇草”“沙虫”是对应那些人和事。诗人借此也隐晦地表达了蒙冤、自辩之意。反倒是公然提到的思乡之情，因为无可指摘，诗人便大大方方地写了出来。实则是为自己的辩护加了一层掩护。让旁人粗粗读了认为是普通的思乡诗。只有那些了解诗人际遇，并且心怀同情的志同道合之人才能明白诗人的弦外之音。李德裕被贬岭南，本该正是彷徨无措之际，难得依然能够作此诗，明表思乡，暗为自辩。似乎自有一份宦海沉浮后的镇定从容在心，却是值得后世之人借鉴以自省。

莫愁前路无知己

别董大二首

［唐］高适

千里黄云白日曛，北风吹雁雪纷纷。

莫愁前路无知己，天下谁人不识君。

六翮飘飖私自怜，一离京洛十余年。

丈夫贫贱应未足，今日相逢无酒钱。

【注释】

董大：指董庭兰，是当时有名的音乐家。在其兄弟中排第一，故称“董大”。

黄云：天上的乌云，在阳光下，乌云是暗黄色，所以叫黄云。

曛：昏暗。白日曛，即太阳暗淡无光。

谁人：哪个人。

君：你，这里指董大。

翮（hé）：鸟的羽翼。

飘飖（yáo）：飘动。六翮飘飖，比喻四处奔波而无结果。

京洛：长安和洛阳

天上阴云笼罩，遮天蔽日，以至于白天也显得阴沉昏暗。寒冷的北风刚刚送走了南归的大雁又吹来了飞扬的大雪。何其糟糕的天气啊！我的朋友董庭兰，你不要因为未来的不确定而担忧也不要因为没有人了解你而失落。其实你早已名满天下，这世上了解你才能与品格的人比比皆是！

我们就像鸟儿一样在世上漂泊，难有落脚之处。一路辛苦奔波，找寻出人头地、名扬天下的机会，但是却无所得。这样的际遇也不能说给旁人知道，唯有躲在暗处自伤自怜。想一想，我们离开长安和洛阳已经十多年了啊！但是大丈夫可以贫贱在身，不可贫贱在心！尽管今时今日我们穷困贫乏到了连朋友重逢喝酒庆祝的钱都没有，但是我们并不会甘于现状，继续这样落魄困窘下去。这才称得上是丈夫的胸襟！

结合诗的题目和内容来理解整个故事，高适早年离开长安和洛阳，一直漂泊在外，虽然心怀壮志，却还未有大的成就。而朋友董庭兰却出了变故。董庭兰是著名的七弦琴琴师，在吏部尚书房琯门下当门客，却因为房琯被贬，不得不离开京城。两人在他乡短暂见面，随后又不得不再次各奔他方。诗人特意作此两首诗既诉说甘苦引得共鸣，又慷慨激昂地鼓励好友，其情真意切让人感佩！又能在鼓励之际照顾朋友感受，可谓用心良苦！

“千里黄云白日曛，北风吹雁雪纷纷。”首句描绘送别时的天气、景色。天色是乌云笼罩，几乎完全遮蔽了太阳，以至于大白天的也显得阴沉昏暗。同时又刮起了北风下起了大雪，一群大雁急匆匆地飞往南方以躲避北方的寒冷。这样的天气既有其糟糕的一面，又似乎自带苍茫博大的气概！“千里黄云”点出了北方的辽阔。冬日的植物凋零殆尽，不足以遮挡视线，天上地下自可以一览无余。有些本子这里是“十里”，一字之差，相形之下境界心胸相差极远。诗人目极“千里”，隐含的是壮志未酬的气概、雄心。头两句虽然是描写天气、环境，但是诗人并非轻率落笔。反而是苦心酝酿之后让博大的胸襟气概自然流露，借以激励不得志的好友。

“莫愁前路无知己，天下谁人不识君。”后两句，是诗人对好友董庭兰的劝慰。董庭兰是当时的音乐大家，擅长七弦琴。但是盛唐时期最流行外来的各种少数民族的胡乐。七弦琴颇有曲高和寡之叹！崔珏在他的诗《席间咏琴客》中也有提到当时的境况：“七条弦上五音寒，此艺知音自古难。惟有河南房次律，始终怜得董庭兰。”正是知道董庭兰的心结所在，诗人才劝慰“莫愁”无知己。董庭兰的旧主房琯当然算得上是知音，但是如此才华技艺却只在达官显贵面前展现，取悦极少数人，格局未免狭小了。诗人隐隐点出好友的格局与眼界问题，实是殷切地期盼董庭兰以后可以广交天下，与人众处觅得知音，自然能够名扬天下，一展才华抱负！高适的这番劝解实在是切中要害，可见他当时虽然困窘贫乏，但是心性并未因此沉沦，胸中自有沟壑。董庭兰最终也未达到“谁人不识君”的境界，反而是高适的这两句诗“莫愁前路无知己，天下谁人不识君”脍炙人口，为后世所津津乐道，成就了“天下谁人不识君”。让人不得不感叹时事造化的奇妙！

“六翮飘飖私自怜，一离京洛十余年。”在这两句诗里诗人用鸟儿自比，感叹自己与朋友漂泊在外，辛苦奔波，却难以出人头地，实现自己的雄心抱负。而种种的心酸困窘也不能说给旁人听，只能躲在暗处或者藏在心里自伤自怜。这样的生活从离开长安洛阳开始已经有十多年了！诗人与朋友董庭兰短暂相聚，诗人通过诉说共同的苦难产生共鸣，迅速消除了与朋友好多年未见的陌生感。又提及曾经在“京洛”的日子，似有意与好友一起缅怀早年间朋友们在一起的时光。

“丈夫贫贱应未足，今日相逢无酒钱。”话锋一转，迅速从自伤自怜，缅怀旧时光中脱出！慨然诉说大丈夫贫贱困窘之时的立身处世之道！大丈夫可以贫贱在身，世事浮沉，人生际遇而已；大丈夫不可贫贱在心，青云之志不可坠，随千万人勿往以！诗人从头一句朋友相聚的种种自伤自怜，缅怀过去的小情绪，迅速转为离别之际满怀壮志激情的鼓励！可见诗人胸中块垒！相行之下，朋友相逢却没有买酒的钱又如何？这样的小事丝毫动摇不了诗人改变当下困窘境况的决心和施展胸襟抱负的志向！

唐朝赠别诗中多是悱恻缠绵、徘徊流连，诉说种种不舍，虽然往往感人至深，却难免引人悲思、阴柔沉郁。正是如此的大基调之下尤显得高适的《别董大二首》自有一股慷慨悲歌而又激昂上进的气概！读来让人仿佛亲见高适其人作此诗时对朋友真情实意的期盼与鼓励！其人胸中自有块垒的形象也是让人心折！试想高适与董庭兰两人久别重逢，可是短暂的相聚之后，不得不再次各奔他方，从此不知何年何月能再次相见。彼时两人都困顿贫乏，身不由己，更显得这次相聚难能可贵！高适作此两首诗作为给朋友临别的礼物。诗中情真意切，豪迈旷达，其中一句“莫愁前路无知己，天下谁人不识君”堪与王勃的“海内存知己，天涯若比邻”相媲美。高适后来终得机会一展青云之志，两任节度使，封渤海县侯。也印证了诗中劝解朋友的种种话语确是心中所想，非是沽名钓誉，大言欺世！称得上是一代人杰，让后世之人钦佩！

宓妃愁坐芝田馆

可叹

［唐］李商隐

幸会东城宴未回，年华忧共水相催。

梁家宅里秦宫入，赵后楼中赤凤来。

冰簟且眠金镂枕，琼筵不醉玉交杯。

宓妃愁坐芝田馆，用尽陈王八斗才。

【注释】

催：一作“漼”。

梁家：后汉梁冀；冀妻孙寿。

秦宫：梁冀嬖奴，与梁冀妻孙寿通。

赵后：汉成帝后赵飞燕。

赤凤：燕赤凤，宫奴，与赵氏通。《飞燕外传》：“后所通宫奴燕赤凤，雄捷能超观阁，兼通昭仪。时十月十五日，宫中故事，上灵女庙，吹埙击鼓，连臂踏地，歌《赤凤来曲》后谓昭仪曰：‘赤凤为谁来？’昭仪曰：‘赤凤自为姊来，宁为他人乎？’”此句指燕赤凤，汉以后借指情夫。

冰簟：凉席，竹席。簟，竹篾或芦苇所编之席。《诗经·齐风·载驱》：“载驱薄薄，簟茀朱鞹。”。

金镂枕：以金丝编织串联之玉枕。

琼筵：宴席之美称，盛宴、美宴；琼，玉之美者；谢朓《始出尚书省》：“既通金闺籍，复酌琼筵礼。”

交杯：旧时婚礼，新婚夫妇交换酒杯饮酒，称为交杯。所饮之酒曰交杯酒。

宓妃：伏羲的女儿，溺死于洛水中成为洛水之神。这里借指魏文帝曹丕的妻子，文昭甄皇后。名不明，相传为甄宓。据传有洛神之姿，与陈王曹植有情。

芝田馆：崔融《贺芝草表》："芝英绕殿暂疑王母之台；灵草成田，聊比宓妃之馆。"

陈王：曹植封陈王，谥曰思，称陈思王，字子建。魏文帝曹丕的弟弟。宋人《释常谈》："文章多，谓之八斗之才。谢灵运尝曰：'天下才有一石，曾子建独占八斗，我得一斗，天下共分一斗。'"

想起当初有幸在城东与你饮宴相识！可惜之后的长年累月担忧不能与你长相厮守，韶华似水东流去，再也找不回来，大好的年华就这样虚度了。历史上和你我这般身份相差悬殊的有情人还有许多，比如后汉时期梁冀家里的宠奴秦宫与梁冀的妻子孙寿，还有汉成帝的皇后赵飞燕和宫里的奴仆燕赤凤。他们因为姿意放荡的性情而无所顾忌，反而能时时幽会。可叹你我却没有这样自由，不得相会，畅快享受欢宴了。试想一下，如果你我能够长相厮守：困了就睡在精美凉爽的竹席上，枕着金丝编织的玉枕；醒了就纵情欢宴，享受美食，畅饮交杯酒，且永远不会喝醉，那该是多么美妙的时光啊！可叹我们现实的处境却是咫尺天涯，有情人不得相会，就如同当年北魏时魏文帝曹丕的妻子甄宓和魏文帝的弟弟曹植一般。甄宓据传有洛神之姿，曹植则才华横溢，才高八斗的说法由他而来。俩人早年相识，情意深重，可惜后来甄宓被迫嫁给了曹植的哥哥曹丕。从此之后甄宓只能愁坐家中不得与情郎相会，而曹植只能寄情于诗书山水之间，蔚为憾事！

李商隐的《可叹》让后世读者颇为迷惑诗人究竟想表达什么。

究其原因，应该归咎于诗人第二句诗里引用的典故实在有极大的问题。诗人本意似乎是想表达对身份悬殊还能长相厮守的羡慕之情，但是引用的两个典故却是：后汉时期梁冀家里的宠奴秦宫与梁冀的妻子孙寿；汉成帝的皇后赵飞燕和宫里的奴仆燕赤凤。皆是有夫之妇和下人私通！特别是赵飞燕还是皇后。这本该是遭人唾弃的事情，却被诗人用来表达羡慕之情，着实荒谬！只能猜测，唐朝风气开放，诗人更是浪漫不羁。可能在李商隐眼中，孙寿、赵飞燕的行为并不是那么难以接受，诗中开头怀念与意中人相识相会，感叹再难重聚！继而用孙寿、赵飞燕的典故表达对有情人得以相会的羡慕之情。这里诗人用孙寿，赵飞燕和她们身份悬殊的情人隐约点出自己与意中人的身份差距。后世有两种猜测，一种是诗人的意中人是官女，即高官家的女眷。另一种是女冠，也就是女道士。第三句则是畅想如果能够与意中人长相厮守的种种快乐！诗的末尾则回归现实，用甄宓与曹植的爱情故事比照诗人自身与意中人的处境。这也是题目《可叹》的由来。

“幸会东城宴未回，年华忧共水相催。”首句解释了诗人与意中人于东城饮宴相识，但是却没有再次相会的机会。感叹时光在担忧思念中白白流走却始终不能如愿与佳人相会。首句读罢，读者不由好奇，是什么原因让同在一地的两个人不得相会？又是什么事让诗人始终在担忧？相当程度上勾起了读者的好奇。

“梁家宅里秦宫入，赵后楼中赤凤来。”二句转折巨大，让人摸不着头脑！诗人突然提起历史上的典故，一是后汉时期梁冀家里的宠奴秦宫与梁冀的妻子孙寿，二是汉成帝的皇后赵飞燕和宫里的奴仆燕赤凤。这两个典故的共同点是男女地位悬殊，女者位高，男者则身份低下，但是男女却可以时时幽会。读到这里实在是难以理解诗人要表达什么！只有结合末句“宓妃愁坐芝田馆，用尽陈王八斗才”，通读整首诗才能理解，诗人原来羡慕有情男女得以相会。不得不说，诗人引用的两个典故实在难说是男女之情的典范，颇为违和！

“冰簟且眠金镂枕，琼筵不醉玉交杯。”三句诗人话锋又一转，开始畅想与心上人得以长相厮守的美好生活：俩人困了就枕着金丝编织的玉枕，睡在精美凉爽的竹席上；醒时就纵情欢宴，享受美食美酒，时不时和心上人好像新婚一样喝杯交杯酒，且永远不会喝醉！诗人的这番想象颇为放浪纵情，反衬诗人不得与意中人相会的苦闷悲哀。

“宓妃愁坐芝田馆，用尽陈王八斗才。”末尾诗人不得不回归冰冷的现实！用甄宓与曹植的典故来比喻自己与心上人的处境。两情相悦却因为身份地位的原因而不得遂愿。甄宓是北魏时魏文帝曹丕的妻子，而曹植是曹丕的弟弟，也就是说甄宓和曹植是叔嫂的关系。俩人早年相识，情意深重，可是世事不如意十之八九，王公贵胄概莫能外，后来甄宓被迫嫁给了曹丕。最终，甄宓只能枯坐宫中，而封地在外的陈王、才高八斗的曹植只能寄情诗书山水，终其一生不得再见，可悲可叹！

这首《可叹》原本抒发诗人与心上人咫尺天涯、不得相见的悲叹之情。但是诗人先是引用孙寿和赵飞燕的典故，后用甄宓和曹植自比。实在让后世之人费解他与意中人的关系。继而产生了诸多对女方身份的猜测。后世好事之人猜测女方要么是官家女眷，要么是女道士。但是似乎不能让人完全信服。也算是留下了一桩小小的千古谜案吧！

而诗人在诗中自比曹植隐隐有自负才华之意！谢灵运曾曰：

“天下才有一石，曾子建独占八斗，我得一斗，天下共分一斗。”虽然谢灵运自喻与天下人各得一斗，其实是自吹自擂！但是称颂曹植之才，才高八斗自此而来！曹植爱慕甄宓，作《洛神赋》赞美心上人，引为千古美谈！李商隐自比曹植，实在让人更加好奇他的心上人是何许人，能与“洛神”比美？

谁为含愁独不见

古意呈补阙乔知之

［唐］沈佺期

卢家少妇郁金堂，海燕双栖玳瑁梁。
九月寒砧催木叶，十年征戍忆辽阳。
白狼河北音书断，丹凤城南秋夜长。
谁为含愁独不见，更教明月照流黄。

【注释】

卢家少妇：泛指少妇。

郁金堂：以郁金香料涂抹的堂屋。堂，一作“香”。梁朝萧衍《河中之水歌》：“河中之水向东流，洛阳女儿名莫愁。…十五嫁为卢家妇，十六生儿字阿侯。卢家兰室桂为梁，中有郁金苏合香。”

海燕：又名越燕，燕的一种。因产于南方滨海地区（古百越之地），故名。

玳瑁（dài mào 旧读 dài mèi）：海生龟类，甲呈黄褐色相间花纹，古人用为装饰品。

寒砧（zhēn）：指捣衣声。砧，捣衣用的垫石。古代妇女缝制衣服前，先要将衣料捣过。为赶制寒衣妇女每于秋夜捣衣，故古诗常以捣衣声寄思妇念远之情。

辽阳：辽河以北，泛指辽东地区。

白狼河：今辽宁省境内之大凌河。音：一作“军”。

丹凤城：此指长安。相传秦穆公女儿弄玉吹箫，引来凤凰，故称咸阳为丹凤城。后以凤城称京城。唐时长安宫廷在城北，住宅在城南。

谁为：即“为谁”。为，一作“谓”。

独不见：乐府《杂曲歌辞》旧题。《乐府解题》：“独不见，伤思而不见也。”

更教：一作“使妾”。

流黄：黄紫色相间的丝织品，此指帷帐，一说指衣裳。

照：一作“对”。

年轻的妻子独坐在华美的屋内，屋子的四壁以郁金制成的香料和泥粉刷，房梁以玳瑁装饰，可见其华丽考究！一对海燕飞到房梁上安家，成双成对的样子不禁让年轻的妻子思念远方的丈夫。九月的天气已经稍见寒冷，妇人们为了给丈夫准备过冬的棉衣，不得不用木棒日以继夜捶打衣料。急切的捶打声把秋天的树叶纷纷震落。这些都让年轻的妻子格外思念远赴辽东戍边的丈夫。已经十年了啊！白狼河北方的书信往来早已中断，丈夫自那时起音信全无，这一切都让独居长安的妻子的每个年月、每个日夜都格外漫长。年轻的妻子不禁哀叹：我是为什么为那个一直思念而不出现的人感到哀愁啊？正当妻子满怀幽怨之际，窗外的明月却悄悄地把皎洁的月光洒在了帷帐上。此情此景更加重了妻子的幽怨之情。

沈佺期这首七律借用了乐府传统题材“独不见”写成。诗中描写的是一位独居长安的年轻妻子，而她所“思而不得见”的是远赴辽东戍边，十年未归，并且最近还失去音信的丈夫。诗人首句描写房屋之华美，梁上飞燕成双成对，来映衬年轻妻子独居的孤独苦情。之后诗人以委婉缠绵的笔触，通过描写寒砧处处、落叶萧萧，进一步烘托这苦情的氛围。第三句则强调戍边的丈夫最近断了音信，使年轻妻子更加的柔肠百结。末尾则用妻子自白的手法一吐幽怨思念之意！全诗手法高妙，情意深藏，是不可多得的佳作！此诗对后世的边塞诗影响很大，所以评价甚高！姚鼐曾点评道：“高振唐音，远包古韵，此是神到之作，当取冠一朝矣。”

“卢家少妇郁金堂，海燕双栖玳瑁梁。”“卢家少妇”原是梁武帝萧衍诗中的人物，名“莫愁”，因为萧衍的诗作颇得传唱，“卢家少妇”后来便被用作年轻妻子的代称。郁金是一种香料，和泥粉刷墙壁能长久保持屋内芳香；玳瑁则是一种海龟，龟甲的花纹美观，形状古雅，古人把玳瑁、象牙、珊瑚、琉璃等物一起作为名贵的装饰品。首句描写房屋的芬芳华美，连海燕也被吸引，飞到梁上来安家了！这反而加重了妻子的思念之情。看到房梁上海燕相依相偎，双宿双栖，这位妻子自然会想到当初夫妻相处的柔情蜜意，更加思念丈夫了。

“九月寒砧催木叶，十年征戍忆辽阳。”第二句写妻子正值思念丈夫之际，又听到窗外频频传来的妇女用木棒捶打布料的声音，这是古人缝制冬衣之前的必要步骤。想必家家户户都忙着准备御冬的寒衣。有男子要出征的人家就更要格外加紧了。所以捶打布料昼夜不停。这更让妻子思念出征在外的丈夫，更加空虚寂寞，更觉“不见所思之人”之苦楚！她的丈夫远戍辽东，一去十年，她的苦苦相思追忆，也已十年了。其苦情之状，着实让人心生同情。

“白狼河北音书断，丹凤城南秋夜长。”第三句的“白狼河北”正应上联的“辽阳”，都是指丈夫戍边的辽东地区。来自辽东的书信断绝更让妻子忧虑，思绪横生。仿佛未来的一切都是茫茫未卜之中，是该抱着希望而思念，还是放弃丈夫尚在人世的希望而哀思？这位身在长安的年轻妻子，独自在这秋夜空闺之中柔肠百结，辗转不安。不只是思念、盼望，更是担心、忧愁、惴惴不安。这样愈思愈愁，愈想愈怕，以至于不敢再想下去。顺理成章地引出末句点睛的“独不见”。

“谁为含愁独不见，更教明月照流黄。”末句点睛“独不见”，以年轻妻子的口吻吐露幽怨之意，为什么要为那个一直思念而不出现的人感到哀愁啊？这愁苦之极的独白不禁让读者心生同情。偏偏此时，窗外的明月却又把皎洁的月光洒在了帷帐上。此情此景更加让人愁上加愁。而年轻的妻子终于不胜其愁，开始迁怒于明月了。末尾两句采用了乐府诗独特的题材“独不见”，诗句颇具巧思，比前人多用“望月怀远”更为新颖而传神。

沈佺期这首“独不见”的七律，人物刻画，心境描写皆与环境变化结合。似乎人物一举一动都有周遭环境迎合：“海燕双栖”反衬“少妇郁金堂”的孤独寂寞；“寒砧木叶”“城南秋夜”则烘托“十年征戍”“音书断”的担忧乃至恐惧；“独不见”又借“照流黄”的景物渲染。似有独特的宁静、幽思之意在诗中流连不去，更堪回味！

鸿雁不堪愁里听

送魏万之京

［唐］李颀

朝闻游子唱离歌，昨夜微霜初渡河。

鸿雁不堪愁里听，云山况是客中过。

关城树色催寒近，御苑砧声向晚多。

莫见长安行乐处，空令岁月易蹉跎。

【注释】

魏万：又名颢。唐高宗时期的进士。曾经在王屋山隐居，自称王屋山人。

游子：这里指魏万。

离歌：离别时唱的歌。

初渡河：刚渡过了黄河。由于魏万住在王屋山，属于黄河北部，想要去长安就必须渡过黄河。

关城：潼关。

树色：黎明之前的天色。

催寒近：越来越冷，寒气越来越重。

御苑：皇宫的庭苑。暗指京城。

早晨起来的时候便听到了有游子在高唱那些离别的歌曲，昨天晚上下了一场薄薄的寒霜，你一大早就渡过了黄河。心中有忧愁的人最害怕的就是听到那些鸿雁的叫声，云山之中寒冷孤寂使人更加感到落寞。潼关早晨的阳光照耀催促着寒气，很快就要到达京城了，深秋的京城到了夜晚更能听到很多的捣衣声音。请不要认为长安是所有人可以行乐的场所，以免将大把美好的时光浪费掉。

这首诗属于送别类诗，而诗中被送的人是诗人的晚辈。全诗的前两句是诗人在想象他这个晚辈魏万要到京城路途中将会看到的风景，以及路途中可能会有的思乡的情怀。而后四句话是诗人借着抒情插叙写景和叙事，也可能是反过来，借着写景叙事中抒情，字里行间层次分明。结尾两句是诗人对魏万的嘱咐和劝慰。告诉他到了长安以后，那里会很热闹，行乐的地方也很多，你不要为这些而不思进取，沉溺其中，如果那样做就会浪费时光，消耗年华，你该做的是抓紧一切可以抓住的时间去成就自己的一番事业。通过这样的方式表达出了诗人对晚辈魏万的殷切希望和深情厚谊，尽管情调的渲染上过于忧伤悲凉，不过却足够促使人奋发图强。

“朝闻游子唱离歌，昨夜微霜初渡河。”开篇第一句“朝闻游子唱离歌”，首先交代魏万走的事情，再说“昨夜微霜初渡河”，点明前夜的天气景象，用倒叙的手法非常的契合。还用了拟人的写法，把微霜做了拟人化的处理，交代了深秋季节天气环境中那种萧瑟的氛围。

在深秋时节再降秋霜，原本天气就很萧瑟，加上晚辈的离别，自然而然地就引出了下文。引出了那种离别的“愁”。“鸿雁不堪愁里听”这句紧跟在第二句之后，更能加重渲染的气氛。

“云山况是客中过”，直入主题，和第一句互为呼应。大雁，秋天回到南方，春天又迁徙回北方，漂泊不定，像个没有归属的旅客一样。那些大雁的叫声从天边远远地飘过来，更让人感到前所未有的惆怅凄凉。而原本就已经心中满是惆怅和伤感的人听了这样的叫声怎么能受得了呢。“云山”，正常情况下是心之所向的地方，风景非常美丽。可是对于惆怅落寞的人而言，面对云山，可能会备感前路悠远漫长，难免会一个人独自伤悲。特别是一个他乡的游子，这种感觉就会越发强烈。这些都是诗人在用自己的心情去猜测对方的心理变化。“不堪”“况是”这两个词前后相呼应，更显得情深意切。

“关城树色催寒近，御苑砧声向晚多。”随后两句是诗人对魏万远行的推想：从洛阳向西去必然会经过古函谷关和潼关两地，深秋天气微凉的九月里，草木早就凋谢了，放眼望去一片萧条，象征着寒冬的来临就在眼前了，原本使得树木变颜色的是那深秋的寒气，可是寒气是用肉眼看不到的，而树木的颜色却用肉眼直观可见，仿佛是树的颜色才带来的寒气，看见了树颜色的变化就知道冬天要来了，是树的颜色催促了寒冷的降临。“催”字，便将所有的景物都赋予了情感，写得非常的生动，而傍晚时分捣衣声音的多，是当时长安一大特点。“长安一片月，万户捣衣声。”诗人没用长安城壮观雄伟，御苑清新华贵的词语描写长安，却单单提到了“御苑砧声”，令人深思。或许是魏万在此之前并没有到过长安，但是诗人却多次往返过长安，在那里有过“倾财破产”的经历。这两句话便把诗人对平生的慨叹都交代清楚了。“催寒近”“向晚多”彼此对应，暗指岁月催人老，年华易消逝的意思，用这样的方式为下文做了铺垫。

“莫见长安行乐处，空令岁月易蹉跎。”这句完全是诗人作为长者，用长辈的语气给予魏万的叮嘱。“行乐处”三个字将长安给予了一种虚写手法，和上一句的“御苑砧声”彼此呼应，虚实结合，侧面烘托了诗人想要表达的意图。他是在苦口婆心地劝勉魏万：尽管长安是一个很好的“行乐处”，不过那种行乐并不是一般老百姓能去享受的。千万别把时间浪费在那些没意义的享乐上去，蹉跎时光，定要抓紧一切时间充实自己，为自己的事业打拼。从而可以看出诗人作为长辈的语重心长。整首诗诗人的想法和推敲完全合乎常理，一个年轻人处于年轻气盛的年纪，很多时候面对诱惑就很难去把持自己，而长安在古代可算是发达城市了，在那个时期就应有尽有，琳琅满目了，当然花天酒地的地方也是免不了的，如果一个涉世未深的年轻人沉迷在这样的享乐之中，那前途就会葬送，是极为可悲的事情，因此，诗人作为长辈真的算得上是用心良苦了。

这首诗由于长于炼句，因此至今被后人所称颂。诗人的写作方式能把叙事和情景交融，可见构思的精巧。就像次联用的就是倒装的写作手法，这样写文章更能加强描写内容的主旨。先写出“鸿雁”“云山”这样的景物，接着写“愁里听”“客中过”，从而由景生情，合乎规律唤起大家的共鸣。同理，“关城树色”和“御苑砧声”，尽管只是回忆中的样子，诗人却加上了当时的气候和时间环境的客观条件，这样就使诗句有骨有形，顺理成章。随后“催”字、“向”字，更是见到了诗人推敲的基本功，用在这里非常完美。

重帏深下莫愁堂

无题·重帏深下莫愁堂

［唐］李商隐

重帏深下莫愁堂，卧后清宵细细长。

神女生涯原是梦，小姑居处本无郎。

风波不信菱枝弱，月露谁教桂叶香。

直道相思了无益，未妨惆怅是清狂。

【注释】

神女:《神女赋》中的宋玉，巫山神女。

直道：就说，即使的意思。

清狂：过去指不狂之狂，现在指痴情。在这首诗中作为痴情来解释比较贴切。

在那幽静而又寂寞的厅堂之中深垂着层层的帷幕；一个人躺在床上，回忆着过往的种种，更加感觉到这深夜的漫长。巫山女神想要去艳遇楚王，实际上也不过是一场梦罢了；青柳小溪边是小姑住的地方，本来就是一个人没有郎君。可是就像那风波不相信菱枝是柔弱的一样，偏偏要去摧残它；那本该香气扑鼻质感美丽的桂叶，却找不到可以滋润它的月露能让它更加飘香。就算是相思一点益处都没有，不过能有这般的惆怅，也应该算作是痴情的表现了吧。

李商隐的这首七言绝句据说是在艺术造诣上最为成熟的一首诗。这首诗的内容写的就是关于年轻的女子在爱情中非常失意的幽怨之情，那种相思却没有希望的委屈感和忧闷感，诗人又用了女主人公在夜深人静的时候开始独自回忆往事的方法，从而用女主人公的内心独白构成了全诗的主体。女主人公的遭遇和爱情经历的坎坷都是通过这种追忆的方式表达出来的。诗人写这首诗的时候侧重于描述女主人公的身世和遭遇，整体写法上看比较笼统。

“重帷深下莫愁堂，卧后清宵细细长。”开篇两句写环境。意思是说：在那重叠的一层层的帷幕低垂着的房间里，寂寞而安静；已经是深夜时分了，这个闺房的女主人才刚刚上床躺下，可是躺下又无法平静，辗转反侧，忧心忡忡，这样凄凉的夜晚是多么的漫长啊。她怎么就不可以赶紧安睡呢？她在思考着什么呢？一般情况下，人们思考问题都会选择在深夜，按理说夜深人静应该是适合安静思考的时候，可是遇到感情问题的人反而未必会喜欢深夜，这可能会跟深夜更显孤独有一定的关系吧。在夜晚降临的时候家中只有自己一个人，难免会想到心中一直念念不忘的人，或者难以割舍的过往。无论是谁想到了这些都会一样的辗转反侧难以入眠，为过往的美好而遗憾，为如今的分离而叹息，为未来的难再见而自怜。这一切的一切都是女主人公有可能出现的想象。至于女主人公到底是在想着什么呢？这里诗人并没有给予更多的交代，给了读者很多想象的空间和余地。

“神女生涯原是梦，小姑居处本无郎。”意思是说：这可能是女主人公长夜无眠的思绪。她想的是可以像巫山神女一般富有传奇色彩地偶遇一个人，过着相夫教子的生活，可这或许只能是一场梦而已了。这场美好的梦境到底是她一心向往的生活，还是仅仅像巫山的云雨一样一闪而过，早就已经在岁月无情的流逝中模糊不清了，根本就无从知晓。不过有一点是明确的，她还是孤单的一个人过着，还像青溪小姑一样没变化，独来独往，没有如意郎君相伴。“本无郎”包含了女主人公那种内心上的孤寂、无奈，也有着自怜和自我劝勉的意思。这两句诗人非常巧妙地引用了两个典故，将古代民间神话的传奇色彩和乐府文化中涵盖的韵味全部融汇在其中了，写得扑朔迷离，充满意境。

“风波不信菱枝弱，月露谁叫桂叶香。”这两句开始诗人笔锋一转，从客观描写的事物中提到了主观意识中的情感：菱是在水中生长的，狂风猛烈地吹过掀起一阵阵巨浪，使菱叶只能随风翻滚，菱枝都快要被这风吹断了，菱枝原本是很柔弱的，可是这狂风偏偏不相信它是柔弱的。这里诗人暗指人生中很多东西就如同那纤细的菱枝一般，是经不起风吹雨打的。就算是“不信”，偏要去逆势尝试，也是没有意义的。在月光下的露珠，谁能去滋润那些桂叶让它们倾倒芬芳呢？这里边流露出了无依无靠，没有寄托，没着没落的幽怨感。这两句话的描写更加的具体鲜明，不过诗人将始终暗指的意味表达得还是非常的隐晦婉转的，应该是在书写那个女子长夜难眠的内心哀叹，可能是在暗指这个女子遭遇的种种不幸，也可能是诗人借此诗为自己真实的生活或遭遇发出的感叹，这里无从考证，从古至今说法不一。

“直道相思了无益，未妨惆怅是清狂。”结尾两句话直接抒发了诗人想要表达的内容：即便是这样的相思根本就没有任何的好处，可是还是没办法阻挡这种相思的惆怅，内心的执着和狂放的心理。明明知道相思是没有意义的事情，但是还要去这样做，完全可以说明用情之深，深入骨髓，难以割舍。这样的描写也是合情合理的，任何人面对情感问题的时候都是一样的，如果放不下过往，或者放不下一个人的话，根本就不是自己思想可以控制住的事情，总是会不自觉地就想起。因此，诗人这种写法，有很多写实的部分在其中，更为感人。

据说自唐朝中期开始，这种以描写爱情为主题的诗歌便与日俱增。这样的诗写出来最大的特点就是以叙事为主，关于情节的描写很强烈，至于人物周围的环境以及人物的心理描写就更加的细腻了。李商隐的这首诗主要是以抒情为主，重点都放在了描写主人公的思想和心理上了，可是诗人想要加强诗句的形象和生动性，就必然要添加一些情节片断的内容进去，抒情的同时叙述，这样便可以使诗的内容更加的完整了。可是想要让简短的诗句表达出丰富的内容，这样的要求又非常的矛盾。想要突破这种看似的矛盾，诗人也就只能用大手笔来加强诗句的跳跃性了，这样一来再将那些比喻、幻想、联想等的正常写作手法融入其中，再间接地插入一些暗示的东西，一下就显得诗句充实而饱满了。这也是这种诗句很难读明白的原因。不过越是这样，诗句才会越让人意味深长，值得反复推敲咀嚼。

江娥啼竹素女愁

李凭箜篌引

［唐］李贺

吴丝蜀桐张高秋，空山凝云颓不流。
江娥啼竹素女愁，李凭中国弹箜篌。
昆山玉碎凤凰叫，芙蓉泣露香兰笑。
十二门前融冷光，二十三丝动紫皇。
女娲炼石补天处，石破天惊逗秋雨。
梦入神山教神妪，老鱼跳波瘦蛟舞。
吴质不眠倚桂树，露脚斜飞湿寒兔。

【注释】

箜篌引：一种篇幅很长的诗歌体裁，在古代比较常见，不过格律和音节都显得比较自由，这种诗歌的体裁形式大概分为三种，五言、七言、杂言三种。

吴丝蜀桐：吴地产的丝，蜀地产的桐。丝和桐都是制作箜篌必不可少的材料。

张：在演奏之前将琴弦调整好。

高秋：这里指在深秋的时候弹奏起箜篌。

老鱼跳波：鱼儿们随着音乐的节奏而舞蹈、跳跃的意思。

露脚：露珠向下滴落的样子。

寒兔：秋月之中的玉兔。

梨园弟子中有一个名叫李凭的人，此人非常擅长弹奏箜篌，曾经名扬一时。“天子一日一回见，王侯将相立马迎”，可见这个人出场的身价之高，相比之下就连唐朝时期最有名的歌手李龟年似乎都要甘拜下风了。他的演奏技术非常高超，技艺精湛，在当时备受人们赞许和欣赏。李贺的这首诗极具想象力，艺术渲染气氛很强。据说清朝的方扶南曾经拿李贺的这首诗与白居易写的那首《琵琶行》还有韩愈写的《听颖师弹琴》进行媲美，认为李贺的这首诗是“摹写声音至文”。

“吴丝蜀桐张高秋”，开篇一句直入主题，开门见山，“吴丝蜀桐”交代制作箜篌所需要的材料，是说箜篌做工上的精良，也是在暗示演奏人演奏技术的精湛，借描写的物品，间接提到了人，起到了一石二鸟的效果。“高秋”一词，字面意思就是诗人在交代时间，大概是深秋时节的九月，除此之外还有“秋高气爽”的含义，这样写比直接写“深秋”“暮秋”更富含饱满的韵味。

“空山凝云颓不流”，第二句写的就是演奏时响起的乐声。这里诗人并没有直接告诉人们这个乐声就是来源于箜篌发出的声音，似乎有意在回避这样虚无缥缈无形的字眼，反而是从“空山凝云”这里开始起笔，这样以实写虚的方法，更能带给读者一种亦真亦幻的强烈表现力。意思是说悠扬悦耳的韵律缓缓传来，似乎连那空荡荡的山上的浮云都在这一刻为之凝滞了，好像是在俯首侧耳聆听一样。

“江娥啼竹素女愁”，那些喜欢鼓瑟的湘娥和素女啊，好像也在听到这种旋律的乐曲的那一刻开始被掀起了怀愁的思绪，不由得黯然神伤，独自泪流。应该说之前的一句是将情感转移到了景物上，把云写得拟人化了，使云都能拥有人的听觉和情感还有思考的能力，看上去仿佛比“天若有情天亦老”（《金铜仙人辞汉歌》）更加上升了一个层面。这么一来正好可以和现在的这句“江娥啼竹素女愁”形成彼此配合的作用，相互匹配，彼此补充，侧面烘托出箜篌声音的优美，旋律的悠扬，有着“惊天地，泣鬼神”的音乐魂魄。

“李凭中国弹箜篌”，接下来这一句直接说出了演奏者的真实姓名，还将演奏的地方也一起说了个明白。这首诗的前四句诗人完全打破了常规，并没按照正常的文章顺序依次地交代时间、地点、人物、事件，而是别具匠心地先从琴的构造着手写起，再从侧面描绘这种琴的声音，最后写的才是人物、时间、地点，用了插叙的写法，将这一切很自然地涵盖在其中了。这样的描写方式一下就将乐器的声音凸显了出来，具有先声夺人的诗意和音乐的魅力。

“昆山玉碎凤凰叫，芙蓉泣露香兰笑。”全诗的五、六句直接开始描写各具特色的乐声。“昆山玉碎凤凰叫”，第五句是以声音传达声音，反映出了这种乐声旋律的起伏多变；“芙蓉泣露香兰笑”，第六句是用形象的描写来写声音，特意去修饰声音的美妙。“昆山玉碎凤凰叫”，这里是说听那箜篌演奏的声音，有时候像是很多弦乐共同发出的声响，非常嘈杂，就像玉碎山崩一样，让人惶恐难以辨别；有时候又像是一个弦独自发出的声音，就像一只孤独的凤凰在独自啼鸣一样，声音穿透了整个山林，响遏行云。“芙蓉泣露香兰笑”，这句彰显出了诗人构思的奇特。这句的意思是指那些带有露珠的荷花也就是这里提的“芙蓉”是非常常见的，那些看着对人们笑脸相迎的兰花也确实能带给人们赏心悦目的感觉，这些都是生活中美好的一种象征。诗人引用“芙蓉泣露”这几个字来渲染琴声和旋律的悲伤，而用“香兰笑”去表示琴声时而发出的欢快感，完全是可以耳闻目睹的存在。可以看出诗人形神兼备的写作功底。

从全诗的第七句开始一直到整首诗的结束，诗人描写的都是音响效果。从近处场景开始着笔，先说因为有了箜篌的声音，似乎长安十二道城门前散发的寒冷都被融化了。间接地说出了李凭弹奏箜篌的水平，能将所谓的寒冷消除，可见听他演奏的人是多么沉醉在这音乐之中了。“紫皇”指天帝也指皇帝，一语双关。用过渡手法，自然地将诗歌的意境从普通提升到了仙府。这几句都是诗人凭借自己的想象去进行的一系列的描写，引人入胜。“女娲炼石补天处，石破天惊逗秋雨。”这句是说音乐的声音远远传到了天上，正在缝补天空的女娲被这曲子所吸引，忘记了自己的职责，由于玩忽职守，导致石破天惊，大雨倾盆而下。这是非常大胆的幻想和描写，语出惊人，感人至深。之后诗人又从天庭的描写转入了对神山的描写，音乐也一样使神妪为之动容，才出现了“老鱼跳波瘦蛟舞”的画面。这样的描写使诗句显得更加丰满有内容。间接地夸张了箜篌声音的奇妙。

“吴质不眠倚桂树，露脚斜飞湿寒兔。”结尾句诗人改写静物，给予深度的烘托，意思是说：每天辛勤砍伐桂树的吴刚由于过于疲惫而倚靠在桂树旁，原本想要休息睡觉，可是听到了箜篌的乐曲竟然把睡觉的事情给忘记了；玉兔也趴在一边，任凭露水浸湿自己的皮毛也不肯离开。

诗人的整首诗都能带给读者一种优美奇妙的想象和幻想，似乎置身其中一般，这种大胆夸张，忘乎所以的想象力使整篇文章更加的逗人情思，发人联想，值得一读。

华龄出版社
HUALING PRESS

总序

千年文明，瀚若星辰，唐诗宋词早已融入中华民族的血脉，成为中华文化最具代表性的符号。一席宣纸承不住绵密的离愁，一支轻笔诉不完岁月的荏苒，一盏杯酒饮不尽失意的落寞，一架古筝唱不断人生的跌宕。推开尘封的历史，品一品诗词，念一念过往，峻峭风骨与凤采鸾章迎面而来。透过隽永的诗句，唯美的字词，我们仿若看见盛世长安的轻歌曼舞，依稀听到秦淮河畔的靡靡之音。但是诗词绝非出尘之想、镜花水月，更不是浮光掠影、虚幻烟霞。它为后人留下了宝贵的精神财富，每一次品味，都有新的感触。

飞花令，原本是古人行酒令时的一个文字游戏，源自古人的诗词之趣，得名于唐代诗人韩翃《寒食》中的名句“春城无处不飞花”。河北电视台《中华好诗词》栏目在全国率先引进并改良了“飞花令”用于两位选手间的对抗赛，之后《中国诗词大会》等诗词综艺栏目也引进并进行了改良，从而掀起了一场声势浩大的诗词热潮。

此次《飞花令》系列共计四本，分为《梅》《兰》《竹》《菊》，探波傲雪，剪雪裁冰，一身傲骨，梅为高洁志士；空谷幽放，孤芳自赏，香雅怡情，兰乃世上贤达；筛风弄月，潇洒一生，清雅

淡泊，竹为谦谦君子；凌霜飘逸，特立独行，不趋炎势，菊为世外隐士。每一首诗词均配有相应的注释和赏析，让读者在浮躁尘世之中，翻阅笔墨书香，与文学大家一起，探寻内心深处的宁静悠远之地，采撷精神上的充实与幸福。

目录

第一篇 兰

兰叶春葳蕤 2

幽兰露 5

巧沁兰心 8

微风吹兰杜 11

无因系得兰舟住 14

涉江采芙蓉，兰泽多芳草 17

留人不住，醉解兰舟去 20

第二篇 无

无使蛟龙得 26

少无适俗韵 29

清夜无尘 32

正店舍无烟 35

盘飧市远无兼味 38

锁离愁连绵无际 41

第三篇　人

人生不相见　46
樵人归欲尽　49
上马人扶残醉　52
昨与故人期　55
绝代有佳人　58
长安不见使人愁　61

第四篇　山

山光悦鸟性　66
深山何处钟　69
报道山中去　72
暮从碧山下　75
长亭门外山重叠　78
酒酣应对燕山雪　81

第五篇　庭

庭院深深深几许　86
洞庭青草　89
萧条庭院　92
昔闻洞庭水　95
风回小院庭芜绿　98
石鱼湖似洞庭　101

第六篇　寒

寒蝉凄切 106
微寒应候 109
昨夜寒蛩不住鸣 112
自有岁寒心 115
欲减罗衣寒未去 119
绿杨烟外晓寒轻 122

第七篇　自

自将磨洗认前朝 128
出自北门 131
闲花自发 134
庾郎先自吟愁赋 137
舞困榆钱自落 142
野渡无人舟自横 145

第八篇　风

风霜孰云变 150
春风得意马蹄疾 153
也无风雨也无晴 155
谁倚东风十二阑 159
憔悴几秋风 162
依前黄叶西风 165

第九篇　月

月殿先收桂子香　170

明月别枝惊鹊　172

珠帘月上玲珑影　175

清风明月无人管　179

露似真珠月似弓　182

待到秋来九月八　185

飞花令里品诗词
兰

兰叶春葳蕤

感遇十二首·其一

[唐] 张九龄

兰叶春葳蕤，桂华秋皎洁。
欣欣此生意，自尔为佳节。
谁知林栖者，闻风坐相悦。
草木有本心，何求美人折。

【注释】

葳蕤：草木繁茂的样子。

桂华："华"通"花"。桂华即桂花。

欣欣：草木茂盛的样子，这里指兰花和桂花很有生机和活力。

自尔：自然而然。自，自然，《商君书·错法》中有："举事而材自练者，功分明。"尔，语气助词。

春风和煦，山野处处浸透着春光，山涧溪水也开始哼哼唱唱，漫山遍野的兰草喷薄着生命的活力，兰叶翠绿繁茂。啫啫鸟语悄然无息地送来一帘秋水荡漾，举目远望，低头细嗅，山林里的金秋散落一地桂花香，四野辽阔，明媚的阳光让兰草更显得摇曳多姿。静谧的原野中，桂花在繁星密布的夜空中，皎洁明亮，纤尘弗污。生生不已的朝气包裹着整个山林，兰草、桂花生机盎然，天边一溪云散漫无心，悠然飘荡。原野中的万物都不似凡尘俗世的人和物经过"雕梁画柱"般的百般修饰，它们只是随心、随性而开花结果，桂兰自然而生，也自然而然成为美好的时节。

在人烟罕至的原野里，桂树和兰草肆意地绽放生命，整个山野都弥漫着如丝如缕的兰香。兰叶欣欣向荣，并不在意外面是波涛大浪翻腾起水底的泥沙，还是秋风席卷着飘荡无依的枯枝落叶，它们兀自开放，自得其乐。在袅袅而生、依依向上的香气中，谁知道林间居住的隐士竟然唯独对桂兰爱恋有加。兰草遇春而自成葳蕤之态，桂花逢秋而自然皎白明亮，这是它们的本性使然，我本葳蕤之态，我本皎洁之姿，并不是为了供山居人折取、欣赏、闻香、佩戴，以种种迎合附会的低姿媚态，从而得到山林栖居人的倾怜和爱恋。

这首诗是唐代名相张九龄在受到奸党李林甫、牛仙客等人诬陷，罢相被贬为荆州长史期间所作。开元末期，唐玄宗沉溺享乐，荒废朝政，朝廷上下一片乌烟瘴气。张九龄没有被奢靡的生活环境所诱惑，被誉为“开元之治”的最后一位贤相。

全诗采用比兴的手法，诗人以“春葳蕤”“秋皎洁”的桂兰自喻，说明桂兰按照自己的本性生长，表明诗人也不会像其他人谄媚而改变本心，席丰履厚的生活不是诗人的追求。“葳蕤”生动形象地展示了原野山林中兰草的生机勃发的样子。“皎洁”二字既说明了桂花的迎秋茂生，也表明了诗人自己的清淡高雅，不与奸臣佞党同流合污的节操。“自尔”是自然而然的意思，道出了兰桂在各自的季节欣欣向荣、葳蕤皎洁的生命特点，也是借桂兰在自己的季节便蓬勃生机，也表明诗人将不会因为受到朝廷中奸佞小人的诬陷排挤而放弃自己的使命与责任。

诗人张九龄在诗的前四句里，用大笔墨给读者呈现一幅兰叶葳蕤、桂花皎洁的欣欣向荣和生气勃勃的原野风景图，其中并无任何“人”的参与，只是对大自然客观景色的真实描述。但诗的第六句开头“谁知”笔锋一转，引入人的概念，写了林栖者因为闻到了桂兰的香气而对桂兰喜爱有加，为后续写桂兰虽然被人喜欢，但它们只是顺从本性开放，并不谄媚附会做铺垫。诗的最后两句中“何求”二字以反问的语气表达强烈的感情，表明诗人要像兰桂一样顺从本心为天地立命，即使得不到唐玄宗的赏识，也将在庙堂之上为百姓疾呼，为国家尽职尽责。当时的唐朝，外有强敌虎视眈眈，内有奸党小人横行霸道，但是其他人在虚假的美好幻觉中，安常处顺，不顾国家安危，只顾小家得失。在这般乌烟瘴气的朝廷上，诗人虽然知道“木秀于林，风必摧之”，但依然保持自己高雅风貌的本性，极尽忠谏之言，绝不贪图荣华富贵，谄媚附会。

作为宰相，张九龄是唐朝宰相中不可磨灭的熠熠明星，同时他也对大唐诗坛影响颇深，作为诗人的张九龄一改六朝绮靡的诗风，直抒胸臆，“谁知”两字铿锵有力地道出诗人内心的声音，张九龄当时为官刚正不阿、选贤任能、任官为贤、安富恤贫，所做的这一切，不是像其他人一样为了讨好唐玄宗，以求功名富贵，封官进爵，光宗耀祖，诗人不求认知，孤芳自赏，荣而不媚，更显坚贞高洁。“何求美人折”用简练质朴的语言结尾，却寄托了诗人深远的人生感慨。诗人也将如桂兰的贤人一样，进忠谏之言，为百姓谋福，而不为博得功名利禄、荣华富贵，只为无愧本心，尽人相之责。

张九龄生不逢时，仕途波折，佞臣当道，一代贤相竟然被皇帝和小人一起排挤在外，落得个罢相出朝。此时唐朝虽然处在全盛时期，但却处处隐藏着大大小小的危机，诗人看着千疮百孔的朝堂，却不能及时补偏救弊，诗人才是处于“前不见古人，后不见来者”的苍茫的孤独中，但诗人却没有因此颓靡不振，他站得高，他早已凌绝顶，“不畏浮云遮望眼，自缘身在最高层”。全诗情韵隽永，主旨清晰明确，诗人将“不追林栖之迹，不希抱麟之龙”，真正做到“为天地立心，为生民立命”。

幽兰露

苏小小墓

［唐］李贺

幽兰露，如啼眼。

无物结同心，烟花不堪剪。

草如茵，松如盖。

风为裳，水为佩。

油壁车，夕相待。

冷翠烛，劳光彩。

西陵下，风吹雨。

【注释】

苏小小：自幼父母双亡，是中国南北朝中南朝的第二个朝代齐时期的人，钱塘第一名妓，她传奇的一生极为短暂，年仅二十岁便离开人世，死后葬于西泠之坞，在生前常坐着油壁车。《乐府广题》中记载：“苏小小，钱塘名娼也，盖南齐时人。”

结同心：这是表示爱情忠贞的一种方式，是用绳子或者花草连环回文样式的结。

油壁车：这种车的车身都被涂上油漆，在古代一般指为女子乘坐的车。

冷翠烛：现代化学上是指“磷火”，通俗讲，即为鬼火。

西陵：苏小小的居住地，在今浙江杭州的西泠桥附近。

风吹雨：一作“风雨吹”。

清夜无尘，月光也显得皎洁透亮。兰草早已没有白昼时的葳蕤之态，兰园里终于一片沉寂，微微的晚风也听得真切。似乎有什么晶莹剔透的宝珠随着兰叶在凉风中轻轻摇曳。走进一看，又好像美人垂泪。谁会在万籁俱寂的寒夜兰园凄凄惨惨戚戚，流下断肠泪水。在兰园荒凉的一隅，我似乎看到了钱塘名娼苏小小清瘦的身影。我走近问她：“为何泪眼婆娑、孑然一身飘落在这个寒凉的兰园?”她茫然望着四周，急切地寻找什么，终于，还是静静地垂下头来。她回答道：“本以为这个兰园里可以采来编织同心结的绳草，没想到却只有一朵朵含泪的兰花。”她正说着话，她身边慢慢变得烟雾缭绕起来，紧接着又幻化出一朵朵花儿。烟雾幻化成的花，虽然枝叶繁乱却不堪修剪。

一辈子无依无傍的苏小小，逝世后依然孤单地在寒风苦雨中，只有生前每日乘坐的油壁车还在原地痴痴地等着主人回来。只可惜，它的主人啊，已经成了兰园里有火无焰的磷火了。在这里，芊芊细草俯首称臣，化作她的席垫。亭亭园中松是她最美丽的伞盖。清风习习是她飘逸的锦裳，泉水叮咚如鸣佩环。

虽然岁月滋久，但是苏小小对心上人的感情依然根深蒂固，未曾辜负一人，结局却无家无室、孤苦伶仃、孑然一身，贫寒交加，逝于西陵，只剩阴冷的磷火，有光无彩。在西泠桥下痴痴等待，阵阵寒风穿过空荡荡的身体，刺千疮百孔。只有枯藤老树，再不见小桥流水。

这首《苏小小墓》是中唐诗人李贺著名的鬼诗。提起这首诗，就不得不说李贺当时的处境。李贺也称李长吉，是今河南宜阳人。祖上是唐皇室旁支，但是家室早已没落。这首《苏小小墓》表面写钱塘名娼苏小小，其实暗写诗人。李贺一生都处在生活困顿、仕途偃蹇的窘迫中。传奇的是，苏小小二十岁便香消玉殒，李贺与苏小小一样，他的一生也极其短暂，年仅二十六岁便逝世。这首三言诗，是他借同病相怜的苏小小，运用神话传说，新奇瑰丽地表现诗人在政治上的愤懑和不得意。

这首三言诗，很大程度上借鉴了屈原的《九歌·山鬼》，其中塑造的苏小小鬼魂的形象与屈原的山鬼形象有很多重合。诗的开头“幽兰露，如啼眼”与屈原《九歌·山鬼》中描写山鬼的“被薜荔兮带女萝”“既含睇兮又宜笑”有异曲同工之妙。“无物结同心”这里有两个关键词——“无”和“结”，苏小小的情一往而深，即使化为鬼魂也要去编织同心结，以表示对爱情的忠贞，却寻遍兰园而没有可以编织同心结的绳草。巧妇难为无米之炊啊，这五个字，简洁有力地表达了自己想要为多苦多灾的李唐王朝贡献出光和热，但是，生不逢时、志向不遂，诗人的追求和理想总是得不到满足。“虽抱文章，开头谁亲?”命运不齐，偃蹇不偶。而第二句后半段“烟花不堪剪”的忧郁凄怨的心境与《山鬼》中“思公子兮徒离忧”的心境十分相似。

李贺的诗在中国诗坛上独树一帜，他的诗大胆瑰丽，用典新颖。兰露如啼眼，风为裳、水为佩，化为烟霭花，朵朵不堪剪。苏小小感叹西泠之凉风凄雨，诗人可惜美人迟暮之泪。黎简在《李长吉集》中评价此诗："通首幽奇光怪，只纳入结句三字，冷极鬼极。诗到此境，亦奇极无奇者矣。"凄迷的氛围和大胆的联想，寄寓着诗人独特的身世感叹。"兰露啼痕，心伤不偶。风尘牢落，堪此折磨。"寒雨散落，豢养一身寂寞。油壁车空荡荡等在原地，这充满浮名浮利的世间对归来的苏小小的鬼魂是生疏、无奈而又惆怅，对诗人李贺也是同样的，作者一生踽踽凉凉、落落寡合、悲怆含蓄地感叹壮志难酬，整首三言诗都在借苏小小的鬼魂暗写作者仕途偃蹇，宦途不遂人愿。

巧沁兰心

东风第一枝·春雪

［宋］史达祖

巧沁兰心，偷黏草甲，东风欲障新暖。漫凝碧瓦难留，信知暮寒犹浅。行天入镜，做弄出、轻松纤软。料故园、不卷重帘，误了乍来双燕。

青未了、柳回白眼，红欲断、杏开素面。旧游忆著山阴，后盟遂妨上苑。寒炉重熨，便放慢春衫针线。怕凤靴挑菜归来，万一灞桥相见。

【注释】

东风第一枝：词牌名，又名《琼林第一枝》，目前尚不确定是何人所创，不过，一般认为是唐代的吕谓老为咏梅而首创词调。

草甲：春草的草芽。甲，草木萌发的外皮。

行天入镜：借用唐代诗人韩愈《春雪》的意境，"入镜鸾窥诏，行天马度桥”，用镜子和天空比喻地上和桥上明净的积雪。

“旧游”句：晋王子猷居山阴，夜大雪，他一觉醒来，打开窗户，斟酒，看窗外四周洒落一地皎洁月光，忽然怀念起了朋友戴安道。连夜乘小船前去造访，但是，到了戴安道的门口，他却不进门便又折返回家。有人问他为什么这样做，他说：“吾本乘兴而归，兴尽而返，何必见戴？”

“后盟”句：用典，司马相如参加梁王的兔园之宴，因为下雪而迟到。后面的上苑指这里的兔园。

灞桥：桥名。据记载，古代灞桥是长安附近一处典型地方，人们经常送客到这个桥，折柳离别。

早已立春，春兰吐花、春草冒芽，草木万态也将要成葳蕤之态，但不期而至的春雪却暂停了暖春的进度条。雪花细密轻盈，一飘一转便巧妙地沁入春兰的花心，浅草才冒出来芽，一转眼的工夫，雪花悄悄地将春草的草芽紧紧包裹在自己怀里。春风和煦、春暖渐浓，但这一切都被细腻、湿黏的雪花挡住了。乍暖还寒，雪花飞舞在芊芊细草上，萦绕在碧瓦周围。春雪和冬雪是完全不一样的雪，这时候的雪只是薄薄的一层落在碧瓦上，似姑娘夏季着的轻纱。春雪虽然带来春寒，但黄昏的城中还只有浅浅的寒意，春姑娘这次是真的要来了！我在春雪菲菲中走在还没有人迹的小桥上，看着被春雪遮掩覆盖的桥面，我好想漫步在浮天的白云之上。雪花将万物换了模样，本来浅绿微漾的池沼此时也如明镜一般澄净明亮。渡桥如行入天境，窥沼则观如镜中，春雪不禁让人看见逝去的时光。

遥忆当年酒酣之时，把酒临风，壮志满酬的快意之情，何时才能回到两三星火的故乡？春社已过，家乡该有南归燕了吧？罢了，罢了，此时的家乡也必定雪落天寒，春归的双燕也必定会被四垂未卷的层层叠叠的帘幕阻拦，一切成空，还是不要提起当年那些缥缈遥远、似梦似幻的陈年旧事吧。

乡间的羊肠小道百转曲折，路边的杨柳树上笼罩着一层朦胧的浅青色，隐隐约约可以看到柳叶的嫩芽。不过趁着春雪来，这千万叶嫩芽摇身一变成了千万只银光闪闪的白眼。放眼望去，万物都银装素裹，本来“面色红润”的杏花被白雪打扮得白嫩嫩里透着粉扑扑，好似姑娘家卸了浓妆，素面朝天一般。此景此雪让我想起晋代的王子猷，也是在这样的雪夜，他兴起连夜乘舟去老友家，准备好好与好友把酒聊话，但是，当王子猷到了老友的家门口，却没有进门，直接返回了家。这是因为王子猷生性洒脱，他乘兴而发，兴尽而归，根本不在乎是否真正见到了好友。大雪阻行程，一代才子司马相如在赶赴兔园的高宴上也无可奈何，只能迟迟才赶到。虽然没有天寒地冻，但春雪之后，闺房中又重新点燃了香炉，深在闺房的佳人儿，也因这场不期而至的春雪渐渐放慢了赶制春衫的针线。梦中那穿着绣有凤纹的鞋子的佳人挑菜归来之时，只怕再次相见，你我却只能在灞桥上。

词人史达祖曾数次参加科举考试，但都名落孙山，这首词在写春雪之后清新淡雅的景色之时，字里行间都透露着淡淡的落寞和无奈。这首词是描写雪景的上乘佳作。虽然名为《东风第一枝·春雪》，但全诗不见一个“雪”字，而纵观全词，技巧美和内涵美并重，用散文的写法无处不在写雪。

上阙“巧沁兰心，偷黏草甲”中“巧”“偷”两字十分贴切而又生动地写出了春雪附着在兰花和嫩草上的特征，作者观察细微，用词精准，春雪细腻、湿黏的形韵巧妙地显示出来。“东风欲障新暖”中一个“障”字，不仅说明出春雪的细密、黏稠，也交代了春季乍暖还寒的时节特点，正值春意朦胧时，春风习习，万物都开始“崭露头角”，但是忽而来了一场大春雪，将一切掩盖，将“东风”和“新暖”一起挡住了。“料故园”是一种用意巧妙的转折，从眼前“轻松纤软”的春雪联想到临安西湖家园也必定是大雪纷飞卷帘重，更显思乡情重。

史达祖的这首词含蓄委婉，借物抒情的情到最后才隐约显露出来，已是慕寒犹浅、春意渐浓的时候，可是家乡大雪阻碍大雁传书的归程，所以作者此时看到春雪，思乡之情和流落异乡之感占满了心扉。

微风吹兰杜

同从弟销南斋玩月忆山阴崔少府

［唐］王昌龄

高卧南斋时，开帷月初吐。
清辉澹水木，演漾在窗户。
苒苒几盈虚，澄澄变今古。
美人清江畔，是夜越吟苦。
千里其如何，微风吹兰杜。

【注释】

从弟：作者王昌龄的堂弟。从，堂房亲属。
崔少府：诗人的朋友崔国辅。少府，官名，是九卿之一。
斋：书房或学舍，这里指书房。

帷：围在四周的幕布，这里指窗帘。

澹：波浪起伏，流水静静迂回的样子。

澄澄：水清，这里指月色澄清明亮。

越吟：战国时期楚国大臣庄舄曾唱越歌以寄托自己的相思之苦。后用“庄舄越吟”表达不忘故国的思乡之情。

兰杜：兰花和杜若，都是香草。杜若，花暗蓝或白色，果实蓝黑色，喜生长在海拔1200米以下的山谷树林中。

平日里，案牍缠身，精神和身体都在弦上，不得有丝毫松懈，终于偶得浮生半日闲，我和堂弟优游自如，躺卧在南书房，壶中日月思翱翔。大自然永远是最美妙的造世主，让一棵小芽变成参天大树；让一溪清云变成滔滔大江；让一朵花成为生命延续的希望，清风明月更是个让人沉醉其中便永生不可自拔的事物。我思绪飘飞，不知今夕是何夕。古往今来，有人千辛万苦求长命百岁；有人不则手段求誉满天下；也有人出卖灵魂求富贵荣华，我什么也不求，只希望清风常伴，皓月常明。想到这里，不禁拉开帷帘，月亮刚刚升起，犹如花蝶飞舞，轻薄而婀娜，又如云烟缭绕，迷蒙而轻盈。天阶夜色如水一泻而下，清莹澄澈的光辉，肆意浸染着夜色。古树在月夜里摇曳多姿，月色如同蜿蜒的溪流，在窗户上微波荡漾，流韵无穷。冉冉光阴悄然而去，遥望天色，皎月周而复始，盈亏交错。澄澄月色，千年如故，但人生如梦，循环不可复，曾经的廊桥水榭、雕楼画阁不知经手了多少人家。

高窗遥望，风声呢喃，在纵横交错的曹娥江畔，住着我日思月想的朋友崔国辅。他是我的挚友、我的榜样。在浑浊诡谲的官场摸爬滚打，见过沽名钓誉的大学士，听过糟践人命的县令官，越发感觉崔少府的高尚情操，他是周敦颐笔下“出淤泥而不染，濯清涟而不妖”的杰出代表。天末凉风起，他也必定难解庄舄越吟之苦。长夜漫漫无边际，思念比长夜更久远。千里迢迢，与朋友隔山隔水，只能遥遥相望，何日才能与崔少府樽前月下，把酒共话当年情谊。微风拂来，携满朋友的苦思，满屋顿时流香吐馥，这正是我魂牵梦萦的兰花和杜若的香气啊。

这首《同从弟销南斋玩月忆山阴崔少府》是唐代诗人王昌龄与堂弟高卧于南书房，逢月初生，万分感慨而作的观月怀友五言古体诗。王昌龄出身寒门，早年一直以农桑为生，直到他三十岁，即开元十五年才进士及第，此后一直在朝廷为官，中途因事被贬岭南。他交友甚广，与李白、岑参、王维都有很厚的交情。

清光洒满长廊庭院，“清辉澹水木”中一个“澹”字，不仅将月色澄清透亮的形态展现得淋漓尽致，也让皎月的清辉流淌起来，传神地描绘出月色的动态美，在月色的流动中更显环境的清幽。月亮的“几盈虚”与人事的“变今古”，情景相济，月亮几经阴晴圆缺，人世也几经风雨变迁，简单直述的语言，却让人感受到强烈的时间流逝，人世间的喜怒哀乐变换无端，仇敌或可相笑逢迎，知己也许情同陌路。“越吟”借“庄舄越吟”的典故，不事粉泽，一意萦纡，抒发怀友的情之深，意之浓。

最后一句“微风吹兰杜”中的“兰杜”采用引类譬喻的写法，说明朋友杜少府道德的高雅。兰草在古代一直是高洁情操的代表。在屈原的《离骚》中有很多描写兰草优秀品质的片段。例如“扈江离与辟芷兮，纫秋兰以为佩”，意思是江离的芷草被我戴在了肩上，我把秋天的兰草编织成佩环随时随地戴在身上。王昌龄将崔少府的文章和名声比作“兰杜”，可见他对朋友崔少府深深的敬佩，并且对他们之间纯朴真挚而又高洁淡雅的友谊引以为傲。

这首诗借月怀友，意境恬淡悠远。虽是思念诗，却无悲凉沉重之感。王昌龄在南斋苦思朋友崔国辅。在芳草丰茂的清江畔，崔少府何尝不是饱尝“庄舄越吟”之苦。知己难逢，朋友是灵魂的栖息地。树林间枝丫蓬松，闹市万火攒动，良辰美景又经几轮回，世间物千千万，诗人与朋友共有的只有高悬清月，人生处处聚散无常，但只要杜若花开，你依然是我的栖息地。

无因系得兰舟住

踏莎行

［宋］周紫芝

情似游丝，人如飞絮。泪珠阁定空相觑。一溪烟柳万丝垂，无因系得兰舟住。

雁过斜阳，草迷烟渚。如今已是愁无数。明朝且做莫思量，如何过得今宵去。

【注释】

踏莎行：又名“踏雪行”“惜余春”，词牌名。

情似游丝：这里是形容两人的感情缠绵悱恻好像各种昆虫吐的丝交缠在一起一样。

阁：通假字，通“搁”，静止，停止。

无因：这里是说柳丝没有办法让兰州停下不走。

烟渚：烟幕迷蒙的小洲。

春天已经没有生机狂态，风卷残花，我知道离别就在眼前。

缭乱的情丝像各种昆虫吐出的丝一样交缠在一起，缠绵悱恻，难以忘怀。想起我们昨日在一起度过的美好时光，我不禁泪流满面。你将要像飞絮一样离家远去。不是每一个渡口都可以停靠，不是每一个肩膀都可以依偎。一想到你的远去，我的双眼便被泪水浸透。我无奈空空地望向你，你也泪眼婆娑一动不动地站在那里。身似飞絮，你将会在哪里安身呢？烟霭迷蒙的江边，无数的柳枝飘荡，但是它们却不能将载你远去的兰舟拴住。

与你相逢，是我最美的一场遇见。你离开后，我依然停在江边不忍离去。残阳铺水，水上大雁的哀鸣声渐渐远去。层层烟雾将沙洲上的草木覆盖，远远望去，朦胧苍茫又凄清寂凉。恋和念是一段没有起点，也不知道归向的路途，我多想像天上的一溪云一样潇洒肆意，像池塘边的一朵莲一样恬静安然，但就像李白所说："入我相思门，知我相思苦。长相思兮长相忆，短相思兮无穷极。"思念的愁苦堆积在心里，这千斤重的思念快要将我压垮，但我却无处排遣。世俗沧桑，过往的一切会像烟霭一样消失殆尽吗？罢了，罢了……破晓，又会是新的一天，我暂且将他深埋在心里，不去想便没有哀伤。可是那无数难眠的月夜，我只能一点一滴落墨暂缓思念之苦，写出思念的模样，但一纸信笺怎么可能说尽双凫一雁。

这首《踏莎行》是南宋文学家周紫芝创作的一首送别词。周紫芝少时家贫，但十分好学上进，于绍兴十二年中进士。周紫芝在南宋并不是大家都喜欢的诗人，他甚至因为给大奸臣秦桧父子献谀诗，一度沦为大家的笑柄。但不可因人废词。周紫芝创作词文角度新颖，读起来清新流畅。近现代词学家唐圭璋先生就曾在《唐宋词简析》中评价这首《踏莎行》："此首叙别词。起写别时之哀伤。游丝飞絮，皆喻人之神魂不定；泪眼相觑，写尽两情之凄惨。'一溪'两句，怨柳不系舟住。换头点晚景，令人生愁。末言今宵之难遣，语极深婉。"可见，这首暮春离别之词作为整个词文空前繁荣鼎盛的大宋王朝的上等佳品之作也毫不愧色。

词的上阙开头两句"情似游丝，人如飞絮"连用两个比喻，虽然没有一字写情已至深和离别苦恨，但寥寥八字便新颖生动地将时间、环境、离别缘由都融合在一起呈现在读者面前。"情似游丝"中"情"蕴含着复杂微妙的感情，至少有两层意思交杂其中，一是两人雨恨云愁的离别之情，二是两人之间难分难舍的留恋之情。"情似游丝"两人缠绵悱恻的感情好像各类昆虫吐出的丝一样剪不断、理还乱，牵连交织在一起，这个比喻生动形象地道出两人感情如丝般缠绵悱恻，连接不断。"人如飞絮"中"飞絮"一方面点明了时间，主人公与心上人分离的时间正是柳絮纷飞的时节，即暮春之时；另一方面将人比喻为"飞絮"，说明人也将会像这飞絮一般漂泊无依，暗示了这次分离的具体原因，柳絮在我国古代诗歌中一直是漂泊不定、身无所安、羁旅无依的象征。

上阙"泪珠阁定空相觑"中"空"字将两人依依惜别、难舍难分的感情推到了高潮点。主人公和心上人即将离别，两个人都满眼泪水，一动也不动地望着对方，好像时空将泪水凝结。"空"字除了表明刺刺不休的离情别绪，更含蓄巧妙地流露出两人在离别之时的无奈哀叹。虽然愁肠寸断，但面对离别却也束手无策的哀婉。为全词的离别悲情又穿上了更加悲伤无奈的外衣。这一整句词，不事雕饰，几乎用白描的手法，却将哀愁、离别、无奈、不舍的感情全都融入其中，让人不得不佩服作者的创作才能。

下阙前两句"雁过斜阳，草迷烟渚"将时间线推进到了心上人离别之后。这两句着重描写兰舟离开了主人公在江边所遇见的景色。在瑟瑟残阳中大雁向南飞离自己而去，烟霭覆盖的小舟凄凉朦胧，一切景语皆情语，无限的悲怆蕴含其中。

近代学者薛光泰几乎穷毕生精力写成了《宋词通论》一书，他在书中评价周紫芝的这首词时写道：“此等词都极清倩婉秀，实兼晏、欧、少游、清真数家之长，而能暨于化境者。即列入第一流作家内，亦无愧色。”可见周紫芝虽然给后世留下的诗篇不多，但这也丝毫不影响他诗坛上熠熠生辉的光芒！

涉江采芙蓉，兰泽多芳草

古诗十九首·涉江采芙蓉

［汉］无名氏

涉江采芙蓉，兰泽多芳草。

采之欲遗谁？所思在远道。

还顾望旧乡，长路漫浩浩。

同心而离居，忧伤以终老。

【注释】

芙蓉：荷花的另一种称呼。

兰泽：兰，兰草。泽，沼泽。沼泽中的兰草。

远道：一说“远方”。

漫浩浩：长路漫漫，无边无际，没有尽头。

同心：古时多形容夫妻之间的感情十分深厚或者男女之间真挚深厚的爱情。

清清的江水缓缓地向东流淌，夏日阳光一如既往地温暖明媚，真是个出门采莲花的好时节啊！我迫不及待地来到江边，小江里浅浅的水，刚好能漫过膝盖，江水抚摸着我的肌肤，柔柔的水好似他柔柔的情。长着兰草的沼泽中有很多种类的花，我来不及辨别，花儿们馥郁的香气便全都袭来，我忘乎所以地陶醉在花的海洋里，大声呼喊着心上人的名字，我要采一株兰泽地里最漂亮可人的芙蓉花送给他。

看着手里这朵“出淤泥而不染，濯清涟而不妖”的莲花，我一时竟不知道要归往何处。我应该去哪里把芙蓉花送给那日思夜想的人儿啊？游学仕宦、上战杀敌还是早已功成名就，将要归来，关于他的一切，我全不知道。那年长亭送别，晚风轻拂，他的笛声幽咽如泣如诉，我知道这一去便可能音信全无，但我说不出挽留的话语。我知道他志向远大，留在家乡这种小地方只能白白耽误大好前程，只是山隔水阻，路途漫漫，我思念的人儿啊，你何时才能归来呢？

我想此时他可能也在远方长泪沾襟，不时回望远在天边的故乡。孤单一人在外，望眼欲穿，也只能看到几丛沙棘，家乡美丽的姑娘是他不可及的愿望。漫漫长路无边无际，似乎永远也走不到尽头，遥远的故乡只能长存在柔软的心房。我们彼此深深相爱，却遥隔两地，过着饱受思念之苦的离居生活。也许，今生我们都要在思念的苦海里度过余生。

《古诗十九首》是南朝昭明太子萧统从历代传下来但是无法得知作者名字的古诗中选录了十九首编入《昭明文选》而成的。这十九首古诗的名字都是诗的首句，它们深刻地再现了汉代末年人们思想的转变和觉醒以及人类最基本、最普遍的感情，用词朴实真挚，善于用形象生动的语言描写事物。这首《涉江采芙蓉》便是其中一首十分著名的怀人之作。它表面上是写留在故乡的妻子思念相隔万里的丈夫，是一首妇人思念游子之作，但如果只是这样简单理解，就大错特错了。马茂元先生曾说："文人诗与民歌不同，其中思妇诗也可出于游子的虚拟。"从这个层面来讲，这个也很有可能是游子思乡之作。但无论从哪一角度来解说，有一点是确凿无疑的——诗中处处流露着绵绵深远的思念之情。

首句"涉江采芙蓉"中的"涉"字看似平淡无奇，但其实为诗整体简单朴实的思念的氛围做了极大的贡献。"涉"字表达出主人公的肌肤与清凉江水接触亲密的细腻感，这种细腻感与主人公思念感情的细腻感相融在一起，倘若将这一层联系分割，比如改为"乘船采芙蓉"诗文细腻而朴实的感情瞬间消失了，就变成了简单的场景表述。"芙蓉"也别有其意，长有兰花的沼泽地中很多芳草，主人公偏偏选择芙蓉花，是因为"芙蓉"的谐音是"夫容"。美丽的女子想要采一朵芙蓉花给自己的丈夫，馥郁的芬芳是浓浓的想念。

这首诗的前两句是欢乐的采莲场景，第三句主人公却突然问"采之欲遗谁"，这个哀情用前面的乐景相衬，更显哀情之浓郁、思念之深厚。其他人在快乐地采了美丽的芙蓉花后都送给了心上人，只有主人公的芙蓉花还捧在手里，不知"遗谁"，落寞中蕴含着无尽的思念，快乐之后是更多的痛苦。"长路漫浩浩"简单五个字中用"长""漫浩浩"四个字来表达路程的遥远，说明主人公与心上人真的是相隔甚远，山隔水阻、遥遥千里，望眼欲穿，思念无处送达。"同心而离居"中"同心"和"离居"两个鲜明的对比，将全诗的感情推向最高潮，这其中已经不仅是思念，而是更为复杂浓厚而无可奈何的感情。主人公与心上人遥隔千里，他们彼此恋之、感之、苦之、悲之，但所有的感情都无法当面表露，只能隔着漫漫长路，隔着浩浩烟云，带着思念苦情孤单终老。

白居易曾说：“相思始觉海非深。”大诗人李白也感叹道：“平时不会相思，才会相思，便害相思。”思念是古诗中永恒的话题，也是千百年来最无处排遣的感情。这首只有二十字的古诗，思念之情浓郁深厚、真挚感人，在天涯漫漫、无边无际的愁思和想念中，闪烁着人类最永恒、感人的爱恋。

留人不住，醉解兰舟去

清平乐

［宋］晏几道

留人不住，醉解兰舟去。一棹碧涛春水路，过尽晓莺啼处。

渡头杨柳青青，枝枝叶叶离情。此后锦书休寄，画楼云雨无凭。

【注释】

留人不住：这里是化用宋代官员郑文宝的《柳枝词》：“亭亭画舸系春潭，直到行人酒半酣。不管烟波与风雨，载将离恨过江南。”

兰舟：是船的美称或雅称，指木兰制造成的船。

棹：划船的一种工具，类似船桨。

渡头杨柳青青：词人这里化用了唐朝著名诗人刘禹锡《竹枝词二首·其一》中的：“杨柳青青江水平，闻郎江上踏歌声。”

云雨：云雨之欢，比喻男女交合之欢。

无凭：没有依据，靠不住。

冬日围炉煮茗，春夜闲庭信步，秋日芭蕉藏雨……你在我身边，迦南之野便永存。星辰散落天穹，我们像往常一样，在装饰辉煌的房间里放歌纵酒。酒至半酣，我急忙为你斟酒，你却一把把我推开，自酌自饮，我知道这是离别的信号。花容易枯萎，人容易衰老，我依然苦苦哀求你不要离我而去，音词忐忑、声泪俱下，可你终究还是驾一叶扁舟，弃我而去。怪我不通隶手之学，算不出一颗真心的保鲜期。汉代蜀中四大才女之一卓文君在跟司马相如的《诀别书》中曾感叹这个世界的人喜新厌旧、朝三暮四，痛恨地写道："朱弦断，明镜缺，朝露晞，芳时歇，白头吟，伤离别。"没想到，我们竟也破镜难圆，白头难相守。千里江水滔滔，渡头柳条依依，我呆立在长满赭色野草的渡头边，满脸倦容，我好想做你的船棹，紧握在你手中，随你看一棹碧涛荡漾，观大江粼粼春波。朝朝暮暮已成空，满耳寒风，我心中的人儿啊，拂了拂衣袖，便乘风随波而去。

我这里落日寒风起，你的旅途中，有黄鹂清啼、枝头伴唱，有水光潋滟、旭日始旦，唯独少我一人。渡头柳色空空，小城暮雨连连，你我的感情大概也成了时光里尘封起来的斑驳破旧的藏品。故人已经离开，相思该寄予何人？人也忧愁、树也忧愁，枝枝叶叶都是我剪不断、扯不开的离情别恨啊！一阵雷雨哀鸣之后，我又回到昔日画楼小亭上，这里满是喧哗的酒客，再不见你顾盼其间。小窗何时静，故人几时归来？你一离去，我便举目无亲。抬头便望见河港交流，你的小船早已消失在茫茫天边。你怎么可以留我一人踽踽独行？萧疏树几行，暮雨潇潇，止不住珠泪滚滚，道不尽别绪离情……"士之耽兮，犹可说也，女之耽兮，不可说也”你这负心的人儿啊！这次离别之后，不要再给我寄来倾诉衷肠的书信。往日画楼里的云雨之欢不过是一场幻觉罢了！

《清平乐》是宋代词人晏几道所作的一首离别词。周济评价这首词："结语殊怨，然不忍割。”作者晏几道出身高贵，是北宋杰出的文学家、政治家晏殊的第七子，被人称为“小晏”。但是，晏几道虽是名门之后，却生活得异常困顿潦倒，仕途也是坎坷多难。他为人孤傲，满腹委屈自然只能向诗中倾诉。他平生大部分作品都是表达一厢情愿的想念和爱恋与离别情深的满腹仇怨，凄凉哀伤、用情真挚深切而又含蓄无奈，这首词也不例外，全诗都充满着爱而不得的单相思和如流水般绵绵的愁思。

通观全词，以“留人不住”开头，让读者直接融入在一种苦苦哀求故人不要离开，而那人去意已决，不顾词人再三挽留，毫无留恋地离开的氛围中，“留”而“不住”，落花有意流水无情，强烈的对比，为后文的凄绝怨语做了十分强烈的感情铺垫。上阙“一棹碧涛春水路，过尽晓莺啼处”中“春水”“晓莺”这些春日美景都是女子想象心上人离开的旅途中所遇到的情景，将心上人离别时的景色描写得越生动有趣，就越反衬出送行女子的哀愁落寞。下阙首句“渡头杨柳青青，枝枝叶叶离情”的意境来自刘禹锡的《竹枝词》“杨柳青青江水平，闻郎江上唱歌声。东边日出西边雨，道是无晴却有晴”。空空渡头只有杨柳陪伴着我，杨柳的枝枝叶叶都是离别的情思，这一句将全词的惆怅离别之苦推向最浓烈，为最后的决绝之语奠定了浓厚的感情基础。

尾句“此后锦书休寄，画楼云雨无凭”中“休寄”“无凭”都是十分决绝的词语，但也可以明显感受到词人之所以说出这种决绝之语也是绝望至极的无奈负气之语，更表现出词人对爱人的用情至深，也更显词人的落寞惆怅。词人对故人一往情深，但爱人却不顾往昔美好时光，不念旧时热恋之情，决然离开，怎不令词人惆怅绝望呢？

自古至今，举凡离别之词，都是让人肝肠寸断。这一篇词文更是写尽了离别之时的痴人痴景。词人因为爱人离去而心生怨恨绝望，而怨恨绝望又恰恰说明用情至深。这首离别词让世人跟着词人的诗篇也忧愁了千年。落花有意，流水无情。痴情的女子在负心人抛下自己乘船远去之后，由不舍转向阴郁，继而，由阴郁转向困顿，最后由困顿转向无尽的愤恨，层层递进，感情细腻流畅，犹如熬煮的一壶断肠酒，饮下这杯相思苦便久久难忘。

飞花令里品诗词
无

无使蛟龙得

梦李白二首·其一

[唐] 杜甫

死别已吞声，生别常恻恻。
江南瘴疠地，逐客无消息。
故人入我梦，明我长相忆。
恐非平生魂，路远不可测。
魂来枫林青，魂返关塞黑。
君今在罗网，何以有羽翼。
落月满屋梁，犹疑照颜色。
水深波浪阔，无使蛟龙得。

【注释】

吞声：这里形容特别悲伤，极端悲痛，以至于哭不出声音来。

瘴疠：古代江南地区多湿热，瘟疫较多，所以杜甫这句诗中称江南为瘴疠之地。

逐客：这里指李白。因为李白当时被放逐到江南。

枫林：李白被流放的地方有很多枫树，所以这里"枫林"指的是李白的流放之地。一作"枫叶"。出自《楚辞·招魂》："湛湛江水兮上有枫，目极千里兮伤春心，魂兮归来哀江南！"

蛟龙：古代神话中的神兽，传说它有很强的能力，可以导致洪水暴发。杜甫在这里指那些想要陷害李白的坏人。"蛟龙"一语来源于梁吴均《续齐谐记》："吾尝见祭甚盛，然为蛟龙所苦。"

生死相隔的痛苦已经让人极其悲恸，但是毕竟已成为事实，这种痛苦会随着时间的流逝慢慢缓解。但是我们都在人间，都在同一片土地上，同一片天空下，却分隔两地，让人摧心剖肝、哀毁骨立。自我们上次分离之后，已经有十几年没有见面。几个月前我听说你被流放到了夜郎，自那以后，我一直密切打探你的消息，但是都没有打探到。在江南瘴疠猖獗的地方，你的杳无音信实在让我魂劳梦断，忧思哀痛。李太白，是你吗？你忽然到我的梦境里让我欣喜若狂，不能自已。我想你一定知道我日日夜夜想念你，才会今夜到我这里。欣喜之后，我突然想到你的人应该远在夜郎身陷囹圄啊，怎么挣脱罗网千里迢迢来到我的梦境里？我看到的是你的生魂还是死魂啊？隔山隔水，路远迢迢，万事万物真的难以预料啊！

夜晚狂风怒号，你来的时候要经过荆棘丛生的枫树林，回到江南瘴疠之地还要经过险峻黑暗的秦山关。这中间关山迢递，你被流放之时早已如笼中鸟、池中鱼一样身陷囹圄、不由自己，怎么还可以来去自如穿梭几千里来到我的梦境呢？想到这里，我大梦惊醒。这时候皎洁的寒月散落满屋梁的清辉，我在缥缈迷蒙的月夜似乎看到你苍白憔悴的脸庞。李白，江南瘴疠之地水深浪阔，恶浪滚滚，你千万要小心，不要误入蛟龙之手啊！

这首《梦李白二首·其一》作于公元759年，当时的杜甫正流寓秦州，自顾不暇，却还在心心念念着被流放夜郎的李白。人们常说“穷则独善其身，达则兼济天下”，而杜甫在“床头屋漏无干处”的时候还能发出“安得广厦千万间，大庇天下寒士俱欢颜”的时代最强音，他真可谓时代的最强者。杜甫和李白感情深厚，他们自公元745年在山东兖州石门分离之后，此后的十几年之间，他们虽然十分思念彼此，但是却一直没有机会见面。其实杜甫作这首《梦李白》时，李白已经被赦免，但是杜甫与李白相隔太远，他还不知道。他仍在为李白担忧，积思成梦，后来李白夜夜入梦，杜甫便作了两首流传千古的怀人之作《梦李白》。杜甫的《梦李白》写得情真意切、感人心脾，都是按照梦前、梦中、梦后的顺序来讲述自己对李白深沉的思念和关切。

首句“死别已吞声，生别常恻恻”写相思李白却不诉说相思之时日思夜想的苦，而是先从让人肝肠寸断的离别写起。写离别又先从生死相隔的痛说起。开头第一个字“死”让人一惊，什么事情能牵扯到生死离别呢？杜甫用“死”来反衬“生”，极大地表现了杜甫对李白被流放夜郎之后杳无音信的担忧和慌张，也为全诗渲染了一种哀愁悲惨的氛围。“故人入我梦，明我长相忆”明明是诗人自己夜夜翻肠搅肚地思念李白，这里却不说自己梦见李白，而说李白闯入自己的梦境，这种写法，说明杜甫坚信自己与李白之间深厚真挚的友情肯定可以让远在夜郎的李白感受自己此时此刻对他深深的思念和怀恋，正是有了这种不足为旁人道的心灵感应，才会让李白的魂魄从江南瘴疠之乡千里迢迢来到杜甫的梦境。

“魂来枫林青，魂返关塞黑”中有一个关于屈原的典故，传说在屈原含着悲愤痛苦自沉汨罗江之后，宋玉为了给屈原招魂而作了一片《招魂》之作，这两句中的“魂来枫林青”就是出自《楚辞·招魂》：“湛湛江水兮上有枫，目极千里兮伤春心，魂兮归来哀江南！”杜甫因为思念李白而辗转反侧，精神困乏，因李白生死未卜而魂劳梦断，这里借宋玉给屈原招魂而道出自己内心对李白在江南瘴疠之地处境的惴惴不安的心境。也从侧面说明李杜之间友情的肝胆相照、互劝互勉的深厚友谊。结尾句“水深波浪阔，无使蛟龙得”，这里也是借用关于屈原的典故，说明杜甫对李白殷切的祈祷和惴惴不安的忧虑。

李杜的友谊一直是诗坛上最为耀眼的存在，杜甫对李白一直是满怀倾羡。他这首怀念李白的诗中，有两次用了关于屈原的典故，将李白比作屈原，可见杜甫的这首怀人之作不仅是表现自己对李白摧心剖肝的思念、“惺惺惜惺惺”的知己友情，还有他对李白由衷的钦佩和赞扬。

少无适俗韵

归园田居·其一

［魏晋］陶渊明

少无适俗韵，性本爱丘山。
误落尘网中，一去三十年。
羁鸟恋旧林，池鱼思故渊。
开荒南野际，守拙归园田。
方宅十余亩，草屋八九间。
榆柳荫后檐，桃李罗堂前。
暧暧远人村，依依墟里烟。
狗吠深巷中，鸡鸣桑树颠。
户庭无尘杂，虚室有余闲。
久在樊笼里，复得返自然。

【注释】

尘网：尘网本意是尘世之网，即世俗官场。这里指诗人的仕途。

三十年：有人说这里是陶渊明的笔误，因为实际上陶渊明一共为官十三年。也有一种观点认为是陶渊明觉得“一去十三年”音调太平，所以改为其倒文三十年。

羁鸟：“羁鸟”和下句的“池鱼”都是陶渊明借指自己。

暧暧：昏暗、模糊的样子。

依依：指烟雾轻柔缓慢地升起来。

我知道世间繁华靡丽，但是我从来都不喜欢软红香土、花攒锦聚的地方，我向往自然纯朴的生活，我的天性对大自然有无限的依赖和热恋。年少的我不懂事，在宦海中沉浮了三十年，除了劳苦费心的案牍之外，一无所得。人生如隙中驹、石中火，转眼即逝，如今我要重回山野，做回真正的自己。过去的我像一只笼中囚鸟一直期盼着想要重回旧日无拘无束的山林，像一条池中困鱼一直渴望着能重回梦中宽广辽阔的大海。在茫无边际、长林丰草的南野开荒种田，那里民淳俗厚，我每天过着日出而作、日入而息、返朴还淳的生活。远离都市的碧瓦朱甍、层台累榭，远离官场的钩心斗角、纸醉金迷。

我老家宅子周围有十多亩的田地，还有八九间竹篱茅舍。破瓦寒窑虽然简陋，但是胜在无拘无束，来去自如。春天各种花木罗列在庭前，桃花李树掩映生姿。夏季榆树枝叶繁茂，郁郁苍苍刚好能遮盖茅屋简舍的后檐。远处的村庄依稀可见，一缕缕炊烟袅袅娜娜。小村深巷中狗吠声断断续续，桑树上鸡鸣声此起彼落。这里鸡犬相闻、燕语莺声，我在自家小院里安闲自得。我过去一直被困在官场上，好像飞鸟被关进笼子里一样窝火憋气却又无可奈何，如今我终于回到简单朴实的山林之中，我的世界从此一片天朗气清！

这首《归园田居·其一》是东晋大诗人陶渊明创作的一组表达自己对黑暗官场的厌恶，对田园生活的向往之情的五首诗中的第一首。我们中国人讲究事情和人要久而后定，陶渊明经得起时代的考验。陶渊明之所以被称为“靖节先生”是因为他是一个有勇气的人，他所处的东晋时代，是烂透了，也是篡权的篡透了。陶渊明很年轻的时候就看透了这些，他最大的勇气是他敢于走，走出这个官场，因为在这个黑暗的官场里，当时的人们都在浑水摸鱼，都想自己捞一把。

这首诗的首句“少无适俗韵，性本爱丘山”中“俗韵”阿谀奉承、趋炎附势之态，这是诗人最不屑，也学不会的东西。诗的开头陶渊明便清楚明了地表达了自己为人处世的观点，他将永远不去阿谀取容，曲意逢迎任何人。这是一个“不为五斗米折腰”的靖节先生内心最澄澈的品质。这句话同时也是为后面不愿意做囚中鸟、池中鱼，宁可自己归家种田也不愿意在官场停留做了铺垫。开头的这两句诗如此直白地表达自己归隐田园的愿望，也从侧面表现了陶渊明对官场生活感到深深的厌恶和绝望。

“误落尘网中，一去三十年”这句话中“尘网”指的是尘世间的罗网，结合具体诗境，在陶渊明眼里，尘世间的罗网就是黑暗的官场。这句话中的“三十年”并不是陶渊明真的在官场工作了三十年之久。这里有两种说法，一种说法：“三十年”是陶渊明的笔误，因为从他当官开始（做江州祭酒）到官场生涯结束（辞去彭泽县令）一共十三年。另一种说法：这里是陶渊明为了韵脚和谐，诗词读起来朗朗上口才故意这样写。“羁鸟恋旧林，池鱼思故渊”中“羁鸟”和“池鱼”都是借指陶渊明自己，而“旧林”和

“故渊”是代指他一心向往的田园隐居生活。这首诗的结尾“久在樊笼里，复得返自然”中“自然”有两方面的含义。一方面，“自然”指的是真真实实的大自然，也就是乡村田园里的自然环境；另一方面，“自然”指的是陶渊明淡泊名利、与世无争、顺从本性的自然。这里的“自然”与开头“性本爱丘山”巧妙地照应起来，同时呼应了题目《归园田居》，再次点明升华了诗隐逸田园的主题。

《二十四史》的三部传记《晋书》《宋书》《南史》把陶渊明归为《隐逸传》，这说明他只是一个隐士，刘勰的《文心雕龙》只字未提陶渊明，钟嵘的《诗品》把他放入中品，为什么陶渊明会受到如此不公正的待遇，因为他与时代不相合，与风尚不相合。当时是崇尚华丽的诗风，陶诗太过平淡自然，但是历史不会埋没伟大的天才，到了唐代、宋代美学境界提高了，才发现陶渊明不仅是魏晋时代，而是乃至整个中国古代诗歌史上最伟大的诗人之一！

清夜无尘

行香子·述怀

［宋］苏轼

清夜无尘，月色如银。酒斟时、须满十分。浮名浮利，虚苦劳神。叹隙中驹，石中火，梦中身。

虽抱文章，开口谁亲。且陶陶、乐尽天真。几时归去，作个闲人。对一张琴，一壶酒，一溪云。

【注释】

行香子：又名“蕙心香”，词牌名。

十分：这里指的是一种形状如帆船的酒器。这种酒器酒满一分则一帆举，苏轼这里的“十分”就是“十帆举”，即全满酒。

虚苦：没有什么作用，毫无意义的劳苦。

隙中驹，石中火，梦中身：这是三个表示生命短暂、时间过得十分快的典故。隙中驹，生命就好像日影通过缝隙一样很快便逝去了，语出《庄子·知北游》：“人生天地之间，若白驹之过隙，忽然而已。”石中火，生命如此短暂迅速，就好像击石迸发而出的火苗一样短暂迅速，语出北齐刘昼《新论·惜时》：“人之短生，犹如石火，炯然而过。”梦中身，生命就好像在梦境中度过的，十分短暂。语出《关尹子·四符》：“知夫此身，如梦中身，随情所见者，可以飞神作我而游太清。知夫此物，如梦中物，随情所见者，可以凝精作物而驾八荒。”

开口谁亲：壮志难酬、知音难觅的一种表示方法。“我”心里的话开口对何人诉说呢?

陶陶：这里形容简单无忧、开心快乐的样子。《国风·王风·君子阳阳》：“君子陶陶，主执纛。右招我由敖。其乐只且。”

今天夜里的月光格外皎洁，一望无垠的原野上洒满了澄澈透明的清辉，我似乎处在一个没有一丝渣滓的琉璃世界。极目四望，万家灯火都已经熄灭，楼台亭阁，也是一片寂静，这是一天中我最喜欢的时刻，万籁俱寂最适合人们思考斟酌自己的人生。玉液金浆已经备好，快来将美酒盈樽，在恬静如水的月夜里，我饮了一杯又一杯，并非我恋酒贪杯，酌古准今，那些世人所追求的名和利都像天上飘浮不定的云彩一样变幻莫测，一味执着地追求只是劳心费神。逝者如斯夫，不舍昼夜，宦海浮沉多年，我早已没有初入官场的奔腾澎湃，人生只剩下一片茫茫苦海，如今回头一看，当年的阆苑琼楼竟也恍如隔世。不觉感叹，人生真的好像日影过狭小的缝隙一样转瞬即逝，又好像火石相撞迸发出的一瞬间的火花，又似乎是在短暂的梦境中一生便悄然而逝。仕途偃蹇，我虽然有满腹才华，却无人赏识。荏苒代谢，为官多年，却无用武之地。高岸为谷，深谷为陵，生死有命，富贵在天，我已经不想想那么多了，一切都随命吧，暂且趁着美酒皎月，畅饮吧！陶醉在无边夜景里，怡然自乐，岂不美哉！桂酒椒浆不足惜，在美酒中，在烟波浩渺的山水中，忘掉三千丈的愁思吧！树高千丈、叶落归根，我何时才能从这个蛮烟瘴雨的荒野之地离开去往自己想去的地方呢？那里有倦鸟知还，安闲自在，闲鹭早栖，没有成堆的案牍劳神费力。我有悦耳的琴可谈，有金浆玉液可饮，天上悠悠的一溪云更让我流连忘返，不知今夕是何年！

苏轼这首《行香子·述怀》给我们勾勒出一幅澄澈透亮的月夜图，全诗表达了诗人对宦海沉浮早已厌倦，想要归隐的心情。由于年代久远，这首词的创作时间和创作环境已经无从考证，但是结合苏轼一生的官场生涯可以看出，苏轼是一个想要在官场上崭露头角的诗人，他一直都有积极的入世思想。但是，自乌台诗案受到牵连，被贬往黄州之后，他逐渐有了归隐的想法。这首词也表达了诗人强烈的归隐志向，所以说这首词作于苏轼被贬黄州之后也是有理有据的。

在词的上阙结尾“叹隙中驹，石中火，梦中身”，苏轼连用三个表达人生虚无、生命短暂的典故，从这三个典故用法之精妙准确上，我们也可以看出苏轼在当时绝对是博古通今、超群绝伦的旷世奇才。另一方面，连用三个表示浮生若梦的典故，构成博喻，也说明作者得到生命本就是一场虚幻的轮回这个结论并不是在矫揉造作、无病呻吟，而是苏轼经过了无数个夜晚的谨慎思考才得到的结论，不过也从侧面说明了苏轼的官场生涯一直都是偃蹇不顺的，才有闲心和时间来思考生命从何而来，又会去往何处的哲学问题。下阕开头“虽抱文章，开口谁亲”直抒胸臆，一个“谁”字将知音难遇、壮志难酬的悲愤凄凉的感情写到了极致。

从当今时代我们回顾苏轼的一生，他虽然在乌台诗案受牵连，被贬黄州后，一直有归隐的志向，但他的归隐并不是消极的避世。准确来说，苏轼的一生都没有像陶渊明一样彻彻底底的归隐志向，就像他在这首词中写的“几时归去，作个闲人”，可以看出他的归隐是有前提条件的，而这个前提条件就是他在政治上、官场上取得应有的成绩后，他才可能安心地归隐田园，但是，直到苏轼逝世前，他也没有完全彻底的归隐之志，因为他逝世前夕竟然又被贬谪到了更为偏远的海南地区。

正店舍无烟

琐窗寒·暗柳啼鸦

［宋］周邦彦

暗柳啼鸦，单衣伫立，小帘朱户。桐花半亩，静锁一庭愁雨。洒空阶，夜阑未休，故人剪烛西窗语。似楚江暝宿，风灯零乱，少年羁旅。

迟暮。嬉游处。正店舍无烟，禁城百五。旗亭唤酒，付与高阳俦侣。想东园，桃李自春，小唇秀靥今在否。到归时，定有残英，待客携尊俎。

【注释】

寒：寒食节。《荆楚岁时记》：“去冬节一百五日，即有疾风甚雨，谓之寒食，禁火三日。”

故人剪烛西窗语：这里是化用李商隐《夜雨寄北》中的：“何当共剪西窗烛，却话巴山夜雨时。”

正店舍无烟：这里化用元稹《连昌宫词》：“初过寒食一百六，店舍无烟宫树绿。”

高阳俦侣：指周邦彦的酒友。俦侣，伴侣。《史记·郦生陆贾列传》中：今河南杞县高阳人郦食想要见当时还是沛公的刘邦，刘邦不认识他，还以为他是儒生，就不打算见他，郦食其按剑大呼：“吾高阳酒徒也，非儒人也。”

太阳还未越过地平线，京城小院里槛栏外花儿在晓风中微微打战。在淡淡的烟幕下初春芳草更显雾气蒙蒙、含愁脉脉。庭圃的兰草上露珠摇曳，好似佳人面颊上微微滚落的泪水。这几天，天气渐渐转凉，庭中微寒荡漾，我的心上人像天上飘荡的云儿一样不知去了哪里。春月如圭，今夜注定对月无眠，我在房间里徘徊不定，不知如何解愁。我沉浸在思念的苦海里难以自拔，不知不觉竟然又到了春季。我的心上人是不是在盼望我归家？我再不回来，杏雨梨云的春天就要逝去，到那个时候，恐怕双燕飞离，草木零落，留下的只有西风斜照。我一个人登上同样落寞的高楼，倚栏极目远望，想要望断绵绵无尽的天涯道路。也许日思夜想的人儿就在天涯尽头。寒食佳节，纵横交错的小路上长满了闲花野草，我再也无心去做其他事情，心中想的只有故乡，思念早已翻肠搅肚。可是，我的故乡，寒食节会怎么过呢？

在这残阳斜照的高楼之上，想要以一已之力对抗无尽的思念简直蚍蜉撼大树，可怜不自量啊。眼泪打湿了栏杆，我不想再倚着栏杆自言自语，我多想用珍藏了多年的彩色信笺给故乡人写一封信诉说我无尽的思念和怀想。空中有燕儿双飞，我想问它们有没有看到我日思夜想的人儿，只可惜它们不带一丝留恋地越过寒幕飞向了别处，愁烟淡雾笼罩下的庭院更加孤寂寒凉，寒风斜阳已经将我的思绪全部扰乱。山高水阔难容足，碧水横流阻归程。又何况世事无常、白衣苍狗，当时我一走，便没有你的消息，今日即使在我的梦境中，我也不知道该将这一封载着孤楼高望、落叶满斜阳的情思信笺寄往何处。你是否还在等着我呢？我多么渴望自己还能再回到故里，那时候，还有花儿在枝头开放，家乡的人纷纷拿出美酒佳肴来欢迎我回家。

这首《琐窗寒》是一首写寒食佳节，感叹自己寒食节一直不能归家的羁旅伤感词。这首词抒发羁旅情怀。它在结构上缘情布景，由景及人，一气流贯。周济在《宋四家词选》称赞该词“奇横”。这首词是叙写羁客思归的名作，全词围绕着一缕思乡忆人的幽思而展开，把作者浓郁的情感寄托在娓娓的叙写中。上阕由现实转到将来，再由将来转到过去，这种布景是这首羁旅怀人词不同于其他怀人词的显著之处。下阕表达词人老年的时候对遥远家乡的怀土之情和对故乡亲朋好友们的思念之情。作者采用对比手法和虚实结合法，将内心深处离愁别恨的情感淋漓尽致地表现出来。

词的上阙开头“暗柳啼鸦，单衣伫立，小帘朱户”中“暗柳”和“啼鸦”是词人哀愁心境的真实写照，柳愁苦、鸦泣哭，运用拟人的修辞手法渲染出悲伤哀婉的氛围，寓情于景，将主人公的“暗”和“啼”赋予柳和鸦，人和景融为一体。“洒空阶，夜阑未休，故人剪烛西窗语”，寒食节有很多活动可以一个人完成，比如祭扫、踏青，但词人却偏偏选了“共剪西窗烛”。心中充满思念和哀愁的主人公对一切双宿双飞、夫妻恩爱的景象都能特别敏锐地察觉到。万物尚未复苏，草木依旧枯黄，一片荒凉冷寂，就连“共剪西窗烛”也是一种奢望的追求，更说明了主人公内心深处掩藏不住的孤寂落寞。世界万物都离自己而去，“似楚江暝宿，风灯零乱，少年羁旅”，词人不禁想起年少的羁旅，这一句表面上是诗人感叹自己少年时雨夜在荆州与故人舒畅友情，实际是主人公孤单落寞心情的极致表达，主人公郁闷哀愁的心情无处诉说，人间的离恨苦别。“迟暮。嬉游处”中“暮”字营造出萧条寂静的氛围，传达出了环境的萧索和人的落寞，同时也感叹时间过得太快，人似乎是一夜之间凋零。

黄蓼园在《蓼园词评》中称赞此词：“前阕写宦况凄清。次阕起处，点清寒食。以下引到思家情怀，风情旖旎可想。”全词婉约却不失辽阔，非常巧妙地将现在、过去、未来结合起来，结构天成，词严义密，条分缕析。

盘飧市远无兼味

客至

［唐］杜甫

舍南舍北皆春水，但见群鸥日日来。

花径不曾缘客扫，蓬门今始为君开。

盘飧市远无兼味，樽酒家贫只旧醅。

肯与邻翁相对饮，隔篱呼取尽馀杯。

【注释】

客：这里指杜甫的客人崔明府。唐代时期人们将县令称呼为明府。

缘：因为。

蓬门：用蓬草编织成的门户，这里形容诗人居住地方的简陋。《史记·游侠列传》中有："终身空室蓬户。"

盘飧：泛指食物。飧，熟食，饭食。《左传·僖公二十三年》中有："公子受飧反璧。"

无兼味：这里指菜肴不丰盛。

樽：酒器，李白的《江上吟》有："美酒樽中置千斛。"

旧醅：隔年的陈酒。醅，未过滤的酒。

肯：能否。主人在向客人征询意见。

馀杯：余下的酒。

春潮初涌，春水初涨，我的草堂也沾满春日新光。如今我已经五十岁了，回想我的一生，一直在颠沛流离中度过，妻子孩儿也陪着我过贫寒颠沛的生活，我实在对不住我的家人们。如今，我终于可以结束离乱漂泊的生活，看着妻子孩子脸上放松舒缓的笑容，我的心情也跟着明朗起来。草舍的南北两面河水涨溢、春色蒙蒙，道不尽的风光肆意。成群结队的沙鸥日日光临寒舍，触目明丽，熏得人沉醉迷离。柳如烟，花似锦，小径上铺满了落花落叶，客人来来往往，但我却不想缘客而扫径。我的朋友崔明府啊，与你相约之后，简陋的蓬门早早便为君大开，日日期君来。你来之后，我一定要把这些天因为战乱在外漂泊的生活向您倾诉一番。这些年背井离乡、浪迹江湖，不知不觉，几十年过去了，我年少的好友们一个接一个地逝去，我如今也是满头白发，能够再见到故友知己，让我欣喜若狂！

我的草堂地势偏僻但胜在清幽，这里距离市井中的闹市集场很远，而我和妻子都年岁已高，所以也没有佳肴美馔啊，只能拿出几碟淡菜，家贫樽酒也不是什么桂酒椒浆，是我自己以前酿的陈年老酒，还请你不要嫌弃我的淡饭旧醅啊！崔明府只要你来我这里，我保证你能喝得尽兴、喝得痛快！在我所有的老友中，你是我的知己，我们一直都是意气相投。古人云“得一知己，死可无恨”，我也是日夜期盼你能来我家，等到那个时候我们抛下案牍，不理官场之事，不去想俗世烦恼，痛痛快快大醉几场，饮个酣畅淋漓。我们两个人一定要不醉不归。人生在世，如隙中驹，石中火一样转瞬即逝，何来那么多鸡毛蒜皮的牵挂！人生在世短短几十年，唯有饮者留其名啊！醉眼朦胧中看世界，世界也会随着我们陶醉呢！如果这次来饮酒作乐，你觉得只有我们两个人不够尽兴的话，我还有独门秘诀呢——我草堂隔壁的那位老翁。邻家老翁也是道骨仙风的樽酒知己啊，如果你想邀请那老翁过来，让我们三人对饮高歌，我现在就去草堂院中，隔着矮篱笆呼喊他一声，我们一起将余下的陈酿饮完。

这是诗人杜甫在公元761年所作的一首十分具有烟火气息的记事诗。上元二年，杜甫在经历了大半生的颠簸流离终于安定在成都西郊的草堂，接待客人崔明府时，一时感慨系之，兴起而作《客至》，表达自己对客人来访时的欢悦欣喜以及自己对这样简单纯朴的人际关系的赞赏沉醉。

首联“舍南舍北皆春水，但见群鸥日日来”中以“春水”和“群殴”两个十分具有特色的着眼点明了诗人草堂的周围环境，一个“皆”字传神地写出了诗人当时居住的草堂周围春水肆意、春潮初涨、春意荡漾的意蕴。颔联“花径不曾缘客扫，蓬门今始为君开”，将读者的视线由草堂四周转向草堂院内，诗人并没有大撒笔墨于每一处景点，抓住“花径”“蓬门”这两个代表性的点，一处花锦簇的小径，一处蓬草简单搭建的小门，表明了作者虽贫淡家穷，却怡然自喜。同时，其他客人来拜访时诗人的态度是懒得打扫庭院，而崔明府来拜访时，诗人早早打开院门前去迎接，从诗人对崔明府和其他人不同的态度上，也从侧面反映了诗人杜甫和来访之人崔明府的感情十分浓厚，关系绝非寻常。尾联“肯于邻翁相对饮，隔篱呼取尽馀杯”，将全诗的和谐融洽的氛围推向高潮，这里杜甫十分开心地对崔明府说：“如果你愿意的话，我们可以隔着篱笆把邻居家的老翁叫来，让他和我们一起喝酒取乐！”这里气氛相当快乐、美妙、恬淡朴实，结尾也可以看出主人杜甫和客人崔明府都是眉开眼笑，其乐融融，在主人向客人征求意见处戛然而止，言有尽而意无穷，意境悠然。

杜甫在后代人的心里一直是悲天悯人、叹古哀今的诗人形象，这首诗从平淡的生活入手，没有三吏三别，不写安史潼关，淡去戎马关山北，放下诸葛武侯祠，从草堂春水入手，全诗情韵浓深，与崔明府相约之乐，呼邻翁对饮之躯，于平淡中见真实，倘若少陵野老生逢盛世，也是一位饶有情趣的诗人啊！

锁离愁连绵无际

凤箫吟·锁离愁

［宋］韩缜

锁离愁、连绵无际，来时陌上初熏。绣帏人念远，暗垂珠泪，泣送征轮。长亭长在眼，更重重、远水孤云。但望极楼高，尽日目断王孙。

消魂。池塘别后，曾行处、绿妒轻裙。恁时携素手，乱花飞絮里，缓步香茵。朱颜空自改，向年年、芳意长新。遍绿野，嬉游醉眠，莫负青春。

【注释】

凤箫吟：词牌名。又名“凤楼吟”“芳草”。

陌上初熏：道路上的花草香气扑鼻。陌，田间小路，南北为轩，东西为陌。熏，花草香味，引申为花草香味袭人。借用江淹《别赋》中“闺中风暖，陌上草熏”。

目断王孙：汉淮南小山《招隐士》：“王孙游兮不归，芳草生兮萋萋。”王孙，这里指的是送行之人。

绿妒轻裙：这里词人的意思是女子的罗裙轻轻拂动，竟然让悠悠芳草产生了嫉妒之意。

恁时：那个时候。恁，那。

素手：白皙的纤纤细手。素，白色的。

草长莺飞、柳媚花明的春天来了，陌上芳草萋萋，雨过天晴，远处弦歌不断。看着一望无垠、连绵起伏的春草原，已经长出一丛丛茂密的草儿，女主人公想起她与心上人一同游玩的时候，草儿才刚刚冒出嫩芽，美好的时光转瞬即逝，又到了离别之际。闺阁中的人儿一想到心上人即将启程，两个深爱的人又要隔着层峦叠嶂，关山迢递，不能相见，眼泪便像一串串珍珠止不住往下落。女主人公不愿意让心上人看到自己痛哭流涕的样子，只能低头暗暗抽泣，可是她的这些小心思都被即将远去的游子看在眼里，痛在心间。离别的车轮渐渐消失在茫无边际的原野上。闺中佳人还在送别的长亭痴痴地望着游子乘车离开的道路，奈何路途遥远，原野之后尽是高山长水，层层峭壁悬崖横在其中。女主人公只能看到远山碧水和天上变幻无穷的云彩。俗话说“海枯终见底，人死不知心”，女主人公特别担心故人心易变，想到这里她不禁又登上高楼，极目远眺，只见远处碧波荡漾，满江春水浩浩汤汤，却望不见心爱的游子的身影。

哀痛啊哀痛！游子的心里也充满了愁苦，自从他和闺阁佳人在家乡的池塘边分别以后，没有一天不思念她，没有一天不顾影自怜。可是，再怎么黯然销魂，也回不去最想念的家乡，见不到最心爱的她。想当年，游子回到故里，当时正晴空万里，春深似海，他拉着心上人白皙的纤纤细手一起在茵茵绿草地上散步，佳人身穿美丽的罗裙，周围花明柳媚，燕语莺声，一片春意盎然，她光彩照人，四周的一切花草树木都被她衬托得毫无颜色，连郁郁青青的芳草也来嫉妒她的裙子。逝者如斯夫，不舍昼夜，即使时光腐蚀了她的容颜，我只要再看她一眼，万般柔情便涌上心头。等到来年春回大地之时，她在碧绿的原野上游玩，忘情地畅饮嬉闹，千万不要辜负这大好的青春年华！

这首《凤箫吟·锁离愁》是宋代灵寿人韩缜写的一首借芳草抒发离愁别绪的词。韩缜是北宋大臣韩绛之弟，他在庆历二年考中了进士，后来一直在朝廷为官，曾经代表北宋出使了西夏。韩缜在古代算得上福寿年高的词人了，他在七十九岁的时候逝世。这首《凤箫吟·锁离愁》是他最为著名的咏物词，这首词借芳草以伤离别，而后心情豁然开朗，这种心情的转变一直为后世津津乐道，这首词在当时也是享有盛名。它虽然是咏草词里的名篇，全诗却没有一个“草”字，然而透过“连绵无际”“陌上初熏”“暗垂珠泪”“长亭”“王孙”“池塘”“绿妒轻裙”“香茵”“芳意长新”“绿野”的字眼又处处不在写草!

上阙开头“锁离愁、连绵无际”中一个“锁”字将芳草拟人化，生动形象地说明了作者内心的愁绪如麻，看到那绵延不绝的芳草，触景生情，都觉得似乎连芳草也在感伤着人们的离愁。连绵不绝的芳草象征了连绵不绝的愁思，可见愁思之浓烈。同时，开篇的这七个字言简意深、干脆明了地点明主旨，直抒胸臆，奠定了全词离别哀愁的凄怆流涕的感情基调。“长亭长在眼，更重重、远水孤云”这一句离别的视角开始转化了，由闺中佳人的视角转到了游子的视角，其中“孤”字情凄意切，表面上是写远水之上云的孤单，实际上是抒发游子离别佳人之时自己内心深处的孤单。上阙结尾“但望极楼高，尽日目断王孙”中的“王孙”来自“王孙游兮不归，春草生兮萋”，借用典故来表达女主人公对远行游子难分难舍之情，也直接反映出女主人公的离情别绪的伤痛。

韩缜的这首咏草词，虽然是借咏草来抒发离别之情，但是，却并没有落入窠臼，千篇一律地一直强调离别之苦、离别之恨。词人在游子和闺中佳人两个不同的视角上不断切换，将目断魂消、离愁别绪的感情写得生动具体，如果整篇词一直抒发离别苦，也不会成为咏物篇中的名作，在这首词的下阙的后半部分，韩缜笔锋一转，劝人们不要辜负美好青春，让这篇离别词作立刻在浩如烟海的词作中脱颖而出，流芳百世。

飞花令里品诗词
人

人生不相见

赠卫八处士

［唐］杜甫

人生不相见，动如参与商。
今夕复何夕，共此灯烛光。
少壮能几时，鬓发各已苍。
访旧半为鬼，惊呼热中肠。
焉知二十载，重上君子堂。
昔别君未婚，儿女忽成行。
怡然敬父执，问我来何方。
问答乃未已，儿女罗酒浆。
夜雨剪春韭，新炊间黄粱。
主称会面难，一举累十觞。
十觞亦不醉，感子故意长。
明日隔山岳，世事两茫茫。

【注释】

卫八处士：这里指姓卫的排行老八的隐居不仕的人。卫，姓名。八，在家中排行第八。处士，古时候指隐居不仕的人。

参与商：这里指参星和商星。参星在天的西边，而商星在天的东边，两个星，一星升起，另一个星就会降落，所以两星永远不会相见。典故出自《左传·昭公元年》："昔高辛氏有二子，伯曰阏伯，季曰实沉。居于旷林，不相能也。日寻干戈，以相征讨。后帝不臧，迁阏伯于商丘，主辰，商人是因，故辰为商星。迁实沉于大夏，主参，唐人是因，以服事夏商。”这里杜甫是形容自己和好友的相见很难。

半为鬼：这里指自己的朋友多半已经逝世。

故意：老朋友的情谊。

在宦海沉浮多年的我，已经很少有真挚投缘的朋友。这么多年我一直期盼着可以和以前的好朋友见上一面，可惜山隔水阻，一直没有能见上朋友一面。我和朋友们就像天上的参星和商星，一颗在天的西边，一颗在天的东边，一星起便有一星落，永远都不能相见。但今天真是个幸运又幸福的日子，我竟然遇到了年少时期的好友。今夜能和你一起在皎月下诉说往日旧情，我怎么能不激动开心呢！荏苒代谢，醉眼梦空，几十年过去了，加上连年战火，国家一直兵荒马乱、人民流离失所，很多昔日的好友都已经去世了，我也如孤灯一样在世间摇摇欲坠。今日见你，也没有年少时候的意气风发，我们都是满鬓残雪。我还以为自己没有机会再见到白发苍苍的你，真没有想到在我们分别二十多年之后，上天眷顾你我，让我们在人世间又再次相逢了！

能够再次听到你的声音我真的很激动，竟然有些语无伦次了。当时分离的时候，我们都是桑弧蓬矢的少年，似乎永远都有用不完的热血和力气。现在你我被岁月打磨得只剩下平淡安适的心境。关山迢迢，音信阻隔，我不知道你什么时候成了亲，今日我见到你的孩子们，像极了小时候和我一同玩乐的你。你的孩子们将来定是栋梁之材，他们也十分敬重你少年的挚友——我。围着我，一张张笑脸上尽是热情的味道。他们你争我抢地问我来自哪里，家里有没有和他们一样年龄的孩子……他们可真像一个个小问号，问题太多，我还没有来得及回答完，你便差遣他们去帮母亲为我准备接风宴席。在雨夜割来的韭菜沾满了水珠，十分鲜嫩可口，白白胖胖的大米饭我吃了一碗又一碗。期间我们煮酒谈情，你突然站起来说，二十多年没有见面实在是太不容易了，今日你是真的开心，就一连喝了十多杯酒。我也回敬你了十余杯酒，明日你我又要山水相隔，人世间的事情总是缥缈不定，让人无奈！

这首《赠卫八处士》是诗人与年少好友在分离二十多年之后，偶然相遇而后诗人去卫八处士家中做客之时所作的一首歌颂年少真挚友谊的诗作。其实当时诗人的处境并不十分好，甚至可以说有些恶劣，当时诗人被贬为华州司功参军，年岁已高的杜甫又携家带口地来到此地，没有想到诗人竟然在此次偶遇了年少好友现在已经隐居不仕的卫八，这次重逢相聚，给杜甫长年以来阴霾的人生带来了一丝欣喜。

诗的首句“人生不相见”其实蕴含着当时的时代背景，杜甫被贬为华州司功参军之时，祸国殃民的安史之乱已经持续了三年之久，生灵涂炭，哀鸿遍地。所以杜甫这首诗开头便说我们的人生相见机会实在渺茫。“访旧半为鬼，惊呼热中肠”中“惊呼”一方面杜甫是在感叹安史之乱持续了三年之久，他和好友卫八竟然都活了下来；另一方面是惊喜，自己竟然在被贬谪的荒凉之地遇到年少好友。诗的最后两句“明日隔山岳，世事两茫茫”，是典型的“杜甫式忧伤”，杜甫不会迷恋于眼前短暂的愉快，每件事情他都会习惯性往长远处想，这次也不例外。今日与年少好友卫八相逢饮酒固然很愉快，可是相遇之时越愉快，离别之时就越伤痛，作者一想到国家还处在战火之中，饿殍遍野。连续不断的战火加上彼此都年事已高，今日与好友一别，很可能再也不会相见，就愁思满怀。

杜甫的这首写国家战乱之时故友偶然相逢而欢聚一堂的诗作，虽然用词简朴，但是质而不野，将所要表达的多年好友相见的欢快和对世事无常的感叹都巧妙精准地表达了出来，生动形象，娓娓道来，是感叹乱世深厚友谊的千古名作。

樵人归欲尽

宿业师山房期丁大不至

［唐］孟浩然

夕阳度西岭，群壑倏已暝。
松月生夜凉，风泉满清听。
樵人归欲尽，烟鸟栖初定。
之子期宿来，孤琴候萝径。

【注释】

业师：是业禅师的简称，这里指法名为业的僧人。一作“来公”。师，对得道僧人的尊称。

山房：山上的房舍，这里指禅舍。

丁大：作者孟浩然的好朋友丁凤，因为在家中排行老大，所以此处称他为丁大。丁凤才华横溢却郁郁不得志。

满清听：满耳都是风中清脆的泉声。

烟鸟：在日暮烟霭中归去的鸟儿们。

萝径：长满女萝的小路上。萝，地衣类植物，常常寄生于松柏，也叫女萝或松萝。

如果让我从世间千万种自然风景中挑出一种最喜爱的景色，那必定是余霞成绮的壮丽景象！我用我全部的热情爱着夕阳，我爱它的金碧辉煌、流光溢彩。我现在住在山上寺庙的禅舍里，在看过很多地方的夕阳以后，私以为只有在安谧恬静的半山腰，坐在欹石上，倚着青松看到的夕阳才是最美丽的。金灿灿的流水与绿葱葱的山峦交相辉映，成为最别致的风景。我今夜要等好朋友丁凤来业师的山房里叙旧。远处天色已经慢慢变得昏暗，本来被夕阳镀上一层金黄色光辉的山峦此时此刻也突然变得黑暗起来。我一直望着西边郁郁青青的山岭，见它慢慢从鲜嫩的绿色变为镀金的绿色，而后像被泼了一层墨水，变成了墨绿色，这一切美妙的变化都是夕阳的杰作，最后，太阳彻底隐藏在西边的山岭。接下来，山里的主场是风轻月清的夜色。远处巍峨高山的轮廓已经没有了，甚至连整座山也淹没在夜色里。

山中皎月清澈似水，空明澄澈，在月夜清辉中，郁郁芊芊的松柏林显得更加青翠。被镀上了一层银色清辉的苍松翠柏也让整个山中夜色显得更加清爽透亮。夜幕降临，闲鹭早栖，落花无声，只剩下风儿在耳边呼啸。往前走一小段的路，还未看到涓涓流淌的山泉，便听到了山风撞击山泉的声音，把本来安静流淌、与世无争的山泉吹得哗哗啦啦，风声、泉声一起构成的交响乐分外惹人醉。夕阳西下，白天在山林里劳作了一天的樵夫也要归家了，看着他们脸上心满意足的笑容，肩上沉甸甸的几捆柴火，我想他们今天打的柴一定可以满足一家老小的温饱了，不多时，山上的樵夫们都下山了。暮霭沉沉，山林中的鸟儿在一番“侦查”确定樵夫都走了，才毫无戒心地飞回到自己温暖的小巢里。我和好朋友丁凤约好了，今夜我们都在业师的山寺禅房里住，但是，丁凤不知道遇到了什么事情，到现在还没有赴约。我独自一人抱着爱琴等候在长满绿萝的小路上，期盼你能及时到来！

这首《宿业师山房期丁大不至》是孟子第33代孙唐代诗人孟浩然的作品。当时孟浩然晚上住在业禅师所在的山寺禅房里，他的好朋友丁凤准备晚上来拜访他，他于是在山上小路上等待丁凤，但是丁凤没有及时到来，自己于是抱琴继续等待，这首词描写的就是诗人孟浩然在等待友人的过程中所看到的山中令人赞叹的美景。这首诗主要勾画出山中从暮色苍茫到夜深人静时的动态图，颔联“松月生夜凉，风泉满清听”是整首诗中流传最广泛的名句，其中“生”和“满”用得生动传奇，并且将山中夜色中的景物刻画得细致入微。“生”字的意思是说作者孟浩然本来没有觉得山林之间的凉气，但是看到皎月下郁郁葱葱的松林，顿时感觉深谷密林里风清月白，一片寒意。孟浩然将“凉”这种抽象的感觉实体化为青翠欲滴的松树和清莹秀澈的月光，青松、凉月、寒风连在了一起。“满”字静中有动，以风吹泉声的动反衬夜阑人静时山林的静。正因为更深人静的深山里杳无人迹、万籁俱静，作者才能清楚地听到风儿吹响泉水的声音，并且这种声音还在山谷中回响，似乎整座山都是风吹泉水的声音。深山里有很多景色，但是孟浩然选取了最常见的景色——松树、月色、风声、泉声，他将朴素常见的景色加以排列组合，又配上绝妙的动词——“生”“满”，经过孟浩然这么一加工，常见简单的景色便组合成了一幅清幽俊丽的深山夜色风景图。颈联“樵人归欲尽，烟鸟栖初定”中“尽”和“定”看似动态的描写，实际上是为了烘托出静的氛围。日落夜幕降临之时，正因为打柴的樵夫都归“尽”，让山林中少了很多砍柴的声音，所以才安静了很多。趁着暮霭飞回雀巢的归来正因为“定”，让山林中少了许多鸟儿叽叽喳喳的叫声，又静谧了很多。

孟浩然带着读者感受过了风清月明的惬意，也去听了风、听了水，之后尾联“之子期宿来，孤琴候萝径”点明主题，照应题目，诗人在长满女萝的小径上抱着孤琴等候朋友丁凤，充满诗意而深情的收尾。《唐诗摘钞》评价这首《宿业师山房期丁大不至》时写道：“与王右丞《过香积寺》作几不相上下。”

上马人扶残醉

绮寮怨·上马人扶残醉

［宋］周邦彦

上马人扶残醉，晓风吹未醒。映水曲、翠瓦朱檐，垂杨里、乍见津亭。当时曾题败壁，蛛丝罩、淡墨苔晕青。念去来、岁月如流，徘徊久、叹息愁思盈。

去去倦寻路程。江陵旧事，何曾再问杨琼。旧曲凄清。敛愁黛、与谁听。尊前故人如在，想念我、最关情。何须渭城。歌声未尽处，先泪零。

【注释】

绮寮怨：词牌名，是清真居士自己制作的曲调。《绮寮怨》最早出现在《清真集》中，并且《清真集》中也只有现在所看到的这一首。绮寮，装饰精美豪华的窗户。

晓风吹未醒：化用同为宋朝的柳永《雨霖铃》中：“多情自古伤离别，更那堪，冷落清秋节！今宵酒醒何处？杨柳岸，晓风残月。”

去去：目前对“去去”有两种流行解释。一种是：去了又去，总是去，作者厌恶其频繁折腾人；另一种是：走了又走，离原来的地方越来越远。结合词的上下文，第一种解释更为合适。

杨琼：唐代大诗人元稹被贬江陵期间，与江陵著名乐妓杨琼关系很好。这里用杨琼泛指所有的歌伎。

渭城：唐代王维所创作的《渭城曲》，别名《送元二使安西》或《阳关三叠》：“渭城朝雨浥轻尘，客舍青青柳色新。劝君更尽一杯酒，西出阳关无故人。”后来多用作离别之音。

缠绵幽怨，连明彻夜，我不知道自己饮了多少酒，只知道破晓之时，我依然头昏目眩，酒劲还没有过去。酒阑人散，我也准备骑着自己的高头大马离开这个地方，但是摇摇晃晃怎么也上不去马，幸好有几个人伸手帮扶了我，醉眼朦胧中我也没有看清楚那几个人的面庞。我在马上颠颠簸簸，迷迷糊糊，不知身在何处。清晨凉风习习，但是怎么也吹不散昨夜的酒。小路的两边阆苑琼楼，不多时，我看到斗折蛇行的溪水上杨柳依依垂撒在水面上。任凭破晓寒风吹不醒的酒在我看到津口亭台的时候，一下便酒意全无。当年我也是桑弧蓬矢的少年，临水登亭，意气风发，提笔在亭壁上大洒笔墨。白衣苍狗，世事无常，这里现在成了颓垣废址，一层层的蜘蛛网，一片片的青苔斑，满目苍凉啊！我当时写的题壁诗也被时间腐蚀掉了，只留下点点残墨。时间如水，岁月如流，昨夜美酒佳肴今天竟觉得恍如隔世了。回想我过去在宦海中沉沉浮浮，未来也依然如浮萍一样过着漂泊无依的生活，我就愁思如麻，哀思如潮，心情久久不能平静下来。

我对宦海浮浮沉沉的那些事已经疲惫不堪，官运亨通也罢，官情纸薄也罢，那些麻烦的事情就随风而逝吧。我又想起当年江陵那位美丽的歌姬，那时候，她唱的歌情凄意切，哀婉凄绝，她愁眉蹙额，有时候又喃喃自语，怅然自失，她也在寻找江陵还愿意听陈年旧曲的人吧？三十五六年已经过去了，如果那时候的酒桌好友现在还在的话，一定会十分思念我，这也是我在人世间最动情的时候。往事如梦，梦里依稀记得那位江陵歌姬唱的是送别之曲《渭城曲》，她的曲子还没有唱完，我便血泪盈襟了！

这首《绮寮怨·上马人扶残醉》是北宋词人周邦彦在荆州所作。据《清真集》的作者孙虹考证，周邦彦在熙宁四年即公元1071年与某一歌姬一同游玩荆州，但是，他后来因事在熙宁五年春天到来之前便离开了荆州。他的词超俗绝世，是北宋后期婉约派和格律派的集大成者，对后世词坛影响极大，开南宋姜夔、张炎一代婉约而又富于格律的词风，以前的词论称周邦彦为“词家之冠”“词中老杜”。自熙宁五年的春天离开荆州之后，作者再次到荆州已经隔了三十五六年了。这首词便是再次回到荆州之时有感而发的羁旅伤感之作。

上阕“上马人扶残醉，晓风吹未醒”开头便说自己酩酊大醉，但这种醉又没有来头。词人周邦彦这里由烂醉如泥写起，又没有点名醉酒的原因，这样一方面制作悬念，吸引读者的注意力；另一方面，为后面写羁旅怀人做了感情上的铺垫。“垂杨里、乍见津亭”中“乍”这一动作说明词人连晓风都吹不醒的酒，在看到津亭后竟然一下就惊醒了，可见津亭这个地方与词人有着非同凡响的关系。他不但让词人的宿酒醒了，也让词人内心深处的回忆醒了，为下阙思念旧日江陵歌姬做了铺垫。“何曾再问杨琼”中“何曾”是不曾，没有的意思。“杨琼”借指三十五六年前陪自己一同游乐荆州的歌姬，这句话饱含着遗恨，词人自熙宁五年与梦中情人一别之后，再也没有见过她的身影，当然再也没有和她一起叙旧聊天，这六个字真挚深沉地反映出词人对往日歌姬刻骨铭心的思念之情。

这首词以词人酩酊大醉开始写，然后由“乍见津亭”便开始今夕对比，感伤世事无常，芳华已逝。下阕由景物描写转为思念对象的描写，作者忽今忽昔，忽情忽景，具有极强的艺术震撼力！

昨与故人期

谷口书斋寄杨补阙

［唐］钱起

泉壑带茅茨，云霞生薜帷。

竹怜新雨后，山爱夕阳时。

闲鹭栖常早，秋花落更迟。

家童扫萝径，昨与故人期。

【注释】

谷口：古代的地名，位于今陕西省泾阳县西北之中山谷口。

杨补阙：钱起的朋友是一位姓杨的官员。补阙，在唐代是一种向皇上进行规劝纳谏的官职，左补阙属门下省，右补阙属中书省，都掌供奉讽谏。

泉壑：指山泉和山谷。

薜帷：用薜荔制成的帘幕，这里引申为用香草制成的帷幕。薜，薜荔，是一种常绿灌木。屈原《离骚》中：“贯薜荔之落蕊。”

萝径：长满女萝的小路上。萝，地衣类植物，常常寄生于松柏，也叫女萝或松萝。

在我的眼里，山中的泉水与其他地方的泉水都不一样。没有出山的泉水干净澄澈，不染纤尘，让人忍不住想要亲近，而流在俗世闹市中的泉水浑浊不堪，藏污纳垢，让人忍不住想要远离。为此我将我的书斋专门建立在依山傍水的山林旁边。这里清澈透亮的山泉绕着我谷口书斋悠悠流淌，这里连绵青翠的山谷萦绕怀抱着我的谷口书斋。云蒸霞蔚，大气磅礴的朝霞和晚霞都是我书斋最豪华的装饰物，云霞照在庭院墙头的薜荔丛上就好像五彩缤纷的帷幔。青草葱翠的深山密林中苍松挺拔，一场大雨之后，竹林被冲刷得好像新长出来的一样，非常招人喜爱。金光灿灿的夕阳给山林镀上了一层金碧辉煌的颜色，让本来就郁郁苍苍的高山显得更加迷蒙可爱。

长林丰草，深山幽谷，安然自得的白鹭很早就栖息了，这里没有任何人会打扰到白鹭的悠闲自在。“人间四月芳菲尽，山寺桃花始盛开”，这里依山傍水再加上温度适宜，花儿们的花期比山下要长许久。我的谷口书斋真是个风景宜人的好地方啊！风吹长廊，沁人心脾。而且这里碧空如洗、风和日暄，花草树木，婀娜多姿。山间微风袭过，花香四溢，馨香扑鼻，沁人心扉。抬眼可以望见蓝天白云、高山飞鸟，岂不美哉。高大的松树和金黄的秋花交相辉映，深绿和耀眼的金黄，把那书斋门口点缀得如色彩绚丽的绘画。我一遍又一遍地嘱咐家童把庭院、园圃、书斋内外都打扫得干干净净，尤其是那条长满女萝的小径。为什么要这样做呢？因为我昨天与老朋友杨补阙约好了，今日在我的谷口书斋叙旧谈天，把酒言欢。

这首《谷口书斋寄杨补阙》是唐代“大历十才子”之一钱起所作的一首邀约诗。诗人钱起为了请朋友杨补阙来自己的谷口书斋游玩，特意为其作了这首五言律诗。但是这首词的具体创作时间目前已经无法考证，结合钱起的一生，这首邀约朋友去自己书斋里游玩的诗作应该作于诗人考中进士之前的那段时间。在那期间，钱起一直在蓝天书斋里刺股读书、勤学苦练。这首邀约词极力描写书斋周围山光水色、良辰美景。诗人钱起将景物描写得如此生动形像，一方面是谷口书斋周围的景色的确迷人，另一方面也蕴含了词人对杨补阙到来的深切期盼。这首词最大的特色之处是将山泉、云霞、竹子、高山、白鹭、秋花全部都拟人化了，让整个书斋周围的景色活泼生动起来。钱起与刘长卿齐名，称为“钱刘”；又与郎士元齐名，称“钱郎”，他的诗以清新淡雅的五言诗为主，主要为离别酬谢之作。

首联“泉壑带茅茨，云霞生薜帷”中“带”和“生”用得生动形象，活泼有趣。“带”字是说：山泉和山谷好像一条带子围绕着诗人的谷口书斋，其中“茅茨”指的就是诗人的谷口书斋，用茅茨是诗人自谦的说法，意思是我的书斋很简陋朴实。“薜帷”是指这里选取庭院中一个特定角落的景色，墙头的薜荔长得繁盛茂密，从而说明了书斋周围都是十分朴实自然的景色。“生”字生动形象地描绘了绚丽多彩的云霞照在长满薜荔的墙上而把粗陋的土墙头装饰得好像五彩帷幔一样。颔联“竹怜新雨后，山爱夕阳时”中“怜”和“爱”是将竹子和高山拟人化了，这两句诗全诗中最广为流传的两句。这两句诗用了倒装，按照正常的逻辑是“新雨后怜竹，夕阳时爱山”，这两句将本来要做宾语的“竹”和“山”用作了主语，并且将人的感情赋予了它们。将竹子赋予了“怜”

的感情，将高山赋予了“爱”的感受，十分形象地让读者感受到大雨洗涤之后的竹子焕然一新，特别惹人怜爱。在夕阳光辉照耀下的高山别有韵味。颈联“闲鹭栖常早，秋花落更迟”主要是写谷口书斋周围山里的景色。钱起善于捕捉典型的镜头，他并没有将山中景色一一道来，那样很可能显得诗句冗杂，景色也不能给读者留下深刻的印象。钱起抓住白鹭早栖、秋花迟落，这两种高山密林里特有的景色，强调说明谷口书斋周围环境的清幽淡雅、悠闲舒适。

诗人极力渲染谷口书斋周围环境的恬淡优雅、幽静清新，目的就是希望好友杨补阙能够如约而至，接受自己的邀约。一切景语皆情语，钱起将环境描写得越美妙，说明他心底对好友的期盼越多，对朋友的欢迎越热烈，从这个角度看，钱起肯定能让杨补阙感受到他对他到来的期盼和欢迎。

绝代有佳人

佳人

［唐］杜甫

绝代有佳人，幽居在空谷。
自云良家子，零落依草木。
关中昔丧乱，兄弟遭杀戮。
官高何足论，不得收骨肉。
世情恶衰歇，万事随转烛。
夫婿轻薄儿，新人美如玉。
合昏尚知时，鸳鸯不独宿。

但见新人笑，那闻旧人哭。

在山泉水清，出山泉水浊。

侍婢卖珠回，牵萝补茅屋。

摘花不插发，采柏动盈掬。

天寒翠袖薄，日暮倚修竹。

【注释】

绝代：化用汉乐府《李延年歌》：“北方有佳人。绝世而独立。一顾倾人城。再顾倾人国。宁不知倾城与倾国。佳人难再得。”

丧乱：这里指公元756年，即天宝十五年唐朝遇到了前所未有的危机——爆发了安史之乱。

转烛：蜡烛的火苗随着风飘摇转动，这里将人比作飘摇不定的蜡烛，感叹世事人情的变幻无常。

合昏：合欢树，它的叶子是早上开放然后晚上合上，所以有时候也叫它夜合花。这里有夫妻十分恩爱的意思。

盈掬：一作“盈握”。一满把。掬，形容双手捧着的动作。

修竹：修长的竹子，这里形容佳人独立高洁的情操。

有一位楚楚动人的绝色佳人，一颦一笑，尽态极妍，可是现在却形单影只，隐居在偏僻寂静的深山幽谷中。从她温润尔雅的言谈举止中，可以看出来她是一位教养极好的大家闺秀。究竟是什么样惨重的天灾人祸让她从雕甍画栋、金碧辉煌的楼阁里搬到幽僻静谧的深山密林里，每日只有枯枝残叶做伴？在众人的多次询问后，她突然血泪沾襟，泣下如雨地说道：“我本是乌衣门第，家族兄弟父亲都是达官贵要，有高爵厚禄。当年长安四面楚歌，烽火连天的时候，我的兄弟们在战火纷争中被别人残忍地杀害了，从那以后，我娘家再没有可以保护我的人儿了。唉，现在想一想，人们苦苦追求的高官显爵又有什么作用呢？人死如灯灭，死了一切都成空了，我的兄弟们一个个达官贵族，可是现在都化为一个个野山白骨，自己尚不能得到安葬，更何况照顾收养我这至亲的血肉。如果他们当时都是一个个平民百姓，说不定现在他们都还在世上。木秀于林，风必摧之，我知道我的兄弟们有好几个不是被叛兵所杀害，而是被那些嫉妒他们财富官爵的人杀害的。但是，我一介弱女子，手无缚鸡之力，不能为骨肉兄弟报仇。我和丈夫原本琴瑟和谐，他立下山盟海誓说以后会做我一辈子的港湾。‘海枯终见底，人死不知心’，结果我的兄弟们被害后不久他就在外面招蜂引蝶。后来，他竟然将我赶出家门，又迎娶了一位年轻貌美的女子，他们新婚燕尔，终日寻欢作乐。他们如同合欢树一样朝开夜合，好像鸳鸯鸟一样双宿双飞。自古只有新人笑，谁还会在意旧人的哭泣。”

人的一生应该像山里的泉水一样澄澈清透、清莹秀澈，而不是像出山的泉水浑浊不堪。在当铺变卖首饰的侍女刚才回来了。她慌慌张张用藤萝去修补破旧的茅草屋。她采摘野花却不喜欢戴在头上。她常常喜欢采来满满一大把的菊花。此时，虽然天寒地冻，但是佳人身上还只有一层薄薄的单衣。夕阳斜照，她独自倚着长长的青竹。

这首《佳人》创作于安史之乱持续的第五年，即唐肃宗乾元二年，寒秋之时杜甫对自己的处境有感而发创作此诗。当时的杜甫被迫辞去化州司功劳参军，为了维持生计，他只能又一次携带着妻子和孩子开始漂泊的生活，最终他们在偏僻遥远的秦州安定了下来。杜甫无论身在何方，无论处境多么凄惨，他都一直心心挂念着祖国的人们和命运。虽然他尽心竭力想要维持的大唐让他最后落得个弃官漂泊的生活，他也依然对它如初，依然为它忧心忡忡。杜甫实际上的状况和佳人的境遇差不多，这首《佳人》就是杜甫借佳人比喻无论祖国如果对待自己，自己将一直保持清风高节的本性对待祖国的一切。

“自云良家子，零落依草木”中“良家”与“零落”形成鲜明的对比，反映出佳人虽然出身良家，在国家战乱之际却不得不流落野外的悲惨际遇，为下文写佳人虽然在困境中依然坚韧不拔做了情节上的铺垫。“但见新人笑，那闻旧人哭”中有两处对比，一“新”一“旧”、一“笑”一“哭”，诗人借佳人因为战乱家道没落而被丈夫抛弃的这件事慨叹世事无常，世情如薄纸的愤懑无奈之情。“摘花不插发，采柏动盈掬”中“采柏”这一动作说明佳人将会守柏舟之誓，在困境中，坚持自己高洁的本性。诗的结尾“天寒翠袖薄，日暮倚修竹”中“倚修竹”生动形象地刻画出佳人即使在天寒地冻而自己又衣衫单薄的情况下，依然会坚持如松柏经冬不凋，似青竹傲然屹立的高尚孤寂的形象。

《佳人》中刻画的贫贱不移、清单高洁的卓尔不群的佳人形象，不但激励着杜甫要在困境中依然保持高洁的本性，也激励无数在逆流困境中苦苦挣扎而又不愿意屈服的人们！

长安不见使人愁

登金陵凤凰台

［唐］李白

凤凰台上凤凰游，凤去台空江自流。

吴宫花草埋幽径，晋代衣冠成古丘。

三山半落青天外，二水中分白鹭洲。

总为浮云能蔽日，长安不见使人愁。

【注释】

凤凰台：凤凰台来源于一个十分美丽的传说。相传公元439年即南朝刘宋文帝元嘉十六年，有三只大鸟落在永昌里的李树上，这三只大鸟长得特别像开屏后的孔雀。自从这三只大鸟栖息在李树上之后，每日都有各种其他种类的鸟不断地从外地飞来，远远观去，百鸟朝凤。从那以后，永昌里改名凤凰里。并在保宁寺的后山上筑台，起名为凤凰台。

吴宫：三国时期吴国的孙权曾经在金陵建造的宫殿。

衣冠：有两种解释。一种解释：指近代的达官贵人们；另一种解释：衣冠是指衣冠冢，具体指在今南京市玄武湖公元内东晋文学家郭璞的衣冠冢。

三山：山名。在今南京市西南长江边上。据《景定建康志》记载：“其山积石森郁，滨于大江，三峰并列，南北相连，故号三山。”

二水：一作“一水”。白鹭洲将流经南京，将要西入长江的秦淮河一分为二，所以李白称其为“二水”。

我站在金陵的凤凰台上，这里人烟稀少，断壁残垣，一片狼藉之感。当年这里也是有很多凤凰遨游其中，引来百鸟朝凤的奇观。白衣苍狗，世事变幻无常，沧海变成了桑田，高岭变成了低谷，这座曾经万众瞩目的金陵凤凰台也成了碎瓦颓垣，而曾经在这里翱翔的凤凰早已经不知踪迹。江水悠悠，它见证了金陵凤凰台的奢靡繁华，也陪伴着如今残垣断壁、凤去台空的金陵凤凰台。

"浮生若梦，为欢几何?"繁华易逝，盛世难再，能够长久存在的只有大自然。一切的功名利禄都会消失殆尽，一切的宦海沉浮也终将成为浮云，我想要将此身寄托给青山绿水，寄托给清风明月，我知道我的一生也将如同这悠悠江水中的一朵浪花，如同凤凰台上的一块砖瓦，很快便消失在人世间，但是即便如此，我也想在有限的生命中留下一抹生命的光彩。

晋代的乌衣门第、达官贵要已经都化为一抔黄土，不禁感叹自己也终将是一抔黄土。无论是才貌双绝的风流才子，还是才过屈宋的通儒达士，他们的一生最终都埋没在荒僻幽静的小路旁的丛林中，所有的凌霄之志如今看起来多么云淡风轻。吴国贵族们的朱楼碧瓦和阆苑瑶台也已经无迹可寻，那些宫殿里的花草树木随着时间的流逝也已经烟消云散。我站在金陵凤凰台上，看着远处巍峨的三山高耸入云，气势雄浑。极目远眺，白鹭洲横空出世将秦淮河分割成两股水流。岁月荏苒，我再也不是当年鲜衣怒马的少年。我登上金陵凤凰台的最高处，想望一望遥远的长安，只可惜浮云蔽日，阻隔了我期盼的目光。

这首《登金陵凤凰台》是李白少有的七言律诗，当时李白被长安利益集团排斥在外，游历到金陵登上凤凰台时的怀古抒情之作。他慨叹千古兴亡多少事，大江东去，舞榭歌台终将化为缥缈云烟。三国时期孙权的吴国和东晋的首都都建立在金陵，作者登上金陵凤凰台想象着昔日纷华靡丽的楼台如今已经成为断壁残垣的荒凉之地，同时诗人结合自己被排挤出长安郁郁不得志的经历，发出了千年的慨叹。

首联"凤凰台上凤凰游，凤去台空江自流"短短两句诗中用了三个"凤"字，但是丝毫没有冗杂之感，反而读起来朗朗上口，节奏美和音韵美并存。这两句中用“凤凰”代指国家的繁荣昌盛。凤凰是传说中的百鸟之冠，所以有百鸟朝凤之说。凤凰在金陵遨游就代表金陵这个地方国家昌盛、人民安居乐业。凤凰飞走了，就说明这个地方的福泽已经不再了，国家将动荡不安，人民也会流离失所。颔联“吴宫花草埋幽径，晋代衣冠成古丘”这两句主要是今昔对比，三国时期吴国的宫殿如今变成了一片废墟，东晋时期的达官贵人也不过是一抔抔黄土。这是作者对时间流逝、对历史变迁发出的无限慨叹。颈联“三山半落青天外，二水中分白鹭洲”顿时笔锋大开，“半落”是说三山好像有一半耸立在青云之上，“中分”写出了横空出世的白鹭洲将秦淮河一劈为二，这个意境极其辽阔高远，而高远辽阔的意境需要创作者更为宽广博大的胸怀。这里也有力地表现出李白与生俱来的豪情和壮气！尾联“总为浮云能蔽日，长安不见使人愁”运用比喻的修辞手法，将“浮云”比作奸党佞臣，把“日”比作皇帝，抒发了作者壮志难酬、报国无门的无奈和愤懑。

我们现在看李白一生的著作，他几乎没有写七言律诗，但李白是一位天才诗人，他虽然不常写七言律诗，但是他一作诗，便成了脍炙人口、传诵一时的名作。

飞花令里品诗词
山

山光悦鸟性

题破山寺后禅院

［唐］常建

清晨入古寺，初日照高林。
曲径通幽处，禅房花木深。
山光悦鸟性，潭影空人心。
万籁此都寂，但余钟磬音。

【注释】

破山寺：这里指的是位于今天江苏省常熟市西北虞山上的兴福寺。南朝齐邑人郴州刺史倪德光舍宅所建，唐咸通九年，赐额“破山兴福寺”。

高林：在佛家“丛林”是指僧徒聚集的地方。常建这里用“高林”有歌颂破山兴福寺禅院的意思。

曲径：一作“竹径”。

空：使动用法，使……空。此处要结合诗句，意思是说潭水空明澄澈，让人的心也跟着变得空净。

万籁：这里指自然界的各种声音。籁，古代的一种三孔乐器，后来引申为从孔穴中发出的声音。

钟磬：钟磬声在佛家是僧徒定时诵经和斋供时的一种信号。磬，原意是指古代的一种石制的敲击乐器，形似曲尺。后起之意是指寺院中和尚敲打的铜铁铸的鸣器，形状如钵。

清晨旭日缓缓东升，山里凉风习习，在微风荡漾中，我的心情也跟着荡漾起来，于是趁兴来到幽雅而静谧的古寺——破山兴福寺。这座建成于南朝时代的禅寺，安谧宁静，是个幽美绝世的好居处。早晨初升的太阳照着古寺中高耸入云的丛林。佛教僧徒已经开始了每日的诵经，诵经声节奏缓慢而又威严慑人。这里虽然没有装饰豪华的亭台楼阁，没有富丽堂皇的雕甍画栋，但是这座南齐留下的痕迹真是古色古香，让人流连忘返，踏入古寺的我，就好像进入琼楼玉宇，似仙界楼台一样的仙境世界。我沿着一条长满竹林的小路向古寺更为幽深的地方走，看到花木深处的禅院后庭寺宁静安谧。在山下世俗浑浊的世界，我无路请缨，年轻时也想要为国家做一点贡献，却没有门路。生来口笨脑拙，又不知道如何结交当权富贵，我就暂且将这一生寄情于山山水水吧。

古寺里的山色幽美清寂让山里鸟儿们的性情比其他地方更为愉悦柔和，我站在破山兴福寺的后禅院，里面有一方潭水空明澄澈，清漾静谧。潭中水儿澄清，倒映在潭水中的云也澄清，在潭边久久伫立，我这个人也随之变得澄清，好像来到一片澄澈清透的琉璃世界，耳边一切的声音都消失了，只留下禅院中钟磬的声音。

这首《题破山寺后禅院》是唐代诗人常建在游历江苏省常熟县虞山北麓的破山兴福寺时所作的一首题壁诗。常建在唐开元十五年时中进士，他与王昌龄同一年考中进士，但是他的生平却和王昌龄截然不同。常建曾经长期游历长安，但是并没有结交达官显贵，他一生耿介自守，长期仕途不顺，过着漫游各地的游历生活，最后举家移居至鄂渚。他的诗多与青山绿水相关，以山水田园为主，感情真挚，语言平淡含蓄而诗旨明朗，意境清幽，朴实无华的诗句中蕴含着深刻的哲理。这首《题破山寺后禅院》写的就是诗人清晨在古寺中漫游顿悟到的人生哲理，以至于最后心境澄明而做到“万籁此俱寂，但余钟磬音”。常建善于用诗歌言说当下事物，把平淡的事情讲述得优雅而富于生趣，让百无聊赖的生活也充满诗情画意和禅意哲理。

作者常建在首联“清晨入古寺”便点明这首诗创作的时间和地点，在一个幽静清爽的早晨，诗人进入南朝时期齐人建造的破山兴福寺，给读者一个特定的时间、特定的场景，更有利于读者融入当时的环境中，感同身受地体会到诗人所要表达的感情。“古寺”在这里是指破山兴福寺，常建将兴福寺称为古寺是因为这座寺在唐朝的时候已经有五百多年的历史。

颔联“曲径通幽处，禅房花木深”是千百年来让无数诗坛词坛大家所津津乐道的佳句，这两句值得细细品味，读起来颇具禅意，里面有无穷的韵味。“通”和“深”用得极其精妙，弯弯曲曲的小径连通着古寺后院安谧静寂的幽雅处，之后自然而然就看到了花木幽深处的禅房。这一切都是自然而然地发生的，读起来浑然天成，将古寺后禅院安静幽雅的气氛非常完美地渲染出来。北宋最优秀的词人之一欧阳修一直想仿写并且超越这两句话，后来一直没有成功。史书上也记载了这个趣事，在清朝顾安的《丙子消夏录》中写道：“‘曲径’‘禅房’二句深为欧阳公所慕，免屡拟不慊。吾意未若刘君之‘时有落花至，远随流水香’为尤妙也。”

洪刍在文学理论书籍《洪驹父诗话》中对这首五律题壁诗的评价颇高。写道：“丹阳殷璠撰《河岳英灵集》首列常建诗，爱其‘山光悦鸟性，潭影空人心’之句，以为警策。欧公又爱建‘曲径通幽处，禅房花木深’，欲效作数语，竟不能得，以为恨。予谓建此诗，全篇皆工，不独此两联而已。”也有人说声势磅礴、大起大落的盛唐诗歌唯独缺少一个“幽”字，这个傲视一切的朝代，将“雄”“壮”“奇”“丽”“勇”都写尽了，只是少了一丝幽静之气，而常建的这首《题破山寺后禅院》一出来，一首诗便将大唐缺口“幽”也补齐了。

深山何处钟

过香积寺

［唐］王维

不知香积寺，数里入云峰。
古木无人径，深山何处钟。
泉声咽危石，日色冷青松。
薄暮空潭曲，安禅制毒龙。

【注释】

过：拜访，探访的意思。

香积寺：位于今天陕西省西安市长安区郭杜镇香积寺村。香积寺在唐朝颇为著名。是樊川八大寺之一，也是中国“佛教八宗”之一“净土宗”的祖庭。

咽：这里指泉声呜咽，是泉水因被岩石阻挡而不顺畅的形象化说法。

薄暮：黄昏。

安禅：佛家用语，意思是让心安于静寂、宁静。

毒龙：佛家用语，指人的邪念妄想。《涅磐经》：“但我住处有一毒龙，想性暴急，恐相危害。”

我很早就听闻香积寺的大名，但是却一直不知道香积寺在哪里。但我探访香积寺的兴致高涨，于是决心抛下不知道香积寺位置的顾虑而直接前去。我简单收拾下，轻装上阵。古木参天的山林中杳无人迹。我也不知道攀登了多久，只见周围云封雾罩，远处云朵在半山腰，烟雾迷蒙，好似一片仙境。但是我依然没有看到传说中的香积寺。我想找一条小路行走，但是只有数不尽的残枝败叶，找不到一点人的踪迹。看着周围最原生态的山林，我不禁有疑问，香积寺真的存在吗？正当我困惑不解的时候，深山空谷中传来一阵又一阵的钟声，连绵悠扬，在四周缭绕。庄严的钟声让本来就静谧的山林显得更加静谧。可是这钟声从哪一座山传出来的呢？周围崇山峻岭，郁郁青青。我凝神屏气，慢慢辨别悠扬钟声的来处。在去往香积寺的路上，我看到涓涓细流的清泉被突兀的欹石阻挡，泉水只能从怪石的夹缝中流出，泉声呜咽，如泣如诉。这里高静清幽，日光在层层青松的映衬下显得清冷。

涉荒穿幽，一路上从迷惑疑惑，到后来坚定方向，终于经过一番艰苦跋涉，我来到了深山中爱慕已久的香积寺。日色昏黄，我一个人来到禅寺静谧僻远的空潭旁边，面对空幽宁静的古潭，我心中在尘世之间沾染的奸邪痴妄已经被彻底清空，心随着变得澄澈清透，不染一丝灰尘。

这首《过香积寺》是唐代大诗人王维的一首游记之作，这首诗主要写清幽寂静的香积寺，但全诗没有一个字写禅寺，却又让人感觉处处都在写古寺。这是因为王维善于侧面烘托，虽然不着一丝笔墨正面描写香积寺的宁静清幽，但通过写禅寺周围静谧幽深的高林、呜咽前行的山泉和层峦叠嶂群山之中静谧悠远的钟声等香积寺周围的景物，来间接烘托出古寺的深藏幽邃，营造一种清高幽僻的意境。《唐诗广选》中这样评价这篇游记之作：“幽深本色语，不杂一句，洁净玄微，无声无色。”这首真可谓是将“幽”

写得让人拍案叫绝。

首句“不知香积寺”中“不知”与题目“过”严重冲突，题目“过香积寺”即诗人要去拜访香积寺，然而开篇竟然直言自己不知道香积寺在哪里。这种看似不符合常理的做法，巧妙地透露出两个方面的意思，一方面，“不知”却从容而不慌张，说明诗人只是随心去拜访，表现出王维是一位十分随性而行、洒脱不羁的诗人；另一方面，诗人很早就听闻香积寺，却一直没有听闻香积寺的具体位置，也间接表现了香积寺的幽深僻静。颔联“古木无人径，深山何处钟”中“无人”与“何处”对偶，同时暗承首联的“不知”，诗人描写香积寺的幽深寂静并没有从禅寺本身着墨，而是通过写香积寺周围环境的幽深冷寂来衬托香积寺的幽僻。

颈联“泉声咽危石，日色冷青松”是全诗最有名的两句，其中“咽”“冷”用得极为生动传神，音韵美和意境美完美融合在一起。“咽”字生动准确地写出了东流的泉水因为泉中怪石突兀而只能在嵚石的夹缝中艰难流出的形态。“冷”字是写山中日色清冷。在一般人眼里，太阳是温暖的代名词，而王维却说日光是冷的。这是因为香积寺所在的山云封雾罩，山中环境十分清幽寂静，青松高松，日光不能像照在平原那样直直射向地面，是郁郁青青的松树让日光也变得清冷起来。清代卢彝和王溥辑在《闻鹤轩初盛唐近体读本》更是对“咽”“冷”二字评价颇高，文中写道：“三四亦是隽逸句法。五六特作生峭，‘咽’‘冷’二字，法极欲尖出。骂声写色，已难到地，着咽’‘冷’字，妙更入神，是《子虚》《上林》赋手。”可见，王维真是个描写景物的高手，善于从缤纷杂乱的环境中提取出最具特色的景物，而后又抓住景物最具有特色的点，由一点出发，构造出一幅十分具有特色的画面。

苏轼曾这样评价王维的诗画，说道："味摩诘之诗，诗中有画；观摩诘之画，画中有诗。"王维妙笔生花，他关于山水的着色取势，看似率性而为、随心自适，但在无意中，王维便将绘画的技巧带入诗文中，用巧妙的笔法，在诗歌中为我们绘制出一幅幅生机灵动、清新可人的画面。在云封雾罩中，让人沉醉不知归路。

报道山中去

寻陆鸿渐不遇

［唐］皎然

移家虽带郭，野径入桑麻。

近种篱边菊，秋来未著花。

扣门无犬吠，欲去问西家。

报道山中去，归时每日斜。

【注释】

陆鸿渐：陆羽，唐代最著名的茶学家。世界上第一本关于茶叶的著作《茶经》就是出自他之手，他一生爱茶、嗜茶，并且精于茶道，被誉为"茶仙"，尊为"茶圣"，祀为"茶神"。

郭：在城的外围加筑的一道城墙。《管子·度地》："内为之城，城外为之郭。"

篱边菊：这里是化用魏晋陶渊明的《饮酒·其五》："采菊东篱下，悠然见南山。"

报道：回答道。报，回答，回报。

归时每日斜：一作"归来日每斜"。日斜，日暮之时。

与我感情甚笃的好友陆鸿渐从妙喜寺搬到城郭一带的新家已经有一段时间了，我还不曾去拜访过他。他的新家在小路的尽头，要想到那里必须经过一片幽深的桑麻地，他的家就在比幽深的桑麻地更幽深的地方。走了很久的路，我终于到达目的地。在陆鸿渐新家的篱笆边上种上了许多株菊花。看那些菊花长得生机勃勃，便知道这位茶神也是一位爱菊花的高洁隐士啊！不过，已经是深秋，但是菊花还没有开放，我估计这些可能是陆鸿渐搬到新家后才栽种培养的。我去敲陆鸿渐的柴门，无人应答。我又接着呼喊他几声，这时候回应我的是这深秋更冷寂的沉默。我在他家门口踱来踱去，竟然连一声狗叫声也没有。

我只能去陆鸿渐西边的邻居家打听他的情况。西边的邻居得知我是来找他的东家的邻居时，眼神里闪过一丝不可思议，他小声嘟囔了句："还以为他不跟人交流呢。"接着他很有礼貌地对我讲述了陆鸿渐的一些事，他说他跟陆鸿渐虽然是近邻，但是也不太了解这个人。陆鸿渐几乎不和他们交流。但他可以肯定，陆鸿渐这个时候肯定还在山上。并且他觉得陆鸿渐这个人真的有些奇怪，因为他每天很早就去山里，每次都到日暮之时才归来。

这首《寻陆鸿渐不遇》的作者皎然是今浙江省湖州人，不同于寻常诗人，他不但是一位卓越、有才华的诗人，而且还是妙喜寺住持和谢灵运的十世孙。不过皎然虽然常年隐居在妙喜寺，但是他"隐心不隐迹"，他经常四处参学，也常入法席，在京城王公大臣都对他十分尊敬和钦佩，郡城之内的县官贵族也对他礼遇有加。皎然的这些人脉和资源对陆鸿渐的人生改变起了很大的作用。

谈到这首《寻陆鸿渐不遇》就不得不说起陆鸿渐这个人。陆鸿渐的身世千百年来一直是个谜。他在三岁的时候被人遗弃成为孤儿，所幸他遇到了经过西湖的智积禅师。智积禅师将三岁的小陆羽带回龙盖寺，在这里他度过自己的童年时光。他这段时期学会的烹茶煮茶为以后的茶人生做了很好的铺垫。后遇到皎然，陆鸿渐与他成为忘年交，这段忘年交一直维持到死神将他们分开。陆鸿渐得到过皎然很多的帮助，他在皎然的妙喜寺住了很多年，在这期间，他得以静下心来收集整理茶事资料。之后，陆鸿渐又在皎然的帮助下，在城郭一带建筑了自己的房子，“结庐苕溪之滨，闭门对书”，也是在这期间写成了世界第一部关于茶的著作《茶经》。皎然的这首《寻陆鸿渐不遇》就是写于陆鸿渐刚搬进城郭一带的家，皎然有天随心而行，没有提前通知陆鸿渐便去拜访他，结果陆鸿渐去山林里而拜访不成。

这首诗的首联写了陆鸿渐新家所在的地理位置，在偏僻幽深的桑麻地深处，从家位置的选择可以看出陆鸿渐安静恬淡的性格以及不喜繁华热闹、安于平淡生活的情趣。颔联“近种篱边菊，秋来未著花”，皎然为什么强调陆鸿渐新家篱笆边的菊花还没有开放这一细微之处呢？首先，“菊花”在古代诗歌里一直是隐士高洁情操的代表，魏晋陶渊明也是借菊花表达自己隐逸志趣和不慕名利的精神，写下脍炙人口的诗句“采菊东篱下，悠然见南山”。这里皎然选取篱笆边的菊花，正是夸赞自己的好友陆鸿渐也有菊花一样的高洁情操和不慕名利的精神。尾联根据西边邻居的回答“报道山中去，归时每日斜”，一方面自然而然地表现出了陆鸿渐作为一代茶圣对山水的流连和痴迷之情，另一方面也反映出陆鸿渐不以凡尘俗世为念，也不在乎周围人对自己的看法，执着地追求自己内心的声音，为我们塑造了一位潇洒肆意、疏放不俗、不沾惹凡尘俗世的隐士的形象。

皎然作为陆鸿渐一辈子最要好的知己和恩人，他对陆鸿渐的评价还是比较接近真实的陆鸿渐。陆鸿渐一生都不在乎荣华富贵，他追求平淡恬静、怡然自适的内心。在他的《六羡歌》中也表达了这种恬淡的志趣：“不羡黄金罍，不羡白玉杯。不羡朝入省，不羡暮入台。千羡万羡西江水，曾向竟陵城下来。”他什么也不羡慕，只是念念不忘故乡竟陵的西江水。

暮从碧山下

下终南山过斛斯山人宿置酒

［唐］李白

暮从碧山下，山月随人归。
却顾所来径，苍苍横翠微。
相携及田家，童稚开荆扉。
绿竹入幽径，青萝拂行衣。
欢言得所憩，美酒聊共挥。
长歌吟松风，曲尽河星稀。
我醉君复乐，陶然共忘机。

【注释】

终南山：又名太乙山，位居今陕西省西安市长安县城南，唐朝时期很多学子士子喜欢隐居于此地。

过：探访，拜访。《史记·田叔列传》中有：“会贤大夫少府赵禹来过卫将军。”

斛斯山人：这里是指姓斛斯的一位山中隐者。

却顾：还回头望去。却，副词，表示很轻微的转折，还，且。

荆扉：用荆条编制的小门。荆，一种灌木。

青萝：又名松萝，地衣类植物，常常攀岩在石崖或松柏上的一种藤蔓。

松风：这里是指《风入松》，它是古乐府琴曲名。

陶然：欢乐，欢喜。谢灵运在《酬从弟惠连》中有："共陶暮春时。"

忘机：忘记了俗世的心机。机，心机。

远眺，瞬息之间已是一片茫茫暮色，迟迟吾行，我从青翠的终南山归去。山月知我心底事，一路伴我归行。月光澄澈，晚风轻抚，山色翠微，我迷醉在终南山的美景中，频频回头看来时的羊肠小道。小道弯曲绵长横穿在苍苍翠绿的终南山上，恬静安谧。忽地，看到一人影，我赶忙追上去，原来是斛斯山人啊！我们一起下山去他家，还没有到门口，便听到孩童稚子的欢声笑语，走到简陋的柴门前，孩子们赶忙打开柴门。终南山的月光山色是江山唯我独尊的磅礴大气之美，斛斯山人家的小院是小家碧玉的温柔缠绵之美。小径上绿竹郁郁葱葱，青萝轻拂素衣，似个害羞的小姑娘，真是秀色可餐！相谈甚欢，我的身体和心灵都找到了纯净的栖息地。主人频频举酒，我们在推杯换盏中，长歌吟唱，兴起，便用古琴弹起《风入松》，曲尽，醉眼朦胧中看见一片星河稀疏。金波玉液，我醉了，醉在这夜幕星河中，主人也酩酊大醉，欣喜若狂。月夕花朝，我们一起忘了藏奸卖俏的俗世。

《下终南山过斛斯山人宿置酒》是李白正春风得意时所作的一首田园诗。回顾李白的一生，他两入长安，第一次，满怀抱负却惨淡收场，在长安的一年中，得到的是冷漠和无视，他愤懑地败兴而归，这一归便是十年。二入长安，与第一次截然相反，他是大唐诗坛绚烂夺目的星，是唐玄宗亲诏的翰林供奉。李白正是在长安供奉翰林时创作了此诗，全诗用白描的写法勾勒出一幅农家庭院恬淡和谐的画面。

这首词开头写得极为精妙，“暮从碧山下”的“暮”字为后面的“山月”和“苍苍”做时间上的铺垫，正值黄昏时刻，暮色沉沉，大诗人李白伴着夕阳从终南山上归来。日隐暮归，而后山月随伴，归来之时山色苍茫，让整幅画面有了清晰的时间轴线。首句中的“碧山”与第四句的“横翠微”也相对应，再次强调说明山色郁郁青青，青翠欲滴。首句中的“下”字引出后文山月的随人归，也点名了诗人为什么要频频“顾所来径”，正是因为不得不下山而又不舍得终南山上的美景，所以诗人才要一直回顾自己走过的路。“欢言得所憩”中“得所憩”不仅说明了诗人要在此地夜宿的客观事实，也感到了诗人内心的如释重负而后心旷神怡的心情。

对比大唐王朝乃至整个中国诗坛上最璀璨的两颗明星——李白和杜甫，有人这样评价说道：“李白从未老过，杜甫从未年轻。”这个评价真的是“入木三分”，对于李白这是一首极具“杜甫风格”的创作。但是单独看这首十分贴近生活的田园诗，却似乎又不是仙气飘飘、潇洒肆意的李白创作的。看以往的李白，是“天台四万八千丈，对此欲倒东南倾”的豪迈，是“我欲因之梦吴越，一夜飞度镜湖月”的气概，是“云青青兮欲雨，水澹澹兮生烟”的浪漫。其实这种充满生活气息的诗歌创作的开门祖师爷是魏晋的陶渊明。但是陶渊明写的田园诗平淡恬静，节奏缓和，而李白创作的田园诗神采风扬，于平淡中张扬着蓬勃生机，在平常人家的庭院中也能读出一种豪气、英气。李诗感情潇洒肆意与陶诗有极大的不同，从这首《下终南山过斛斯山人宿置酒》可以看出李白的闲情逸致不仅情满于终南山，意溢于斛斯山人院，而且情满于整个大唐。

李白的这首田园诗继承了开山鼻祖陶渊明田园诗的淳厚朴实，也融入了自己以往的浪漫和豪气。正是有了这种继承以及融入自己时代和风格的发扬，才让中国诗坛一直有源源不断的活水涌进来。李白的这种学习和发扬的创作，在不断丰富中国诗坛文化的同时也让他成为一代诗仙，乃至今日，他暮归终南山的情意还在溢于后世诗坛，幽芳千古。

长亭门外山重叠

石州慢·寒水依痕

［宋］张元干

寒水依痕，春意渐回，沙际烟阔。溪梅晴照生香，冷蕊数枝争发。天涯旧恨，试看几许消魂，长亭门外山重叠。不尽眼中青，是愁来时节。

情切。画楼深闭，想见东风，暗消肌雪。辜负枕前云雨，尊前花月。心期切处，更有多少凄凉，殷勤留与归时说。到得再相逢，恰经年离别。

【注释】

石州慢：又名“柳色黄”“石州引”“石州影”。以贺铸词《石州慢·薄雨收寒》为正体，双调一百零二字，前段十句四仄韵，后段十一句五仄韵。另有双调一百零二字，前段十句四仄韵，后段十句五仄韵等变体。

寒水依痕：这里是化用唐代诗人杜甫的《冬深》：“花叶随天意，江溪共石根。早霞随类影，寒水各依痕。易下杨朱泪，难招楚客魂。风涛暮不稳，舍棹宿谁门。”

冷蕊数枝争发：这里是化用唐代诗人杜甫的《舍弟观赴蓝田取妻子到江陵，喜寄三首》（其二）中：“巡檐索共梅花笑，冷蕊疏枝半不禁。”冷蕊，一般指冬天盛开的梅花。

肌雪：这里是说佳人的肌肤洁白如雪。

枕前云雨：指男女欢爱。宋玉《高唐赋序》中的“旦为朝云，暮为行雨”，指的是男女交合欢爱。

春意渐回，冰河初解，看到岸边留下的一丝丝的沙痕才直觉冬天已经逝去。春日的阳光也渐渐温暖起来，在和煦日光的照耀下，空旷辽阔的沙洲上烟雾迷蒙，初解的小溪涓涓细流向东而去，溪边的寒梅绽放开朵朵花苞，冷蕊初开，竞相争发，香气氤氲，让人沉醉不知归路。但是，我的归路一直都很清晰明了——我的家乡福建永泰，那是无与伦比的地方，那是适合做梦的地方。我一直记得在永泰的寒光阁和水月亭，父亲一字一句叫我背诵诗文，这两个地方陪着我度过幼时一年又一年的学习时光。自我出狱之后，一直在异乡游学或是流浪，再也不曾见过永泰的寒光阁和水月亭，一想到这里便新愁添旧恨，试想我现在是多么哀痛悲怆、不能自已啊！送别的长亭门外，崇山峻岭重重叠叠，阻断了我望向家乡的目光。望不尽的昂霄耸壑，初春竟也成了满怀哀愁的时节。

山高路险，将我和春闺中的你隔断，情切切，意浓浓，我想此时此刻在深闺中的你也一定思念着流落异乡、无法归家的我。

装饰豪华的房屋，屋门紧闭。春风又来，悄无声息地使你的容颜老去。我辜负了你，也辜负了那些在一起尊前花月、蚀骨销魂的美好时光。回首走过的路，我的思归之情便如滔滔江水奔涌而来将我淹没其中。我恨不得一下回到家乡，回到你的闺阁，将我这些年在外面的风风雨雨都诉说给你听。只可惜，我们再次相见之时，又是一年光景消逝了。

这首《石州慢·寒水依痕》是宋代词人张元干的一首游子思归词。张元干是张睦的第九世孙，他出生在书香门第，虽然自幼丧母，但父亲把他抚养得德才兼备，很受众人喜欢。他很小就经常与父亲及客人唱和，辞藻可观，满座皆惊叹。张元干的家风极好，这为他后来成为著名爱国词人不无关系。他的词有很多表现了爱国豪情和壮志难酬的感情。靖康元年，他协助李纲一同抵抗已经包围汴京的金兵，他是彻底的抗金派，后因为与秦桧等奸佞小人不同流合污，李纲被罢相，他因为写诗作词为李纲等人送行而遭遇牢狱之灾。出狱后数年他一直在吴越一带漫游，最后人们并不知道他卒于何时何地，不过目前一般认为他晚年应该是客死异乡了。这首词便是张元干出狱后流落异乡之时所作的一首伤春思归词。这时候河里寒冰初解、嫩柳初生，可是作者对家乡的思念并没有随着春天的到来而有所缓解，反而，张元干看到一片生机勃勃，触景生情，愈加思念自己的家乡福建永泰。

词的上阙首句“寒水依痕，春意渐回”中“寒水依痕”是化用杜甫《冬深》中的“早霞随类影，寒水各依痕”，融诗景于词境，点明这首词创作的时间是早春之时，“渐”字为初春之时万物慢慢复苏、河水即将融解开添加了动态美和活力美。“天涯旧恨，试看几许消魂”，张元干由前面的写初春景色转换为写自己内心思归的哀伤。“旧恨”二字说明词人的“恨”已经在内心堆积了很久，也间接反映了词人的思归之情由来已久，源源不断地从脑海里冒出来的，挥之不散，不能消解。下阙后半部分“心期切处，更有多少凄凉，殷勤留与归时说”，全词到此，词人的思乡之情一下喷薄而发，如果说前面流露的思念是涓涓细流，那这里的思念便是滔滔大江东奔而去。

张元干的这首初春游子思归词由景入情，将离愁旧恨写得抱憾甚深。张元干的诗词才华对我国古代词文化的发展有非凡的意义。在词坛上，他是北宋末年和南宋初年承前启后的重要人物，他上承苏轼下启辛弃疾，将现实的残酷和词的艺术美巧妙地融合在一起，词风豪迈壮阔，慷慨激昂，更是与张孝祥一起被人称为南宋时期的“词坛双璧”！

酒酣应对燕山雪

高阳台·送陈君衡被召

［宋］周密

照野旌旗，朝天车马，平沙万里天低。宝带金章，尊前茸帽风欹。秦关汴水经行地，想登临、都付新诗。纵英游，叠鼓清笳，骏马名姬。

酒酣应对燕山雪，正冰河月冻，晓陇云飞。投老残年，江南谁念方回。东风渐绿西湖柳，雁已还、人未南归。最关情，折尽梅花，难寄相思。

【注释】

高阳台：词牌名，又名“庆春泽”。双调一百字，平韵格。

陈君衡：今浙江宁波人，名允平，号西麓。在大宋国亡以后，他投降元朝，曾应召至元大都，但他后来不仕而归。

朝天：指朝拜天子。

茸帽风欹：《北史·周书·独孤信传》：“信在秦州，尝因猎，日暮，驰马入城，其帽微侧。诘旦，而吏民有戴帽者，咸慕信而侧帽焉。”茸帽，皮帽子。欹，侧面。

方回：北宋词人贺铸的字是方回，但是这里不是指贺铸，而是指诗人自己。

浩瀚无际的原野中，你即将朝见蒙元朝天子的宝马香车早已经准备好，你一坐上车，大批人马浩浩汤汤将你护送去大都，场面恢宏、气势磅礴、击钟陈鼎，让其他平民百姓都目瞪口呆啊！元朝的旌旗在空中得意而又猖獗地肆意飞扬，似乎想用蒙元朝廷的光辉照亮偌大的原野。万里平沙茫茫似宽阔无际的大海，在这里，天低且宽旷。在长亭离别践行的宴席上，你腰上佩戴着象征蒙元朝廷无限光辉的金章，系着做工精良、装饰华丽的宝带。风虽然吹歪了你的茸帽，但是这样并没有消减你的风采，反而更加凸显你的奕奕神采。你去大都的路途上，一定会经过我们故国家乡的秦关、汴水。今日如此光鲜亮丽的你，在经过这些地方时，一定登高远望，作出流传千古的著名篇章！

我的朋友陈君衡啊，即将去大都过上侯服玉食的生活！北国无限美景风光将尽收你的眼底。激动昂扬的胡笳曲，雄奇壮阔的叠鼓声……那时候的你一定在大都街头骑着高头大马，穿着锦衣玉袍，左右相伴一个个衣香鬓影的歌姬。你们还可以在雕甍画栋中低斟浅酌、花前月下，岂不美哉。某一天当你酒酣耳热之时，会看着燕山上白雪皑皑，还有那结满冰层的河面上如同被冻住一样的寒色皎月，破晓之际，天边还有一溪云朵在那里悠闲飞扬。如今的我已经是满鬓残霜，我像当年的方回一样淹没在一片愁苦的海洋里。我想返回自己的家乡浙江湖州，但是老身已经被困在多雨的江南而无法归故里，我满载忧愁又有谁来惦念怀恋我呢？春天的风渐渐吹绿了西湖的水，杏雨梨云，大雁也飞回了它们的故乡，重新回到了这里。但是，那时候的你仍然身在蒙元朝廷北上的大都，回不到自己的家乡。最让我动情的是：即使让我折尽了梅花，也不能寄托我对你的思念。

这首《高阳台·送陈君衡被召》是作者周密在好友陈君衡被蒙元朝廷招到大都做官的时候写的送别诗。这首送别诗不同于其他送别诗直抒离别之情，它蕴含更加复杂难言的感情。周密是宋代末年的文学家，他经历了大宋王朝的灭亡，根据史书记载周密“以无所责守而志节不屈著称”，所以他这次赋词赠好友自然与平常的离别不一样，从他的内心来看，他是极其不认同陈君衡入元做官这一行为的，但是他又希望好友有远大的前程，同时作为一个亡国臣子，他对自己国家的感情也夹杂其中，一边是对朋友真挚难舍的情谊，一边是对国家难以割舍的怀念，他夹杂在这两种感情同样重要、同样难以割裂却又相互对立矛盾的情感中，周密作了这首包含着祝福与难以苟同、眷念与委婉讽刺几种矛盾对立感情的送别诗。

上阙“宝带金章，尊前茸帽风欹”中“宝带”是装饰华丽的腰带，但作为一个亡国之人原本是没有机会、也没有心情去佩戴十分豪华的腰带，这里词人周密却说陈君衡腰间佩戴着宝带，是对陈君衡在蒙元朝廷做官的极大不满及其暗讽他不知亡国之耻，只知道追求个人的荣华富贵。但陈君衡作为自己的好友，即使他犯下这般难以原谅的错误，词人也依然对他有数不尽的关爱之情。下阙首句“酒酣应对燕山雪，正冰河月冻，晓陇云飞”中描写的景物凄寒冷寂，是作者想象好友在蒙元朝廷大都遇到的冰天雪地的景色，景色的寒凉其实是作者认为好友陈允平作为一个亡国之人在新朝廷周遭环境的寒冷。“冰河月冻”——月亮在冰河上好像被冻住了一样，用语新颖，环境的严寒之气扑面而来，周密这里生动形象地绘制了一幅天也寒、地也冻的景色，表现出词人对好友在新朝廷的担忧和关切。

面对好友陈君衡在亡国之后又去赴新朝廷的召，周密在这首送别词中将自己比作“方回”。方回有名句“试问闲愁都几许？一川烟草，满城风絮，梅子黄时雨”满城柳絮、满城梅雨也道不尽作者的满腹愁苦。虽然这首临别之际所作之词间接婉讽了陈君衡，但是词人越到后面，对好友的关切越多，以至于最后即使折尽这江南的梅花，也无法寄托周密对陈君衡的想念，全诗感情深沉真挚，用语新颖，复杂交错的感情贯通其间，让后代无数人的心情也随着亡国之人周密心情的波动而波动。

庭院深深深几许

蝶恋花

［宋］欧阳修

庭院深深深几许，杨柳堆烟，帘幕无重数。玉勒雕鞍游冶处，楼高不见章台路。

雨横风狂三月暮，门掩黄昏，无计留春住。泪眼问花花不语，乱红飞过秋千去。

【注释】

蝶恋花：唐代时的教坊曲，后来演变为词牌名，又名“鹊踏枝”“凤栖梧”。

几许：多少。许，表示约数，常用来表示估计数量。

杨柳堆烟：这是杨柳初发的形象化表示，杨柳刚刚吐芽，远远望去就像一堆烟雾一样迷蒙浓密。

玉勒雕鞍：这里表示主人公乘坐的马车十分豪华。玉勒，用玉制成的马衔。雕鞍，精心雕琢而成的马鞍。

章台：原来是指汉代长安的街名，后来指达官贵人寻欢作乐之处。唐代文学家许尧佐在《章台柳氏》中记载了关于妓女柳氏的一些事情，后代便多以章台表示歌姬聚集的地方。

乱红：这里形容缤纷凌乱的落花。

春天来了，满眼望去却没有杏花如雨、梨花似云的繁荣。天还没有完全亮，我便迫不及待登上高阁，何时他才能出现在归家的路上？在这条路上，春日初发的嫩柳被清晨朦胧的烟雾笼罩得严严密密，远远望去就好像从天而降的浅绿色的团团云朵。我初见他的时候，他还是鲜衣怒马的少年，面如冠玉、岸芷汀兰，现在他仍然是我心头的朱砂，是我梦窗上的白月光。我多想拥抱他，可惜重重帘幕遮掩在眼前。不知道是院子困住了我，还是我懒于理会这一层又一层的帘幕。

我独自一人锁在这个深深庭院中，此时此刻他应该在灯红酒绿的游冶处流连忘返吧？玉勒雕鞍，还有那些倚窗而坐的歌姬，一个个衣香鬓影，才是我们之间难以穿过的万重帘幕。“浮生若梦，为欢几何？”我最爱的人，究竟在何处？我登高远望，远处有琼楼玉宇，金碧辉煌；有雕梁画栋，古色古香。望不尽的章台路，你要归向何方？暮春三月，风肆虐地吹，雨蛮横地落，留下一地残春。不知不觉竟然又是一年晚春了。逝者如斯夫，不舍昼夜，感觉下了几场雨，便到了年底，一晃神来年的春天也逝去了。我留不住自然界的春天，更留不住自己的春天。“花开堪折直须折，莫待无花空折枝”，我人生最美好的年岁将要逝去，可是我的心上人依旧不归。一天已经走完，黄昏悄无声息地降临在人间，我知道今天仍然等不到你的归来，掩起门户，管他雨打风吹。但是回头便望见寂静无边的庭院，这些庭中花木、雪泥鸿爪，仿佛在一遍遍告诉我当年和你的花前月下。泪眼婆娑，我问花圃中的花儿们：“我要怎样才能留住春天，留住你？”花儿们都缄默不语，它们竟然也抛下我，纷纷飞过秋千。

欧阳修的这首《蝶恋花》表面上是描写暮春深闺怀人，实际上含蓄深刻地表达了欧阳修对时光易逝的无限感叹。欧阳修作为北宋大文豪和北宋朝廷上的高级官员，一向以成熟稳重的形象示于众人。他在世的时候会整理自己写过的作品将它们编辑成册，但是他只会把自己的诗、文放在集子里，不会将词放在里面。这与当时北宋对诗文词的认知有很大关系。在北宋，诗文是正统的，是应该正襟危坐创作的东西。而词是有别于诗文的，是专门写风花雪月的东西，所以欧阳修的词集另叫作《醉翁琴曲外编》。在诗文中，欧阳修俨然士大夫也，但是，在词中他是一位有自由有感情有温度的人，我们在这一首《蝶恋花》中也看到了与官场、与苏轼的主考官完全不一样的欧阳修，在这“庭院深深深几许”中，他是一位花痴、一位情痴。

上阙首句“庭院深深深几许”三迭“深”字，将女主人公被幽困深院、禁锢高门的情况巧妙而又深刻地表达出来，词调如泣如诉，哀婉忧伤。“深深深”三字相叠，更是全文的特色之处，读起来朗朗上口，景写得深，情写得深，音韵美和内涵美俱在，让人不得不佩服欧阳修的叠词之功。

“泪眼问花花不语”中“不语”是庭院中的花也悲叹女主人公的命运而只能兀自缄默呢，还是连院中的花儿也要抛离女主人而去，缤纷结伴飞过秋千去？结合后一句“乱红飞过秋千去”可以看出女主人的“怨”，她在怨恨花儿们冷漠无情地抛下她，也在怨恨自己为什么留不住花儿们。王国维在《人间词话》中说“以我观物，故物皆著我之色彩”，这里园圃中花其实就是女主人公内心凌乱哀婉心境的具体体现。她独自一人在深院中，无人可以诉说，也无处发泄自己的情感，只能怨恨庭中的花儿们为什么也要弃她而去留自己一人黯然销魂，为什么不肯倾听她的惆怅和落寞。

暮春深闺怀人的主人公明明早已经悲不能胜，但她并没有泣不成声，而是选择吞声忍泪，含蓄真挚的感情更惹人怜爱。这首词在通俗易懂的语言表述中，蕴含着深挚的感情，在凄冷灰暗的背景色彩中，自然而然地将主人公孤单伤感的心境表达出来，人伤心，花恼人，层层递进地将感情绵绵道来，让人回味无穷。

洞庭青草

念奴娇·过洞庭

［宋］张孝祥

洞庭青草，近中秋、更无一点风色。玉鉴琼田三万顷，著我扁舟一叶。素月分辉，明河共影，表里俱澄澈。悠然心会，妙处难与君说。

应念岭表经年，孤光自照，肝肺皆冰雪。短发萧骚襟袖冷，稳泛沧溟空阔。尽吸西江，细斟北斗，万象为宾客。扣舷独笑，不知今夕何夕。

【注释】

洞庭青草：两个湖的名称。洞庭湖，在今湖南省岳阳西南处，中国第二大淡水湖；青草湖，与洞庭湖相连的一个湖，也在今天的湖南省岳阳西南处，因青草山而得名。

表里：这里是指皎月和银河向洞庭湖和青草湖洒下无数的光辉，诗人顿时觉得天地之间一片澄澈明亮。

岭表：诗人曾经在广西做官，岭表就是五岭以南的广东和广西地区。一作“岭海”。

沧溟：青苍色的水。一作“沧浪”。

西江：这里指长江。从地理位置上看，长江的上游在洞庭湖的西边，故这里将长江称为西江。

中秋将至，天高气爽，此时与青草湖相连接的洞庭湖别有一番韵味。秋月下洞庭湖水一碧万顷，湖面澄澈透亮。浩瀚辽阔的水面没有一丝微风。我乘兴而出，驾一叶扁舟漂荡在清漾静谧的洞庭湖上。我醉眼朦胧地望着湖面，青翠迷蒙好似玉鉴琼田。我究竟身在何方？这里是玉的世界还是琼的原野呢？我十分惬意舒畅，躺在兰舟，任身体和心灵沉浸在无尽浪漫的月夜里。清澈的月光不惹一丝灰尘，月光倾泻而下，装满小船。载着我和月光的小船在三万公顷的洞庭湖面上悠闲漂荡。这天上看尽繁华的清月啊，为何数千百年都在这里孤光高照？银河是你的归宿吗？……面对着一轮孤月，我不禁思绪飞扬，漫无止境，除了皎月，没有什么可以拯救我于污浊的尘世。在浩瀚缥缈的洞庭湖面上荡漾着广袤无垠的银河和洁白无瑕的皎月，在静谧的湖面和无垠的天空之间，一片澄澈清亮，身处在湖水月光反射而成的琉璃世界中，我感觉身体似乎也随着澄澈的月光变得透明，这种奇妙的体验和感受，我不知道如何跟各位朋友分享，我只觉得任何文字都太过苍白。

浩渺苍穹，孤月独照。多少年我像这一轮孤月一样徘徊在岭表。虽然因谗言诬陷我被贬到岭表，但我的心、我的胸襟依然不变，像以前一样澄澈透明。我闲适安静地泛一叶扁舟，周围一切都静悄悄的。我看见湖面上的自己，稀疏的须发和幽冷的衣袂，被贬岭表的我怎么可以落到如此境地！让我挹一江西江水，倒入高悬的北斗七星做成的酒勺里，世间万物通通归来，做我的宾客。高朋满座，让我们一起豪饮。我忘情欢畅地拍打着我的船舷，惬意舒畅，放声高歌，早就忘了今夕是何年！

南宋著名词人张孝祥的这首《念奴娇·过洞庭》是他在泛舟

洞庭湖之时的即景抒情之作。比起宋代苏轼、欧阳修这样的大文豪，张孝祥显得微不足道，但是他作为一个文人绝对称得上中国的脊梁。张孝祥所处的时代正是秦桧父子当权的时候。当时在朝为官的曹泳向他提亲，他什么表现呢?“不言”。他知道曹泳是依附于秦桧的，他不愿意依附秦桧，自然也不会答应曹泳的提亲。后来，岳飞遇难，他不畏权向秦桧上书为岳飞辩冤。

词上阙首句“洞庭青草”点明作者当时所处的地理位置是与青草湖相连接的洞庭湖，在表明地点的同时，又紧扣词的题目《过洞庭》。“近中秋”写出了作者在泛舟洞庭湖的时间，结合上一句，张孝祥开头便把这首词创作的时间地点简洁明了地呈现给读者，这样开篇很容易把读者带入他所处的时间和空间，让读者更快融入其中，体会到作者想要抒发的感情，这样开头是抒怀之作的绝佳开头。“更无一点风色”中“风色”值得玩味，风有强弱大小，但风色是什么颜色呢?这个“风色”是化用诗仙李白晚年作品《庐山谣寄卢侍御虚舟》中的:“黄云万里动风色，白波九道流雪山。好为庐山谣，兴因庐山发。”李白说天上万里黄云风云变幻也在不断地改变着风色，而张孝祥说洞庭湖没有一点风色，也就是表明洞庭湖万里无云，这种诗意的表达准确新颖地将洞庭湖澄澈静谧的氛围渲染出来。

上阙“表里俱澄澈”中“澄澈”二字是全文的核心所在，张孝祥在这里表达了两方面的意思。一方面是洞庭湖水之澄澈透亮和中秋节月之澄澈皎洁，上下天光都是清澈明亮，这里是远离污浊的清明澄亮之地；另一方面，作者借景抒情，表明自己心也如月水一般没有一丝一毫的污浊之气。

张孝祥一生仕途坎坷不顺，文学造诣极高，作词新颖绵丽，气势宏建，是宋高宗赵构亲擢其为进士第一，但是只可惜他 38 岁便撒手人寰。后世有人说如果他没有英年早逝，将会是与苏轼齐名的中国诗坛上闪耀千年的明星。但是，没有遗憾，在他短短的 38 年，他做到了表里俱澄澈，他做到了肝胆皆冰雪！

萧条庭院

念奴娇·春情

［宋］李清照

萧条庭院，又斜风细雨，重门须闭。宠柳娇花寒食近，种种恼人天气。险韵诗成，扶头酒醒，别是闲滋味。征鸿过尽，万千心事难寄。

楼上几日春寒，帘垂四面，玉阑干慵倚。被冷香消新梦觉，不许愁人不起。清露晨流，新桐初引，多少游春意。日高烟敛，更看今日晴未。

【注释】

念奴娇：又名“百字令”“大江东去”“酹江月”，是双调一百字的词牌名。

寒食：寒食节，清明的第一天是寒食节，这一天禁烟火，只能吃冷食，所以又称“冷节”。

险韵诗：诗的韵脚是怪冷生僻之字。

扶头酒：古人喝醉时喜欢扶着头，这里是酒的形象化说法，扶头酒就是容易让人喝醉的酒。

玉阑干：栏杆的美称。

晴未：天气晴朗了没有？未，用在句末表示疑问。

寒食节将近，我独自一人在寂寥萧条的庭院里。春寒凛冽，庭院里一次又一次被斜风寒雨侵袭，我快步将重重院门紧锁，想要将风雨阻挡在门外，留片刻安宁在庭中。百无聊赖，我倚着栏杆四处闲望，花圃中花儿娇艳可人，杨柳初生的嫩芽娇嫩怜人，花木都在提醒我，时间已经过去了很久，马上又是寒食节了。万木向春，得到世人加倍的宠爱，只有我对着花木流泪自怜。我想要借吟诗作赋、酒酣人醉来忘掉这一个人的寒食节，但是险韵诗已经作成，扶头酒也已经醒来，我思念丈夫赵明诚的感情却愈加浓烈，闲愁一直荡漾在心头，此相思之愁真的是无计可消！抬头望见一行又一行南飞的大雁，可是没有一只大雁能够托寄我对丈夫赵明诚满满的思念。

近日来，春寒更加凛冽，身在楼上的我只能将帘幕低垂来挡御寒冷的天气。我的丈夫什么时候才能归来呢？没有他的消息，栏干倚遍，又有什么用呢？这栏杆依旧载不动许多愁。楼内寒气逼人，香薰不知道什么时候灭了，罗衾难以抵御春寒，我刚入梦便又被冻醒。无名之火不知何处发泄，我想借入睡来缓解思念之苦的路也被春寒打断。走出房门，看清晨晶莹剔透的露水，梧桐树初发的叶子一片青绿，我突然有了春游的想法。雨后初晴，太阳渐渐升起，晨烟散开，我还是不要贸然出门，也不知道今天是不是真的变晴朗了。

这首《念奴娇》的作者李清照，与唐诗宋词中的其他作者都不同。在古代封建制度严苛的要求下，历史上的女词人本就寥寥可数，数千年来，能毫无愧色和大宋欧阳修等男性词人比肩而立的其实只有一位——李清照。千秋才女李清照出身书香门第，从小才华出众，擅长诗和散文、书画，并且她在词的创作上更是独树一帜，是宋词婉约派的代表人物。她的父亲李格非是当时非常著名的学者和散文家。丈夫赵明诚更是颇有名气的金石学家，他所著的《金石录》对当今仍有非常重要的作用，这首《念奴娇》就是李清照在寒食节思念他而作。当时两人异地，寒食节来临，李清照看到庭院萧条之景，不禁思念在远处的赵明诚，作了这首千古怀人之佳作。

上阙开头四个字“萧条庭院”奠定了全词悲伤哀婉、凄凉闲愁的感情基调。“宠柳娇花寒食近”，李清照用“宠”和“娇”来形容柳树和鲜花，一方面有对春日花开缤纷绚丽和杨柳初生嫩芽的欣赏和喜爱，另一方面又隐隐有嫉妒之意，词人看到花木繁茂，对比自己孤单落寞的现状，不禁流露出美好花木的嫉妒和对自己处境的惆怅无奈。上阙后半部分“险韵诗成，扶头酒醒，别是闲滋味”是一个过渡句，李清照由庭院西风斜雨、寒食节宠柳娇花慢慢过渡到了人物的描写和刻画，“闲”字将词人的哀愁写到了极致，她本来想借酒消愁，借词遣愁，但是诗已作成、酒也大醉之后，依然没有能排遣出内心的哀愁思念。“征鸿过尽”借用鸿雁传书的典故，说明丈夫赵明诚离开之后，自己想要将相思寄去，但天高路远、信使难逢，万千心事只能深埋在心底。

下阙“被冷香消新梦觉，不许愁人不起”中前一句承接上文，春寒侵袭，词人栏杆慵倚，百无聊赖之下只好恹恹入睡。“新梦觉”浅显易懂的三个字却将思念赵明诚，却无处排遣的无可奈何的愁苦表现得淋漓尽致。本来思念就无处安放，只能睡去在梦中得到一丝慰藉，但是刚入梦便被春寒惹醒，李清照如此恼怒春寒打破美梦，实则是被离情所困而痛苦不堪。

作为古代词坛上最杰出的女词人，在杰出的才华背后是多灾多难的一生。18 岁的时候，李清照嫁给了太学生赵明诚，他们有着共同的兴趣爱好，吟诗作赋、金石和典籍收藏，夫唱妇随，一同玩赏，他们都十分享受这种清淡高雅的简单生活。但好景不长，结婚第二年李清照的父亲李格非因为朝廷党争被罢官，他们不得不分别，这一别就是三年之久，后来 44 岁遇到“靖康之变”，举家逃离。46 岁永失挚爱赵明诚，之后又再嫁匪人、离异险些入狱。她这一生接连不断的磨难，并没有击垮她，反而将她磨练成大宋词坛乃至中国诗坛上最著名的女词人，也是唯一一位可以与任何优秀的男性词人并肩而立的女词人！

昔闻洞庭水

登岳阳楼

［唐］杜甫

昔闻洞庭水，今上岳阳楼。

吴楚东南坼，乾坤日夜浮。

亲朋无一字，老病有孤舟。

戎马关山北，凭轩涕泗流。

【注释】

岳阳楼：在今天的湖南省岳阳城西门城楼下。岳阳楼与洞庭湖距离很近，下临洞庭湖。

吴楚东南坼：吴楚，吴国和楚国。坼，分开、分裂。这句话的意思是：吴国在洞庭湖的东面，楚国在洞庭湖的南面。

无一字：没有一封来信。字，这里指书信。

老病：作者杜甫在五十七岁的时候创作此诗，当时的他已经身患肺病、风痹等多种疾病，并且当时杜甫的右耳也聋了。

凭轩：靠着窗户。轩，窗户。

涕泗流：眼泪控制不住地往下流。涕泗，眼泪和鼻涕，但这里偏义复指，指眼泪。

我很早就听闻洞庭湖澄澈透亮的洞庭水别有一般韵味，洞庭湖毗邻岳阳楼，我今天有幸登上向往已久的岳阳楼，多年登楼的愿望终于得以实现。可是此时此刻我登高远望，望到的不是美景，而是少年的自己。那时我也是桑弧蓬矢的少年啊，如今我已经到了暮年，但是人生的凌云壮志还没有实现，怎么不让我焦虑难眠？当我的焦虑难安正无处排遣的时候，看到了岳阳楼下临的洞庭湖，洞庭湖浩瀚无际的雄浑之势让我震惊——汪洋浩渺的湖水将东面的吴国和南面的楚国分隔开，天地万物都在浩瀚缥缈的湖面上漂浮着。面对着浩瀚无垠的洞庭湖，我越发感觉自己的渺小无助。

国家多灾多难，南方连年战火，而自己又好像莲蓬一般漂泊不定。安史之乱虽然已经过去，但国家依然千疮百孔，在风雨中飘摇。连天烽火“家书抵万金”，但我家乡的那些兄弟亲友没有一个人给我寄来书信，他们的杳无音信，让我十分不安。他们有没有在安史之乱中受伤，他们有没有被战火分散，战火之后有没有地方住……我所有的疑问，没有人回答，只有风呼呼刮过。我已经五十七岁，年老体衰，右耳也聋了，陪伴我的只有一叶和我一样年老的孤舟。我在天涯孤舟漂泊，国家在兵荒马乱中飘摇不定。我听说关山以北打仗，国家动荡不安，年轻时，我报国无门，现在，一副衰老的病躯，我仍报国无力。战火四起，而我这辈子却不能金戈铁马、上阵杀敌。面对劲敌，老病缠身的我两手空空不知道该如何拯救我平生最挚爱的国家，想到这里，我的眼泪便止不住地往下落。

这首五言律诗《登岳阳楼》后世对它真是不胜赞美之词，被称为盛唐五律第一！北宋诗人鲁国先生在《唐子西文录》这样评价杜甫的《登岳阳楼》："过岳阳楼，观杜子美诗，不过四十字尔，气象宏放，涵蓄深远，殆与洞庭争雄，所谓富哉言乎者。太白、退之辈率为大篇，极其笔力，终不逮也。杜诗虽小而大，余诗虽大而小。"诗人杜甫写这首诗的时候，已经五十七岁了，是他逝世前一年。当时杜甫携带着妻子由夔州出发，经过江陵、公安一路漂泊到岳州（在今湖南省境内），登上了他神往已久的岳阳楼，对着烟波缥缈、浩瀚无垠的洞庭湖，他发出了报国无门的千年慨叹。

首联"昔闻洞庭水，今上岳阳楼"中"昔闻"和"今上"时间和时空上形成鲜明的对比，杜甫早年对浩瀚无垠、烟波缥缈的洞庭湖有所耳闻，但是直到诗人逝世的前二年才有幸登上岳阳楼，结合杜甫漂泊不定的一生，可以读出首联在写登楼愿望得以实现的背后并不是欣喜之情，而是早年抱负还没有来得及实现便已经到了人生暮年的遗憾哀叹之情。颔联"吴楚东南坼，乾坤日夜浮"中"坼""浮"用得十分形象，具有动态美。一"坼"一"浮"将洞庭湖波澜壮阔的雄浑气势描绘得生动具体。洞庭湖一直是古代文人喜爱的描写对象，但能将洞庭湖写得这样雄跨古今、千古赞叹，令人回味无穷的只有杜甫。宋代胡仔《苕溪渔隐丛话》中评价颔联："至读杜子美诗，则又不然。'吴楚东南坼，乾坤日夜浮'，不知少陵胸中吞几云梦也。"明代高棅在《唐诗品汇》对颔联评价道："气压百代，为五言雄浑之绝。"

杜甫写这首五言律诗是在唐代宗大历三年即公元768年，当时安史之乱虽然已经结束，但是各地局部战乱依然不断。在当时复杂的乱世下，诗人创作的这首诗虽然仅有二十字，却囊括很多感情和思想在里面。他用叙述的笔调从大处着笔，吞天吐地，气势恢宏。这首律诗结构十分明确，首联主要写事，陈述了诗人终于在暮年得以登高远望的事情；颔联主要写景，突出表现了洞庭湖的汪洋浩渺；颈联主要写情，流露出诗人对家乡亲友音信全无的伤感担忧；尾联主要写志，无奈地道出当年桑弧蓬矢的少年已经成了如今的老病残躯，报国无门、壮志难酬之愤懑无奈表露无遗。

风回小院庭芜绿

虞美人·春怨

［五代十国］李煜

风回小院庭芜绿，柳眼春相续。凭阑半日独无言，依旧竹声新月似当年。

笙歌未散尊罍在，池面冰初解。烛明香暗画堂深，满鬓青霜残雪思难任。

【注释】

虞美人：词牌名。因为初咏西楚霸王项羽的宠姬虞美人而得名，是唐朝的教坊曲。

柳眼：柳树初生的嫩芽与人刚睡醒时的眼睛十分相似，所以称它为柳眼。这是一种十分形象化的说法。

竹声：竹子做的管乐器发出来的悦耳的声音。竹，八音之一，笛子、箫之类的乐器。

烛明香暗：这里指时间，深夜的时候。

青霜残雪：这里是衰老的意思，李煜这样表达是说自己已经衰老，鬓发花白，如同霜雪一般。

今年的春天悄无声息地降临，这是一个平静的春天，一个再也没有流血的春天。暴风雨前是宁静的，暴风雨过后更是一片绚烂彩虹，各地欢歌笑语，每个人都有快乐的权利，除了我这个亡国之君。我独自倚着栏杆望向庭院中的杂草，昔日的枯枝败叶在春回大地之后一片生机活泼，绿油油的嫩芽蕴含着生命无限的能量。杨柳出生的芽儿好像人的朦胧睡眼。春天来了，大地改头换面，风光无限，好像不曾经历过彻骨寒的冬季。但我的世界再也不会有春天，在最黑暗严寒的冬夜按下了暂停键，所有的美好都烟消云散。灰沉沉的天空、灰蒙蒙的大地，我摇曳其中，昔日风光无限的南唐皇帝今日成了宋氏囚徒、丧国之犬。巨大的落差让我无法适应，多么希望这一切都是梦，梦醒之后，我依然是南唐之主。天上皎月和庭院中的箫声和往年一样，只有我成了例外。

乐曲还在演奏，歌舞笙箫中，我梦回南唐。我知道我从来都不是桑弧蓬矢的少年，我没有大哥的不凡抱负、宏图大志。出生在帝王之家，我排行第六，所以对于南唐皇帝的位置我从来没有想过。我只想做那个工于诗文、熟谙音律的艺术家，我想过浪漫无忧的一生，我想过远离政治纷争的一生。在二哥、三哥、四哥、五哥都病死之后，我虽然突然成为二皇子，但周围人也都告诉我，这个国家由我大哥李宏冀当皇帝，肯定无忧无患，我也想在大哥的羽翼下平安度过这一辈子。我从来也没有留心过大哥关于这个国家的宏图大志，我想也许从大哥病逝的时候，我的命运、南唐的命运便已经注定悲痛了。春天来临，水面冰初解，我世界的寒冰何时才能融解？我的惶恐哀痛无人可知，无人可诉，他们说帝王不该如此多情敏感，甚至连精于书画、熟谙音律也成了玩物丧志。独自还是不要凭栏感伤，我回到房间，深夜的房间烛明香暗更显幽深，我对南唐家国忧思难忘，思念哀苦日夜折磨着我，四十岁已然白发斑斑。

《虞美人·春怨》是南唐后主李煜创作的一首伤春怀国之作。当时的李煜已由皇帝变为阶下囚，强烈巨大的落差折磨了李煜的后半生，也让他创作出了这首千古传诵的伤春佳作。李煜本是浪漫敏感的艺术家，他博学多艺、精于书画、熟谙音律、工于诗文。他号莲峰居士，意在表示自己这辈子都无心争权，只可惜事与愿违。他当上皇帝纯属是偶然，南唐的开国之君是李煜的祖父李昪，李煜的父亲是南唐中主，在位时间也很短，李煜排行第六,二哥、三哥、四哥五哥病死之后，他成为二皇子，但是有君王之才的太子李宏冀也病死，李煜便不得不当这个南唐的皇帝，也从此开始了他不合时宜的人生。

这首词上阙开头“柳眼春相续”中“柳眼”将春天到来之际，柳眼的形态神态都写得极具传神生动，一方面，用人的睡眼初醒表明春天柳树也开始初生嫩芽，说明春天来临，一切都从沉睡中苏醒、一切都在重新回到活泼生机的样子；另一方面，将柳枝的嫩芽比喻为人初醒的眼睛，新颖生动，也可以看出词人对景物的观察之细致入微，让人惊叹。但是在如此细致入微的描写之下也深刻蕴含着李煜当时无尽的落寞。下阙“满鬓青霜残雪思难任”中“青霜残雪”表明词人已经头发全白，满鬓如残雪一般，而此时词人不过四十岁，四十年家国梦啊，“梦里不知身是客，一晌贪欢”，醒来之后，大好的家国都流落敌手中，故国不堪回首，今昔对比，强烈反差的感伤之情让词人载不住满腹愁苦，四十岁便满鬓斑白。

李煜没有政治才能，从小也没有作为国家的接班人去培养他，命运捉弄、阴差阳错当上皇帝的他，注定不是一个合格的皇帝，但绝对是中国词坛上数一数二的大词人，他的词被誉为“五代之冠”。他从皇帝到阶下囚，土地没有变，人民都变了，他们变成了宋人，不是昔日对我唯命是从的南唐人。国家不幸诗人幸，他早期的词风绮丽柔靡、晚期脱胎换骨。生活中和政治中的痛，变成了艺术上的美，但美丽的背后往往是泪和血，历史在哀叹李煜的同时，也随着他一江春水的愁思奔腾向前。

石鱼湖似洞庭

石鱼湖上醉歌

［唐］元结

序：漫叟以公田米酿酒，因休暇，则载酒于湖上，时取一醉。欢醉中，据湖岸，引臂向鱼取酒，使舫载之，偏饮坐者。意疑倚巴丘酌于君山之上，诸子环洞庭而坐，酒舫泛泛然触波涛而往来者。乃作歌以长之。

石鱼湖，似洞庭，夏水欲满君山青。

山为樽，水为沼，酒徒历历坐洲岛。

长风连日作大浪，不能废人运酒舫。

我持长瓢坐巴丘，酌饮四坐以散愁。

【注释】

石鱼湖：在元结担任道州刺史期间对石鱼湖尤为钟爱，写了好几首关于石鱼湖的诗作。在《石鱼湖上作序》云："漶泉南上有独石在水中，状如游鱼。鱼凹处，修之可以贮酒。水涯四匝，多欹石相连，石上堪人坐，水能浮小舫载酒，又能绕石鱼洄流，乃命湖曰石鱼湖。"

漫叟：元结的别称。元结的《漫歌八曲》序："壬寅中，漫叟得免职事，漫家樊上，修耕钓以自资，作《漫歌八曲》。"所以后来一般用"漫叟"称元结。

倚巴丘酌于君山：巴丘和君山都是山的名字，这两座山在今湖南省境内。

历历：清清楚楚、分明可数的意思。

酒舫：传递酒的小船。舫，指船。

一箪食，一壶酒，一溪云这便是我想要的生活——简单干净，纯粹而又肆意。玉液琼浆不足惜，人生能有几回醉？偷得浮生半日闲，我和好友携带着用公田酿的米酒一同到石鱼湖上游玩，要饮个酣畅淋漓。石鱼湖位于漶泉南山，是我最喜欢的湖。这座湖本来是个无名湖，是漶泉南山上一方小小的水池，这个水池中间有一块形状很像鱼的石头，我就把它叫作"石鱼湖"了。石鱼的肚子上有一个低凹处，我命人改动修凿一番变成了个放酒的好地方。小池的周围怪石突兀，我和朋友围池而坐，在奇石上酣畅地饮酒。石鱼湖上的饮酒方法绝对是古今独一无二的，我将公田米酿的酒倒入鱼腹中，依靠在池边的我们伸个手臂便能取到鱼腹中的酒，将取到的酒放在舫上，酒舫围着位置慢慢游动，游一圈之后每个人便都有酒了。这种方法让我觉得好像在依靠着巴丘山向洞庭湖东边的君山取酒，一同游玩的朋友们像环着洞庭湖而坐。运酒的小舫来来回回游了一圈又一圈，微波荡漾中每个人都喜笑颜开，其乐融融，我于是趁兴而作这首《石鱼湖上醉歌》。

夏季初临，水涨满了小池，但我看这一方小小的石鱼湖真像浩渺苍穹下烟波浩瀚的洞庭湖。洞庭湖东边的君山已经变得蟠青丛翠、郁郁青青啊！我和好友们谈笑风生、怡然自乐。来酣畅豪饮吧！把山当作我们的酒杯，把湖当作我们的酒池。我们忘掉尘世、济济一堂欢坐在石鱼湖周围凸起的欹石上，欹石相连围成一个圈，坐在上面的我们就像围坐在浩瀚无边的洲岛上一样。尽管连日狂风大作、疯狂肆虐，大浪滔滔连日不绝，也阻挡不了我们在湖上运酒的小舫来来往往。我手上拿着斟酒的长瓢稳坐在巴丘山上，四周美景尽收眼底，我不断地为大家斟酒，来消散连日来的忧愁！

这首《石鱼湖上醉歌》的作者元结是唐代河南鲁山人，是诗人更是保家卫国的英雄人物。他在乾元二年，任节度使参谋对抗史思明叛军，连连获胜，终于保全国家十五座城。在唐代宗时期，他曾任道州刺史，当时国家正值多事之秋，他身为官吏看着朝廷横征暴敛却无能无力，于是携一家老小归隐山水，再不问世俗之事。这首诗字里行间都流露出淡泊名利、不问仕途、隐居山水的悠闲情怀。

诗的首句“石鱼湖，似洞庭”，短短六个字可以强烈地感受到作者对石鱼湖的极其喜爱。清代张谦宜《茧斋诗谈》说漫叟所作诗作“简而远，此境最不易到”，洞庭湖是古代最大的淡水湖，而石鱼湖只是一个小小的池子，元结却说石鱼湖好像烟波浩渺的洞庭湖，简单明了却能深刻感受到石鱼湖在元结心里是最爱第一、湖泊第一啊。“山为樽，水为沼”，漫叟要拿山当酒杯，用湖水比作酒池，可见元结心胸之豪迈宽广、性格豪放不羁，但是这种恣意潇洒的背后却满是愁，是对当时官吏横征暴敛却无能为力的愁，是对统治者坑害人民的愁。虽然在朝为官，可是元结对此却毫无能力，只能“穷则独善其身”，弃官归家，不与污浊的官员同流合污，欺压百姓。

清代张文荪在《唐贤清雅集》评价这首《石鱼湖上醉歌》写道:“不着一字，尽得风流，结处深情无限。太白所谓‘泪亦不能为之堕，声亦不能为之哀’也。”漫叟以简单朴实的笔墨写出了与朋友醉酒石鱼湖上的肆意和潇洒，这首诗用白描的手法勾勒出一幅其乐融融的画面，但是在这歌舞祥和的背后却是对国家千疮百孔、风雨飘摇的无能为力，漫叟想用酒和诗歌麻痹自己，酌饮四座却终究散不去家国愁!

飞花令里品诗词
寒

寒蝉凄切

雨霖铃

［北宋］柳永

寒蝉凄切，对长亭晚，骤雨初歇。都门帐饮无绪，留恋处、兰舟催发。执手相看泪眼，竟无语凝噎。念去去、千里烟波，暮霭沉沉楚天阔。

多情自古伤离别。更那堪、冷落清秋节！今宵酒醒何处？杨柳岸，晓风残月。此去经年，应是良辰好景虚设。便纵有千种风情，更与何人说？

【注释】

雨霖铃：词牌名，又名“雨淋铃”。

寒蝉：这里指秋蝉。

对：对着。

都门：京都的城门。

无绪：没有情绪，没有意绪。绪，情绪，意绪。

兰舟：船的美称或雅称。

暮霭：日落时分的云雾。霭，云雾。

楚天：楚国的天空。

经年：经过若干年。

几场秋风飒飒而过，风雨凄凄，让本就寒冷的天气又加重一层寒气。骤雨滂沱之后，并没有看到彩虹，反而寒雨将一切美好的事物都冲走了，只留老树上几只秋蝉在凄切地鸣叫。古道长亭刚遭逢一场暴雨的冲洗，天空也似乎被冲得昏昏沉沉。黯黯天际似乎也在悲鸣离别之苦，京都的城门之外，饯别的酒宴，本该对酒当歌，我却连拿起酒杯的心绪也没有。船夫早已等得不耐烦，让我再看一眼吧，这熟悉的地方、熟悉的人儿啊。两手紧紧相握、泪眼婆娑，心中有千言万语似乎都卡在喉咙间，说不出来，咽不下去，快要将人窒息。

此时一别，便是千里迢迢，再不见花月相逢。烟波袅袅、暮霭沉沉、楚天绵延千里。多情的人儿，平生最见不得离别，更不用说，这离别又恰逢冷落的清秋时节！绵延不绝的原野渐渐消失在视野里，那片原野里有我最爱的佳人。我这次乘舟离去，风在飘荡，人也如无根浮萍一样漂泊无依了。重峦叠嶂，阻断了我和佳人的书信来往，从今以后，我只怕只能在梦境里与佳人共诉衷肠。醉眼迷蒙中，我所乘坐的一叶兰舟，急桨凌波而去，今宵酒醒，我将身在何处？只怕再不见香暖鸳鸯被，只有清凉的晨风夹杂着残柳缺月伴我而行。送目临风，这一别，经年难见。没有佳人相伴，良辰美景又有何用！心中郁结，难以排遣的心绪又向何人道来？

这首《雨霖铃》是柳永离开汴京将要远赴浙江之时所作的。在三次科举考试都名落孙山之后，公元1024年，即天圣二年，柳永科举考试又一次失败，这次对柳永的打击是巨大的，他羞愤而又无奈地离开京都。自古祸不单行，福不双至。本就仕途失意、郁郁不得志的他，又要不得不与汴京的情人分离。在事业与爱情双重受挫的时候，他于伤感无奈中作了这首流传千古的离别名篇。“凡有井水处，皆能歌柳词”，而这首词更是风靡一时，是“宋金十大金曲”之一。

开头“寒蝉凄切”中“寒”“凄”两字奠定了全词惆怅凄清的基调，为离别营造了一种凄楚悲感的氛围。之后“都门帐饮无绪，留恋处、兰舟催发”中“无绪”指的是在离别之前词人没有心思饮酒，“催发”是词人想多留一段时间，想再与情人多相处一段时间但是船主一直在催促词人上船，“无绪”和“催发”这两个动作将词人想喝酒喝不下，想留身留不下的矛盾苦郁的心情表现得淋漓尽致。词文下阙首句“多情自古伤离别”起承上启下的作用，“多情”偏偏遭遇“离别”，让爆发的离别愁苦思绪一泻而下，千古名词一气呵成。“更那堪、冷落清秋节！”这一句将全诗凄悲的感情推向最高潮，多情的人儿碰到离别本就要肝肠寸断，怎料又是在寂寥的清秋时节，更为离别镀上了一层悲凉的色彩。词人柳永一生颠沛流离，仕途几经周折仍不得意，这首离别词将柳永挥别汴京的愁思留恋表露无疑。韩寒在《后会无期》中说：“每一次告别，最好用力一点。多说一句，即便是最后一句，多看一眼，即便是最后一眼。”此去经年，这次离别便不知归期。长亭旁多情的人儿，再不见故人如花笑靥。践行的酒宴，无绪畅饮，兰舟催发，连好好告别也来不及。这首诗堪称离别词的“典范”，也间接启示我们，遇见了，就铆足劲开心、铆足劲珍惜，别等失去了才空余恨！

北宋著名词人柳永虽然一生仕途偃蹇，终身郁郁不得志，但是他对中国词坛的贡献不容小觑，甚至可以说柳永是中国词坛里程碑式的人物。其实在宋朝，大部分文人还是认为词是书写风花雪月、闺房闲乐的不登大雅之堂的东西。比如与柳永同为北宋时代的欧阳修，生前在整理自己的文集时，只把诗和文一起整理进去，他的词是另外单独成集。柳永在词的创作上面，柳永是第一位对词进行方方面面改革的人，他革故鼎新，先将词的抒情范围夸大，不再局限于风花雪月、儿女情长，而是把离愁别恨、壮志难酬这一类诗文都经常写的题材用在词的创作中。

他在第二次科举考试落第之后，他回到房间忍不住发起牢骚，作了首《鹤冲天》："黄金榜上，偶失龙头望。明代暂遗贤，如何向。未遂风云便，争不恣游狂荡。何须论得丧？才子词人，自是白衣卿相。烟花巷陌，依约丹青屏障。幸有意中人，堪寻访。且恁偎红倚翠，风流事，平生畅。青春都一饷。忍把浮名，换了浅斟低唱。"这首词传到了宋仁宗耳中，便再以"且去浅斟低唱，何要浮名"为由再次让他名落孙山，不过从那以后，柳永还真"奉旨填词"去了，成为两宋词坛上创作词调最多的词人，这为我国词的发展产生了深远影响。

微寒应候

长寿乐·南昌生日

［宋］李清照

微寒应候。望日边六叶，阶蓂初秀。爱景欲挂扶桑，漏残银箭，杓回摇斗。庆高闳此际，掌上一颗明珠剖。有令容淑质，归逢佳偶。到如今，昼锦满堂贵胄。

荣耀，文步紫禁，一一金章绿绶。更值棠棣连阴，虎符熊轼，夹河分守。况青云咫尺，朝暮重入承明后。看彩衣争献，兰羞玉酎。祝千龄，借指松椿比寿。

【注释】

长寿乐：词牌名。是李清照给一名封号为“南昌”的贵妇写的祝寿词。徐培均在《关于李清照两首词的笺证》中认为这首《长寿乐·南昌生日》是李清照写给韩肖胄母亲的祝寿词。

爱景：冬日之光。《初学记·岁时部上·冬四》：“杜预注《左传》曰：冬日可爱，夏日可畏。”

漏残银箭：这里指天快要亮了。

杓回摇斗：指春天将要来临。

棠棣连阴：李清照夸赞南昌贵妇的后代兄弟们福荫相继不断。阴，同“荫”。棠阴，《诗经·召南·甘棠》谓周时召伯巡行南国，曾在甘棠树阴下听讼断案，后人思之，不忍伐其树。

夹河分守：《汉书·杜周传》：“始周为庭史，有一马。及久任事，列三公，而两子夹河为郡守，家訾累巨万矣。”李清照这里是说南昌贵妇的两个儿子都任高官，是郡守。

春寒料峭，我希望能早点见到破晓之际的美丽风光。莺飞草长，高大的台阶前蓂荚草不知何时已经长出来了六片叶子。蓂荚草是一种神奇的草，它是可以估算日期的草。每个月上旬，蓂荚草每日长出一片叶子，直到月中十五号；每个月下旬，蓂荚草又每日脱落一片叶子，直到月末。六片叶子提醒我已经是初六了，虽然此时还是冬日的太阳，但转眼就会变成春季和煦的日光，此时天色刚刚好，即将破晓，就是这个时候南昌夫人您出生了。南昌夫人您一出生便是大家族里的金枝玉叶、掌上明珠。您的家族是高门大族，满门尽是贵官显宦。您也是一代绝世佳人，秀外慧中，温良恭俭而德才兼备。显赫的家族和过人的才貌，让您嫁了一位万里挑一的丈夫，您的丈夫满腹珠玑、才貌俱全，曾经是多少闺中女子心中念念不忘的人儿，可是，您的丈夫偏偏只宠爱一人，那就是您啊！多年以来，您和丈夫之间鹣鲽情深，是远亲近邻中的模范夫妻。

如今，您更是让其他人赞不绝口，倾羡不已。您现在居住的昼锦堂多少人心心念之，心心向往之，却只可远观它的光辉灿烂。很多人都说昼锦堂是一块风水宝地，如今真是应了这个预言啊！现在您不但子孙满堂而且您的孩子们都是官高爵显。如今朝廷的中枢机构遍布您的家人，他们一个个金章绿绶，位列三公，羡煞旁人啊！更值得称赞的是，您的两个儿子真是您家的中流砥柱啊，他们兄弟俩人成了地方的保护神，手持虎符，每天乘着熊轼车，保护地方百姓不受到侵害，百姓们都对他们十分信任和依赖。按照目前这个情况发展下去，您的两个儿子前途不可估量啊！虽然他们年纪轻轻，但是他们非常有才干，不久之后，一定可以成为皇帝的左膀右臂。今天是南昌夫人您大寿的日子，他们兄弟俩人都不远千里赶回来给您祝寿，给您敬献了各种珍贵的美酒佳肴，他们忠孝两全，乡亲们都啧啧称赞。我也特意赶来送上我的祝福，祝您福寿年高，与松树和椿树比肩老！

这首《长寿乐·南昌生日》的作者究竟是不是李清照还没有确切的结论。这首词是由当代李清照研究学者王学初整理出的一篇撰名为“易安夫人”的作品而来的。虽然李清照被后人称为“易安居士”，但是在李清照所在的宋朝并没有人用“易安夫人”称呼李清照。李清照是不是这首词的作者极大地影响了这篇文章想要传达出来的感情。如果这首词的作者不是李清照，那么诗词传达的感情就十分简单了，就是一首普通的祝寿词，像如今过年的新年祝福一样，没有太多的含义。但如果这首词的作者是李清照，结合这首词的创作时间——晚年的李清照以及她没有子嗣的实际情况，这首词便是在祝福的背后传达出李清照晚年孤寂落寞的情感，她在极力夸赞“南昌夫人”的两个儿子，其实也是羡慕“南昌夫人”有两个儿子相伴。

词的上阕“阶蓂初秀”用蓂荚草生动有趣地说明南昌夫人的生日是初六。之后“明珠”“有令容淑质”“满堂贵胄”都是夸赞南昌夫人，不但她的家族十分显赫都是名卿巨公而且她本人也是秀外慧中、兰心蕙性的大家闺秀。既然是祝寿词，就是要寿星开心、快乐、满意。对于一位母亲来说，最快乐的事莫过于别人十分欣赏赞叹她培养出来的孩子。词的下阙用了大量典故“金章绿绶”“棠棣连阴”“虎符熊轼”“夹河分守”“青云咫尺”来夸赞南昌夫人的两个儿子，她一定是喜不自禁、眉开眼笑的。

我国的祝福词，尤其是给寿星的祝寿词一般都有其固定格式，大部分都是赞扬其功德品行，祈祷寿星长命百岁。固定的格式加上固定的内容，很难写出新颖佳句。所以如果仅以没有李清照风格的佳句，就断定这不是李清照的作品，实在是荒唐无稽！

昨夜寒蛩不住鸣

小重山·昨夜寒蛩不住鸣

［宋］岳飞

昨夜寒蛩不住鸣。惊回千里梦，已三更。起来独自绕阶行。人悄悄，帘外月胧明。

白首为功名。旧山松竹老，阻归程。欲将心事付瑶琴。知音少，弦断有谁听。

【注释】

小重山：词牌名，又名“小冲山”“柳色新”“小重山令”。唐朝诗人常用此调写宫女们的幽怨哀愁。

寒蛩：秋天的蟋蟀。

千里梦：这里指岳飞梦到了自己去千里之外保家卫国、战场杀敌的梦想。

旧山：指岳飞家乡的山。

瑶琴：用美玉装饰的琴。

知音：知己，典故出自《列子·汤问》：“伯牙善鼓琴，钟子期善听琴。伯牙琴音志在高山，子期说‘峩峩兮若泰山’；琴音意在流水，子期说‘洋洋兮若江河’。伯牙所念，钟子期必得之。”所以后世都用知音来表示理解自己的知己。

窗外孤月高悬，清澈透亮的月光斜斜地穿过朱门洒满房间。似水的月光依然在房间里悠闲地微波荡漾。昨天夜里通宵未眠，只听秋风在空中肆虐，轻烟薄雾笼罩着的菊花落了一地。深秋的夜晚总是这样萧条寂寒，蟋蟀在止不住地哀鸣。故乡入我梦境，那里白骨露野、一片焦土，这是我熟悉的故乡吗？这里哀鸣四起、寒蝉凄切，我从小长大的故乡，怎么成了这个样子？印象中的故里，柳暖花春，莺飞蝶舞，一派繁荣祥和之景。如今风不清、云不净，到处都是颓垣败井。烽火连天，千里孤魂无人管，看到这里，我突然被惊醒，已经是深夜三更了。我起床看着窗外皎皎的明月啊，它是否知晓人世间的家国离恨之苦呢？夜色凉如水，我独自一人绕着台阶踽踽独行。周围人早已经安眠，他们在家国还让金人脚下践踏的时候睡得正酣！卧榻之侧，他人鼾睡之时，我的国人们也一同安睡！讽刺至极！无奈至极！我只身孤影，在异乡的深秋之夜，四周此时此刻变得静悄悄，昨天还枝叶繁茂、万木峥嵘的树林，今天便全都凋零了，一片孤凉肃杀之气。而帘外的一轮寒月在这个深秋的夜晚变得朦朦胧胧，是我的眼泪遮住了月光吗?

我想为国家收复国土，建功立业，名垂史册，可是，苍然白发却壮志未酬，想到这里我便血泪盈襟。家乡的松竹已经苍老，家乡的战士满鬓残霜，家乡的一切都等不及了，我们要赶快杀敌报国，收复疆土。可惜啊，朝廷上和声四起！皇帝一纸诏书将我召回之后，再也没能让我重回战场杀敌！晓风残月，瑶琴独奏，我的满腹愁思心事，满腹报国热血，纵然把瑶琴弹断，又有谁听出来了呢?我不忍看到祖国衰败，家国遍地饿殍，可是我要报国杀敌的壮志竟也只是一枕南柯！

创作这首《小重山》时候的岳飞是非常愤愤不平的时候。自北宋宣和四年岳飞参军开始，他一直浴血奋战，取得连连胜利。在绍兴六年和绍兴七年两年的时间里，他便带领军队构建了东起淮北地区，西到川陕地区的抗金战线，他指挥的大宋军队骁勇善战、所向披靡、节节取胜收复了黄河以南的大片疆土。就在岳飞及其军队准备大干一场，乘胜追击，打算一举灭了金的军队的时候，宋高宗赵构竟然一纸诏书将岳飞召回来，不让他再上阵杀敌，与金军作战。宋高宗这个人迷恋皇权、鼠目寸光又不能招贤纳良，实在是一位极其不合格的皇帝。这次宋高宗召岳飞回来，表面上冠冕堂皇地说是为了缓和宋金之间的友谊关系，实际上是怕岳飞再取得胜利，收复中原之后，他不得不把皇位归还给宋钦宗。

《小重山》一词，正是在这种形势、气候下写的。岳飞内心的极度郁闷，对投降派猖獗的极度愤慨，身为朝臣又极无可奈何的种种复杂心情，均写于词中。

上阙开头“昨夜寒蛩不住鸣。惊回千里梦”中“寒蛩”交代了作者当时创作的时间，已经是深秋十分。“千里梦”是指岳飞带领军队上阵杀金军的梦，此时他已经被宋高宗赵构从抗战一线召了回来，但是他寝食难安，一直想要重回战场杀敌报国！“惊”字说明岳飞对抗战杀敌的强烈渴望。“已三更。起来独自绕阶行”中“独自”突出表现了词人不但国家处于四面楚歌的状态中，他自己也是孤掌难鸣，周围人都捂着自己的双眼，不去考虑国家的前提，只顾着自己谋利益！

宋高宗与奸臣秦桧狼狈为奸，将主张抗战金国、收复国土的王庶、张戒、曾开、胡铨等人都罢免了，甚至残忍杀害这些民族英雄。岳飞就是在这样的大环境下创作了这首抒发壮志未酬，国家处在水深火热中而自己却不能上阵杀敌的悲愤之情的《小重山》。

无论无能皇帝宋高宗、奸佞大臣秦桧怎么粉饰杀害岳飞的事实，都不会影响后世对岳飞的崇高敬意，岳飞是中华民族的脊梁，他的肉体虽然被昏君、奸臣所杀害，但是他的精神会贯穿整个中华民族。无论他的对手是奸臣秦桧还是至高无上的皇帝宋高宗，我们民族都不会允许这样一位抗战英雄怀冤抱屈地长眠于地下。

自有岁寒心

感遇十二首·其七

［唐］张九龄

江南有丹橘，经冬犹绿林。

岂伊地气暖？自有岁寒心。

可以荐嘉客，奈何阻重深。

运命惟所遇，循环不可寻。

徒言树桃李，此木岂无阴？

【注释】

江南：长江以南的地区。

岂伊：难道那里。岂，难道。伊，语气助词。

嘉客：嘉宾贵客，这里指到来的贵宾们。

运命：运气和命运，结合上下句，运命在这里指的是在官场上的升迁或者贬谪。

无阴：不能成为一片荫处。阴，通假字，通“荫”。

我虽然身处在大唐的盛世，可是我知道这些都是表面的繁荣昌盛，国家早已经是千疮百孔。我向皇帝纳谏，结果一纸诏书便将我贬去荆州。荆州处在南方，阳光充足，雨水丰沛，所以一直盛产丹橘。这里的橘树枝叶繁茂、郁郁葱葱。即使在冬季酷寒难耐、草木萧疏之际，它们也依然是青枝绿叶，一片欣欣向荣之态。有人说，丹橘树能耐得住南国的冬季，是因为这儿的冬季依然柔风甘雨、日丽风和。如果真的是像他们说的这样，那为什么一入冬季菊老荷枯、草木萧疏，只有丹橘树仍然生机盎然？所以，这不是因为天气温暖湿润，而是因为丹橘它的天性向来如此。

无论在什么严寒的环境中，丹橘树都不会改掉它不畏严寒、傲雪凌霜的本性。正因为丹橘有经冬不凋谢的高贵独立品质。同样成长在南方的屈原才会写出千古名篇《橘颂》。他对橘树的欣赏赞叹都能在《橘颂》中体会到。文章开篇便是：“后皇嘉树，橘徕服兮。受命不迁，生南国兮。”意思是：橘树是天地间最美好的树，自从栽种下来便能适应南方的水土，它傲霜斗雪的本性不会因为地区的不同而变化，这就是南国最有本性的树啊！

我如今虽然被贬在荆州，但我也会像这里的丹橘树一样，不改坚韧耐寒的本性。在这里，我发现了几位有济世之才的能人，想要推荐给朝廷，但是关山迢迢、山水阻隔，我怎么才能将他们举荐给朝廷呢？呜呼，人的命运总是玄之又玄，命途多舛、仕途偃蹇，前一秒还是花明柳媚、微风和煦，这一秒就处在清灰冷灶、颓垣断堑中，是谁说有善因必有善果？在我看来，因果之间循环往复的奥秘实在是难以探索。但是如果一人说桃树和李树才能浓荫蔽日，造福一方百姓，我一点也不认同，难道丹橘树就不是浓荫蔽日的吗？它苍翠欲滴，凌冬仍青，让人敬佩！

《感遇十二首》是一组感遇诗，一共有十二首，这首是组诗中的第七首。诗人张九龄刚正不阿、任人唯贤，从不徇私枉法，也不阿谀谄媚，这种性格遭到了李林甫、牛仙客的嫉妒和陷害。在公元736年即开元二十四年被陷害排挤出长安，唐玄宗听信谗言，将他贬谪到荆州当刺史。《感遇十二首》就是张九龄被贬谪荆州期间所作的抒怀诗。荆州地处南方，多产丹橘，张九龄托物明志，借丹橘经冬犹青这一特性表明自己也会像丹橘一样在逆境严寒中，仍然坚持自己的本性。

“江南有丹橘，经冬犹绿林”，正常情况下，不要说“经冬犹绿林”，哪怕只是秋季，很多植物的叶子都会变黄脱落，屈原曾说“袅袅兮秋风，洞庭波兮木叶下”意思是秋风一吹，即洞庭湖畔树的叶子也纷纷落下。这里张九龄借用屈原《九章·橘颂》中：“受命不迁，生南国兮。深固难徙，更壹志兮。”屈原是南方人，丹橘树也生于南方，张九龄被贬谪的荆州更是南方远近闻名盛产丹橘的地方。在天寒地冻的时候，张九龄看到南方的丹橘树仍然是绿色，他不由自主地想到同样身为南方人的屈原的《橘颂》，他也佩服赞赏丹橘在严冬酷寒的时候仍然坚持自己的本性，一个“犹”字充满赞赏之意，也表明了作者张九龄已经注意并十分欣赏丹橘凌寒独立，在困难中坚持如一的本性。

“岂伊地气暖？自有岁寒心”中“岁寒心”化用孔子《论语·子罕》篇：“岁寒，然后知松柏之后凋也。”这里“岁寒心”一语双关，一方面是赞赏丹橘也像松柏一样有着十分耐寒的本性，另一方面是比喻诗人自己不畏奸佞，即使被排挤出长安，贬谪到偏远的荆州，也将不会改变自己报效祖国、凌霜傲雪、刚正不阿的本性。诗的结尾“徒言树桃李，此木岂无阴?”诗人这里用反问句表达强烈的愤懑之情，诗人提出质疑，不要不看实际境况就说，只有种桃树李树才能供人们乘凉，难道经冬犹绿的橘树不能供人们乘凉吗？如果放在当时的官场上看，“桃李”指的是李林甫、牛仙客之流，而丹橘指的是像自己一样被朝廷奸臣谗言所中伤的贤者。这是作者对朝廷偏听偏信，不任人唯贤，听信谗言的强烈不满！这也是全诗的核心主旨所在。

张九龄被称为“开元盛世”的最后一位名相，他说到做到，他的一生过得真是如南方丹橘一样，他凌霜傲雪、不趋炎附势、不徇私舞弊，敢于与黑暗的势力做斗争，即使身处逆境，也没有改变自己高洁的本性。

欲减罗衣寒未去

蝶恋花·欲减罗衣寒未去

［宋］赵令畤

欲减罗衣寒未去，不卷珠帘，人在深深处。红杏枝头花几许。啼痕正恨清明雨。

尽日沉烟香一缕。宿酒醒迟，恼破春情绪。飞燕又将归信误。小屏风上西江路。

【注释】

不卷珠帘：化用唐代王昌龄的《西宫春怨》："西宫夜静百花香，欲卷珠帘春恨长。斜抱云和深见月，朦胧树色隐昭阳。"

人在深深处：化用自北宋欧阳修的《蝶恋花》："庭院深深深几许，杨柳堆烟，帘幕无重数。"

红杏枝头花几许：语出自北宋宋祁《玉楼春·春景》："绿杨烟外晓寒轻，红杏枝头春意闹。"

啼痕：这里是形容清明时节杏花上沾有的雨滴。

沉烟：点燃了的沉香。

宿酒：过了一夜的酒，即昨天晚上睡觉前饮的酒。

天色微亮，烟雾缥缈迷蒙，用蚕丝织成的帷幕百无聊赖地垂下来。我日日夜夜、望穿秋水盼望的心上人还没有归来，顿时哀愁四起。现世虽然海晏河清，可惜我们之间叠嶂层峦，巍然耸立，我的心上人至今仍然音信全无。此时，窗外小雨淅淅沥沥，春意已深，我想脱去冬日里的锦帽貂裘，换上清新淡雅的春日薄衫，但是最近这几天冬天似乎赖着不走，依然寒风侵肌，风雨萧条，街上灯光阑珊。想起以前我们形影相伴的时光，而如今只剩下我一个人孤苦伶仃，我便无心梳妆打扮，也懒得起床卷起重重珠帘。“世人万千种，浮云莫去求。斯人若彩虹，遇上方知有。”自从心上人离开以后，我便一个人住在这深深的庭院中。前些日，碧空如洗，风和日暄，花圃里的燕语莺声，热闹非凡。我看着火红热烈的杏花在枝头傲然绽放，蝶恋蜂狂，婀娜多姿。看着这番春日美景时，我更加忧思愁愁，这么美丽怜人、青春活力的红色杏花，也不知道能开到什么时候。

果然，这几日狂风大作，哀雨连连，前几日还花团锦簇的红杏花，如今只剩稀稀疏疏的几朵小花儿在寒雨斜风中瑟瑟发抖。看到此景，我不由得为自己的生活慨叹。我的花期也只有短短的几年，可是心上人迟迟不归。只怕他归来之际，我已经年老色衰。春归人老，道不尽心中许多的哀痛。清明时节，阴雨连连，枝头杏花上的点点雨水好像花儿在雨夜留下的啼痕，我不喜欢下雨的清明，终日我只能闷闷不乐闲坐在清冷的闺阁中，看着沉香冒出一缕缕轻烟。昨天夜里，止不住的相思愁，我只能借助醉酒来逃避如洪水般涌来的愁思，昨夜醉得太深，今早迟迟没有醒过来。恼怒自己一直沉浸在伤春的哀伤里，可是又别无他法。归来的飞燕耽误了我和心上人之间的书信往来。我吞声饮泣，呆呆地望着画着西江水路的屏风。遥远的西江水，能够载回他的思念吗？

这首《蝶恋花·欲减罗衣寒未去》是北宋词人赵令畤创作的一首深闺伤春怀人词。作者赵令畤，他原来的字是景贶，后来苏轼将他的字改为苏轼德麟，可见他与苏轼之间有着非同寻常的深厚感情。我们现在无法得知这首《蝶恋花》创作的具体时间。但是根据作者的平生经历，我们也可以得到一些线索、启示。在苏轼被贬谪放逐的时候，他也曾受到了牵连，被贬谪到偏僻荒凉的地方，仕途偃蹇。自楚国屈原以香草美人自喻之后，以花草美人寄托自己悲惨际遇便成为一种十分常用的寄托方法。结合赵令畤被贬谪的经历，这首词他很可能是借闺中女子伤春怀人的愁思寄托自己被贬谪，而无人赏识的哀愁。

上阙首句“欲减罗衣寒未去，不卷珠帘，人在深深处”中“寒未去”点明时节——早春时节，乍暖还寒的时候。这种变幻无常的天气必定会影响到心思敏感脆弱的闺中女子的心情。“深深处”将沉闷、孤寂的环境精准地表达出来，环境的氛围也是人心境的反射，沉闷的环境也折射出闺中女子心情的烦闷。“不卷珠帘”可能有两方面的原因，一方面心上人不在身边，自己懒得去也没有心思去做任何事情，终日百无聊赖，愁思满怀；另一方面帘外现在春意正浓，而自己却是形单影只，强烈的对比反衬，她害怕明媚春景让她额蹙心痛、凄怆流涕。“红杏枝头花几许？啼痕正恨清明雨”中“啼痕”运用拟人的修辞手法，枝头稀稀落落的几朵红杏花儿似乎像刚刚啼哭过一样，满是泪痕，它们也在憎恨冰冷无情的清明雨吧！花儿本没有啼哭、憎恨，是女主人公将自己的感受赋予在红杏花上面，这里花的啼痕和憎恨都是女主人公内心情感在外界的影射，将女主人伤春惜花的感情表现得淋漓尽致。“尽日沉烟香一缕”中“尽日”是终日的意思，女主人公终日望着一缕缕沉香烟发呆，可以想象到她每天在深深的闺阁中是多么的无聊冷寂。

这首词的语言婉转清丽，情思真挚哀伤，意境哀转久绝，含蓄幽深，触目兴叹，柳啼花怨让人读之感到意犹未尽，神韵久远，一咏三叹。

绿杨烟外晓寒轻

木兰花·春景

［宋］宋祁

东城渐觉风光好，縠皱波纹迎客棹。绿杨烟外晓寒轻，红杏枝头春意闹。

浮生长恨欢娱少，肯爱千金轻一笑。为君持酒劝斜阳，且向花间留晚照。

【注释】

木兰花：词牌名。它原来是唐代教坊曲名，后来才用作词牌名。

縠皱波纹：縠皱，绉纱，即有很多褶皱的纱。“縠皱波纹”是水中波纹的形象化说法，水中的波纹就好像有很多褶皱的纱。

浮生：好像浮在水面上的人生，形容人生漂浮不定而又十分短暂。语出《庄子·刻意》：“故无天灾，无物累，无人非，无鬼责。其生若浮，其死苦休。”

持酒：端起酒杯。来自《新唐书·庶人祐传》：“王毋忧，右手持酒啗，左手刀拂之。”

晚照：夕阳西下时留下的余晖。语出自南朝宋武帝《七夕》诗之一：“白日倾晚照，弦月升初光。”

风和日暄、湖光山色的东城让我的心情十分舒畅，这里的风轻轻抚摸着我的脸颊，好像风姿绰约的情人在耳边说着最动听的温情蜜语，熏风解愠，让我不禁感叹道：“东城真是个风光旖旎的好地方啊！”我驾着一叶扁舟，在烟波浩渺的水面上漂荡，船儿驶过，水面上起了一层层好似绉纱的波纹，看碧波荡漾，浮光跃金，沁人心脾。东城也不是一整天都是柳媚花明的阳光姿态，破晓之际的东城和其他时候的东城风格实在迥异。清晨太阳还没有升起之前，风清月皎，河边柳树的柔枝嫩条笼罩着一层淡淡的纱雾，烟雾迷蒙，让人沉醉在晓风中。

东城春色撩人，火红的杏花簇拥在枝头，微风轻扬，花儿都摇曳在枝头，热闹非凡。柳丝垂，莺声娇，人们往往忽略身边美景，迷失在无边无际的琐事中。暂且放下那些鸡毛蒜皮的俗事，停下来，看一看李白桃红，听一听鸟语风声，不要再去管俗世的升沉荣辱，远离人间的尔虞我诈，此生将身心寄托给山水再不去经历炎凉世态。

异木奇花、柳亸莺娇、蝶意莺情、云兴霞蔚……哪一桩不比那些凡尘俗世的杂事重要！美是生命之光，是最重要的事，我愿意一掷千金搏得美人一笑。酌古准今，浮名浮利不足惜，要珍惜面前的桂酒椒浆，及时行乐，人生短短几十年，为欢几何？站在西风斜阳中，我举起酒杯敬夕阳一杯，劝它在人间多留些时光，为正在斗丽争妍的花儿们添加一抹晚霞的缤纷艳丽。

《木兰花·春景》是宋代词人宋祁赞颂明媚的春光，表达了及时行乐的情趣的词作。宋祁的一生是多姿多彩的，他对自己的每一种身份都把握得极好。在学习上，他与哥哥宋庠同年中第，“二宋”之名传为美谈，当时京城人们都称他们为“双状元”；在为官上，他敢于直言极谏、一心为公，最终官至尚书；在生活中，他及时行乐、浪酒闲茶、风花雪月，过得潇洒肆意；在治学上，他与欧阳修一同撰写《新唐书》，这本书大部分都是他整理写作的，历时十余载终于完成。宋祁一辈子的生活可以抵得上别人的四辈子。他在每一种身份里都是成功的。宋人爱写词，如果一个人的某首词特别著名，他们便会截取词中语言来称呼这个人，表面上为戏谑，实际上是对这个人的肯定，更是对这首词的肯定。张先因为《天仙子水·调数声持酒听》中的“云破月来花弄影”、《剪牡丹·舟中闻双琵琶》中的“柔柳摇摇，堕轻絮无影”、《归朝欢》中的“娇柔懒起，帘幕卷花影”三句名句中都带“影”而被称为“张三影”；秦观因为《满庭芳·山抹微云》中的“山抹微云，天连衰草，画角声断谯门”被称为“山抹微云秦学士”；贺铸因为《青玉案·凌波不过横塘路》中的“一川烟雨、满城风絮，梅子黄时雨”被称为贺梅子。而宋祁因为这首《木兰花·春景》中的“红杏枝头春意闹”而被叫作“红杏尚书”。

上阕开头“东城渐觉风光好”中用“东城”而不说“西城”“北城”等是有原因的，太阳从东边升起，人们也普遍认为春天是从东边过来，然后慢慢再过渡到西边。所以，我们现在看古人春游也是去东郊。“风光”不仅是指风景的光彩绚丽，这里也包括人事，当时宋祁因为与欧阳修合力撰写了十余年的《新唐书》终于完稿而被升为工部尚书，这首词就是在他任职工部尚书期间所写的。“縠皱波纹迎客棹”中“縠皱”生动形象地写出了春水之轻、春水之柔。“红杏枝头春意闹”这句词是全词中最著名的一句，一个“闹”字不但将枝头红杏的蓬勃生机表现得淋漓尽致，而且还将春日里百花争妍、生机勃勃、一派盎然的春意全都传达出来了。“浮生长恨欢娱少”中“浮生”表明人生很短，劝人们及时行乐、珍惜春日光景。

他的这首《木兰花·春景》也如他的人生一样收放自如、有条不紊，语言华丽而不奢靡，言情直率而不轻佻，着墨不多却形象生动，清代的刘体仁在《七颂堂词绎》这样评价他的这首及时行乐的词：“‘红杏枝头春意闹’，一‘闹’字卓绝千古。”

飞花令里品诗词
自

自将磨洗认前朝

赤壁

［唐］杜牧

折戟沉沙铁未销，自将磨洗认前朝。

东风不与周郎便，铜雀春深锁二乔。

【注释】

折戟：折断的戟。戟，古代兵器。

销：销蚀。

磨洗：磨光洗净。

认前朝：认出戟是东吴破曹时的遗物。

东风：指火烧赤壁一事。

周郎：指周瑜，字公瑾，年轻时即有才名，人乎周郎。后任吴军大都督。

铜雀：铜雀台，曹操在今河北省临漳县建造的一座楼台，楼顶里有大铜雀，台上住姬妾歌伎，是曹操暮年行乐处。

二乔：东吴乔公的两个女儿，一嫁前国主孙策（孙权兄），称大乔，一嫁军事统帅周瑜，称小乔，合称“二乔”。

水底泥沙之中，有一支已经折断了的铁戟，直到如今还没有被销蚀，我将它洗干净打磨之后，发现是当年赤壁之战留下来的东西。

如果当年周瑜没有请诸葛亮去“借东风”，趁东风之势打赢这场以少胜多的战役，那么曹操或许就是胜利者，大乔和小乔的结局，也终将是被囚禁在铜雀台的。

这首《赤壁》是唐代著名诗人杜牧的作品之一。杜牧不仅诗文出众，还通晓政治军事，可谓经邦济世之才。他对历史相当熟知，在经过赤壁古战场时，看到部分战争遗迹，联想到三国英雄的衰亡成败，有感而发作下此诗。

杜牧借这首七言绝句来托物言志，含义较为隐晦。一则表明赤壁之战关系到国家生死与存亡，二则表达自己怀才不遇的郁闷之情，他空有一番报国壮志，始终未被重用。他在诗中大胆设想双方胜负转换的情景，表达出独特的战争视角。

“折戟沉沙铁未销”，乍一看来感觉平淡无奇，但细读便可见其中隐藏的深意。杜牧写折断的铁戟被深埋在沙里，一是表明这里曾经发生过激烈战事，二是强调战场的荒芜与凄凉之感，有物是人非的无奈情绪。

“自将磨洗认前朝”，是对前句所写事件做的后续说明。既然在战场遗址发现古兵器，当然想要确认一下到底是哪个朝代遗留下来的。埋在泥沙之中，自是沾满沙屑泥土的，需经清洗方可辨认。既符合现实逻辑又有深意在其中。

洗磨之后发现原是赤壁之战的遗兵之器。杜牧生于唐代，与三国时期相距600多年，这件沉埋江底好几百年的生锈折戟，很容易让人产生无限遐思。也引导了杜牧的联翩浮想，为后文抒怀做了很好的铺垫。

“东风不与周郎便”，虽然只有短短七个字，却可指代整整一场宏大而著名的战役，感叹杜牧文字功底之魅力。这里对上一句中的“前朝”做了很好的承接，所谓前朝即指三国时期的赤壁之战，是以少胜多战役之杰出代表。

历史上的赤壁之战，发生于汉献帝建安十三年十月，曹操被蜀吴联连军击败。期间功臣不少，尤其以“借”来东风的诸葛亮最为人们津津乐道，但是周瑜作为联军统帅，对促成三国鼎立局面功不可没。

然而杜牧并未将过多笔墨放在东风和周瑜身上，亦未像前人诗句那样满篇赞词，而是通过观赏古战场和遗物，另辟蹊径，思索如果周瑜没有利用到这场东风，那么获胜的将是曹操，历史也会因此被重新编写。以独特的视角写出了别样感思。

“铜雀春深锁二乔”，也是对上一句的承接，杜牧在这里写出了对战役联想的结果。若曹操一方取胜又将是怎样的一种局面呢?他以预测大乔和小乔命运的方式，间接表达战事结果，还是年纪轻轻，被囚禁在铜雀台，独守寂寞春宫的命运。

“二乔”是三国时期两个著名的大美女，又是亲姐妹，大乔为孙策之妻，小乔为周瑜之妻，杜牧没有直接说政治以及军事上的种种改变，而是以“二乔”命运指代这种改变，倘若“东风不与周郎便”，那么历史的结局自然是“铜雀春深锁二乔”，其写作手法足见精妙。

其中“铜雀春深”也是国家存亡与风云变幻的一种指代。蜀吴联军惨败必遭屈辱，曹操取胜必是得意骄姿，“春深”意指金屋藏娇。杜牧在军事上颇有见解，曾向君王提出过很多建议，乍看他将赤壁之战的功劳归于东方，并非狭隘见解，其意在于借史抒情，表达自己被大材小用，难以施展的悲愤之情。

杜牧将硝烟弥漫的战争与决定生死的胜负，写出如此深切蕴藉，让人赞佩。而“东风不与周郎便，铜雀春深锁二乔”也成为后世之人广为传颂的经典佳句。

出自北门

国风·邶风·北门

［周］无名氏

出自北门，忧心殷殷。终窭且贫，莫知我艰。

已焉哉！天实为之，谓之何哉！

王事适我，政事一埤益我。我入自外，室人交徧讁我。

已焉哉！天实为之，谓之何哉！

王事敦我，政事一埤遗我。我入自外，室人交徧摧我。

已焉哉！天实为之，谓之何哉！

【注释】

邶（bèi）：中国周代诸侯国名，地在今河南省汤阴县东南。

殷殷：忧愁深重的样子。

终：王引之《经义述闻》引王念孙说："终，犹既也。"窭（jù）：贫寒，艰窘。

已焉哉：既然这样。下同。

谓：犹奈也，即奈何不得之意。下同。

王事：周王的事。适（zhì）：同"擿"，扔，掷。适我，扔给我。

政事：公家的事。一：都。埤（pí）益：增加。

徧：同"遍"。

讁（zhé）：谴责，责难。下同。

敦：逼迫。

遗：交给。

摧：挫也，讥刺。

我从北面的城门走出去，多么的忧心忡忡。那么的烦闷且伤怀，我困窘贫寒的模样，没有人了解我的艰辛。老天既然这样安排，那就算了吧，我也没有什么好说的！

王家千岁差遣我去办事，衙府再添新公务。我忙完公事转回家，家人多抱怨又呵斥，没有人倾听我的无奈。老天既然这样安排，那就算了吧，我也没有什么好说的！

皇宫王室的差事办不完，衙府公务太沉重。我办完公事才归家，家人多咒骂又讥讽，没有人理解我的不易。老天既然这样安排，那就算了吧，我也没有什么好说的！

这首《北门》出自诗经《国风·邶风》,《诗经》是中国古代第一部诗歌总集，而此诗便是其《国风·邶风》篇中较为著名的一首。共三章二十一句，纯用赋法，不假比兴，重章叠唱，一唱三叹，其情可见。普遍认为该诗为小官吏表达不堪其苦的诗怨，诗中可窥其历史背景一隅。

“出自北门，忧心殷殷。终窭且贫，莫知我艰。”起句以小官吏出北门为引，点明忧心忡忡的样子，原因在于贫困交恶的生活，无人了解他的艰辛。很明显这是一种心理活动描写，由出北门的这一次行程引发的。想必当时领命受任时心情已差，加之天气寒凉，更触发了他忧烦的情绪，他一个人独自瑟缩前行，眉宇间满是彷徨。

“王事适我，政事一埤益我。我入自外，室人交徧讁我。”此句指小官吏受王家千岁差遣办事，同时衙府又给他增添了新的公务。当他将一切忙完回到家，家人不仅不倾听他的难处，还诸多抱怨。这一切皆因他微薄的收入，无力养家之故。

“王事敦我，政事一埤遗我。我入自外，室人交徧摧我。”在王宫皇室的差事与衙府的公务双双重压下，小官吏已经不堪重负，身心俱疲回到家中，还要听家人的怨怼和讥讽，没有人理解他的那些不容易。

“已焉哉！天实为之，谓之何哉！”每章末尾三句相叠，反复表达小官吏对繁忙公务和贫困生活表示出哀伤，他内外交困，事务繁重，还遭受家人的责难，但无又毫无办法的窘状，他认为这是上天的安排，乖乖认命了。不难理解他此刻的无可奈何，整日辛劳却赚不到用以改善生活的薄禄，能不对前路充满忧患，对未来充满各种不确定吗?

全诗以时下一位小官吏口吻，诉说愁苦哀怨心情，描绘出内外交困、身心俱疲的生存状态。他位卑禄薄，公事却繁重苛细；他辛勤奔波，却不得上司体谅，他一再隐忍，公务反而越增越多；他不堪重负，却一再遭到家人怨责；使他牢骚满腹，他却未将愁绪带入公务和家庭，反而在痛苦难禁、悲愤之余，归之于天，安之若命。

他公府任职上遭遇的种种艰难，不解内情的家人只知他俸禄微薄，他深觉愧对家人，任其责骂。诗句虽是小官吏倾诉愁苦怨诉，并非无病呻吟，这样一个忠于主事，勤于政事的基层小官吏，堪称“敬业精神的忠谨之士”。体现了《诗经》“饥者歌其食，劳者歌其事”的现实主义精神。

诗中多处隐喻，古来“北”通“背”，以“北门”开篇，暗喻小官吏正走“背运”；此外，从皇宫府衙北门而出，自是背南面北，暗淡无光的。尤其每章末尾“已焉哉，天实为之，谓之何哉”

三句重复使用，一唱三叹式的语气，切实地丰韵了意境，增强了情志。

闲花自发

满江红·翠幕深庭

［宋］吴文英

翠幕深庭，露红晚、闲花自发。
春不断、亭台成趣，翠阴蒙密。
紫燕雏飞帘额静，金鳞影转池心阔。
有花香、竹色赋闲情，供吟笔。

闲问字，评风月。时载酒，调冰雪。
似初秋入夜，浅凉欺葛。
人境不教车马近，醉乡莫放笙歌歇。
倩双成、一曲紫云回，红莲折。

【注释】

满江红：词牌名。又名“上江虹”“念良游”“伤春曲”。
露红晚：露出红色的时间较晚。指开花的时间较往年晚。
帘额：帘幕的横额。
载（zài）酒：携带酒水。
葛：葛衣。
人境：尘世、人居住的地方。
醉乡：喝醉之后昏昏沉沉，迷迷糊糊的境界。王绩著《醉乡记》。

双成：西王母身边仙女董双成，这里借指歌伎。

紫云：唐时妓女名，为李愿所蓄妓。

茂密树林掩映着一座深深的庭院，遮天蔽日的苍翠枝叶，很难让人发觉院中尚有晚开的红彤花朵，它们就那样悠然自得地盛放着，院中的亭台楼阁在绿荫下与这盛放的红艳花朵相映成趣。雏燕都在忙着跟父母学习飞行，空荡荡的燕窠，竹帘上没有了燕儿的影子，显得那样的寂静；倒是竹帘之外的水池里，尚有金鱼游来游去。花香扑鼻的庭园里，竹影将这盎然春趣写满诗句，供人吟唱。

与友人闲来论学时曾经谈起有关冶游的乐趣，拿出雪水调制的冰酒，边饮边谈。晚春时节，夜里像初秋那样露重凉袭，即使穿着衣服仍有凉意重重。虽身处尘世，却不想让车马靠近。美酒伴笙歌，飘飘欲仙的歌伎高歌一曲《紫云回》，就连池塘中的红莲，都为之倾慕了。

这首《满江红·翠幕深庭》是南宋词人吴文英的作品之一。吴文英号“词中李商隐”，与贾似道为友。一生词作数量丰沃，风格雅致，以酬答、伤时与忆悼居多，后世赏评争论颇多。此词是他早年客居杭州，秋、夏之交叠之季在廖药州湖边的游园赏景作品。

“翠幕深庭，露红晚、闲花自发。”开篇主写庭院里的晚开的花朵，但并示直言，而是以浓荫密叶掩映庭院开篇，增添一份游春探景的生动意趣，最后才点出这与世隔绝的红艳花朵，在深深庭园中悠然绽放着自己的美丽。

“春不断、亭台成趣，翠阴蒙密。”由发现院中色彩红艳的花朵视野点，向周遭园景扩展描述，园中亭台楼阁被浓荫掩映，表达出此种自成一趣的春情春景世上难觅。

“紫燕雏飞帘额静，金鳞影转池心阔。”由上文的花朵、绿荫、亭台楼阁等静景写动景。未成年的雏燕在老燕的指导下学习飞行，原本在竹帘上热闹的燕窠，此时也变得寂静空荡；不过帘外池塘里的鱼儿嬉戏弄水的场景，却是热闹非凡的，鱼儿嬉水荡漾起的春水，因有艳阳的映照，不仅波光粼粼，而且将水面显得更加宽阔了。

“有花香、竹色赋闲情，供吟笔。”一阵阵沁人心脾的花香暗暗扑鼻，仿佛满园都被花香浸染，加上翠竹倩影摇曳，简直春趣无限。吴文英见此情此景，欣喜吟诗，快意诵句，成就了这一首《满江红》。

“闲问字，评风月。时载酒，调冰雪。”此句描写的是诗词文友间的文学切磋之间，一个“闲”字写出轻松惬意之感，一个“评”字写尽无限风月之情，满满都是一派友人之间的闲适幽雅。捧出用冰雪调制的爽酒，大家一边赏景论文，一边举杯对饮，展现出吴文英与文友们相互酬唱赠答，饮酒作乐的生活。

“似初秋入夜，浅凉欺葛。”由于前文提示现在已经是晚春时节，更以冰雪调酒，说明天气足够炎热。诗中言似秋天夜晚，应是吴文英与文友们一起喝了冰雪调制的酒，即使穿着单衣，也有一种微微凉意袭身的感觉，这里不做“凉”解，而做“爽”解。“似、浅、欺”炼字精、轻、灵，妙绝。不说衣裳单薄，而说天凉（气候）欺负葛布之衣。将自然界的天气拟人化了。“人境不教车马近，醉乡莫放笙歌歇”一韵，化用“倩双成、一曲紫云回，红莲折”一韵，承“醉乡”，词人酒醉之后进入梦乡，也和唐玄宗一样在梦中听仙女们演奏仙曲。“红莲折”表现仙乐的艺术效果，又与上片“露红”“花香”应照。

“人境不教车马近，醉乡莫放笙歌歇。”此句开始便是吴文英内心抒怀之语了，意指他虽然身处红尘世俗之中，但是却不愿接近人群，这里的人群暗指权贵官宦，他只愿陶醉在自己的小窝里，一直听着妙曼动听的歌乐，永远不醒来。

吴文英在这里所传达的意境与在《饮酒》诗中的暗喻有着异曲同工之妙，他也希望如陶渊明一般：“结庐在人境，而无车马喧，问君何能尔，心远地自偏。”离官场和尘俗，于田园隐居生活中，享受着宁静闲适的情趣，这是一种精神追求。

“倩双成、一曲紫云回，红莲折。”此句仍为虚写，是想象中的情境。是接前句的“吟笔、闲评、载酒”而言，有诗有酒，自然有绝色歌姬献艺，于室内绕席，为众友唱上一曲《紫云回》的飘飘仙乐，悠悠地传到庭院，被园中池塘里的红莲听到，都会为之倾慕的。

吴文英由晚春园苑的盎然春趣，道出与友人游园赏景论文之乐，引发内心远离世俗的感怀，对世外桃源的园田生活寄予无限渴望，体物入微，情景交融，典出有据，清丽言辞，“闲”字风骨更见雅致隽永。

庚郎先自吟愁赋

齐天乐·蟋蟀

［宋］姜夔

丙辰岁，与张功父会饮张达可之堂。闻屋壁间蟋蟀有声，功父约予同赋，以授歌者。功父先成，辞甚美。予裴回茉莉花间，仰见秋月，顿起幽思，寻亦得此。蟋蟀，中都呼为促织，善斗。好事者或以三二十万钱致一枚，镂象齿为楼观以贮之。

庾郎先自吟愁赋，凄凄更闻私语。
露湿铜铺，苔侵石井，都是曾听伊处。
哀音似诉。正思妇无眠，起寻机杼。
曲曲屏山，夜凉独自甚情绪?

西窗又吹暗雨。为谁频断续，相和砧杵?
候馆迎秋，离宫吊月，别有伤心无数。
豳诗漫与。笑篱落呼灯，世间儿女。
写入琴丝，一声声更苦。

【注释】

齐天乐：词牌名又名“台城路”“五福降中天”“如此江山”。《清真集》《白石道人歌曲》《梦窗词集》并入“正宫”(“黄钟宫”)。

张功父：名镃，张俊孙，有《南湖集》。张达可：张链旧字时可，与达可连名，疑是兄弟。

裴回：徘徊。

中都：犹言都内，指杭州。

庾郎：指庾信，曾作《愁赋》，今唯存残句。

铜铺：装在大门上用来衔环的铜制零件。

屏山：屏风上画有远山，故称屏山。

砧杵（zhēn chǔ）：捣衣石和棒槌。

候馆：迎客的馆舍。

离宫：皇帝出巡在外住的行宫。

豳（bīn）诗：指《诗经·豳风·七月》，其中有“七月在野，八月在宇，九月在户，十月蟋蟀入我床下”句。

漫与：率意而为之。

作有《愁赋》一词的诗人庾信，在吟词写赋之时，忽然耳边传来蟋蟀凄切的鸣叫，仿佛一阵阵私语之声。门上的铜环被寒夜的露水打湿，就连井边的石板也有青苔蔓延了，蟋蟀在这些地方都曾鸣叫过。叫声哀怨，似诉非诉，惹得思妇难眠，夜起织布。机杼找到，却想到应该是写锦书远寄之时了。孤居独宿的妇人闺房里，陈列着画有青山的曲折屏风，深夜凉气透过屏风，心情愈加的悲凉！

夜里刮起的风雨敲打着西窗，蟋蟀鸣叫仿佛应和着砧杵声，一刻也不停歇？这虫在绎旅迎寒秋，在离宫吊冷月，怕是伤心事太多了吧！《诗经·豳风·七月》篇曾言，诗句如率意之作。笑叹人间蒙昧儿女，蹲守篱笆，快意叫喊道：快拿灯来，有蟋蟀！他们并不知道若将此种虫鸣之声谱成琴曲弹奏，是如何的悲苦与凄凉。

这首《齐天乐·蟋蟀》是南宋文学家、音乐家姜夔的代表作之一。姜夔一生屡试不第，终身未仕，转徙江湖，靠卖字和朋友接济为生。但他人品秀拔，多才多艺，精通音律，又因其体态轻盈，人称“气貌若不胜衣，望之若神仙中人”，与诗人词家杨万里、范成大、辛弃疾等均为好友。作品素以空灵含蓄著称，是继苏轼之后又一难得的艺术全才。

通过词前序文可知，本词写的是丙辰年间之事，也就是宋宁宗庆元二年（1196）。张功父（张镃）赋了一首《满庭芳·促织儿》的词作，其间写景状物简直是“心细如丝发”，感其妙曼，于是姜夔便别创新意，作下此词。

“庾郎先自吟愁赋，凄凄更闻私语”中的庾郎，是指庾信，曾作有哀愁之作《愁赋》，以此为引，写庾郎听到蟋蟀凄切而细碎之声，有如“窃窃私语”，带有浓厚感情色彩的生动比喻，仿佛上句的吟赋之声相契合。词人寒夜吟赋本是愁绪漫天，再蟋蟀听私语，更见悲凉，在词意上是层层递进，在寄寓上是姜夔深沉感怀身世之苦、家国之痛。

“露湿铜铺，苔侵石井，都是曾听伊处。”从空间描写开启视野，露水打湿的大门铜环，长满苔藓的石砌井边，处处可闻蟋蟀的鸣叫声。这种写法一是丰富作词内容，二是渲染情景氛围，既写实又暗喻，借以感怀世事人情。

“哀音似诉。正思妇无眠，起寻机杼。”由承接上句的“私语”，展开对思念良人的女子情况进行描绘。蟋蟀的哀鸣如泣如诉，让难以安眠的女子更加无法入睡了，只好起床织布，消解无边愁绪。机杼声与蟋蟀鸣仿佛你唱我和，迟迟不肯停歇。此句以蟋蟀鸣声引出世事人情，揭示出北宋王朝的灭亡与南宋王朝苟且偷安的可悲现实。词意神影兼具，让人拍案叫绝。

“曲曲屏山，夜凉独自甚情绪?”从思妇闺房中屏风上所画的远山遥水，引起女子怀念远方良人的思念之情。业已深秋，女子哀叹何时才能将自己亲手做的寒衣送到远方征人的手里呢？秋夜露寒，良人出征何时才能回还呢？今夜孤影独怜，无心作乐。姜夔将一切世情委婉尽诉。

"西窗又吹暗雨。为谁频断续，相和砧杵？"此句转折被后人赞评："岭断云连，最得换头妙谛，奉为典范。"意指姜夔从空间描写向人事更转的精绝妙处，由室内写到窗外，由织妇写到捣衣女。其中一个"又"字，起到了承上而下的"境换意连"，着实是一种词意脉络暗通的写法。秋风吹雨敲打寒窗，孤灯下蟋蟀为谁鸣唱？原来是那阵阵捣衣之声。

"候馆迎秋，离宫吊月，别有伤心无数。豳诗漫与。"以蟋蟀鸣声进一步推向空间与人事。客馆代表着各行各业，各色人等；而离宫代表皇室衰落下不幸的女子们。这些失意漂泊者在暗夜悲秋吊月时，听闻虫鸣似悲如泣的阵阵私语，与孤吟声、机杼声、砧杵声交织成凄婉哀愁的交响曲，更加重思国怀乡的感伤。姜夔表示自己因受蟋蟀声感染快意为诗。这里典出《诗经·豳风·七月》："七月在野，八月在宇，九月在户，十月蟋蟀入我床下。"

"笑篱落呼灯，世间儿女。写入琴丝，一声声更苦。"看似突兀的一句插入，实则用意颇深。写儿童呼灯捉蟋蟀的快乐场景，但虫鸣调变，若谱成琴曲，就是失旋远律的不协调乐章，使原本已经非常凄楚幽怨的琴音变得更加悲苦了。

姜夔此词咏物抒情，以写听蟋蟀鸣声寄托家国之恨。分辟蹊径、别开生面的精妙写作手法，将多次空间转换带入人情世事，夹叙夹议，层层递进，步步渲染，处处烘托，营造了一场深远且凄离的艺术境界。姜夔的高超的音律造诣在词中也可窥见一斑。

舞困榆钱自落

满庭芳·晓色云开

［宋］秦观

晓色云开，春随人意，骤雨才过还晴。古台芳榭，飞燕蹴红英。舞困榆钱自落，秋千外、绿水桥平。东风里，朱门映柳，低按小秦筝。

多情，行乐处，珠钿翠盖，玉辔红缨。渐酒空金榼，花困蓬瀛。豆蔻梢头旧恨，十年梦、屈指堪惊。凭阑久，疏烟淡日，寂寞下芜城。

【注释】

满庭芳：词牌名。

晓色：拂晓时的天色。

芳榭：华丽的水边楼台。

蹴（cù）：踢。

红英：此指飘落的花瓣。

榆钱：春天时榆树初生的榆荚，形状似铜钱而小，甜嫩可食，俗称榆钱。

绿水桥平：春水涨满了小河，与小河平齐。

秦筝：古代秦地所造的一种弦乐器，形似瑟，十三弦。

珠钿翠盖：形容装饰华丽的车子。珠钿，指车上装饰有珠宝和嵌金。翠盖，指车盖上缀有翠羽。

玉辔红缨：形容马匹装扮华贵。玉辔，用玉装饰的马缰绳。

红缨，红色穗子。

金榷（què）：金制的饮酒器。

花困蓬瀛：花指美人。蓬瀛，传说中的海上仙山蓬莱、瀛州。此指饮酒之地。

拂晓晕红天边，如海一般的云雾已经消散开来，我的心情在这大好春光中变得更加开朗，狂风骤雨之后天已放晴。古亭台，芳水榭，燕子飞越花丛仿佛踏落无数花瓣。迎风飞舞的榆树钱儿似乎因为困乏纷纷飘零，秋千在庭院里摇荡着，院墙之外的桥平已经被绿水满溢。杨柳垂荫下，是融融春风掩映的朱门，有小秦筝之乐传出。

我思念着旧日情人游春赏景的情形。她乘的香车顶上覆着翠羽的伞盖，她的头上插着珠玉的发簪，而我骑的精良骏马辔头上也挂着红缨。金樽美酒已残，美人便倦了这蓬瀛仙境。往日豆蔻年华的青春女子与我相别，十年离情恨梦浑然，屈指算来惊觉一番凉意。我倚栏久望，只有稀疏的烟雾在凄迷的落日中，寂寥地沉入那扬州之城。

这首《满庭芳·晓色云开》是宋代词人秦观的作品之一。成词年份无从查考，后人以其《与李乐天简》一文考证，应于宋元丰三年春天游历扬州时所作。秦观字少游，官至太学博士，国史馆编修。他一生坎坷，善以长调抒写柔情，作品高古沉重，寄托身世，感人至深。

“晓色云开，春随人意，骤雨才过还晴。”描写春天清晨的雨过天晴，晓云初霁的景象。秦观欣然感叹春光美好，为全词奠定了明朗基调。他春游怀感，细腻抒描，悠悠语意诉不尽绵绵情怀。

“古台芳榭，飞燕蹴红英。”台榭是人们聚集的地方，前缀用“古”，说明已经废弃不用，它本是凄凉的，却因周遭万紫千红，显得芳影综综，生机盎然；燕子在花丛间快乐穿越，不小心踏落娇柔的花瓣。

“舞困榆钱自落，秋千外、绿水桥平。”串串迎风飞舞的榆钱纷纷飘落；院内高高地荡起的秋千，都能看见院外那已经漫过桥面的荡漾绿波。从“古台”至“舞困”这几句，均是以游赏春色者的视角，逐一将这美景春光定格，一一为读者展现开来。

“东风里，朱门映柳，低按小秦筝。”古时诗词多由景写人，此词亦不例外，但此句从描景到写人，因极富韵致而得诗评人大赞。红色的大门，亦有富贵人家的暗喻，绿柳掩映朱门，少女筝乐悠扬，令人心旷神怡。

秦少游词作多以长调柔情著称，写景喻情功力颇深。苍凉古台映春景，飞燕榆钱成春色，为春沉醉，为春痴迷。只言秋千高荡，让人联想到秋千上必有人在，自然过渡到院墙之内的春光与佳人。

“多情，行乐处，珠钿翠盖，玉辔红缨。”此句是写昔日与情人游乐日胜景和今时孤独寂寥的情景。秦少游以寥寥几字言春游之乐，却给出了丰富的信息。装扮奢贵的女子乘坐着华贵的马车，代表盛世冶游之乐。男子骑乘的精良壮马，代表两人同游的盛景绵意。

“渐酒空金榷，花困蓬瀛。”此句说明游乐尽兴之后的结果，两人情意直转低谷。金樽空，美酒残，如花如玉的美丽女子似乎厌倦一切，即使是蓬瀛仙境，她丝毫不再留恋。

“豆蔻梢头旧恨，十年梦、屈指堪惊。”进一步渲染过往的一切盛况美景，仅是前尘旧梦罢了。豆蔻年华的青春少女离情别恨，屈指算来已经十载有余，茫茫惊觉，就如一场春秋大梦般逝去，让人黯然神伤。

“凭阑久，疏烟淡日，寂寞下芜城。”依偎着栏杆，久久不肯离去，今日追忆往事，十年人世更迭，感慨多于伤情。有如淡淡落日下，这满目疏落的烟雾，无力追逐，就这样眼睁睁地看着它们沉入这扬州之场。

全词将凄凉之景与悲苦之情融合得天衣无缝，道尽了夕阳西下，伤感之人的落寞神情与怅惘之感。秦少游此作的精妙之处在于，将多种信息，多条线索，梳理得清晰明了，毫不拖泥带水，用典贴切，词约义丰，词风婉约，词情雅致。

野渡无人舟自横

滁州西涧

［唐］韦应物

独怜幽草涧边生，上有黄鹂深树鸣。
春潮带雨晚来急，野渡无人舟自横。

【注释】

滁州：在今安徽滁州以西。

西涧：在滁州城西，俗名称上马河。

独怜：唯独喜欢。

幽草：幽谷里的小草。幽，一作“芳”。生，一作“行”。

深树：枝叶茂密的树。深，《才调集》作“远”。树，《全唐诗》注“有本作‘处’”。

春潮：春天的潮汐。

野渡：郊野的渡口。

横：指随意漂浮。

在河岸和山涧附近，有一些不为人知的野草，幽幽地生长着，它们也不在意是否被人们关注，总是那么开开心心。我被这些野草宁静淡泊的精神所感动，心生欢喜和怜惜之情，在幽深的树丛之中，有黄鹂在啼叫着。

淅淅沥沥的雨水，一直下到傍晚还未停歇，此时春水上涨，春潮携雨湍急地流淌而去。在如此荒芜的野外，渡口边连一个人影都看不见，偶然我抬眼望去，发现江面上竟然漂荡着一只小船，看起来并不急着靠岸，样子十分悠闲。

这首《滁州西涧》是唐代诗人韦应物作品。他官至苏州刺史，一生诗文风格恬淡高远，尤其擅长写景咏志，描绘隐逸生活。唐德宗建中二年，他时任滁州刺史，此诗便是当时作品。相传韦应物喜欢在郊外独自散步，赏景怡情。滁州有西涧景色清幽典雅，是他非常喜欢的地方，也就有了这首情调别致的诗篇。

作为一首描写景物小诗，韦应物构建出一幅优美的春雨野渡之图，语言凝练，字句精美。他在滁州西涧春游，将所见所闻绘声绘色讲述出来。通过前两句对春景的描写，可以看出他爱怜涧边幽草多过树上黄鹂。足以见得韦应物为人高洁，对位高权重者不会过分谄媚。后两句以春潮夹雨的湍急对比野渡舟横的悠闲，表达出恬淡胸襟和忧伤情怀。

“独怜幽草涧边生，上有黄鹂深树鸣”，描写的是暮春的场景，而且非常具有空间感，下有丛生的幽草，上有黄鹂在鸣唱，形成了视觉和听觉上的双重享受。此时已到春天末梢，百花争艳的场景早已不复存在，只剩下片片青草。

“幽草”对偶“深树”，暗喻韦应物情感倾向，百花虽然艳丽，但不免有些俗气，但幽草和深树，却透露出高冷的气息。他甘于独守寂寞，不喜欢凑热闹，更不会为了利益讨好巴结他人。正是因为“幽草”与韦应物具有相似的特征，所以才能得到他的“独怜”，此处表现出浓郁的个人感情色彩。

“幽草涧边生”为静，“黄鹂深树鸣”为动，这种动静相结合的写作手法，整个诗篇顿时灵动起来。原本清幽安静的环境，似乎因为黄鹂而生动起来，让人的内心无端泛起层层涟漪。“上”字也体现了炼字的精妙，表面上是客观的景物，出现了空间上的转移，同时也暗含了韦应物随遇而安、易于变通的豁达心境。

“春潮带雨晚来急，野渡无人舟自横”，是写春潮湍急，小舟随波逐流，看起来悠悠闲闲，并不急着靠岸，又显出一种淡淡的无奈愁思，这是恬淡中夹带忧伤的复杂感情。事实上，傍晚郊外的渡口，原本就十分荒凉和冷漠，此刻再加上一个“无人舟”更显人气冷清。

春潮和雨水，原本是两个看似毫无关联的事物，但是韦应物只用了一个“带”字，便将二者紧密结合起来，同时“急”字体现出了一种动态。“无人”与“野”读来让人觉得没有人气，但妙就妙在后面又加了一个“自”，顿时显得悠闲自在起来。

全诗以情写景，借景述意，写自己喜爱和不喜爱的景物，说自己合意和不合意的事情，而胸襟恬淡，情怀忧伤，便自然地流露出来，同时也表现出对大自然的热爱。在湍急的江河之中，一叶扁舟横向江心，写出了一种没法物尽其用的哀伤，悲伤、无奈以及忧虑的复杂情绪，或许就是韦应物在写这首诗时的心态。

在湍急的江河之中，一叶扁舟横向江心，韦应物在写这首诗时究竟是一种怎样的心态，详情后人是无法真正知晓的。所以这首诗的解析颇具争议，他是否在喻景寄情，暗含何种深意，有史以来说法不一。有人认为他通过此诗表达政治思想，有不被重用的哀伤，但前后难以自圆其说。还有人认为他通过此诗表达安于现状，不向权贵谄媚的淡泊情怀，个人认为这种解析相对更加贴切。

不管此诗解意如何，从字面来看，“春潮带雨晚来急，野渡无人舟自横”都是两句脍炙人口的千古佳句。

飞花令里品诗词
风

风霜孰云变

赋得竹箭有筠

［唐］张仲方

东南生绿竹，独美有筠箭。
枝叶讵曾凋，风霜孰云变。
偏宜林表秀，多向岁寒见。
碧色乍葱茏，清光常蒨练。
皮开凤彩出，节劲龙文现。
爱此守坚贞，含歌属时彦。

【注释】

赋得：古代科举考试时，考官以古人诗句、成语或某一事物为题，使作五言排律六韵或八韵，称为试帖，题目就用“赋得”。

竹箭：筱竹，小竹，因为可以造箭，人们常称之为箭竹。

筠（yún）：汉代郑玄注：“竹之青皮。”其性极为坚韧。

讵（jù）：岂，怎么。

蒨（qiàn）练：蒨，鲜明；练，洁白。

龙文：龙形的花纹。

彦：古时对士的美称。

在东南向阳的地方，生长着苍翠挺拔的绿竹，这种竹子虽然高不过一丈，每个小节之间仅有三尺长，竹竿上的皮是青色的，非常之坚韧有力，极易刺中目标，是造箭的最佳材料。

若见此竹的枝叶衰败，也不要担心其凋零，因为这种挺拔不曲的竹子，内里是非常坚实的，像枯筋一般，能够抵御严寒，任雨雪冬霜吹打，依然会坚韧不屈地存活下来。

这首《赋得竹箭有筠》是唐代诗人张仲方的作品之一。张仲方出自官宦门户，他曾任岭南节度使等官职，对仕途官场有着颇深的感受。本诗属于一首五言试帖诗，一边歌颂箭竹经冬不凋的风采以及岁寒益劲的气节，同时寄托作者高尚的爱国操守。

所谓试帖诗，就是考官限定的考试题目。要求应试者以“竹箭有筠”进行创作。语出《礼记·礼器》篇：“其在人也如竹筋之有筠也，如松柏之有心也。二者居天下之大端矣，故贯四时而不改柯易叶，故君子有礼，则外谐内无怨。”

在古代，“松、竹、梅”齐称岁寒三友，因为松和竹，都是历经冬天不凋谢的，而梅花是越寒冷的冬天盛放得越好，所以古人们通常以岁寒三友，比喻那些在恶劣环境中顽强生长的一切生灵，诗中的“岁寒见”，是战胜因难的自信，指代人的高贵品质。

竹箭又称筱竹，小竹。这里的东南亦取自《诗经·尔雅》：“东南之美者，有会稽之箭竹焉。”在戴凯之的《竹谱》里记载：箭竹是“内实外坚，拔之不曲”。而且“枝叶稀少，状若枯筋”。故此诗中才言枝叶虽少，并非凋谢。

葱茏多指青翠或者茂盛的样子。在晋代郭璞的《江赋》中就有此用法：“涯灌芊萰，潜荟葱茏。”这种竹子有青翠茂盛的样子，但更多时候是泛着清清白光的。这里，葱茏之姿代表着青春活力，蒨练之色代表着成熟稳重。

节劲：是竹节，也比喻气节；劲，指的是坚强有力。在骆宾王的《浮查》诗中就有：“贞心凌晚桂，劲节掩寒松。”意义相同，都是一种高尚志节的比喻。切开此竹，就会知道它究竟好在哪里了。

这里的“凤彩、龙文”，意指高洁志士的精神风采，坚贞不屈的高尚情操。《史记·赵世家》:“秦武王与孟说举龙文赤鼎，绝膑而死。”与此诗意境相同，都代表坚贞不屈的精神。这里的含，指的是包而未露，故此称为含。含歌，就是默默念诵，也有在内心默唱的意思。

人们因为爱此竹不哗众取宠，坚持朴素内修的精神，都在心里默默念诵它的坚贞，并以它咏志抒怀，比喻当世才德高尚的志士们。时彦，是对古代志士们的赞许称足，可译为当下时代的贤士们，即当世志向高洁的有才德的贤士。

箭指筱也为端，指本也。有些事件就像天下的气节本源，要么柔刀于外，要么和泽于内，人若能如此，就是高尚气节之人。张仲方便此发挥，通过歌颂箭竹的气节咏怀，把自己的爱国情怀、政治情操表达出来。

要知道在张仲方所生活的中唐时代，是一个政治腐败、世风日下的时代，如此社会背景下，他敢于标立“独美”的“[illegible]箭”需要相当的勇气，也是相当难得的情操。从民国至现代，文人政客们仍青睐以竹咏志，正是承袭了中国文化传统底蕴。尤其文人画竹，更是成为典型代表，比如先贤煌煌者如吴昌硕、齐白石、傅抱石诸君等。当人们形容高尚精神或气节高尚之人时，常习惯以“东南生绿竹”为引子。

春风得意马蹄疾

登科后

［唐］孟郊

昔日龌龊不足夸，今朝放荡思无涯。

春风得意马蹄疾，一日看尽长安花。

【注释】

登科：唐朝实行科举考试制度，考中进士称及第，经吏部复试取中厚授予官职称登科。

龌龊（wò chuò）：原意是肮脏，这里指不如意的处境。

不足夸：不值得提起。

放荡（dàng）：自由自在，不受约束。

思无涯：兴致高涨。

得意：指考取功名，称心如意。

疾：飞快。

以前困窘艰难的生活，仿若是过眼云烟一般，不值得特意拿出来说一说。如今在科举考试中，拔得头筹、金榜题名，令我感到欣喜和振奋，整个人也变得神采飞扬起来。

春光和煦美好，万物复苏，在这样明媚的日子里，我迎着浩荡春风纵马奔驰，非常惬意快活，我觉得自己一天之内，就能将京城里的名花贵枝全部观赏完。

这首《登科后》是唐代著名诗人孟郊的作品。孟郊一生诗作多描写民间百姓疾苦，对人情淡泊、世态炎凉多有慨叹，得“诗囚”称号。他素有孝子美名，46岁时遵母愿第三次科考喜中，心情十分愉悦，留下这首快意诗作。

孟郊在进士及第之时写下这首七绝，开头以对比手法，将自己前两次名落孙山的落魄窘境与本次成功中举的境况进行对比，强烈表明此时此刻的欣喜情绪。结尾描述了在明媚春日，愉悦御驾奔驰的场景，以一天便能赏完长安城烂漫名花，进一步渲染快意心情。

全诗节奏轻快明朗，一气呵成，读者心情不禁更愉悦起来。孟郊的诗多表现低沉苦闷气息，而这首登科诗显然风格与其他作品不同，成为独树一帜的代表。

“昔日龌龊不足夸，今朝放荡思无涯”，直接倾泻心中的狂喜，所有的困顿与不安，都因为金榜题名而扬眉吐气。他策马奔驰在鲜花明媚的长安街情景，画面鲜活得好像就在读者眼前。

孟郊运用对比手法，行动流水，情景交融地表达出快意心情。以往即便生活再窘迫，心情再不安都不值一提，毕竟熬出头了。此刻他神采飞扬、心花怒放，脑子里全是快乐之事，仿佛一切苦恼惆怅尽皆消散。

“春风得意马蹄疾，一日看尽长安花。”这两句在全诗之中，最为脍炙人口。这里孟郊不仅是在简单地抒发自己愉悦的心情，同时也具有特殊的象征意味，令人回味无穷，因此被后世之人所铭记。

这里的“春风”有两层含义，一是指自然界中的风，因为朝廷秋试转年春天放榜，可以肯定放榜当日就是春季。二是指皇恩浩荡，适宜的政治气候，其更多的隐含意蕴是自己伟大的政治抱负有机会实现了。从孟郊作品中也可看出，他一生忧国忧民，所以他急切希望为百姓多做一些积极之事，完全可以解释得通。

自古文人就有将“春风”比作皇恩浩荡的习惯用法，比如王之涣的《凉州词》中写“春风不度玉门关”，那里的“春风”与本诗的“春风”异曲同工，只是王之涣的笔下的浩荡皇恩，未润泽玉门关以外的地方，孟郊笔下的浩荡皇恩，切实福泽了他。

诗中所说的“得意”，表面上孟郊是写进士及第，心情愉悦、得意扬扬的样子，实则也是在寓意自己终于高中，心愿达成，可以仕途通达，实现人生理想，发挥更多价值。

其实，诗中描绘的并非孟郊个人心态，而是在整个古代科举制度下，无数寒窗学子，灯下苦读，通过努力学习，艰辛奋斗，最终考取功名，春风得意的艺术形象。该诗将委婉和明快、一般和个体，和谐地统一，既具有特殊性，又具有共性，更具有艺术鉴赏价值。

“一日看尽长安花”，说自己好像在一天之内，就能够将所有的美景看完，明朗轻快，又不失豪迈气息。当然这里实际写的是，太过喜悦，就连繁花似锦的美景，也吸引不了自己，只能走马观花般粗略地看看。孟郊将情与景相结合，抒发了内心的得意之情以及对未来仕途的踌躇满志，非常具有韵味，值得一品。

“春风得意马蹄疾，一日看尽长安花”两句广为传颂，甚至派生出两个人们非常熟知的成语：“春风得意”与“走马观花”。

也无风雨也无晴

定风波

［宋］苏轼

三月七日，沙湖道中遇雨。雨具先去，同行皆狼狈，余独不觉，已而遂晴，故作此词。

莫听穿林打叶声，何妨吟啸且徐行。

竹杖芒鞋轻胜马，谁怕？一蓑烟雨任平生。

料峭春风吹酒醒，微冷，山头斜照却相迎。

回首向来萧瑟处，归去，也无风雨也无晴。

【注释】

定风波：词牌名。

沙湖：在今湖北黄冈东南三十里，又名螺丝店。

已而：过了一会儿。

穿林打叶声：指大雨点透过树林打在树叶上的声音。

吟啸：放声吟咏。

芒鞋：草鞋。

一蓑（suō）：蓑衣，用棕制成的雨披。

料峭：微寒的样子。

斜照：偏西的阳光。

向来：方才。

萧瑟：风雨吹打树叶声。

丝毫不用在意那穿林打叶的风雨声，不妨一边吟咏景物、长啸情怀，一边悠悠然然地前行。只要有竹杖的依凭、有草鞋的轻捷，和骑马没什么两样，甚至胜过骑马。谁怕这样的出行呢？即使我披着一身蓑衣，在风雨中过上一生，任它风吹雨打，我也会泰然处之，无怨无悔地过下去。

初春时节，还有一些微微的寒凉，但是春风微凉可以吹醒酒后的醉酒，当寒意渐渐袭来，山后的斜阳却探出头。雨后迎来初晴之时，我回头再望望身后路过的风雨之地，那些坎坷泥泞的遭遇，在别人看来萧萧瑟瑟，在我看来没什么特别的感觉。归家时，既无所谓的风雨，也无所谓的天晴。

这首《定风波》是宋代大词人苏轼名作之一，成诗于公元1082年（宋神宗元丰五年）春，从词前的记事抒怀序文中可以看出，写作之日是三月初七那天，东坡先生走在沙湖道上时，不巧天空下雨，随身携带雨具的仆人们都先前离开了。而没有雨具的同行者，都觉得自己很狼狈，但苏东坡先生并不觉得有困顿窘迫之状，不久天就晴了，于是作此词以纪念。

了解该段历史的人应该知道，当时东坡先生因“乌台诗案”遭御史弹劾，被捕入狱，后贬至黄州，就是现在的湖北黄冈，做了一名团练副使。在黄州的第三年春天，他与朋友郊外踏青饮酒，酒后要回家时，突然起风下雨，朋友们都深感狼狈，只有苏轼毫不在乎，他泰然自若地在雨中吟咏且缓步徐行。

所以，此词作被后人看作醉归遇雨的抒怀之作，苏轼通过在雨中的潇洒徐行，表现自己在仕途中屡遭挫折，不畏惧不颓丧的精神，对身处逆境者有积极的鼓励作用。同时，东坡先生的倔强性格和旷达胸怀，也一览无余。全词触景生情，语言诙谐幽默中不失豪迈大气。

在狂风骤雨中，无须刻意去听野外山林风雨吹打的声音，只要在雨中像平常那样缓步徐行，“莫听”与下文的“谁怕”相得益彰。俏皮的“何妨”二字，透出淡定接受挑战的精神。再通过“竹杖芒鞋”进一步描写风雨中的从容，“轻胜马”则是一种内心感受的抒发。

“一蓑烟雨任平生”准确地表达出苏轼的当下境况，虽然生活遭遇坎坷，仕途不如意，但是他并不畏惧，即便一生都过着这样的生活，他也会坦然面对，以豪迈之情笑傲人生。词中对初春寒意，用了一个非常灵动的词“料峭春风”，随之引出酒醒，更传达出自己的清醒与坚持，这种我行我素的超然情怀值得赞颂。

通过“山头斜照却相迎”这种雨过天晴的景象，表达对人生的希望，也铺垫出下面的“回首向来萧瑟处”。这里的“萧瑟”有风雨之声的意思，是对“穿林打叶声”的应和，构思非常精妙。“风雨”更是一语双关，既指当下所遇的自然风雨，又暗指生活中的坎坷，更是人心叵测的政途。

全词的点睛之笔在于“归去，也无风雨也无晴”。风风雨雨是自然规律，风雨后必有晴天也是自然规律，都是寻常现象，无须在意，无须感叹。人生沉浮，喜恶忧乐也是如此，荣辱得失何足挂齿？

该句是苏轼独到的人生感悟，不论是古时候，还是现代社会，都让人耳目一新，心胸舒阔。这句饱含了无数人生哲理的千古名句，来自大自然赐予的微妙顿悟，它启示了苏轼，苏轼更以细心观察和诗词创作，不停地启迪后人。

苏轼将一种悲喜全无、胜败两忘的人生哲学，融进处世态度中，无论是词句，还是精神，都达到了常人难以赶超的天人合一境界。因此，“归去，也无风雨也无晴”成为后人顶礼膜拜的神句。

谁倚东风十二阑

苏溪亭

［唐］戴叔伦

苏溪亭上草漫漫，谁倚东风十二阑。

燕子不归春事晚，一汀烟雨杏花寒。

【注释】

苏溪：在浙江义乌县附近。苏溪亭，应该是那里的某座亭阁。

漫漫：漫山遍野的样子。

倚：依靠。

春事晚：美好的春光快要过完了。

一汀：一片沙洲。

暮春时节，我在苏溪这个地方的某个小亭边上，看到漫山遍野的青青野草，正在茁壮地生长着。有一个宛如《西洲曲》里的人，斜倚在亭子的栏杆旁边，任东风吹拂脸庞、吹荡衣袖，她到底是谁呢？

南回的燕子尚未北归，旧的燕巢还空着，可是美好的春光好像要完了似的。有一片沙洲被迷迷蒙蒙的烟雨笼罩着，有一片杏花被料峭乍寒的春风摧残着，完全没有了晴空朗日之下的艳丽容光，看起来那么的凄楚，让人心中无端地生起怜爱。

这首《苏溪亭》是唐代诗人戴叔伦的知名作品。戴叔伦生于隐士之家，为躲避“安史之乱”而乔居他乡，官至四品后辞官做了道士。因此诗词常以隐逸闲适、恬淡温润居多，亦有少数反映人民疾苦的作品。

戴叔伦在唐德宗建中元年五月至次年春曾任东阳令，与苏溪镇紧邻，推测本诗即作于这此时期。该镇位于现今浙江省义乌，苏溪亭应该是那里的某座亭阁。本诗为七绝，以写景喻情为主。从诗意中可以看出，写的是暮春景色，喻的是怨别之情。

“苏溪亭上草漫漫”，将地点与季节点明了。站在苏溪亭上，放眼望去，野草郁郁葱葱，说明是暮春时节。很容易让人联想到“春草碧色，春水渌波”的景象，当然也容易让人染上别绪离愁，从写法上来看，戴叔伦写此句的目的是为下一句做铺垫。

“谁倚东风十二阑”，一个“倚”字，优中带雅，雅中带伤，明显此人只给戴叔伦留下一个背影，因此让戴叔伦顿时觉得她心事重重，愁绪浓浓。斜倚阑干地在东风的吹拂中凝眸沉思着，她的身姿多像《西洲曲》里的人，我见犹怜的那个人，她是谁呢？一个反问句，“心事诉与谁”的凄闷忧愁铺展开来。

此句主要承接上句着力渲染的环境氛围，这里以设问的方式，更凸显了戴叔伦心中的疑问，同时巧妙展地现出人物形象与特征。《西洲曲》典出：“鸿飞满西洲，望郎上青楼。楼高望不见，尽日阑干头。阑干十二曲，垂手明如玉。”

“燕子不归春事晚”，燕子南回北归，本是平常，但此时的燕巢还空着，说明燕子尚未归巢。这里有两种含义，一是暮春时候，节气还早，还未见燕子北归；二是戴叔伦的一种比喻，并非燕子未归，而是暗喻游子不归，红颜将老。这种解释也应和了他后面的“春事晚”，此句着重强调的应该是：美好的春光好像要完了啊。

“一汀烟雨杏花寒”，也是前面对“春事晚”的具体指向。此时站在苏溪亭前，戴叔伦看见有一片沙洲被迷迷蒙蒙的烟雨笼罩着，还有一片杏花被料峭乍寒的春风摧残着，可怜这些景象不似往日晴空那般彩丽，杏花也失去了艳阳之下的容光，显得凄楚而寒凉，让人心中生起一阵惆怅。

“寒”是春天这个季节乍暖还寒的真实写照，同时也写出了斜倚栏杆之人心情低落，寒心之意。如烟似雾的蒙蒙细雨，阻挡了视线，似乎想看清某些东西却又无法看清楚，这里应指的是看清自己的内心，让低落的情绪更显忧愁郁闷。

全诗仅有四句，共计28个字，表面看上去简简单单几种景物：长亭、绿草、燕子、烟雨、杏花，全部都是写景，但物物皆含情，样样皆有意。景语即情语，情景相融，毫无痕迹，却浑然天成。戴叔伦描写的暮春景色，浓郁中带着几分迷蒙，恰和倚阑人看上去沉重忧郁的心情相契合。诗韵不外乎人情，隽永中更显醇厚之魅力。

此诗精绝就精绝在看似写景物，实则写人思。借此景色的描写，都是为了委婉地衬托出“倚阑人”的无尽哀愁。有人认为戴叔伦写此作时，有受到宋代词人贺铸启发。贺铸在他的《青玉案·凌波不过横塘路》中写过：“试问闲愁都几许？一川烟草，满城风絮，梅子黄时雨。”简直有异曲同工之妙。

戴叔伦的这首《苏溪亭》为人们留下了“燕子不归春事晚，一汀烟雨杏花寒”的千古名句，也有《兰溪棹歌》中的：“兰溪三日桃花雨，半夜鲤鱼来上滩。”更有《塞上曲》中的“愿得此身长报国，何须生入玉门关”等。

憔悴几秋风

小重山·花院深疑无路通

［宋］贺铸

花院深疑无路通。碧纱窗影下，玉芙蓉。
当时偏恨五更钟。分携处，斜月小帘栊。

楚梦冷沈踪。一双金缕枕，半床空。
画桥临水凤城东。楼前柳，憔悴几秋风。

【注释】

玉芙蓉：喻美人。玉是美好，芙蓉是荷花。

五更钟：晓钟。一夜分为五更，此指第五。

分携：分手，分别。

帘栊：窗户。帘指窗帘、门裎，栊（话豫）是窗户。

楚梦：宋玉《高唐赋》里有楚怀王与巫山神女在梦中相会的事。后用来形容好梦不长。此谓双方分离已久。

踪：脚印，足迹。此处指梦中之往事。

凤城：指京城。

憔悴：形容人瘦弱，面色不好看。

我在梦中，仿佛走到一个曲折深幽的花园之中。深深的庭院在皎洁的月光下，只见斑驳窗棂和花影，好像难以找到来时的路了。我转亭阁，绕回廊，寻寻觅觅，突然在碧绿的纱窗下，看见一道婀娜多姿的倩影，正引颈顾盼，好像一朵盛开的芙蓉花，那不就是我的心上人吗？

我们情绵绵，思长长，想说的话儿如春江之水，还未说完。远处破晓的钟声就已经敲响了，惊醒了相依相偎的两个人儿。为什么天要亮得这么早？为什么不让我把情话说尽，可是月儿斜斜地照在纱窗上，仿佛催促我尽早上路，我们难舍难分地互诉别离。

可怜好梦不长，总有醒来时。我于梦中惊醒，感觉万分的凄怆。泪眼朦胧地看着眼前的两只金缕玉枕，转头心有余悸地看一看身边空荡荡的半边床榻，沉重的往事涌上心间。

我所思念的人啊，在遥远的京城，城东边有一条小河，河上有一座小桥，桥边有一座小楼，她就住在那间绣楼之上，楼前有几棵垂柳，她就憔悴地站在那里望着我归家的路，春秋几度荣枯，恐怕她也历经了数度失望吧。

这首《小重山·花院深疑无路通》是北宋词人贺铸作品。作为唐代名人贺知章后裔，贺铸一生官至太平州通判，但他不附权贵，喜论天下事。他能诗能文，尤其擅长写词，内容丰富多变，兼顾婉约与豪放两家之长。

“小重山”属于一种词牌词令，相传是韦庄为思念侍妾所作，因此全调以凄凉、委婉为特点，常被后人作思念诗词时选之。本诗就是贺铸为思念心上人而作。

前半部分回忆两人月夜相会的美好时光，下半部分写孤枕难眠的思念之情。

“花院深疑无路通”，从写心理活动开篇引题，一个“疑”字写出了未见心上人时的急切心情，明明并不大的院子，怎么一到了晚上就变得这么“深”呢？一怕被人发现，想以最快的速度避开所有人的耳目，不要坏了心上人的名声；二怕心上人等得着急了；三怕见不着心上人。

“碧纱窗影下，玉芙蓉”，这句主要写实，两人终于见面了。贺铸很远很远就看见纱窗下的心上人，她的身影实在太熟悉了。也可以看出心上人很早很早就在等着他。真的是心心相印。

“当时偏恨五更钟”，这句再写心理活动。一个“恨”字刻画出了情到深处的两人，话儿还没说完，这么快就亮了。“恨”相处的时间短，“恨”时间过得快。

“分携处，斜月小帘栊”，又再次写实。主写分手的时间，是“斜月”照“帘栊”时，这里也有暗喻低落心情之意，通常古人习惯以“月”慰相思，以“帘”遮隐情。

“楚梦冷沈踪”，仅仅五个字，瞬间将人带入情境。“冷”是心情的凄冷，是分离之苦的“冷”，是想见却见不着的“冷”。这句也是引领下半部内容的一个总起之句。

“一双金缕枕，半床空”，再次实写，简单两样的物品，枕“双”人“单”；“半”代表不完整，非常含蓄，让人自己去想象，很有画面感。非常细腻地刻画了一幅形单影只、孤枕难眠的“睡眠图”。

“画桥临水凤城东”，由己推人，想象自己的心上人，孤独地站在如画的桥上，翘首以盼。桥如画，画如人，盼归人的画面如此唯美，而孤单的身影却又如此寂寞，让人更添怜爱之意。

“楼前柳，憔悴几秋风”，则是在地点上巧妙地做了一次“乾坤大挪移”，由京城的“凤城东”，到佳人所站的地方“楼前”。特别是这“柳”，既有谐音“留”的意思，留住，留在心里的意思；又有思念之情，淡淡的忧、淡淡的愁，挥之不去，仍绕心头。“憔悴”是指秋天的柳树叶黄飘零的真实样子，又暗含了因为思念而神倦人疲的心上人心，读之心碎。

整词抒写情侣离别相思的情怀，化景物为情思，语弥淡而情弥深。以写作手法来看，从上阕的甜蜜回忆衬托下阕的凄凉思念，以极大反差凸显伤感落寞，实属思念词作中的经典佳品。也愿天下有情人都能“楚梦”成真！爱情无“恨”，相思无“憔悴”！

依前黄叶西风

清平乐

［宋］晏殊

春来秋去。往事知何处？燕子归飞兰泣露。光景千留不住。

酒阑人散忡忡。闲阶独倚梧桐。记得去年今日，依前黄叶西风。

【注释】

清平乐（yuè）：词牌名，取用汉乐府“清乐”“平乐”两个乐调命名。

春来秋去：春天过去，秋天到来。形容时光流逝。

兰泣露：兰花在露中哭泣。泣露，兰花上露水滴下来像哭泣的泪水。

光景：风光景色。

千留：千百遍地挽留。

酒阑：饮酒结束。阑，阑珊，将尽。

忡忡（chōng）：忧愁的样子。

闲阶：犹言空阶。

梧桐：梧桐树，落叶乔木。

春来秋去，季节更迭，岁月匆匆而去，让人难忘的悠悠往事，不知道该去哪里才能找寻得到？当天气渐渐寒凉时，秋去春归的燕儿们，也向远远的南方飞去了；寂寥的兰草上也沾满了瑟瑟的露珠，看上去那样的忧伤，有如因悲秋而啼哭一般。时光啊，即使千万百计，依然也是留不住的啊。

与好友依约相聚，举杯畅饮之后，客人们都四散归家，我满怀着忧伤的心情，闲步来到门口的石阶前，一个人孤独地独倚在阶前的那棵梧桐树下。一边回忆前着去年的今天，同样是西风萧瑟，黄叶乱舞。相同的场景，心中又添了一分惆怅。

这首《清平乐》是由北宋著名词人、诗人、散文家晏殊所作。晏殊出自官宦之家，其父为当时抚州籍第一个宰相，晏殊又与他的第七个儿子晏几道合称北宋词坛“大晏”和“小晏”。此词由于创作年份无从考证，后人依据晏殊词作多从时序变换来表现伤感情绪，判断该词主要表现的是中晚唐时代“迟暮黄昏”的悲凉心理。

“春来秋去”，古代文人在写诗词时，往往喜欢从四时变化起句，营造出一种宏大的时间感，增加作品内涵与容量。晏殊以四季交叠开篇，在这里想要表达的是，对时光流逝生发出的一种无奈情绪，渲染慨叹的氛围，暗伏抒情主旨。

“往事知何处”，因为时光匆匆，所以很多美好的景色，美好的事物跟着永远消失，这是一种让人难以言明的怅恨。这里，晏殊并未明确交代是哪些往事让他惆怅，只言季节变换如此之快，除渲染伤怀以外，更添一份神秘色彩。

“燕子归飞兰泣露”，这半句从对季节变换转向细节描写，“燕子归飞”说明已是深秋时节，秋去春归的燕儿们已经向南方飞走了，如有那些美好的人与事，过去了再也难追。“兰泣露”是从天空写到地面，兰是指一种兰草，此刻寂寥的兰草叶上已经沾满晶莹的露珠，微风吹拂，仿佛因伤秋而瑟瑟悲啼着。

“光景千留不住”，从前句的燕归、泣露等情况，可以看出晏殊黯然神伤的情绪，于是他慨叹，无论用什么方法，都是无法挽留这秋光的。这里所表达的已经不仅是挽留秋光，更有挽留“往事”之意。往事难追，秋光难留，一切成空，怎么不让人心起惆怅呢？

“酒阑人散忡忡”，或许由于感慨“往事”千留不住，所以晏殊与三五好友相聚，宴席之上，推杯换盏，三巡酒兴过后，众人四散离席归家。冷桌残酒，更见凄凉。本想借酒消释哀伤的晏殊，此时更寂寞空虚，孤独难耐。

“闲阶独倚梧桐”，晏殊百般无聊，闲步向门口的石阶走去，石阶旁边有一株梧桐树，转身依偎着树干，本想在树下小憩，心头却是满满的哀愁。与前句的燕归、兰露相对，这些微小动作的细写，更能代表此刻晏殊的徘徊心情。

“记得去年今日，依前黄叶西风”，此句承接前文，点明晏殊内心为何徘徊，原是他记起了去年今日此门中，依旧是秋风瑟瑟，吹打着枯黄的树叶。年复一年，日复一日，大自然的规律，人力无可抗衡，正如往日不再重来，往事不可追溯一样。

叹时序循环，日月不居，时光流逝，前事难寻。燕飞兰露，表达了四时景象的凋敝；酒阑人散忡忡，写尽了寂寞之人的空虚孤独；闲阶梧桐下独自感伤的情景，定格了晏殊的伤怀。全词由景入情，直探心灵深处，晏殊感叹美好事物无法挽回，奈何人生无常。尾句更添了一尾厚重之感，耐人寻味。

后人以“但一洒落，一悲壮耳”评述晏殊词作，这首《清平乐》中正是此种感受。应该说晏殊代表的是，中晚唐时代，文人以及众多爱国人士的一种悲凉之态与悲哀心理。一句“记得去年今日，依前黄叶西风”，也成为人们传颂的佳词。

飞花令里品诗词
月

月殿先收桂子香

鹧鸪天·送廓之秋试

［宋］辛弃疾

白苎新袍入嫩凉。春蚕食叶响回廊，禹门已准桃花浪，月殿先收桂子香。鹏北海，凤朝阳。又携书剑路茫茫。明年此日青云去，却笑人间举子忙。

【注释】

鹧鸪天：词牌名。又名“思佳客”“思越人”等。

廓之：当即编次《稼轩词甲集》之范开，辛弃疾的门人。

白苎（zhù）新袍：白苎是用白色苎麻织成的布。

禹门：龙门。

鹏北海：典出《庄子·逍遥游》。

朝阳：指山的东面。

举子：科举考试的应试人。

初秋的天气，微微有些凉意，你穿着白色苎麻织成的新衣服去参加科考。同其他考生一样，你将在考场里认真答题，笔尖摩擦纸张发出沙沙的声音，在走廊里回荡，就像春蚕啃食桑叶。月殿之中，早就飘散着乡试放榜之时的桂花香，你必然能够金榜题名。等到来年，桃花浪涌之时，犹如鱼跃龙门般的会试，也早就已经提前替你准备好了。

如今的你，像是海中的鲲鹏一般，从北遨游到南，又像是耀眼的凤凰，想着东方的太阳，扶摇而上。应试之路辽阔广袤，而你携带着书剑，必将无往不胜。等到来年的这一天，你早已是平步青云，那时芸芸众生的学子仍然在为功名考试忙碌，而你已经能够以轻松愉悦的心态笑看他们了。

这首《鹧鸪天·送廓之秋试》是南宋著名词人辛弃疾所写的一首送友祝词。范廓之是辛弃疾的学生，宋孝宗淳熙十三年，范动身前去参加科举考试，辛弃疾写此词表达告别之情和美好祝愿。

“白苎新袍入嫩凉”中的“嫩”字用得相当精妙，写出了天气转凉之后，人体的主观感受。同时也表明此时正值秋季，阵阵清爽之风夹带着微微凉意。

“春蚕食叶响回廊”是对前一句环境的续描，原意指行军时禁止士兵喧哗让他们含着竹片，这里指考场一片寂静只听见笔与纸摩擦的沙沙响声。辛弃疾用在这里，是他的一种主观想象，将学生在微凉初秋穿着新衣坐在考场奋笔疾书的情景勾勒出来，还将笔在纸上书写的声音，比作春蚕咀嚼桑叶之响。不仅突出“秋试”季节的特点，也将考生认真答题的神态刻画得淋漓尽致。

“禹门已准桃花浪，月殿先收桂子香”，古人通常以“月殿”比喻登科做官。在宋朝的官制中规定，各州折郡漕试解试均在八月举行，那时正是桂花盛开的时节，桂花虽小，却能散发异香，因此八月也常被喻为桂花飘香的季节。

辛弃疾用此句之意，是将虚写和实写结合在一起，灵活运用，前文用的是实写，而此处则是虚写。将范廓之参加秋试结果以及来年参加春试结果做了预测，是当师长的一种美好祝愿。

“鹏北海，凤朝阳。又携书剑路茫茫”，辛弃疾仍以比喻手法描绘廓之携带书剑，奔赴大好前程的情景，展现出壮阔辽远的美好意境，也是一个师长对学生的鼓励和期盼。

“明年此日青云去，却笑人间举子忙”，仍是虚写，辛弃疾通过想象应考学子们，连中两试之后心情愉悦之景，抒发的仍是对学子的美好祝福。

这首词的精彩之处极多，同时用典手法也十分娴熟。“春蚕食叶”典出欧阳修的《礼部贡院阅进士就试》：“无哗战士衔枚勇，下笔春蚕食叶声。”“桂子香”典出《避暑录话》：“世以登科为折桂。”

“鹏北海”典出《庄子·逍遥游》：“北冥有鱼，其名为鲲。鲲之大，不知其几千里也。化而为鸟，其名为鹏。鹏之背，不知其几千里也。怒而飞，其翼若垂天之云。是鸟也，海运则将徙于南冥。”

“凤朝阳”典出《诗经·大雅·卷阿》。“举子忙”则典出《南部新书》乙：“长安举子自六月已后落第者不出京，谓之过夏……七月后投献新课，并于诸州府拔解。人为语曰：‘槐花黄，举子忙。’”

虽说这是一首送别词，但并没有任何离别愁绪，而是更加侧重于鼓励和祝愿，读来让人精神振奋，大受鼓舞。辛弃疾的词向来都带有豪放特点，此词可为见证之一。不管是大鹏、北海，还是丹凤和朝阳，都给人一种大气磅礴的感觉。

明月别枝惊鹊

西江月·夜行黄沙道中

［宋］辛弃疾

明月别枝惊鹊，清风半夜鸣蝉。

稻花香里说丰年，听取蛙声一片。

七八个星天外，两三点雨山前。

旧时茅店社林边，路转溪桥忽见。

【注释】

黄沙：黄沙岭。在江西上饶的西面。

别枝惊鹊：惊动喜鹊飞离树枝。

鸣蝉：蝉叫声。

旧时：往日。

茅店：茅草盖的乡村客店。

溪桥：一作，溪头。

见：同“现”，显现，出现。

莫不是那天边升起的明月，升上了树梢，惊扰了枝头气息的喜鹊，才飞向了别处。半夜清凉的晚风，如同夹杂了远处清脆的蝉鸣声。稻花的香气弥漫，处处皆是人们谈论丰收年景的议论声，耳边是那一阵阵青蛙的鸣叫声，好像也在诉说着这一年的丰收景色。

夜晚的天际飘浮着几朵轻云，若隐若现当中也能够看到几颗闪烁的星星，星光下的山头下起了淅淅沥沥的小雨，从前熟悉的茅店小屋，还在土地庙旁边的树林里坐落着，顺着山路转过，眼前依然是记忆中深刻的溪流和小桥。

这首《西江月·夜行黄沙道中》是南宋伟大词人辛弃疾的作品之一。辛弃疾为人英伟磊落，曾官至封疆大吏，力主抗战，重整大宋山河，却遭到同僚的嫉恨被弹劾罢官。他一生坎坷，以慷慨报国的情怀词作居多，此词正值辛弃疾中年遭罢免经过黄沙岭时所作的。经考证，词中所描述的黄沙岭在江西上饶县西四十里，由于风景异常优美，辛弃疾经常来此观览游玩。

“明月别枝惊鹊，清风半夜鸣蝉”，以动衬静，勾勒出一幅清新的夏日乡村夜景。晴朗夜空，月落柳稍头，或许皎洁如水的月光太过耀眼，将枝头歌唱的鸟鹊惊起，夜半时分的徐徐清风，传递着悦耳的蝉鸣之声。

这里，辛弃疾以一动一静相结合的写作手法，将夏日夜晚格外清幽、人空灵的景象，通过细致观察，生动地描绘出来，让人悠然神往。

“稻花香里说丰年，听取蛙声一片”，则从悠然长空的视角转到空旷辽阔的田野中间，夜半行走在黄沙小路上，扑面而来的稻花香，仿佛弥漫着丰年的味道。再听一片片喜人的蛙声，好像也在诉说着今年一定是个丰收之年。

此处读者可以清晰地感觉到，辛弃疾忧国忧民的情怀，他对民生欢乐感同身受，迫切希望百姓年年都能大丰收。全词都洋溢着喜悦之情，带给人们幸福之感。

“七八个星天外，两三点雨山前”，以远处挺立陡峭的山峰起笔，以对仗手法描绘了一幅黄沙之路的夜景观图。一边嗅着稻花香，一边听着蝉鸣蛙叫，借着月光信步前行。若隐若现的寥落疏星，淅淅沥沥的轻微阵雨，让人很容易联想到清幽夜色中的恬静乡野气息。

这里的“星、雨”指天上的星星和微雨，“七八个、两三点”都是模糊量词，意指稀疏的星星和阵阵的微雨。“天外”对偶“山前”，格律工整，笔法生动，意韵婉约。

“旧时茅店社林边，路转溪桥忽见”，将视线从前句“天外、山前”那些遥不可及的景象拉至眼前，在那过了小桥溪水之后，跃然眼前的是一座乡村林边茅店的影子，令人无比惊喜。

此处的“路转、忽见”暗含了辛弃疾不少巧妙心思。哪怕熟悉的黄沙道，在明月别惊鹊、清风送蝉鸣、蛙叫欢喜声中，已经忘记自己如何越过“天外”，翻过“山前”，不知不觉已经来到林边的茅店附近。

全诗都表达了辛弃疾猛然间看到那林边小屋的欣喜，以及沉醉在稻香中，忘却了一路上的路途遥远，这股怡然自得的幸福之感，相得益彰。辛弃疾深厚的文字功底、高超的艺术造诣都得以体现，仿佛景象近在眼前，让读者沉迷其中，回味无穷。

此词没有引经据典，没有长篇大论，更没有过多的华丽语言雕饰，仅是一些常见景物，却被辛弃疾组合出让人惊艳的效果，顺着视听感受自然铺垫夏日夜景，平淡中暗含精妙构思与忧民情感，是雄浑豪迈以外的另一种宁馨境界。

相对整词而言，“明月别枝惊鹊，清风半夜鸣蝉”最为人们所熟知，尤其“别枝”“惊鹊”经常被后来的诗词达人所引用。

珠帘月上玲珑影

菩萨蛮·竹风轻动庭除冷

［唐］温庭筠

竹风轻动庭除冷，珠帘月上玲珑影。

山枕隐秾妆，绿檀金凤凰。

两蛾愁黛浅，故国吴宫远。

春恨正关情，画楼残点声。

【注释】

菩萨蛮：词牌名。

除：台阶。张衡《东京赋》："乃羡公侯卿士，登自东除。"

珠帘月上：是"月上珠帘"的倒装句。

山枕：枕头形状如山。

隐：隐没。又作凭依。《孟子·公孙丑》："隐几而卧。"

秾妆：浓妆。

绿檀：指檀枕。

金凤凰：指枕的纹饰。

蛾：眉，犹言蛾眉。

吴宫：吴地的宫阙。此处暗用西施入吴的典故，西施在吴国而思念越国，事见《吴越春秋》等。

残点声：漏壶滴水将尽的声音。表示天将明时，漏尽更残。

当竹子梢头轻轻拂掠过门口的石阶上，也带来了一阵阵寒的凉风，珠帘上玲珑的月光在风与影的奇妙交融下，被摇曳得细碎满地。山枕也渐渐隐去了它的浓妆，只见那绿檀的枕端，画着一对描金的凤凰。

蛾眉簇拥着淡淡忧伤的她，虽身在吴宫，心却在思念遥远的故乡。春来春去春匆匆，但春情春意，浓情从未变过。画楼上的更漏，一声接着一声催人情思，天起晨光时方觉一夜无眠。

这首《菩萨蛮·竹风轻动庭除冷》是唐代诗人温庭筠所写的《菩萨蛮》诸阕之一。温庭筠一生恃才不羁，好讥刺权贵，官至国子助教，却长年被贬抑，终生郁郁不得志。在诗作上与李商隐齐名，时称"温李"，在诗作上与韦庄齐名，并称"温韦"，是"花间派"首要词人。

从写作手法来看，庭除、珠帘、山枕、秾妆、绿檀、金凤凰，突出的是深宫幽居环境与宫女的妆容，而竹风、月影、残点则渲染的是动态之景，故国、吴宫、愁黛则烘托的是情思，整体搭建出凄清幽微的心里世界，借年轻女子的幽怨感伤，抒发某种情致深婉的意境。

“竹风轻动庭除冷”，晚风轻轻吹拂竹林，竹子的叶和梢被风摇曳得微微颤抖，影子投射在院中的青石板上，使整个庭院显得更加凄冷，微凉的夜风又将细碎的竹影，婆娑地送过青石台阶，映在院落里一扇门窗的珠帘之上，进而透过珠帘，投映在幽暗的屋子里，室内顿时微光粼粼，别有一番玲珑姿态，仿佛生生艳压年轻女子的盛世红颜。

“珠帘月上玲珑影”，随着一道道月光竹影，视线落在一幔红绡锦帐上，通过绫罗轻纱，原来帐中有一年轻女子！而她此刻并无心妆容，反而脸上布满愁容，躺在檀木枕上，簇拥着蛾眉，无法掩盖淡淡的忧伤。她在愁什么呢？大概只有头下那块绿锦上的一对描金凤凰知晓吧。

“山枕隐秾妆，绿檀金凤凰”，大概年轻女子的百转愁肠，欲欲寡欢，才让清冷的月光和婆娑的竹影抢去了风头。世间没有不爱美的女子，但女为悦己者容，说明此刻年轻女子身边并无悦己者。那么，她定是在这深深庭院中，独自幽居的，至少这里并没有她钟意的男子。

“两蛾愁黛浅，故国吴宫远”，又或许她在这般凄冷寂静的庭院里深居过久，遇不到心中渴望的如意郎君，在春情无寄之下，产生了深深的春愁春恨。辗转无眠的煎熬，让远山含黛的眉眼浅淡，让本应流光溢彩的年华黯然失色。纵然蛾眉浅笑又如何？纵然尽情尽爱又如何？日间无人问寒，夜里无人取暖！

难道女子陷入了相思之中吗？但全词中并没有体现出她相思的人，只有一句“故国吴宫远”，说明年轻女子是远离故土，只身异国他乡，且人在深宫，或许生活上有诸多不自由，原来他并非相思，而是思乡！

“春恨正关情，画楼残点声”，岁月总是一载春秋一载梦！盼春语来迟，恨春去匆匆，春情春语春意浓，却只听得画楼上的更漏，一声声敲打着春梦，梦里情思无所寄，无眠一更又一更，如此这般反复，直至天边微微泛白。又要开始一天的劳作了。

若我们只看词作开头，便将此当成温庭筠在描绘年轻女子的春闺之怨，那么我们则直接拉低了温庭筠词作的格调，其中一句“故国吴宫远”，直接昭彰了温庭筠想要表达的深深意境。这位年轻女子应本是吴地之人，她此刻身处远离故国的越王深宫，女子怀的不是春情，而是国恨！

在三纲五常的约束下，倡导女子无才便是德的古代，女子能够怀揣家国仇恨，让人不禁心生敬意。此处很难不让人将这位年轻女子与西施联想在一起。所以，此处有两种解释，一是指代春秋末期被越王勾践以政治诱饵献给吴王夫差的越国美女西施。二是作者温庭筠以词中女子的春宫怨恨抒发对现实的不满之情。

从该词句被后人熟知和传颂度高低来看，并非写景的“竹风轻动庭除冷”，而是写情的“故国吴宫远。春恨正关情”，它也是词的中心思想！

清风明月无人管

鄂州南楼书事

［宋］黄庭坚

四顾山光接水光，凭栏十里芰荷香。

清风明月无人管，并作南楼一味凉。

【注释】

鄂（è）州：在今湖北省武汉、黄石一带。

南楼：在武昌蛇山顶。

四顾：向四周望去。

山光、水光：山色、水色。

凭栏：靠着栏杆。

十里：形容水面辽阔。

芰（jì）：菱角。

并：合并在一起。

一味凉：一片凉意。

我登上南楼，倚着栏杆眺望远方，只见山水一片交融，景色通明。辽阔清澈的水面上生长着可爱的菱角，还有盛开的荷花，空气当中弥漫着诱人的芬芳，那一阵阵清香由远及近地飘来。

随性洒脱的月光融入清风中，仿佛不受任何束缚地从南方吹过来，曼妙时刻，清风明月仿佛带着自由自在的味道。武昌的天气热得可怕，我站在高耸的南楼之上，感受到的尽是一片凉爽，这缕清风来得正是时候。

这首《鄂州南楼书事》是宋代大书法家、江西诗派开山之祖黄庭坚作品。黄庭坚与杜甫、陈师道和陈与义素有“一祖三宗”，作为“三宗”其一，他又与张耒、晁补之、秦观游学于苏轼门下，合称“苏门四学士”。因与苏轼齐名之故，世称“苏黄”。

黄庭坚仕途坎坷，屡遭恶人陷害，几次被贬民间，他一生留下海量诗文，不乏脍炙人口的经典佳作。本诗就是他罢官来到武昌，正值盛夏他在南楼之上乘凉，借自由自在的清风、无拘无束的明月，抒发自己胸中的惆怅和隐恨。

“四顾山光接水光，凭栏十里芰荷香”，从眼观的视线，到鼻嗅的味觉，为读者勾勒出一幅远方山光水色相接的优美图景，开阔的水面上隐约浮着菱角、荷花，由于黄庭坚所处位置是远观，想必不会看得特别清楚，这里更多的应该是想象。

所以黄庭坚并未直接赞美花的娇艳姿态，而通过鼻子闻嗅荷花的芬芳味道，来衬托景色的优美，既符合地理逻辑，又让人有身临其境之感。

“清风明月无人管，并作南楼一味凉”，从身体的触觉感知来写，这习习清风，朗朗明月，让这武昌的夏夜显得格外惬意，舒适。清风拂面送来的一丝丝清凉，帮我驱走了南楼上的阵阵燥热。

“清风明月无人管”是拟人的写作手法，将清风比作自由潇洒的生活，将明月比作光明坦荡的世间，实则黄庭坚想要表达的是此时此刻身处南楼，远离世俗的官场争斗，不再被奸佞小人陷害的放松心情，享受自由自在的宁静与祥和。同时句末的“南楼一味凉”，是对温度触感的详细描写，进一步流露出享受自由的心绪。

黄庭坚在整首诗中，都环绕着自己身处南楼的感受而写，从视觉、味觉、触觉全方位展现夏夜南楼乘凉图。天水相融、瑰丽景色、清风拂面，花香四溢，让读者沉醉其中，产生身临其境的奇妙感觉，仿佛身边都刮起了一丝清凉的微风。

不得不说，此诗的魅力就在于黄庭坚的巧妙构建，这个人与景物浑然天成，十分引人入胜的空灵境界，也是他艺术造诣深受人们敬仰的原因之一。事实上，黄庭坚一直以集唐诗大成的杜甫为榜样，他之所以成为江西诗派代表人物，就是提出建设性的“点铁成金”和“夺胎换骨”等诗学理论，对后世的文学创作产生深远影响。

黄庭坚诗作有三大特点，注重用字锤炼，重视句法简练，讲究章法变化。如王安石在《泊船瓜洲》中写到“春风又绿江南岸”中的“绿”字，是锤炼用字的典型。而黄庭坚在《送顾子敦赴河东》一诗中写“无人知句法，秋月自澄江”，便是句法简易的代表。虽然他的诗作讲究章法，但他却不固守而是追求超越，以达到“不烦绳削而自合”的境界。

黄庭坚除了诗作有大成就，还是我国古代首屈一指的书法大家。尤其擅长行书、草书，楷书更是自成一家，他极为推崇王羲之的《兰亭序》。他是艺术造诣深厚的诗人、文学家，同时又是一位几经贬谪的忧民之官，所到之处深受百姓爱戴。

他一生的代表佳句除这首《鄂州南楼书事》中的“清风明月无人管，并作南楼一味凉”外，更有牧童诗：“骑牛远远过前村，吹笛风斜隔岸闻，多少长安名利客，机关用尽不如君。”

还有送人赴举的诗篇：“万里云程着祖鞭，送君归去玉阶前，若问旧时黄庭坚，谪在人间今八年。”

露似真珠月似弓

暮江吟

［唐］白居易

一道残阳铺水中，半江瑟瑟半江红。

可怜九月初三夜，露似真珠月似弓。

【注释】

吟：古代诗歌的一种形式。

瑟瑟：一种宝石，澄澈碧绿。此处指江水所呈碧色。

可怜：可爱。让人喜爱，怜惜。

似：像。

真珠：珍珠。

天空中的一道残阳，倒映在静静的江面上；在阳光的照射下，江面上被映照得波光粼粼，江面的一半呈现出深深的碧绿色，而另一半则呈现出血红的绯色。最让人喜爱和怜惜的是九月初三之夜，可爱的露珠就像一颗颗闪耀的珍珠，而朗朗的新月，形状就像一张美丽的弯弓。

这首《暮江吟》出自唐代大诗人白居易之手。白居易的诗歌题材广泛，形式多样，语言平易通俗，有“诗魔”和“诗王”之称。其代表诗作有《长恨歌》《卖炭翁》《琵琶行》等，均有崇高的思想境界，他悲悯底层社会人群，爱国爱民的思想，一直被人们称赞。

本诗描述了白居易眼中傍晚时分，妖娆妩媚让人没有办法移开目光的美丽景色，这应是一种只有身临其境才能感受到的奇妙之美，倘若你没有处于此情此景，怕是没有办法感知那一缕残阳的灿烂绚丽。

一道将落未落，难以圆满的斜阳，释放着明亮却并不会刺眼的光芒，温柔且温暖，暖暖的颜色里，仿佛蕴含了来自千万光年以外的温柔触碰，那一丝丝柔和的轻拂，触在脸庞，暖尽心中，照射得江面一半艳红如血，一半碧波荡漾。一边妖娆灼热，仿佛热血翻腾般地热烈柔情，而另一边澄澈碧绿，宛若傍晚时的天幕一般色彩诱人。

如糖果般细腻柔和的红，染上天际的云彩，仿佛穿上了一层温柔的霓裳，如同清冷的月光，皎洁清高，带着属于自己的骄傲，冷眼看着眼前的热烈演出，仿佛能够透过这短暂的美好表演，看到落幕后门可罗雀的凄凉之景。

斜射而来的艳阳，映照不出太阳最完美无缺的身姿，可那残缺的美丽，才是不可多得的完美风景，然而这俯仰之间，恰是在这柔情与刚强的激烈碰撞当中，找到了一丝人生闲暇时刻的烂漫闲情，似是有一缕温暖的风环绕在身旁，整个人都跟着放松了下来，这顾盼之间所看到的所有美丽景观，都化作了这字字珠玑的诗中永恒铭刻，千古流传的字字句句。

白居易在作此诗时，应是仔仔细细斟酌过每一个字的，诗中所写“残阳”，将那傍晚时分欲落却并未完全落下，并不完整，又刚好是斜射于江面的太阳，形容得分毫不差，不论是从角度，还是太阳自身所呈现出的形态，都与残阳相同。而那同江水接触的姿态，选用了“铺”，不但能够将傍晚江边的落日已几近同江平齐的感觉描述得淋漓尽致，更是从侧面写出了一片残阳的温柔轻拂，仿佛暖流拂过面颊的感受一般，让人流连，让人忘记归途。而当“残阳”“江面”同“露水”“皓月”相结合的时候，一幅满载动态的图画便在脑海当中完成。

除了时间上的机缘，还有季节上的正好遇见你，正值九月初三的秋天，日落而半月升，在温度一瞬间骤降的时间节点，刚好在那温度上凝结出了晶莹剔透的露珠，这九月初三的皎洁月色是如此的娇人又可爱，让人停不下喜欢，沉浸在皎洁清丽的月光中，那如同弓箭开弓般圆润而又不圆满的半月，俏皮中不失骄傲，清冷中不失可爱，仿佛世间所有美好的事物都集中在了这一刻月光，其美妙是难以言喻的，这是白居易热爱自然的情感，更是那巧遇美景心中的激动、喜爱之感。

只是这月色的可爱丝毫没有埋没残阳的妖娆美好，仿佛这清冷的月光，是那热烈妩媚的艳阳所疼爱的小妹妹，她不知世事，不问世俗，清冷孤傲着，固守着自己的一片星空，灿烂而洁净，不沾染一丝尘埃，一如那出水芙蓉不会沾染淤泥的阴暗晦涩，无疑她是幸运的，也是纯真又可爱的，坚守着自己固守着的清丽美景，空灵又透露着一丝温情。

当这月色成为那半江清冷的一部分，而那艳丽温柔的落日之壮观走进那一片温柔血红，这日月同辉的景色定格在脑海，化作一幅最完美的画卷，诠释了黑与白融合在一起的美妙和神秘，这九月初三的傍晚到夜晚的这段时间，相信写出《暮江吟》的白居易已经深刻地铭记在心中，而那融入了一半艳丽落日和一半清冷月色的美妙将是他留给世人最珍贵的礼物，和对这个世界瑰丽景象的最好馈赠。

待到秋来九月八

不第后赋菊

［唐］黄巢

待到秋来九月八，我花开后百花杀。

冲天香阵透长安，满城尽带黄金甲。

【注释】

不第：科举落第。

九月八：九月九日为重阳节，有登高赏菊的风俗，说“九月八”是为了押韵。

杀：草木枯萎。《吕氏春秋·应同》：“及禹之时，天先见草木秋冬不杀。”

黄金甲：指金黄色铠甲般的菊花。

九月份来临时，意味着秋天的重阳节也到了，这个季节别的花都开始凋零，只有菊花争相盛开。长安城里只有菊花耀眼怒放，看起来光彩夺目，阵阵迷人香气四处弥漫，将会把整个长安城都染浸在异香中，到那个时候，全城都是如黄金铠甲一般的金色菊花。

这首《不第后赋菊》是唐末农民起义领袖黄巢作品，黄巢出身盐商家庭，尚武力，疏文采。关东旱灾，国家增租增役，黎民百姓苦不堪言，黄巢起义一路攻至长安登基皇后建立“大齐”，建元金统，曾大赦天下。四年后他败死狼虎谷，转年其侄子黄皓率残部流窜全数被伏杀，标志唐末农民起义正式以失败告终。

黄巢在带领农民起义写前，曾屡次赴京科考均名落孙山，加之百姓的生活越来越困苦，他极端痛恨黑暗社会和吏治腐败，对李唐王朝越发不满，科考落弟后他的激愤催生豪情，写下此诗。

黄巢虽非诗词大家，却为此诗作集了新颖比喻、奇思妙想、壮阔言辞、瑰丽意境、雄伟气魄于一体，可当佳作欣赏。诗中大量运用比喻的写作手法，为品格高洁的菊花赋予了更多的英雄风骨，而菊花在他的笔下成为被压迫黎民之征意，百花则暗喻李唐王朝及一众腐朽官吏，展现出果敢坚定的气韵，也是其农民革命领袖精神风貌的代表。

“待到秋来九月八”，黄巢就点明了时间，季节是深秋，时间是九月初八，古时过农历，意味着第二天即为九月九。为何不直说九月九，这里不仅考虑押韵问题，从后期他带领农民军起义来看，展现的是一种迫不及待的心情。

而“待到”也是预期、展望之意，进一步说明黄巢极为期待九月初八那天的到来。这也是他内心呼唤革命风暴早日席卷，尽快解救苦难百姓于水火的内心独白。如此深具凌厉激越的韵致，代表了一种肯定的意味。

“我花开后百花杀”，此句承接上句，从诗意可知“我花”代表的正是菊花！因为九九重阳已是深秋，再结合第三句中的“透长安”，哪种花在长安城具有如此“威力”？可想而知就是菊花！

一来长安位置偏北，深秋后百花均已凋残，而九九重阳正是菊花盛放的大好时节，两者对比，哪一个相形见拙一目了然。只是黄巢为何不用“百花残、百花凋、百花败”，单单选用“杀”字？除了照顾押韵之外，更多照顾的还是暗喻！

黄巢将菊花比作被欺压的劳苦大众，将“百花”比作李唐王朝和腐败官吏。难怪他将如此之重的“杀气”赋予诗中了，也是心中极端愤恨、无处抒怀的一种表现。结合前句，意指劳苦大众在九月初八来到之日，就会推倒政权，赶走狗官，真正当家做主。

“冲天香阵透长安”，这是对菊花在九月初八之表现的预见与憧憬，或者说这句是黄巢内心赋予菊花的“重任”。这也就解释了他为何没有用“幽香、清香、暗香”，偏偏用“冲天香”的原因。

“冲天”有直冲云霄的气势。“香阵”自然不可能是一株菊花香气所能及的，定是群芳共舞的结果。“透”字既说明香的威力，也有长驱直入之意。此处足以见得黄巢对百姓得享太平、义军必胜心存坚定信念。

“满城尽带黄金甲”，以菊花外形、颜色、精神之髓来比喻义军，“满城”指菊花遍布长安城每一个角落；“尽带”长安城内的菊花全部披上“黄金甲”。这是菊花大反攻的奇观之景，指代的正是起义军身披铠甲遍布长安城，攻打皇宫的壮举。充分展示出农民革命胜利的伟大前景。

诗中“满城尽带黄金甲”因其雄壮气势，对历代仁人志士产生诸多积极影响，成为经典佳名，为人们所传颂。

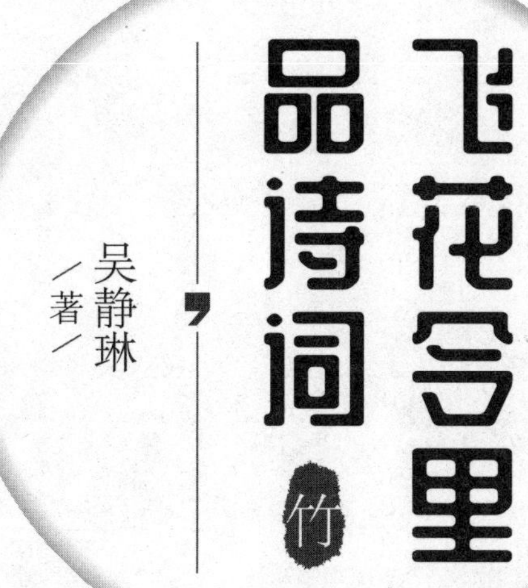
飞花令里品诗词，竹
吴静琳／著／

华龄出版社
HUALING PRESS

总序

千年文明，瀚若星辰，唐诗宋词早已融入中华民族的血脉，成为中华文化最具代表性的符号。一席宣纸承不住绵密的离愁，一支轻笔诉不完岁月的荏苒，一盏杯酒饮不尽失意的落寞，一架古筝唱不断人生的跌宕。推开尘封的历史，品一品诗词，念一念过往，峻峭风骨与凤采鸾章迎面而来。透过隽永的诗句，唯美的字词，我们仿若看见盛世长安的轻歌曼舞，依稀听到秦淮河畔的靡靡之音。但是诗词绝非出尘之想、镜花水月，更不是浮光掠影、虚幻烟霞。它为后人留下了宝贵的精神财富，每一次品味，都有新的感触。

飞花令，原本是古人行酒令时的一个文字游戏，源自古人的诗词之趣，得名于唐代诗人韩翃《寒食》中的名句“春城无处不飞花”。河北电视台《中华好诗词》栏目全国率先引进并改良了“飞花令”用于两位选手间的对抗赛，之后《中国诗词大会》等诗词综艺栏目也引进并进行了改良，从而掀起了一场声势浩大的诗词热潮。

此次《飞花令》系列共计四本，分为《梅》《兰》《竹》《菊》，探波傲雪，剪雪裁冰，一身傲骨，梅为高洁志士；空谷幽放，孤芳自赏，香雅怡情，兰乃世上贤达；筛风弄月，潇洒一生，清雅

澹泊，竹为谦谦君子；凌霜飘逸，特立独行，不趋炎附势，菊为世外隐士。每一首诗词均配有相应的注释和赏析，让读者在浮躁的尘世之中，翻阅笔墨书香，与文学大家一起，探寻内心深处的宁静悠远之地，采撷精神上的充实与幸福。

目录

第一篇　竹

竹露滴清响　2
笼竹和烟滴露梢　5
郎骑竹马来　8
从今此竹尤难得　11
林断山明竹隐墙　14

第二篇　露

露从今夜白　20
白露催寒衣　22
蕉花露泣愁红　25
金风玉露一相逢　28
春风拂槛露华浓　32
犹带彤霞晓露痕　35

第三篇　滴

滴罗襟点点　40

泪滴春衫酒易醒 43
夜雨滴空阶 46
小槽酒滴真珠红 49
空园白露滴 52
猿啼三声泪滴衣 55
心事莫将和泪滴 58

第四篇 清

清风脱然至 64
江清月近人 67
犹及清明可到家 69
夜夜减清辉 73
乍露冷风清庭户 76
疏影横斜水清浅 79
残花浅酒片时清 82

第五篇 响

响馀群动息 86
哀响激金奏 88
千山响杜鹃 92
但闻怨响音 95
高殿秋砧响夜阑 98

第六篇　花

花间一壶酒　104

迷花不事君　107

且向花间留晚照　110

露湿晴花春殿香　113

伤彼蕙兰花　116

东风无力百花残　119

春城无处不飞花　122

第七篇　落

落花时节又逢君　126

零落成泥碾作尘　129

杨花落尽子规啼　132

纱窗日落渐黄昏　135

白发悲花落　138

无可奈何花落去　141

暗蛩啼处檐花落　143

第八篇　春

春花秋月何时了　148

城春草木深　151

满城春色宫墙柳　154

池塘生春草　157

多情只有春庭月　160

溶溶春水浸春云 163
病树前头万木春 166

第九篇 水

水带离声入梦流 172
在水一方 174
山重水复疑无路 177
黄河之水天上来 180
花自飘零水自流 184
京口瓜洲一水间 187
天阶夜色凉如水 190

第十篇 香

香雾云鬟湿 196
含香体素欲倾城 198
有暗香盈袖 201
风住尘香花已尽 204
玉钩阑下香阶畔 206
梨花满院飘香雪 209
醉拍春衫惜旧香 212

飞花令里品诗词
竹

竹露滴清响

夏日南亭怀辛大

［唐］孟浩然

山光忽西落，池月渐东上。
散发乘夕凉，开轩卧闲敞。
荷风送香气，竹露滴清响。
欲取鸣琴弹，恨无知音赏。
感此怀故人，中宵劳梦想。

【注释】

山光：指傍山而落的太阳。

散发：古时男子束发戴冠，暇时常将头发散开，闲适自由，不受拘束。

轩：长廊之有窗者，此指窗。

闲敞：清静宽敞。

鸣琴：《张七及辛大见访》诗云："居士好弹筝。"是辛亦知音，故取琴而思辛。

知音：用伯牙、钟子期故事，此指辛大。

故人：指辛大。

放眼地平线，柔和而带着一丝魅惑的太阳倚靠山峦之巅，仿佛触碰到哀伤似的，竟一跃而下，忽而间就消失在视线之外。随之而来的，是东方升起的一轮皓月，皎洁而清冷，少了一丝温情，多了一缕高傲，抬起高傲的头颅，俯视着芸芸众生，冷眼望着生活在夏夜清脆蝉鸣中，还未进入梦乡的人儿。

许是月亮也会疑惑，光芒似是略显暗淡了，不知是否思考着月下独酌的旅人，那对影成三人的凄冷孤寂，酒杯中微凉的酒水，下肚之时却如同烈火般火辣，而记忆中那渐行渐远的人儿，此时身在何处。

身处此情此景的人儿，除了淡淡的忧愁，那一缕白衣随风舞动的风姿，却在月光的皎洁下，显得多了一丝如谪仙般的虚无缥缈，那于思念中萌发恬淡闲适之感，怕是只有误入凡间的天仙能够萌生的氛围。

在夜风中，那散落的青丝肆意摇曳着，舞动一曲关于思念的旋律，仿佛从中能够读出一个关于挚友的故事，跳动的音符是夜，清爽的温度是夜，推开窗迎面而来的是伴随着皎洁月光的清浅时光，而那暗夜空灵的天幕，正回放着友人爽朗的笑。

姿态慵懒地静卧廊边，长廊空寂，清净而宽敞，本该显得凄冷，却填满了月光，置身这月光，沐浴着这清冷月光，洗去一身荣光，闭目养神间，却似是传来一缕暗香，给这静谧的夜晚平添了一丝浪漫滋味。

原是盛放在夏夜姣白的荷花，妩媚妖娆，不染一丝尘埃，遗世而独立，傲然挺立，不曾低头地孤傲，而其芬芳滋味却如温婉的女子般轻柔细腻，月色朦胧里，却显出了竹林的清丽绝色。

叨扰的蝉鸣掩盖不住的是那清脆悦耳的露珠滴落，轻拂竹子翠绿的脸颊，温柔触及，如小鹿乱撞般心慌地移开，只是那坠落在地，迸溅出的水花疑是那竹子心上的一滴泪，可是那紫霞仙子留给至尊宝的礼物？

夏日纳凉所见之景，泛起一丝生机，本是无言的事物，此刻也有了一丝属于自己的情感，活灵活现了起来，仿佛陪伴着思念友人的自己。

这首《夏日南亭怀辛大》是唐代大诗人孟浩然的作品，前半部分讲述夏夜南亭纳凉的闲适悠然，而思念之情多是在这恬淡静谧的夜里生发的，那如诗如画中的孟浩然，不知有没有陶醉，更不知是否会有那庄周“不知是梦中变成了蝴蝶，还是蝴蝶梦中的庄周”一般朦胧的短暂迷失。

只是这诗中道尽的此情此景，孟浩然以为：若是配一曲空灵动人的琴音，该是一幅多娟秀的画卷，有着让人不忍打破的虚幻朦胧，只是手抚上这琴弦，却不知曲从何来，调从何起，思绪却已经飘远。

伯牙尚有钟子期的陪伴相随，而我的辛大此时是否已身在梦乡，而嘴角又是否挂着那如常的淡然微笑，细微而有着温暖人心的力量，只身一人又从何弹起这琴音呢？越是这般想着，就越是思念那远方的故人，思念之情源于此景，这思念之景由心生，竟不知眼前的朦胧身影，是梦是幻，只道是一句“故人可好”？

一切形，诸因梦寐，亦是淡如水的君子之交，也相知如潭水之深，相交如土壤之厚，那梦中的相思，苦中带着一丝甜。该诗中的“荷风送香气，竹露滴清响”，由于对仗工整，韵律优美，情景交融，成为被后人传唱率极高的千古佳句！

笼竹和烟滴露梢

堂成

［唐］杜甫

背郭堂成荫白茅，缘江路熟俯青郊。

桤林碍日吟风叶，笼竹和烟滴露梢。

暂止飞乌将数子，频来语燕定新巢。

旁人错比扬雄宅，懒惰无心作解嘲。

【注释】

堂成：堂即“草堂”。成，落成。

背郭：背负城郭。草堂在成都城西南三里，故曰背郭。

荫白茅：用茅草覆盖。

缘江路熟：草堂营于浣花溪上，溪近锦江，人们缘江往来，踩踏成路。

俯青郊：面对郊原。堂势较高，故用俯字。

桤（qī）：落叶乔木，木质较软，嫩叶可作茶的代用品。

将：率领。

扬雄：西汉末年大赋家。其宅在成都少城西南角，一名“草玄堂”。

我所住的这座草堂，背对着城郭，修建在沿江大路的一处高地之上，上面覆盖的都是白色茅草，我经常沿着江边漫步，时间一长就踏出了一条小路，在这里我可以俯视整个郊外的景色。房子深处桤木树林中，茂盛的枝叶遮挡了刺眼的阳光。烟雾笼罩着竹林，迷迷蒙蒙，就连风吹叶声和露珠滴落声，都清晰可闻。

我的草堂在修成以后，到处飞翔的鸦雀小鸟都携带幼鸟停落，南来北往的燕子也在这里安家定居，为它们颠沛流离的生活提供了一个暂时可以歇脚的地方。《解嘲》这篇文章是扬雄之作，他住在该城西南角，很多人错把我的草堂当扬雄的草玄堂，但是我并没有心情写他那样解嘲的文章。

这首《堂成》是晚唐著名诗人杜甫的七言律诗作品，创作于唐肃宗乾元三年。此前，杜甫来到成都在百花潭北、万里桥边开始营建草堂，第二年春末落成。杜甫一生才华横溢，但是官场一直失意，不得君王赏识。在“安史之乱”爆发以后，他辗转多地，来到四川成都，修草堂居住。

开篇简单描写草堂的地理位置。写法上用了大量对偶方式，名词对名词，如“郭”对“江”、“堂”对“路”、“茅”对“郊”；动词对动词，如“背”对“缘”、“成”对“熟”；颜色对颜色，“白”对“青”，以精妙绝伦的笔法，将一派清秀迷人的草堂风景临摹出来。

由“桤林”一词可以判断出，草堂周围的树木应以阔叶林为主，“碍日”两字让人联想到树叶繁茂、遮天蔽日的景象，仿佛有迷迷蒙蒙的烟雾，笼罩着整片青翠的竹林。平日住在草堂，静听着风儿在林中轻轻吟唱的旋律、露珠从树梢上滴落的细微声响。这是以动制静的一种高明写法，以细小的声音强调草堂周遭的宁静。

这座草堂的营造，给携子鸦雀提供了安身落脚佳所，让寒来暑往的迁徙之燕，也有了筑巢良地……这里深刻暗喻着杜甫的心情，他身处乱事，仕途不遂，被贬谪于此，情志郁闷，想想乱世有此居地，不至于让子女流离失所、四海漂泊，亦是幸事一件。细细品读，一个“暂”字便隐含几许深意，既然是报国无门，迫不得已暂居于此；又是渴盼战乱早日结束，天下黎民安居乐业，生活无忧。

其实，杜甫本无久居之意，从他的低喃心语中便可看出，他虽仕途不顺，却是心怀天下的，不愿争名，不想逐利，坚持有可为、有不可为的人生操守，高洁志向不语而出，让人敬佩。可是，一些不明就理的世人，却将他的草堂与扬雄的草玄堂相比，这让杜甫有些不悦。

相传扬雄也是个作赋的高手，因闭门写出《太玄》之书，而受到当下人们的关注和诘问，扬雄便以《解嘲》一书答世人之疑，强调自己只将古今先贤的诗文品德传世下去，并非为了功名利禄，然而，扬雄的这番辩解却恰恰让他显得更加市侩了。因此杜甫自然不屑与扬雄为伍。

这首七言律诗，从介绍草堂的地理位置，承接周边环境，转写鸟雀，更由鸟喻人，自己就如那些绕着树而飞的乌鸦，原是居无定所的，终于找到可栖息之地。“飞乌将数子”“语燕定新巢”，这里指的都是找到了新的居所。

从全诗来看，杜甫既写出了乔迁新居的欣喜之情，为不受战乱之苦而高兴，同时又对动荡的局势忧心不已，衷心期望国泰民安，希望天下百姓都能安稳地过日子。“暂止飞乌将数子，频来语燕定新巢”与“旁人错比扬雄宅，懒惰无心作解嘲”，都成为千古名句，后人们常以此类词句铭心浩志。

郎骑竹马来

长干行·其一

［唐］李白

妾发初覆额，折花门前剧。
郎骑竹马来，绕床弄青梅。
同居长干里，两小无嫌猜，
十四为君妇，羞颜未尝开。
低头向暗壁，千唤不一回。
十五始展眉，愿同尘与灰。
常存抱柱信，岂上望夫台。
十六君远行，瞿塘滟滪堆。
五月不可触，猿声天上哀。
门前迟行迹，一一生绿苔。
苔深不能扫，落叶秋风早。
八月蝴蝶来，双飞西园草。
感此伤妾心，坐愁红颜老。
早晚下三巴，预将书报家。
相迎不道远，直至长风沙。

【注释】

长干行：属乐府《杂曲歌辞》调名。

床：井栏，后院水井的围栏。

长干里：在今南京，当年船民集居地，《长干曲》多抒发船家女子的感情。

抱柱信：典出《庄子·盗跖篇》，形容宁死也要苦等爱人。

滟滪堆：三峡之一瞿塘峡口的大礁石，农历五月涨水没礁，船只易触礁翻沉。

天上哀：哀一作“鸣”。

迟行迹：迟一作“旧”。

蝴蝶来：一作“蝴蝶黄”。

三巴：地名。即巴郡、巴东、巴西。在今四川东部地区。

长风沙：地名，在今安徽省安庆市的长江边上，距南京约700里。

我们从小时候就在一起玩耍了，我还记得那时我的头发刚能盖住额头，便和你一起在门前玩折花一类的游戏。你总是骑着竹子做的“马”来找我，我们便会一起绕着井的栏杆，相互抛掷青梅的果子嬉戏玩耍，那时候我们的日子过得无忧无虑。

我们都在一个叫作长干里的地方居住，从小一直玩到大，相互信任，从无嫌隙和猜忌。我在14岁时就嫁给你作妻子，开始时感觉很害羞都不敢笑，自顾低头看着暗处的墙角，不论你怎么呼唤，我都不敢回头看你。

到了15岁时，我开始舒展眉头，希望永远和你在一起。心中植下了至死不渝的爱情信念，从没有想到自己有一天会走到望夫台上。但我16岁时，你却要离家远行，独自去了瞿塘峡滟滪堆。

在五月水涨的时候，我担心你不幸触到滟滪堆的礁石上，不要让我的悲鸣像两岸猿猴的啼叫，声声传到遥远的天边。我仿佛在门前看到了你离家时，那些徘徊的足迹，只是它们已经长满了绿色的青苔。厚厚的，非常难以清扫。加上树上枯黄的落叶飘落下来，感觉今年的秋来得真早。

八月的黄色蝴蝶漫漫飞舞着，成双成对地飞到西园的草地上。我触景生情不忍相看，最怕看到伤心难过。因为想念你，我整日忧愁，慢慢地容颜逐渐衰老。无论何时想下三巴回家，一定要提前捎个家书回来，我要去迎接你。不管道路有多么遥远，哪怕一直走到长长的风沙里。

这首《长干行》是盛唐诗仙李白作品之一。唐玄宗开元十三年（725）秋末，李白初游金陵长干一带，亲眼目睹船家儿女的辛苦生活，随即写下这首动人而杰出的诗篇。事实上，李白的一生，写过许多反映女性生活的作品，这篇只是他灿若星河的名作之一。

长干位于现在的江苏南京，古称金陵。《长干行》描绘的都是长江中下游一带男女青年的生活场景。其实在李白之前就有《长干曲》，收录于乐府旧题中，崔颢的《长干曲》，崔国辅的《小长干曲》，亦是五言四句，内容简单的小乐府体，于是李白增加了篇幅，让内容丰富起来。

李白在诗中，以长干里商妇的口吻倾吐爱情生活，从童年写到少年，再写到青年时代，作为妻子殷切思念远行的丈夫，感情真挚，极具感染力。少妇在不同时期，与丈夫在一起的情景，就像一幅活生生的人生画卷。

前面六句写出当时民间孩童在一起嬉戏的状态，中间八句细腻描绘少妇的新婚生活。接下来的十二句依托节气变化和生动景物，细致地描写了少妇思念丈夫的离别愁绪。最后两句，是全诗转折，李白的浪漫主义色彩，在这里表达得淋漓尽致。

诗中“抱柱信”，是有典故的，语出《庄子·盗跖篇》，主要写一个男子与两情相悦的女子相约桥下，但是女子未到时，桥下突然涨水，男子为了信守约定宁死不离开，最后抱着桥柱子淹死。李白用这典故来烘托对爱情信念的坚守。

作为一首爱情诗，“郎骑竹马来”成为千古名句，由此演变出成语“青梅竹马，两小无猜”，专门用来形容儿时即相识，长大即成情侣的男女，是美好感情的象征，引用频率极高。

从今此竹尤难得

画竹歌

［唐］白居易

植物之中竹难写，古今虽画无似者。
萧郎下笔独逼真，丹青以来唯一人。
人画竹身肥臃肿，萧画茎瘦节节竦。
人画竹梢死羸垂，萧画枝活叶叶动。
不根而生从意生，不笋而成由笔成。
野塘水边碕岸侧，森森两丛十五茎。
婵娟不失筠粉态，萧飒尽得风烟情。
举头忽看不似画，低耳静听疑有声。
西丛七茎劲而健，省向天竺寺前石上见。
东丛八茎疏且寒，忆曾湘妃庙里雨中看。
幽姿远思少人别，与君相顾空长叹。
萧郎萧郎老可惜，手颤眼昏头雪色。
自言便是绝笔时，从今此竹尤难得。

【注释】

难写：这里指难画的意思。

萧郎：萧悦，兰陵（今山东苍山县西南兰陵镇）人，善画竹。在杭州住过一段时期，与白居易过从甚密。因萧悦官至正八品上协律郎，属太常寺，掌管音律。白居易称他为萧郎。

丹青：古人对画作的称呼，如“一幅丹青之妙”，这幅画作的美妙之处。

筠：竹子的青皮。

头雪色：满头白发，形容白发苍苍的样子。

世间万物皆有形，若将其呈现于丹青之上，其形易画，其神难描。例如植物之中，最难画出其神韵的就是竹子，很多丹青高手穷尽毕生，也未得竹其神韵。直至白居易生活的唐朝以来，在白居易眼中，他认为古往今来，只有萧悦画的竹子最神似，可以称得上空前绝后，独此一人了。

这首《画竹歌》是唐代大诗人白居易作品。作为唐代三大诗人之一，白居易被后人评价为“伟大的现实主义诗人”，绝非浪得虚名，由于他生于动乱年代，深知百姓艰辛，将悲悯同情与对朝政的不满，悉数表现于作品之中，写出了大量蕴含深刻意义的写实著作。

本诗为白居易为数不多的一首赞诗，他在诗中直言，很多人将竹茎画得粗壮臃肿，而萧悦画的竹茎肥瘦匀称，节节挺拔。很多人将竹子的叶梢画得垂死萎靡，了无生趣，而萧悦画的竹叶和竹梢，则是枝枝灵动，叶叶生俏的。

“不根而生从意生，不笋而成由笔成”，并不是指萧悦画的竹子没有根，而是指萧悦善于观察竹子的生长环境，将竹子与环境融为一体。不是为了作画而作画，是抓住了竹的精、气、神。

只见萧悦的画中，有两片森然的竹林，大概有15株之多，崎岖地生长在无人管理的野外池塘或者水岸边，是那样的挺拔而秀立。这里的野塘和碕岸，更加衬托出远离人间烟火的气氛，与竹子超越世俗的品格相得益彰，也更拟人化。

筠是指竹子的青皮，粉态在这里有姿态的意思，婵娟是形容竹子神态的秀美，潇洒脱俗的婀娜之姿态，太像真正的竹了，丝毫看不出是画的，让人痴迷想要听见竹叶被风吹动的婆娑之响。

西边画的一片竹子苍劲有力，让人想起天竺寺前的石头，东边画的那一片稀疏寒弱，让人忆起在湘妃庙里看雨的感觉。诗的最后一部分是感叹如此绝妙的绘画，竟然少有人赏识，白居易与萧悦相视失笑，有嘘唏感慨，也有知己不言而喻的默契。

白居易又感叹岁月虽漫长但时光终究易逝，萧悦即便身怀绝技，但也是老眼昏花，满头华发之人，此作仍绝笔，日后求画不易了，表达的是一种珍惜之情，也尽显了其画的价值。

竹子历来是文人墨客丹青画者钟意之物，或以歌咏，或以绘画，赋予其无限的生命。因其挺拔秀立之姿，顽强生命力之态，让人联想到志向高洁的人，白居易的《画竹歌》，正是通过对好友萧悦画竹技艺的赞赏，表达对像竹子一样高洁品质的咏颂。竹作为人格精神的某种象征，在传统中独具审美内蕴。

该诗的创作手法极具妙韵，开头直接写好友萧悦竹子画得形象逼真，并用“下笔独逼真”这样的句子赞美，然后再通过与前人画作进行对比，进而加以描绘，直接指出，竹叶、竹枝、竹竿三个点，将画作的灵韵以诗句形式展现给读者，属于层层递进式的写作方法，兼具结构严谨的特点。

从诗文中可以看出，白居易反复向读者传达一个“真”字，对此朱自清先生曾解释：在《老子》《庄子》中，真有自然之意。而气韵可生动姿，便得自然之真，这样画出来的东西才是活生生的。宋词大家苏轼也曾在《书鄢陵王主簿所画折枝二首》表示：“论画以形似，见与儿童邻。赋诗必此诗，定非知诗人。谁言一点红，解寄无边春。”意指丹青形似者多见，而画得幽姿传神，意韵不凡者微乎其微。

白居易的一句“不根而生从意生”，赞美了萧悦成竹在胸的精湛画功，说明萧悦在提笔作画之前，就已经将意趣与自然相融。竹子源于自然，画功高于自然，正如诗词文艺作品一样，艺术源于生活又高于生活。“从今此竹尤难得”虽然不是白居易最脍炙人口的诗句，但该诗在当时不仅引领了赞诗的潮流，更将丹青画竹的水平提到了史前的高度。

林断山明竹隐墙

鹧鸪天·林断山明竹隐墙

［宋］苏轼

林断山明竹隐墙，乱蝉衰草小池塘。
翻空白鸟时时见，照水红蕖细细香。
村舍外，古城旁，杖藜徐步转斜阳。
殷勤昨夜三更雨，又得浮生一日凉。

【注释】

鹧鸪天：词牌名。

林断山明：树林断绝处，山峰显现出来。

翻空：飞翔在空中。

红蕖（qú）：荷花。

古城：当指黄州古城。

杖藜：拄着藜杖。藜：一种草本植物，这里指藜木拐杖。

殷勤：劳驾，有劳。

浮生：意为世事不定，人生短促。李涉《题鹤林寺僧舍》：“偶经竹院逢僧话，又得浮生半日闲。”

放眼望去，可以清晰地看见高山耸入云端，在那郁葱的树林尽头，让人心情好像开阔了一些，但又总觉得心里有些许难言的惆怅。眼前的苍翠竹林，宛如一堵隐约的绿色围墙，将真正的土筑围墙隐藏在了这片竹林之后。

院落的一角，有一方小小的池塘，却不是一派繁华景象，池塘边的草衰叶败，蝉鸣四起，听到耳朵里，毫无优美可言，反而更加乱人心绪……盘旋于天空中的白鸟，时时在眼前掠过，自由翱翔的样子让人羡慕。而满池的红色荷花，将池水映衬得更加碧绿，还散发出丝丝缕缕的芬芳，柔和、温婉，让人沉醉其中。

拄着木制的拐杖，在村舍之外的古城旁边散步，被眼前的景色吸引，忘记了时间的存在，直到日暮斜阳，该是归去的时候了。想来多亏了昨晚三更的一场夜雨，让人享受了一整天的凉爽心情。

这首《鹧鸪天·林断山明竹隐墙》是宋代文豪苏东坡先生作品。当时他被贬谪黄州，在乡间幽居。从诗词的字面上可以看出，东坡先生由远及近，随着目光所到之处，写出雨后游历，观赏四周景物的欢快心情，他想表达出闲适的心境。但从词中，会发现不经意间流露出来的“隐、乱、衰”等字，都是他仕途不顺遂的写照。

前面的部分诗名中，有远景，有近景，有动景，有静景，开阔写意，层次分明，且词句对仗，工整严密。这种拟人、拟物手法，被东坡先生运用得出神入化，其中“断、明、隐”将丰富的色彩跃然纸上，仿如活生生的景色浮现眼前，不得不让人佩服。这一切都彰显了东坡描绘的景色，是夏末秋初雨后村舍风光。诗画意境油然，清新淡雅如斯，芙蕖作为荷花的别名，也因此而广为人们所知。

这样竹篱茅舍的好风光，若心中没有远大的抱负，便是人生最好的归宿。可此时东坡先生的心情并非悠然悠哉，反而更像自寻安慰。如此解读是有根据的，与东坡先生曾在杭州西湖写下“欲把西湖比西子，淡妆浓抹总相宜”美句相比，这精巧的茅舍风光，写得不算潇洒大气，他心中更多的是无可奈何的心情。

尤其东坡先生在下句写到，从日暮时分漫步到斜阳西下，与其说拄着藜杖在村间小路漫步到日暮时分，不如说是一种百无聊赖的心绪，让他无所适从地流连与徘徊。有很多人将此句解读为东坡先生感叹自己老态龙钟、病后初愈，但实际上这是一种报国心愿未了，而归隐田园后的失望情绪所致，此处应该属于心情暗喻。

随后先生又用老天爷在三更夜里降下好雨，让人凉爽这样的比喻，来强调自己的不如意。尤其“殷勤”二字用得画龙点睛，仿佛在说“承蒙老天关照”，意指老天都在关照黎民百姓，而君主帝王为何不似老天这般体恤黎民？像他这样还有理想、还有抱负的人，却被贬到了黄州。

此时，他的怨愤或者大于感慨：皇上早已经把我忘记了吧，百姓也把我忘记了吧，只有老天还想着为我降雨纳凉，我是感激的，我应是感激的，我必须要感激的……他用这种反讽的句式，强调内心的不满与情绪的抒怀。

末尾的那句“又得浮生一日凉”则是全词精髓，这句也被后世之人广为流传。“浮生”一词，在中国古诗词中，是“出境”频率相当的一个“明星”词汇，它书面意指人生飘忽不定，实则代表的是诗词作者的一种消极情绪，或者说他们在人生某个时期的一种人生哲学。

《庄子·刻意》篇说：“其生若浮，其死若休。”想必东坡先生是受了庄子思想的影响，而产生了一种消极的思想。很显然，统领此句的是“又”字，这个字仿佛王冠上的明珠，对全诗意境起到定下基调的作用，那人生失意情绪不宣而明。

当然，有一部分现代诗词爱好者认为，这首《画竹歌》让东坡先生有种得过且过、日复一日、消磨岁月的想法。但实际上从全词来看，这是写境抒怀，表达抑郁不得志的心情。从写作角度而言，如此写法可避免平铺直叙，给人婉转蕴藉、回味无穷的意韵。全诗最著名的是尾句“又得浮生一日凉”。

飞花令里品诗词
露

露从今夜白

月夜忆舍弟

［唐］杜甫

戍鼓断人行，边秋一雁声。
露从今夜白，月是故乡明。
有弟皆分散，无家问死生。
寄书长不达，况乃未休兵。

【注释】

舍弟：家弟。杜甫有四弟：杜颖、杜观、杜丰、杜占。

戍鼓：戍楼上用以报时或告警的鼓声。

断人行：指鼓声响起后，就开始宵禁。

边秋：一作“秋边”，秋天边远的地方，此指秦州。

一雁：孤雁。古人以雁行比喻兄弟，一雁，比喻兄弟分散。

露从今夜白：指在气节“白露”的一个夜晚。

分散：一作“羁旅”。

无家：杜甫在洛阳附近的老宅已毁于安史之乱。

长：一直，老是。

不达：收不到。达，一作“避”。

况乃：何况是。

未休兵：此时叛将史思明正与唐将李光弼激战。

高高的戍楼，凄怆的鼓声，宵禁开始后，周遭的一切，显得愈发惨惨戚戚了。战乱纷纷，秋日萧索，边塞的秋天，孤零零的大雁正在嘶鸣，仿佛也在哀叹着什么。黑夜漫漫，孤苦无边，从今夜开始，就已经踏入了白露的节气，不仅人心冷，天气也是愈发凉了。

虽说这世间只有一个月亮，但是飘零异地、家人分离，即便看到的是同样的月亮，又怎会觉得它比家乡的月亮要更加清晖照人呢？日夜忧心兄弟的安危，却苦于战乱频繁，就连寄往家里的书信也往往无法送达，这黑暗笼罩的一切，究竟何时才能终结？会有破晓见到太阳的那一刻吗？

这首《月夜忆舍弟》是唐代著名诗人杜甫的一首五律诗，作于唐肃宗乾元二年（759）秋的秦州，安史之乱于唐玄宗天宝十四年爆发，这是唐朝由盛转衰的节点，乾元二年九月，叛军安禄山、史思明先是引兵南下，继而攻陷汴州，紧接着又大部队西进。杜甫的弟弟，均分散在这些地区，战事紧张，书信无法正常往来，他思念家人，又忧虑其安危，处于一种极度苦闷低落的状态之中。

杜甫围绕营战乱年代压抑氛围，表达出当时的所思所感。他将“月夜”作为本诗题目，开篇却只字未提“月夜”，而是运用突兀不平的写作手法，将边塞秋天的凄凉的景象，展现在了读者的眼前。“断人行”很好地点明了社会环境，表明战事激烈，道路受阻。“戍鼓”单调沉重，“孤雁”嘶鸣孤独，给人以强烈的视觉效应，让原本就阴森可怖的边塞，显得更加孤寂冷清。

随后他才点题：无论是战争，还是秋夜，都让人有种瑟瑟发抖之感，作者偏偏又在这里提到故乡的月儿更亮，事实真的是这样吗？当然不是，这里融入了作者强烈的主观色彩，暗示了对故乡的思念之情。试想一下，国家安稳，亲人相伴，在幸福时刻，抬头望月，那自然是觉得月儿要分外圆分外亮。

望月生情，尤其是在特殊的时刻，诗句从望月开始转入抒发情怀，“有弟皆分散，无家问死生”，兄弟生死未卜，作者语气沉重，满腹愁绪，看不到前途和希望。其实诗句看似在忆弟，同样也表达了忧国忧民的情绪，生死茫茫，百姓颠沛流离，这种强烈的忧患意识，也表明了作者思想境界之高，对国家的前途充满了担忧。

诗的结尾，进一步抒发了内心的焦虑，音讯中断，家书难达，每一个人的生死都由不得自己，沉浮飘扬，无处归放。全诗首尾照应，结构严谨，情绪层层递进，很容易将读者带入那个颠沛流离的年代，与他一同感知那些过往的岁月和忧国忧民的情怀。

杜甫与李白同属一个朝代，只不过一个身处盛唐，所以诗词往往都是恣意洒脱、飘逸浪漫，而另一个，则亲眼见证了一个盛世如何慢慢衰败的过程，诗句往往都沉郁顿挫、忧国忧民，也间接表明，一个处于乱世的文人，那种无可奈何的愁绪。“露从今夜白，月是故乡明”，亦成为后人们念亲思乡的佳词代表，引用频率相当高。

白露催寒衣

秋夕旅怀

［唐］李白

凉风度秋海，吹我乡思飞。

连山去无际，流水何时归。

目极浮云色，心断明月晖。

芳草歇柔艳，白露催寒衣。

梦长银汉落，觉罢天星稀。

含悲想旧国，泣下谁能挥。

【注释】

无际：没有边界。

浮云：指飘浮在天空中的云彩。

明月：指夜空明亮的月亮。

寒衣：指冬天的衣服，御寒的衣服，如棉衣、棉裤等。

银汉：即天河，银河。

天星：天上的星星。

旧国：指代故乡。

秋日时节刮起的风，经过海面吹来感觉微凉微凉的，勾起我的思乡情绪，这种思绪随着微风仿佛放飞到天际一样。但是归家之路有连绵的崇山峻岭，叠嶂遥远地阻隔着，一望无际，我就像逝去的流水那样，不知道什么时候才能回到家中。

放眼四处望去，我看到的只有灰暗色的浮云，明月的寒晖，像针刺一般让我心痛断肠。脚下的青青芳草，白天看起来柔和艳丽，但晚上在寒冷中，就会挂上清霜与凉露，仿佛催促我快一点添置御寒的衣物。

我经常能梦见九天之上的银河落到地上，落在我的面前。可是梦醒之后，只感觉天上的星星越来越稀疏。让我的思念故乡之情更加切切，但我回不去，只能泪水涟涟地哭泣，我心中有挥之不去的悲伤，有谁能帮助我呢？

这首《秋夕旅怀》是盛唐诗仙李白数篇思乡诗作之一。据考证李白时年 26 岁，于唐玄宗开元十四年（726）旧历九月十五日，在扬州旅宿时创作名篇《静夜思》后，同时同地亦作此续篇。

从全诗中来看，仍延续《静夜思》中对霜露和月光的描写，寄托思乡之情。诗中的“乡思飞、银汉落”依然清晰可见其浪漫主义色彩。

通过描写秋天万物衰落，草木凋敝的情景，说明独在异乡之人苦秋易愁的情绪，尤其秋风吹过海面，惊觉寒意勾起思乡情绪。比如“吹我乡思飞”中的“吹”，一指秋风吹过这个动作，二指李白的忧愁；而“飞”字，更形象衬托出思乡情切之意。

李白通过写想象推进思乡情愁。自己所在的地方，只能看到层叠的山峦，看不到家乡的影子；看到流水奔流向远方，不知何时回还，想到自己也不知何时才能归家。李白借用山和水，将作品的情趣直接意象化，进一步铺垫了自己的愁绪。

通过放眼望去的景色，李白进一步联想，铺垫内心情绪。他看到的是灰色的浮云和寒冷的月光，层层递进地渲染。浮云是心情特色，加上灰字更渲染灰暗的心情；月光更是思乡的写照，用月光代表思念远方亲人的意思。“月晖”有皎洁之意，但也代表凄凉寒冷之意，漂泊他乡之人，见皎洁月光不会觉得更美，而是更孤寂。

随后他以抒胸臆的方式继续描绘心情。在白天时，看见的碧绿青草和鲜艳花朵，而到了晚上，它们就会被萧瑟的秋风挂上微凉的露水。深秋的寒意让人心头难免泛酸，仿佛催促自己穿上抵御风寒的衣物快快赶路。其中“歇、催”两字运用得非常生动到位，一下子将情绪引到行动中来。

借秋景描写，李白抒发羁旅心情。他经常梦到银河从天下落下来，一是指浓重的思乡情绪映射到梦中；二是指他更希望出现奇迹，银河能落九天，那么让自己快速归家的期望也有了寄托。

但是当梦醒来之后，只有天上稀疏的星星陪着自己，进而衬托乡情，情景交融，画面感强烈。

以含“悲想旧国，泣下谁能挥”这样的疑问句式，李白表达出思念家乡的悲切情绪。含着悲伤心情，谁能来帮他擦拭眼泪呢?这里的“旧国”，指的是家乡，而“谁能挥”表面上是疑问求助，其实表达的是孤独寂寞的境遇。

李白一生为后人留下了无数脍炙人口的诗篇，或是雄壮豪迈，或是婉约瑰丽，或是清新细腻，都带给人们诗文之美的享受。他的千古名句之多，在历代诗人中为首屈一指的翘楚，例如:《静夜思》中的“床前明月光，疑是地上霜”;《将进酒》中的“君不见，黄河之水天上来，奔流到海不复回”等。

蕉花露泣愁红

临江仙·烟收湘渚秋江静

［唐］张泌

烟收湘渚秋江静，蕉花露泣愁红。五云双鹤去无踪。几回魂断，凝望向长空。

翠竹暗留珠泪怨，闲调宝瑟波中。花鬟月鬓绿云重。古祠深殿，香冷雨和风。

【注释】

临江仙：唐教坊曲，后用作词牌，为双调小令。又名《谢新恩》《雁后归》《画屏春》等。

湘渚：湘江的水边陆地。

蕉：美人蕉。

五云双鹤：仙人所乘的五色云彩和一对白鹤。

翠竹：翠竹上留下带怨的珠泪。这里典出湘妃故事。

闲调：在湘江波浪中，湘灵弹起了宝瑟。

花鬟（huán）：形容鬟发浓美。

绿云重：绿云如发。

古祠：指今湖南湘阴北洞庭湖畔之黄陵庙，即湘妃祠。

在一片宁静无烟的湘江之上，美人蕉沾着新结的霜露，仿佛滴下的哀伤之泪，润湿了美丽的红妆。舜帝乘着仙鹤西去，杳无踪影，娥皇、女英二位妃子，一次次对着长空遥寄断魂的相思。

二位漂亮妃子的斑斑泪痕，滴落在绿绿的翠竹之上，她们在湘江的风浪中弹奏着幽怨的琴瑟，她们姣好的面容，在宛如小山的美丽鬟云之下，看上去如花似月。如今粉消香冷的湘妃祠，在苦雨凄风中早已蒙上厚厚的尘埃。

这首《临江仙·烟收湘渚秋江静》是唐代诗人张泌的作品之一。张泌诗作描绘细腻，用字工炼，诗风流畅，章法巧妙，是花间派代表人物之一，因此成为唐末重要作家。全诗描绘的是秋末晨起湘江阴冷凄凉的景象，令张泌联想到上古时期，为追随亡夫舜帝而投江的二位美妃，娥皇和女英，由此作下此诗句。

“烟收湘渚秋江静，蕉花露泣愁红”，以诗词常见的景物描写手法开篇，视线是由远及近，由大及小展开的。无论从江面还是空中，无论从洲渚还是水域，处处都透着“凉秋寂寥”的意境。重点突出了“蕉花”，即一种叶肥花红的美人蕉，娇艳花朵沾着似霜的晨露，仿佛美人带泪，让人心生怜惜。

“五云双鹤去无踪。几回魂断，凝望向长空。”张泌在前句中以沾露美人蕉暗指带泪美人，让他联想舜帝美妃娥皇和女英。当舜帝驾鹤西去以后，这二位清丽佳人，只能凝望西方天际遥寄断魂相思，终日以泪洗面，凄苦度岁月。据《述异记》载，舜帝南巡，葬于苍梧，娥皇、女英二妃，泪下沾竹，竹文全成为斑，故称“斑竹”或“湘妃竹”。

“翠竹暗留珠泪怨，闲调宝瑟波中”，娥皇、女英二妃时常为托相思，在湘水之滨弹奏瑶瑟，那凄凉哀怨的琴音涤荡着碧绿的江波，她们的泪不小心滴落在苍翠的竹叶之上，留下白色的斑斑点点。可是无论凝望长空，还是泪落斑竹，或是闲调宝瑟，都无法消解她们的相思之苦，于是两位薄幸美人，为追寻亡夫相继纵身投江自尽，从此湘水之滨也总是响彻着让过客魂断愁肠的哀怨曲调。

“花鬟月鬓绿云重。古祠深殿，香冷雨和风”，为了祭奠二位香冷粉消的忠贞王妃，人们在黄陵庙为她们塑了雕像，被奉为潇湘神女。只是她们头上宛如绿云小山一样美丽的发鬓，以及她们栩栩如生的花容月貌，千百年来只能在古祠殿中，与飒飒冷风蒙蒙苦雨为伴。如今早已蒙尘，显得更加凄凉。

此后，潇湘神女的哀婉故事广为流传，是历代文人歌吟诗作中常用题材。唐代著名诗人刘禹锡在《潇湘神·斑竹枝》中，就对这段凄美爱情故事做过深刻描绘：“斑竹枝，斑竹枝，泪痕点点寄相思。楚客欲听瑶瑟怨，潇湘深夜月明时。”而“斑竹”一词，也由此而来。

此诗咏怀古迹，凭吊湘妃，描绘了一段如诉如泣的凄美爱情故事。全词特点是以景起始以景终结，所叙之事与阴冷湘江融为一体，寓情于景，情景相融，感动相生，凄凉愁怨的况味呼之欲出。

“挥泪成斑，湘浦鼓瑟”，原属神话色彩，在这里成功烘托出别具空灵幽清的审美境界。“古祠深殿，香冷雨和风”是张泌在现实中以景喻情，惋惜二妃的情怀与思索，堪称“极缥缈之思，不落凡俗”的佳作。

金风玉露一相逢

鹊桥仙·纤云弄巧

［宋］秦观

纤云弄巧，飞星传恨，银汉迢迢暗度。金风玉露一相逢，便胜却、人间无数。

柔情似水，佳期如梦，忍顾鹊桥归路。两情若是久长时，又岂在朝朝暮暮。

【注释】

鹊桥仙：词牌名。

纤云：轻盈的云彩。

弄巧：指云彩在空中幻化成各种巧妙的花样。

飞星：流星。一说指牵牛、织女二星。

银汉：银河。

迢迢：遥远的样子。

暗度：悄悄渡过。

金风玉露：指秋风白露。

忍顾：怎忍回视。

朝朝暮暮：指朝夕相聚。（语出宋玉《高唐赋》）

你的巧手能织出纤薄的云彩，以不停地变幻的姿态游走于天空，让人们为之着迷。但是你着迷的却是划过天空的流星，它让你想起了远方思念的人，也让我想起了远方思念的你。流星仿佛专门为传递相思愁怨而存在，今夜遥远的银河若能让我们悄悄飞渡过去，在那秋风白露的七夕中相会，我们便是胜过尘世间一切长相厮守却貌合神离的夫妻了。

我们共度柔情似水的七夕之夜，共诉分别时光里的无限相思。然而，短暂的相会就像那如痴如幻的梦境一般，在分别之时不忍去看那鹊桥之路。千里相逢终有一别，我们虽不能长相厮守，但只要两情至死不渝，不必贪求卿卿我我、朝欢暮乐，一样可以长长久久地相爱下去。

这首《鹊桥仙·纤云弄巧》是北宋词人秦观的作品，秦观字秦少游，官至太学博士，曾任国史编修官，命运坎坷，诗词多以高古沉重、真挚感人，该词正是他一生作品之大成代表。借牛郎织女的神话传说，展现人间悲欢离合，表达一种至高无上的爱情观念。

作为一首咏七夕节序词，以节日抒发情感为引，开头两句中的“巧”与“恨”形成鲜明对比，将人们对牛郎、织女这对苦命鸳鸯的同情，与民间七夕节“乞巧”的习俗结合起来，歌咏世间一切坚贞爱情。

“纤云弄巧”即能变幻出优美图案的轻柔云彩，此处秦少游以这种拟人化的方式说明织女精巧绝伦的织布技艺。紧随其后便以“飞星传恨”为转折，能够织出如此美图的俏佳人，却没有办法与心爱的牛郎长相厮守，一起过上幸福美满的生活。仿佛飞驰长空的流星都在替他们惋惜，为他们传递着离愁别恨。

之后秦少游再以“银汉迢迢”四个字将银河的广大与辽阔

展现出来，表达牛郎与织女的相距之远，相思之遥，让人难以计数，突出他们比普通山水相隔的夫妻相思更苦，相见更不易！“暗度”二字则生动地点出七夕相会的主题，与前面“飞星传恨”中的“恨”字遥相呼应，更加切入人心，让读者产生共鸣。

古代诗词中关于对银河的描述极为丰富，例如后汉文人在《古诗十九首》中说：“河汉清且浅，相去复几许？盈盈一水间，脉脉不得语。”与秦少游的“银河迢迢”相比，多了一份柔情，少了一份宏伟。

而“金风玉露一相逢，便胜却、人间无数”则将情绪从沉痛转到欣喜中来，一对久别重逢的爱侣在秋风白露的夜晚相会，春宵一刻值千金，比人世间无数情侣千万次的相会还要美！这是秦少游内心由想象幻化的一种渴望，抒发的是对爱情圣洁永恒的理想。

“金风玉露”实指秋风中的白露，七夕节是农历七月初七，那个时节正处秋节，寒凉的夜晚会起白露。唐代著名诗人李商隐在《辛未七夕》里也写过：“由来碧落银河畔，可要金风玉露时。”这也是多数古代习惯以“金风玉露”指代七夕。同时也有冰清玉洁的暗喻，彰显纯洁脱俗的爱情。

“柔情似水，佳期如梦”，则贴切描绘了萦绕在一对久别重逢的夫妻之间的氤氲气氛。流水悠悠，无声润心田，渴盼了许久的相会之日，果然跟梦中想象的一样温柔缠绵。其中“如梦”二字，亦有相逢短暂之意，梦还未做完就醒来了，之后的“忍顾鹊桥归路”，则体现这对情侣不忍分别的纠结心理。

试问天下哪有刚刚相会的夫妻，转眼就必须面临分别的？恐怕只有牛郎织女了，他们不想、不愿、不敢去看来时的那条鹊桥之路，因为这条也是分别的归路，他们只能用辛酸的眼泪表达依依惜别的情愁。

这里的“柔情似水”也极其自然地与前面的“银汉迢迢”照应。“佳期如梦”则与“一相逢”形成鲜明对照，说明这样的相逢只是短短一宵，仅那么一下下就得分开了。牛郎织女无力挣脱命运的束缚，旁人又无力相助，只能让人惋惜心碎。

秦少游与旁人想的不一样，他不想只将情绪停留在同情的层面上，他想为牛郎织女做得再多一点，或许说他更想为天下所有像牛郎织女这样的夫妻做点什么，于是在结尾处他以“两情若是久长时，又岂在朝朝暮暮”的句子给予鼓励，让他们带着希望生活下去！

可以说，这种思想在秦少游当时的写作背景下，是相当独到的一种思想见解，也是被现代人推崇的一种人文主义关怀精神。它揭示出爱情的真谛，与那些朝夕相伴的庸俗夫妻相比，久经分别考验仍能真挚相爱的，才更可贵，更值得万民敬仰。

全词意境优美大气，结构严谨流畅，读起来荡气回肠，感人肺腑。他对爱情终极境界的审美价值观完全可以跨越时代、种族、国度、肤色，具有全人类属性的艺术品味，成为历代弘扬坚贞爱情的经典代表作品之一。

一般古诗词中只有一两句会成为人们耳熟能详的经典名句，但秦观的这首《鹊桥仙·纤云弄巧》却突破极限，全词字字句句都被后人反复传唱，如“飞星传恨”“金风玉露一相逢，便胜却、人间无数”“佳期如梦”等，尤其“两情若是久长时，又岂在朝朝暮暮”更是成为歌颂爱情的千古绝唱。

春风拂槛露华浓

清平调·三首

［唐］李白

云想衣裳花想容，春风拂槛露华浓。
若非群玉山头见，会向瑶台月下逢。

一枝秾艳露凝香，云雨巫山枉断肠。
借问汉宫谁得似，可怜飞燕倚新妆。

名花倾国两相欢，长得君王带笑看。
解释春风无限恨，沉香亭北倚阑干。

【注释】

清平调：词牌名，也是一种歌的曲调，“平调、清调、瑟调”皆周房中之遗声。

槛：jiàn，有格子的门窗。

露华浓：华：通“花”。牡丹花沾着晶莹的露珠更显得颜色艳丽。

群玉山：神话中的仙山，传说是西王母住的地方。

瑶台：传说中仙子住的地方。

飞燕：赵飞燕，西汉皇后。

妆：修饰打扮。

名花：指牡丹花。

倾国：指杨贵妃。

解释：消除。

沉香亭：亭子名称。在唐兴庆宫龙池东。

你的服饰就像天上的白云披上锦霞那样艳丽，你的容颜就像沾露的牡丹花那样娇滴，你是如此的美丽，就连天上的云彩和地上的牡丹都想为你装扮，春风微微荡漾，轻轻拂过栏杆，晶莹剔透的露珠将花之色彩盈泽得更加浓艳，而你比它们美上几百倍。能够见到天姿国色的你，我若不是身在仙境玉山之群看到仙女，就是身在西王母的瑶台之中看到了嫦娥。

你就像那枝被露水打湿的艳丽牡丹，散发着一阵阵馨香。昔日楚王遇神女妄想与其相恋，你就如那神女一般，即便比楚王还要费尽心思，肝肠寸断，想与你相恋都是枉然。遥想历朝历代的帝王宫殿里，就连西汉皇后赵飞燕那样著名的绝代佳人，也只是靠不停地化妆才能得到专宠，没有人能比得上你清水出芙蓉的天然姿色。

你就跟名花牡丹一样倾国倾城，让君王为你倾心不已。君王在沉香亭依偎着你，你倚着栏杆，迎着暖暖的春风一起欣赏栏杆之外的名花，你们是如此的优雅风流，君王心中的各种忧愁全都因为你消散殆尽，君王的所有愤然也都因为你而潇洒释然。

这三首《清平调》是盛唐诗仙李白专门为杨贵妃所写的名作，当时李白在大唐京都长安的皇家翰林院，一次唐明皇与杨贵妃在沉香亭观赏牡丹，雅兴之余听说李白文采非凡，特命李白当场为贵妃吟诗，李白无奈奉旨作了这三章。

在首章诗句里，李白以素有富贵之称的牡丹花比作杨贵妃，一是形容其美艳，二是意指其高贵的身份。其中“春风拂槛露华浓”以春风之露华形容唐明皇对贵妃的恩泽，彰显贵妃受君王荣宠的地位。后两句更以仙女和嫦娥比作贵妃的容姿，进一步塑造出贵妃艳丽如牡丹的美人形象。其中云、花、露、玉山、瑶台、月色，都是古代人对美好事物的寄予。

在二章诗句中，李白以更直截了当的形式写出了杨贵妃受宠幸的情景。“一枝秾艳露凝香”写艳丽的牡丹花深受露水凝香，衬托唐明皇对杨贵妃宠幸有佳。“云雨巫山枉断肠”以楚王遇神女的虚妄，衬托贵妃之圣洁；后两句以堪称绝代佳人的赵飞燕，只能靠不停地化妆才能得到专宠，从而衬托杨贵妃的天然姿色。

可以将三章诗句看成是对前两章的一个总承，将牡丹花、杨贵妃、唐明皇糅合成三位一体的格局，从而实现对杨贵妃赞不留痕的效果。“名花倾国两相欢”与牡丹相融是官家的富贵之美，与唐明皇相融是倾国的绝色之美。“长得君王带笑看”体现唐明皇欢愉的样子。后两句则是通过二人在沉香亭赏花的情景，从体会唐明皇心境的角度出发：只要有这么美的杨贵妃相陪，君王的恨意释然，忧愁全消。

三章诗句，无论哪一章都是字字灵动，句句浓彩，不仅开创了在诗词中将人与花浑然天成的典范，仿佛犹言在此，更是言在此处，其意在彼的精髓所见，让读者如沐春风，花香怡人，全诗通读下来方知赞的不是牡丹，而是倾城佳人，深受唐明皇所喜爱。

整诗以巧妙比喻将杨贵妃的美和唐明皇的爱展现出来，且不露矫揉造作之痕。这种写作之法对于李白而言仿佛信手拈来，但从李白一生的诗歌作品来看，对于杨贵妃的讽刺比溢美之词更多，足以见得李白作此诗时并非出自本愿，应是迫于唐明皇威严的无奈之举。

李白一生作品如浩瀚星海，经典诗句更是超过百余首，“云想衣裳花想容，春风拂槛露华浓”当属佳作之一，深受后世之人喜爱，人们经常将它来赞美年轻女子的绝色容姿。

犹带彤霞晓露痕

减字木兰花·卖花担上

［宋］李清照

卖花担上，买得一枝春欲放。
泪染轻匀，犹带彤霞晓露痕。
怕郎猜道，奴面不如花面好。
云鬓斜簪，徒要教郎比并看。

【注释】

一枝春：指梅花。

彤霞：红色彩霞。这句指刚采摘下来的色泽鲜艳的红梅上还带着露水。

郎：古代诗词中女子对爱人的称呼。

奴：古代女子的谦称。

簪：插，名词用作动词。原来指女子的一种首饰。

徒：只、但。

比并：放在一起比较。

我在行路途中看到一个卖花的人，看见他的担子上有一枝含苞待放的梅花，我便将它买了下来。我觉得这朵花曾经被晨曦的露珠染上过美丽色泽，因为那打湿的痕迹依稀可辨，所以它才这样的楚楚动人。

一直以来，我都心存疑惑，担心郎君认为我的容颜不如花朵那么漂亮。所以，我这就将这朵梅花，斜插在我的云鬓之间，让花与我的脸庞并列，让他看一看，到底是梅花漂亮，还是我的脸庞漂亮。

这首《减字木兰花·卖花担上》是宋代著名女词人李清照的早期作品。李清照出身书香门第，早期生活条件优渥，渐渐长大以后，成为一个温婉才女。她的丈夫赵明诚，也是出生于优越家庭，一直致力书画金石的搜集整理。

李清照早期词作都偏向于明朗、愉快的氛围，正如“争渡争渡，惊起一片鸥鹭”这样充满了童趣的句子一般。而本词是她与丈夫新婚燕尔时期的作品，她心中充满了对爱情的憧憬，全句透露出少女纯真的心态，可见那个时期，她的生活顺遂，性格也是活泼开朗的。

词中主要讲述的是一段街头买花的小故事，以及李清照的纤巧心思。她拿那朵漂亮的梅花，既开心买到心仪好花，又害怕丈夫觉得自己不如花朵娇艳。于是她便将此花戴在头上，与其说是与梅花争奇斗艳，不如说是为了博取丈夫的关注与欢心，全篇充满了少女童心。

南朝陆凯寄、范晔在《荆州记》里说：“折梅逢驿使，寄与陇头人。江南无所有，聊赠一枝春。”由此可见，这里的花朵指的是梅花。

李清照用“一枝春”来形容梅花的妖娆芬芳，“春”字意为“春天”“春色”“春意”等，其表达的范围之广，涵盖了一整个春天的灿烂美好，一切都是新的，初生的事物往往是最可爱的，暗喻自己对梅花的深切喜爱与欢快情感。

带着无限的美好和关于春天的遐思，在春意朦胧中，有一朵流连花枝、不舍绽放的梅花，一个“欲”字，是尚未开放之意，也表达了李清照本人渴望绽放的心意，希望自己也能像梅花一样释放出弥漫世界的馨香和芬芳。

同花瓣缠绵悱恻的露水，将梅花的娇艳与妩媚点缀得恰到好处，“泪”为拟人手法，将露水化作梅花的眼泪，仿佛这朵梅花因为不被欣赏而心生委屈，似是花儿对遭遇的控诉和哭泣。身披红霞，包裹露水，晶莹剔透中是包含着的如朝霞般的明丽美好，红中透亮的颜色，就如自己新婚燕尔时，红烛轻曼的新房，既欢快又甜蜜。色彩鲜明的对比下，映衬着清透空灵的感觉。

露水，是点睛之笔，成为最重要的浓墨重彩。这种哀而不伤的情感渲染，无一不是李清照对花的怜惜和喜爱。她像个笑逐颜开的小女人。她手捧梅花，深情欣赏后，触动了她与花比美的敏感心思。于是便将这朵欲开未开的花插在自己的头上，欲与之比高下。其好胜且骄傲的心理，处处充满着小女人的味道。

“郎猜道”是她心中的小小疑虑，暗藏温婉心思的笔触，更添几分纯真可爱，究竟是花更娇艳，还是人更着迷？意欲深重，余味无穷，一幅新婚小女人争取丈夫宠爱的情节跃然纸上。

字面意思是李清照想同鲜花争艳，实则是她心中期盼丈夫爱慕充满眼眸时刻的一丝娇羞，不愿正面表达，于是旁敲侧击的小聪明。句句都是生活，字字都是灵动，满满的爱情味道。花朵再娇艳，怎似人儿灵动，对比之下，高低立现。

此词主要写照的是闺房心情，充满生活气息，是李清照众多闺情词中较为独特的一首。古时女人以夫为天，得丈夫宠爱者似花娇艳欲滴，失宠则似枯萎之花，再无快乐可言。在李清照与丈夫离别以后，其词作多以凄清孤寂为主，更多地表达着闺怨之情，正是这个原因。

飞花令里品诗词
滴

滴罗襟点点

满江红·敲碎离愁

［宋］辛弃疾

敲碎离愁，纱窗外、风摇翠竹。人去后、吹箫声断，倚楼人独。满眼不堪三月暮，举头已觉千山绿。但试将、一纸寄来书，从头读。

相思字，空盈幅；相思意，何时足？滴罗襟点点，泪珠盈掬。芳草不迷行客路，垂杨只碍离人目。最苦是、立尽月黄昏，阑干曲。

【注释】

风摇翠竹：宋秦观《满庭芳·碧水惊秋》：风摇翠竹，疑是故人来。

吹箫声断：传说春秋时萧史善吹箫，作凤鸣。秦穆公以女弄玉妻之，筑凤台以居。此用该典，暗指夫婿远离。

不堪：禁不住，忍受不住。

三月暮：晚春时节的景象。

罗襟（jīn）：指丝绸衣襟。

盈掬：满把。形容眼泪很多。

行客：指女子所思念的人。

离人：伤离的人。女子自谓。

纱窗外，风儿沙沙地吹过翠绿色的竹林，一声声敲打着伤感的心。自从思念的人儿离开后，再也听不到悠扬的箫声了，只留下自己孤独地站在楼上。一眼望去，五颜六色的花儿早已落尽，只剩下满眼的绿色，没想到这么快就到了晚春时节。思念的人儿啊寄来了书信，当思念之情无处可解时，就打开书信，一字一句慢慢品味。

只见信中，字里行间，满满的都是相思之情，可思念的人儿远在天涯。这长长的相思，让人牵肠挂肚，什么时候才能足以表达？不知不觉间已泪湿衣襟，拂也拂不去，拭也拭不完，每每好似用手捧。绿绿的青草啊，请不要铺满了来路，让远行的人儿找不到回家的路；长长的垂柳啊，请不要遮挡了我远眺的目光，也许哪一天，远行的人儿就回来了，我一定要最先看到他。一天天从早到晚地看啊望啊，连笔直的栏杆也被我不知不觉地压弯了。

这首《满江红·敲碎离愁》是宋代豪放派词人辛弃疾的代表作品之一，但这首词却一改他平日风格，充满了温婉意韵，成为独树一帜的作品。辛弃疾一生飘萍，仕途坎坷起落，唯有抗金护宋的情怀从未变过。正如该词所反馈的内容就是南宋连连战乱的背景下，留守在家中的妇人，如何思念丈夫的情景。

词的前半部分主要写景，寓情于景；下阕重在写情，情中含景。情之所至，景也被深深地赋予了感情色彩。

“敲碎离愁，纱窗外，风摇翠竹。”从自然界风吹翠竹的声音联想到断肠音。将本就脆弱的心犹如用锤子“敲”得碎了一地。“人去后、吹箫声断，倚楼人独。”自从思念的人儿远去后，悠扬婉转的箫声就再也听不到了。移步来到楼上凭栏远眺。这个“独”字，更加突出了留守妇人的孤独、无奈和寂寥。

“满眼不堪三月暮，举头已觉千山绿。”目之所及全是绿色，没想到五颜六色的花儿这么快就落尽了，转眼已到暮春三月，越发伤心起来了。触景伤情，连春光也不愿停留。“但试将、一纸寄来书，从头读。”只有拿出远行人的书信一字一句地读起来，试着排遣相思意。见不到人，唯有寄托于书信，聊以自慰。

后半部分则以抒情为主。思极而泣，思极而盼，思极愈苦。

“相思字，空盈幅；相思意，何时足？”一遍一遍地看着书信，满纸的相思令人肝肠寸断，可思念的人啊却不在身边；一腔满满的相思情，什么时候才是头啊？这一“空”一“盈”两相对比，更加突出了分离两地的悲苦，无以排解。

“滴罗襟点点，泪珠盈掬。”不由泣不成声，点点滴落在衣襟上，用手都能捧起满满一捧。“芳草不迷行客路，垂杨只碍离人目。”漫山遍野的草儿啊，请别把道路长满了，免得思念的人儿回来时迷了路。层层叠叠的垂柳啊，请你不要阻挡了视线，让我第一眼就看到回来的人儿。“最苦是、立尽月黄昏，阑干曲。”一个“苦”字道出了无尽的思念之情。有多苦呢？从早立到晚，一天天、一年年栏杆都被自己压弯了。

由风声联想到箫声，激起无限愁思。满眼绿色让人感叹春光易逝，从而更加思念远行的人。可思念之情无处可说、无处可诉，唯有从书信中寻求慰藉。下阕接上阕抒情。书信是实实在在的，人却不在身边，一个“空”字更加突出了思妇的失落；越失落越看，越看越怀念，越怀念越伤心，满满的思念真正的“足”了。从而更加迫切地想看到日夜思念的人。

全词重点落在一个“苦”字上，思念之苦。留在家乡的人苦，远在他乡的人苦。写出了战乱给人们造成的离乱之苦，看在眼里，想在心里，隐含了词人拨乱反正的决心。

辛弃疾作为宋代不可绕过的诗词大家，作品极为丰富，名句也相当多，与本词中的“滴罗襟点点，泪珠盈掬”相比，他在《丑奴儿》中的“少年不识愁滋味……为赋新词强说愁……欲说还休，却道天凉好个秋”、《青玉案·元夕》中的“众里寻他千百度，蓦然回首，那人却在灯火阑珊处”等，才是被后世之人奉为难以超级的经典佳句。

泪滴春衫酒易醒

采桑子·时光只解催人老

［宋］晏殊

时光只解催人老，不信多情，长恨离亭，泪滴春衫酒易醒。

梧桐昨夜西风急，淡月胧明，好梦频惊，何处高楼雁一声？

【注释】

采桑子：词牌名，又名《丑奴儿令》《丑奴儿》《罗敷媚歌》《罗敷媚》等。

离亭：就是驿亭。古时人们常在这个地方举行告别宴会。

春衫：年少时穿的衣服，可指代年轻时的自己。

西风：指秋风。

胧明：微明。

漫长的悠悠时光，只懂得催人老去，哪里晓得这世间的柔情与长恨，时光不相信这红尘自有多情人。我在驿亭与你分别之后，伤感之情久久难以散去，每次酒醒后，我思念的泪水，总会打湿我薄薄的春衣。

昨夜的秋风，一路向西吹得那么急，将院子里的梧桐树刮得瑟瑟作响。我被这风打梧桐之音惊醒，一夜难有好梦，起身看见月亮被乌云笼罩着，只有淡淡月光透出。我在高楼之上，听到一声雁鸣，不知从何处传来？让我感到更加的悲凉。

这首《采桑子·时光只解催人老》是宋代著名婉约派词人晏殊大作，其代表作《珠玉词》，为他赢得了“宰相词人”的美誉。晏殊的词，吸收了南唐“花间派”和冯延巳的典雅流丽精华，开创了北宋婉约词风，也被称为“北宋倚声家之初祖”。同时，他也非常擅长小令，该词便是一首典型小令。

“时光只解催人老，不信多情”，晏殊采用拟人写法，时光漫漫只是让人老去，却不懂世人之情。但是时间无情，而人有情。这种将时光赋予人类情感的写法，增进了全诗的感染力，“只解催人老”，与后文的“多情”形成鲜明对比。

而“长恨离亭，泪滴春衫酒易醒”，则充分表明了晏殊借酒消愁愁更愁的离别不舍之情，酒醒后思念更加汹涌澎湃，泪水不禁打湿衣衫。俗话说“男儿有泪不轻弹”，可情到深处，又怎么可能抑制得住呢，同时也暗含了他对年少时自己的追忆。

从“梧桐昨夜西风急，淡月胧明”就有了更多景与情相融的转折，秋风飞卷着梧桐树，瑟瑟之声频入耳中，晏殊刚刚做了一个好梦，就被频频惊醒。难入眠啊，借着微明月光，他朦胧似醒，思念涌上心头，孤身自己，凄凉之情更加汹涌。

“好梦频惊，何处高楼雁一声”，晏殊的好梦被惊醒，突然听到远处传来一只孤雁的哀鸣，仿佛孤苦无依地寻找着伙伴，让他在深夜人静时更加心生感触，越发觉得境况凄凉，又从何谈起入眠呢？

其中“好梦”一词，有多层含义，那是与故人的重逢，也是与少年时代的自己重逢，如此美好的梦境，却被秋风卷梧桐的声音频频惊醒，梦里美好的一切醒来之后都不复存在，让人寒意重重，表达了一种惋惜和难过的绪绪。

大雁在诗歌中主悲意象，代表了缭绕不尽的愁思。“何处高楼雁一声”这只孤雁的哀鸣将主人公的哀愁推向了一个顶峰，这个时候可能由这孤雁的哀鸣想到了自身与好友的离别，不知何时才能相见，亦感叹时光易逝催人老，满腹愁思，悲从中来。

全词以愁思奠定基调，前半部分忆故人不舍离别，叹时光催人老。下半部分感秋意渐浓，触景生情，哀从中来。蕴含了晏殊丰富的情感，将细微的事物放大，梧桐、西风、雁鸣这些本来很平常的事物被词人放大，使读者从中感受到另一番人生况味。

从写作笔法风格来看，该词轻巧、空灵、深蕴含蓄的感情，抒发了叹流年、悲迟暮、伤离别的复杂情感。是极具概括意义的人生感慨，表达了“多情自古伤离别”与“思君令人老”等多重含义。

因为“时光只解催人老”，更要抓紧时间，珍惜情谊，不要待到酒醒时才“泪滴春衫”。“西风急”时，“频惊”“好梦”，莫要沉醉在“高楼雁一声”中，都是对走出孤苦无依的一种希冀，也是双重无奈的感伤之情。

整词作品感情悲凉，但并不凄厉，哀怨中看得到清丽的风格，体物写意都是那么的自然贴切，是为晏殊词作中，最引人注目的名篇之一。其中“时光只解催人老”“泪滴春衫酒易醒”“何处高楼雁一声”都是被后世人传唱的千古佳句。

夜雨滴空阶

尾犯·夜雨滴空阶

［宋］柳永

夜雨滴空阶，孤馆梦回，情绪萧索。一片闲愁，想丹青难貌。

秋渐老、蛩声正苦，夜将阑、灯花旋落。最无端处，总把良宵，只恁孤眠却。

佳人应怪我，别后寡信轻诺。记得当初，翦香云为约。

甚时向、幽闺深处，按新词、流霞共酌。再同欢笑，肯把金玉珠珍博。

【注释】

尾犯：词牌名。又名“碧芙蓉”。双调，以九十四字为较常见，仄韵。

梦回：从梦中醒来。南唐李璟《摊破浣溪沙·菡萏香销翠叶残》：“细雨梦回鸡塞远，小楼吹彻玉笙寒。多少泪珠无限恨，依阑干。”

阑：尽，残。

无端：无聊，没有情绪。

翦（jiǎn）香云：剪下一绺头发。古代女子与情人相别，因情无所托，即剪发以赠。翦，同“剪”。香云，指女子的头发。

甚时向：什么时候。向，语助词。

流霞：酒仙名。晋葛洪《抱朴子·祛惑》载，项曼都入山学仙，称“仙人但以流霞一杯，与我饮之，辄不饥渴”。

博：换取。

夜晚的雨，一滴滴地落在空空的台阶上。我孤独地躺在客栈里，从梦中醒来，情绪萧索寂寥。一片愁绪丝丝屡屡、牵牵绕绕，即使是丹青高手也难描难画。秋像人一样渐渐老去，蟋蟀的鸣声也显得那么悲苦。夜色即将褪去，连灯花也落了。最无聊的是，总是让美好的夜晚在孤独的睡眠中匆匆逝去。

我想自己的佳人啊会责怪她，许下了诺言，分别之后却没有兑现。回忆起当初，佳人剪下自己美丽的青丝作为再次相约的信物。不知又要到什么时候才能和她再次重逢在深闺，喝着美酒，填写新词。柳永发誓只要能再次与她同欢笑，愿用最好的金银珠宝去换取。

这首《尾犯·夜雨滴空阶》是宋代婉约派词人柳永的名作，柳永自称“奉旨填词柳三变”，是宋词革新的代表人物，对宋词的发展有重大影响。他创造了许多著名词牌，更将词牌与音律相结合，例如本词的词牌“尾犯”，又称为“碧芙蓉”，正是以音乐特征命名的词调，这首《尾犯·夜雨滴空阶》便被后人视为正体，另有蒋捷的《尾犯·寒夜》等也较为出名。

全词采取了诗词通常的写作方法，从景写起，从景忆起。夜晚下雨本来和自己毫不相干，可它滴在了“空阶”上，夜晚没有人是“空阶”也很正常，可是词人一个人躺在客栈里，这个“孤”字就让周围的万事万物都有了情绪：夜雨越下越心烦，滴滴落在空阶滴滴滴入柳永的心里，辗转反侧、愁肠百结。到底有多惆怅、有多烦闷呢？“丹青难貌”啊。自己虽然算得上绘画高手，却也描画不出来。

不由感叹，秋天也像人一样的“老”去了，这时蟋蟀的叫声也不像夏天那样的欢快，声声含“苦”。词人赋予了它们人的情感。再看眼前，“夜将阑、灯花旋落”。更惆怅，“总”是“孤眠”“无端”误“良宵”。

后半部分则用白描手法回忆与佳人难舍难分的情形。柳永用一个“应”字猜测佳人会责怪自己——“寡信轻诺”，分别之后，没有遵守约定，按时写信、准时回去。当初两人约定的场面还历历在目，佳人拿出剪刀“翦香云”，身体发肤受之父母，没有人有权利轻易毁损，她却这么做了，足见她是多么重情重义，令人刻骨铭心。

“甚时向”写柳永自己的盼望，这一盼望，事实上就是他自己的回忆。“幽闺深处，按新词、流霞共酌。”写出了当时他们相处的和谐、浪漫、美好，从而看出柳永对佳人的深深眷恋。人到情深处，哪怕拿出自己最珍贵的东西，来换取与佳人相处的欢乐时光，也觉得值得——“再同欢笑，肯把金玉珠珍博”。由此可见柳永是一个非常多情的人。

柳永从孤独异乡入手，表达对佳人的无限思念之情，这种思念是实实在在的，无论从喝酒填词时的举案齐眉，还是从佳人剪青丝送情人的深深倾慕之情来看，看似平淡，实则深情款款，体现出盼望早日重逢的急迫心情。

欲解相思，愿“再同欢笑”，无论有多难，即使穷困潦倒，也“肯把金玉珠珍博”，所谓“难画”的“闲愁”被柳永表现得淋漓尽致，让人从这“闲愁”中读出了无数的人生况味，既苦涩又沉重，成功引发读者共鸣。

柳永一生大多描写社会底层的歌姬舞姬的生活，雅俗共赏，深得广大人民喜爱，作品流传广泛，世存作品极多，著名诗句更多。如《蝶恋花·伫倚危楼风细细》中的“……衣带渐宽终不悔，为伊消得人憔悴。”《雨霖铃》中的“自古多情伤离别……此去经年，应是良辰好景虚设……”。

小槽酒滴真珠红

将进酒·琉璃钟

［唐］李贺

琉璃钟，琥珀浓，小槽酒滴真珠红。

烹龙炮凤玉脂泣，罗帏绣幕围香风。

吹龙笛，击鼍鼓；皓齿歌，细腰舞。

况是青春日将暮，桃花乱落如红雨。

劝君终日酩酊醉，酒不到刘伶坟上土。

【注释】

将进酒：原是汉乐府短萧铙歌的曲调，这里意为“劝酒歌”。

琉璃钟：钟，盛酒的器皿；形容酒杯之名贵。

琥珀浓：色黄净，喻指美酒。

槽酒：酿酒的器皿。

真珠红：真珠即珍珠，借喻酒色的柔润莹洁。

烹龙炮凤：指厨肴珍异。

玉脂泣：比喻油脂在烹煮时发出的声音。

罗帏：一作“罗屏”。

龙笛：长笛。

鼍（tuó）鼓：用鼍皮制作的鼓。鼍：扬子鳄。

酩酊：大醉。

刘伶：晋人，“竹林七贤”之一，以嗜酒著称，著有《酒德颂》。

将琥珀色的美酒，斟满名贵的琉璃杯盏，柔润莹洁的美酒，顺着酿酒器皿淅淅沥沥地滴下来，清冽浓郁的颜色像火红的珍珠。经过炮制烹饪的马肉和雄雉，油脂被烧烤时的爆裂之声宛如人们的哭泣。绫罗锦绣制成的帷幕挂在厅堂，锦乡帷帘之中，不仅被食物与酒香溢满，更有浓浓春意。

伴着乐师吹奏的悠扬龙笛和敲击的咚咚鼍鼓之声，歌伎吟唱时露出皓月似的白齿，舞女伶舞蹈时展现着纤细的腰肢，这些吴娃楚女，轻歌软舞，其乐融融。只是黄昏日下欢乐终有尽头，何况春光渐老日将迟暮，桃花被鼓声震散，被舞袖拂乱，如落雨飘红，满地皆成殇，青春也会随之悄然逝去。

我劝世人，不如终日饮酒乐逍遥，喝个酒尽杯空，但求酩酊一醉，让酒鬼刘伶坟上无酒可洒！即使他日魂归黄土，自有一番豪情壮志在！

这首《将进酒·琉璃钟》是唐代著名诗人李贺的代表作品之一。作为皇室后裔，李贺有“诗鬼”称号，是与“诗圣”杜甫、“诗仙”李白、“诗佛”王维相齐名，是继屈原、李白后，中国文学史上又一位颇享盛誉的浪漫主义诗人。由于他长期抑郁感伤辞官归故里，又因焦思苦吟 27 岁便英年早逝。

李贺在该诗中，以华艳词藻、精美名物开篇，围绕酒之兴，宴饮作乐，歌舞相和，结尾表面看上去像是奉劝世人及时行乐，实则讽喻豪华奢侈的朝政官员，表达自己“死既可悲，生也无聊”的郁苦心境。

“琉璃钟，琥珀浓，小槽酒滴真珠红。”充分运用了比喻、对仗等多种写作手法，将一幅声色犬马的酒宴图勾勒出来，营造出斑斓绚烂、奇丽熏人的华贵筵宴景象。如琉璃、琥珀、真珠红等瑰丽色泽，物象华美到巅峰。

“烹龙炮凤玉脂泣，罗帏绣幕围香风。”在描绘了静物的瑰丽之后，李贺继续描摹酒宴上的动景之华美。这里的“龙炮”指烹饪马肉，“凤玉”指炮制雄雉，都是油脂丰富的美食，经过煎煮烹炸之后，酥脆的声响听上去像哭泣之音，而满满的香气弥散在厅堂之上挂着的绫罗帘幕中。

“吹龙笛，击鼍鼓；皓齿歌，细腰舞。”随着宴乐鼓点声声急，歌伶舞伎的媚态妍开，让人目不暇视，耳不暇听。简直就是一场“最后的狂欢”。“况是青春日将暮，桃花乱落如红雨。”形容美好春光随着黄昏临近亦将归去，鼓之声，舞之乱，园中盛放的桃花如雨落纷落。

“劝君终日酩酊醉，酒不到刘伶坟上土。”前句之意是奉劝人们人生之乐，莫过于在美酒佳肴、欢歌曼舞中快乐逍遥，后句突转“刘伶坟上土”，则颇有另一番值得细品的深意了。相传刘伶“一醉一石，五斗解酲”，因此得名酒鬼，让酒鬼坟上亦无酒可洒，指代人们为求一醉不惜饮尽杯中酒。

在中国文化习俗中，“坟”均与死亡有关，诗中前面大段铺快意人生，及时行乐的观点，后面笔锋倏转，透露出李贺一片苦涩幽怨的惨淡意绪。加之前面的“况是”两句，以青春衬托桃红，以日暮暗喻白发，落红飘雨指眩目青春的陨落。

此诗为一首典型的讽刺诗，暗喻人终究有白发苍苍、亡魂归土的一天，若回忆这一生，毫无追求与建树，与空荡枝头上的几片残红无异，时间无情地溜走，玉液琼浆最终也将是自己亲手酿下的苦酒。

李贺以幽邃朦胧、瑰艳凄冷的构设，精湛的艺术技巧，将美学与浑境融为一体，充分表达在朝纲腐败、社会乱象下，自己的烦闷压抑情绪、凄凉愤激的境况以及对人生的深切体验，给人带来深刻的精神启迪。

全诗句句皆瑰丽，朗朗上口的韵脚，透着无与伦比的审美享受。从词句艺术高度衡量，“琉璃钟，琥珀浓，小槽酒滴真珠红”最为后人所熟知。

空园白露滴

灞上秋居

［唐］马戴

灞原风雨定，晚见雁行频。
落叶他乡树，寒灯独夜人。
空园白露滴，孤壁野僧邻。
寄卧郊扉久，何门致此身。

【注释】

灞上：古代地名，也称“霸上”，在今陕西省西安市东，唐代求功名的人多寄居此处。

灞（bà）原：即灞上。

雁行（háng）：鸿雁飞时的整齐行列。

他乡：异乡，家乡以外的地方。

寒灯：寒夜里的孤灯。多以形容孤寂、凄凉的环境。

白露：秋天的露水。《诗经·秦风·蒹葭》：“蒹葭苍苍，白露为霜。”

野僧：山野僧人。

寄卧：寄居。

郊扉：郊居。指长安的郊外。扉：门。这里指屋舍。

何门：一作“何年”。

致此身：意即以此身为国君报效尽力。致：达到，实现。

秋天的风和雨，不免带着丝丝凉意，直到暮霭才渐渐停歇。我抬头仰望暗沉沉的天空，雁群行色匆匆地从北向南飞去。此刻的我，看着从异乡树木纷落的叶子，只觉这寒夜孤灯是为了一人独照的。

孤独寄宿在荒郊野外的一座空空寂园之中，平日只能与山野僧人为邻。每到夜半，听到白露频频滴下的声响，不免心中叹息，久居在这荒凉郊居，何时才能实现理想，报效朝廷，致力为国献身呢？

这首《灞上秋居》为五言律诗，是晚唐时期著名诗人马戴的代表作品。当年马戴只身来到京城后，寄居之所正是灞上，他求取功名无望，无奈困居于此，在秋日凋敝之时深感身世落寞，作此诗慰愁绪。

从全诗来看，寥寥数笔，画卷上就出现了秋天灞原上空萧森的气息，让人不禁也感受到了一股凉意。尤其群雁南归，空巢寂寂，更显凄凉心情，让人徒增伤悲，不免慨叹一生抱负难以实现。

“灞原风雨定，晚见雁行频”，这里用了一个雁归的典故，南朝梁简文帝在《杂句从军行》中便有文：“逦迤观鹅翼，参差睹雁行。”“频”字，表面上点明了雁群很多，在寻找落脚点的过程中，显得有些仓促失措。这里用雁回暗喻的是一种思乡愁绪，是人类对家之渴望的本能。

“落叶他乡树，寒灯独夜人”，紧接着马戴将旷野的画卷慢慢舒展开来，由苍茫的天空，转向了深邃的大地，由景入人。在凄风苦雨之中，枯黄的树叶仿佛丧失了最后的力量，从树上飘零而下。形单影只的旅人，寄居于孤寺之中，默默地发呆出神，不知道究竟在想些什么。

对于马戴来说，独处异乡，思归思家情绪浓厚，而此时，又恰好看见叶落之景，难免不会触景生情，酸楚更甚。“寒”与“独”二字，互相映衬，寒意浓重，灯光惨淡，夜晚难熬，更能让人体会到马戴当时的心境与感受。

此句典出南朝齐谢朓的《冬绪羁怀示萧咨议虞田曹刘江二常侍》，诗中有言：“寒灯耿宵梦，清镜悲晓发。”独夜是指一人独处之夜。汉王粲《七哀诗》之二中也提及过：“独夜不能寐，摄衣起抚琴。”

“空园白露滴”，这里马戴运用了以动衬静的写作手法。夜深人静，万籁俱静，仿佛整个天地之间，都停歇了下来，白天鸣唱的虫子，此刻也陷入了睡眠之中。但倘若仔细辨听，就能觉察，露珠滴落于枯叶之上，发出了微弱，但却清晰的声音。一滴一滴，滴答交错，仿佛敲打在诗人思家的心房上。露珠滴落的声音，都能听得清晰，表明周遭环境的寂寥和空旷。

“孤壁野僧邻”，马戴孤身一人，却偏偏说还有一个邻居，此处的邻居，并不是热热闹闹的几口之家，而是抛却尘世、了无牵挂的野僧，强烈的对比，表达他现在几乎已经过上了与世隔绝的生活，而这样的生活，就连自己也不知道何时才是个尽头。

“寄卧郊扉久，何门致此身”，则是马戴直抒胸臆的经典总结之句，他内心的苦闷和愁绪一目了然。为求功名，漂泊外地，怀才不遇的抑郁与思念家乡的情绪夹杂在一起，确实是常人难以承受的。人生在世，最可怕的不是现实的悲催和苦难，而是陷入一种迷茫的状态。没有目标，前路茫茫，看不清道路在哪里，也不知道未来的自己究竟会如何。

马戴通过描绘眼前的景象，绘出了一幅秋日里萧索寂寥的景象，融入了自身深切的情感，没有虚情假意，更没有无病呻吟，而是将内心真实的情感，彻底展露在了世人的眼前。往往最真的情，才能触动人们的心，这也是这首诗可以流传千古，受到世代后人膜拜的原因所在。

猿啼三声泪滴衣

巫山曲

［唐］孟郊

巴江上峡重复重，阳台碧峭十二峰。

荆王猎时逢暮雨，夜卧高丘梦神女。

轻红流烟湿艳姿，行云飞去明星稀。

目极魂断望不见，猿啼三声泪滴衣。

【注释】

巫山曲：乐府旧题有《巫山高》，汉铙歌，属鼓吹曲辞。

巴江：水名。周初为巴子国，后为巴郡。

上峡：高峡。

阳台：今重庆巫山县高都山，传为《高唐赋》所写楚王、神女相会之阳台。

荆王：指楚王。荆：是春秋时代楚国的旧称。

暮雨：指神女。

轻红流烟：淡红色的飘动的云气。

湿艳姿：沾湿的美丽姿容。

明星稀：星星稀少，指破晓时分。

目极：极目远望。

魂断：销魂神往。

行舟于巴东的三峡附近，经过重重叠嶂的山峦，终于在阳台北面，看见了碧绿峭拔的巫山十二峰，其中最为著名的就是神女峰。想当年，春秋时代的楚荆王在此射猎时，恰逢巫山风起云涌，雨意渐浓，他夜卧在此山，居然梦见了美丽的巫山神女。

神女的身影被天空中的云霞与彩虹映衬得美轮美奂，空气中的微雨打湿神女的漂亮衣裳，更显其艳丽姿色，在月明星稀的夜空中，神女化作一团行云飞逝于巫峡之中。无论楚王如何放目远眺，仍不见神女芳踪，只听见峡谷中声声悲鸣的猿啼，不觉落泪湿裳。

这首《巫山曲》出自唐代诗人孟郊笔下。孟郊生平以短篇五言古诗居多，《游子吟》最为脍炙人口，有“诗囚”之称，又与贾岛齐名，人称“郊寒岛瘦”。在孟郊因病去世之后，又被张籍私谥为贞曜先生，可见其诗坛地位之高。

全诗词句凝练，语言优美，突出幽峭奇艳之格局。诗中不仅将三峡景色描绘得淋漓尽致，更将一段古峡行舟的所思所想融入其中，尤其辅以带有传奇色彩的神话故事，营造出意境奇幻的幽艳之美，让人百读不厌，余味无穷。

“巴江上峡重复重，阳台碧峭十二峰”为写实之句，孟郊作为旅人，沿江行舟于山重水复、景色绮丽的三峡一带，它终日云烟缭绕，晴雨难定，变幻莫测。“碧峭”二字写尽其壮美姿态。李贺在《巫山高》一诗中曾言“碧丛丛，高插天，大江翻澜神曳烟”，而神女峰的魅力更源于“朝朝暮暮，阳台之下”的巫山神女传说。

“荆王猎时逢暮雨，夜卧高丘梦神女”，是指楚王夜梦巧遇巫山神女，并为之神魂颠倒。这里典出战国时期著名楚国辞赋作家宋玉的《高唐赋》和《神女赋》，两赋均写楚王与巫山神女梦会之事，因此被看作姊妹篇，但二者所描绘的神女形象却大不相同。

孟郊虽借典咏诗，却未完全用典，而是大胆运用想象，将楚王出猎地点移嫁于巫山，梦遇之处转换为高丘。使孟郊自己上峡舟行逢雨跟楚王游猎逢雨，意境更为贴切，或许在此表明，孟郊的神魂已经与楚王融合为一体。梦中神女既是典故中的神女，亦是自己想象中的神女。

“轻红流烟湿艳姿”，仅仅七个字，就将神女轻盈缥缈的神形艳姿丰盈出来，让人联想到飞花落红和缭绕云烟的绝美意境。如此神女早已定格在人们心目中，无法移除，又无人可详述其美。但在孟郊笔下，却将巫山神女具体化了，她应是带着晶莹湿润水光的可人儿，眉目宛然，光艳照人，与一般神女不可同日而语。

全诗最为精彩的点睛之笔，正是这句“行云飞去明星稀”。仿佛“暮雨”就是神女出场时标配的背景音乐，而“朝云”则是神女离去的特有形式。孟郊撩开了神女面纱，她是霞气的精髓所在，高明之处在于营造了一股若晦若明、迷离惝恍的神秘气氛。

当神女飞逝而去，孟郊眼中的浪漫也逐渐消散，便是一种难言的惆怅若失之感，于是那句“目极魂断望不见”从心头涌上眉间。这里也是典出古谚，南北朝时代的郦道元在《三峡》中写“巴东三峡巫峡长，猿鸣三声泪沾裳”，宋代词人曹勋在《续巴东三峡歌》中亦引用了此句。

孟郊将用楚王梦遇神女的凄艳故事，代表自己在三峡中羁旅的愁怀，全诗优美词句将迷离景象融为一体，多处用典将意境拔高，让人回读咀嚼出无穷味道。此后，人们便常以“目极魂断望不见，猿啼三声泪滴衣”抒发思君不见君的愁苦，成为传颂度较高的诗词名句。

心事莫将和泪滴

忆江南·多少泪

［五代］李煜

多少泪，沾袖复横颐。

心事莫将和泪滴，凤笙休向月明吹，肠断更无疑。

【注释】

忆江南：词牌名。《全唐诗》作“忆江南”，也为“望江南”“梦江南”“江南好”“梦江口”“望江梅”“归塞北”“谢秋娘”“春去也”“梦游仙”等。

沾袖：泪水沾湿衣袖。

颐：脸颊。

将：拿。

和泪滴：一面流泪，一面诉说。

凤笙：汉应劭《风俗通·声音·笙》：“《世本》：‘随作笙。’长四寸、十二簧、像凤之身，正月之音也。”后称笙为“凤笙”。

又指笙曲。

肠断：形容极度悲伤痛苦。唐代白居易《长恨歌》里有“行宫见月伤心色，夜雨闻铃肠断声”之句。

我到底有多少的泪水啊，即使反复用衣袖擦掉，还是不断地出现在我的脸颊上。我的心事啊，可不是一边流着眼泪，一边就能诉说出来的。那笙歌曲调也不要在明月之夜吹奏，否则我心中的悲苦，更是肝肠寸断了啊。

这首《忆江南·多少泪》是南唐后主李煜的作品。曾经为皇帝的他，在唐亡宋兴之后，从九五之尊沦为宋朝的阶下囚，身份上的巨大落差与亡国之恨，都是常人所不能想象的一种痛楚。此词正是他抒发无尽愁思的代表作之一，所以他又被曹雪芹称为“古之伤心人”。

开篇李煜便用了“多少泪”提调情绪，以悬念带动读者。随后接写“沾袖复横颐”，直接抒发了他诉之不尽的哀伤，泪水擦也擦不完，流也流不尽。擦了眼里的泪水，脸上还有；擦了脸上的，泪水又从眼睛里涌出来，真可谓涕泗横流了。

为什么要流泪呢？一个“莫”字隐含了他无限的心事。作为亡国之君，不要说边哭泣边诉说了，连流泪也只能是偷偷的。否则被敌国知道了，不仅自己性命堪忧，连始终鞍前马后跟随自己的人，都要一并跟着倒霉，所以他只能将心事默默埋藏了。

这里的心事，既有亡国之痛，也有回不到过去欢乐时光的痛，往事不堪回首，故国只在月明中，他不能说、不便说，甚至在当时也不敢说，进一步加深了他内心中的酸楚与痛恨。

宫廷乐师用凤笙演奏着欢快的乐曲，歌姬一展歌喉，舞姬翩翩起舞，让人乐而忘返。“凤笙休向月明吹”中的凤笙本是用来弹奏欢快乐曲的，而李煜此时的心情，只要听见笙歌之音，就会想起过去的美好。

此时，他是一个宋朝的阶下囚，凤笙只能让人徒增伤悲。因此欢快的笙曲与阶下囚的境地形成了强烈的反差。而月色在这样的夜晚也变得更加清冷、幽闭，似凉水般的令人蜷缩、想避开。

最后一句“断肠更无疑”，听到了欢快的笙曲与现在自己身陷囹圄的境地做比较，想到以前自己统领天下、指点江山，是何等威风、何等幸福啊。不禁悲从中来，痛断肝肠，又怎能用一个“愁”字了得。

整首词看不到一个“愁”字，但每个字、每句话都含着愁，都是愁。当没有敌国人的时候，脸上纵横交错的泪水，不能流着眼泪诉说的心事，都不是一个“愁”字可以形容的。而他满腔的愁思在望着月亮、思念故国时，听到欢快的笙曲后更加的惆怅、悲伤，以至于肝肠寸断，复而流多少泪都是流不尽的。

李煜的一生可谓十分可怜。亡国之后被囚禁在敌国，故国只能埋在心底，出现在梦里，郁郁寡欢，因而写下了许多抒发自己内心愁绪的诗词，此词即是一篇愁绪代表作，反映了他内心无尽的凄凉。

全词寥寥二十七字，将痛苦、隐忍、无奈展露无遗。欲说还罢，欲诉还休，既见李煜深厚的诗词功底，又抒发了他郁郁寡欢、思念故国的恨，这种恨带着不得自由和亡国之君的双重耻辱，异常残酷地折磨着他。

李煜在《忆江南·多少恨》中写道“多少恨，昨夜梦魂中。还似旧时游上苑，车如流水马如龙。花月正春风。”这首《多少泪》作为《多少恨》的续作，其悲情更苦，其离恨更深。前者以反写正的艺术手法，用快乐反衬悲苦，笔意有曲婉之感。后者则不同，以明笔正写的艺术手法，直抒胸臆、坦吐愁恨，有更直入人心的感染力，让读者更能感同身受。

飞花令里品诗词
清

清风脱然至

饮酒·幽兰生前庭

［晋］陶渊明

幽兰生前庭，含薰待清风。
清风脱然至，见别萧艾中。
行行失故路，任道或能通。
觉悟当念还，鸟尽废良弓。

【注释】

幽：隐也。

兰：兰花。古人通常以兰花比喻君子之风。

薰：香气。

脱然：轻快的样子。

萧艾：指杂草。屈原《离骚》："何昔日之芳草兮，今直为此萧艾也。"

行行：走着不停。

失：迷失。故路：旧路，指隐居守节。"失故路"指出仕。

任道：顺应自然之道。此"道"字承上"故路"，意谓道路，非"道德"之道。

良弓：精制的弓箭。

有一种兰花幽幽地生长在庭院的某处，跟杂草比较像，不被人们所重视。它就那样自顾自地努力生长，静静地等待有朝一日清风来沐浴。当清风徐徐，轻快而至时，人们才能分得清杂草和兰花。因为杂草无味，兰花有香！

为追求理想我不停前行，为了不在仕途迷失，我要隐居守节。我要像兰花一样做个怀德贤者，但我不想再辅佐君王了，既然醒悟就应当归去，因为我担心君王建功立业以后，会抛弃我们这些忠心耿耿的臣子们。

这首《饮酒·幽兰生前庭》是晋代诗人陶渊明的作品。陶渊明既是诗人，也是辞赋家、散文家，出生于没落的仕宦家庭，曾出仕途后期归隐，开创田园诗一体，有“隐逸诗人之宗”称号，其艺术成就从唐代一直被推崇至今。

陶渊明看破东晋的黑暗统治后，便辞官隐退于偏僻山村，远离世俗侵扰，时常醉后赋诗，有著名的《饮酒二十首》。本诗是其中第十七首，在诗中陶渊明以幽兰自喻，以萧艾喻世俗，诗末“鸟尽废良弓”的典故，一方面表达自身归隐理由，另一方面寓意当时黑暗的政治统治，也充分表现了他安贫乐道的生活情趣与高洁傲岸的道德情操。

陶渊明在开篇直接点题，“幽兰生前庭，含薰待清风”，空寂前庭的幽暗之处，生长着几朵兰花，尚未开花之时与杂草极为相似，很难让人分得清楚。但兰花并未气馁，而是努力积攒淡雅幽香，静静等待清风来袭。这两句实则是比喻贤人怀其德而有待于圣明。

“清风脱然至，见别萧艾中”，当清风款款轻拂过时，兰花那清雅幽香弥漫整个庭院，人们才发觉它并非杂草，而是含香带妙、遗世独立的“兰花君子”，自古文人喜欢以兰花比作拥有高洁品格的君子。《楚辞·离骚》中有“户服艾以盈腰兮，谓幽兰其不可佩”“何昔日之芳草兮，今直为此萧艾也”。

前半部分陶渊明将自己比作执着守候圣明的高雅幽兰，从侧面反映出他对高尚品行的内心追求。等到清风拂面颊之时散发曼妙醉人的香气，一众杂草相形见绌。表达他渴望遗世独立，不想要与世俗同流合污的高远抱负。

“行行失故路，任道或能通”，陶渊明仅用这两句诗，就将自己半生仕途做了一个小小的总结。前路漫漫，他从未停歇地走着，却总是走不到自己想要的光明坦途，他曾疑惑何处才是那条通往正途的大路呢？其实陶渊明在这里暗喻的是俗世当中黑暗腐朽的官场。

“觉悟当念还”，陶渊明表达了行至水穷处云起处之时，终于找到心中追寻的梦想，那就是归隐田园。这也是他半生奔波官场，看尽炎凉百态，看破世事纷扰的幡然醒悟。他发觉年少时的执着都是过眼烟云，所有盛世浮华最终都要归于平寂，而那披星戴月的闲适乡野，才是他所寻寻觅觅的幸福所在。

“鸟尽废良弓”，采用了引经据典的写作手法，在《史记·越王勾践世家》中有：“蜚鸟尽，良弓藏；狡兔死，走狗烹。”在《淮阴侯列传》中亦有：“狡兔死，走狗烹；高鸟尽，良弓藏；敌国破，谋臣亡。”

尾句作为点睛之笔，陶渊明以此充分表达了抛却官场的理由，就是不想成为黑暗统治下的牺牲品。他认为像兰花那样保持高尚品格，就不能与世俗同流合污，辗转半生终寻得一方净土，“采菊东篱下，悠然见南山”才是他所真正渴望的闲适生活。

此后“幽兰生前庭，含薰待清风”，常被后人们用以形容志向高洁的人，尤其“含薰待清风”更引申为赞美娴雅女性的名句。

江清月近人

宿建德江

［唐］孟浩然

移舟泊烟渚，日暮客愁新。

野旷天低树，江清月近人。

【注释】

移舟：划动小船。

泊：停船靠岸。

烟渚：指江中雾气笼罩的小沙洲。渚：水中小块陆地。

愁：为思乡而忧思不堪。

野：原野。

天低树：天幕低垂，好像和树木相连。

苍茫的傍晚暮色，我划动着小船在这朦胧暮烟的笼罩之下，向着小洲前行，想要寻找一个停靠的位置。作为一个他乡游子，这样的夜色让我心生太多感慨。

我置身朦胧暮色中，一直未寻找到合适的陆岸，不禁生出了几分新的愁绪。孤身漂泊的人啊，总是在伤感的景色中倍觉孤独寂寞，我难免怀念起故乡，家才是我最温暖的港湾。

空旷无边的原野上，能够看到一只低飞的孤雁。不知是暮色的渲染，还是心间的乡愁，竟觉孤雁别有一番凄凉。遥望远处那与昏暗天空相接的树木，天空竟比树木还要矮上几分，是天空真的那般低垂，还是我所看到的景色，并不是真实的景色。

清澈的江水伴随着天幕逐渐地暗下来，仿佛这清冷的月色更加柔和了。我有一丝喜悦，也有一点慰藉，但是终究还有团团新愁无法驱散。江水在孤寂月夜之下，仿佛平静中带着某种说不出来的暗涌，与我的心情似乎相同，因此我们更加情投意合了。

这首《宿建德江》是唐代著名的山水田园派诗人孟浩然的作品。他一生从不出仕，因而被称为“孟山人”，世称“孟襄阳”。他也曾寄情仕途，在经历无数失望后，仍坚持不媚俗、不愤世，归隐山林后多描写隐居生活和羁旅心情，意境深远，自由洒脱，与王维并称“王孟”。

本诗是孟浩然描述游走异乡，在暮色中的点点乡愁，抒发的羁旅之思。他没有从行人出发为背景去渲染情感，也没有将行船途中的风景加以修饰来表达思乡之绪，而是反其道而行，以准备停靠的小船在暮色中寻找落脚点为背景，表达孤寂的思乡之情。

开篇点题，写出停船宿夜的背景，为下文景色描写做准备，为进一步表达情感进行烘托。“日暮客愁新”因为日暮所以选择在此停靠，寻找过夜的地方，而这日落黄昏之时，江面上的水烟朦胧，让孟浩然不禁产生羁旅之思，陡然而生的情感不禁多了些愁绪。

后两句则是对黄昏景色的描写。苍茫辽阔的景色中，孟浩然将满腔愁绪融入旷野中，广袤无垠的天地间，再大的愁绪都能够被抛诸脑后，化作乌有。

“低”和“旷”之间相互依存、相互衬托，描写了那日暮时刻的苍茫。“近”和“清”交相呼应，遥远星河之外的月光，竟是在此刻同这舟中之人如此相近，在这别样的风景中，再多的乡愁都得到了心灵的慰藉。

“江清月近人”是平静而澄澈的江水，思绪翻涌的船上之人，融情于景的愁思，随江水奔腾而入海的洒脱。在一隐一现、一虚一实当中，构建了孤身宿建德江，而心随明月远去的意境。

全诗展现了一幅茫茫四野、悠悠江水、孤舟明月的自然图景，引发羁旅惆怅，故乡思念。而这一切又似乎与他失意的仕途有关，毕竟理想幻灭人生不无坎，一种复杂情怀纷来沓至，酸楚顿时涌上心头。

孟浩然在诗中自然流露了情景相生、思与境偕，显示出风韵天成、润物无声、含而不露的艺术之美。在这羁旅夜泊，日暮愁思中，感受来自广袤宇宙的宁静祥和，这清冷月色的相知相伴，让他感受到一丝亲切。

全诗中虽只有一个愁字，却处处透露着思乡之苦，无数乡思愁绪暗藏在景色描绘之中，通过两者的完美融合，感情也在旷野中得到纾解，“宿”与“未宿”的落寞，也因为有了月色的陪伴，而显得不再那么孤寂清冷。

“野旷天低树，江清月近人”两句在写法上，既寓情又寓景，情在景中，景又生情。让清冷月色透露一丝温情，融化了人们心间的愁绪，一种豁然开朗的感觉被彻底抒发，成为千古佳句，为人们所熟知。

犹及清明可到家

临安春雨初霁

［宋］陆游

世味年来薄似纱，谁令骑马客京华。

小楼一夜听春雨，深巷明朝卖杏花。

矮纸斜行闲作草，晴窗细乳戏分茶。

素衣莫起风尘叹，犹及清明可到家。

【注释】

霁（jì）：雨后或雪后转晴。

世味：人世滋味；社会人情。

京华：京城之美称。因京城是文物、人才汇集之地，故称。

矮纸：短纸、小纸。

草：指草书。

晴窗：明亮的窗户。

细乳：沏茶时水面呈白色的小泡沫。

分茶：宋元时煎茶之法。注汤后用箸搅茶乳，使汤水波纹幻变成种种形状。

风尘叹：因风尘而叹息。暗指不必担心京城的不良风气会污染自己的品质。

这些年来，我做官的兴味越来越浅淡，像层薄纱那样了无情志，是谁驱使我乘着车马来到京都作客，来沾染这种繁华世俗呢？我住在小楼之上，听着夜里春雨淅沥滴答之声，雨尽天晴，晨起在小巷深处，就会传来叫卖杏花的货郎之音。

我铺开一张短纸，安静地写着草书，一行行，横斜有律，一字字，前后有章。日晴阳高，我在窗前，从容地煮水、沏茶、撇沫，饮着香茗，品着人生。我不会被京都的尘土弄脏洁白的衣衫，清明时节定要回到镜湖边的山阴故乡去。

这首《临安春雨初霁》，出自南宋著名诗人陆游陆放翁笔下。陆游少时深受家庭爱国思想熏陶，高宗时应礼部试，却不幸被秦桧所黜。中年入蜀投身军旅，官至宝章阁待制，晚年归乡。一生铁马金戈，大有气吞残虏之势，与其字号“放翁”可谓神形俱谐。

该诗作于陆游晚年时期，那时他已经六十二岁，在家乡山阴赋闲五年之久。此前他曾受孝宗召见，本以为可为国为民大展抱负，却并未得到重用，仅做了两任提举常平茶盐公事。淳熙十三年春，他突然被诏入京任严州知州，赴任前被安排前往临安觐见皇帝。在西湖边上的一个客栈中，他等候召见时赋成此名作。

从陆游赋诗背景来看，自然不难想象他为何用这句“世味年来薄似纱”来开篇，他感叹这些年来，看尽了薄如半透之纱的世态人情，这是一个独具易动的巧譬。“世味”之“薄”，薄如蝉翼透纱，是他远离政界以后，对政治倾轧变幻、世态炎凉的深切体会。

“谁令骑马客京华”，按说陆游始终矢志不渝的报国理想，应是感激皇帝授之以权，让他得到报国之机，可是他居然用了一个“谁”字起句，不免让读者心生疑问，而这样的疑问，正是他所想表达的情感寄托。试想一下，在长期宦海沉浮中壮志未酬之下，引出如此惊问，自然就合情合理了。陆游一生所遭遇的种种不幸，早已令他心如死灰，诗中并未直抒悲叹，表明坎坷，但意指已然明晰。

“小楼一夜听春雨，深巷明朝卖杏花”，以清新隽永的用词，成为陆游的代表名句。他只身一人独住小楼之上，彻夜难眠，静听淅沥春雨；日日清晨，闻听货郎巷音。绵绵的春雨，叫卖杏花，都在暗指春深时节。淡荡春光印刻在卖花之声中，形象深致，让人浮想联翩。相传该诗深得孝宗赞赏，可见当时是如何地广为传诵。

历朝历代的诗评人对此句亦是赞赏有佳，它的意义不仅在于刻画春光，更是承前启后，将整诗意境恰当相融，浑然天成。绵绵春雨，暗表愁人思绪，“一夜”代表整夜无眠，是国事，也是家愁，齐齐涌上离人的眉间心头，让人为之无限动容。

李商隐在《宿骆氏亭寄怀崔雍崔衮》中写到“秋阴不散霜飞晚，留得枯荷听雨声”，相比之下，陆游的“小楼一夜听春雨，深巷明朝卖杏花”意境更为含蓄深蕴。虽然两者均是表达郁闷与惆怅，但李商隐的“枯荷听雨”是以萧瑟秋景暗喻思念怀友，而陆游的“一夜春雨”则是以明媚春光暗喻家国情怀，这样明快的字眼，使对比来得更为鲜明与惊艳。

经过明艳春光的巧妙承启，“矮纸斜行闲作草”更显意境的贴合了。世人周知陆游擅长行草，笔法疏朗有致，独具潇洒风韵。据说写草书耗时耗力，只有极闲之时才会写草书消遣，暗指陆游客居京华无聊之至，加上后句“晴窗细乳戏分茶”的茶道，都是一种闲适生活写照，以陆游个性，他绝非安享清闲的庸才，这里实则隐藏着他的牢骚。

陆游一生怀有报国宏愿，正是国家多事之秋，戎马一生的男儿，应在金戈铁马的战场洒血扬鞭。严州知府本非他真心志向，另外为了等待觐见皇帝久留客栈，浪费时日，不如早日赴任，尽快解决百姓疾苦来得爽快。此时他却只能在客栈无奈作书品茶，消磨着无聊的时光，让他心起怨愤深感可悲！

“素衣莫起风尘叹，犹及清明可到家”，这里既有羁旅的风霜之苦，又暗寓有京中恶浊，既然无法施展心中理解，那么此地也不是久居之所。以“犹及清明”引出早日归家的想法，也有自我解嘲之意。

陆游一生壮怀激烈的爱国忧民之作众多，本诗与其爱国诗篇《关山月》《秋夜将晓出篱门迎凉有感》《示儿》等均有不同，此次他没有豪唱悲鸣、人愤愤呐喊与盈盈酸泪，只是结肠难解的郁闷和淡淡然的一声轻叹，便将一番滋味落在心头。

无论陆游在本诗中的“小楼一夜听春雨，深巷明朝卖杏花”意义多么深远，写法多么别致，相信也不会有人忽略他更为脍炙人口的著名诗句：“死去元知万事空，但悲不见九州同。王师北定中原日，家祭无忘告乃翁。”

夜夜减清辉

赋得自君之出矣

［唐］张九龄

自君之出矣，不复理残机。

思君如满月，夜夜减清辉。

【注释】

赋得：凡摘取古人成句为题之诗，题首多冠以“赋得”二字。

矣：了。

君之出矣：夫君离家。

不复：不再。

理残机：理会残破的织布机。

思：思念。

减：减弱，消减。

清辉：指皎洁的月光。

自你离开我远行之后，不知你过得可否安好？我只是清楚地知道，自你走后，我再没去理会早已经残破不堪的织布机。因为你已经不需要我为你纺纱织布，裁新衣、缝旧裳了。我少了几分工作的动力，多添了几丝茫然的忧愁……

每天，我对你的想念，都如滔滔江水绵延不绝。每晚，我看着天幕中的皎洁明月，思念着你。时间在不停地流逝，原本明亮的月光好像逐渐暗淡下来，仿佛每晚光辉都在衰减，就如我对你的思念一样，一夜一夜减弱了光芒。

这首《赋得自君之出矣》是唐代诗人张九龄所写。他是唐代著名的贤相，为“开元之治”做出积极的贡献。亦是知名的文学家，尤其擅长五言古诗，诗风清淡、素练，寄托深远的人生慨叹，为唐初扫除六朝遗留下来的绮靡诗风做出了巨大的贡献，世称“张曲江”或“文献公”，有“岭南第一人”的称号。

此诗标题中的“自君之出矣”出自乐府诗杂曲歌辞名，前面冠以“赋得”二字，通常被称为“赋得”体诗，所谓“赋得”体，即指摘取古人已经写过的句为诗的题目。从六朝到唐代，很多诗人都喜欢拟类似诗作，这也是为学习写诗的一种演练。

该诗仅有四句，共 20 个字，而首句中的“自君之出矣”又是古人成句，所以张九龄仅原创了三句，共计 15 个字。虽然只有 15 个字，却将女子思念良人的心情准确地表达出来，让人一读难忘，可谓字字珠玑，句句铿锵。可见张九龄不愧为开元盛世最后一位名相，深为人们所敬仰，王维、杜甫都有颂美他的诗篇。

“自君之出矣”，表明女子的夫君离开家乡去远方游历，长久未归，时间长短没有具体描述，而是用第二句“不复理残机”来暗喻这个时间概念。残机，是指残破的织布机，古人很少买布做新裳，所以织布成为古代女子日常工作的一部分。

张九龄诗中所言的这个女子，应该是很长时间都没有织过布了，织布机变得残破不堪，说明她的夫君已经离家很久，因此，“不复理残机”就是对前句“自君之出矣”，在时间上做的一个精妙解答。

这两句给读者构建了一个凄凉萧瑟的故事背景，长久没有被使用过的残破织布机，与等候在家中的女人一般空虚寂寥，盛满了孤寂凄凉的景象，诉说着女人极度不平静的内心世界，她已经无法聚精会神地织布，为后面进一步渲染思念埋下伏笔。

“思君如满月”，是写女子的思念之情像每月农历十五的圆月，女子不知远方的夫君何时回还，何时才能陪她共度孤寂夜晚，如潮水般涌来的思念叨扰着她烦躁忧伤的心绪。其中，皎洁的月光也象征着女子高洁的情操。

接着张九龄用了“夜夜减清辉”作为转折，将女子此时此刻的心境描绘出来。众所周知每月十五月亮最圆最亮，十五以后月亮的光芒就会逐渐减弱，女子的思念也如月光那般，一夜一夜地减弱了。

从写法上来看，前面是对事件起因的概述，后面则是女人的内心活动，女人心中如潮的思念，皎洁月光象征着女人纯洁无邪、忠贞不二的感情。全诗都透露着一个独自在家等待远行夫君归来的急切又无可奈何的感觉，用比兴手法，描绘女人内心深处的心理活动，是日日思君不见君的空虚寂寞，年年见月不见人的孤独寂寥。

“夜夜减清辉”，表达得委婉含蓄，女人日渐心灰意冷的感觉，婉转而真挚，动人而哀伤，这种手法比喻得美妙贴切，这一句体现了张九龄独特而新颖的想象力。用皎洁月光随月有圆缺的变化，比喻女人盼君归的希望逐渐暗淡，让整首诗显得格外清新脱俗，可爱俏皮，又不乏浓郁的生活气息。

“思君如满月，夜夜减清辉”也成为世人描绘思念之情常用的经典佳句，与《古诗十九首·行行重行行》中的“相去日已远，衣带日已缓”有异曲同工之妙。

乍露冷风清庭户

二郎神·炎光谢

［宋］柳永

炎光谢。过暮雨、芳尘轻洒。乍露冷风清庭户，爽天如水，玉钩遥挂。

应是星娥嗟久阻，叙旧约、飙轮欲驾。极目处、微云暗度，耿耿银河高泻。

闲雅。须知此景，古今无价。运巧思、穿针楼上女，抬粉面、云鬟相亚。

钿合金钗私语处，算谁在、回廊影下。愿天上人间，占得欢娱，年年今夜。

【注释】

谢：消歇。

乍露：初次结露或接近结露的时候。

爽天：清爽晴朗的天空。

玉钩：喻新月。

极目处：眼睛所能看到的地方。

微云暗度：淡淡的云朵在不知不觉中慢慢移动。

耿耿：明亮的样子。

高泻：指银河高悬若泻。

来自盛夏的暑气随着季节的推移而逐渐消退，黄昏时分的一场细雨，将空气中的尘土清洗干净，就连空气都变得清新了许多。黄昏之后天气开始结露，一阵微凉的风吹起，将庭院清理得更加清爽。一片碧空如洗的天幕如同清澈见底的湖水，明亮而硕大的一轮新月高高挂在空灵的天际之中。

我看见丝丝缕缕的彩云，像朦胧梦境一般，天上绚丽多姿的银河，如同从天空中倾泻而下的瀑布，触手可及又那么遥不可及。希望这些都是牛郎织女相会时，快马加鞭踩着风轮飞渡银河时留下的些许痕迹。

在这清幽的夜空里，可以欣赏到皎洁明亮的月光，一闪一烁的清丽银河，是花多少重金也难买到的曼妙景色。闺楼上惹人怜爱的秀女们趁着月光穿针引线，仿佛期待向织女求取织巧布、做美裳的技艺。

姑娘们抬起如桃花一般的粉色面容，美丽的头发低垂下来，不知谁在回廊里与人交换着定情信物，留下巧兮倩影窃窃私语着什么，你侬我侬。如此天上人间的良辰美景，希望年年岁岁都像今天一样，有这样的欢声笑语相伴左右。

这首《二郎神·炎光谢》是北宋婉约派大词人柳永名作之一。柳永是第一位对宋词进行全面革新的人，也是两宋词坛上创用词调最多的人。他推崇慢词，将敷陈其事的赋法移植于词中，充分运用俚词俗语，以适俗的意象、淋漓尽致的铺叙、平淡无华的白描等独特艺术个性，对宋词发展产生深远影响。

本词围绕咏七夕佳期为主题，但柳永却一改七夕诗词伤感基调，将牛郎织女鹊桥相会的传说，创新融合了李隆基杨玉环马嵬死别的故事，以鲜明生动、通俗易懂、雅俗共赏的语言，渲染出纯情俏皮、晶莹剔透的意蕴，抒发对纯真爱情的美好祝愿和深切向往。

柳永在上阕即用了浓墨重彩的笔韵，描绘天气情况与周遭景色，通过动静结合、虚实相间的写作手法，将景物描写推移到幻想神游中，细腻刻画了七夕佳节的清新氛围，寄寓了人们对幸福爱情的美好遐想。

开篇“炎光谢。过暮雨”点明时间，已是夏末秋初的黄昏时分，一场秋雨过后；“芳尘轻洒。乍露冷风清庭户”，说明点点秋雨扫清了空气中的种种纤尘，也暗喻了七夕当晚天空是晴朗的、景色是宜人的。

“爽天如水，玉钩遥挂”，秋高气爽的天空上，有一轮新月初上，营造出牛郎织女即将相会的浪漫气氛；“应是星娥嗟久阻，叙旧约、飙轮欲驾”则是柳永心中的美好想象，牛郎织女为了准时赴约而急切飞过银河的心情，“星娥”在这里指的就是织女。

“极目处、微云暗度，耿耿银河高泻”，是指凝视夜空的人们，看到丝丝彩云飘过银河，银河努力地发出亮光，仿佛在为牛郎织女相会指引明灯，这是一年仅有的一次相聚，而在这个特别的日子里，全天下的人们也都希望牛郎织女能够幸福相会。

柳永在下阕直接用“闲雅”开篇，表达家家户户供月乞巧的娴静氛围。接下来以“须知此景，古今无价”的句子告诫人们，时间短暂，佳期难遇，应该好好珍惜，说明柳永以及当时的人们格外重视七夕节。

之后柳永用“运巧思、穿针楼上女，抬粉面、云鬟相亚”句子，描绘姑娘们手执金针，仰望夜空，向织女虔诚求取技艺的民风民俗。而“钿合金钗私语处，算谁在、回廊影下”，则是情人交换信物，互诉衷肠的大好时机。这也是一段真实历史，据《长恨歌传》记载唐明皇与杨贵妃初见时的情景，“定情之夕，授金钗钿合以固之”“七月七日长生殿，夜半无人私语时”。

结尾处柳永则以“愿天上人间，占得欢娱，年年今夜”点明主题，希望有情人都能终成眷属的美好祝愿，展现了一种脱离封建束缚，海纳百川的宽广胸怀。全词用典衬托，情趣高雅，带给读者充分的艺术享受。

疏影横斜水清浅

山园小梅其一

［宋］林逋

众芳摇落独暄妍，占尽风情向小园。

疏影横斜水清浅，暗香浮动月黄昏。

霜禽欲下先偷眼，粉蝶如知合断魂。

幸有微吟可相狎，不须檀板共金樽。

【注释】

暄（xuān）妍：景物明媚鲜丽，这里是形容梅花。

疏影：指梅枝的形态。

霜禽：羽毛白色的禽鸟。根据林逋“梅妻鹤子”的趣称，应指“白鹤”。

偷眼：偷偷地窥看。

合：应该。

断魂：形容神往，犹指销魂。

狎（xiá）：玩赏，亲近。

檀（tán）板：檀木制成的拍板，歌唱或演奏音乐时用以打拍子。这里泛指乐器。

金樽（zūn）：豪华的酒杯，此处指饮酒。

在这样一个百花凋零的时节，只有梅花迎着寒风在冰天雪地里盎然盛开，它明艳动人的靓丽身姿，成为小院中最美的风光。它那稀疏斑驳的影子倒映在横斜清浅的水面，清幽的暗香浮动在黄昏月光之下，花香不醉人自醉。

白鹤爱梅想要飞下枝头细赏其清姿，飞舞的过程中就开始偷偷地看了。彩蝶若是一览梅花的绝世美颜，也会黯然销魂。这寒冬时节，庆幸有机会赏到傲雪寒梅的淡泊雅致，我在赏梅中低声吟诗，甚至口含花瓣细细咀嚼，虽不能饱腹但很开心。不用酒宴上的檀板合奏、金樽相伴，梅香竟自涌来！

这首《山园小梅其一》是宋代著名隐士林逋代表作品之一。林逋年轻时游历江面，不惑之年隐居杭州西湖结庐孤山。一生未娶，独爱梅钟鹤，世称“梅妻鹤子”。平日只与高僧诗友赠诗唱和，咏梅诗篇较多，本诗正是其中两首。

“众芳摇落独暄妍，占尽风情向小园”，林逋就表达了赏梅爱梅之情。梅花开在百花凋零的寒冬，迎寒风傲立，占尽小园中风光，“独、尽”两字将梅花的生存环境及性格充分表达出来。

“疏影横斜水清浅，暗香浮动月黄昏”，林逋构建了一幅优美的山园小梅图景，写尽梅花风骨与神韵。稀疏梅影倒映在小溪水面之上，好一番别具一格的妩媚景致。黄昏月色中，让人陶醉的梅香暗自浮动。这里的“疏影”“暗香”营造出灵动温润的意境。

“霜禽欲下先偷眼，粉蝶如知合断魂”，是拟人写作手法，借假托之物赞梅花的美姿。“先偷眼”实为传神，说明林逋观察细致入微，“合断魂”的凝重代表他爱梅之甚，足以看出他日常生活并不孤独，而是欢快幽居的。

“幸有微吟可相狎，不须檀板共金樽”，林逋说自己在赏梅的过程中，低声吟诗，是幽居生活最雅致的兴趣，根本不需要去那些热闹宴席举杯喝酒，听檀板合奏的俗情音乐凑趣，他独自在恬静山林里，有梅鹤相伴，便自得其乐。

林逋在这里，已经将诗句从以梅为主体，变成以自己为主体来写了。他直抒胸臆，仿佛只要将花瓣放在口中细品，低声为梅赋诗，生活就变得有滋有味，不需要檀板合奏，不需要美酒佳酿，已经很开怀了。这里林逋理想情操、生活趣味，真是别具风情。

“微”指梅花的淡泊雅致，“吟”指咀嚼。梅瓣不能果腹，却可暖心，梅花的高洁品性，梅香的动情铸魂，都是林逋愿与梅永世相伴的生活旨趣与精神追求，他已经与梅花到达了天地合一、人梅合一的境界。

作为“高洁四君子”的梅花、兰花、竹子、菊花，自古便是文人墨客笔下“常客”，咏诵梅花的诗句不在少数，无论宋时卢梅坡在《雪梅》中写“梅须逊雪三分白，雪却输梅一段香”，还是唐代黄蘖禅师在《上堂开示颂》中写“不经一番寒彻骨，怎得梅花扑鼻香”均是各有特色的传世佳作。

而林逋此诗笔法的精妙之处在于脱略花之形迹，着墨写其传神风姿，从不同角度赞美梅之高洁傲骨，也从侧面映衬出他本人的高洁品格，清高文思、甘于隐居的淡泊性情。全文中“疏影横斜水清浅，暗香浮动月黄昏”为咏梅的经典佳句。

残花浅酒片时清

鹧鸪天·嫩绿重重看得成

［宋］范成大

嫩绿重重看得成。曲阑幽槛小红英。

酴醿架上蜂儿闹，杨柳行间燕子轻。

春婉娩，客飘零。残花浅酒片时清 。

一杯且贾明朝事，送了斜阳月又生。

【注释】

鹧鸪天：词牌名。又名《思佳客》《醉梅花》《剪朝霞》《骊歌一迭》等。唐五代词中无此调，调始见于北宋宋祁之作。

重重：指枝上的嫩叶重重叠叠，已有绿渐成荫的感觉。

曲阑：曲折的栏杆。

酴醿（tú mí）：亦作“酴醾”“酴醿”，俗称“佛心草”，落叶灌木。也是一种酒名，亦有因颜色似之。

婉娩（wǎn wǎn）：亦作“婉晚”。迟暮。

飘零：飘泊流落。

片时：片刻。

清：清醒、清爽。

绿树成荫的枝叶，重重叠叠地蔓延开来，在曲折且幽深的回廊中，有星星点点的红色小花朵，盛开在栏杆周围。一种俗称佛心草的酴醿花开得正艳，引来勤劳蜜蜂忙碌采蜜，不仅蜂儿们在花间喧闹着，就连燕儿们也在杨柳树枝头轻快地穿梭着。

晚春时节，气候也变得越来越温暖，只是作客他乡的人，还在奔波飘零着。看着春逝花残的景象，不免借残酒浇心愁，可是酒浓意醉带来片刻清爽以后，心中仍是愁上加愁。不管怎样明天还是新的一天，只不过借醉意暂且打发光阴罢了。然而，斜阳归，月初升，漫长孤寂的难眠之夜真是太过煎熬了。

这首《鹧鸪天·嫩绿重重看得成》是宋代诗词名家范成大作品之一。范成大与杨万里、陆游、尤袤合称南宋“中兴四大诗人”。他充分继承了白居易、张籍等诗人所倡导的新乐府现实主义精神，诗词风格自成一家，题材丰富，表现形式或是平易浅显，或是清新妩媚，其中反映乡村社会生活内容作品的成就获得最高赞誉。

本词作于晚春时节，范成大一边咏颂阳春烟景，一边透露出飘零异乡的惆怅情绪。历朝历代都不乏歌咏春天的诗词，尤其以客作异乡的视角表达孤寂飘零，同时喟叹青春老去如春光易逝情怀的作品，总是能够引起读者共鸣，深深打动人心。词中对庭园自然风光不重词采的描绘，既自然活泼又清新明快，如一幅独具特色的风景画，只叹晚春花易凋，巧妙地引出后面残花对残酒，借酒消愁人更愁的无奈境况。

“嫩绿重重看得成”一句，将“嫩绿”作为全词色调，加强春意融融，春风拂面的想象。转而范成大又以神笔拈来一句“曲阑幽槛小红英”。嫩绿对红英，色彩映衬得足够鲜明；重重对曲幽，空间层次描绘得足够立体，生动勾勒出这幅风景画卷的整体结构。历代学者均极推崇“小红英”三字的运作，反差色彩点亮全篇，仿佛回廊的每一个角落都变得鲜活起来。

一番静态景致描写完毕，便是对仗工整的两句动景描绘，“酴醾架上蜂儿闹，杨柳行间燕子轻”，蜂来燕往闹春意，本应对大好春光无限期盼，可转回头又以酴醾花开时节暗表春色将尽，又让人产生无限怜惜。看得出来，范成大对这样春夏交替的季节变换融入了很深的情感，好花不常开，好景不常在，茂盛春景早晚要结束，引出伤春情怀。

“春婉娩，客飘零”正是对前句伤春情怀的延续，情绪的变化源自温暖暮春的结束，花事渐阑，春光不再，联想到自己长年作客他乡，一直萍踪无定，不免苦短情长忧思频。古人解忧，多伴杜康，于是范成大为解春殇之感，本想饮酒为乐，却是愁上浇愁。

从“残花浅酒片时清”便可看出他的伤怀有多深，这里的“残花”非并真的是残花，而是指即将随着春光逝去而凋零的花朵，但此处的“残酒”则真的就是残酒了，这里指代长时间借酒消愁，醉意渐浓，暂时忘记了思乡的忧愁。

转回头，范成大又用“一杯且贾明朝事，送了斜阳月又生”表达出醉后忘忧、不酒醒愁回的怅然失落，有如送走那夕阳西下的残阳，东方晓月又初生，天地四时变换，无人可撼动与阻拦，如此的无可奈何，只得继续饮酒，寻找醉梦，消解这春宵花月，等待明天来临，至少可以暂时忘却伤春之情与飘零之感。

纵观全词，前半部分以动静结合的景物描绘春情春景，后半部分以借残花喝残酒看日落月升，表达出春景流逝，光阴难留，暗喻客居飘零的一种心中惆怅。却不做痛彻心扉的悲切描写，反而情景交融地抒怀了豁达胸臆，一股清新明快之风迎面扑来，这也是该词作与一般伤春之作品的不同之处，这种积极意义，使它更具赏读价值。

相对于“春婉娩，客飘零。残花浅酒片时清”的意境而言，这句“曲阑幽槛小红英”和“杨柳行间燕子轻”则更受后人追捧，成为千古佳句被后人传颂。

飞花令里品诗词
响

响馀群动息

清夜琴兴

［唐］白居易

月出鸟栖尽，寂然坐空林。
是时心境闲，可以弹素琴。
清泠由木性，恬澹随人心。
心积和平气，木应正始音。
响馀群动息，曲罢秋夜深。
正声感元化，天地清沉沉。

【注释】

寂然：肃静的样子。

是时：这个时候。

清泠（líng）：形容声音清越。

恬澹：读音为（tián dàn），亦作“恬憺”，同“恬淡”，清静淡泊。

馀：同“余”，本意为“剩下的”，这里代指余音。

元化：指造化；天地。

月亮出来了，鸟儿也已经返巢栖息。一个人安静悠然地坐在空寂山林中，安然闲适、心绪宁静，此刻正是抚琴佳夜。清泠悠远的悦耳琴声，来自木琴的本质音色。而人的恬淡闲适心情，却是由自己内心所控制的。

若心里充满安静与祥和，气息就会变得平稳，指尖拂出的音色就会变得更有韵律，犹在耳边的琴音就是最纯净的乐声。数曲余音随着秋夜缓缓袅散，雅兴也达到了极致境界，纯净的木琴之音不仅感动了自己，也感动了周遭，仿佛苍天与大地，都变得更加清明与沉静。

这首《清夜琴兴》出自唐代著名诗人白居易之手。白居易不仅是一位大诗人，更是一位对音乐颇有造诣和研究的乐理大家。在流传于世的近三千首诗作中，不乏与音乐有关的诗句，他一生尤爱琴乐，强调声韵之美以及为人们带来的精神享受。

在该诗中，白居易主要表达了深秋夜晚，独自于宁静山林里悠然弹琴的切身感受。悠远的琴声触发了他内心的灵感，从而写出了这首千古佳作。细读全诗，能体会他当时孤单抚琴时的境况，孤寂的外表下却蕴藏着无比宁静的心怀。

“月出鸟栖尽，寂然坐空林”，白居易用空灵熟运的笔法，点明了弹琴时的环境，那是一个众鸟归巢、尽数栖息的夜晚，他一个人独坐于仿佛空空的山林，感受着四周万籁俱寂的氛围。

“是时心境闲，可以弹素琴”，说明此刻他的心情十分闲适，感觉前所未有的自由与洒脱，兴起了抚琴的雅兴。“清泠由木性，恬澹随人心”，在白居易看来，琴声之所以清越高雅，正是来自木琴的素雅本质，才能弹奏出高雅的韵律，恰似他此间抚琴的心绪。

“心积和平气，木应正始音”，白居易认为平和、澄明清透的内心，就如木琴的沉静本质，两者相和，才能弹奏出最纯正的天籁之音。暗指只要拥有淡泊宽广的胸怀，就能弹出高雅的韵律，琴声也是他内心的真实情感流露。

“响馀群动息，曲罢秋夜深”，当他弹奏一曲终了时，发现周遭环境更显清幽静谧，此时已是夜深时分，他在这清悠祥和的袅袅琴声中，与这份宁静融为一体！“正声感元化，天地清沉沉”，夜深人静，曲婉庭长，纯正清雅的琴声令整个世界为之动容，天地间的万物都沉浸在古琴幽幽的恬淡悠然之中，心情如释宽怀。正所谓，空灵境界里，一琴一世界。

所谓琴境，就是古琴艺术所形成的意象和意境。一个纤尘不染的抚琴佳境，在白居易的笔下，如梦如幻的跃然纸上。在一个清风明月之夜，用一种恬淡悠然的心情，聆听一曲宁馨琴韵，宛如高山流水的美妙音律，似月下清泉，潺潺响悦无边夜色中。人的思绪，仿佛飞向邈远的天际，心胸也变得如宇宙般宽广浩瀚。

白居易通篇所指的“清与静”之界，一是抚琴的场所要清新幽静、月出鸟栖，这样天地精神才能得到显现。二是制琴的材质要以木料为主，如此素琴才能自有一番沉静清韵。三是抚琴者的情绪要清雅娴静，寂然兀坐，恬淡和平。但是，这里的清与静，非指心如槁木，而是在纯净之中遥接名士的孤傲，如此才能真正地与天地正气相应合。

这首《清夜琴兴》不仅是优秀的文学作品，更是极为珍贵的音乐文化遗产。全诗句中，与“响馀群动息，曲罢秋夜深”相比，这句“正声感元化，天地清沉沉”更加脍炙人口。

哀响激金奏

与东方左史虬 修竹篇

［唐］陈子昂

东方公足下：文章道弊五百年矣。汉魏风骨，晋宋莫传，然而文献有可征者。仆尝暇时观齐、梁间诗，彩丽竞繁，而兴寄都绝，每以永叹。思古人，常恐逶迤颓靡，风雅不作，以耿耿也。一昨于解三处，见明公《咏孤桐篇》，骨气端翔，音情顿挫，光英朗练，有金石声。遂用洗心饰视，发挥幽郁。不图正始之音复睹于兹，可使建安作者相视而笑。解君云：“张茂先、何敬祖，东方生与其比肩。”仆亦以为知言也。故感叹雅制，作《修竹诗》一首，当有知音以传示之。

龙种生南岳，孤翠郁亭亭。
峰岭上崇崒，烟雨下微冥。
夜闻鼯鼠叫，昼聒泉壑声。
春风正淡荡，白露已清泠。
哀响激金奏，密色滋玉英。
岁寒霜雪苦，含彩独青青。
岂不厌凝冽，羞比春木荣。
春木有荣歇，此节无凋零。
始愿与金石，终古保坚贞。
不意伶伦子，吹之学凤鸣。
遂偶云和瑟，张乐奏天庭。
妙曲方千变，箫韶亦九成。
信蒙雕斫美，常愿事仙灵。
驱驰翠虬驾，伊郁紫鸾笙。
结交嬴台女，吟弄升天行。
携手登白日，远游戏赤城。
低昂玄鹤舞，断续彩云生。
永随众仙去，三山游玉京。

【注释】

东方左史虬：东方虬，武则天时为左史，陈子昂的朋友辈，生平不详。

道弊：指做文章的道理败坏了。

汉魏风骨：汉魏诗文具有悲凉慷慨，刚健清新的风格骨力。

兴寄：比兴寄托。

耿耿：心中不安、放心不下的样子。

解三：生平履历不详，当与陈子昂、东方虬为诗友。

明公《咏孤桐篇》：明公，敬称。东方虬所作的诗篇《咏孤桐篇》。

淡荡：水迂回缓流貌。引申为和舒。

荣歇：犹荣衰。

云和瑟：琴瑟琵琶等弦乐器的统称。

箫韶：泛指美妙的仙乐。

九成：犹九阕。乐曲终止叫成。

雕斫：刻削，雕刻。南朝梁鲍照《山行见孤桐》诗："幸愿见雕斫，为君堂上琴。"

翠虬：青龙的别称。汉扬雄《解难》："独不见翠虬绛螭之将登虖天，必耸身于苍梧之渊。"

嬴台女：指传说中秦穆公女儿弄玉。

升天行：古代游仙诗。

赤城：传说中的仙境。北周庾信《奉答赐酒》诗："仙童下赤城，仙酒饷王平。"

玄鹤：黑鹤。《韩非子·十过》："有玄鹤二八，道南方来，集于郎门之垝。"

有一种竹子叫作"修竹"，也被称为"龙种"，主要生长在南岳的衡山上，这种竹子总是孤傲苍翠、茂盛高耸的样子。它生长在上有峰岭、在下有烟雨的环境中，但是幽暗朦胧并不会影响它的高峻挺拔。夜里有飞鼠杂声，白天有山泉叮咚，初春的风虽有荡漾，但晶莹的露水还是寒凉的。

各种哀厉声响连绵不绝，只有修竹的声音有如击钟鸣奏一般，深密的色泽被霜雪滋润得更加明翠。天气寒冷的岁月，草木都在经受着凄苦的霜雪考验，修竹却散发出青春的光彩。难道它不是饱尝冷冬的凝冻和寒风的凛冽吗？但它不会跟春天的树木去争什么荣光。春树春草盛衰交替，竹的节梗却从不凋零。希望它和金石一样，永远保持坚贞本性。

修竹得到懂音律乐器之人的赏识，用它与琵琶等弦乐器合鸣，吹奏出像凤凰那样的九天仙乐。因为修竹经过精美雕刻便可侍奉仙灵，驱驰青龙车驾驰骋于天，与紫鸾笙抒发幽怨，跟嬴台仙女结识交往。大家牵手能登日共奏齐吟天曲，可远游嬉戏，可一起走到赤城。在乐声中，有玄鹤翩翩起舞，有五彩之云弥散天际。希望修竹永远追随众仙游历三山，一直到仙都的玉京去。

这首《与东方左史虬。修竹篇》是初唐诗文革新人物之一陈子昂的作品，女皇武则天时期官至拾遗，后世称为“陈拾遗”，解职归乡受人迫害，忧愤而终。从诗序文中可以看见，《修竹篇》是陈子昂看到东方虬所著的《咏孤桐篇》有感而发，属于评论之作，亦是陈子昂一生诗歌理论纲领的集中体现，非常有研究价值。

陈子昂痛责晋代六朝的浮靡文风，在他看来汉魏诗歌才是史前高度。不过当他看到东方虬的《咏孤桐篇》，颇具汉魏诗歌风骨与兴寄，惊喜盛赞其风骨朗健，是金石顿挫的佳作。激动挥毫写下此诗寄赠给东方虬。

诗文极长，加之序文，堪称典型长诗。前半部写南方修竹的纯美品质，凛冬不畏寒冬霜雪苦，春日不与草木争荣，更以修竹的不凋零与其他草木的有荣歇相对比，说明修竹遇霜不枯、坚贞不屈，有如金石的本性，以反诘、对比、比拟等写作手法，暗喻自己的道德、风节。

后半部以修竹得皇宫乐人们的赏识，精工雕刻成上好的乐器，与琴瑟配合，就能吹奏出美妙的仙乐，这种写修竹被制成洞箫等乐器的功用，得到宫廷器重感到欣快，实则是一种被赏识的心愿。暗喻自己屡次给皇帝上书治国方略。诗中反复出现仙乐、升天等意境，是希望自己施展抱负。

其中“方千变”“亦九成”，则是形容修竹乐器演出频繁，奏曲甚多，但并未感到辛累和骄傲，依然愿意“事仙灵”，以服侍仙灵表现自己将会继续勤勉报国的心愿，亦是抒发报答知遇之恩的感情。诗中对仙乐与仙境的描写，是拟人、夸张的写作手法，表达陈子昂向往自由欢乐、光明美好的境界。

与本《修竹篇》中的“白露已清泠”相比，陈子昂《登幽州台歌》中的“前不见古人，后不见来者。念天地之悠悠，独怆然而涕下!”才是他为后世之人留下的千古名句。

千山响杜鹃

送梓州李使君

［唐］王维

万壑树参天，千山响杜鹃。

山中一夜雨，树杪百重泉。

汉女输橦布，巴人讼芋田。

文翁翻教授，不敢倚先贤。

【注释】

梓州:《唐诗正音》作“东川”。梓州是隋唐州名，治所在今四川三台。

李使君：李叔明，先任东川节度使、遂州刺史，后移镇梓州。

壑（hè）：山谷。

杜鹃：鸟名，一名杜宇，又名子规。

一夜雨：一作“一半雨”。

树杪（miǎo）：树梢。

汉女：汉水的妇女。

橦（tóng）布：橦木花织成的布，为梓州特产。

巴：古国名，故都在今重庆。

芋田：蜀中产芋，当时为主粮之一。这句指巴人常为农田事发生讼案。

文翁：汉景时为郡太守，政尚宽宏，见蜀地僻陋，乃建造学宫，诱育人才，使巴蜀日渐开化。

翻：翻然改变，通“反”。

先贤：已经去世的有才德的人。

眼前遍布的参天大树高耸云天，在千山的深处，有不绝于耳的杜鹃啼声。山中下起了春雨，整夜都未曾停歇，雨水聚于树丛梢头，汇集成一股股泉水。

汉女辛苦勤劳，织布缴纳税款，巴人常常因为田地少，从而出现诉讼争田的情况。希望你可以把文翁的政绩发扬光大，积极向上，拼搏不息，不辜负圣人先贤的期盼。

这首《送梓州李使君》是唐代诗人王维的作品。王维是当时著名的诗人、画家，李使君是其亲密友人，当时正要前往梓州赴任，王维便作了此诗赠予李使君，成为著名的送别诗作。

王维以“万壑树参天，千山响杜鹃”的磅礴气势开篇，让人享受到身临其境的双重视听盛宴。只消一闭目，就能想象出重叠群山、陡峭岩壁、参天林木的壮阔景象，再加上千山杜鹃此起彼伏的啼鸣之声，简直热闹非凡。

“山中一夜雨，树杪百重泉”，山中不仅树林茂密，更是雨水丰沛，倘若站在远处眺望，更是给人一种万千泉水从树梢喷涌而出的奇特景观。王维巧妙地运用空间重叠错觉，以文字搭建了一副立体框架，将周遭所有景物包揽进去。

“汉女输橦布，巴人讼芋田”，诗句由自然景色描绘，转入描写民情，由景入人。不管是“汉女”“橦布”，还是“巴人”与“芋田”，都是蜀地特有的风土人情。而李使君就任梓州刺史之后，需要处理的事物，正好就包括诉讼案件以及征收赋税，所以在诗句这里提到这些内容，显得贴切而又自然。

“文翁翻教授，不敢倚先贤”，王维在这里提到的“文翁”，是汉景帝时期的蜀郡太守，他任职期间，做了很多利国利民的好事，深受老百姓爱戴。他希望好友可以向圣人先贤学习，多做政绩和好事，为人民着想。勉励好友不要只依靠先人功绩而不思进取，成为终生无为的庸碌官员。

作为一首赠友佳诗，王维由景入情充分表达了对好友的惜别之情。当然这并不是全诗的主旋律，诗人表面上是在描绘惜别，其实是想借赠诗的机会，劝勉好友奋发上进。同时通过对梓州迷人风光的刻画，给读者带来了极高的审美享受，让人心神往之。

即使随着历史年轮的前行，人与景都消失在岁月的长河中，但后世的读者，依然可以通过诗篇，感受到此时此刻诗人看到的景象以及心中的感想。

相对于以往的送别诗而言，这首诗没有哀怨愁绪，而是大气恢宏，将笔墨都花在了巴蜀之地的山水风情以及民宿风情之上。表达了对国家和人民的关注与希冀，从小处来看，也对友人表达了关心和期望。思想境界高人一等，显示出诗人独具一格的人生格局，眼界也相当开阔，也能给予后世读者不少人生感悟。

“万壑树参天，千山响杜鹃”是后世人广为传颂的诗句，妙笔生花，实属神来之笔。动静相宜，景象壮阔，让人眼前浮现出了栩栩如生的画面。王士禛则对王维的“山中一夜雨，树杪百重泉”赞不绝口，以“兴来神来，天然入妙，不可凑泊”表达欣赏之情。

但闻怨响音

插田歌

［唐］刘禹锡

序：连州城下，俯接村墟。偶登郡楼，适有所感，遂书其事为俚歌，以俟采诗者。

冈头花草齐，燕子东西飞。田塍望如线，白水光参差。
农妇白纻裙，农父绿蓑衣。齐唱郢中歌，嘤伫如竹枝。
但闻怨响音，不辨俚语词。时时一大笑，此必相嘲嗤。
水平苗漠漠，烟火生墟落。黄犬往复还，赤鸡鸣且啄。
路旁谁家郎？乌帽衫袖长。自言上计吏，年幼离帝乡。
田夫语计吏，君家侬定谙。一来长安道，眼大不相参。
计吏笑致辞，长安真大处。省门高轲峨，侬入无度数。
昨来补卫士，唯用筒竹布。君看二三年，我作官人去。

【注释】

插田：插秧。

俟（sì）：等待。

田塍（chéng）：田埂。

白纻（zhù）裙：白麻布做的裙子。纻，麻布。

郢中歌：一作“田中歌”。

嘤（yīng）伫（zhù）：细声细气，形容相和的声音。

如竹枝：像川东民歌《竹枝词》一样（句中句尾有和声）。

怨响音：哀怨的曲调。

帝乡：帝王所在，即京都长安。

眼大：眼眶子高了，瞧不起人。

轲峨：高大的样子。

我登上连州郡的城楼，俯瞰着城下的村落，将所感受之事写成民间歌谣，希望并等待着被采集民谣的官吏们搜集起来。

山坡之上的花花草草齐齐地生长着，燕子东来西往地盘旋低舞着。放眼远远地望去，田埂就像一条条细线，被一片明暗闪烁的白色水波映照得参差不齐。农妇们身着白麻缝制的布衣裙，农夫们则披着用绿草制成的蓑衣，在田里低声吟唱着类似竹枝词的歌谣，只听出哀怨曲调，却不懂俚语之意。他们时而互相嘲笑，时而相互嬉戏，一派苦中作乐的景象。

在田中的水面上，禾苗广漠而沉寂地生长着，与村中的黄犬、鸡鸣之景相衬，此时淳朴的村落，就会升起袅袅炊烟。此间有人发现路边一位头戴乌帽穿着袖袍的少年，正是年初刚上京的计吏官，一副自恃高傲的样子。田夫们埋怨少年回乡疏远亲邻，少年却只听其音，未解其意，还笑答长安好：待皇宫守城侍卫有空缺之时，只要送上一筒竹布，二三年之内，就能在皇宫做官了。

这首《插田歌》属于乐府体诗歌，是中晚唐时期著名文学家、哲学家刘禹锡的作品之一。刘禹锡是汉中山靖王后裔，曾任监察御史一职，亦是以王叔文为首的政治改革派系核心成员之一。由于党羽之争败阵，被贬为连州刺史（今广东连县）。此期间，他诗作多抒发爱国情怀难施的郁闷之志，此诗歌便是典型之作。

乐府民歌风格通俗易懂，而本诗歌在此基础上更富有天然神韵，融入诙谐幽默与深刻意义。该诗以俚歌形式记叙农民插秧耕作情景，更详述了农夫与计吏官之间的对话。从序文中可以看出，刘禹锡渴望长安派官吏到民间采集歌谣，实则讽喻朝政、匡正时阙。

该诗歌以清淡色调与简约线条描绘连州插秧时节的郊外风光。花草的整齐与飞燕的低旋，动静相宜；田埂的笔直与水光的参差，构图精妙；农妇的白麻衣裙与农夫的绿草蓑衣，色调鲜明。笔墨不多，渲染足够，让人身临其境般地畅享了一回江南水乡的春之气息。

随后以描写农民辛勤耕作场景为主，他们一边劳动一边哼唱俚歌，曲调哀怨却不沉闷，“怨响音”指代繁重劳动的呻吟，艰难生活的痛苦，“大笑”指代劳动人民乐观质朴的性格特征。时而抱怨、时而嘲嬉的情绪变换，暗指百姓对朝纲的不满，恰当引出农夫与计吏官相互嘲讽的对话。

刘禹锡以“水平苗漠漠”的场景描写指代插秧已毕，转而写村路与炊烟，鸡犬奔啄等景象，一派浓郁的生活气息，随后计吏官粉墨登场，更以乌帽长衫的衣着凸显身份。此种转场描绘，在写法上颇为精妙。

诗歌重点是田夫与计吏官的应酬对话，这里蕴含着深刻的意义。其中，“自”暗示计吏官在炫耀身份，而“君家依定谙”则代表农夫们对计吏官底细非常了解，本是同根生，仅去过一次长安城，便疏远相邻，一边表达出农夫对计吏官的不满，一边也侧面反映出一种世态炎凉。

由于计吏官太过得意忘形，不解农夫讽刺意味，借机大肆吹牛：长安皇宫的侍卫正有缺额，只要一筒竹布，我就能换一个官职回来。其中，“笑”暗讽其愚蠢、虚荣、浅薄的个性。最后两句“君看二三年，我作官人去”，也讽刺所在官职可以贿赂，且赌金仅值一筒竹布的价钱。

这段对话全用口语，寥寥数言，朴素无华，却十分传神，尤其是农夫对计吏官之言做何反应，诗中并未明确表达，更让人回味悠长。实则，刘禹锡在这里充分表达的是对国家未来的忧虑。揭露的是腐败朝纲带来的严重社会问题，以平凡生活真实地展现深刻的思想。

从全诗来看，无论艺术结构、叙事方式、细节描写，以及人物对白，都有汉乐府诗歌之精髓，是中唐新乐府运动高度思想艺术价值之体现。“但闻怨响音，不辨俚语词”也成为传世佳句。

高殿秋砧响夜阑

长信秋词·五首

［唐］王昌龄

金井梧桐秋叶黄，珠帘不卷夜来霜。

熏笼玉枕无颜色，卧听南宫清漏长。

高殿秋砧响夜阑，霜深犹忆御衣寒。
银灯青琐裁缝歇，还向金城明主看。

奉帚平明金殿开，暂将团扇共徘徊。
玉颜不及寒鸦色，犹带昭阳日影来。

真成薄命久寻思，梦见君王觉后疑。
火照西宫知夜饮，分明复道奉恩时。

长信宫中秋月明，昭阳殿下捣衣声。
白露堂中细草迹，红罗帐里不胜情。

【注释】

长信秋词：又作“长信怨”，《汉书·外戚传》载，班婕妤以才学入宫，为赵飞燕所妒，乃自求供养太后于长信宫。“长信怨”由此而来。长信：汉宫名。

金井：井栏上有雕饰的井。一般用以指宫庭园林里的井。

珠帘：用珍珠缀成或饰有珍珠的帘子。《西京杂记》卷二：“昭阳殿织珠为帘，风至则鸣，如珩佩之声。”

熏（xūn）笼：指宫中取暖的用具，与熏炉配套使用的笼子，作熏香或烘干之用。熏：一作“金”。笼：一作“炉”。

玉枕：即枕头。

南宫：指皇帝的居处。一作“宫中”。

清漏：漏是古代计时的器具，利用滴水和刻度以指示时辰。清漏指深夜铜壶滴漏之声。南朝宋鲍照《望孤石》诗：“啸歌清漏毕，徘徊朝景终。”

生长在金井边上的梧桐树，叶子渐渐枯黄了，要想知道夜里有没有风霜，只要将珠帘卷起来便可知。熏笼和玉枕就像女人憔悴的容颜一般，躺在床上，满腹愁思，静静倾听南宫悠长的漏声。

洗衣捣衣的声音，在秋天的宫殿内响彻整个夜空，每当深夜霜重之时，我都希望君王多穿些衣物抵御风寒。每当夜阑人静之时，我都会停下手里剪裁衣裳的活计，目光忍不住往宫城的方向看去。

天边微白，黑夜逐渐发亮时，我就立刻拿起扫帚将金殿打扫干净，无聊之时我会将团扇拿在手里把玩。即便拥有美丽容貌，也不敌乌鸦姿色，它好歹还能将昭阳殿的日影带来。

当我成为薄命之人以后，总是长时间地陷入沉思，我只能在梦中与君王相守，但醒来又满是猜疑。西宫灯火通明，肯定是君王在那里夜饮寻欢，我的眼前浮现出昔日受宠的画面。

如今长信宫中，不变的唯有明亮的秋月，而昭阳殿里，只剩下旧日的捣衣声。白露堂下，到处都是杂草的印迹，另一端的红罗帐里饱含着绵绵的深情。

这首《长信秋词》是盛唐时期著名边塞诗人王昌龄所作的五首诗组，以七绝见长，有“七绝圣手”之称。此诗写于大唐天宝年间，当时王昌龄处于生平第二次被贬官的前夕，或许他已经对政治局势有所察觉，知道自己仕途有坎，所以该五组诗的笔调均有凄婉寒凉之感。

五组诗贯穿着一个“宫怨”主题，可视为同一女子，从入宫渴盼宠幸到失宠的哀怨心曲，意境上层层叠进，将愁绪刻画得深入骨髓，感人至深，该诗也是王昌龄对封建社会，女子地位低下，命运坎坷之景的抨击。

第一首主要写了一个原本天真烂漫的少女，却被禁锢于深宫之中，青春和自由都不复存在了。在寒冷的夜晚，孤身一人，默默品尝着愁苦。诗人笔触含蓄委婉，将景与情相融合，将女子的愁怨更好地烘托了出来。

第二首主要以心理描写为主，深宫失宠的女子，渴望得到君主的爱恋，但实则对方早已弃自己于不顾。诗人营造了一个十分苦楚的环境，夜深霜重，女子彻夜难眠，一边记挂君主的冷暖，一边感慨自己的悲惨遭遇，不禁让人心生同情。

第三首，“不及”“犹带”等，用词精准，运用含蓄委婉的方式，表达了女子内心的怨恨和不满。每日只有单调无聊的打扫工作，更不要说是娱乐活动了。同时诗人还将丑陋的乌鸦和女子娇美的容颜做对比，将失宠女子内心的怨意更强烈地表达了出来。

第四首，同样着重刻画失宠者内心的愁绪，在梦中重温与君王昔日相亲相爱的幸福情景。梦醒后只剩下彷徨和无措，一切都已成为泡影。眼前没有君主的笑颜，只有梧桐秋叶、珠帘夜霜以及寂寞的长信宫殿，让人顿感唏嘘。

第五首，运用对比描写的手法，王昌龄从女性角度出发，将宫妃失宠之后的落魄和哀怨生动地刻画出来。一方面表达了对深宫女子悲惨遭遇的同情，同时也暗含了君王的薄情。

纵观全诗，王昌龄运用多处对比与心理描写的手法，从多个角度将失宠宫妃形象，细腻极致地刻画了出来，真实性和画面感都很强，易触动读者的心弦，具有较高的艺术感染力。“长信宫中秋月明，昭阳殿下捣衣声”，两句是整诗中相对最著名的句子，常被后世之人用来写照失宠者的境况与心情。

飞花令里品诗词
花

花间一壶酒

月下独酌·其一

[唐]李白

花间一壶酒，独酌无相亲。
举杯邀明月，对影成三人。
月既不解饮，影徒随我身。
暂伴月将影，行乐须及春。
我歌月徘徊，我舞影零乱。
醒时同交欢，醉后各分散。
永结无情游，相期邈云汉。

【注释】

间：一作“下”，一作“前”。

无相亲：没有亲近的人。

不解：不懂，不理解。三国魏嵇康《琴赋》：“推其由，似元不解音声。”

及春：趁着春光明媚之时。

月徘徊：明月随我来回移动。

影零乱：因起舞而身影纷乱。

无情游：月、影没有知觉，不懂感情，李白与之结交，故称“无情游”。

相期邈（miǎo）云汉：约定在天上相见。期：约会。邈：遥远。云汉：银河。这里指遥天仙境。“邈云汉”一作“碧岩畔”。

我独自一人，提着一壶酒，来到花园中。因为没有可以陪伴的亲人和亲朋好友，我只能孤独自饮。举起手中的酒杯，邀请明月跟我一起喝下这杯美酒。眼角余光无意扫了一眼地面，发现我的身影被月光映照在地上，就像三个人在一起喝酒似的。可是月亮不能了解喝酒的乐趣，可怜我的影子，只是徒劳地跟着我罢了。

趁着今晚的良辰美景，就让我同月亮和清影暂时做个伴儿，此刻及时行乐吧。我独自在月下放声高歌，月亮伴我徘徊；我独自在花间跳舞，影子伴我蹁跹。醒时我们一同欢乐，醉后我们就要分离。多么希望与月亮结友，保持这份纯真情谊，他日有机会在银河岸边相会。

这首《月下独酌·其一》是唐代著名浪漫主义诗人李白的大作。李白的诗词多以豪放不羁、磅礴气势、隽秀瑰丽著称，有“诗仙”美称。唐玄宗天宝三年，李白身处长安，官场失意，心情孤寂苦闷。面对黑暗现实，他不想与奸臣同流合污，没有随世俗沉沦，而是继续渴求着光明与自由，本诗正是他超然态度的表征之一。

熟知李白的都了解，《月下独酌》共计四首，本诗只是其中一首。开篇就有浓浓的孤独感迎面扑来。“花间一壶酒”，是指在花丛间喝酒，本是一个非常美好的场景，但随后的“独酌无相亲”，则将意境从美好拉入孤独的状态。毕竟花中饮酒是件快乐的事，而没有亲朋好友相伴，只能自斟自饮就显得异常凄凉了。

而“举杯邀明月，对影成三人”，则是进一步对孤独进行渲染，孤独到只能与天上的月亮对饮，与自己的影子相伴。同时也展现出李白生性豁达的人生态度。只是“月既不解饮，影徒随我身”，这两句是指月亮不能善解人意，可怜对自己不离不弃的影子，只能跟自己一样徒增孤独了。

“暂伴月将影，行乐须及春。”这是一处转折，是李白的一种自我安慰，既然没有亲朋好友相伴，那么就让月与影陪自己一起喝酒吧。于是他以“我歌月徘徊，我舞影零乱”，表达恣意放歌，纵情舞蹈的心情。虽独自一人，但依旧快乐。他要在皎洁月光下，驱散这心头寂寞。

“醒时同交欢，醉后各分散”，这两句是李白矛盾心理的写照，亦是现实生活中的烦恼所在。醒时分享快乐，醉后各自分离，暗指自己得势力时有朋有酒，自己失势时无酒无朋。“永结无情游，相期邈云汉”，李白是将月亮赋予了人类情感，想要和月亮长久保持这份情谊，甚至发出邀请，期待有朝一日能和月亮再在银河岸边相会。实则是一种渴望朋友的心情。

但由于诗人生性豁达，将月亮和影子当作自己身边的好友，孤寂的日子也就不再那么寂寞。虽然月亮和影子不能够懂得饮酒的乐趣，但却能够陪伴着诗人度过这寂寞的时候。以至于诗人大胆邀约期待和月亮的下一次约会。

全诗运用丰富想象力，开篇写孤独寂寞，但李白的豁达性格，定是不想执着于清冷境地，尽量给自己一些安慰，比如有天上的月亮和自己的清影相伴，表现出从孤独到不孤独的感情，之后他又发现月不解风情，影不解人语，只能自娱自乐，还是万般凄凉，于是他又从不孤独感到孤独，这是一种非常复杂的感情。

李白一生文采通达，心胸旷达，但那一时刻，物我之间却无所容心。最后只能邀月同游，仙境重见，让人叹他的凄凉之情。全诗将李白自身放浪形骸、狂荡不羁的性格灵活展现出来，同时也表达了他怀才不遇的寂寞和孤傲感。

作为一代著名诗人，李白诗篇大多脍炙人口。他尤其擅长在诗歌中强烈表现自我，抒发情感，以至于他所写的诗词为后人所景仰。本诗中的“花间一壶酒，独酌无相亲。举杯邀明月，对影成三人”便是流传至今的千古名句。

迷花不事君

赠孟浩然

［唐］李白

吾爱孟夫子，风流天下闻。

红颜弃轩冕，白首卧松云。

醉月频中圣，迷花不事君。

高山安可仰，徒此揖清芬。

【注释】

红颜：指年轻的时候。

轩：车子。

轩冕：指官职。冕：高官戴的礼帽。

卧松云：隐居。

中圣：中酒，意思是喝醉酒。

事君：伺候君王。

仰：仰望、尊敬、敬重。

清芬：指美德。

我个人十分敬重孟浩然先生，他的庄重潇洒，他的高尚情操，他的风流倜傥，他闻名天下的文人气节、淡薄名利的从容胸怀，都是我敬重他的理由。少年时代，他就鄙视官场仕途，不爱功名利禄，对冠冕车马更弃之如敝履，到了晚年白头时期，他直接选择归隐山林，摒弃尘杂的纷扰，一个人过着远离世俗、宁静淡然的田园生活。

从此他总是在月明星稀的夜晚，趁着皎洁的月光，独自品尝清酒的凛冽，即便喝得酩酊大醉，仍有非凡高雅的气度。他不愿当官走仕途，不想在殿中事君王，却迷恋花草树木，山水田园。大自然的瑰丽壮美、辽阔宽广，让他心胸更加豁达，胸怀更加辽阔。孟浩然先生如同圣洁高山般的高尚品格，怎能不让我们大家仰望呢？孟先生坚持修身养德，就如馨香花朵一样散发着瑰丽的芳华，我也只能在这里作揖表示对他的尊崇和敬仰。

这首《赠孟浩然》是唐代浪漫主义诗人李白，赞美当时田园派代表诗人孟浩然的诗句。当年李白寓居湖北安陆，常往来于襄汉一带，结识了比他大了十二岁的孟浩然。他们经常一同携手遨游山水，畅饮花间，有相似的精神追求。

由于孟浩然才华出众，却因生性淡薄名利，终生未出仕当官，独爱山水田园生活，深受世人敬仰，李白对他亦是敬重爱慕，两人成为忘年之交，建立起深厚的友谊。此诗便是见证之一。

李白在作此诗时，仍凸显出不拘一格的律诗特点，追求古体自然流走之势，在直抒胸臆的同时，透露着飘逸之感。全诗格调清新脱俗，不仅描绘了孟浩然风流儒雅的形象，而且将自己与孟浩然在思想与情感上的共鸣娓娓道出。

李白以“吾爱孟夫子，风流天下闻”作为点题开篇，直抒心中对孟浩然无比敬重爱慕的情感，原因就是孟浩然闻名天下的高尚品格。其中一个“吾”字，一个“爱”字，贯穿了全文的抒情脉络，整诗都围绕孟浩然潇洒脱俗的风度品格来写。“夫子”是敬语，不是指孟浩然为腐儒，在这里代表崇敬之意。

“红颜弃轩冕，白首卧松云”，则将孟浩然高卧林泉、风流自赏的形象清晰地勾勒出来。一个“卧”字，将孟浩然洒脱随性，寄情感于山水的高雅情趣生动地展现出来。主要描述了一种隐居生活，采用由反而正的手法，由弃而取。

其中两个对偶“红颜”对“白首”，“轩冕”对“松云”用得极为精妙，前者代表相同的人生旅途，后者代表不同的人生追求。在漫漫的人生中，富贵功名是常人梦寐以求的，而孟浩然弃之敝履，独爱潇洒自由的田园生活。

“醉月频中圣，迷花不事君”，则高度概括了孟浩然的生平境况与精神追求，与第二句正相反，由隐居写到不事君，自正及反，纵横正反，笔触灵活。其中两个对偶“醉月”对“迷花”，“频中圣”对“不事君”让人拍案叫绝，前者说明钟情之事物，后者标榜人生志向。孟浩然月下醉酒之态依然不失君子之风，这样情操高洁的人宁愿沉醉于庭院的花花草草，也不愿在殿前殿后行走于君王两侧。

“高山安可仰，徒此揖清芬”，则是李白直抒胸臆的口吻，将自己对孟浩然的崇敬之情进一步升华，同时孟浩然不慕名利、淡泊于世的态度也得以充分展现。这里典出《诗经·小雅·车舝》中的“高山仰止，景行行止”典故，引经据典的写作手法，既高雅又形象，仰望高山的赞美被具体化，以只好作揖表示更加崇敬的情感，将崇敬之意提升到更高的意义之上。

全诗采用抒情、描写、再抒情的方式，实现自然过渡，水到渠成的感觉。语言古朴，自有风神飘逸疏朗之风，不论是对孟浩然的敬仰之情的表达，还是对孟浩然归隐生活，月下独酌的描绘，都显得自然而耐人寻味。

且向花间留晚照

玉楼春·春景

［宋］宋祁

东城渐觉风光好，縠皱波纹迎客棹。
绿杨烟外晓寒轻，红杏枝头春意闹。
浮生长恨欢娱少，肯爱千金轻一笑。
为君持酒劝斜阳，且向花间留晚照。

【注释】

玉楼春：词牌名，又名《木兰春》《木兰花》《归朝欢令》等，双调五十六字，上下片各四句三仄韵。

东城：泛指城市之东。

縠（hú）皱波纹：形容波纹细如皱纱。縠皱：即皱纱，有皱褶的纱。

棹（zhào）：船桨，此指船。

烟：指笼罩在杨柳梢的薄雾。

晓寒轻：早晨稍稍有点寒气。

浮生：指飘浮无定的短暂人生。语本《庄子·刻意》：“其生若浮，其死若休。”

肯爱：岂肯吝惜，即不吝惜。

一笑：特指美人之笑。

持酒：端起酒杯。《新唐书·庶人祐传》：“王毋忧，右手持酒啖，左手刀拂之。”

晚照：夕阳的余晖。南朝宋武帝《七夕》诗之一：“白日倾晚照，弦月升初光。”

东城的景色与风光越来越美好，漫步于此，简直是种享受，在波纹涟漪的湖面上，小船儿在缓缓行驶着。如烟的杨柳被拂晓的轻寒所笼罩着，红润艳丽的杏花在枝头簇拥绽放着，好一番让我心生欢喜的闹春之景。

这么美妙的春景不免让我感叹，人生为什么欢乐时光如此之少，而苦恼怨恨如此之多？劝君莫为积财而忘欢，就让我举起这杯中的酒，帮助同游之友挽留正在西下的斜阳，请多多陪伴一下我们，让晚霞多多照耀这花丛中的酒宴之欢吧。

这首《玉楼春·春景》是北宋文学家宋祁的代表作之一。宋祁文风清雅，词句工丽，曾与欧阳修合修《新唐书》，官至翰林学士承旨。北宋仁宗朝某年春天，他游春赏景，留下此词作。

从赞美与讴歌的词句中可以看得出来，宋祁是如此的热爱美好春光，无论明媚春光、轻柔春水，薄雾绿柳，还是艳丽红杏，都能让人感受到春天生机勃勃的景象。随后他点明了人生在世要及时行乐这一主旨。

全诗以明艳色彩开朗言辞，渲染浮生如梦，匆匆易逝，得意须尽欢的思想。虽然用词相当华丽，但是没有轻浮之感。反而井井有条的逻辑，收放自如的把控，拿捏得都十分到位，写景形象生动，抒情感情真挚。

“东城渐觉风光好，縠皱波纹迎客棹”，其中“东城”颇有讲究，宋祁是指冬天悄然离去，春天肯定是从东方而来。他写春水用了一个非常传神的词“渐觉”，在春风的吹拂之下，渐渐起了涟漪和波纹，不再是死水，而是活了起来。将静态景物递进为动态感官，说明赏春过程越看越喜爱。

“风光”可谓全词精髓，不仅仅是春天自然的景色，还包括了人情百态，一种天时、地利、人和的微妙关系。由此也可以看出他心思非常细腻，动笔之前，自然是经过了很深的考量。为之后写活柳烟和杏花做了巧妙铺垫，而这些都是渐变过程，与上文做好呼应。

“绿杨烟外晓寒轻，红杏枝头春意闹”，宋祁用“烟”来比喻柳，在文学之中，显得很美，不仅传神且深具意境。这里的轻烟和薄雾，绝对不是黑乎乎的烟云，而是那种朦胧的美景。一个“闹”字，写出桃杏如火如荼盛开的模样，也让人感受到春日的盎然生机。

“浮生长恨欢娱少，肯爱千金轻一笑”，宋祁则从上阕写春日大好风光转入对人生感慨的书写。人生在世，太多的烦恼和忧愁，为了积存千金耗费过多的精力，还不如将心思放在欢愉的事情上，享受当下的欢乐，才是人生应该追求的事情。

“为君持酒劝斜阳，且向花间留晚照”，是指欢乐的时光总是短暂的，只能祈盼斜阳，让它不要急着下山，而是让晚霞多停留片刻，让同游好友的酒宴之欢，再延长一些时间，为此我要举杯挽留斜阳。

尾句表面上看字意是有一些哀思和愁怨，但实际上，宋祁是在表达极度眷恋温柔，美好春光之情，暗含了对宝贵时光以及美好人生的珍惜之意。

本诗中的“为君持酒劝斜阳，且向花间留晚照”，被历朝历代的文人墨客寄予了很高的赞誉。而真正让宋祁名扬北宋词坛的则是这句“红杏枝头春意闹”，他因此被世人称作“红杏尚书”。这首《玉楼春·春景》也成为传世佳作。

露湿晴花春殿香

宫怨

［唐］李益

露湿晴花春殿香，月明歌吹在昭阳。

似将海水添宫漏，共滴长门一夜长。

【注释】

露湿：露水打湿。

晴花：晴日的花朵。

歌吹：歌唱吹打。

昭阳：汉宫殿名。后泛指后妃所住的宫殿。

似将：好似将用。

宫漏：宫中计时器。用铜壶滴漏，故称宫漏。

长门：汉宫名。汉武帝时陈皇后失宠后的居处，泛指失宠宫人住地。

白日天清气爽，傍晚结起露水，打湿了昭阳殿庭院里的桃花，春风微微拂过，那些娇柔婀娜的花，即使缀着滴滴夜露，也无法挡住它们散发出醉人的香气，满殿都弥漫着花香。在明月高悬的夜晚，昭阳殿里传出吹吹打打的笙歌之音，殿中之人载歌载舞，乐享皇帝恩宠。

而在寂寥的长门殿里，却看不到任何人影。住在这里的人，只能夜夜听着宫漏的声音，永远不会改变节奏的宫漏，仿佛永远也滴不完似的，漫漫长夜仿佛也永远都等不到天明。或许那宫漏里的沙子是海水灌入的吧，才让这寂寞长夜变得如此漫长。

这首《宫怨》是唐代诗人李益的作品，李益曾久任郑县尉，始终得不到重用和升迁，仕途失意后他弃官回归布衣生活，经常游走于燕赵一带，成为著名的边塞诗人。他尤其擅长写七言绝句，本诗就是其代表之一，看字面意思主要表达的是春宫之怨，从侧面也反映出他个人对仕途的不满情绪。

“露湿晴花春殿香，月明歌吹在昭阳”，写在晴朗的夜晚，昭阳殿里有暗香弥漫，原是春风吹拂桃花的香气，而桃花上沾着的露珠，更显出花之娇艳，好一片旖旎春光。抬头看见一轮明月高悬天空，好像比其他任何地方的月都明亮。月色笼罩的昭阳殿里，传出悠扬婉转的歌舞音乐，那里的人彻夜笙歌不眠，想必他们一定很快乐。

这两句看似写景色，实为写情境，如此幸福美好的夜生活，多么令人羡慕神往啊！反映出昭阳殿主人独得皇帝恩宠，仿佛天天过着这样笙歌不眠的快乐生活。昭阳殿是皇宫嫔妃的住所，在《三辅黄图·未央宫》里描述：“武帝时，后宫八区，有昭阳……等殿。”

“似将海水添宫漏，共滴长门一夜长”，写长门殿主人盼望天亮的心情，是不是谁引来了海水添进宫漏里了。海是一个多么庞大的容器，那里装满了水，而宫漏又是一个多么渺小的容器，若要等宫漏里的水滴完才能天亮，怕是天永远都不可能亮了。

在前面铺垫了昭阳殿的繁华热闹之后，以与歌吹形象鲜明对比的宫漏，昭阳殿里夜夜都能听到笙歌，而长门殿里只能夜夜听着宫漏的声音，表达长门殿主在漫漫长夜里煎熬，等待君王恩宠的情绪。宫漏是古代宫中常用的一种计时器，是铜壶做的，用此滴漏来计算时间。

“共滴长门一夜长”，强调长夜遥遥无期，难以熬到天明的气氛。一个“滴”字，形象地表达出宫漏的“慢”，这种慢不是时间真的变慢，而是有人赋予了它等待的心思。点点滴滴的宫漏，让人无法感受到时间的流逝，何时才天亮啊？

虽然全诗开篇先写得宠的昭阳殿，但重点却落在不得宠的长门殿。前面写昭阳殿里的晴花、湿露、春殿、暗香、明月、歌吹，以这种欢乐愉悦的氛围烘托后面的孤独、寂寥。长门殿里没有花香，没有月明，没有夜夜笙歌，有的只是滴不尽的宫漏，永远都挨不到头的漫漫长夜。

两殿主人虽然都是整夜未眠之人，一个是笙歌未眠，一个却是愁思未眠。其实此诗也从侧面反映出了李益郁郁不得志，始终得不到当权统治者的赏识而抒发不尽的满腔愁思。他渴望能够像昭阳殿得宠的宫人那样能够受到青睐，但他不是为了取悦帝王，而是想为国家贡献力量。

李益的这首《宫怨》与王昌龄的“奉帚平明”“闺中少妇”等名作类同，均以先写得宠的昭阳殿主人，后写失意的长门殿主人为顺序，通过两者对比，逐步增加感染力，引发读者共鸣。欲写长门之怨，却先写昭阳之幸，形成此诗一显著特点。

昭阳殿则是汉成帝皇后赵飞燕居处，长门殿是汉武帝时陈皇后失宠后的居处，“长门”在古时候通常指代失宠女子居住的凄清宫院。汉司马相如《长门赋》序：“孝武皇帝陈皇后时得幸，颇妒，别在长门宫，愁闷悲思。闻蜀郡成都司马相如天下工为文，奉黄金百斤，为相如、文君取酒，因于解悲愁之辞。而相如为文以悟主上，陈皇后复得亲幸。”

相比诗中“共滴长门一夜长”，本诗中知名度更高的则是昭阳殿和长门殿，在唐诗中，通常这两个名词分别泛指得宠、失宠的宫人住地。

伤彼蕙兰花

冉冉孤生竹

［汉］佚名

冉冉孤生竹，结根泰山阿。
与君为新婚，兔丝附女萝。
兔丝生有时，夫妇会有宜。
千里远结婚，悠悠隔山陂。

思君令人老，轩车来何迟！
伤彼蕙兰花，含英扬光辉；
过时而不采，将随秋草萎。
君亮执高节，贱妾亦何为？

【注释】

冉冉：柔弱下垂貌。

孤生竹：犹言野生竹。孤：独。

兔丝：一作“菟丝”，一种旋花科的蔓生植物，女子自比。

女萝：一说即“松萝”，一种缘松而生的蔓生植物，以比女子的丈夫。

宜：犹言适当的时间。

轩车：有篷的车。这里指迎娶的车。

蕙兰花：女子自比。蕙、兰是两种同类香草。

含英：指即将盛开的花朵。含，没有完全发舒。英，花瓣。

萎：枯萎，凋谢。

亮：同“谅”，料想。执高节：即守节情不移的意思。

贱妾：女子自称。

一个柔弱的年轻女子，像一株孤独生长在野外的竹子，经年在那寒冷的荒野中，饱受着凄风夜雨的煎熬，一直渴望着被爱、被呵护。她希望在深山幽谷中，遇到一个可以依靠终身的男人，成为永远不离不弃的心爱伴侣。她那么地期望着……

当她终于如愿地遇到了如意郎君，却在刚刚新婚燕尔之时，郎君为了生活，要远赴他乡，求取功名。她声声悲切地诉说着：我就如那附在女萝上的兔丝，还是要孤独地承受着无依无靠的生活惨境。她那么地害怕着……

她在内心中不停地呼喊着：我的郎君啊，要知道兔丝有繁盛的时节，也有枯萎的时候啊？我不远千里嫁于你，正当我们恩爱之时，你为何要离我而去，远走天涯？她希望夫君能够明白，相爱的人需要耳鬓厮磨，相知相守在一起，而不是隔山隔水，两两相望。她那么地怨恨着……

她亲自送夫君踏上了远去的旅途，这一走便是遥遥无期的等待。她在内心呐喊着：我的郎君啊，难道你不知人生苦短，相思情长吗？难道你不知道岁月催人老，我的青春来日无多吗？但她并没有阻止夫君求取功名，因为男儿有志在四方，夫君的理想是报效国家，她要支持，不是吗？她只能暗求苍天保佑夫君功成名就，早日归来。她那么地祈祷着……

一个柔弱的年轻女子，就像一朵含苞待放的朴素小花，又楚楚怜人，又娇俏可爱。她盼着夫君早日归来，早日与她共续前缘。因为她担心过了花开的时节，夫君还不归来，她就会像那秋风中的枯草，随着寒冬的到来而彻底凋谢。她那么地担忧着……

她只是一个柔弱的年轻女子，即使心中累积了再多的渴望、害怕、怨恨、祈祷、担忧，生活总归要继续下去的。她希望夫君是个坚贞不渝的人，只要夫君有像竹子一样高节的情操，她就会苦守相思，等待夫君有朝一日返乡归来。她那么地坚信着……

这首《冉冉孤生竹》是后汉文人的一首五言律诗，取自《古诗十九首》，作者已无从考证。全诗共十六句，可分作三层。首起四句为第一层，诗人连用两个比喻，即写女子婚前的愿望和婚后现实之间的反差和矛盾。

诗中详细描绘了古代人的爱情观念。分为两大类：一类是婚后丈夫远行，妻子的内心怨别；另一类是一对有情男女约定婚娶，但男方姗姗来迟，女方的疑虑哀伤。从整部诗作的婉约细腻风格，加之曲折的情节，足以见得古人喜欢以含蓄的方式表达感情。

诗中精髓在于尾句，“君亮执高节，贱妾亦何为?”女子抒怀之后，开始自我安慰。相信男方一定会坚守高尚节操的，自己没有必要怨伤。可见在古时候，女人已经开始懂得自我励志，丝毫不输于现代人!

古人不见今时月，今月曾经照古人!生活在遥远汉朝的“冉竹”，或许无法预知今时今日，人们以诗词的方式纪念着她，依然用婉约唯美的辞藻赞誉着她。因为这个拥有如竹子般坚韧力量的年轻女子，她的蕙质兰心，早已俘获了现代人那颗浮躁的心灵!

快节奏的生活，催生了快餐式的爱情，比起风花雪月的浪漫唯美，人们更渴望一生一世一双人的痴痴苦等。历朝历代，甘愿挑起生活重担，依然坚守爱情的故事，都值得人们传颂！所以这首诗，从汉代一直流传至今，“冉冉孤生竹”也成为千古名句！

东风无力百花残

无题·相见时难别亦难

［唐］李商隐

相见时难别亦难，东风无力百花残。
春蚕到死丝方尽，蜡炬成灰泪始干。
晓镜但愁云鬓改，夜吟应觉月光寒。
蓬山此去无多路，青鸟殷勤为探看。

【注释】

无题：唐代以来，有的诗人不愿意标出能够表示主题的题目时，常用“无题”作诗的标题。

丝方尽：丝，与“思”是谐音字，“丝方尽”意思是除非死了，思念才会结束。

泪始干：泪，指燃烧时的蜡烛油，这里取双关义，指相思的眼泪。

晓镜：早晨梳妆照镜子。

云鬓：女子多而美的头发，这里比喻青春年华。

蓬山：蓬莱山，传说中海上仙山，比喻被怀念者住的地方。

青鸟：神话中为西王母传递音讯的信使。

分隔两地的情侣，难得有相见的时刻，这种机会实在太难得了，见过面后总归要别离的，那种别离的时刻让人更加难舍难分。尤其是东风将收的暮春时节，百花凋零，各自残谢，更让人触景伤情。

可爱的春蚕结茧为人们提供蚕丝做裳，它们一直无怨无悔地吐着丝，直到死的那一天才会停止。蜡烛全部燃成灰烬时蜡油才能流干，情人也只有在相思终止之时，眼泪才会像燃尽的蜡油那样流干。

年轻的女子清晨对着铜镜梳妆打扮自己，她们最担心美丽如云的头发改变颜色，由黑转白，那就意味着青春容颜彻底消逝了。年轻的男子，在晚上戚戚不能入睡，一定会感觉到月色的寒凉、光辉的清冷。

我的相思的爱人啊，其住处就在不远的蓬莱山上，此刻我却没有办法找到可以通达的去路，那是一个可望而不可即的地方。我只祈求找到像青鸟一样的使者，帮助我殷勤地去探看我心中的情人。

这首《无题·相见时难别亦难》是晚唐杰出诗人之一李商隐的大作。李商隐一生仕途坎坷，夹在当朝“牛党之争”的夹缝中，虽文学造诣深厚，与杜牧合称“小李杜”，与温庭筠合称“温李”，但也有部分诗歌较为隐晦，难以让人解读。

唐代多崇佛道之教，信奉道术者众多。李商隐年轻时即在玉阳山学道，与灵都观一女道相恋，受教义束缚不能公开言明，他便作此诗寄情，更着意隐去题目。在如今读者看来，此诗在无限深情中更显出委婉朦胧，深幽意曲。

“相见时难别亦难，东风无力百花残”，其中两个“难”字直接定了全诗基调，被迫的分离与无法相见的痛苦，难上加难。尤其暮春时节，东风将尽，百花凋残，大自然的律变人力无可奈何，与自身不幸境遇十分相似，无穷怅惘与惋惜由此而起，李商隐可能因爱情不如意，才抒发了如此心境的句子。

“春蚕到死丝方尽，蜡炬成灰泪始干。”承上依依不舍的情感，“丝”字与“思”谐音，好像暗喻思念之情，如春蚕吐丝至死方休。“炬”与“聚”谐音，也像暗喻无法相聚的痛苦，蜡烛烧成灰蜡油才能流尽。相会无期的现状，再如何思念也是无望的，表现的是深深眷恋之情。这里让人读出了更多悲观色彩。

“晓镜但愁云鬓改，夜吟应觉月光寒。”一转前面的情感描写，抓住生活中的一个点来写：年轻女子早上起来对镜梳妆时，望着如云的黑发，担心头发变白了。年轻男子夜晚伏案吟诗，孤孤单单，看到那如水的月光，感觉不到温暖，心生寒意。一对情侣遥相思念，心底深受煎熬。

“蓬山此去无多路，青鸟殷勤为探看。”这深深的思念无法传达到自己思念的人儿那里去，唯有希望神仙能派出仙鸟代我去看望。这是想象的具体化，由于思念深切燃起相见的渴望。却因相见无望只好请使者殷勤看望。

另外，也有一些人认为此诗看似写情侣间的相思之苦，实则李商隐暗喻的是政治苦恼。当时他想入长安翰林院，有意向已经升官的好友令狐绹求个人情，但令狐绹为避嫌不见客，李商隐才说“相见时难别亦难”。

而“东风无力百花残”，是他暗指自己年纪不小，回天乏术，以百花凋残映射自己可以像“春蚕到死丝方尽，蜡炬成灰泪始干”那样为报国理想而奋斗。“晓镜但愁云鬓改，夜吟应觉月光寒。蓬山此去无多路，青鸟殷勤为探看”，则从绝望写到希望，说明他对令狐的帮助仍抱有一丝希望。

无论李商隐由何因缘起才写下此诗，但无可否认此诗笔触细腻，感人肺腑。“春蚕到死丝方尽，蜡炬成灰泪始干”成为激励奉献精神的千古名句！常用来赞誉那些为理想而奋斗终生的人。

春城无处不飞花

寒食

［唐］韩翃

春城无处不飞花，寒食东风御柳斜。

日暮汉宫传蜡烛，轻烟散入五侯家。

【注释】

寒食：每年冬至以后的一百零五天，大概是清明节的前两天为寒食节。

春城：泛指皇宫所有的都城，这里指代长安城。

御柳：皇帝御花园里的柳树。

传蜡烛：虽然寒食节禁火，但公侯之家受赐可以点蜡烛。

五侯：后汉桓帝在一天之中封了五个得宠的宦官为侯，世称五侯。

在早春时节，长安城里四处都因东风吹得花瓣飘零，就连柳絮也飘飞四起，满地可谓缤纷无数，落红无数。这也意味着寒食节到来了，按照风俗寒食节当天，要剪取柳枝斜插在门前，人们都希望剪取皇家花园中倾斜在墙外的柳树枝条。

在寒食节那天的傍晚时分，一旦夜色降临，皇宫里的人们就开始忙着传递蜡烛了，因寒食节这天皇帝会将榆柳之火赏赐近臣，以示恩宠。所以只要看到有袅袅炊烟升起，就可知晓寒食节结束了，而顺着炊烟升起的地方，也可以知道皇帝将燃起的蜡烛传到了哪个王侯贵胄的家里。

这首《寒食》是唐代诗人韩翃之作。韩翃曾为淄青节度使侯希逸幕僚，后因作此诗被唐德宗赏识官至中书舍人，他擅长离别与唱和诗，笔法轻巧，写景别致。韩翃一生忧国忧民，常在诗句中表达爱国爱民的情怀。

本诗为七言绝句，以唐代寒食节习俗为题，主要描绘了节日当天的见闻。唐制规定清明为寒食节，当天百姓不能生火煮食。当君王将榆柳之火赏赐近臣时，寒食节终止百姓可用火，亦是提醒臣子官吏以有功也不受禄的介子推为榜样。但中唐后连续几位昏君都喜宠宦官，朝纲大乱，韩翃借此诗替百姓抒发满满怨气。

“春城无处不飞花”中的“春”字，介绍了这首诗的季节为春日，这里的“城”指京城，或者称皇城，春天里的京城。“无”表否定，“不”表否定，双重否定表肯定，语气强烈，起到强调作用。“无处不飞花”让人仿佛置身花海，风儿轻轻一吹，花瓣随风飘飞，这里也有柳絮飘飞之意，总之是一幅迷人春景之图。

“寒食东风御柳斜”，“御”指皇家，“御柳”指皇家御苑里的柳树，自然就是皇宫园林里的柳树。因寒食节当天有折柳插门的习俗，皇帝还会将榆柳之火赏赐近臣，代表恩宠之意，所以人们都希望剪取随东风飘拂的“御柳”，插在自家门前，以期得到君王恩宠。此句中“斜”字用得极为妙处，柳无风为低垂的，只因有东风吹过才会斜斜地飘起来，生动地写出了柳树的摇曳姿态。

“日暮汉宫传蜡烛”，这里一转，原本寒食节禁烟火，家家吃冷食，即使朝官之家，但非宠臣，寒食节也是禁烟火的，不能生火煮饭，就连照明也是禁止的。而日暮时分皇宫里传递出君王恩赐给官员的蜡烛。

有典记载，寒食节本是为纪念春秋时期的介子推，当年介子推辅佐晋文公登基后便隐居奉母，晋文公只好用火攻以期逼介子推出山继续辅政，但介子推宁抱树火焚亦不为官。晋文公感动下令其祭日不得生火做饭，此制一直延续到清朝，该节日是古代长久以来极为郑重的国祭日。

“轻烟散入五侯家”，原来从皇宫里传出来的蜡烛，一路灯火通明地走向了宦官的家中，单从上句的“传蜡烛”中，无法了解蜡烛是否点燃，而此句的“轻烟”则让人明了传递的居然是燃烧的蜡烛，可见这些宦官是如何受到恩宠了。而淡淡烟雾袅袅萦绕，四处弥漫着这些宦官们威福恩加的气势，映照出他们骄横狂妄的神态。

“五侯”典出东汉时期一日被同封的五位宦官，韩翃在这里暗喻的则是中唐以来那些专横跋扈的宦官们，他们因受到帝王特别恩宠，导致朝纲腐败。在寒食节当天百姓不得生火，而皇宫和受宠之人却能得到例外恩典，针对其弄权倚势，欺压贤良的可憎面目，进行了辛辣讽刺。

作为韩翃最著名的诗句，“春城无处不飞花，寒食东风御柳斜”广为人们所熟知，除此之外，他的《章台柳》也是非常知名的：“章台柳，章台柳！昔日青青今在否？纵使长条似旧垂，也应攀折他人手。”此诗是他为心爱歌姬柳氏而作，而柳氏亦回赠于他：“杨柳枝，芳菲节。所恨年年赠离别。一叶随风忽报秋，纵使君来岂堪折！”

飞花令里品诗词
落

落花时节又逢君

江南逢李龟年

［唐］杜甫

岐王宅里寻常见，崔九堂前几度闻。

正是江南好风景，落花时节又逢君。

【注释】

李龟年：唐朝开元、天宝年间的著名乐师，擅长唱歌，玄宗时曾任殿中监，出入禁中，得玄宗宠幸。

岐王：唐玄宗李隆基之弟。

寻常：经常。

崔九：崔涤，在兄弟中排行第九，中书令崔湜的弟弟。

江南：这里指今湖南省一带。

落花时节：暮春，通常指阴历三月。落花寓意极多，人的衰老飘零、社会凋弊丧乱等。

君：指李龟年。

想当年开元盛世之时，我就经常在岐王宅邸看到你受邀奏乐歌唱，你出色的琴艺与歌喉，深深地吸引了我。在崔九家中的前堂里，我也曾经多次欣赏过你的笙歌艺术，久久萦绕在我耳边，无法散去。

安史之乱后，我漂泊到江南，竟然与你巧遇！江南风景虽然秀丽无比，但此时却是满城落花飘飞的时节，让人有些惆怅。但是落花时节我恰逢你这个多年老友，与你一起回忆当年种种，我既高兴又感伤。

这首《江南逢李龟年》是晚唐时期伟大诗人杜甫代表作品之一。唐朝开元盛世时期，王公贵族的休闲娱乐活动极为丰富，不乏惹爱舞文弄墨者，精通诗词歌赋者，才华横溢的杜甫受到岐王李范和秘书监崔九的欣赏，因此常受邀在其府邸观看李龟年琴歌技艺。

李龟年当时是“特承顾遇”的宫廷乐师，在杜甫心中，李龟年就是开元盛世的艺术产物，是他少年时代充满浪漫情调的美好记忆。但八年的安史之乱，令唐王朝从繁荣顶峰跌落，社会矛盾重重，杜甫辗转漂泊到潭州，晚景凄凉，李龟年也流落江南，两人重逢无限感伤。本诗即为杜甫在江南偶遇李龟年而作。

杜甫在开篇便追忆了少年时代经常偶遇李龟年的经历，寄托了对开元初年鼎盛时期的眷恋和怀念。诗的后两句写在江南巧遇李龟年，实则是对国事凋零的一种暗喻，如李龟年这样红极一时的宫廷乐师，竟然也过着颠沛流离的生活。

“岐王宅里寻常见”中的“岐王”是指唐玄宗李隆基的弟弟，名为李范，以好学爱才著称，雅善音律。“崔九堂前几度闻”中的“崔九”是指崔涤，在兄弟中排行第九，中书令崔湜的弟弟。当年崔姓为一大姓家族，以此表明李龟年原来受赏识。

这里用“岐王宅里、崔九堂前”，意指当时两大文人雅士非常活跃的聚集地，相当于现代社会著名的文化沙龙，足以见得开元鼎盛时代，政治安定，社会繁荣，人们的文化生活也极为丰富多彩。

杜甫经常游走这两个地方，并且时常得见当时知名的宫廷乐师李龟年，由于十分欣赏他的琴艺歌喉，两人成为好友。这两句诗，杜甫主要追忆了往昔同李龟年相识的经历，寻常的语言中透露着深沉含蓄的情感，也流露出他对开元盛世的深切怀念和无限眷恋。

“正是江南好风景，落花时节又逢君”中的“江南、落花”，交待了两个信息，一个是地点，一个是时间。结合本诗写作时间可以推断出写作背景，两人初识之地在长安，经历了八年的安史之乱后，两人各自流落到“江南”一带。相逢当日又是“落花”时节，说明两人的生活都不是那么如意的。

由于战乱四起，社会动荡，国家逐渐由鼎盛转为凋败，诗中的“落花时节”暗喻杜甫对世运的衰退、社会的动乱以及自己带病漂泊的社会现状，正好同这江南好风景相反，杜甫将自己的无限感慨藏在了字里行间。

一位老宫廷乐师与一位老诗人在漂流颠沛中重逢，落花流水的场景下两个憔悴老人的互诉衷肠，是浩荡时代下无限悲愁的苦闷图景。仅短短四句诗文，容量却无限之大，不仅整个盛唐开元时期的时代沧桑，而且将个人跌宕起伏的生活描绘得淋漓尽致。透露出广阔的时空背景，甚至写尽动荡时代下人们颠沛流离的感伤之情。

该诗所包含的深沉慨叹，痛定思痛，全是对盛唐沦落的怅惘，杜甫与李龟年的颠沛遭遇，是万众百姓饱经安史之乱的小小缩影，所以杜甫写此诗的宗旨并非仅是追忆、重遇往昔故友，而是深沉哀叹国家命运。其高度的艺术概括力，让这首诗篇拥有了无穷的生命力与欣赏价值。

杜甫一生为后世留下了无数的良言美诗，而本首脍炙人口的七言绝句诗，深受历代好评，可以说是杜甫晚年创作生涯中最杰出的绝唱了，其中“正是江南好风景，落花时节又逢君”可谓是家喻户晓的千古名句。

零落成泥碾作尘

卜算子・咏梅

［宋］陆游

驿外断桥边，寂寞开无主。已是黄昏独自愁，更著风和雨。

无意苦争春，一任群芳妒。零落成泥碾作尘，只有香如故。

【注释】

驿（yì）外：指荒僻、冷清之地。

断桥：残破的桥。一说“断”通“簖”，簖桥乃是古时在为拦河捕鱼蟹而设簖之处所建之桥。

无主：自生自灭，无人照管和玩赏。

著（zhuó）：同“着”，遭受，承受。

苦：尽力，竭力。

一任：全任，完全听凭。秀一：副词，全，完全，没有例外。任：动词，任凭。

一朵梅花在驿站外一处荒凉、僻静之处默默生长，寂寞地开满了枝头绽放的花朵，这等艳丽动人的景色却无人欣赏，实在是对这种秀美景象的浪费。只是这黄昏里的独处已然是够愁苦的了，可那暮色降临后的梅花，更加地无依无靠，却还要在凄冷的夜承受风雨摧残折磨，簌簌飘落。

只是梅花并不想在群芳争艳的季节，费尽心思地争取人们的关注与喜爱，即便是百花都对它排挤嫉妒，梅花也依然傲立于此，从不在意这些可有可无的言论。即便是花期已过，花瓣凋零，在风雨的碾压下，变成卑微尘土，梅花也不会太过在意，依然如同过往时光一般散发出缕缕清丽脱俗的香气。

这首《卜算子·咏梅》是宋代词人陆游的作品。陆游穷其一生钟爱梅花，作词是他为某种情绪寻找的一种寄托，用这个合适的载体，表达心中所希望瞻仰的精神，期许开启世人的思想觉悟。梅花则成为他笔下象征着坚贞不屈精神的事物。

陆游在本词中，以梅花自喻，一边咏叹梅花的凄苦，抒发胸中的抑郁，一边感慨人生的坎坷，暗喻内心的失意；他赞美爱国情操及高洁人格似梅花精神，表达一种青春无悔的信念。

“驿外断桥边，寂寞开无主”，交待了地点，是驿站外的一处断桥边，其中“断”字说明此处少有人踏足，应是一个平常人们不太在意的地方。为“寂寞开无主”做了很好的铺垫。本句着力渲染的是梅花的落寞凄凉之感。

“已是黄昏独自愁”，采用拟人的手法来表现梅花的精神状态，即便是在没有人照料的荒芜之地，也能够顽强地生长，生长为花香千里的模样，这种别样花香是没有人能够与之比拟的，只是这种芬芳神韵也少有人能够领略，稍稍有些惆怅。

“更著风和雨”进一步强调这种无人欣赏的孤寂和凄凉，偏偏迎来了傍晚时分的风雨交加，这雪上加霜的天气，映衬着的是陆游自身遭遇，表达自己内外交困，身心疲惫的心情。

前半部分，以细腻笔触描写梅花艰苦的生存环境，饱受风吹雨打后依然傲然挺立的坚韧精神，只是这梅花却开在了郊野处的驿站外，残破不堪的“断桥”则是让人感受到了这个梅花生长的地方人迹罕至，空寂孤独，身处这样无人问津的环境，当然是不会有人照看着它，更不会有人时常打理，梅花的一岁一枯荣，全靠自己努力生长。

“无意苦争春，一任群芳妒”，还是以拟人手法，对梅花品格的进一步描绘，梅不与其他花朵争春斗艳，自顾自地绽放着，由于梅之香气异常清香，诸多花朵无法与其相比，变成众花嫉妒的对象。这里也暗喻有才能的人容易被小人所嫉妒。

“零落成泥碾作尘，只有香如故”表面上是描写梅花即便是凋零也要滋养树木，以待明日开出更加鲜艳，引人凑上前去细细赏玩的坚持，实际上也是陆游对自己一生同恶势力相抗争的那种不懈坚持的精神，以及对理想所抱有的坚贞不渝的品格，都在这首词中被陆游写了出来。

后半部分是对梅花灵魂及生死观的解读，梅花不与其他花朵争奇斗艳，却依然没有办法摆脱百花嫉妒，但对于这些风言风语，梅花都置若罔闻，一个人倔强地顽强生长，以不变应万变，这是一种灵魂的升华。当梅花凋落回归土壤，化作尘埃，依然掩盖不住幽暗香。对梅花的赞美，无一不是表达陆游身处逆境，却坚持自我的决心。

陆游借着梅花以物喻人，托物咏志，即便自己一生坎途，也不会与世俗同流合污的忠贞气节。全词可谓字字皆精，句句皆佳，相比之下“零落成泥碾作尘，只有香如故”可谓陆游经典佳句的代表之一。

杨花落尽子规啼

闻王昌龄左迁龙标遥有此寄

［唐］李白

杨花落尽子规啼，闻道龙标过五溪。

我寄愁心与明月，随风直到夜郎西。

【注释】

左迁：贬谪，降职。

杨花：柳絮。

子规：即杜鹃鸟，相传其啼声哀婉凄切。

五溪：是武溪、巫溪、酉溪、沅溪、辰溪的总称，在今湖南省西部。

龙标：诗中指王昌龄，古人常用官职或任官之地的州县名来称呼一个人。

与：给。

夜郎：泛指偏远的地方。

在杨花落尽、杜鹃啼鸣的时节，我听闻你的信息，听说你会在这个季节路过五溪。我想要把我的忧愁心思，都寄托给这轮皓月，希望它能随着傍晚悠然的清风，跟你一路相伴，去到夜郎以西的地方。

这首《闻王昌龄左迁龙标遥有此寄》是盛唐时期诗仙李白大作。李白诗风豪迈，有浪漫主义诗人之称，他为人不羁，一生不喜攀附权贵。当年王昌龄从江宁丞被贬到了龙标县尉的时候，身在扬州的李白听到好友遭此一劫之信息，便作下了此诗文。

王昌龄被贬原因在于“不护细行”，只因生活小节不检点。王昌龄对此也用了：“洛阳亲友如相问，一片冰心在玉壶。”表明自己是无辜的。李白写诗远寄于他，是完全可以理解的。所以整诗的基调是充满同情与关切的。

“杨花落尽子规啼”，以景物描写交待季节时令。在景物方面，李白以杨花为主题，杨花本属飘絮之物，凸显飘零之感。子规，就是杜鹃鸟，由于其鸣叫声似“不如归去”之音而得名，杜鹃啼叫意指离别之恨。景物切合情事，融情入景，实为精妙。

“闻道龙标过五溪”，由于首句已经在景中铺垫了情绪，所以李白便直接叙事。其中“闻道”，有惊愕、惋惜之意。这里也有地处荒远艰难之意，李白虽未直说地处艰苦，但悲痛之意已经隐含其中。

李白在前半部分，向人们传达了这样一件事：暮春三月的南，纷纷飘坠的柳絮和声声悲啼的杜鹃。本就容易引发人们的愁思，此时好友王昌龄被贬谪到艰苦的远方之地，他的愁绪更加浓郁。包含了很多故事必备的要素，时间、地点、人物、事件起因、结果，将气氛很好地烘托出来。

“我寄愁心与明月”，属于抒情句式，两个人分隔两地，很难见面，但月亮却是千里可共赏的，所以李白将自己的关切之情寄托给天上皎洁的明月。这里的“愁心”，指为好友担忧的心情，还有充满同情关切的心意。

“随风直到夜郎西”，也是抒情句式，紧紧承接上句，李白将愁绪寄托给明月，希望它能够随着风，一路陪伴好友去往夜郎以西的地方。自古夜郎都是远方荒蛮之地的代称，说明在李白看来，此次王昌龄被贬的地方极为艰苦。这里也是暗喻，未必真的去夜郎，李白想要表达更多的是心疼好友之意。

“我寄愁心与明月，随风直到夜郎西”承接了前句内容，集中地表达了李白此时此刻心中的感受，这两句话表达了李白对于王昌龄的遭遇而感到深刻的忧虑，同时也表达了李白对于当时的现实社会感到愤懑不平，这里有对好友的恳切思念，也有满腔热诚的关怀之意，没有办法当面讲这些情感告诉王昌龄，就只好期盼着月光能够将这一片深情告知给好友。

诗中所承载的情感相当沉重，一开头就选择了南国具有特色的景物，以此来描绘南国的暮春景象，塑造了一个哀伤沉重的氛围，让人看到了一个为友人忧虑，又没有办法将这哀愁的情感告知友人的无奈，只希望这明月能够将这暮春时节的哀思转告给友人，带给他被贬的心中一丝温暖的慰藉。

诗文如行云流水般深入人心，那沉重的哀伤以及心中对老友的关怀之情，凝重而又不失温馨，在李白的想象当中，这浓重的哀伤以及心中对老友的担忧之情，已经随着这清风去到了好友的身边，希望这关怀的情感，能够温暖此时此刻被贬而心情郁闷的好友。“杨花落尽子规啼”也成为人们渲染愁绪的首选佳句，被后世之人广为流传。

纱窗日落渐黄昏

春怨

［唐］刘方平

纱窗日落渐黄昏，金屋无人见泪痕。

寂寞空庭春欲晚，梨花满地不开门。

【注释】

纱窗：蒙纱的窗户。

金屋：这里指妃嫔所住的华丽宫室。

空庭：幽寂的庭院。

欲：一作“又”。

透过纱窗，我看见窗外的斜阳西下，随着阳光渐渐淡去，幽暗的室内变得更加昏暗，意味着黄昏也悄悄降临；我觉得十分寂寞孤独，我以为将华丽的门窗锁好，就不会有人看见我的悲哀和脸上的泪痕了。

幽深的庭院，显得那么空旷和落寞，春天快要过去，春景也快要逝尽；庭院里的梨花四处零落，满地飘飞，让人无端添了几分辛酸和惆怅，我不想打开房门看到这样伤感的情境，我也不想踩踏梨花让它再添新伤，还是把门关紧的好。

这首《春怨》是唐代诗人刘方平的作品。他早年应进士，从军未果，从此隐居，终生未再出仕，擅长写绝句诗以及山水丹青。诗风清丽，手法绝妙。本诗即为七言绝句，押元字韵。

作为一首典型的宫怨诗，刘方平采用白描手法，以画家视角运笔泼墨，周遭景物和人物内心世界都被他写活了似的，让人身在丹青外，心却进入丹青内。凄美庭院景象，孤独之人的寂寞心情，仿佛历历在目。

“纱窗日落渐黄昏”，交代了时间、地点。地点在室内，因为抬头看到的是“纱窗”，一束光线照进窗户，被细细密密的窗纱分成了一小束一小束的，一种凄凉之感蓦然涌上心头。怅怅然，渐黄昏，一天又要过去了，时间过得真快啊！

环顾无人的屋内无比凄凉，晴日里若有斜阳相照，似乎能减少些许凄凉。随着黄昏后穿透纱窗的光线越来越少，室内越来越幽暗，凄凉况味更加让人难过。这里的日落与黄昏，有时间的概念，也有人到中年，行将迟暮的暗喻。

“金屋无人见泪痕”指美好的生活总是那么短暂。回想当年，自己也是千娇百媚的，集万千宠爱于一身，衣食住行精美无比，宫婢环绕周围，所到之处，无不奉迎。而如今，帝王难再见，众人无不退避三舍，无人踏进这里一步，天地之别。往事历历在目，物是人非，只有暗自垂泪，有谁关心自己呢？

点破主题也正是这句，此处的“金屋”典出汉武帝幼时，曾对皇后陈阿娇许愿“以金屋藏娇”，此后文人常以“金屋”代表宫妃居所。也说明刘方平此诗主写的庭院是一处与世隔绝的深宫，人物则是幽闭在宫内的宫人或者嫔妃。在极端孤寂时纵然落泪亦无人知晓，更无人拭泪，其可悲命运让人无限同情。

“寂寞空庭春欲晚”，若春意渐浓，一片生机盎然，还能给人添几分生气，但是“金屋”之内，许久以来都是人声寥落的模样，“金屋”之外，由于晚春时节，花事已过，庭院空寂无人，更让人倍添孤寂之感。

此句可谓直抒胸臆，表达“金屋”主人异常寂寞的内心读白。想想也是，有期许的孤独还有等待的理由，最怕的是毫无希望的寂寞，那实在太折磨人了。她看庭院，空空如也，甚至荒草漫径，细细密密的心痕，虽不停地缝缝补补，还是那样的痛断肝肠。

“梨花满地不开门”，即是对上句“空欲晚”的承接，又是解答。晚春时节，洁白的梨花盛放之后开始飘落，梨花的香深姿雅，可如今东一瓣、西一瓣，飘零满地，再也没有了枝头随风起舞的娇媚，也没有了蜂飞蝶绕的浪漫。我不想看到如此伤感的情况，更不忍心踩踏零落的花瓣，还是不要开门走出去了。

此句有两层含义：一是落花情景触动伤情之人，不忍相看；二是怕踩踏落花为其新伤，不忍出门。但是此句向来众说纷纭，也有人理解为：无情无绪地关紧门户，仔细推敲都可作为不忍心之解读。

这首宫怨诗，主要描绘的是宫人由于色衰失宠，产生怨怼哀思。开篇以黄昏渲染凄凉氛围，再宫人幽闭金屋触景伤情而落泪；三句以满庭空寂，春色迟暮衬托寂寞难耐，再以落花映射凄惨心境。重叠勾勒，反复渲染，直达人心。

诗中的“寂寞空庭春欲晚，梨花满地不开门”，亦成为千古传颂的经典闺怨佳句，常被人们用于抒发内心寂寞与哀思之情。

白发悲花落

寄左省杜拾遗

［唐］岑参

联步趋丹陛，分曹限紫微。
晓随天仗入，暮惹御香归。
白发悲花落，青云羡鸟飞。
圣朝无阙事，自觉谏书稀。

【注释】

杜拾遗：官职名称，这里指代杜甫。

联步：同行。

丹陛：皇宫的红色台阶，借指朝廷。

曹：官署。

限：阻隔，引申为分隔。

天仗：即仙仗，皇家的仪仗。

惹：沾染。

鸟飞：隐喻那些飞黄腾达者。

阙事：指错失。

上朝的时候，大家虽然步伐整齐地登上红色台阶，但却不在同一个地方办公，我跟你隔着一个宣政殿的距离。清晨，你跟随着皇帝的阵仗去入朝，傍晚的时候，你身上沾染着皇帝朝会时燃放的御炉香气回到家中。

我等到满头都是白发的时候，才悲戚慨叹人生苦短，春去秋来花自凋零，我只有遥望着天空浮动的云朵，艳羡那些能够自由翱翔的鸟儿。可是皇帝圣明所统治的朝纲，大概不会发生什么大事情，为皇帝递上的劝谏奏章，也随着时间的推移，变得越来越少了。

这首《寄左省杜拾遗》是唐代诗人岑参的作品。当年与杜甫同为朝官的岑参，任右补阙，属中书省，居右署，杜甫任左拾遗，属门下省，居左署。两人同为谏官，既是同僚，又是诗友，此诗便是二人唱和之作。岑参在诗中慨叹仕途坎坷遭遇，主要表达的是身处卑微又惆怅国运的复杂心态。

“联步趋丹陛，分曹限紫微。晓随天仗入，暮惹御香归”是对与杜甫同朝为官时生活境况的描写，连续使用“丹陛”“紫微”“天仗”“御香”四个词，表面上是对作为朝官的荣华富贵的一种炫耀，而实际上，揭开这一层荣华富贵的表象，另外一面却是在朝为官这种生活的枯燥无味、死板老套，每天都配合着皇帝，过着诚惶诚恐的日子。

但实际上这些君臣们都没有办过什么轰轰烈烈的大事，更是没有定国兴邦的谏言。讲述这样的内容，意在告诉读者，早早地起来就要去上朝，等到晚上，唯一能够收获的，就是这一天沾染了一点“御香”的味道，证明他们曾经真的来过罢了。

“晓”“暮”两个字意味着这样的生活每天每日都在反反复复地重复着，每一天都过得如此庸碌无聊，而岑参的伟大抱负、建功立业、为国争光的理想，在这种情况下根本就没有办法实现。

“白发悲花落，青云羡鸟飞”则是岑参直抒胸臆的表达，他将自己内心的感受都对老友说了出来，借用这样的一句话，说明自己在朝为官却没有办法实现报国理想，每天重复着无聊生活的悲愤，这种“联步趋丹陛，分曹限紫微”诚惶诚恐的日子，觉得自己好像行尸走肉一样，只是在浪费大好年华，一种烦闷苦恼陡然升腾。

岑参看到天空中自由自在的飞鸟翱翔天宇，心生羡慕，若目前这种死气沉沉、无所作为的生活现状能够改变，他相信自己就有机会实现报国理想，可现实中却只能用诗词纾解郁闷，真是太可悲了。这里是岑参心中对生活现状不满的宣泄，亦是对无法改变现状的一种深深无力感。

本诗采用了曲折隐晦的笔法，寓贬于褒，绵里藏针，表面上是在赞颂当前生活的荣华富贵，炫耀自己入朝为官过得有多么富贵，惹人艳羡。实则是对身世遭遇以及在朝为官却无法发挥价值的不满，只能通过委婉方式抒发内心的悲愤与无奈，所谓英雄无用武之地，应该就是这种心情吧。

“圣朝无阙事，自觉谏书稀”堪称全诗的高潮，表达了岑参的极致愤慨，讽刺了自诩圣明的昏庸统治者，这里的“稀”字指皇帝拒绝进谏，在皇帝看来，没有人进谏自己就是一个明君。岑参通过本诗真正想要反映的，是对唐王朝文过饰非、讳疾忌医的失望心情。

相对于本诗中的“圣朝无阙事，自觉谏书稀”，另外两句“白发悲花落，青云羡鸟飞”，知名度更高一些。

无可奈何花落去

浣溪沙·一曲新词酒一杯

［宋］晏殊

一曲新词酒一杯，去年天气旧亭台。夕阳西下几时回？

无可奈何花落去，似曾相识燕归来。小园香径独徘徊。

【注释】

浣溪沙：唐玄宗时教坊曲名，后用为词调。沙：一作“纱”。

旧亭台：曾经到过的或熟悉的亭台楼阁。旧：旧时。

几时回：什么时候回来。

无可奈何：不得已，没有办法。

似曾相识：好像曾经认识。形容见过的事物再度出现。

小园香径：花草芳香的小径，或指落花散香的小径。

听着新词谱成的新歌，品尝着杯中美酒。去年今日和今年此时，都是相同的暮春气候，就连我们所唱词饮酒的亭台楼阁，居然也是相同的。只是夕阳渐渐落下去，我变得有些伤感，如此日升月沉的光景，不知道经历过多少回了。

花开我喜，花落我伤，花落花开自有时节，正如燕子北回南归，我都没有办法掌控，只是觉得不论是花开花落，还是燕来燕归，我都似曾相识。我独自一人在花丛之间来回踱步，想到时光飞逝，物是人非，心情久久无法平静。

这首《浣溪沙·一曲新词酒一杯》是北宋宰相晏殊的作品，他既是诗词大家，又是当时的散文大家，与其子晏几道合称“大小晏”，可见其文学造诣相当深厚。本词正是晏殊脍炙人口的著名篇章。

浣溪沙本为教坊里演唱的曲名，经过一代代词人的打磨而成为真正的词牌。宋代时将演唱和词紧密结合，表现形式为写词谱曲，以演唱的方式流传，因此源远流长，口口相传，故而宋代的词在历史上达到了鼎盛时期。

从全词来看，主要是感慨抒怀中带有伤春惜时之情，上阕古今结合，叠印时空，下阕借景喻今，表达感伤之意。词风清丽自然，意蕴婉约，深沉启智，耐人之味十足。尤其对人生的深思、时空的描绘十分优美。

“一曲新词酒一杯”，主写对酒当歌的场景，说明当时应该怀着轻松喜悦的心情，醉心宴饮，畅快涵咏。也从另一个侧面反映出当时社会，吟诗对饮是一项主要的娱情遣兴方式，而晏殊作为崇尚文雅的“太平宰相”，生活也十分潇洒安适。

从“去年天气旧亭台”开始转折，晏殊一边听新曲一边饮美酒，突然触发了他对“去年”类似情景的追忆。想来去年也与今日一样的暮春天气，眼前的楼台亭阁也与去年今天是一样的，只是我们今日吟咏的诗词，演唱的曲调与美酒却是新的。

晏殊叹谓的“夕阳西下几时回”，夕阳西下，分明是眼前的景象，几时回，则是他触发的思怀。他既欣喜此刻的美景事物，又感慨过往时光的流逝，甚至觉得过去之美好难以重现，又深觉惆怅。

从这里可以看出晏殊不是在写过往今昔，也不是写目及所处，而是在写人生哲理，从而引发思考。他无法阻止夕阳西下，只好将希望寄予其再次东升，而过往时光里的人与事虽无法重现，却让他无限怀恋。“几时回”后面的问号，有明知时光难返却又企盼时光重返的纤细心态。

“无可奈何花落去，似曾相识燕归来。”人们都知道花凋春逝、时光不再是自然规律，可惋惜不可抗拒，它所承接的是上阕的“夕阳西下”，只是暮春之中花有凋零，却有燕子回巢，好像一位似曾相识的老朋友。

内涵广泛而深刻的意境由此展开，这是对美好的向往。惋惜中带着欣慰，欣慰交织着生活哲理，生活因此变得有滋有味，不会一片虚无。当然其中的“似曾相识”又渗透着对过往的眷恋与怅惘，这是人类一种莫名的复杂情绪，难以说清道明，却被晏殊准确地抓住了。

对于时光的流逝与过往的回忆，对于当下美好的珍惜与未来的展望，这些富含人生哲理的事，让晏殊陷入了更宽广的沉思中，他无法给出更准确的答案，于是便用了“小园香径独徘徊”来描绘这种心情。即他独自一人在花间踱来踱去，心情是久久无法平静的。其中既有伤春胜惜春的慨叹，又隐含淡愁哀情。

全诗以巧夺天工的奇偶句，展现声韵和谐、缠绵哀感的深婉寓意，从写法来看，由工整对仗虚字构成，唱叹传神宛如天成，也是“无可奈何花落去，似曾相识燕归来”成为千古名句的原因。

暗蛩啼处檐花落

点绛唇·呈洛滨筠溪二老

［宋］张元干

清夜沉沉，暗蛩啼处檐花落。

乍凉帘幕，香绕屏山角。

堪恨归鸿，情似秋云薄。

书难托，尽交寂寞，忘了前时约。

【注释】

呈：奉献给。

洛滨：即富柔直，字委申，北宋宰相富弼之孙。

筠溪：即李弥逊，字似之，自号筠溪翁。

暗蛩（qióng）：在暗处藏身的蟋蟀。蛩：蟋蟀。

檐花落：屋檐上的水流下来，在灯光的照映下就像银花一般。

香：蕙香，此指由香炉里冒出的香烟气。

屏山：屏风。

鸿：大雁。

书：信。

尽交：即尽教、听任之意。

清秋之夜，暮色重重，躲于暗处的蟋蟀不停地鸣叫着，仿佛从屋檐前的一片落花之地传过来的。夜色越来越深沉了，越接近帘幕，越能感到寒凉之意，回看室内的香炉里，缭绕的香烟，沿着屏风轻盈地爬上角落。

心中难免怨怼起那些不肯为我传递书信的归来鸿雁，它们情意浅淡得就像秋天薄云般聚难易散。我的书信难寄，只好将心事都交付寂寞，不如忘记曾经与故人许下的旧约吧。

这首《点绛唇·呈洛滨筠溪二老》是宋代诗词名人张元干作品之一。张元干出自书香世家，深受其父熏陶，一生留下 500 余诗词作品。此词准确创作年代已经无从考证，但多数学者据张元干《精严寺化钟疏》一文判断，该词应作于宋绍兴十八年左右。

这首小令词是张元干呈现给洛滨、筠溪两位好友的。洛滨在高宗建炎四年，已经官至端明殿学士签书枢密院事，因坚持抗金被秦桧陷害免职。而筠溪在南宋官至起居郎迁中书舍人，亦因反对秦桧议和被免职。张元干与晚年归隐山中的二老成为好友，常共同出游，吟诗唱和。全词以寓情于景，情景交融的手法，暗喻腐败朝纲，仕途艰难，险恶重重，加之中原失守、光复无望的怅惘情绪。

“清夜沉沉”让人联想到秋夜幽静，寒意逼人的感觉，“暗蛩啼处檐花落”，动静与虚实完美结合，增加词中意趣，其中“啼”“落”两字运用得相当巧妙。在雨檐滴水的深秋晓夜，蟋蟀的鸣叫与雨声构成一曲悦耳的天籁之音；“暗”“花”又形成了色彩的鲜明对比，这里的“花”，指通过窗子透到室外的灯火烛光，打在房檐滴雨上映衬出来的明亮光影。

接承前词的景致铺垫，张元干巧妙地将视线从户外移至室内，于是便有了“乍凉帘幕，香绕屏山角”两句，让人切实地体会到连绵秋雨如何的寒凉，即使门窗都垂着帘幕，凉意还是那么地重。在远离帘幕的同时，他看见香炉烟缕轻盈飞升，最后将视线落在轻烟萦绕的屏风一角。这些细致入微的生动刻画，将人的视听触三种感觉融入其中，只说清秋景却道清秋冷，渲染出一种孤独凄寂之感。

随后张元干以“堪恨归鸿，情似秋云薄”表达心音，来倾吐那一种蕴藏在灵魂深处的思绪。这里的“归鸿”亦代表传递书信的使者，使者的情意像秋天的云彩一样清浅淡薄，显得那么不近人情，让人越发觉得可恨。此句埋怨归鸿情薄，实则暗喻炎凉世态与人情冷暖。

古代文人墨客喜用“鸿雁传书”典故，因此“堪恨归鸿”典出极多，在意境方面，此诗与李清照在《念奴娇》中的“征鸿过尽，万千心事难寄”相近，只是张元干的“恨”比李清照的“恨”来得更浓烈一些。

熟悉杜甫诗作，更可体会“秋云薄”之意。杜甫在《秋霁》中有诗云：“天际秋云薄，从西万里风。”若这句意境还显隐约晦暗，那么再读读朱敦儒的《西江月》，诗中“世事短如春梦，人情薄如秋云”则是相当直白了。

“书难托，尽交寂寞，忘了前时约”是承接前词的“堪恨”，书信难以寄出，心事无所依托，只能孤寂等待，与故人的旧时之约也只好忘却了罢。这里的故人当然是指张元干的两位好友，洛滨和筠溪二老了。

词中后半部分中的归鸿情薄，也是有着极深寓意的，并非归鸿疏于传书，而是金兵占领了中原腹地，张元干将难言苦楚的万千心事皆归咎“堪恨归鸿”，实则是忧国忧民的一种情绪寄托。这种家国情怀，在他的《兰陵王》词作中“塞鸿难托，谁问潜宽旧带眼”亦有体现。

整词用词凝练、疏隽意美，情切动人，风格委婉中不失苍劲笔力，深蕴爱国情怀，寓意深厚。若将此词当作相思难寄来解，那就太小家碧玉了，它的格局更在于对国家忧患、中原光复的渴盼。

诗中的“暗蛩啼处檐花落”“堪恨归鸿，情似秋云薄”句子，都成为后人所熟知的名句，多被冠以瞻首佳典，广为流传。

飞花令里品诗词
春

春花秋月何时了

虞美人·春花秋月何时了

［唐］李煜

春花秋月何时了？往事知多少。

小楼昨夜又东风，故国不堪回首月明中。

雕栏玉砌应犹在，只是朱颜改。

问君能有几多愁？恰似一江春水向东流。

【注释】

虞美人：原为唐教坊曲，后用为词牌名。又名《一江春水》《玉壶水》《巫山十二峰》等。

了：了结，完结。

故国：指南唐故都金陵（今南京）。

砌：台阶。

应犹：一作“依然”。

朱颜改：指所怀念的人已衰老。朱颜，这里指南唐旧日的宫女。

君：作者自称。

能：或作“都”“那”“还”“却”。

从前春花秋月一般的时光，总是匆匆流过，好像倏然而逝。但是今年好像变慢了，究竟什么时候才可以过去呢？过往的事情，我到底还能记住多少呢？昨天晚上，楼阁之上又吹了一夜的春风，皓月当空，清冷的光辉洒向人间，在这茫茫的夜色之中，回忆故国的伤痛是没有办法承受的啊。

虽然那些精雕细刻的栏杆，还有玉石打造的台阶，都完好如初的样子，但是我所怀念和喜欢的红粉佳人，容颜却已经不再年轻，变得衰老了许多。如果有人问我，心里究竟装了多少愁绪？应当就像那滚滚东流的长江，春水汤汤，无穷无尽啊。

这首《虞美人·春花秋月何时了》是南唐后主李煜代表佳作之一。李煜贵为南唐最后一位皇帝，一生文学造诣颇高，却真心不是一个当皇帝的“材料”，宋太祖开宝八年，宋军攻破南唐都城金陵，他的投降标志着南唐的彻底灭亡。

此后三年，李煜一直处于被宋太宗幽囚中，他更加怀念故国，万分后悔错杀忠臣，还将心思表露在词作中。虽然他以降君身份多活了几年，最终还是未逃过被宋太宗毒死的命运。死前不久留下本诗以及另一首脍炙人口的佳词《浪淘沙·帘外雨潺潺》。

纵观全词，不仅语言十分清新优美，用词造句十分凝练明净，李煜为了更好地表达真实情感，采用了多种写作手法，比喻、比拟、对比，乃至设问均运用得十分娴熟。他时而将愁绪抽象化，时而又形象化，让读者更能体会到他当时的心情。

开篇首句“春花秋月何时了”，人们向来用“春花秋月”比喻美好的光景，但是李煜此时已沦为阶下囚，他盼望这样的日子早些结束，读来不免让人唏嘘不已。

“往事知多少”，李煜作为国君，如今国家灭亡，自己也身陷囹圄，回首往事，不禁感慨万千。不过他并不是明君，不仅骄奢淫逸、沉迷美色，而且还滥杀无辜，残害了不少忠良。所以如今落得如此下场，他心中除了悲凉，自然也十分后悔。

“小楼昨夜又东风，故国不堪回首月明中”，“东风”的到来告诉人们，春天已经到了。春天原本是象征着希望的季节，但是却让李煜愈发心痛，他甚至不敢回首往事。孤独的夜晚，感受着春风的到来，望着天上的明月，不禁悲从中来，这种精神上的折磨，恐怕比身体上的痛苦要更为可怕。此处的“又”字，表明此情此景，已重复多次，对于李煜而言，时间已经没有了意义，苟活其实就是一种折磨。

“雕栏玉砌应犹在，只是朱颜改”，故国的一切，似乎都依然保存着，华丽的宫殿依然矗立，只不过里面的宫女们，早就已经不是当初的人儿了。这两句，其实暗含了山河虽然未变，但是掌权人已经易主了的悲哀。李煜通过对比，将美好的事物和如今的物是人非做比较，将郁积于心的多种复杂愁绪全部抒写出来，悲凉之情溢于言表。

“问君能有几多愁？恰似一江春水向东流”，李煜在这里虽然没有精准点出内心忧愁有多少，却运用设问法，将满腹愁绪比作长江东流水，十分形象。春水是运动的，暗喻他的愁绪是波动起伏的，非常的悠长深远，汹涌翻腾，其力度和深度不言而喻，引人深思，带领读者产生情绪共鸣。

作为中国古代帝王词作，本词拥有厚重的历史背景与文化积淀韵味，非常值得品赏。向来历史上的帝王诗作，即使失律失韵还是会受到人们关注。当日汉高祖刘邦写的《大风歌》，以其“大风起兮云飞扬”直抒胸臆，气势雄浑，格调高昂，但他毕竟文学成就有限。历代帝王中才气最高的，就是这位“好声色，不恤政事”的国君李后主了。

李煜在这曲生命哀歌中，形象地刻画出强烈的故国之思，达到了惊天地泣鬼神的艺术效果，真可谓后主之词，以血泣书者。其知名度高到可入选古今百首经典诗词大选集，整词全部都是千古佳句，十分罕见。

城春草木深

春望

［唐］杜甫

国破山河在，城春草木深。

感时花溅泪，恨别鸟惊心。

烽火连三月，家书抵万金。

白头搔更短，浑欲不胜簪。

【注释】

国：国都，指长安（今陕西西安）。

破：陷落。

山河在：旧日的山河仍然存在。

城：长安城。

草木深：指人烟稀少。

感时：为国家的时局而感伤。

溅泪：流泪。

恨别：怅恨离别。

烽火：古时边防报警的烟火，这里指安史之乱的战火。

三月：正月、二月、三月。

抵：值，相当。

白头：这里指白头发。

搔：用手指轻轻地抓。

浑：简直。

欲：想、要、就要。

胜：受不住，不能。

簪：一种束发的首饰。古代男子蓄长发，成年后束发于头顶，用簪子横插住，以免散开。

战争打破了京城的宁静，长安沦陷，国家破碎，危机重重，只有祖国的江山河川依旧傲立着；转年的春天，长安城里因为人烟稀少，草木变得异常茂密。我感伤国事，常常不禁涕泪四溅，就连鸟儿的鸣叫听着也让我心惊，这一种衰败景象，徒增人们的离愁别恨。

安史之乱的战火已经连绵不断地延续了半年多，我与家人也在战乱中走散了。历经离乱，消息难觅，若可与家人往来书信，不惜花上万两黄金。我被忧思反复纠缠折磨着，经常搔着白发担忧国家何时才能安定，担心家人是否仍然安在。我头发因此变得越来越稀疏，已经短到都没有办法牢固地插上骨簪了。

这首《春望》是晚唐时期“诗圣”杜甫的千古名作。公元756年六月，叛军攻下长安，唐玄宗逃亡蜀地，唐肃宗仓促继位。杜甫心系报国，独身投奔新皇，不幸半途被俘，押解长安；幸运的是他官职卑微，对叛军无利用价值，捡回一条性命。杜甫出狱后看到长安一片颓败衰黄之景，悲从中来，于是作下此诗。

“国破山河在，城春草木深”，主写战争带来的伤害。饱受战火摧残的国都沦陷了，长安城池变得破落不堪，剩下残垣断壁。山河依然还是那个山河，可国家危难，黎民遭殃，物是人非后，万物复苏的春天也没有了生机勃勃的样子。

原本明媚的春光，似乎也因战乱消失得无影无踪。整个长安城四处杂草丛生，林木荒芜，人迹寥寥。置身于这片荒凉凄惨的气氛中，杜甫睹物伤感，又想到自身处境、国家未来，不禁更感无力和悲苦。

“感时花溅泪，恨别鸟惊心”，意指花鸟原本没有感情，不会流泪，这里是杜甫拟人化的写法。残败的国家与春天的花儿形成鲜明对比，让人不禁潸然泪下。沐浴在春光下的鸟儿，鸣叫声多以欢快比喻，但此刻杜甫听来也觉得格外心惊胆战。欢快的鸟鸣与内心的惊颤也是鲜明对比，让人人不比花鸟，永远不能无忧无虑，国破家亡的惨状，百姓难以承受。思念家人，忧伤国事，未来就如同迷雾一般，灰蒙蒙一片，什么都看不清。也或许，根本就不存在着光明和未来，杜甫在这里，依然表达着异常沉重的愁绪和悲痛。

“烽火连三月，家书抵万金”，是说战火绵延不绝，战事愈发紧张，已经打了半年多，依然没有休战迹象，甚至未来还要持续很久。杜甫本欲报效国家，却被叛军俘获，迫于形势与家人分离，无法回到家人身边，就连书信往来都难以实现。

希望与家人团聚的何止杜甫一人，所有饱受这场战乱迫害的百姓们，都是一样的焦虑心情。所以杜甫用“家书抵万金”表达憎恶战争，向往和平的心声，这不仅仅是他个人的期望，也是所有处于战争险境者的共同希冀。

“白头搔更短，浑欲不胜簪”，国愁家愁，焦躁愤懑，面对凄惨之景，只能徒伤悲。青丝好像很快就变成了白发，似乎也稀疏短浅了一些，就连骨簪都没有办法插上去了。不仅只有岁月才会催人老，国破家亡、战乱分离，也会让人一夜衰老?

杜甫处于特殊的历史时代，他目睹了唐朝由盛转衰的过程，这种巨大的落差，使得他的诗句中，往往都含有浓重的悲情主义色彩，让人不禁为其感到哀伤和动容。

虽然相隔时间久远，但通读全诗仿佛可以跨越千年时光，亲眼看到长安都城的惨淡光景。诗句含蓄凝练，言简意赅。情与景层层递进，深深交融，引出一个让人深思和共鸣的悲苦境界。杜甫诗作特点在于“沉郁顿挫”，本诗就是典型代表，可谓全诗皆为千古佳句，广为人们传颂。

满城春色宫墙柳

钗头凤·红酥手

［宋］陆游

红酥手，黄滕酒，满城春色宫墙柳。

东风恶，欢情薄。一怀愁绪，几年离索。

错、错、错。

春如旧，人空瘦，泪痕红浥鲛绡透。

桃花落，闲池阁。

山盟虽在，锦书难托。

莫、莫、莫！

【注释】

钗头凤：词牌名。原名“撷芳词”，又名“折红英”。

黄縢（téng）：此处指美酒。宋代官酒以黄纸为封，故以黄封代指美酒。

宫墙：南宋以绍兴为陪都，绍兴的某一段围墙，故有宫墙之说。

东风：喻指陆游的母亲。

离索：离群索居的简括。

浥（yì）：湿润。

鲛（jiāo）绡（xiāo）：神话传说鲛人所织的绡，极薄，后用以泛指薄纱，这里指手帕。绡，生丝，生丝织物。

池阁：池上的楼阁。

山盟：旧时常用山盟海誓，指对山立盟，指海起誓。

你细腻红润的手心里，捧着一只精美的杯子，里面装满了黄縢酒。美丽的春天已经来临，到处都荡漾着春风的气息，但此刻的你，好比那宫墙之内的高高在上的杨柳，看起来遥不可及，让人无法触碰得到。春风实在太可恶了，将我们曾经有过的欢情，一一吹散在风中，变得稀薄不堪。你手中的黄縢之酒，如同我如今的一腔愁绪，在离别的岁月里，我独自品味着一切萧索和种种痛苦。错、错、错。

春天的景色依旧像往常一样美丽，想必你也同我一样，因为相思之苦而变得日渐消瘦吧。看你的脸上，胭脂水粉都被泪水洗净了，你手上那块绸缎手帕，也被泪水全部打湿了。池塘上的楼阁，寂静而空旷，如今落满了春天凋落的桃花，显得更加凋零清冷。我们之间山盟海誓的誓言虽然还在，但是却无法将锦书交给对方。莫、莫、莫！

这首《钗头凤·红酥手》是宋代大诗人陆游的代表作品之一。陆游衷心爱国，中年从军，官至宝章阁待制，晚年回乡，留下丰富的文学作品。史料记载他与表妹唐婉本是一对深情伉俪，两人举案齐眉，相敬如宾。唐婉系出名门，自幼诗才出众，与才华横溢的陆游简直天造一对，地设一双。旧时包办婚姻也能如此幸福的并不多见，可陆游母亲担心儿子前途荒废，逼迫陆游另娶，两人对此无力回天，悲痛不已，最终唐婉改嫁赵士程。

七年后陆游在沈园与唐婉夫妇巧遇，四目相对，百感交集。唐婉征得赵士程同意，向陆游敬了一杯黄縢酒。段段往事浮上两人心头，陆游在园壁上留下此词，唐婉也以同曲牌之词相和，不久便香消玉殒。陆游常去沈园凭吊，终生未忘此情，留下无数感人诗篇。

“红酥手，黄縢酒。满城春色宫墙柳”，陆游写“红酥手”，实指唐婉为自己倒酒时的美姿，也暗喻唐婉是一个温柔善良的女子。“黄縢酒”是唐婉递过来的敬酒，红对黄，增强意境。接下来他又描绘了一幅空间范围很广的春日画卷，“满城春色”即指沈园春景，也指园中有了唐婉这样的美女而处处生辉，“宫墙柳”暗指唐婉虽立在眼前，却如遥在天边，无法碰触。

“东风恶，欢情薄”，陆游写完春景，笔锋一转，开始讲述与唐婉无奈别离之后的悲恸心情。“东风恶”巧妙双关，温柔多情的东风可吹生天地万物，凛冽无情的东风，却会将一切美好春景破坏殆尽。“恶”在此处是象征两人爱情婚姻所遇到的种种阻力。

“欢情薄。一怀愁绪，几年离索”，陆游原本和唐婉夫妻恩爱，生活美满，却因陆母阻挠被迫离散。正如凛冽而无情的东风，吹散漫天春花一样，将他们人生中最大的幸福彻底吹散了。陆游接连用了三个“错”字，强烈而直接抒发胸臆，表达了分离是种错误，更饱含自责悔恨情绪，给人留下无限的想象空间。

“春如旧”，是承接上阕对春色的描写，虽然春天景色未变，但人却已经变了。“人空瘦”说明为情所困的，并不是他一人而已，离别的愁绪折磨的是两个人。“泪痕红浥鲛绡透”这里描写了唐婉的面部表情，相爱的人跨越时间长廊，再次相逢，燃起强烈的思念旧情，必然伤心落泪。出于对唐婉的尊重和身份的不便，陆游通过侧面描写表达此意，一个“透”可见哭得十分伤心。

“桃花落，闲池阁”，两句对偶相照，以景寄情，隐含凉薄世情；后半句是陆游凄寂冷落的心境流露。整句意指唐婉如桃花一样美丽，却被无情的“东风”摧残得憔悴消瘦，陆游因为怜惜往日爱侣而心情抽痛。

“山盟虽在，锦书难托”，陆游在此表明心意，天荒地老此情不改，却无法向心爱的人表达出来，如万箭穿心，无限悲哀。随后便是三个“莫”字，既增加情感，又仿佛在劝自己，事已至此于事无救，越是感慨越是伤怀。情犹未尽，却事已终了，其沉痛喟叹无可名状！

陆游以此词表达与唐婉相爱不能相守的爱情悲剧，针对旧情着重写眷念与思恋。对比手法精妙，感情淳朴真挚，结构紧凑，节奏自如。痴情汉和有情女，让人心痛惋惜，不禁悲从中来。

这首催人泪下的作品，内容与形式实现了完美统一，具有极高的艺术鉴赏价值，全词均为千古佳句，其中“东风恶，欢情薄”意义更深，可谓核心，陆游爱情悲剧正源于此。

池塘生春草

登池上楼

［南北朝］谢灵运

潜虬媚幽姿，飞鸿响远音。

薄霄愧云浮，栖川怍渊沉。

进德智所拙，退耕力不任。

徇禄反穷海，卧疴对空林。

衾枕昧节候，褰开暂窥临。

倾耳聆波澜，举目眺岖嵚。

初景革绪风，新阳改故阴。

池塘生春草，园柳变鸣禽。

祁祁伤豳歌，萋萋感楚吟。

索居易永久，离群难处心。

持操岂独古，无闷征在今。

【注释】

池：谢灵运居所的园池。

潜虬（qiú）：潜龙。

幽姿：潜隐的姿态。这里喻隐士。

鸿：能高飞的雁、鸿鹄等大鸟。

远音：鸿飞得高，鸣声传得远。喻有所作为的人。

怍（zuò）：惭愧。

徇（xùn）禄：追求俸禄。

卧疴（kē）：卧病。

衾（qīn）：被子。

褰（qiān）开：拉开，指拉开窗帘。

岖嵚（qūqīn）：山岭高耸险峻的样子。

绪风：冬日残余的寒风。

群：朋友。

处心：安心。

无闷：没有烦闷。

深潜于浩瀚海洋中的蛟龙，姿态妙不可言，鸿鸟振翅高飞，声音嘹亮高昂。我多么期望在天空中驻足停留，但是却有愧于空中的飞鸟，我又想寻一处幽静的山谷，寄居于其中，可是这样还是对处于深渊的蛟龙深感愧疚。我想要修习品德，但才智难以企及，想要归隐田园，日出而作，日落而息，但是心有余而力不足。海边偏僻，树木萧索，我之所以来到这里当官，只是为了追求俸禄。

季节交替变换，而我日日蒙头昏睡，浑然不知。恍然间打开窗户，向远处眺望。侧耳倾听，是流水潺潺波动之声，举目远望，是巍峨高耸的山岭。残留的冬风，已被春日的阳光赶走，冬天阴冷的气息，也已经被暖阳所更替。春草在悄然之间，已遍布池塘，栖息于园中柳条上的虫子，不仅变换了种类，连声音也变了。

我忽然想起《采蘩祁祁》这首诗，真是愈发让我觉得悲愤，还有“春草生兮萋萋”这首楚歌，也同样让我觉得感慨万分。哀叹孑孑的独居生活，时间漫长难熬，而我离开人群，处境孤独而艰难，让我日日心生不安。坚守节操，不仅仅是古人才会去做的事情。直到今天，我才切身体会到了所谓的“遁世无闷”。

这首《登池上楼》是南北朝时期大诗人谢灵运的作品。宋武帝永初三年，谢灵运政治生涯遭受巨大打击，从京都被驱逐至永嘉郡任太守，那里异常偏僻，他心情抑郁不振，首冬便卧床不起，转年春天才逐渐痊愈。本诗正是他身体好转之时登上高楼，远眺景物，抒发满腹愁绪。

前面谢灵运以孤芳自傲的生活态度，暗示奋斗不息的人生境界。借物托志，表达内心真实想法。“卧疴对空林”之后，紧接着又写到，“衾枕昧节候”，无缝衔接，非常自然，卧床不起，甚至都忘了时间，不知早已是冬去春来。

通过对“倾耳聆波澜，举目眺岖嵚”等句细腻深刻的笔触，可以看出谢灵运对春光的喜爱。明媚春光赶走了冬日阴霾，不仅描绘出景色的生机盎然，更抒发了内心对未来的一种渴望。

从“池塘生春草，园柳变鸣禽”之后的句子，表面上是在描绘江南明媚的春景，但其实是运用对比的写法，表明了谢灵运内心的晦暗和苦楚。古往今来，文人墨客，只要心中怀有志向，在前行的路途中，总免不了有失意的时刻。

谢灵运对景物描绘的功力，在此诗中被发挥到了极致，足以证明他开创田园诗派的能力了，本诗围绕登池上楼这一事件，抒发内心种种复杂情绪，表达出独居异乡，前途未卜，愁苦郁闷的心情。巧妙之处在于他将景与情完美结合，给人一种浑然天成的感觉，全诗亦有为追求对仗使诗句显得过于重复的弱点。

多情只有春庭月

寄人

［唐］张泌

别梦依依到谢家，小廊回合曲阑斜。

多情只有春庭月，犹为离人照落花。

【注释】

谢家：泛指闺中女子。晋谢奕之女谢道韫、唐李德裕之妾谢秋娘等皆有盛名，故后人多以“谢家”代闺中女子。

小廊：指梦中所见景物。

回合：回环、回绕。

阑：栏杆。

多情：指梦后所见。

在与你离别之后，我午夜梦回之时，隐约走到你家庭院里的小回廊中，想当年我们总是徘徊在回廊的栏杆边，相谈甚欢的模样，我始终不能忘记。如今，那里旧时景致依然，而我却再也没有遇到你。梦中千百次地徘徊，只见回廊，不见佳人，我相思无望，只能追忆无门。

别梦难寻，徒然惊醒。我在这春梦了无痕的夜晚仰天长叹，看见一轮皎洁圆月当空而挂。皓月清晖正照耀着庭院里飘落的繁花，一如曾经温柔临照枝上芳菲的模样，似乎它还没有忘记曾有一对爱侣在这里结下过情缘。大概春月最是多情，能够理解孤独离人的深沉思念。

这首《寄人》是唐代诗人张泌的作品。张泌是五代后蜀花间派代表词人之一，其词用字工炼，章法巧妙，描绘细腻。他曾经与一个女子相爱，两人分手后始终难忘。由于封建礼教阻隔，他无法直接倾诉内心情感，于是借诗抒怀，委婉表达相思之情，希望那位女子能够了解自己情意，因此写下本诗。

全诗讲述了一段张泌在女子离开之后午夜梦回，百转千回，不论是梦中所见，还是入梦的理由，都是张泌对这个女子深深的相思之苦，想见不能见才是最痛的领悟，而这刚好是张泌想念女子的痛苦难耐，想要将这苦闷的情怀告知那位苦苦寻找的女子。

梦醒之时那明月依然在多情地陪伴，时光已经过去，月光却还记得那温馨场景，似有一些对女子的埋怨感觉，梦醒花落，却依然有那多情的月光照射，透露出的是张泌想要问候对方是否安好的心思。

“别梦依依到谢家，小廊回合曲阑斜”，开篇张泌从梦境开始讲述，梦中他来到一位女子家中，在曲径通幽的回廊里徘徊，追忆着与心上人相谈甚欢的过往。从诗意表面来看，女子娘家也许姓谢，也许是其他姓氏。因为这里的“谢家”，在古代通常是女子姓氏的代称，典出东晋才女谢道韫。

他绕遍回廊，倚尽栏杆，眼前景致依旧，唯独不见所思之人。此刻曲折的栏杆还留有自己的手迹，如此触景生情的描写，进一步渲染女子离去后，思念尤甚的现状，为下面的诗句做了丰满的铺垫。

日有所思，夜有所梦，相思之意托梦境言起，最为恰当。其实以梦托相思的写法，并非张泌独创，苏轼在《江城子·乙卯正月二十日夜记梦》中就写到“夜来幽梦忽还乡，小轩窗，正梳妆”。

而北宋词人周邦彦在《玉楼春》中也写道：“当时相候赤阑桥，今日独寻黄叶路。”都是强调物是人非的依恋之情。前两句主写惆怅梦境，忆旧游的往日欢情，诉如今的别后相思，百转柔肠，点点和泪滴。

“多情只有春庭月，犹为离人照落花”，仍是借物寄情的写法。无论现实还是梦境，都找不到日思夜想的佳人，此时两手空空的张泌，心情相当忧郁。抬头感叹命运之时，突然看到皓月当空，洒晖于庭院中片片落花之上。

作为枝上芳菲的繁花，此时虽然遗落，可明月不管花开花落，都被皓月如此温柔地临照着，似乎并未忘记有一对爱侣曾在花下许过相守承诺。

这里也有另一重引申含义，张泌梦中并无春情，夜半寒凉，其月光想必定是清冷幽晖的，洒进庭院照亮地上飘落的片片繁花，只能将原本娇艳的花色折射出清幽的寒光，不会显得特别温柔。张泌言春月多情，实则以拟人手法表达自己被佳人遗忘，月亮都不忍心，开始怜惜自己。

张泌运用富有典型意义的景物描写，小廊曲栏、明月落花，为全诗营造了婉约的意境，表达含蓄而深厚，其中藏着的难言情思与怨怼，十分动人心弦。“多情只有春庭月，犹为离人照落花”，古人在表达相思之情时就多半引用该句，如今更是成为人们表达情场失意时的首选佳句。

溶溶春水浸春云

浣溪沙·湖上朱桥响画轮

［宋］欧阳修

湖上朱桥响画轮，溶溶春水浸春云，碧琉璃滑净无尘。

当路游丝萦醉客，隔花啼鸟唤行人，日斜归去奈何春。

【注释】

浣溪沙：词牌名，本唐教坊曲名，又名《浣沙溪》《小庭花》等。

朱桥：栏杆朱红的桥。

画轮：指有彩绘的豪华车子。

溶溶：指水盛貌。

浸：这里指倒映。

碧琉璃：指湖水似绿色的玻璃。

游丝：春日里昆虫吐出的细丝。

萦：萦绕，留住之意。

醉客：指陶醉在美景之中的游人。

奈何春：对春天终将过去无可奈何。

朱桥横亘在湖面之上，游客乘坐着豪华的车子，车轮轧在桥面上，不断地发出辘轳声。湖面上碧波阵阵，池水盈盈，天空中柔美的白云，倒映在湖面之上，留下好看的剪影。湖面异常平静，没有一丝波澜，就好像是绿油油的玻璃，干净、平滑，而且没有一丝一毫的灰尘。

春日里昆虫吐出的细丝，挡住了道路，就好像是要留住陶醉在美景之中的游人。鸟儿在花丛之中蹦来蹦去、叽叽喳喳，就好像是召唤过往的行人。山水湖光、醉人春色，看起来是如此的迷人，一直到夕阳西下，天色暗淡下来，游客们才无可奈何地离开，看起来十分恋恋不舍。

这首《浣溪沙·湖上朱桥响画轮》是北宋政治家、文学家、史学家欧阳修的作品。欧阳修是“唐宋八大家”之一，亦与韩愈、柳宗元、苏轼并称“千古文章四大家”，文学造诣相当深厚。

欧阳修曾任颍州知州，经常与友人坐着小船，一起游览西湖，被眼前美景触动，于是写下这本词。古时文人墨客多爱游历唱咏自然景物，欧阳修便是其中之一，留下诸多佳作，成为后世的宝贵精神遗产。

“湖上朱桥响画轮”是指游客们乘坐的游船相当豪华，湖边桥梁也装修着朱红色的栏杆，桥上更有马蹄声和车轮响，好一幅热闹喧嚣的春日出游的场景啊。欧阳修在首句，便以“朱桥、画轮”这些别具华丽的字眼，让读者感受到非常热闹的场景，而且用

“响”这样的声音，形象地传达出静中有动的场景效果，显然字字句句都经过雕琢和打磨。

“溶溶春水浸春云”这句里面，很多字都用得很精妙，比如云朵应是倒映在湖面之上，欧阳修则用一个“浸”字增加真实感，暗示水中的云并非虚幻之影，而是真正云彩，同时也说明湖水的清澈与透明。短短一句话就将一幅曼妙画卷，在读者眼前渲染开来。

春水不但清澈，而且柔和，水里面倒映着云儿，所以天空、水以及云彩都聚集到了一起，给人一种十分舒适的感觉。这里的两个“春”字不是欧阳修的疏忽，而是故意强调，让人切实感受到春天带来的舒爽。

“碧琉璃滑净无尘”运用的是比喻手法，欧阳修将西湖平静的水面比作光洁平滑的琉璃。再次强调春日西湖的平静柔和，让游客享受到极致的美景。

“当路游丝萦醉客，隔花啼鸟唤行人”两句则是工整对偶，不论春天景色，还是赏春游客，二者相辅相成，互为衬托。大好春光想方设法地挽留游人脚步，游人则对醉人美景依依不舍。

欧阳修为“游丝、啼鸟”赋予了浓厚感情，表达它们希望挽留美景与游客的心情。一个“醉”字，暗示游人把酒言欢，开怀尽兴畅饮的样子，说明大家已经完全沉浸于春景之中。

“日斜归去奈何春”向来被世人所传颂，尤其“奈何春”写得非常妙。时间飞逝，即便春日再美，也总会有流逝的那一刻，这是所有人都无可奈何之事，情绪也由欢快欣喜变得些微惆怅低沉。全词深层含义直指悲欢离合，聚散人生，天下无不散宴席。

此词虽然表面上抒发了对美好春光的眷恋，同时也暗含了淡淡的哀思，艺术价值非常高，能够给读者无限的想象空间。其中

"日斜归去奈何春"成为世人感叹春光易逝，应该珍惜时光的经典佳句。

病树前头万木春

酬乐天扬州初逢席上见赠

［唐］刘禹锡

巴山楚水凄凉地，二十三年弃置身。
怀旧空吟闻笛赋，到乡翻似烂柯人。
沉舟侧畔千帆过，病树前头万木春。
今日听君歌一曲，暂凭杯酒长精神。

【注释】

酬：答谢，酬答，这里是指以诗相答的意思。用诗歌赠答。

乐天：指白居易，字乐天。

巴山楚水：泛指四川东部、两湖一带。古时前者隶属巴国，后者隶属楚国。

弃置身：指遭受贬谪的诗人自己。置：放置。弃置：贬谪（zhé）。

怀旧：怀念故友。

闻笛赋：指西晋向秀的《思旧赋》。

翻似：倒好像。翻：副词，反而。

烂柯人：指晋人王质。

沉舟：这是诗人以沉舟、病树自比。

侧畔：旁边。

歌一曲：指白居易的《醉赠刘二十八使君》。

长（zhǎng）精神：振作精神。长：增长，振作。

巴山楚水是个凄凉的地方，我在这里默默谪居了二十三年，度过了二十三年孤寂沦落的光阴。我怀念昔日旧友，但回来时已物是人非，我像个烂柯之人，徒然吟诵闻笛小赋，空自惆怅不已。原来我久谪归来，这里已经不是旧时的光景了。

在沉船的旁边，我看到正有千万艘船竞相驶过；在病树的前头，我看见有千万的树木在竞相争春。今天听了朋友为我高唱的这支歌曲、吟诵的这首诗篇，我暂且借这杯美酒，振奋一下自己的精神。

这首《酬乐天扬州初逢席上见赠》是唐代著名诗人刘禹锡的作品。刘禹锡为中山靖王后裔，官至监察御史，曾因支持政治革新数度被贬谪。他一生诗风豪放，也是当时的文学家、哲学家，平常与白居易私交甚密。

唐敬宗宝历二年冬，被贬多年的刘禹锡应召回京，途经扬州时与同样遭遇贬谪过的白居易偶遇。昔日好友再次相逢，相同政治抱负和相同的遭遇，使他们更加惺惺相惜，酒宴之中两人相互鼓励，并以诗作《醉赠刘二十八使君》相赠，刘禹锡便写下此诗回赠，诗中对世事变迁和仕宦升沉的豁达襟怀，表现了他的坚定信念和乐观精神，诗情跌宕起伏，于沉郁果见豪放，同时暗含哲理，表明新事物必将取代旧事物，为酬赠诗中的佳品之作。

“巴山楚水凄凉地，二十三年弃置身”，这是刘禹锡对白居易“亦知合被才名折，二十三年折太多”诗意的对接，重点在于抒怀。毕竟刘禹锡谪居巴山楚水这个荒凉之地已有二十三年，白居易记得这么清楚，他心中非常感动。

“巴山楚水”是指四川东部和两湖地区，前者古时隶属巴国，后者隶属楚国。刘禹锡被贬到边远地区，故此以“巴山楚水”泛指。“二十三年”，是指刘禹锡从被贬为连州刺史至重新应召回京共计二十二年，因路途遥远第二年才抵京，前后共二十三年。

从两个文坛老友兼政治盟友你来我往的赠诗中，足见他们既相互同情，又十分敬仰对方才气，诗词当中集同情、赞美为一体，言辞婉约清丽，表达颇见文学功力。

“怀旧空吟闻笛赋，到乡翻似烂柯人”，刘禹锡自然继续抒发感慨，此番回来人事全非，恍如隔世，旧日光景已不见了。意指这次回来发现许多原来的旧相识、老朋友都离世，连最后一面都没见到，他只能徒然吟诵“闻笛赋”悼念好友。

“闻笛赋”典出《思旧赋》，三国曹魏末年司马氏篡权，遭到嵇康、吕安反对被杀害。他们的好友向秀，经过两人旧居时，听到邻人吹笛悲痛不已作下该赋以示追念。在这里刘禹锡怀念的是已故的王叔文、柳宗元等人。而王叔文就是当年刘禹锡革新党派首要人物，柳宗元则是“唐宋八大家”之一。

“烂柯人”典出“王质烂柯”的故事，“柯”是指斧柄。相传晋人王质入山砍柴遇两童子下棋便观战。棋局人散时，王质的斧柄早已朽烂，回村他方知百年已过，相识旧友多亡故。这里刘禹锡借典抒发自己谪居巴山楚水凄凉地二十三年的慨叹。也是对暮年返乡，世事沧桑的暗喻，他此番回归面对生疏人世，老友故去，心中怅惘。

“沉舟侧畔千帆过，病树前头万木春”，是刘禹锡应和白居易诗句“举眼风光长寂寞，满朝官职独蹉跎”，又与其“命压人头不奈何”“亦知合被才名折”相呼应。白居易为刘禹锡打抱不平：同辈人都升迁了，只有你还在荒凉之地虚度寂寞年华。刘禹锡在酬诗中，以沉舟、病树自喻，意指虽屡遭贬低，但新人辈出也令人欣慰，表现豁达胸襟。

“今日听君歌一曲，暂凭杯酒长精神”，将上两句伤感低沉的情调，转折为鼓励豁达的氛围，既表达了酬谢白居易题意，又表达了一起努力加油的意思。诗中怨愤之气消散，更多的是劝慰、鼓励、振奋。告诉白居易不必为自己的寂寞、蹉跎而忧伤，贬谪二十多年他并未消沉颓唐，诗意深刻，让人敬佩。

本诗是刘禹锡与白居易友谊的见证，其中“沉舟侧畔千帆过，病树前头万木春”使全诗感情得到升华，成为被千古传诵的佳言警句。本诗中的“巴山楚水”也被喻为“最凄凉的水”。

飞花令里品诗词
水

水带离声入梦流

魏城逢故人·绵谷回寄蔡氏昆仲

［唐］罗隐

一年两度锦城游，前值东风后值秋。
芳草有情皆碍马，好云无处不遮楼。
山将别恨和心断，水带离声入梦流。
今日因君试回首，淡烟乔木隔绵州。

【注释】

绵谷：地名，今四川省广元县。

蔡氏昆仲：罗隐游锦江时认识的两兄弟。昆仲，称呼别人兄弟的敬词。

锦城：又称锦里、锦官城，故址在今四川省成都市南。

值：适逢，这里作“在”字解。

东风：这里指刮东风的时候，指代春天。

碍马：碍住马蹄。

离声：别离的声音。

因君试回首：一作“不堪回首望”。君，指作者遇见的故人。

我在一年之中，曾经两次前往锦城游赏风景；第一次去的时候，沐着温柔的春风，第二次去的时候，迎着凉爽的秋风。春日芳草连绵，葳蕤茂盛，好像故意绊住马蹄似的，似乎不想让我们离开，秋天彩云出岫，悠然卷舒，遮掩了重重楼阁，相互映衬，美不胜收，似乎在挽留我们。

锦城的青山，好像因为我的离去而牵绕着离情，锦城的丽水，似乎也因为我的归去而生出别恨；那里的青山阻断着我们的怅恨，绿水却把我的离愁送入我的梦中；为了你们，今天我向锦官城回首眺望，可我看到的只是绵州乔木与淡淡云烟。

这首《魏城逢故人·绵谷回寄蔡氏昆仲》是唐代诗人罗隐代表作之一。罗隐一生十数次参加科举应试，创下连续“十考不中”的纪录，遇黄巢起义之乱，隐居九华山，直到55岁才归乡进入吴越王钱镠府下为官。

此为抒发“离愁别恨”的七言律诗，相传罗隐曾历次游历锦官城，北行绵谷时思友心切有感而发作下此诗，寄给一对蔡氏兄弟，正是与他共游锦城相识的两位友人。追忆昔日俊游，怀念友谊情长，感情真挚，风格清新，结构严谨，格律工整，炼字精巧，堪称玲珑艺术，剔透珍品。

“一年两度锦城游，前值东风后值秋”，罗隐采取赋体叙事之法，“一年两度”流露无限喜悦的情感。这里的“锦城”是名胜之地，位于今四川省成都市南部地区。在春秋两季景色最好的时候去游览，是件非常开心幸福的事情。两个“值”字为全篇感情灌注了愉悦美好的气氛。

“芳草有情皆碍马，好云无处不遮楼”，罗隐具体写了游览锦城的行踪影迹，各种美好之景，被他的神来之笔濡染出浓烈色彩。将锦城神韵尽收诗端，最富优美意境。也是对“前值东风”与“后值秋”的承接，表达他眷恋锦城风物人情的心绪。

上写春景下写秋影，罗隐将自己多情沉醉迷人景致的情感，悉数赋予芳碧之草，彩云之巅，渲染出对风物的流连忘返，对人情的绵绵牵挂。“碍马”“遮楼”四字俏皮精妙，欲看还看，欲走还留，欲诉还休，充分表达出他不想离去的心思。

“山将别恨和心断，水带离声入梦流”，罗隐写出了离开锦城，告别那里的青山绿水以后，一路上生发的各种离愁别恨，表明对依依惜别的眷恋。但他仍不直言，还是赋予山水以人的情感，说锦城山因自己离去牵绕别恨，锦江水因自己离去流声咽泣。实则还是自己内心的不舍离情。

被魂牵梦绕、肝肠寸断的非锦城山水，正是罗隐自己。连同上两句的芳草、彩云、山脉、河流，这些让人心旷神怡的多情景致，寄托对好友的怀念。这里的好友指曾经与他一同游览锦城的一对蔡姓兄弟。含蓄韵味，因多情而显见美好。

“今日因君试回首，淡烟乔木隔绵州”，罗隐在末尾两句中提及给友人兄弟寄锦书再生慨叹。他用乔木高耸、淡烟迷茫的画面，寄写情思：今天因为怀念而回头远望，只见远树朦胧，云遮雾绕，不见锦官城。以如情韵悠长的留恋之情结束全篇，让人反复赏读，仍余味无穷。

全诗以简练笔墨、含蓄情感，营造出丰富的想象空间。以情取景，以景喻情，物我交融，趣味娴雅，恣意潇洒，直接神化。“山将别恨和心断，水带离声入梦流”，这里的水，也被称为“最动人的友情之水”。

在水一方

蒹葭

［先秦］佚名

蒹葭苍苍，白露为霜。所谓伊人，在水一方。

溯洄从之，道阻且长。溯游从之，宛在水中央。

蒹葭萋萋，白露未晞。所谓伊人，在水之湄。

溯洄从之，道阻且跻。溯游从之，宛在水中坻。

蒹葭采采，白露未已。所谓伊人，在水之涘。

溯洄从之，道阻且右。溯游从之，宛在水中沚。

【注释】

蒹葭（jiān jiā）：芦荻、芦苇。蒹，没有长穗的芦苇。葭，初生的芦苇。

苍苍：茂盛的样子。下文“萋萋”“采采”义同。

在水一方：在河的另一边。

溯洄：逆流而上。

溯游：顺流而涉。游，通“流”，指直流。

晞（xī）：晒干。

湄（méi）：水和草交接之处，指岸边。

跻（jī）：升高，这里形容道路又陡又高。

坻（chí）：水中的小洲或高地。

已：止，这里的意思是“干”，变干。

涘（sì）：水边。

右：迂回曲折。

沚（zhǐ）：水中的小块陆地。

河畔之边，有整片苍青的芦苇，被深秋清晨的露水打湿，并凝结成晶莹的霜花。我所怀念的意中之人啊，就在那河之对岸。我想逆流而上去追寻，但是那漫长的道路充满了险阻。我想顺流而下去追随，他 / 她却仿佛在河水的中央。

河边那片苍青芦苇看起来十分茂盛，苇叶之上的晨露尚未被太阳晒干，显得愈加凄清。我那魂牵梦绕的人啊，就站在河岸之边。我想逆流而上去追寻，但是那坎坷的道路充满了艰难。我想顺流而下去追随，他/她却仿佛在水中的小洲上。

河畔的这片苍青芦苇，如此繁茂连绵，在清晨露滴尚未被艳阳完全蒸发之时。我那苦苦追求的心上人啊，就立于河岸的另一边。我想逆流而上去追寻，但是那弯曲的道路充满了危险。我想顺流而下去追随，他/她却仿佛在水中的沙滩上。

这首《蒹葭》是取自先秦时期的《诗经·秦风》，本诗是其中最著名的一首。《秦风》共计十篇，多为东周时代秦地民歌，相当于现今的甘陕区域。秦地已近边塞，秦人多崇尚气力，常习武练兵，积极战备。所以“秦风”十曲多咏猎伐征战，讽劝痛悼，仅《蒹葭》《秦风》等意境凄婉缠绵，有郑卫之音风。

《蒹葭》诗文解析方向分歧历来颇大，不少文人墨客认为其暗喻人生境遇。个人认为，苍苍芦苇隐喻人情俗世；对岸伊人隐喻人生理想；溯游溯洄隐喻追求理想的方式；道阻险长跻右都隐喻一路追求理想时遇到的种种困难；水中央、水中坻、水中沚也都隐喻了理想尚未实现，唤起诸多人生体验，富含难以穷尽的人生哲理。但更多人认为，该诗应作爱情诗研读，作者追求思慕佳/良人而求不得之感怀作品。

该诗从事实虚化到意象空灵，再到整体象征，以三个层面构建全诗意境。若将诗中的“伊人”看作意中情人，其主要表现的则是作者抒发对爱情执着追求及所追求不得之惆怅。其中有珍贵真挚的爱情，结果却是渺茫哀伤的。通过看起来较为相似的三个部分，起到感情层层递进的作用，拉动读者情绪，从惋惜到感叹，从旁观到仿若亲临，产生强烈共鸣。

全诗以水、芦苇、霜、露等事物，营造出婉约朦胧又清新神秘的意境。想象一下在深秋的薄雾中，岸边青苍芦苇被晨露凝霜。羞涩少女于河之对岸妙曼缓行，无论顺流逆流去追寻她，眼前都是一片险长阻道，看上去她离得并不遥远，走近一看她要么在水中央，要么在水中的沙滩陆地上，都是那么的可望而不可即。

每章开头都是赋中见兴之笔法。先描叹真景，再构建空灵意象，以缥缈结果直诉失落心情。将暮秋景色与人物巧妙融合，渲染委婉惆怅的相思，创造了情景交融的意境，扑朔迷离的故事，体现出“景语皆情语”的灼见。折射了人生若遇“在水一方”同境时，可赞叹事物本身的美感，可欣赏锐意追求的精神，但不要沉浸在悲观失望中。

诗中的“蒹葭苍苍，白露为霜”“溯洄从之，道阻且长”“宛在水中央”等早已脍炙人口，而最著名的佳句则是“在水一方”，其意义与价值之所以让人产生共鸣，不是作者追求未果的失落伤怀，而是对人生里一种可望而不可即事物的暗喻，成就了让人难以超越的艺术典范，它也被后世总结为“最难逾越的水”!

山重水复疑无路

游山西村

［宋］陆游

莫笑农家腊酒浑，丰年留客足鸡豚。

山重水复疑无路，柳暗花明又一村。

箫鼓追随春社近，衣冠简朴古风存。

从今若许闲乘月，拄杖无时夜叩门。

【注释】

腊酒：腊月里酿造的酒。

足鸡豚（tún）：意思是准备了丰盛的菜肴。足：足够，丰盛。豚：小猪，诗中代指猪肉。

山重水复：一座座山、一道道水重重叠叠。

柳暗花明：柳色深绿，花色红艳。

箫鼓：吹箫打鼓。

春社：古代把立春后第五个戊日作为春社日，拜祭社公（土地神）和五谷神，祈求丰收。

古风存：保留着淳朴古代风俗。

若许：如果这样。

闲乘月：有空闲时趁着月光前来。

无时：没有一定的时间，即随时。

叩（kòu）门：敲门。

不要嘲笑农家腊月里酿的酒，虽然不够清澈，甚至有些混浊，但是味道却很浓烈香醇，遇到丰收年景时，他们还会热诚地为客人端上鸡鸭鱼肉等丰盛菜肴。我行进在山峦重叠、水流曲折之地，眼见前路茫茫，找不到方向，我以为无路可走了，可是就在山穷水尽时，我的眼前竟然出现了这样一个花红柳绿的美好村庄。

正值春社之日，村民们快乐地吹起箫、打起鼓，结成队伍往来于村头巷尾，他们的衣冠和性情依然保留着古时风气，还是那样的简素与质朴。我陶醉在山野风光和农家人情的感动中，若今后还有机会外出闲适悠游，那么我一定会乘着大好月色，时常拄着拐杖来到这里，敲开农户大门。

这首《游山西村》是南宋著名诗人陆游的作品。陆游文采清奇，一心爱国，中年从军，几度出仕为官。宋孝宗乾道三年初春，他因在任隆兴府通判时赞同张浚北伐，被降派弹劾，罢归故里，心中愤愤不平。回山阴老家仍心系黎民百姓，常客居乡野，被美丽风光与淳朴民风感动，有如看到希望，于是作下本诗。

作为一首抒情游记的七言律诗，陆游围绕“游”字铺展全篇，侧重写游村见闻，表达了环境之幽，民风之美，希望常去做客的情绪。全篇运笔凝练，层次分明，书写了一幅色彩明丽的江南农家风光画卷，别具艺术匠心。同时也暗喻了坎坷的政途遭遇，以及对未来寄予的光明希望。

“莫笑农家腊酒浑，丰年留客足鸡豚”，主写的是农家酒味虽薄，待客情意却深。起句即记事，叙述平实，直写被主人盛情挽留的情境，主人端出美味腊酒和丰盛佳肴款待远道而来的陆游，他感受到农家丰收的一派喜悦之情。

“莫笑”二字赞赏的是淳朴民风，“足”凸显的是农人热诚待客的样子。“腊酒”，指农家在腊月里自行酿造的一种米酒，开春即可饮用，看起来有些混浊，味道却非常醇厚。豚，在这里有菜肴极丰盛之意。

“山重水复疑无路，柳暗花明又一村”，是指漫步在青翠山峦的蜿蜒小径上，跟着清碧山泉曲折穿行，越走草木越茂盛，却越难辨认。正在迷惘时突然眼前花明柳暗，竟然有几间农家茅舍，让陆游心中顿时感觉豁然开朗。

这里先写在山光水畔中迷失的烦恼，又写徘徊惆怅时寻到出路的惊喜。景随着人的行动而变化，根据诗意描述，地形极为复杂。“疑”字是整个行进过程中的猜测和疑惑，而“又一村”是这一次出行的结果，是欣喜激动的，以景寓理，内涵丰富。整句写法来看，对仗工整，格律整齐，句式绚丽，言辞流畅，豁然明快，耐人寻味。

“箫鼓追随春社近，衣冠简朴古风存”，构建了一幅春光明媚的山野图。陆游在此处将南宋初年农人风俗描摹得淋漓尽致。“社”在古代指土地神。“春社”这里指立春后第五个戊日，农家为祭社祈年，热闹吹奏鼓乐期待一年的丰收。

“衣冠简朴”则是陆游赞美乡土风俗的淳朴，表达出浓厚的爱国爱民情绪。“古风存”，《周礼》上对此亦有记载。由自然切入人事，结合自身感触，情景交融，达到高潮，但他似乎仍意犹未尽，于是便引出末尾两句。

“从今若许闲乘月，拄杖无时夜叩门”，这里的“无时”指的是随时随地。陆游已在这个村庄“游”玩多时，夜晚明月当空笼罩大地，春社之后村子回归宁静。他越来越喜爱这里，情不自禁地表达出：但愿从今以后，随时能够拄着拐杖，乘着美好月色，轻叩农人柴门与大家亲切絮语！想必这样的情景一定不亦乐乎！

本诗中的“山重水复疑无路，柳暗花明又一村”，不仅出语自然天成，而且极富哲理启示，面对艰难险阻，只要不退缩、不畏惧，发奋开拓，前方就会充满希望，找到新境界。既是陆游的自我激励，又是给人门的思想启迪，因此千百年来被人广泛引用，成为经典佳句代表。这里水则被人们视为“最富哲理的水”。

黄河之水天上来

将进酒

［唐］李白

君不见，黄河之水天上来，奔流到海不复回。

君不见，高堂明镜悲白发，朝如青丝暮成雪。
人生得意须尽欢，莫使金樽空对月。
天生我材必有用，千金散尽还复来。
烹羊宰牛且为乐，会须一饮三百杯。
岑夫子，丹丘生，将进酒，杯莫停。
与君歌一曲，请君为我侧耳听。
钟鼓馔玉不足贵，但愿长醉不复醒。
古来圣贤皆寂寞，惟有饮者留其名。
陈王昔时宴平乐，斗酒十千恣欢谑。
主人何为言少钱，径须沽取对君酌。
五花马，千金裘，呼儿将出换美酒，与尔同销万古愁。

【注释】

将进酒：劝酒歌，属乐府旧题。将：请。

君不见：乐府中常用的一种夸语。

天上来：黄河发源于青海，因那里地势极高，故称。

高堂：房屋的正室厅堂，一说指父母。

会须：正应当。

岑夫子、丹丘生：岑勋、元丹丘，李白好友。

馔（zhuàn）玉：形容食物如玉一样精美。

陈王：指陈思王曹植。

平乐：观名。在洛阳西门外，为汉代富豪显贵的娱乐场所。

谑（xuè）：戏。

沽：买。

五花马：指名贵的马。

裘(qiú)：皮衣。

难道你看不见，黄河之水好像倾天而泄，翻滚涌入东海，从来不回流吗？难道你看不见，年迈父母对着明镜悲叹华发染霜，早上还是青丝，仿佛傍晚就变成白雪。开心高兴时要尽情享受人生欢乐，别用空酒杯去敬天上皎洁皓月。上天让我们拥有某种才华自有用处，千金万金花光后还可以再赚回来。

请将烹羊宰牛看成快乐之事，如果有需要就痛快地喝上三百杯吧。好友岑勋和元丹丘，快点来喝酒，不要停下来啊。我来为你们高歌一曲，请为我侧耳倾听。珍馐美味的生活算不上真正的华贵生活，我只希望醉生梦死，永远不想清醒过来。

自古圣王贤者都是孤独和寂寞的，只有会品酒的人才能够留下美名。陈王曹植当年在平乐观设宴，喝着名贵好酒恣意欢乐。不要说我的钱不够，我要用我所有的钱为你们买酒喝。罕见的五花良马，昂贵的千金皮衣，唤出你的小儿子，尽管拿去换来美酒吧，今天就让我们痛快地喝个一醉方休，消解心中无尽的愁肠吧！

这首《将进酒》是盛唐著名诗人李白的代表作品之一。李白自幼文采出众，是唐朝最杰出的浪漫主义诗人，被世人誉为“诗仙”。该诗写作时间史记不一。普遍认为李白在天宝十一年左右遇挫离京，与好友岑勋客居嵩山元丹丘老友家中，常以诗酒助兴，席间感叹人生易老，抒发怀才不遇而作。

作为汉乐府短箫铙歌曲调，《将进酒》也意为“劝酒歌”，咏唱对酒当歌之事。该诗极好地体现出李白平日桀骜不驯的性情，以豪迈气势，豪放感情，流畅华词写就，极具深沉思想和成熟的艺术感染力，是李白众多经典诗文中的经典之作。

李白以两组“君不见”的长排比大句，写出黄河滔滔之水奔入大海不复还的壮观气势，接着以高堂照明镜哀伤青丝染雪为题，写出人生短促的悲叹，年华易逝，发出人生应该多多珍惜当下的感慨。日夜奔流的壮阔黄河，更显出日夜消耗的生命何其渺小，这种千古悲伤无人可解，只能顺其自然，开篇便言此大悲大壮，真乃无与伦比的大开之作！

然而李白为人并不悲观，第三句开始传达“人生得意须尽欢”的意境，不要金樽空对月，只要杯莫停的酣畅淋漓。由“悲”转“欢”诗情渐趋狂放，进而肯定自我“天生我材必有用”，不用担心破费，烹羊宰牛连喝三百杯吧，因为“千金散尽还复来”！这种淡漠金钱，只为酒欢的豪举让一众俗子自愧，非豪情深蕴骨中做不来。

诗文节奏加快，旋律也高潮连迭，劝酒之词“岑夫子，丹丘生，将进酒，杯莫停”在这里非但不觉突兀，反而形象逼真。《增广贤文》中说“酒逢知己饮，诗向会人吟”，正是这个情境，之后李白又言“与君歌一曲，请君为我倾耳听”，听下去就会发现全部是神来之笔！

“钟鼓馔玉”指富贵生活，李白却说这些“不足贵”，他“但愿长醉不复醒”。由“狂傲”转“激愤”，有“古来圣贤皆寂寞”为证。因为“寂寞”所以不愿醒，说白了是借古人之酒杯浇己之块垒。“惟有饮者留其名”则是对世俗的一种反击，并举“陈王”曹植在《名都篇》里的“归来宴平乐，美酒斗十千”之例。

李白在此引曹植诗篇亦有深意，曹植一生大志，却有志难展，遭亲兄曹丕杀伤，激人同情。“古来圣贤”指曹植，也是李白为其报不平的解愤之用。此种感慨侧面反映出李白深广忧愤和自我信念，因此全诗悲而不伤，悲还能壮哉。

李白情感的表述仅蜻蜓点水后就又转向酒了，不要担心我花钱多，我不吝啬名驹“五花马”，名服“千金裘”，即便千金散尽也要换来美酒，只图与好友来个一醉方休。“呼儿”“与尔”本不算敬语，有喧宾夺主之嫌，但在这此运用丝毫不觉有何不妥，反而增强豪迈气势。

人生快事莫若置酒会友，李白开创浪漫诗派不是当假的，一句“与尔同销万古愁”，在情犹未尽时告终，切合开篇之“千般悲”对结篇之“万古愁”，哀叹之深沉，意境之深刻，让人不禁拍案叫绝，叹之鬼斧神工，精绝，甚妙！

全诗字字皆精，句句皆妙，意境之雄快，可谓前无古人后无来者，其中“君不见，黄河之水天上来”也被后人称为“最豪迈的水”！

花自飘零水自流

一剪梅·红藕香残玉簟秋

［宋］李清照

红藕香残玉簟秋，
轻解罗裳，独上兰舟。
云中谁寄锦书来?
雁字回时，月满西楼。
花自飘零水自流。
一种相思，两处闲愁。
此情无计可消除。
才下眉头，却上心头。

【注释】

玉簟（diàn）：光滑似玉的精美竹席。

裳（cháng）：古人穿的下衣，也泛指衣服。

兰舟：此处为船的雅称。

锦书：前秦苏惠曾织锦作《璇玑图诗》，寄其夫窦滔，计八百四十字，纵横反复，皆可诵读，文词凄婉。后人因称妻寄夫为锦字，或称锦书；亦泛为书信的美称。

雁字：群雁飞时常排成“一”字或“人”字，诗文中以雁字称群飞的大雁。

月满西楼：西楼洒满了月光。

一种相思，两处闲愁：意思是彼此都在思念对方，可又不能互相倾诉，只好各在一方独自愁闷着。

才下眉头，却上心头：意思是眉上愁云刚消，心里又愁了起来。

粉红的荷花逐渐凋谢，香味渐渐消散，光滑的竹席也渐渐变凉了，原来已经到了有微微凉意的秋天。独自登上小船，轻轻脱下披在身上的风衣，抬头仰望天际，白云舒卷，谁能给我寄来锦书呢？正是大雁南飞的时节，夜凉如水，只见皎洁月光洒满西边的亭楼。

花儿独自飘飞，零零落落洒了满地；水儿也是独自漂流，一路向前静静流淌。此时一种离别的相思，牵动起两处的闲愁。这份感情，没有办法从我的心中消除。眉头刚刚舒展开一点，却又隐隐地缠绕在心间。

这首《一剪梅·红藕香残玉簟秋》是南北宋交接时代著名女词人李清照的作品。作为婉词派代表人物，李清照有“千古第一才女”称号，由于前半生日子安稳词作多写悠闲生活，后半生感叹夫妻分离，国家衰败，多是情调感伤的词作。

词的前半部分整体意境清幽，烘托出满满的孤独凉意，凉席是凉，秋天是凉，心情也是孤独凄凉的。艳丽的本是迷人的香，可是那香气只有残味了，夏天解暑的竹席也染上了一丝凉意，暗示着此时已经入秋了。“秋”一是指季节变化，二是指丈夫不在家，自己心里很空荡凄凉。一个“独”字让人隔着遥远的岁月，也能感受到她的凄凉心情。一舟一人，孤单的小船，孤独的人儿。

一个“谁”字，让人痛到无法呼吸。这里指的应该是李清照的丈夫赵明诚，此时夫妻两人已经分离。一个“回”字，写出了她对丈夫深深的思念，因为种种原因难以相见。丝丝缕缕、缠缠绕绕的女儿心，让她难以开解，大雁南回，只能抬头问一问青天白云，期望丈夫给她寄一封锦书。月亮的清晖洒满了西楼，她一人独徊心事无处诉说。

后半部分是一个有机整体，与前面相互依托，相辅相成，将全篇的情感更好地烘托出来，前后映衬而相得益彰。

连续出现两个“自”字，写法即景又兼比兴，进一步渲染一种孤寂之感。落花自无情，流水自无意，只有李清照独自在落花间飘零、在流水边惆怅。越是百花盛开、清泉流淌，佳人越是伤情难过。“一种”和“两处”，运用得尤其绝妙，思和愁都是别离后的感伤，意境婉约，缠绵悱恻，把两人心心相印的思念刻画得惟妙惟肖，寥寥数字，胜过千言万语。

“无计”，更是道出了李清照独处的无可奈何。“才下”与“却上”起伏，“眉头”与“心头”对应，结构工整，写法巧妙，在艺术上具有很强的吸引力。目之所及，心之所感，无不令人触动。这种思念之情就更加深绵，难以排遣。

这里抒写的是一种离情别绪，成作时间在李清照和丈夫赵明诚别离之后，所以这首词里寄寓着李清照的一腔深情与无数离愁。重点在于对别后相思的细腻刻画，上阕避而不直写离情别绪，下阕直抒胸臆，相思与别愁。全词意境显得更加饱满，表达更加自然。

李清照，古今第一女才人，心思细腻，刻画传神，即便不是丹青妙手，也能想象到“红藕相残玉簟秋”的画面；即便铮铮铁汉，面对爱人别离时，也会理解“才下眉头，却上心头”这样的千古名句。本词中“此情无计可消除。地才下眉头 ，却上心头”三句最为世人所称道，尤其被后世的诗词大家所赞赏。

京口瓜洲一水间

泊船瓜洲

［宋］王安石

京口瓜洲一水间，钟山只隔数重山。

春风又绿江南岸，明月何时照我还?

【注释】

泊（bó）船：停船。泊：停泊，指停泊靠岸。

京口：古城名，故址在江苏镇江市。

瓜洲：镇名，在长江北岸，扬州南郊，今扬州南部长江边，京杭运河分支入江处。

一水间：指一水相隔之间。一水：一条河。

钟山：今南京市紫金山。

绿：吹绿，拂绿。

还：回。

我站在瓜洲的渡口，放眼向南边看过去，一条长江将京口与瓜洲隔开了，钟山隐藏在几座山的后面，而我正好便居住于此。

大江南岸，漫山遍野再次被和煦的春风吹绿了，但是明月什么时候才可以照耀着我，陪伴我回到钟山之下的家乡呢?

这首《泊船瓜洲》是北宋杰出诗人王安石晚期作品。王安石不仅是诗人，还是当时著名的政治家、思想家、文学家、改革家，唐宋八大家之一。由于推行变法，屡遭反对势力攻击，数次辞官，一生仕途坎坷，政治抱负未得彻底实现，满怀忧郁惆怅而终。

本诗创作背景诸多争议。其一说，王安石于神宗熙宁八年二次拜相，从江宁前往京城途过瓜洲，机缘巧合而作。其二，他于神宗熙宁七年首次拜相，从京城回金陵途经瓜洲而作。其三，在宋神宗熙宁元年，从江宁往京城任翰林学士经瓜洲而作。

诗的主题是“泊船瓜洲”，从标题就清楚交代“瓜洲”这个地点，又提出“钟山”与“瓜洲”所处的地理位置。然后又细描江南绿景，借明月感叹抒怀，表达思乡之情。通过夸张和对照写法，让读者感受到强烈反差，空间上主写近，而时间上强调久，用词精准，立意深远，结构精妙，让人叹服得五体投地。

“京口瓜洲一水间”是王安石的眼前之景，他泊舟在瓜洲的渡口，然后向南方眺望，视觉上感觉“京口”和“瓜洲”只隔了一条长江，好像很近的模样。“一水间”说的是船行驶的速度相当快，就好像一瞬间就能跨越长江，到达彼岸。

“钟山只隔数重山”，恋恋不舍地回望钟山，这个他居住的地方，“只隔”后面紧跟的是“数重山”，正是通过这种矛盾的写法，表明自己对家乡的依恋。即便是重峦叠嶂，在王安石看来，也不过是咫尺之隔，虽然实际距离很远，但心里的距离很近。

“春风又绿江南岸”，王安石将满腹的情思寄托在了江南岸边美丽的春色之中，“绿”字用得相当传神，他将原本看不见的春风描述得更为形象和具体，春风所到之处，大地回春，一切都变得生机勃勃起来。

这里的“春风”深层含义是暗指浩荡的皇恩，他奉召回到京城赴任，自然是职场得意，春风满面。“绿”字含蓄委婉地表明自己终于迎来政治上的转圜局面，之前严重的朝堂斗争，似乎已经渐渐消散。

“绿”字还暗示了王安石此时此刻矛盾的内心情绪。此次乃是他重新入相，之前被罢免，是因为尖锐的政治斗争。一方面，他想要通过变法，为国家发展和人民的幸福做出努力；但另一方面，他又十分厌倦政治上的斗争，想要寄情山水，过上与世无争的生活。

总之，他在诗中，暗表心迹，偷露情怀：不在乎位高权重，而是隐隐动了辞去官职的念头，这样才能早日回到家乡，过上悠闲惬意的生活。

王安石的一句“明月何时照我还”，将内心的情感直接表露出来，夕阳西下，天色已经暗沉下来。他仰头观赏夜幕中的皓月，虽然周遭的景物逐渐被黑暗笼罩，变得模糊不清起来。但是他对于家乡，也就是钟山的留恋和不舍之情，却愈发浓重。即便此时远离家乡，但他相信终有一日可以再次回到钟山，过上山林为伴，与世无争的悠闲日子。

“春风又绿江南岸”乃是传世佳句，尤其是“绿”字用得相当精妙，据说王安石当时在最终确定这个字之前，前前后后换了十几次，诸如“到”“过”“入”以及“满”，等等，最终才确定“绿”字，因此也成为炼字典范，被后人当作赏诗、学诗、写诗的榜样之一。

天阶夜色凉如水

秋夕

［唐］杜牧

银烛秋光冷画屏，轻罗小扇扑流萤。
天阶夜色凉如水，坐看牵牛织女星。

【注释】

秋夕：秋天的夜晚。

银烛：银色而精美的蜡烛。银，一作“红”。

轻罗小扇：轻巧的丝质团扇。

画屏：画有图案的屏风。

流萤：飞动的萤火虫。

天阶：露天的石阶。天：一作“瑶”。

坐看：坐着朝天看。坐：一作“卧”。

牵牛织女星：两个星座的名字，指牵牛星、织女星。亦指古代神话中的人物牛郎和织女。

深秋时节，腐草为萤，夜里点上照明用的蜡烛，银白烛光的微弱光芒映照着一扇屏风，屏风上面的画作，更添几分暗淡幽冷，甚至显出几分鬼魅凄凉之色；一个衣衫单薄的年轻宫女，孤单地坐卧在寝榻之上，手执一支绣花轻罗扇，漫不经心地扑打着萦绕身旁的萤火虫。

寒夜渐凉，院子里的石阶被清冷夜色笼罩，看起来就像清凉的冰水一样，让人浑身情不自禁地泛起凉意。宫女静卧寝宫床榻，窗子是开着的，眼前是一片月朗星稀的夜空，只见她痴痴地凝望着银河两畔的牵牛星和织女星，神情是那样的落寞伤感，惆怅无奈。

这首《秋夕》是唐代诗人杜牧的代表作品之一。杜牧与李商隐合并“小李杜”，他通晓政治军事，有经邦济世之才，却终生没有得到君王重用，心中悲愤，诗作内容丰富，其中不乏宫怨诗。该诗正是杜牧通过描写失意宫女孤独生活与凄凉心境，暗喻心情。

“银烛秋光冷画屏”，开篇直接描写深宫生活境况，深秋天晚上，银色蜡烛发出微弱的光芒，映照在室内一扇雕花的屏风上，图画色调变得更加暗淡幽冷。一个“冷”字，定下诗文凄凉的基调，为反映下文人物心情与境情做了有利铺垫。

“轻罗小扇扑流萤”，承接上句，这时一个孤单的宫女手执绣花小罗扇，漫不经心地扑打着飞来飞去的萤火虫。杜牧在这句话中十分含蓄地暗隐了荒凉、无聊、孤寂等多重意境。

古人常说腐草为萤，实际腐草是不化作流萤的，但有一点没错，萤喜欢在草丛冢间活动，而这种地方往往非常荒凉。所以杜牧说宫女用小扇扑萤，暗指宫女居住的庭院很荒凉。从宫女漫不经心地扑萤的动作来看，代表此刻她很无聊，暗指她的生活很寂寞。

可想而知，正值青春年代的宫女，却在荒凉庭院中过着孤独生活，无聊时只能以“扑流萤”来消遣寂寞光景。很容易让人联想到，她驱赶的是孤冷索寞。另外扇子的作用是挥风纳凉，已是深秋季节，入夜以后本就寒凉，无须以扇取风。但这里并非杜牧疏忽，他用“轻罗小扇”是有寓意的。

在古代“秋扇”比喻的是弃妇，典出赵飞燕的《怨歌行》。汉成帝妃班婕妤赵飞燕失宠后打入长信宫，她悲伤赋诗：“……裁为合欢扇，团团似明月……常恐秋节至，凉飙夺炎热。弃捐箧笥中，恩情中道绝。”此后文人墨客常以团扇、秋扇喻失宠女子。在这里杜牧用“轻罗小扇”象征宫女被遗弃的命运。

“天阶夜色凉如水”中庭院中的“天阶”，是指皇宫中的石阶。皇宫里的石头台阶，在深秋的夜色中，显得更加凉意习习。这里暗示寒意夜深沉袭人，平常人家都回屋熄灯睡觉了。而这个可怜宫女一点睡意都没有，便引出了代表全诗中心主旨的末句。

“坐看牵牛织女星”，是指孤独的宫女依旧坐在石阶上，寂寞地仰视着银河两旁的牵牛星和织女星。这里以民间传说隐喻宫女心情，相传织女是王母娘娘的外孙女，私自下凡嫁给一个放牛郎，天庭以仙凡不通婚强行将他们分开，两人想尽办法相会，王母娘娘拔下头上发簪划出一条“楚河汉界”，只允许他们每年七夕节时渡河相会一次。这条河，就是天上的银河。

杜牧在诗中写宫女夜深不睡，久望牵织星，想必心中想着的应该就是牛郎织女的爱情故事吧。这里代表宫女也可能有一段不幸身世，对爱情有无限向往。心事满怀，举头仰望，是古诗中常见的场景。

诗文将深宫秋景描写得十分到位，每一句都有绝妙隐喻，全诗婉约含蓄，寄托无限蕴藉，读起来十分耐人寻味。虽无直接抒情的语句，却表达了最浓、最复杂的感情。宫女无言的哀怨与默默的期望相互交织，也反映了封建时代女子的悲惨命运。

作为一首宫怨诗，“天阶夜色凉如水，坐看牵牛织女星”是相应为人熟知的经典佳句了，而这里的水也被看作是“最寂寞的水”。

飞花令里品诗词
香

香雾云鬟湿

月夜

［唐］杜甫

今夜鄜州月，闺中只独看。

遥怜小儿女，未解忆长安。

香雾云鬟湿，清辉玉臂寒。

何时倚虚幌，双照泪痕干。

【注释】

鄜（fū）州：今陕西省富县。当时杜甫的家属在鄜州的羌村，杜甫在长安。

闺中：内室。

怜：想。

未解：尚不懂得。

清辉：阮籍诗《咏怀》其十四："明月耀清晖。"

虚幌：透明的窗帷。

双照：与上面的"独看"对应，表示对未来团聚的期望。

泪痕：隋宫诗《叹疆场》："泪痕犹尚在。"

我身处长安，在无眠之夜仰望天边清冷皎洁的圆月，相信鄜州的月亮也是这般模样。如此孤独空寂的月夜，我只能在长安遥看家乡，思念鄜州家乡的妻儿，想必独守空房的妻子也在思念我吧，可是家中年幼的儿女，怎能理解思念的孤单与凄凉。

寒夜露重，朦胧雾气是否沾湿了妻子的鬓发，冷冷清晖的月光，是否寒凉了她那如葱玉般的手臂。我与妻子何时才能相见，共倚薄帷赏月呢？我想那个时候月色应该也如今天一样，此刻就让皎洁月光照干我们相思的泪痕吧。

这首《月夜》是唐代伟大的现实主义诗人杜甫的作品。杜甫一生忧国忧民，品格高尚，诗艺精湛，文学造诣影响深远，深受后世推崇，因此被世人尊称“诗圣”，与“诗仙”李白合称“大李杜”，“小李杜”是指李商隐与杜牧。

这首传颂千古的名作，写作背景极为复杂。天宝十五年春，安禄山由洛阳攻打潼关，六月长安陷落，玄宗逃蜀，叛军入白水，杜甫为避安史之乱携家逃往鄜州。七月唐肃宗在灵武即位，杜甫大喜只身奔灵武欲为剿平叛军效力，却被叛军俘虏押解长安，八月他在禁足长安之时望月思家吟下此诗。

杜甫以深情之笔书写了曾经同妻子共赏长安月色的场景，而今鄜州的月亮，却只能妻子一人独自欣赏，无一不透露着杜甫自己心中的落寞辛酸，以此想到了家中的妻子也定是这般思念孤寂，其心中的辛酸却是家中幼小儿女不能够理解的，他心疼妻子无人理解的苦涩。

“今夜鄜州月，闺中只独看”，杜甫只身在外独自欣赏这轮明月，而家中儿女相伴的妻子“独看”则是在后两句做了解答“遥怜小儿女，未解忆长安”，家中尚且年幼的儿女，又怎么会懂得妻子心中那关于长安望月的记忆，独自看月却不是为了欣赏这曼妙景色。这里用幼小儿女不懂那回忆至深，反衬出了妻子独自回忆的孤寂凄凉，以此来加深“独”字所蕴含的心酸苦楚。

“香雾云鬟湿，清辉玉臂寒”，是杜甫想象妻子独自看月色时的景象画面，妻子独坐在这氤氲着雾气的夜晚，她鬓角上的头发，是否也已经被这朦胧雾气打湿，而那泪水打湿心房的苦涩，却是无人安慰，清冷的月光已经凉透妻子凝脂如玉的手臂，肌肤变得冰冷，却没人为她覆上一件衣服，想到这里杜甫揪心不已。

“何时倚虚幌，双照泪痕干”，进一步地深化了“忆长安”的景象，雾气打湿了双鬓，凄寒的月光凉透了双臂，这月越是皎洁，就越是勾起妻子心中的记忆，又怎么能够不热泪盈眶？月光啊，请一定要照干我娇妻脸上的泪，期待未来同她团聚之时看到恬淡的微笑。这里的“双照”是希望妻子看到同一轮明月，能够感受到自己的心情，他们共同仰望明月，不约而同地思念能够温暖对方，帮对方擦干眼角泪痕。

通过杜甫的想象，继续渲染妻子在漫漫长夜里忧心忡忡、夜不能寐的情形，两人定是难守落泪的。不知何时才能回到家乡同妻相聚，团圆相见就不用再如此辛酸地等候了，只愿同她依偎在透明窗帷前共赏明月，那时月色一定也会像现在一样皎洁。

整首诗都是杜甫对家中妻儿的思念之情，借月色抒发心中离愁，字里行间处处透露了对妻子的怜爱与深深眷恋。愿天上明月能够安慰远在鄜州的妻子，帮助两人擦干脸上纵横肆意的泪水。全篇意境婉约，情感深切，章法紧密，完全没有被律诗束缚的痕迹。可见其造诣如何深厚了。

含香体素欲倾城

王充道送水仙花五十支

［宋］黄庭坚

凌波仙子生尘袜，水上轻盈步微月。

是谁招此断肠魂，种作寒花寄愁绝。

含香体素欲倾城，山矾是弟梅是兄。

坐对真成被花恼，出门一笑大江横。

【注释】

水仙花：放在盆中与水石同供，白花黄心，有“金盏银台”之称，绿叶亭亭，幽香微吐，是冬天花中清品。

断肠魂：悲伤的灵魂。这句是说，是谁把洛神的断肠魂招来，变成冬天开放的水仙花，来寄托她深深的愁恨。

体素：指质地素洁，形容水仙花很素雅。

倾城：美丽得可使一城人都为之倾倒。语出《汉书·孝武李夫人传》：“北方有佳人，绝世而独立。一顾倾人城，再顾倾人国。”

山矾：本名郑花，春天开小白花，极香，叶可以染黄，黄庭坚因其名太俗，改为山矾。

真成：真个是。

恼：撩拨。

她的罗袜沾染了尘土，但她亭亭玉立的容姿像个凌波仙子，在皎洁月光下，于水面轻盈舞动，荡漾起层层涟漪。是谁用怎样的法力，才将这凄婉仙子变得如此美丽动人，仿佛心中带着断肠魂一样；让人的心思为她如此愁绝。

她的颜色高洁却不浅淡，形体傲立却不失优雅，她含香带韵，倾国倾城，傲冬梅花是她兄长，山矾花是她姊妹。我独自坐在这里久赏，被她彻底迷倒，联想到洛神之思，心中无端生出孤寂之情，于是出门散心，仿佛横在眼前的是滔滔江水，心胸豁然开朗，仰天长啸。

这首《王充道送水仙花五十支》是北宋文学家黄庭坚的作品。黄庭坚是江西诗派开山鼻祖，亦是大书法家，生前与苏轼齐名，世称“苏黄”。他曾卷入新旧党争，被贬四川数年，已过天命之年才奉召东归，路过荆州留下四首水仙诗，此作最为知名。

此诗主要赞美的是水仙花，通常水仙是与水石同供一盆而养，花瓣为白色，花蕊为黄色，散发微微的幽香，是冬花之清品。纵观全诗，黄庭坚的精妙笔法是将水仙花比作“洛神”。陈思王曹植在《洛神赋》中用的正是:“凌波微步，罗袜生尘。”

“凌波仙子生尘袜，水上轻盈步微月”，黄庭坚便巧妙地以洛神形象地描写了水仙的妖娆姿态，将之比作一个轻歌曼舞的凌波仙子，以静为动展现神韵。“步微月”是“凌波微步”的应和，展现其风仪之美。

“是谁招此断肠魂，种作寒花寄愁绝”，由洛神的描写转到花朵本身，指明上两句以洛之形比水仙，这两句则以洛神之魂比水仙。黄庭坚开始以拟人手法，描写水仙的内心世界，表达对其的深情喜爱。

将水仙花比作凌波仙子还不算，更为其赋予了“断肠魂”一样的神韵，让人相看一眼，心中就为之生出“愁绝”。这里也是典出《洛神赋》，曹植说:“抗罗袂以掩涕兮，泪流襟之浪浪。”实则洛神断肠是因感伤爱情，由此一来水仙在黄庭坚笔下也像洛神在曹植笔下那样，具有了动人的“灵魂”，寄予了怜惜同情的心绪。

“含香体素欲倾城，山矾是弟梅是兄”，“倾城”一词写尽了水仙秀美高洁的身姿，幽幽清香的芳韵。同山矾、梅花“称兄道弟”，亦是拟人写法，还是说明“物以类聚，人以群分”的主题，足以见得黄庭坚潇洒随意的诗风，自由自在的个性。

“山矾”指的是郑花，典出黄庭坚本人诗作《戏咏高节亭边山矾花二首》，他在该作品的《序》中提及将郑花改名山矾一事。所以，“山矾”之名只是黄庭坚个人看法而已。

“坐对真成被花恼，出门一笑大江横”，恼是因为太过喜爱，欣赏久了莫名产生孤寂感，于是出门散心，眼前仿佛有江水相横，心中忽地一下豁然开朗，仰天长啸起来。这里其实是将水山比作大江，可见在黄庭坚心中，水仙神韵“壮阔”到如此惊人的地步。

史来咏梅、咏菊者灿若繁星，咏水仙者寥寥，黄庭坚此作不仅主题新颖，写法上更让人看出了不统一、不调和中，亦有参差变幻之美。

有暗香盈袖

醉花阴·薄雾浓云愁永昼

［宋］李清照

薄雾浓云愁永昼。瑞脑消金兽。

佳节又重阳，玉枕纱厨，半夜凉初透。

东篱把酒黄昏后，有暗香盈袖。

莫道不销魂，帘卷西风，人比黄花瘦。

【注释】

永昼：漫长的白天。

消：一本作“销”，《花草粹编》等作“喷”。

纱厨：即防蚊蝇的纱帐。

东篱：泛指采菊之地。

暗香：这里指菊花的幽香。

销魂：形容极度忧愁、悲伤。

西风：秋风。

黄花：指菊花。

薄纱般的雾气弥漫，天空中飘浮的愁云惨淡浓密，恰似我忧愁的日子，过得烦扰不安宁，龙脑的香气缭绕在云雾朦胧的金兽香炉中。又到了每年都如期而至的重阳佳节，在这如同往日的节日里，我躺在玉枕纱帐中，半夜时分沁透全身的丝丝冷气，打透了我身上薄薄的衣衫。

我独自一人在东篱边上寂寞饮酒直到黄昏，连太阳都离我而去了，只有那清新淡雅的黄菊香气，轻轻溢满我的衣袖。可是馨香染满美裳，并没有开解我的忧愁，冷冷清秋太令人神伤了。瑟瑟的西风卷起无情的珠帘，帘后的我消瘦无比，像瘦瘦的黄花一样。

这首《醉花阴·薄雾浓云愁永昼》是宋代女词人李清照的作品。李清照词开婉约一派，素有“千古第一才女”之称。她出生书香门第，早期生活优裕，婚后生活悠闲，作品多以明丽俏皮为主。由于夫赵明诚“负笈远游”，她思念成伤，作品孤寂哀伤情调愈浓。本作就是她在重阳佳节思夫之作，传说赵明诚为了回赠李清照，甚至三天三夜未睡，终究无法超越。

李清照就以一句“薄雾浓云愁永昼”写尽苦闷难挨的思夫岁月。正值九九重阳节，深秋日渐短促的白天在她看来像是“永昼”一般，可见她过着度日如年的生活。毕竟欢乐时光易过，思念时光漫长。此句虽未直接点明离愁，但是透过薄雾浓云，可一目了然地看出她有多么压抑苦闷。

“瑞脑消金兽”主写室内景象，李清照在百无聊赖中，独自一个人看着从香炉当中飘出来的悠悠雾气。深秋天气变凉，夜半时分她觉得空气开始冷了，对比新婚时期的温馨自然凉意更重，孤寂感更加难耐。

“佳节又重阳，玉枕纱厨，半夜凉初透”，九九重阳，每逢佳节倍思亲！李清照却一个人独守空房，孤寂的样子让人心疼。玉枕和纱帐犹在身侧，还未到天明就已经凉透，进一步渲染出无限凄凉之感，思夫之人的忧愁格外感伤。

“东篱把酒黄昏后，有暗香盈袖”，主写李清照独自在东篱下赏菊饮酒的孤单场景，从白天饮到黄昏足见寂寞程度了。“暗香盈袖”一是指淡淡菊香轻轻灌满衣袖，二是指远行丈夫温存不至。所以周身染满花香并未让她打起精神，反而助推了更浓烈的相思哀愁。

“莫道不销魂，帘卷西风，人比黄花瘦”，暗示了李清照思念丈夫的情绪无法排解。以西风卷帘，渲染萧索情绪，再“拉”出帘后消瘦的自己，直接抒发人比黄花瘦的感叹，情感真挚，意蕴丰富。古来菊花傲霜而开，经霜不落，与梅品性相近，所以赏菊之人多赏梅，这里也暗示高洁胸襟与脱俗情趣。

整词围绕“物皆著我之色彩”而写，天气与景物、消愁酒与菊花香，都沾染上李清照的情愁，带着浓郁薄愁的色彩，营造出凄清寂寥的深秋相思境界。婉约含蓄的写作手法，更为出彩，有词评赞誉“不著一字，尽得风流。语不涉及，若不堪忧”。

“莫道不销魂，帘卷西风，人比黄花瘦”，是全词精彩笔墨。人比黄花瘦用来烘托环境上的气氛，让人能够更直观地感受到重阳佳节，李清照独自对着菊花感慨独自一人的苦闷孤寂，而正是因为在这样的时节，这样一个特别的节日里，“人比黄花瘦”才有了更深厚的寄托，此句也才能成为千古传诵的佳句。

风住尘香花已尽

武陵春·春晚

［宋］李清照

风住尘香花已尽，日晚倦梳头。物是人非事事休，欲语泪先流。

闻说双溪春尚好，也拟泛轻舟。只恐双溪舴艋舟，载不动许多愁。

【注释】

尘香：落花触地，尘土也沾染上落花的香气。

物是人非：事物依旧在，人不似往昔了。

闻说：清叶申芗辑《天籁轩词选》作“闻道”。

拟：准备、打算。

舴艋：小舟、小船，两头尖如蚱蜢。

让我深觉烦恼的风雨终于停了下来，但枝头花朵却尽数残败凋零了，空气中还弥漫着泥土的清清微香。抬头发现太阳已高高挂起，我竟然连梳洗打扮的心思都没有。景物依旧，人事已变，人生在寒来暑往、花开花谢的时光流转中，亘古不变的一直都是伤心人、痛心事；我愁肠百转、欲诉还休，两行泪流不知不觉已挂满腮。

我听说双溪的春景春色非常美丽，打算去那里划船泛舟，游览一下春天的风景，权且当作散散心。可是我转念又一想，双溪那边的游船会不会像蚱蜢一样小，如果太过单薄的话，怎么能够载得到动我心中这千般情愁，万般忧绪呢？

这首《武陵春·春晚》是宋代“天下第一才女”词人李清照的作品。她文采斐然，早年生活如意，婚姻幸福，词作多闲适雅致。晚年因战乱流离失所，无依无靠，词作情极悲苦，让人叹息命运弄人。宋高宗绍兴五年，李清照丈夫早已病故，家道便中落。她 53 岁时更加不幸，金兵进犯，无奈孑然一身去浙江金华避难，此词就是在她流离异乡时所作。

李清照在全词中，从描写景物开篇，再描写内心活动，风雨、花香、日晚、梳头，景旧事休，泪流、双溪、泛舟，只恐、载不动，一种叙述都是为一个“愁”字做铺垫，重点描写愁情心绪。

“风住尘香花已尽，日晚倦梳头”，风雨过后繁华失色，本是凄清残景，李清照却用了“风住尘香”的雅致笔韵来泼墨，看似雅到了含蓄，实是哀莫大于心死。尤其“花已尽”代表春光无全，可见心情凋敝之状。所以她在日色已高时，依然没有梳妆打扮的心情。这里典出《凤凰台上忆吹箫》中“起来慵自梳头”，均为生离之愁，死别之恨，让人希望全无。女为悦己者容，已经没有了想要见到的人，哪里有心情装扮自己？

“物是人非事事休，欲语泪先流”，从含蓄笔触转为平铺直叙，说明世事更迭，景致依旧，人事已非。这里的“事事休”，是指李清照身边万事已经难寄希望，想来件件都是愁事，想说清道明，却不知从何说起，因此还未开口，两行清泪便已成河。

“闻说双溪春尚好，也拟泛轻舟”，李清照向来喜欢游山玩水，她听说双溪春景不错，也想着要不要去划船泛舟解闷，转念一想处处又皆愁。于是便引出下阕尾句“只恐双溪舴艋舟，载不动许多愁”，她担心双溪船只太小，载不动她的哀愁。这里运用了比喻手法，舟船再小，亦可载人，舟船再大，亦不能载愁。

重点抒发的是内心情感动态，连用“闻说、也拟、只恐”三组虚字，作为起伏转折契机，可谓一波三折，情致深切。而“春尚好、泛轻舟”的措词却轻松明快，让人在愁中偶见一丝喜悦，也说明了她的复杂心情。

李清照在金人南下，流离异乡避难时作下此词，当年与她志同道合的丈夫赵明诚已经去世，一众春情春景对她而言早已颜色尽失，心中满是苦涩落寞，不免处处感慨悲伤，便借暮春之景道出深深的苦闷忧愁。

全词一长三叹，言辞意境皆精妙，颇有戏曲中的代言体之风，第一人称的运用，旋律更添深沉忧郁。艺术表现上运用多种修辞手法，表达方式更为轻巧新颖。尤其一个“载”字，将“愁”的沉重感进行量化，让人称绝。

在连天烽火中漂泊流离，尝尽世路崎岖和人生坎坷，李清照炼字更见精进，一句“风住尘香花已尽”境界直上九霄，意味无穷无尽，成为经典佳句，广为流传。

玉钩阑下香阶畔

木兰花·池塘水绿风微暖

［宋］晏殊

池塘水绿风微暖，记得玉真初见面。

重头歌韵响铮琮，入破舞腰红乱旋。

玉钩阑下香阶畔，醉后不知斜日晚。

当时共我赏花人，点检如今无一半。

【注释】

玉真：仙女的名字。这里指晏殊家里的歌妓名。

重（chóng）头：一首词前后阕字句平仄完全相同者称作“重头”，如《木兰花》便是。

铮琮（chēng cōng）：玉器撞击之声，形容乐曲声韵铿锵悦耳。

入破：唐宋大曲一个音乐段落的名称，这里形容节奏开始加快。

红乱旋：乱：大曲在中序时多为慢拍，入破后节奏转为急促，舞者步法随之加快。红旋：旋转飞舞的红裙。

玉钩：帘钩的美称。

香阶：飘有花香的台阶。

共我赏花人：和自己一同观看玉真歌舞的人。

点检：检查、细数。

微微春风阵阵吹拂，带来融融暖意，池塘里的清澈水波泛起层层涟漪，这些景象我记忆犹新，因为这是我和玉真仙女初次相遇的情景。灯影重重的宴席之上，她吟唱着前后两阕相重叠的曲子，歌声曼妙且动人心弦。伴随着轻盈的旋律，她扭动盈盈一握的腰肢，用优美的舞姿将那红裙飞快地旋转起来，让人看花了眼。

我站在台阶旁边，在那白玉帘钩和栅门下面，看落花成堆，香气阵阵，喝得酩酊大醉，不知不觉间夕阳已经西下，傍晚来临。当年那些与我一同欣赏玉真仙女歌舞之人，如今倘若详细调查一下，大部分都已经不在人世了。

这首《木兰花·池塘水绿风微暖》是北宋著名词人、诗人、散文家晏殊的作品，官至宰相，与其第七子晏几道，世称“大晏”和“小晏”。当年晏殊赴长安任职，随从张先为通判，诗中所写的玉真仙女，是一位歌舞妓，也是张先在《醉垂鞭》所写的“初相见”之女子。

晏殊以“池塘水绿风微暖，记得玉真初见面”暗示了季节，从“水绿”和“风暖”可以看出此时正值春天。但他并未直说写春天的花朵，为下文写“赏花”做了相当精妙的铺垫。

将自己在园中漫步所见所闻，变换成绮丽优美的画卷，呈现在人们眼前。“记得”表明全诗以回忆往事为基调，“风”与“水”放在一起，读者很容易眼前就浮现出水波荡漾的池塘，当然这里波动的不仅仅是塘水，还有晏殊的内心。

“重头歌韵响铮琮，入破舞腰红乱旋”，具体描写回忆中难忘的动人场景。一般来说，在欢乐的春日赏花宴上，定是美女如云，歌声阵阵，舞姿蹁跹的。但晏殊并未细致描写，而是挑选了比较重要的关键点，寥寥数笔，勾勒出往昔欢愉气氛，着实令人向往。

尤其晏殊对一个名叫“玉真”的女子重墨描绘。大量运用视听结合的工丽俊语，比如听见了“响琤琮”，看见了“红乱旋”，非常生动形象。此处还采用双声对叠韵的特殊写法，让读者感受到诗词韵脚之优美精髓。虽然未对歌舞直接进行评价，但处处都暗含赞美之情。

“玉钩阑下香阶畔，醉后不知斜日晚”，写出春日宴场所的具体方位，以及人们在宴席上的醉态。然而天下无不散之宴席，夕阳西下之时人群散去，这里有双重意思，一是点明宴席的结束时间，二是以黄昏场景暗喻人生暮年的凄凉之感。从用词意韵而言，烘托的是悲凉气氛，还是为了下文抒情做更饱满的铺垫。

“当时共我赏花人，点检如今无一半”，晏殊还是没有提到玉真本人，却可以让人瞬间领悟到玉真人在其中，只是当时跟他一起欣赏玉真歌舞的友人们，如今大半可能都不在人世了。

全篇以优美文辞表达出晏殊对故交零落、人生如梦的慨叹，同时也流露出人生短暂，景物依然，却物是人非的凄然之感。给人带来久长回味与深长思索，堪称怀旧诗篇的精妙代表佳作之一。

梨花满院飘香雪

菩萨蛮·梨花满院飘香雪

［五代］毛熙震

梨花满院飘香雪，高楼夜静风筝咽。
斜月照帘帷，忆君和梦稀。
小窗灯影背，燕语惊愁态。
屏掩断香飞，行云山外归。

【注释】

香雪：喻梨花。

风筝：悬挂于檐间的金属片，也称“铁马”“风铁”“风琴”，俗称“风马儿”。

和梦稀：连梦也稀少了。

和：一作“知”。

断香：阵阵的香气。

行云：喻远行的情人。

庭院里花满洁白的梨花，散发出阵阵沁人心脾的幽香，就如白色香雪一般纷纷飘落；庭院里的高楼，在寂静的暗夜里，廊檐之下的檐铁筝片就会迎着晚风呜呜鸣响，声音听起来就像有人哭咽一般。清冷的月光，斜斜地笼罩着帘幔帷帐，我思念的郎君啊，在梦中也难以相会。

小窗上映衬着幽暗的灯光，依稀可见朦胧灯影，房梁上飞舞的燕儿，“偷窥”到我的愁态，在空中盘旋呢喃，吃惊相语。只看见屏风边上，断断续续的熏香轻烟袅袅飞升，掠过屏画的山峦，仿佛流云一般，我远行的夫君啊，何时才能回还呢？

这首《菩萨蛮·梨花满院飘香雪》是后晋诗人毛熙震的作品。生平卒年不详，曾官至后蜀秘书监，存诗二十九首，词开华丽一派。据周密作著的《齐东野语》中表示：“毛熙震词中多新警，而不为儇薄。”

全词尽显毛熙震词派的“新警”之韵，其风格重点不在遣词造句之上，而是工于巧思的意境。主要表现的是女子怨闺，静夜思念远行夫君的心情。起笔淡稚纤细，运笔幽丽，回转惊喜，结尾别新，终篇缥缈思含，曲尽意存，值得品读。

“梨花满院飘香雪”，庭院中幽香梨花像白雪一样纷纷飘落，说明已经到了落花的时节，梨花在一点点地凋零，暗喻春色已迟，春光不再。古来花落之句，都隐喻时光匆匆，人物心情凋敝。此处用意类同。这里指代女子思念远行夫君的寂寞心境。

“高楼夜静风筝咽”，是指女子站在高楼上看静谧夜色的情景。她站在高楼之上，院中即有满树梨花，虽然在不停地凋落，但不是一下子都落光了，女子却闻不到梨花芬香，或者说她根本无心注意花香。

此时，女子的耳中只有风吹檐铁铮片叮当作响的声音，像是有人呜呜哭咽，这里也代表女子悲苦心境。她深夜无人相伴，只身落寞站楼观景，既是无聊，又是相思。幽香梨花随春去，只有檐铁铮片夜夜声相陪，更加愁绪。

“斜月照帘帷，忆君和梦稀”，清冷月光笼罩着室内薄薄的帘幔帷帐上，仿佛帘帷的温度都跟着寒凉起来，那景象让人心中无端生起凄凉，入夜十分，无法入眠的女子，眼眸中尽是荒凉与哀愁。

“和梦稀”中的“稀”字，有数量极少之意，说明女子想在梦中与夫君相会，可能因为夫君走的时间太长了，梦里也难忆起夫君的模样。也有因思之切转恨之深，由思转恨，生出怨怼。在这里是加强女子思君之意。

“小窗灯影背，燕语惊愁态”，这里承接上句，指小窗上映衬着幽暗的灯光，依稀可见朦胧灯影，女子背着灯光，是不想让灯光照出脸上的泪痕。没有想到栖息在高楼上的燕子，将一切尽收眼底，燕子们呢喃相语，惊讶女子的愁态。

这里的“惊”字，亦可作燕子呢喃相语声，在静夜中显得特别空灵，女子将思夫不眠归罪燕子，认为燕子惊扰了自己春梦，让自己愁上加愁。无论作何解释，这个“惊”字入木三分地表达出女子的情感。

“屏掩断香飞，行云山外归”，女子看到身边熏炉里的轻烟，袅袅升起，就像一朵朵缥缈的浮云，掠过屏风上的山峦。联想到夫君，会不会从山外归来。“屏”是指屏风，“香”是指熏炉里面可燃的香，“山”指屏风上所绘画的山峦。“行云”指的是远行的夫君，表达出女子渴望夫君归来心切，同时又怨其不归的痴人心语。这里应该典出的是《临江仙》词“暗思闲梦，何处逐云行”。

精绝之笔就是这句“屏掩断香飞，行云山外归”，虽然毛熙震生平资料不详，一生只留下二十九首诗文，但该词因其精巧构思，仍被当作闺怨佳作而广为流传。

醉拍春衫惜旧香

鹧鸪天·醉拍春衫惜旧香

[宋]晏几道

醉拍春衫惜旧香。天将离恨恼疏狂。年年陌上生秋草，日日楼中到夕阳。

云渺渺，水茫茫。征人归路许多长。相思本是无凭语，莫向花笺费泪行。

【注释】

旧香：指过去欢乐生活遗留在衣衫上的香泽。

疏狂：狂放不羁。

无凭语：没有根据的话。

花笺：书信。

我喝得酩酊大醉时，不忘轻轻拍打身上的春衫，我十分珍惜它，因为这件春衣上有我心上人在昔日留下的余香，它总是勾起无限的思念情怀；无情的苍天啊，你为何总是让我这个性情疏狂之人，饱受各种离恨别情的烦恼。每年小路上都会长满凄凄的秋草，就那样年复一年，有如我的思念一样连绵不绝；我盼望落日可以斜照在楼上，驱赶我的愁思，就那样日复一日地渴盼着、期待着。

行云缥缈无迹，总是踪影难觅，暮色烟水苍茫，浩浩汤汤远去。离家远征的行人，怎么有不思乡情切的，可梦里不知身是客，一步一步山水长，奈何回家之路充满坎坷，我的归程无望，我的归期遥遥；我的断肠相思，锥心刻骨，我的哀伤，铭心难抹，我无法用任何言辞向你诉说我的相思心语，所以我无法依靠信笺书写我的离愁别恨，因为书还未成行，我的泪水早已涟涟了！

这首《鹧鸪天·醉拍春衫惜旧香》是北宋著名词人晏几道代表作品之一。晏几道是宋词大家晏殊的第七子，父子合称“大小晏”，官至开封府通判。生性孤傲，词风或清壮顿挫，或哀伤缠绵，为宋词婉约派的代表人物。

晏几道借词抒发聚散人生，其中有欢聚时的恣意疏狂，离别后的落寞孤独，表达了思念的痛楚，别离的哀伤。他从回忆与心上人昔日欢情场景，慨叹落拓平生之无奈。上阕从小景物、小情节写纤细思念，下阕从大景物、大视野写悲壮离别。意境深远开阔，感情真挚感人，词风婉约清丽，艺术魅力精绝，非常值得品鉴。

“醉拍春衫惜旧香”，酒醉后晏几道总会异常珍惜地拍拍身着的春衫，因为衣服上有心上人留下的旧香，这会让他想起与心上人一起度过的欢乐时光。这里的“醉”是相思郁结的最好体现。“旧香”实际上比喻的就是佳人遗泽，代表不忘旧情。“惜”指代始终情深未浅，也有留念之意。

“天将离恨恼疏狂”，指的是晏几道本人之性情以及生活状态，意指自己原本是个性情疏狂的人，如今因为别离情恨变得无端烦恼，无法开解。可见他对心上人的思想已经深切之至。

“年年陌上生秋草，日日楼中到夕阳”，先说小路上年年荣枯的秋草，再说他天天看着夕阳起落。“陌上秋草”暗喻征战的将士已经多年未回家，“夕阳日落”暗喻女子等待远征之人的情思。这些都是为了衬托离别苦短、思念情长。

“云渺渺，水茫茫。征人归路许多长”，从上阕小情小景写到了大景大情，行云渺渺，烟水茫茫，征人想归家却难寻归路，有太多阻隔，多难如心如愿。主要表达与心上人相见遥遥无期的惆怅。这种以天地浩渺，展现归途漫长的手法，其间更见悲壮。

“相思本是无凭语，莫向花笺费泪行”，相思太深重了，无法用语言表达，也没有办法锦书相托，因为还未落笔，就已经洒下千行泪，哭得泣不成声了。离恨如此深重，非言辞能申写，花笺费泪亦徒然。这里多是晏几道的自言自语、自我安慰的心境表达。

此句措辞精妙，言语不多，哀伤更现。此句虽有决绝之语，却不见决绝之意，深情往事言不尽，写不完！离愁别恨几多重？但看双泪流，便知一切尽在不言中！

诗中晏几道给人们留下了“醉拍春衫惜旧香。天将离恨恼疏狂”“相思本是无凭语，莫向花笺费泪行”等经典佳句，但是相比之下，他在《鹧鸪天·彩袖殷勤捧玉钟》中的“舞低杨柳楼心月，歌尽桃花扇底风”，更堪称千古经典名句，广受人们赞赏。

飞花令里品诗词
菊
郎梦蝶/著

华龄出版社
HUALING PRESS

总序

千年文明，瀚若星辰，唐诗宋词早已融入中华民族的血脉，成为中华文化最具代表性的符号。一席宣纸承不住绵密的离愁，一支轻笔诉不完岁月的荏苒，一盏杯酒饮不尽失意的落寞，一架古筝唱不断人生的跌宕。推开尘封的历史，品一品诗词，念一念过往，峻峭风骨与凤采鸾章迎面而来。透过隽永的诗句，唯美的字词，我们仿若看见盛世长安的轻歌曼舞，依稀听到秦淮河畔的靡靡之音。但是诗词绝非出尘之想、镜花水月，更不是浮光掠影、虚幻烟霞。它为后人留下了宝贵的精神财富，每一次品味，都有新的感触。

飞花令，原本是古人行酒令时的一个文字游戏，源自古人的诗词之趣，得名于唐代诗人韩翃《寒食》中的名句“春城无处不飞花”。河北电视台《中华好诗词》栏目全国率先引进并改良了“飞花令”用于两位选手间的对抗赛，之后《中国诗词大会》等诗词综艺栏目也引进并进行了改良，从而掀起了一场声势浩大的诗词热潮。

此次《飞花令》系列共计四本，分为《梅》《兰》《竹》《菊》，探波傲雪，剪雪裁冰，一身傲骨，梅为高洁志士；空谷幽放，孤芳自赏，香雅怡情，兰乃世上贤达；筛风弄月，潇洒一生，清雅

淡泊，竹为谦谦君子；凌霜飘逸，特立独行，不趋炎势，菊为世外隐士。每一首诗词均配有相应的注释和赏析，让读者在浮躁尘世之中，翻阅笔墨书香，与文学大家一起，探寻内心深处的宁静悠远之地，采撷精神上的充实与幸福。

目录

第一篇　菊

菊花垂湿露　2
槛菊愁烟兰泣露　5
细雨菊花天　8
芙蓉金菊斗馨香　12
遥怜故园菊　15
紫艳半开篱菊静　19
携壶酌流霞，搴菊泛寒荣　22

第二篇　云

云深不知处　28
愁云惨淡万里凝　31
野径云俱黑　34
积雪浮云端　38
望处雨收云断　41
归鸿声断残云碧　44
众鸟高飞尽，孤云独去闲　47

第三篇　不

不知天上宫阙　52

恨不相逢未嫁时　55

青鸟不传云外信　58

深林人不知　61

远游无处不销魂　64

聒碎乡心梦不成　67

前不见古人，后不见来者　71

第四篇　开

开帘见新月　76

花开时节动京城　79

两朝开济老臣心　82

朵朵花开淡墨痕　85

星桥铁锁开　88

酒酣胸胆尚开张　91

天门中断楚江开　93

第五篇　思

思君不见下渝州　98

沉思往事立残阳　101

日日思君不见君　103

化作相思泪　106

此物最相思　109

每逢佳节倍思亲 112
清风明月苦相思 116

第六篇　君

君不见沙场征战苦 120
与君离别意 122
了却君王天下事 126
然诺重，君须记 129
醉卧沙场君莫笑 131
江南江北送君归 134
半缘修道半缘君 137

第七篇　归

归来倚杖自叹息 142
春归何处 144
君问归期未有期 147
风雪夜归人 150
燕然未勒归无计 153
归燕入胡天 156
菊花须插满头归 160

第八篇　来

来从楚国游 166
人来鸟不惊 168

燕子来时新社 171
山雨欲来风满楼 174
金陵子弟来相送 177
惟有幽人自来去 179
不尽长江滚滚来 183

飞花令里品诗词
菊

菊花垂湿露

王濬墓下作

［唐］李贺

人间无阿童，犹唱水中龙。

白草侵烟死，秋藜绕地红。

古书平黑石，神剑断青铜。

耕势鱼鳞起，坟科马鬣封。

菊花垂湿露，棘径卧干蓬。

松柏愁香涩，南原几夜风！

【注释】

阿童：王濬的小名。

水中龙：这里指王濬。

白草：草被烟雾覆盖，变成白色的了。

藜：又作“黎”，一种草本植物，嫩叶可以吃。

黑石：墓石、墓碑。

鱼鳞：像鱼鳞一样排列，形容耕地密密麻麻地连在一起的样子。

马鬣封：坟墓封土的一种形式。

虽然世上早就没有王濬这个人了，但是关于王濬的歌谣还一直在被后人所传唱。墓地旁边的草由于时常被烟雾笼罩，慢慢地都枯死了，秋藜却变得越发地红。墓碑上刻的字经过时间的洗礼，也变得模糊不清了，当时随着王濬一起下葬的青铜剑也被腐蚀断了。其实就连墓地也不太能看出来了，因为它的周边都变成了农田，没有人打理坟墓周围的杂草，所以疯长的荒草几乎要把坟墓都给淹没了。雨露多的时候，菊花就会开得很茂盛，而荆棘丛生的蓬草却倒在了路上。空气总还有着松柏的香味，王濬已经死在了南园，再也没有当年的风光了。

关于这首诗创作的具体时间，不同学者有不同的意见，但不管是哪一种意见，这首诗想表达的意思都是一致的。很明显这是一首怀古诗，李贺去凭吊西晋龙骧将军王濬时，描述了自己的所见和所思，使人读完此诗，产生一种悲凉、心酸之感，勾起人们的无限思考。

西晋时有一位叫王濬的大将军，他曾为统一中原立下过赫赫战功，因此即便当他已经逝去许多年了，仍然有不少的人始终记着他的功劳，《晋书》中还为此专门录入了一首童谣，在民间一直被传唱着，可见他对后人的影响之深远，于是有了开篇的“人间无阿童，犹唱水中龙”。诗人来到了王濬的墓地想要祭拜，还未走近时只看到一大片白色，走近之后发现是被烟雾常年覆盖的草变成了白草，有的已经枯死了，有的濒临死亡，墓地周围布满了荆棘，而地上却密密麻麻地长着藜，它们是红色的，“白草侵烟死，秋藜绕地红”，短短十个字却将墓地的现状清晰地展示在我们的眼前，让人感觉到一种凄凉的气氛。

“古书平黑石，神剑断青铜”，虽然歌谣还在传唱，但是毕竟已经过去了很长时间，什么都逃不过时间的摧残，墓碑上刻的字早已经模糊不清了，当年陪着将军一起下葬的青铜宝剑现在恐怕也早已被腐蚀断掉了。而曾经被人们围起来的墓园也早已被农民们使用，作为自己的耕地种下了农作物，这一情况并未因此结束，而是变得越来越糟糕，因为他们正一点一点地逼近将军的墓地。

墓地在这一片土地之中显得格格不入，因为它的周围长满杂草，却没有人打理过，像马脖子上的鬃毛一样杂乱无章，与之相比较，墓地周围的土地像是鱼鳞一样整整齐齐地排列着，墓地仿佛变成了一个外来物，因此诗人写下了“耕势鱼鳞起，坟科马鬣封”这样的诗句，也能体会到诗人当时为英雄人物的身后事而感到寒心。

之前的几句都是作者的大致观察，紧接着他开始了近距离的观察，“菊花垂湿露，棘径卧干蓬”，菊花因为承受不住露水的沉重所以垂下了花朵，荆棘的小路上倒着一大片干枯的草，原本以为墓地周围的情况已经很凄凉了，可是没想到垂死的菊花，满地的荆棘、枯草，让本就已经悲凉的墓地更加悲凉了。“松柏愁香涩，南原几夜风!”墓地经过了风雨和时间的洗礼后，只留下了松柏的淡淡涩香，闻了这个味道又怎么能不让人感到愁思呢？至此诗篇全部结束，但是诗人的愁思却并未结束，他对于英雄人物的悲悯让人久久无法忘怀，同时也是对人生的一种思考。英雄早已入土为安，可过了这么多年，诗人将墓地的现状之凄凉，就这样毫不掩饰地展示在我们眼前，让人忍不住为之心酸，同时忍不住想问一问：英雄这样做，到底值不值？这追问也是诗人自己想要追问的，这是对生命意义的追问，是心灵的追问。

原本准备去拜祭一下英雄，却发现英雄墓地无人问津、异常荒凉，周围的草枯死了，路途中布满了荆棘，墓碑上的字早已被腐蚀，当年随着英雄下葬的宝剑也不敢细想现状，虽然英雄已经走了，但是若是他泉下有知，百年后自己的墓地竟然是这样一幅景象，只怕也会觉得寒心吧！原来无论多么伟大的人，只要时间足够长，人们都会把他遗忘，既然如此，那英雄存在的意义又是什么？他们所做的一切又有什么意义？这一切真的值得吗？看着这满目荒凉、惨淡的景象，让人心生难过，产生无限愁思，在墓碑前呆呆地伫立着。鼻子忽然闻到了一种香味，原来是松柏的香气，原本好闻的香气，飘散在王濬的墓地，这衬得墓地更加地惨淡，连带着这种香味都变成了“涩涩”的感觉，让人鼻子一酸，差点没忍住掉下眼泪。

槛菊愁烟兰泣露

蝶恋花

［宋］晏殊

槛菊愁烟兰泣露，罗幕轻寒，燕子双飞去。

明月不谙离恨苦，斜光到晓穿朱户。

昨夜西风凋碧树，独上高楼，望尽天涯路。

欲寄彩笺兼尺素，山长水阔知何处？

【注释】

蝶恋花：又作“鹊踏枝”“凤栖梧”等，原为唐教坊曲，之后多用作词牌名。

槛（jiàn）：古代的建筑用的栏杆。

罗幕：富贵人家使用的一种帷幕，材质多为罗丝。

不谙（ān）：不精通，不熟悉，没什么经验。

彩笺：彩色的信笺。

尺素：古人用绢写信，其长度通常为一尺，因此被称作尺素。

栏杆外的菊花被一层薄薄的烟雾笼罩着，仿佛有了一些忧愁，兰花花瓣上积攒了一些露水，看上去像是在默默饮泣。帷幕低垂着，天气也越来越凉了，就连那燕子都好像受不了飞走了。明月不懂得人们的悲欢离合，斜斜的月光直到早上了还是穿过了朱户照进了屋子里。昨天夜里刮起了大风，将绿树的叶子都吹落了，独自踏上高楼，望向天涯尽头的路。想着给思念的人写一封信，但是奈何道路遥远、路途艰难，而且也不知道思念的人现在身在何处。

“槛菊愁烟兰泣露”起句写了自己的所见，菊花和兰花本是花圃中常见的种类，但是此时的这两种植物，却有了不同的状态：一个染上了忧愁，一个在默默地喝着露水。原本没有思想的植物，被作者拟人化，使之也具有了人的感情，其实这是女主人公将自己的所思所想投射到植物身上的效果，巧妙地借助客观景物表达了自身的忧愁，而且“愁”和“泣”都是作者来修饰菊花和兰花的，使人深刻体会到女主人当时的心情。

紧接着上文又写到“罗幕轻寒，燕子双飞去”，对于本就愁思不断的女主人公而言，又恰好看到燕子都飞走了，她想：连燕子都忍受不了这清寒，所以才飞走了吧！燕子飞走并不一定是这个原因，但是在女主人公眼中事实就是如此，她感受到了初秋的一些寒意，本就觉得凄凉，又看到燕子纷纷离去，更觉得自己形单影只、孤苦无依。就连燕子都是“双飞去”的，但是自己却只有一个人，想到此处心中觉得更加孤单。虽然描写的是客观景物，但是却被作者赋予了自己的感受，带有明显的感情色彩，间接地写出了自己的感受。

无论人世间的悲欢离合上演过多少次，明月依旧按照自己原本的轨迹行走，依旧穿过窗户，将自己的光辉洒在屋内，就和太阳每天的东升西落是一样的，这是自然规律，谁也改变不了，但是却让人生气：凭什么人要承受离合悲欢，但是月亮不用？于是连带着月亮也被人埋怨了，看似有些无理取闹，但是却更加反衬了女主人公的煎熬，如果不是彻夜无眠，又怎么会在月光照进屋里时埋怨它，平时哪里会注意到这些事物。看似是外界的事物影响了自己，但其实因为自己心里愁苦，所以才会把这种心情转移到它们身上，才有了“明月不谙离恨苦，斜光到晓穿朱户”。

“昨夜西风凋碧树，独上高楼，望尽天涯路”，除了月亮的“不谙离恨”，还有那可恶的西风，好好的绿树都被一夜西风吹得凋落了，这不仅仅是女主人公早晨登高所见，而且从侧面反映了昨晚的夜不能寐，正是因为夜不能寐所以才听了一夜西风，早晨独自登上高楼，看到“凋碧树”的情形果然和昨晚想的一模一样，眼前的景色萧条又凄凉。抬眼看向远处，看到了无穷尽的道路，眼前仿佛出现了这样的画面：一位登高的女子，看不到容貌，只能看到形单影只的背影，加上周围凄清的景象，让人生出一种不忍再看的冲动。但是对于女子而言，虽然之前的她一直心情低落，但是当她把目光由庭院转到外面的广阔世界时，却有了一种和之前截然不同的感受，让人精神上产生了转变，有了一种满足感。

虽然登上了高楼，但是看不到思念的人，就想着写一封书信寄过去，“欲寄彩笺兼尺素”，可是山高水长，自己思念的人在哪里都不知道，就算写了书信又往哪里寄呢？“山长水阔知何处！”明明那么思念的人，却没有办法与之相见，那么就退而求其次写一封书信吧，可是忽然又想到不知道书信要往哪里寄，前面对写书信的殷切愿望和后面对无处可寄的怅然失落，形成了强烈的对比，全篇到此结束，却不由得使人生出无限感慨。

这首词是婉约派中较为出名的闺思篇，上片和下片的感情有所不同，上片将庭院中的事物赋予了自己的思想，点出了“离恨”，下片登高眺望，望眼欲穿地寻找思念的人，却没有结果，上片含蓄的感情符合婉约派的特点，下片虽然也说离恨，但却有悲壮的感觉在，多了山长水阔的精神向往，在上片的基础上有了升华，使它不同于一般的婉约词，甚至可以说由于这种写法使得它在婉约词里脱颖而出，使人有一种眼前一亮的感觉。

外面的菊花被雾气笼罩着，看得不太真切，兰花的花瓣上沾染了大颗水珠，花儿都低着头，好像一个个低头啜泣的小姑娘，看着菊花和兰花的样子，我的心中也忍不住生出一丝忧愁。眼看天气已经转冷，燕子仿佛受不住这寒冷，一个个地都飞往南方了。记得昨晚躺在床上的时候，月儿就挂在夜空中，早上醒来的时候，它还没有消失，月光透过窗子照到了屋内。记得昨晚半夜的时候起了大风，对着屋内的月光发呆了一会儿后，我起身踏上高楼，庭院中的树叶也终于承受不来这样的打击，在院子中四散了。我又抬头眺望着远方。不知道我思念的人现在怎么样了，那人是否像我一样在思念着我？满腔的思念无处放置，心中愈加忧愁，想提笔寄封信，诉说自己的思念之情，可是前路漫漫、山海相隔，不知道我思念的人现在在何处，想到这里，我的眉头紧锁得更深了。

细雨菊花天

秋怀

［宋］欧阳修

节物岂不好，秋怀何黯然！

西风酒旗市，细雨菊花天。

感事悲双鬓，包羞食万钱。

鹿车何日驾，归去颍东田。

【注释】

秋怀：秋天的思绪、情怀。

节物：当季的景物。

包羞：对做过的事感到羞愧。

鹿车：依靠人的推力才能走的小车，佛教用语，这里指归隐山林的意思。

这秋季的景物有什么不好的？但不知道为什么对着眼前的秋色我却觉得黯然伤神。客栈门口的酒旗被西风吹得迎风飘扬；细雨蒙蒙，到处都是盛开的金灿灿的菊花。想到国家大事，愁得我的鬓角都生出了白发；我为自己拿着朝廷的俸禄却不能为君分忧而感到十分愧疚。要等到什么时候才能回到颍东过上驾着鹿车、躬耕土地的生活呢？

这首诗作于宋仁宗庆年五月，当时支持“庆历新政”的几位大臣，包含范仲淹在内都被斥逐了，而欧阳修不忍袖手旁观所以向皇帝上书，试图为他们几个求情，但可惜不但没能帮他们减轻罪责，天子之怒，再加上一些大臣的诬陷，欧阳修也被贬谪降官发去了滁州，这首诗便是他在滁州上任的第二年秋季所写下的。全诗有景有情，既表达了诗人对生活的热爱，又有对于国家的忧愁之心，所以这首诗的感情其实是相当复杂的，不能只用某一种感情来概括。

这首诗的首联不同于以往的五言诗，明明是令人心旷神怡的秋季，是一个收获的季节、丰收的季节，本来应该是高高兴兴的，但是却让作者产生了伤神的感觉，那么问题出在了哪里？“节物岂不好，秋怀何黯然”，秋天的时候，许多果实都成熟了，庄稼也可以收获了，菊花开放，还有美味的蟹可以食用，这哪一件事情都是值得人高兴的，可是诗人却高兴不起来，这就使我们产生了一个思考：到底是什么原因才发生了这样的事？首联直接抛出了一个问题，看似有些突兀，但正是这种写法不按常理出牌，让我们有一种眼前一亮的感觉，同时勾起了我们的好奇心，所以我们抱着这样的好奇心往下读，迫不及待地想要知道诗人既然不讨厌秋天，但是为什么情绪不高的原因。

按理说在抛出问题之后，作者就应该告诉我们答案了，可是他并没有这样做，在颔联中他又一次不按常理出牌，继续描写了自己所看到的秋季风光，“西风酒旗市，细雨菊花天”，西风、细雨、菊花都是秋季中的常见事物，短短几个字，却能看出作者对于季节风物的喜爱，看似轻描淡写的笔触，实则体现了作者对于生活真挚的热爱，从小处入手，更显诗人的观察仔细，说明诗人是真心实意喜欢秋天的。由这两句诗我们也可以知道作者不但不讨厌秋季，反而对其充满着喜爱之情，到了这里我们更加困惑了，诗人这一次没有再卖关子了，接下来他就为我们揭晓这个谜底了。

颈联“感事悲双鬓，包羞食万钱”，想要深刻理解这两句诗，就必须对欧阳修的生平有一个认识。欧阳修由于小时候家境贫寒，所以生性节俭，再加上为官多年也有了一些积蓄，既然是这样，那么应该不是因为家中的琐事，那么除了家事就剩国事了，而且后半句也印证了我们的想法，食君俸禄为君分忧，可是领着朝廷的俸禄却并不能做到为君分忧，虽然为了国事操劳，忧愁的鬓边生了白发，但是没能解决问题，为此感到羞愧不安，两鬓生了白发也是可以理解的了。至此，诗人才向我们解释了最初抛出的问题，而且也不难感受到作者对国家深深的热爱之情。

尾联借助佛教用语写下“鹿车何日驾，归去颍东田”这样的句子，使我们感受到作者纠结复杂的感情。想要为君分忧，奈何没有好办法；想要做一名不问世事的隐居士又难以如愿，不禁让我们想到范仲淹在《岳阳楼记》里的名句“居庙堂之高则忧其民，处江湖之远则忧其君，是进亦忧，退亦忧”。诗人对于浮世生活里的种种琐事，已经感到十分厌倦，官场里的浮浮沉沉、钩心斗角让人疲惫不堪，倒不如学学陶渊明，做个寄情山水田园的人，写写诗、作作画，和三两好友把酒言欢，岂不是人生一大乐事？奈何自己身在其位必须谋其职，矛盾和痛苦的情绪交织在一起，所以就算眼前是如此美好的秋景，自己心中也无力欣赏，才产生了“秋怀黯然”的伤感。

秋天到了，蒙蒙的细雨、凉爽的秋风、盛开的菊花，这一切都是多么的美好啊！而且这些东西本就是秋季独特的风景，但是对着这些美景，却让人生出了一些愁思。并不是因为不喜欢秋天，也不是讨厌秋天的景色，而是心中有着烦心事，就算是欣赏着美景也让人无法释怀。不是因为家中有事所以烦闷，也不是因为钱财问题，只是一想到国家的前途命运，心中就无限伤感、内心久久无法平静，怎么还会有心欣赏这美景呢？而且自己没有作为还领着俸禄，心中十分惭愧不安，每天都处在无尽的愁苦中。忽然有一天，发现镜子里的自己两鬓竟然生出了一些白发！在官场里浮浮沉沉的这些年，也终于明白了世事无常、天威难测，这样的事情发生在自己身上不是偶然，谁又能逃脱这样的命运？忍不住想离开这里，寻找心灵的栖息之所，每天日出而作、日落而息，看遍世间美景，与好友煮茶对诗，如此快意的人生，当然很好，可是什么时候才能实现这样简单而幸福的愿望？我还能等到那一天吗？

芙蓉金菊斗馨香

诉衷情

［宋］晏殊

芙蓉金菊斗馨香。天气欲重阳。远村秋色如画，红树间疏黄。

流水淡，碧天长，路茫茫。凭高日断。鸿雁来时，无限思量。

【注释】

馨：指香气散布的范围很远。

红树：在这里指枫树。

流水淡：河流中的水清澈见底。

凭高目断：站在高处向远方眺望，直至看不见。

思量：思念、相思。

快到重阳时节的时候，芙蓉和金菊纷纷争奇斗艳，那香气一直能传到很远的地方。远处的山村远远望去，仿佛一幅美丽的秋景图，茂密的枫树间夹杂着淡淡的黄色。中原地区的秋雨本就少，所以湖里的水始终是平静无波的，而且还非常地干净清澈，秋高气爽，万里无云，好像没有边际一样，而前路同样是漫长的。站在高处向远方眺望，看到了飞来的鸿雁，内心忽然生出了许多的思念。

很明显可以看出这是一篇关于秋景的诗作，晏殊在为官时并未放弃对自然的追随，认识自然的最好方式就是去接触它、感受它，这也是他生活的一部分，这首词就是作者在重阳时节登高时所看到的景色，从词中我们也不难感受到作者心中的感受。开篇“芙蓉金菊斗馨香”这句向我们说明了文章所写的时节是秋季，因为很多花都是春天或是夏天开放的，到了秋天还开放的花并不多，但芙蓉，也就是我们所说的荷花虽然是夏天开放的，但它的花期较长，能持续到秋季，而且金菊更加明显地告诉我们诗人外出的时节是秋季。写芙蓉和金菊在别的花凋谢的时候争相斗艳，不仅点明了出游的季节，而且给我们呈现了一幅美丽的画卷。“天气欲重阳”这一句，则验证了我们的想法：古代一直有九月九日重阳登高的风俗习惯，唐代诗人王维在《九月九日忆山东兄弟》中写下过“独在异乡为异客，每逢佳节倍思亲”这样的千古名句。而且作者直接点明重阳，为下文的登高望远埋下了伏笔。“远村秋色如画，红树间疏黄”这两句则是作者用眼睛所见的景色，向我们描述了一幅秋景图：远远望去，村庄错落有序，枫叶树上红红的枫叶之间点缀着一些黄色，秋天的枫叶本就十分茂盛，在诗人眼中，点缀在其中的黄色则使人有了不同的视觉感受，配合着秋日的景色，使人心旷神怡，秋天的美好景色便自动浮现在读者的眼前。这两句是由远景写到了近景，从远处的村庄，写到了近处的树木，颜色的描写更加突出了秋季的特点。而且我们也可以感受到诗人对于秋天的喜爱之情，如果不是喜爱，又怎么会观察得如此细致；如果不是喜爱，又怎么能展示出这样色彩鲜明的画面。

“流水淡，碧天长，路茫茫”，这九个字同样在写景色，既写了水中的景色，也写了陆地的景色，词的上片写的是静景，转到下片之后描写了动景：水中清澈的流水，放眼望去蓝天白云，秋高气爽，至此诗人的心情都是愉悦的，但是诗人又看到了漫漫长路，心中不由得生出一些感慨，前路那么漫长，感觉不在人的掌控之中，使人产生一种淡淡的忧伤。恰好此时天空中飞来了一群鸿雁，古人时常以鸿雁来传情，表达对远方亲人的思念，作者自然也无可避免地想起。词虽然到此就结束了，但是却让人有一种“言有尽而意无穷”的感觉，上片的写景和下片的抒情相辅相成。

词的前半部分用了大量笔墨来描绘作者的所见景色，语言朴实，没有华丽的渲染，但胜在真实，“芙蓉”“金菊”“红树”“疏黄”“流水淡”“碧天长”等带有颜色的词语很容易引起读者的想象，诗人脑海中不由自主产生一幅颜色鲜明的秋日美景图。而后半部分虽然也向我们描述了景色，但是却让人的心情由轻松变得有些沉重，面对这样的蓝天白云，清澈的溪水，却让人忍不住生出一种忧伤，而悲伤的原因就是：原本应该和亲人在一起过重阳节，观赏菊花的，但是现在却只有自己一个人，鸿雁又恰好出现在视线之内，更加勾起人的思念之情，使人感同身受。晏殊的词一向比较温润，这首词自然也不例外，从词中感受到作者淡然宁静的文学素养，而且其中透露出的思念之情也是我们不能忽略的，因此无论是从写景方面，还是从抒情方面，都是成功的，是值得人们再三品读的。

马上又到了一年的重阳佳节，菊花和荷花仿佛想让路人评出“最美的花”一样，都迫不及待地展示自己婀娜的身姿，菊花清幽淡雅，荷花亭亭玉立，放眼望去，到处都是一片美丽的画卷，就连空气中都弥漫着淡淡的花香。眺望远方，村庄错落有致地排列着，红色的枫叶密密麻麻地装点在林间，透过枫叶树上的缝隙，却露出了一些黄色的叶子，稀疏相称下，红叶好像更红，黄叶好像更黄了，而且是大片红色中点缀着点点黄色，远远望去当真是一幅美丽的秋日画卷，煞是好看！低下头又看到了清澈明净的流水，河中的水潺潺地流淌着，仿佛一曲悦耳的乐章；抬起头可以看到无边无际的天空，有一种“海阔天空”的感觉，仿佛人的心境都变宽广了不少。收回目光却看到漫漫长路，前路遥远，不知路途上是否会遇到什么困难，这多像人的一生，谁也无法预知自己的人生到底是平坦大道还是荆棘丛生，又或者两者兼有。登上高楼望向远方，恰好听到鸿雁的叫声，不远处飞来了一群鸿雁，便想起了远方的亲友，不知他们现在过得可好，是否也在思念着自己。

遥怜故园菊

行军九日思长安故园

［唐］岑参

强欲登高去，无人送酒来。
遥怜故园菊，应傍战场开。

【注释】

九日：指九月九日重阳节。

强：勉强。

无人送酒：是一个典故，据说一次重阳佳节，陶渊明因为没有酒喝，就在自己的宅子旁边的菊花丛中坐着，坐了很久之后，恰巧王弘给他送酒来了，于是一起喝酒，醉了才回。

怜：可惜，可怜。

傍：旁边，靠近。

勉强自己按照九月九日重阳节的习俗，登高赏菊喝酒，却没有陶渊明那样的好运，刚好有人来送酒。我想念着长安城的菊花，只怕它们就要在这战场旁边开花了。唐玄宗天宝十四年，安禄山起兵谋反，紧接着长安沦陷，后唐肃宗至德二年行军到了凤翔，岑参也在其中，九月收复长安，这首诗的小注是："时未收长安"，所以推测这首诗是在凤翔过重阳节的时候写下的。

重阳登高的习俗一直都有，古代亦有许多文人雅士挥洒笔墨，写出了被后人称颂的名篇佳作，虽然它们长短不同，但是各有特色，就像是花园中百花齐放的花一样。通常而言，这一类的诗写思乡的、怀念亲人的多，但是岑参的这一篇却不属于这一类型的诗，他想表达的感情是复杂的，是多种感情交织在一起的。虽然只有寥寥数语，却向我们勾画出自己的所思、所感，因此这首诗绝对称得上是一篇引人思考的佳作。

文章开篇即点明"登高"，直接告诉了我们这首诗的创作时间是重阳佳节的时候，而且也与题目中的"九日"相吻合。重阳佳节人人登高饮酒，这本是一件值得高兴的事情，但是对于作者而言却并非如此，因为诗中的第一个字"强"就告诉了我们，"强"意为勉强，即违背自己的本意做自己不喜欢的事情，接下来的"登高去"则有一种逢场作戏的感觉，所以整句话"强欲登高去"让人感受到作者的无可奈何却又不得已而为之的矛盾心理。结合这首诗的写作时间及当时的背景，我们不难理解作者为什么会出现这样的情绪了：长安已被叛军所占领，在作者心中它是故园，虽然没有在这里出生，但是却在这里长大，这里也算是故乡。试想一下在这种情形下，作者哪里还会欢欢喜喜地像过去一样度过重阳节呢？节日不会改变，但是人的心境会。

重阳节登高就必然是要饮酒的，虽然作者在此引用了陶渊明的典故，但是在此并没有突兀感，由于第一句的铺垫，作者自然而然想到了与人饮酒，只是有些感慨：陶渊明当时没有酒喝的时候，还有王弘给他送酒，与他一起饮酒，但是现在自己真的是孤身一人了，也不会有人来给自己送酒。或者可以理解为：自己就算有心想过重阳节，但是也没有人陪着饮酒作诗了。这一句从侧面反映出旅途的艰难、凄凉状况，赏不了菊花也喝不了酒，诗人的内心是苦闷的，也是无可奈何的。

值此佳节诗人自然而然地想起了自己的故乡，也就是国家的成都城，“遥”字点明了距离，即自己距离国家已经很远了，这种远不仅是距离上的远，而且也是心理上的远，对故乡的思念、对亲人的感情，诗人将其都寄托在了“故园菊”上，不仅表达了对菊花的怜爱，而且也说明了自己对故乡的深切思念。而且这菊花不是普通的、随处可见的菊花，而是自己家乡的菊花，可以发现对于作者而言，家乡的菊花是独一无二的，是别处的菊花无法比拟的，因为是思念着家乡，所以连带着对家乡菊花也有了特殊的感情。由于前面两句的铺垫，此时再出现菊花就是水到渠成的事情了，登高、饮酒和菊花，重阳节常见的、具有代表性的事物，作者已经将其列举出来了，更从侧面渲染了节日的气氛，更加凸显了诗人对家乡的深切怀念之情。

如果说前面三句话是潺潺流动的小溪，那么这最后一句就是汹涌的瀑布，飞流直下、直击人的心头。作者思念故园的菊花，其实有多种方式，虽然现在身在旅途，并不清楚菊花到底是什么样的，但是作者却出人意外地写了在战场旁盛开的菊花，这就给人一种强烈的冲击，让人的脑海中不由得出现这样一幅画面：在战火硝烟中，到处都是流离失所的人，战场上的刀光剑影让人不忍心再看，战场上是鲜血淋漓的，是杀戮的，但是就是在这样的背景下，田野中却盛开着一簇簇菊花，它们傲然挺立着，这无疑让人心生温暖，可是转念又一想这一抹黄色又能挺立多久，敌人的炮火和刀剑会手下留情吗？作者的猜想到此结束了，但是留给我们的震撼却是长久的，让我们每个人都不得不直面战争的鲜血淋漓，而且这样巧妙的设想使得本诗立马达到了一个很高的精神境界。

本来应该是和朋友亲人一起在重阳佳节的时候，赏赏菊花、喝酒聊天的，但是今年的重阳节，却和往年有所不同，也努力地想要过节，可是现实却总会提醒自己：一切都改变了，再也回不到从前了，如今国家飘零，不知何时才能收复故土，以往热闹的节日，也变成了凄凄惨惨的样子。在这个地方，没有人和自己一起赏菊花，自己也没有像陶渊明那样的好运气，有王弘这样的朋友来给我送酒，所以这个节日，我注定是孤身一人的。想想我已经离故国很远了，如今是重阳节，不知道故国的菊花是否依然如往常一样热烈地盛开着？无论战争的结果是什么，对人造成的伤害都是必然的，家破人亡、流离失所，到处都是横尸遍野，在这场灰色的大背景下，就算故国的菊花还在盛开着，只怕最终也会被敌人毁灭，变得寸草不生吧！一想到此情此景，我的心中就久久无法平静，只盼望着能早日结束战争，回归故园。

紫艳半开篱菊静

长安晚秋

［唐］赵嘏

云物凄清拂曙流，汉家宫阙动高秋。

残星几点雁横塞，长笛一声人倚楼。

紫艳半开篱菊静，红衣落尽渚莲愁。

鲈鱼正美不归去，头戴南冠学楚囚。

【注释】

长安晚秋：又译为秋望、秋夕。

凄清：秋天刚来时乍冷未冷的感觉。

残星：天刚亮的时候还停留在天空中的星星。

紫艳：鲜艳的紫色。

红衣：这里指莲花的花瓣。

鲈鱼正美：西晋时期，司马冏执政期间，任命张翰为大司马东曹掾，当时张翰因为预料到司马冏不久之后就会败了，再加上想念故乡的莼菜鲈鱼脍，所以便辞官归家了，没过多长时间，司马冏真的被人杀害了。

南冠：由于楚国在南方，所以就把楚冠称作南冠，但是后来“南冠”多指战俘。

天还未亮的时候，天上的云正漫天游动着，亭台楼阁高高地耸立着，仿佛要触到天空。寥寥的几颗星星挂在天上，几只大雁正向南飞过关塞，我只身倚在高楼听着远处的笛声。竹篱旁的菊花正要悄悄开放，莲花的花瓣忧愁地落了下来。家乡美味的鲈鱼却不能回去享用，只能在这里充当着囚徒。

这首诗是作者在长安的时候写下的，当时他参加科举考试却没有被录取，在身在异乡，又无人解忧的情况下，看见秋季的景色，很难让人不产生思乡之情，了解了这首诗的背景后，就不难理解诗人想表达的意思了。

诗句的首联“云物凄清拂曙流，汉家宫阙动高秋”先总述了长安的景色：这是一个深秋的早晨，天还未亮，抬头看见了凄清的云雾在慢慢飘动着，长安城的宫阙高高地耸立着，景色很壮丽。在这里诗人写“凄清”，既指秋的清冷，这是从客观上来说的，同时也是作者自己的内心感受，属于客观的描写，诗人的心境也由此说明了，而且也告诉了我们本诗的思想感情。

接下来诗人写了自己的所见和所听，“残星几点雁横塞，长笛一声人倚楼”，天还未完全亮起的时候，抬头看到了天空中的点点残星，空中飞过了一群南归的大雁，正当诗人被眼前的景象所吸引的时候，却忽然听到了一阵悠扬的笛声，注意力便不自觉地寻找笛声的来源，由于距离太远并不能看得十分清楚，但是勉强可以看见远处的高楼上有人背靠着栏杆正在吹着笛子。笛声婉转、悠扬，却不知道吹笛的人此刻在想着什么？因这句诗中的“长笛一声人倚楼”是全诗中的名句，所以杜牧称赞赵嘏为“赵倚楼”。诗句中的“残星几点”对应着“长笛一声”，一为作者的所见，一为所听；之后的“雁横塞”是动静描写，“人倚楼”为静态，这样的相得益彰、动静结合不得不让人佩服作者的独具匠心，而且有一种清雅的韵味，仿佛淡淡的花香，让人闻起来有一种沁人心脾的感觉。

“紫艳半开篱菊静，红衣落尽渚莲愁”为颈联，当早晨完全到来的时候，阳光照耀着大地，所有的景物都变得清晰起来：竹篱旁边的菊花姿态不同，有的已经迫不及待地盛开了，有的还似开未开，姿态都非常地美好；池塘里的荷花已经开始凋谢了，片片花瓣掉入水中，剩下的残叶枯枝好像满面愁容。此句不免让人想到李清照在《声声慢》中的“满地黄花堆积，憔悴损”，这两句诗词虽然字数不同，但是表达的感情是相同的。而菊花则让人想到陶渊明的“采菊东篱下，悠然见南山”，隐隐感受到作者的归隐之心，因此诗人写的菊是“篱菊”。

而尾联中引用“鲈鱼正美”这个典故，则印证了我们的想法，此时正是回去品尝家乡鲈鱼的好时机，可诗人现在却只能像犯人一样被困在长安城中，这长安城中的景色虽好，但自己终归是个外人，自己终究不属于这里，最后的“鲈鱼正美不归去，头戴南冠学楚囚”直接表明了自己身处长安的无奈和急切想要归隐的心情。全诗从多种角度对长安的景物进行了描写，如首联的总揽、颔联的仰视、颈联的俯瞰，既有静景描写，也有动景描绘，而且在写景中不着痕迹地将自己的感情融入其中，使得秋天凄清的氛围更加浓烈，而且运用典故使得本诗有了深度，拔高了层次。

天还没有大亮的时候，我看见了天空中飘浮着的云，不远处长安城中的高楼高得好像要直入云霄。抬头看见了空中残留的一点点星光，大雁好像也受不了即将到来的寒冷，排着队形向南飞去了，正当我看得出神的时候，却听到了一阵悠扬的笛声，四下环顾，终于在远处的高楼上找到了笛声的来源，原来是有人正背靠着高楼吹奏。那吹笛的人啊，不知道是在感慨人生无常还是像我一样在思念着故乡，否则这笛声怎么会如此地悲伤，听了之后让人久久处在难过之中？不知到底听了多久，等我发现的时候，太阳完全出来了，到处都笼罩着一层金色的阳光，篱笆旁边的菊花开得那样好，就是那些还未盛开的也能看出它们的色泽鲜艳。而与之相反的却是荷花了：它们有的花瓣已经掉落了，有的只剩下了一枝光秃秃的茎，入目是满眼伤感之色，荷花这么美，但它们的生命却是这样的短暂，为什么好景总是不长？美好的事物也总是留不住。我不由得想起了故乡的鲈鱼，现在可正是品尝它们的好时节，我多想回到家乡去啊！可我却待在这京城之中，像个俘虏一样没有自由。韶华易逝、红颜易老，人生如此短暂，我不能让自己的时间在这里白白地浪费了，我一定要离开这个地方，回到自己的故乡，过上归隐田园的自由生活！那才是我梦寐以求的生活。

携壶酌流霞，搴菊泛寒荣

九日

［唐］李白

今日云景好，水绿秋山明。
携壶酌流霞，搴菊泛寒荣。
地远松石古，风扬弦管清。
窥觞照欢颜，独笑还自倾。
落帽醉山月，空歌怀友生。

【注释】

流霞：一种美酒的名字。

搴（qiān）：摘取、采摘。

寒荣：指菊花。

落帽：据《晋书》所述：大司马恒温曾经和参军孟嘉登高到龙山，后来孟嘉喝醉了，风把他的帽子刮掉了，但是他自己却不知道，在魏晋的时候，这种行为是不雅的，孙盛就嘲笑了他一番，孟嘉立刻回应："醉看风落帽，舞爱月留人"，一时传为佳话，后多用来指文人不拘小节。

空：徒然、白白的。

友生：朋友。

今天的风景特别地好，松柏参天、水流不息，山水湖光互相映照。拿着一壶流霞酒，采摘下冷天里的菊花，静静观赏。这里人迹罕至，有不少奇山怪石，树木仿佛也有很多年了，一阵微风吹来，响起的声音就像是多种管弦齐奏发出的声音一样悦耳动听。酒杯里倒映着我的笑脸，自己喝酒有一个人的乐趣。望着月亮独自起舞唱歌，就算帽子被风吹掉了也毫不在意，只是不知道我所思念的朋友现在身在何处？

这首诗是李白于公元756年重阳佳节，即九月九日登庐山所作，当时李白在政治上屡屡受到打击，正好到了重阳节，于是就借此诗抒发了自己的感慨。所以这首诗是一首非常明显的登高抒怀诗。李白是浪漫主义诗人，他的诗同样具有浪漫情怀，而且其风格飘逸洒脱，让人有豁达自由之感。

秋季的风景非常值得一看：澄澈的天空中飘着白色的云朵，它们像是调皮的孩子一样，一会儿聚在一起，一会儿又四散开来；形状也是多变的，这样静静地看着天上的云卷云舒让人非常舒心。阳光毫不吝啬地将自己的光辉洒在了地上，地上的松柏长得挺拔又茂盛，构成了山上的独特风景，江水则不断地奔腾着，好像是在称赞这秋日的风景，湖光山色是那么相得益彰，它们共同组成了这一幅多姿多彩的秋日画卷。

这么好的风景，怎么能在家呢？我带着一壶流霞酒，去欣赏这美丽的风景，正逢重阳佳节，菊花也开得正好，我边走边喝酒，路上的菊花让人心情变得晴朗，对着这蓝天白云、山清水秀的地方，我忍不住开怀畅饮。

沿途中我看到了深山中的松柏，它们枝繁叶茂、生长得非常好，其中还有许多奇形怪状的石头，让人忍不住想一探究竟，恰巧此时一阵微风吹来，山中的各种树木发出“沙沙”的声音，那种声音非常悦耳，就像是多种管弦乐器共同演奏一首美妙的歌曲一样，让人听到后心生欢喜。在这山水之间，大自然毫无保留地向人们展示着它的一切，把流霞酒倒入杯子中，低下头看到杯子中自己的欢颜，是啊，试问感受到这样的美景，谁又能无动于衷呢？

虽然眼前的景色很美好，而且也有酒与自己相伴，可是不免感觉到一些落寞，如此佳节美景，无人与我共享，终究是不够圆满，独身一人在这天地之间，有话无人说，想到这里便忍不住提起酒壶纾解心中郁结，对着眼前之景，我忍不住起舞高歌。不知道喝了多少酒，就连帽子掉落都不在意了，远方的朋友啊，你们可知我现在在思念着你们？你们又是否也在想念着我呢？

李白在政治上屡屡受挫，满腔才华无处安放，他虽为千里马，但却遇不到自己的伯乐，明明可以大显身手，却无法实现，即便他生性洒脱，能说出“天生我材必有用，千金散尽还复来”和“仰天大笑出门去，我辈岂是蓬蒿人”这样豁达乐观的话，但是一直不顺心也难免会感到难过。整首诗前三句都是在写景色，原本诗人自娱自乐欣赏这秋日的美景，第四句写出了诗人的快乐，但是一个人的快乐终究还是有那么些孤单，和朋友在一起的快乐才是恒久的啊！最后诗人喝得酩酊大醉起舞高歌，自然而然地就想起了自己的亲人朋友。前半部分花费大量笔墨写景，从侧面说明了作者所去之处是有些偏僻的，独辟蹊径的好处是能找到幽静且人少的地方，可坏处是只有自己会心生孤独，这也为后面的孤身一人做了铺垫，一个人的时候总是会忍不住乱想，诗人也在最后抒发了自己的感情，有了景的铺垫，再抒情就是顺理成章、水到渠成的事情了，赏景后抒情，正是古诗中一种常见的写法。

又是一年重阳佳节，我提着酒壶来到山上，走在路上，一切都是那么令人惬意，天空中的云卷云舒，山林中的怪石嶙峋，还有微风吹过树木发出的悦耳声音，真的是一个登高的好天气啊！路上环境清幽，人迹罕至，我欣赏着沿途的风景，喝着美味的流霞酒，摘下开得正好的菊花细细观赏，置身于这样的天地之间，让人忍不住驻足欣赏自然界的美好风光。独行虽然是快乐的，可是想与人诉说的时候，却发现只有自己，一时间笑容中也掺杂了一丝苦涩，本是相聚的时节，但事与愿违，远方的朋友们，你们过得还好吗？还记得我这个老朋友吗？无法排解的愁绪萦绕在我的心头，我只好拼命喝酒来忘却这一切烦恼，也许喝醉了就不会有这么多烦心事了，后来我还在这里高歌起舞，即便帽子掉落也毫不在意。虽是佳节，可我也只能与自己对饮高歌，思念远方的朋友了。

飞花令里品诗词
云

云深不知处

寻隐者不遇

［唐］贾岛

松下问童子，言师采药去。

只在此山中，云深不知处。

【注释】

寻：找，寻访。

隐者：古代指隐居在山野不愿做官的人，一般是贤士。

童子：小孩子，这里指隐者的徒弟或学生。

言：回答。

云深：山上的云雾。

处：位置，行踪。

在松树下询问隐者的学生，隐者去了哪里，学生回答说师傅去山里采药了。想知道隐者的确切位置，学生说只知道师傅在这座山中，然而云雾缭绕并不知道他具体身在何处。

诗人想要拜访隐者，结果没有遇到隐者，所以有感而发写下了这首诗，至于究竟是去拜访哪位隐者，因为没有有力的证据说明，所以我们也不必再纠结这个问题。诗人贾岛最为出名的便是“推敲”，这不仅体现在他对于诗中某个字的再三斟酌，而且也体现在构思方面，他笔下的这首诗就是一个典型。这首诗虽然只有短短四句，却包含了诸多内容，既有景物描写，也有人物对话，还有故事情节，可以说是一个“麻雀虽小，五脏俱全”的故事。

诗人要去拜访的隐士是一位世外高人，所以对其有一种高山仰止之情，所以慕名前来。第一句“松下问童子”实际上省略了主语“我”，诗人来到隐者居住的地方没有看到想见的人，于是问隐者的学生。一般来说，隐者居住的地方不会是人尽皆知的，诗人已经找到了隐者的住处，这就说明他一定是花费了时间和精力去做这件事的，在这一过程中，诗人也一定遇到过困难，但是他都没有放弃，所以才找到此处，由此我们也可以知道诗人是真心想要找到隐者的。诗人没有见到隐者，所以问其学生：“你师父去哪里了？”

第二句“言师采药去”这里同样省略了主语即“童子”，学生回答说：“我师父去山里采药了。”如果说第一句诗人问询的时候，心中还是很愉悦的，也只是好奇人去了哪里，那么第二句诗人的情绪就变得低落了，特地来找人，结果想要见的人却不在，就像是原本的满腔热血被人一盆凉水从头浇了下来，心中一定很失落。一般情况下，如果去找的人不在，那么找人的就会作罢，等下次再找，有一种“趁兴而来，败兴而归”的感觉，可是诗人心中太过急切，甚至不能等到下一次，这一次就想找到他，于是再次向童子问道：“那么请问你师父去了哪里？”这一句诗人也没有写出来，而是直接以童子的回答代替：“只在此山中，云深不知处。”意思是说学生也不知道师傅现在在哪儿，可能在山上，可能在山下，也可能在半山腰，只是这山中云雾缭绕，怕是寻不到他。诗人原本心中已经失望了，但是惦记着隐者，所以不肯就此放弃，心中反而生出了一种希望：如果知道他在哪里采药，自己也可以寻到他，于是再一次问出了问题：“在哪里采药？”只是这个问题的答案让他彻底放弃了，山上如此之大，而且又有云雾笼罩，自己就算去找他，只怕也是希望渺茫了。而且这后两句诗其实是两个答案，诗人因为听到“只在此山中”心中又萌生了希望，毕竟知道地方还是能找到的，可是紧接着一句“云深不知处”却再一次让诗人失望了，因为不能确定具体位置，山林也不是一时半会儿能走完的，况且隐者也是移动的，这样一想凭着自己一人之力根本就找不到他，至此，诗人彻底放弃了。

这样分析下来，这首诗写下来其实并不止这四句，可是诗人却将很多话省略，只留下最重要的，就像是一幅只有大概轮廓的画，其中的细节需要我们自己填补，可是在这细节处诗人也给了我们提示，所以并非是让我们随意描绘的。整首诗看似白描，没有什么浓墨重彩，可实际上诗中有景物、有颜色，也有诗人的感情，恰如一个淡妆的美人，给人一种恰到好处的美，淡淡的妆容不但不会喧宾夺主，反而更衬托了美人之美，这首诗便是如此。“松”是青色的，诗人在郁郁青青的松树下问询隐者的去处，童子说在山间，又问在山间什么地方，童子说不知具体行踪，抬头便看见了白云，而这白云、青松都是淡淡的色彩，是隐者居住的地方，也符合隐者的身份，且白云象征着其高洁的品质，青松则象征着坚韧的精神，连续三问则体现了诗人求而不得的惆怅心情。诗人对于隐者如此执着，足见其是真心想要拜访的，更加衬托了诗人对隐者的钦慕之情。

我慕名前去寻找隐者，只是当我到了隐者居住的地方时并没有看到他，只看到了房子前的青青松树，不远处飘浮着白白的云朵，这可真是个隐居的好地方。我上前询问，屋子中出来了个童子，我推测他是隐者的学生，问询之下，果然验证了自己的猜测。接着我便问他：“汝师何处？”童子回答：“吾师采药去。”既然已经到了这里，自然不想就此作罢，于是又问道：“何处采药?”答：“此山上”，原来隐者在山上，既然如此问清位置还是可以找到的，想到此我再次问道：“山上何处?”童子答：“只知山上，可现在云雾笼罩，并不知道具体在何处。”我看到了青葱的松柏，又看到了远处的被云雾笼罩的山林，终于认清这次是见不到隐者的事实了，心中不免产生了失望，隐者本身就是难以遇到的，既然这次没见到，那我也只好打道回府，期待下次相见了。

愁云惨淡万里凝

白雪歌送武判官归京

［唐］岑参

北风卷地白草折，胡天八月即飞雪。
忽如一夜春风来，千树万树梨花开。
散入珠帘湿罗幕，狐裘不暖锦衾薄。
将军角弓不得控，都护铁衣冷难着。
瀚海阑干百丈冰，愁云惨淡万里凝。
中军置酒饮归客，胡琴琵琶与羌笛。
纷纷暮雪下辕门，风掣红旗冻不翻。
轮台东门送君去，去时雪满天山路。
山回路转不见君，雪上空留马行处。

【注释】

白草：西域一种牧草的名字，冬天的时候会变成白色。
锦衾（qīn）：绸缎制成的被子。

控：拉开。

难着：一作“著”，难以穿到身上。

瀚海：这里指沙漠。

掣：拉、拽、扯。

北风席卷而来，将白草都吹断了，现在才八月，塞外就已经开始下雪了。树上堆积了许多雪花，远远望去，好像是一夜之间被春风吹开的梨花一样。雪花奔入珠帘中打湿了罗幕，就算是穿着狐裘大衣也不保暖了，盖上锦被还是觉得寒冷。将军的手都冻僵了，连弓箭都拉不开了，都护的盔甲冰冷得穿不到身上。沙漠中的冰积了厚厚一层，纵横交错着，天空阴沉沉的，集聚着黑色的云。主帅的帐篷中充斥着欢声笑语，原来是在为武判官饯行，帐篷中有胡琴、琵琶和羌笛的美妙声音。到了傍晚时刻，辕门的雪正纷纷扬扬下个不停，红旗被风一直往一个方向吹，都冻僵了，拉也拉不动。在轮台东门送你离去，你走的时候，天山上铺满了白雪。山路曲折你的身影早已消失在视线中，雪地里只留下了马蹄走过的痕迹。

唐玄宗天宝十三年，岑参第二次出使塞外，这一次他是去任西北庭节度使封常清判官一职，这首诗中的“武判官”正是他的前任，武判官要回长安，所以这首诗便是在这样的背景下写下的。岑参十分擅长写边塞诗，对于边塞的景色，他有自己独到的见解，在他笔下的边塞有一种独特的美。这首诗的题目就告诉了我们写诗的季节、目的以及给予的对象，之后的诗句也一直围绕着这个主题展开。诗人起句便说：“北风卷地白草折，胡天八月即飞雪。”有一种吞云吐雾的气势，借助风势从侧面表现雪的来势汹汹，结果便是白草被折断了。本来应该是秋高气爽的八月，在边塞却已经下起了雪，这里诗人用了一个“即”字，表明这种情形对于他来说是不常见的，这个字传神刻画了诗人的惊讶心情。“忽如一夜春风来，千树万树梨花开”，诗人早上醒来，眼前便是奇特的雪景，他远远看到外面好像是梨花开放了，还以为是昨夜春风吹过所以花开了，结果仔细一看才发现树枝上堆积的是雪花，梨花本就是簇拥着开放的，所以树枝被压得很低，而雪压倒树枝的情形则与之很相似，这样难怪会认错，而且诗人本身就具有浪漫主义的色彩，这样写也符合他的风格。

“散入珠帘湿罗幕，狐裘不暖锦衾薄”，接着诗人将目光从营帐外转回了帐内，雪花随着风钻进了屋内，空气也冷冷的，如果在南方穿着狐裘会热得受不住，可是塞外太冷了，以至于穿着狐裘根本不保暖，于是又在身上盖了被子，觉得被子都是单薄的。紧接着诗人举了具体的例子来说明天气寒冷。“将军角弓不得控，都护铁衣冷难着”，作为将军，拉弓射箭是再平常不过的事情，可是这里却连弓都拉不开了，如此寒冷的天气，将士们依然在训练，并且毫无怨言，可见他们心中充满着热情，天气的冷更衬托了他们心中的“热”；再者平时他们的盔甲是整日穿在身上的，即便是睡觉也不会脱掉，可是现在金甲冰冷得已经无法穿到身上了，两个例子恰到好处，既是边塞写实，又是客观事实。而且对于寒冷，诗人这样的写法，让人有一种这寒冷是一件新鲜的、有趣的事情。

接下来诗人的视线又转向了外面，“瀚海阑干百丈冰，愁云惨淡万里凝”，他看到沙漠中到处都被冰雪覆盖着，阴沉的天空中有着厚重的白云，诗人这样的浓墨重彩，为下文送武判官归京营造了环境背景。“中军置酒饮归客，胡琴琵琶与羌笛”，原来为了给武判官送行，大家吹奏各种乐器，还有唱歌跳舞的，好一派欢乐的景象啊！虽然将士们不见得多么会弹奏这些乐器，而且这些乐器放在一起的声音也不一定很悦耳，但是这是他们的一片心意，谁又会在意这些声音好不好听呢，于是士兵们载歌载舞、饮酒作乐，这是一场异常欢乐的送别会。可欢乐过后往往就是离别，“纷纷暮雪下辕门，风掣红旗冻不翻”，辕门又下起了雪，红旗因为始终被风吹往一个方向，所以被雪冻得不会动了，这两者一静一动，一白一红，共同勾勒出了一幅颜色鲜明的冬日图。“轮台东门送君去，去时雪满天山路。山回路转不见君，雪上空留马行处”。就算心中有万般不舍，但是送君千里终须一别，诗人也只能望着他的背影，看着雪地上的马蹄印了。最后的这一个镜头，类似于电影中的留白，让人产生无限遐想，诗人这样写显示出其高超的文学功底。

野径云俱黑

春夜喜雨

［唐］杜甫

好雨知时节，当春乃发生。

随风潜入夜，润物细无声。

野径云俱黑，江船火独明。

晓看红湿处，花重锦官城。

【注释】

乃：就，很快。

潜：悄悄地，无声息地。

俱：全，都。

火：这里指渔火。

红：花朵。

锦官城：三国蜀汉时管理织锦的官员就在这个地方，所以被称为锦官城，后用作成都的别称。

及时的雨好像知道节令一样，春天到来的时候，就随着春风在夜晚悄悄地落下，滋润着万物。夜晚的田间小路十分漆黑，江上的一盏渔火就显得更加明亮了。天蒙蒙亮的时候，花丛中的花一定沾满了露水，整个锦官城一定是一个花团锦簇的世界。

唐肃宗上元二年，杜甫在成都已经定居两年了，他下田种地、种花、养草，时常和农民们在一起，深刻理解了“春雨贵如油”的道理，因此对于春雨有很深的感情，这首诗通过描写春雨滋润万物，使作者对春雨的喜爱跃然纸上。这首诗的题目为“喜雨”，诗人直接就告诉了我们他对于春雨的喜爱。第一句说：“好雨知时节”，赞美了昨天晚上下的雨是好雨，那么雨好在哪儿？春天正是万物生长的季节，农作物更是迫切地需要雨水，四川虽然气候温和，降水量充足，但是往往第二天太阳就出来了，前一晚下的雨自然就晒干了。正需要雨水的时候，雨水就降下了，这当然是“好雨”。诗人说春雨是知时节的，所以“当春乃发生”，这里是将雨拟人化了。而且雨好不仅体现在它的及时，还体现在它为人着想，要不然它完全可以在白天下，正是因为照顾到大家白天需要劳动，为了不影响大家，所以才决定晚上下雨；并且为了不影响人们休息，即便是晚上下也是悄悄的。在诗人眼中，它非但不是无意识的，而且还是有情有义的，在它感知到人们需要它的时候，它就成为传说中的“及时雨”了，而诗人之所以这样说正是因为他对春雨的喜爱。

颔联说：“随风潜入夜，润物细无声。”是从听觉和视觉两方面入手，共同说明了雨的特点，因为雨很细小，所以不能聚在一起，所以它才悄悄地“潜入夜”，不影响人们的休息，就这样无声地滋润着万物，而诗人不知为何没有睡，所以见证了这一幕，同时也说明诗人对于自然景物善于观察。“潜”字用来形容风，说明这风是微风；“细”则说明了雨的特点，悄无声息的雨滋润着干涸的万物，进一步说明了其是“好雨”。一直盼着春雨到来的诗人终于如愿以偿了，于是他再也按捺不住内心的激动，从床上起身看屋外的春雨，细细的雨隐隐约约地出现在夜色中，诗人干脆出门去看雨，这一点从诗人颈联“野径云俱黑，江船火独明”可以看出来，诗人将自己的视线转移到了田野中。夜晚的田间小路漆黑一片，天空中的云也因为乌云密布所以黑黑的，月色也看不清了，此时雨意正浓。江边的一盏渔火，成了这黑暗中的唯一的光亮，而且因为周围的黑暗，所以反衬得这火更加明亮了，好一幅美丽的夜晚雨景图。

天上正乌云密布着，小路也看得隐隐约约了，到处都是一片黑色，按照现在的情形来看，这样的好雨应该会下一夜，诗人想第二天早上起来，推门就能看到花儿因为雨的滋润变得沉甸甸的，像是美丽的姑娘，轻轻地低下了头，那时候整个锦官城放眼望去都是一片繁花，各种花儿争相开放，一定美丽异常。花儿如此，那么其他事物自然不必多说，于是结尾处诗人展开了想象：“晓看红湿处，花重锦官城”，至此诗人的感情达到了高潮，整首诗都紧扣着题目中的“喜雨”。诗人先是盼雨，接着听雨，然后看雨，最后是雨水滋润万物后诗人的内心感受，抓住春的典型事物之一，即花来写，就足以代表春天了，而花之所以开放得这样好，正是“雨润物”的结果，所以还是在描写雨。杜甫的诗篇大多风格沉郁、豪迈，这首诗却展示了诗人写诗的另外一面，他也可以是细致的，正是因为对于雨的细腻观察和深入描写，使得这首诗成为杜甫诗篇中表现好心情的名篇。而且本诗的题目虽为“春夜喜雨”，整篇文章中却没有出现一个“喜”字，但是不管从哪一句来看，都能感受到作者发自内心的高兴，可见诗人对于雨的喜欢绝不是一时冲动。史书中有记载：在杜甫写这首诗的前一年，京畿地区遭遇了严重的饥荒，当时“米斗值七钱，人相食”，可见荒灾的严重，杜甫本身就忧国忧民，心中一定非常忧愁，恰好第二年来了雨，诗人想到这一年庄稼收成一定会很好，便克制不住自己内心的喜悦之情。由此这首诗是根据现实基础写下的，从中我们也可以感受到诗人关心劳动人民的高尚情操。

和大多数人一样，我也盼望着早日下雨，好让庄稼能生长得好。结果正想着，这雨竟然说下就下了，它可真是懂人们的心啊！晚上我在床上躺着还未入睡的时候，听到了微风轻吹，没多久就有细细的雨落下，我还以为是自己听错了，又听了一会儿果然是真的，心里十分高兴。因为下雨了所以开心得睡不着觉，干脆推开窗，看到了春雨正在悄悄地滋润着万物。这下我彻底睡不着了，就去外面的乡间小路了，小路上伸手不见五指，我本来担心这雨是不是下一会儿就停了，但是看现在这个样子，这雨肯定会下一整夜了，想到这里我的心中更加快乐了。远处渔船上的一点灯火在黑暗中显得异常明亮。我想明天早上起来，成都一定是一片花的海洋，美丽的花儿因为雨水的滋润而更加娇美，想到这一景象我就特别开心，春天的雨真的是特别地好，特别招人喜欢。

积雪浮云端

终南望余雪

［唐］祖咏

终南阴岭秀，积雪浮云端。
林表明霁色，城中增暮寒。

【注释】

终南：山名，位于唐京城长安的南面约六十里的地方。

余雪：还没有融化的雪。

阴岭：背面的山背对太阳，所以被称作阴。

林表：林梢上。

霁（jì）：指雪停后，天气开始放晴。

终南山的北面风景秀丽，皑皑白雪覆盖在山上，远远望去好像和天上的白云连成了一片。雪停后，天气逐渐变得晴朗了，夕阳一出来，林梢上闪烁着点点余晖，到了傍晚的时候，城中的天气又变冷了几分。

《唐诗纪事》中有记载，祖咏年轻的时候曾去参加考试，当时的要求是写一篇名为“终南望余雪”的五言律诗，而且必须是六韵十二句的，祖咏稍做思考便写下了这首诗，这首诗的长度显然不符合考官的要求，于是考官便要他另写一篇，祖咏觉得这四句足以表达，不需要再赘述，所以不肯再写。有学者认为因为这首诗的别具一格，所以诗人被破格录取了；也有学者解释说考试制度严格，他不按要求并未被录取，但不管他是否因为这首诗被录取，这首诗本身就是一篇佳作，所以才一直被保留了下来。

题目为“终南望余雪”，诗人当时身在长安，于是从长安望向终南山，恰好对着山的北边，即其阴面，而且只有“阴”了，诗人才可以看到余雪，如果是阳面太阳一出来雪就化了，哪里还会有余雪，因此首句中的这个“阴”字用得极好，可见作者对于字的把握非常到位。山的阴面虽然不能见着阳光，但是这一面的景色和阳面（南面）景色是一样秀丽的，赞美了终南山，所以诗人说“终南阴岭秀”。并且引出了下一句“积雪浮云端”，终南山本身距离长安就很远，上一句中诗人说其景色秀丽，其实带有自己的猜想，终南山如此远，其景色秀丽也是非常模糊的，而这一句诗人则具体描写了终南山的秀丽。雪是有重量的东西，怎么可能会飘浮？可诗人在这里偏是用了这个“浮”字，这就需要我们细细品味了，云是流动的，是飘浮在空中的，可雪怎么会浮？

带着疑惑我们看到了第三句诗：“林表明霁色”，雪停了太阳出来了，林间的树梢上洒下点点阳光，终南山与长安距离遥远，就算是大晴天，也不一定能看得清，更何况是下着雪的阴天？这里诗人之所以看清了终南山，正是因为雪后初晴。到了此处我们才理解了第二句话的含义：原来诗人是说那些在山顶上的雪，在阳光的照耀下像微微闪光，就好像它们和白云连在了一起，所以才说雪是“浮”云端的。这第三句诗，正是对上文的补充说明，也解决了我们的疑惑。终南山上的雪必然是很高很高所以才被以为和云连着的，表面上是说终南山高耸入云，实际上作者也暗示了自己心中有着宏伟的志向。第三句说太阳出来了，可是作者似乎并没有说是什么时刻的太阳，说“霁色”也没有说到底是山的哪个地方出现的，然而这些答案诗人早已告诉了我们：“林表”是跟着终南山的，所以它其实是在高处的。而只有当夕阳西下的时候，落日余晖照到林表上，也照在积雪上，因此有我们看到的雪是连着云端的，山高处的林表才有了“霁色”。既然是落日余晖，那么在太阳完全落下后，温度当然会降下来，而且山的阴面还有积雪，说明阳面的积雪已经融化了许多，俗话说：“下雪不冷化雪冷，”雪要融化需要吸热，那么气温就会低；再加上傍晚时候比白天冷；诗人望向终南山，看到了闪烁的雪觉得更加寒冷，所以有了最后的“城中增暮寒”。诗人由题目中的“望余雪”写到了感到“雪冷”，并且这四句已经把遥望雪、描写余雪、山的秀丽以及自己的感受描绘得非常详细，因此从这首诗来看，确实没有必要再增添句子了，那样无疑是画蛇添足。王士禛还在《渔洋诗话》中将这首诗和陶渊明的《癸卯岁十二月中作于从弟敬远》中的“倾耳无希声，在目皓已洁”以及王维的《冬晚对雪忆胡居士家》中的“洒空深巷静，积素广庭宽”这两句诗并称为咏雪的“最佳”之作，可见对其评价之高，也从侧面反衬了诗人技术的高超，题目中的“余”字用得尤其出神入化。

我在长安遥望终南山，恰好对着山的北面，阴面的风景也和阳面的一样秀丽。终南山阳面的雪已经少了大半，但是阴面的雪还未消散，高处云端的积雪，在阳光的照耀下闪着寒光，仿佛浮在上面，它们也和高高的白云接连到了一起，从这里看过去终南山的风景真的很秀美。雪已经停了，夕阳也从云层中爬出，正要落下，林梢上染上了余晖，变得红彤彤的，同时照亮了高处的积雪。山南面的雪已经融化一部分了，我看的这一边还有余雪，虽有太阳光，但是还是让我生出了一些凉意。等到夕阳的最后一丝余晖散去的时候，小城中的温度也降了一些，我觉得身上都沾染了寒意。

望处雨收云断

玉蝴蝶·望处雨收云断

［宋］柳永

望处雨收云断，凭阑悄悄，目送秋光。晚景萧疏，堪动宋玉悲凉。水风轻，蘋花渐老，月露冷、梧叶飘黄。遣情伤，故人何在，烟水茫茫。

难忘，文期酒会，几孤风月，屡变星霜。海阔山遥，未知何处是潇湘。念双燕，难凭远信，指暮天，空识归航。黯相望，断鸿声里，立尽斜阳。

【注释】

堪：可以。

宋玉悲凉：指宋玉《九辩》中的："悲哉！秋之为气也，萧瑟兮草木摇落而变衰！"，这里引申为悲秋的意思。

遣：使，让。

文期酒会：文人雅士们相约饮酒赋诗的场所。

孤：同"辜"，辜负的意思。

星霜：星一年一周天，霜每年一次，所以一年又叫作一星霜。

潇湘：这里指思念的人所住之地。

我悄悄地靠着栏杆，望向远方，雨停了、云散了，我的目光随着秋色移动着。这秋天的傍晚真是凄凉，人很容易就产生了悲伤的情绪。轻风吹过水面，蘋花也已经衰老了，月下露冷，梧桐树叶禁受不住也飘落了。看到这样的景色，怎能不让人伤感？我的老朋友们，你们现在都在哪儿呢？如今我的眼前只有茫茫烟雾。昔日的聚会、饮酒作诗让人难忘，转眼到了现在已经辜负了多少个年岁，变换了多少个星霜。海广阔、路遥远，不知道哪里是我怀念的友人居住的地方。双双飞走的燕子怕是很难帮我们传信了；指着远处苍茫的天，想分辨哪一个是友人归来的船，可是看了许久也没能认出。我怅然地望向远方，听到了鸿雁的哀鸣回荡在天空中，不知道究竟站了多久，等我发现的时候，夕阳早已经西下了。

“望处雨收云断”是诗人的所见，是真实的景物描写，原本是下着雨的天气，诗人看到的正是雨停云散的情形，下过雨后空气会散发淡淡泥土味道、乌云散去天空变得更加清晰。“凭阑悄悄”是诗人的动作，独自倚靠栏杆眺望远方，可见心中是有着忧思的，“悄悄”在这里写诗人动作轻，可以引申为诗人心中愁绪万千，所以诗人“目送秋光”，他眼看着秋色消逝却无能为力，心中的愁绪更深。秋天的傍晚景色又十分萧条，诗人面对这样的疏秋，心中悲伤，便想起了宋玉，他是最早悲秋的人，这样的季节却很容易引起人们的悲秋之感，此刻的诗人对宋玉当时的悲伤感同身受。

接着诗人开始详细描绘自己所见到的秋色：“水风轻，蘋花渐老，月露冷，枯叶飘黄。”可以说是对秋天典型事物的特写：秋风吹拂着水面，白蘋花慢慢枯萎了，夜晚月也冷，寒露深重，梧桐叶子都变黄了，一片片从树上凋落了，这是一幅很有意境的画面，单是看着诗人的描写，心中便不自觉地有凄凉的感觉，更别说诗人是亲眼所见了。而且“蘋花渐老”也寓意着诗人年纪逐渐变大，华发越来越多，又面对着这样萧条的景象，诗人的悲苦形象仿佛就在我们眼前。而且句中的“黄”字用得极好，既点明了秋天梧桐叶的真实情况，而且也点缀了秋景。这些景物描写烘托了悲凉气氛，为后面诗人的抒情打下了良好的基础。

“遣情伤”即是由景物描写转向了感情，这是一个转折点，在这之后引出了“故人何在，烟水茫茫”，水面被烟雾笼罩着，朦朦胧胧地看不真切，这是景物描写，但同时也是诗人因为遍寻不得好友而产生的茫然，这里情和景达到了和谐统一，可以说是寓情于景。

下片写“难忘，文期酒会”诗人不自觉地想起年轻时和朋友的快意人生，那时候在一起饮酒作诗真的特别开心，所以即便是到了现在还是难以忘记。紧接着一句“几孤风月，屡变星霜”诉说诗人和友人已经分别许多年了，明明良辰美景无数，可自己却无心欣赏，不知道辜负了多少美景。“海阔山遥，未知何处是潇湘”，诗人从回忆中走出，看到眼前山高水长，不知道自己的友人们现在都在哪里。“念双燕，难凭远信，指暮天，空识归航”，诗人看到双飞的燕子，想要让它们帮忙传信，可是它们又怎么能做到；努力辨别归来的船只上有没有友人，总以为自己等到了，后来却发现是自己看错了，诗人对友人的思念可以说是真挚而又深切。最后一句“黯相望，断鸿声里，立尽斜阳”，诗人巧妙地用鸿雁哀声和夕阳落下来衬托自己的孤寂和对友人的思念，让人切身体会到了诗人的情感，至此，诗人对友人的思念之情达到了顶峰，羁旅之苦和对友人的思念令他苦不堪言。

归鸿声断残云碧

菩萨蛮·归鸿声断残云碧

［宋］李清照

归鸿声断残云碧，背窗雪落炉烟直。烛底凤钗明，钗头人胜轻。

角声催晓漏，曙色回牛斗。春意看花难，西风留旧寒。

【注释】

归鸿：春天北归的鸿雁。

背窗：身后的窗户。

凤钗：头钗，古代妇女的首饰。

人胜：剪成人形的首饰。

漏：古代一种计时工具。

牛斗：星宿名。

从南方飞回的鸿雁一声声叫着，那叫声凄厉，让人心中难过，一直持续到消失在布满残云的碧空中。身后的窗户外面听到了雪落下的声音，屋内的香炉中直直地升起青烟。在烛火映衬下的人儿头上插的凤钗明亮异常，凤钗上的人胜轻巧地镶嵌着。夜里不断催促的角声就像是催着天赶快亮似的，再看晓漏上的时间已经是凌晨了，斗转星移间，天边已然出现了一道曙光。这个时候，报春的花儿应该开放了吧，转眼又一想：这早春的季节，西风仍然微寒，且不说花儿是否开放，就算是开放了自己也没有心思去观赏。

这首词写于李清照南渡之后，也是她后期诗词的代表作之一，前期李清照生活顺利、家庭幸福，所以她的诗词前期欢快、风格绮丽，到了后期国家出现动乱，丈夫也生病离她而去，生活变得愁苦，经过这一连串的打击之后，她心中已经满目疮痍，许多事物都能勾起她的悲伤。这样的感情同样反映在她的诗词中，根据这一首诗词的感情，我们不难推断出这是后期的作品。唐宋诗词几乎有一条共同的规律：看见鸿雁就会产生思乡情；看到暮云就产生了乡愁，李清照这首词同样符合这个规律。“归鸿声断残云碧”，大雁叫着、飞着南归了，词人看不到它的踪影了，脑海中只剩下了鸿雁的影子，天空中留下了几片云朵，让人怅然若失，这是室外的情景，“归鸿声”是听觉描写，而“残云碧”则是视觉描写，两者相互照应渲染出了一个凄清的气氛，首句的情感也奠定了全诗的情感。

接着词人将自己的目光转向了室内，词人背对着窗户，没多久听到了下雪的声音，香炉中升起了烟雾，所以有“背窗雪落炉烟直”的描写。词人背对着窗户听到了落雪声，那么雪应该下的比较大，室外自然是比较喧嚣的，对于室内则选取了“香炉生烟”这一意象，屋子里是静谧无声的，和窗外的雪相比，两者有了强烈的反差，屋外是真实的世界，而屋内则有一种岁月静好的感觉。而且烟雾本身应该是袅袅升起的，但是这里词人说它是垂直的，让人产生一种室内是静止状态的感觉。“烛底凤钗明，钗头人胜轻”，在微微的烛火下映衬下，凤钗更加明亮了，钗头上镶嵌着轻巧的人胜，这里提到了烛火，此时时间已经到了傍晚，词人在写某样事物的时候，时间也在不断变化，词人是从白天写到了傍晚，可是仍然没有结束。

“角声催晓漏”，那一声声号角声好像在催促着黎明早点到来，这号角声是晚上响起的，这样写是说人一夜未眠，长夜本就漫长，再加上这号角声的结果就是夜不能寐。许久之后再看晓漏，结果却发现已经是凌晨了，周邦彦在《蝶恋花·早行》中说：“月皎惊乌栖不定，更漏将残，辘轳牵金井。”和这一句所用手法相同，即都借助外物的声音、状态或颜色等从侧面反映主人公难以成眠的事实。“曙色回牛斗”，斗转星移间已是黎明。“春意看花难，西风留旧寒”，词人猜测这个时候花儿应该开放了，可是自己已经没有那样的心思了。这首词的上片通过诗人的所听、所见描写了室内和室外的景象，给人以愁苦、凄清之感，以及词人身在异乡的孤独还有对家乡的深切思念；而下片描写了从傍晚到次日黎明的景象，词人看不到花的惆怅情感呼之欲出。词人从“残云碧”写到“凤钗明”，最后到“曙色回牛斗”有时间上的变换：从白天到晚上，再到黎明；也有空间上的变换，大到广阔的屋外、室内，小到人的发饰都有描写，即通过这些事物的变化，词人的感情也在不断变化。

我看着一只只鸿雁飞过天空，不知看了多久，直到天空中只剩下了几片残云，大雁的影子彻底消失不见后，我才收回了目光，脑中只留下了它们那凄凉的叫声。回到屋内，背对着门窗坐着，没多久窗外就飘飘洒洒地下起了大雪，我呆呆地看着屋子里的青烟缓缓升起，我甚至有一种“烟是直着从香炉中出来的”感觉。晚上的时候，我点了蜡烛，小小的烛火照得我的凤钗更加明亮，珠钗上还带着轻巧的人胜。躺在床上却怎么也睡不着觉，后来听到阵阵号角声，然后破晓好像真的被它催出来了，我看了看晓漏，原来已经是黎明时刻了。感觉转眼间星星就变成了太阳，朝阳渐渐升起。想着外面的花应该开放了，相比今年的花仍和往年一样娇艳，只是我却再也提不起兴致去欣赏了。

众鸟高飞尽，孤云独去闲

独坐敬亭山

［唐］李白

众鸟高飞尽，孤云独去闲。

相看两不厌，只有敬亭山。

【注释】

尽：没有。

孤云：陶渊明的诗："孤云独无依。"

闲：指云彩飘来飘去的样子。

两：这里指的是诗人和敬亭山。

厌：满足。

只有：一作唯有。

山林中的鸟儿一只只飞走了，到最后连一只也不剩了，空中的最后一片白云也飘走了。只剩下我和敬亭山对望了，我们两个看对方好像都不满足似的，看来只有它能理解我了。

这首诗的具体创作时间因为存在争议，因此我们在此不再赘述。"众鸟高飞尽，孤云独去闲"，诗人开篇写的这两句是诗人的亲眼所见，是真实的景色，鸟儿都飞走了，一只也没留下，诗人眼看着鸟儿越飞越远，可是却无能为力，空中原本是有白云的，可是不知为何也飘走了。鸟儿飞尽、白云远飘，这本是再正常不过的现象，可是在诗人眼中，却是自己被厌恶了、被遗弃了，所以鸟儿和云彩都不愿意为自己留下。诗句中的“尽”和“闲”是一种静态的描写，而这两句诗描写的对象是“众鸟”和“云”，是动态的，所以这样的描写是以动衬静。“众鸟”一词我们联想到一群鸟儿叽叽喳喳的热闹情形，让人有一种格外的趣味感，诗人原本一直沉浸在这样的乐趣中，可是不知道什么时候，鸟儿慢慢地飞走了，眼看着鸟儿飞往天空，一个“高”字显示出鸟儿和诗人的距离越来越远。诗人的视线一直追随着鸟儿，直到再也看不见，最后一只鸟也彻底消失在了天空中，“尽”字写出了诗人的惆怅心情。本来鸟儿飞走诗人心中就已经觉得十分孤独了，谁承想天空中的云也不见了，而且和群鸟不同的是，云本就是孤云，也慢慢地飘走了，不管是前者还是后者，这都不是瞬间就能完成的，换句话说：作者见证了这两个过程，从侧面反映了作者在敬亭山独坐的时间之久。如果说鸟儿、云彩和敬亭山共同构成了这幅生动的画，那么作者本人就是画中相对静止的一个形象，而且是背对着我们的，这就显得作者更加孤寂了。

作者已然目睹了“鸟尽”和“云去”，如果是一般人这个时候很可能已经离开了，可是诗人并没有这么做，而是继续留下来欣赏风景，这个时候他眼前只有敬亭山。李白一直是个浪漫主义诗人，他的诗自然也富有浪漫色彩，他将敬亭山拟人化了，山本就是不会动的，可在诗人眼中山是因为舍不得自己所以才留下来的，诗人和敬亭山两两对望着，诗人深深地注视着它，它仿佛也回以同样的目光。即便青山不能言语，可是对于诗人而言，单是这样对坐着，就是交流感情的一种方式了，所以有“相看两不厌，只有敬亭山”。这两句不但写出了诗人和山感情之深厚，而且仿佛天地间只有诗人和它，这种类似“相依为命”的感情是异常深刻的，而且也表明了诗人对山的喜爱。人活一世，如果有幸遇到一两个知己，那么此生足矣，诗人写山有情，实际上也从侧面反映了人的无情，或者说和山比起来，人还不如山，在这里看山，诗人的孤寂也减轻了几分。敬亭山是一个有着美丽风景的地方，更准确地说是有山、有小桥流水，风景如画，可是诗人在这首诗中都没有提到，如果是赞美景色的话，这些事物都可以写，可是诗人并没有关于它们的描写，那么诗人的目的就不是赞美，诗人将自己的心情投射在景中，又用景反衬自己的内心，可以说他的目的就是寓情于景，看似每一句都是写景，实际上每一句都是情，是“情中景，景中情”。而且这首诗中景物都代表了一定的含义，“众鸟”“孤云”和“敬亭山”形成了鲜明的对比，前者代表的是那些追求功名利禄的人，而后者则代表了不愿意为“五斗米折腰”的人，但凡是有才能的、心中有着大志向的人，对于“逝去”都会很敏感，他们坚守自己的内心，不愿意随波逐流，“众鸟”都飞走了，只剩下了自己，虽然被孤立、遭遇不幸，会让自己置身在外围中，心中会孤寂，处境也会很凄凉，可即便如此自己也不会有所改变，诗人的高大形象由此展现在我们面前了。

我在敬亭山欣赏风景，这里原本有一群叽叽喳喳的鸟儿的，但是不知道怎么回事，它们一只只都飞走了，我看着这一切却无能为力，视线追随着鸟儿不断变化，直到它们彻底消失在远方。而原本就少云的蓝天中，最后一片白云也飘走了，我心中有些悲伤，自己大概是不受欢迎的吧，否则的话它们怎么都离开了？我将目光又定格在了敬亭山，我看着它，它也看着我，我心中有千言万语想要诉说，可是却不知从何说起，敬亭山沉默地看着我，虽然它什么也没说，但是我知道它已经明白我想说什么了，它可真是我的知己啊！在历史长河中，我的生命不过是沧海一粟，不值一提，可是在我人生中，能结识这样的知己，我觉得此生无憾了。既然如此，又有什么值得我难过的？

飞花令里品诗词
不

不知天上宫阙

水调歌头·丙辰中秋

［宋］苏轼

丙辰中秋，欢饮达旦，大醉，作此篇，兼怀子由。

明月几时有？把酒问青天。不知天上宫阙，今夕是何年。我欲乘风归去，又恐琼楼玉宇，高处不胜寒。起舞弄清影，何似在人间？

转朱阁，低绮户，照无眠。不应有恨，何事长向别时圆？人有悲欢离合，月有阴晴圆缺，此事古难全。但愿人长久，千里共婵娟。

【注释】

子由：苏轼的弟弟苏辙的字。

琼楼玉宇：神话传说中的宫殿。

胜：经受，承担。

何似：哪里比得了？

何事：为什么。

婵娟：本意是月亮上的嫦娥仙子，这里指月亮。

丙辰年的中秋节，因为太高兴，整个通宵都在喝酒，一直喝到了天亮，大醉之后写下了这首词，同时想念着我的弟弟。

明月是什么时候开始有的呢？我端着酒杯遥问青天。也不知道天上的宫殿，现在过得是哪一年。夜里起了风，我想趁着风回到天上看一看，又怕过高的琼楼玉宇，自己无法忍受那种寒冷。

对着月亮起舞，在月光下和自己的影子互相玩闹，天上的宫殿又怎么比得了人间？月亮不断移动着，移动到了朱红色的楼阁上，照在窗户上，照在还没有睡觉的我身上。月亮对人应该没有什么怨恨吧，可为什么在人们分别的时候它总是那么圆呢？正如人们会有聚散分别一样，月亮也会有阴晴圆缺的变化，这些事情从古至今都没有办法两全。只希望所有人都能长长久久地在一起，这样就算是相隔千里，也能一起欣赏同一个月亮了。

这首诗是熙宁九年（1076）苏轼在密州时的中秋佳节所作的，本该是团圆的日子，可是诗人却只能独自一人欣赏这美丽的月色，月圆人不圆，作者看到这一情景心中思绪万千，于是挥笔写下了这一流芳百世的经典诗篇。词前小序交代了诗人作此篇的时间为丙辰年的中秋节，以及作词的背景，诗人非常想念自己的弟弟。由于和王安石新法政见不合，诗人自请调离京城为官，在密州上任前，苏轼曾经争取过，希望能调任到离苏辙较近的地方，方便兄弟团聚，可是就是这样简单的愿望也无法得到满足，诗人写下这篇词的时候，已经七年没有和兄弟团聚了，在这样的情形下，诗人的心情可想而知了。

八月十五团圆夜，诗人一边赏月，一边喝着酒。自古以来，无数的诗人对着月亮都抒发过情感，他们或喜或悲，同样的月亮可以引发不同的情感。诗人对酒望月，很自然地想到了一个问题：月亮到底是什么时候有的？这个问题可以理解为诗人是对明月起源的一种追溯，也可以理解为诗人在赞叹造化的神奇。诗人接着又想到天上的宫阙不知道是何年何月？诗人对月亮非常地喜欢，这一点从诗词中可以感受到。接下来诗人说“我欲乘风归去”，这个“归”字很有深意，归说明原本就属于那个地方，诗人不是到天上，而是回天上，由此可见诗人觉得自己的前世可能是天上的神仙，所以起风的时候，可以顺着风一起回去。但是此句不单单表现了诗人对明月的向往，联系着诗人写作的背景我们可以推测，是因为在人世间过得不顺利，想着天上的生活应当是无忧无虑的，所以才想去天上。

诗人本想去月亮上看看，忽然话锋一转，担心去到那么高的琼楼玉宇上又因为太过寒冷而无法忍受。诗中的“我欲”和“又恐”，这两个词将作者的矛盾心情表达了出来。其实之所以想去月亮上生活，还有一个重要原因是诗人在凡世间过得并不顺心，总是为琐事烦恼，也许回到月亮上就可以像神仙一样无忧无虑了。可是最终诗人在一番思想斗争后还是决定留下了，天上再美好又有什么关系，还不如留在人间在月光下和自己的影子起舞呢？夜已经越来越深了，随着时间的推移，月光也在不断地移动，穿过朱红的阁楼，又穿过雕花的窗户，最后照到了诗人身上，明月与人无冤无仇，可为什么人在分离的时候它却是圆满的呢？转念又想：人世间的悲欢离合不也像月亮一样吗？圆满是一种状态，不圆满也是一种状态，想来哪有两全其美的事情。虽然离别总是在所难免，可是只要人还在，即便相隔千里，只要抬头看到的都是同一轮明月，彼此的心也是连在一起的。诗人思念着自己的弟弟，同时也想到了和自己一样受着离别之苦的人们，诗人将个人的情感升华，使本诗情感层层递进。

恨不相逢未嫁时

节妇吟

［唐］张籍

君知妾有夫，赠妾双明珠。

感君缠绵意，系在红罗襦。

妾家高楼连苑起，良人执戟明光里。

知君用心如日月，事夫誓拟同生死。

还君明珠双泪垂，恨不相逢未嫁时。

【注释】

节妇：守住节操，对丈夫忠贞的妻子。

妾：本意是古代妇女对自己的谦称，这里指诗人自己。

起：矗立。

明光：这里指皇帝所住的宫殿。

如日月：这里指坦坦荡荡、光明磊落的意思。

事：侍奉，服侍。

你明明已经知道我有丈夫了，却还是要送我一对明珠。你对我的情意我很感动，所以把明珠系在我的红罗裙上。我们家就住在皇家花园旁边，我的丈夫手持戟在宫中当差。虽然我心中清楚，你的真心是坦坦荡荡的，但是我已经发过誓言：要和丈夫同生共死。将你送我的明珠还给你的时候，我的双眼早已模糊不清，遗憾没能在还未出嫁的时候遇到你。

从字面上来看，这是一首写男女之间感情的诗，但是实际上却是作者在借此表明自己的政治立场。这首诗是张籍写给李师道的，当时李师道是藩镇之一，由于藩镇割据，李师道拉拢了许多文人，这其中就有张籍。张籍的主张是维护国家统一，李师道试图拉拢他，张籍想要拒绝，但是又不能得罪李师道，让他丢了面子，于是写下了这首诗，委婉地表达了自己的真实想法，据说因为这首诗情真意切，李师道读完之后被打动了，于是放弃了拉拢他的想法。

“君知妾有夫，赠妾双明珠”，开头即点出了我是一位有夫之妇，你已经知道了这件事，但是还对我动情，赠给了我一对明珠，这样的行为显然是不合礼法的，而且语气中带了一些谴责。这里的“妾”代指诗人自己，那么“君”自然指的是李师道了。联系当时的背景，李师道为了拉拢张籍必然花费了不少财力，这里的“双明珠”就指代了普通人梦寐以求的荣华富贵或者是加官晋爵。诗人开门见山直接指出李师道送这些东西是另有所图的。“感君缠绵意，系在红罗襦”，接下来的一句话说虽然知道你对我动情不合礼法，可是你的真情令我非常感动，为了回报你我就把明珠亲自挂在红罗裙外。作者这样说好像是接受了对方，换言之就是接受了李师道的拉拢，这前后两句情感就存在着很大的差异，第一句诗人的话中带有明显的指向性，语气也不是很好，但是这一句诗人却将话锋一转，说感念对方的深情厚意，语气明显变得不一样了。

“妾家高楼连苑起，良人执戟明光里”，我所居住的地方和皇上的宫殿是连着的，这是在诉说自己也是富贵人家，良人指的是丈夫，我的丈夫是在皇宫的中心光明殿里当差，说明丈夫很受重用，这句话表明了自己家中并不缺少这些东西，自己生活得很好。深层次的意思就是说：李师道送给自己的东西，自己其实并不需要，委婉地表明了自己的选择，而且也为下文“还明珠”做了铺垫。

接下来诗人说“知君用心如明月，事夫誓拟同生死”，虽然我知道你的心意是光明磊落的，但是很早之前我就发过誓：要和丈夫同生共死。前面还在感谢对方的情意，后面却直接言明自己的志向，就是说虽然你很好，可是我不能背叛自己的丈夫。那么真实含义就是张籍明白李师道的意思，可是自己没有办法做违心之事，结合前面的话来看，张籍必然是要拒绝李师道的，而且正是有了这么多的铺垫，想必李师道心中也应该明白张籍的想法了。

诗的最后写“还君明珠双泪垂，恨不相逢未嫁时”，经过了慎重的考虑，我还是决定把这对明珠还给你，即便有再多不舍我也只能这么做，只可惜没能在我还未出嫁的时候遇到你，虽然我有过犹豫，但是我还是要拒绝你。一边还珠，一边流泪，让人感受到诗人的情真意切，而且也说明了其做决定时的痛苦和纠结。全诗至此，张籍才彻底说出拒绝的话，由于前文的多处铺垫，想来在这之前李师道就已经隐隐感觉到了最后的结果，所以即便被拒绝，也是比较容易接受的。而且在这首诗中，张籍多次转话锋，先是带有谴责的语气，接着是感激，然后是斩钉截铁地表明心志，最后是拒绝，但是哪怕是拒绝也是“双泪垂”的，是在矛盾之后所做出的决定，虽痛苦，但言辞坚决，来回转变的语气让人的心情随之起伏不定，最终归于平静。诗中多处运用了细节描写，用一位守妇道的女子来表明自己的立场，细腻的笔触和真情实意的描写，让人忍不住为之动容。作者这首诗立志高远，以男女之情写自己的志向，是一首十分难得的名作。

一次因缘际会，我结识了一位公子，我感觉他对我产生了不一样的感情，他明知道我是个有夫之妇，却还是送给了我一对明珠，他这种行为显然是不合礼法的，虽然我知道这样不对，但还是被他的感情所感动，所以把明珠系在我随身穿的罗裙外面。在家中静思的时候，看到了离自己家不远处的皇宫，想到了在皇宫中当差的丈夫，觉得自己这样非常不好。成亲之后我还曾经发过誓言，要和丈夫一直在一起、要同生共死，可是现在我都干了些什么？虽然那位公子对我有感情，而且也是真真切切的感情，对此我很感激，可是我并不能背叛自己的丈夫。经过一番深思熟虑后，我还是决定把明珠还给公子，虽然痛苦、虽然忍不住落泪，可是我必须要这么做，只可惜没能早日遇到公子，今生只能错过。

青鸟不传云外信

摊破浣溪沙·青鸟不传云外信

［五代］李璟

手卷真珠上玉钩，依前春恨锁重楼。风里落花谁是主？思悠悠。

青鸟不传云外信，丁香空结雨中愁。回首绿波三楚暮，接天流。

【注释】

摊破浣溪沙：词牌名，一作“南唐浣溪沙”“添字浣溪沙”和“山花子”等。

依前：仍然。

悠悠：忧愁无穷尽。

青鸟：传说中是西王母给汉武帝传信的使者。《史记》中有记载：“幸有三足鸟为之使”，这里的三足鸟即为青鸟。

云外：形容很远的地方。

丁香结：丁香花蕾。

卷起珠帘制成的帘子，将它挂在帘钩上，我像从前一样在高楼上眺望，就连眉间的愁绪都一如从前。花儿被风吹落到地上，谁是它们的主人？我越想越觉得迷茫。信使没有给我带来远方思念的人写给我的信，看着雨中的丁香花蕾，我的心中涌起了无限愁思。我回头眺望暮色里的三峡，看着江水仿佛从天而降，奔流不息。

李璟是南唐的第二位皇帝，他有很高的才华，时常与朝臣对诗作赋，风格清新且感情真挚。本词就是一首伤春词、恨春词，一般来说写恨的诗词常用的是暗笔，即不会直接点明恨的内容，而是让读者在读完后自己思索，但是这首词却是一针见血地指出了“春恨”，这样的写法是不常见的。古人喜欢借景抒情，将自己的感情放在景物之中，这首词同样是如此，但是它带给人的感觉则不同于一般的词。词的上片说“手卷真珠上玉钩”，第一句不是写景，也不是抒情，而是平铺直叙，阐述了一个客观事实，诗人卷起了珠帘，将它置于玉钩上这是一个连续的动作。卷帘自然是为了看窗外的风景，于是有了“依前春恨锁重楼”，这一句才写了感情，很明显诗人的感情是“恨”，眉头紧锁，说明主人公心中有事，因为难以排解，所以才想要看看外面的风景，期望能有所缓解，可是“依前”这个词告诉我们，这样做并没有用，而且主人公已经不是第一次这样做了，虽然明知徒劳，但还是想卷帘看景。“锁”是主人公心上的锁，逃不开也拿不掉，所以想要消愁是不可能的。既然视线已经转向了外面，自然要描写一下眼前的景物，“风里落花谁是主？思悠悠”，风不仅把花朵从树上吹落，它好像并不隐藏满足，所以就算是掉落的花朵，也没能好好地待在地上，花瓣被风吹得七零八落，原来哪里都没有它们的栖身之处。主人公原本想看看外面的风景缓解愁思的，可是却看到了这样一幅悲凉的景象，感慨如果它们的主人看到这一情形，只怕心中也会很难过。转念又一想：自己何尝不像这花儿？被风无情吹落，也没有立身之所，这样一想，对春天的怨恨更加深了。心中无穷无尽的忧愁就此涌上心头。下片的“青鸟不传云外信，丁香空结雨中愁”是对上片“恨”的进一步说明，也是“思悠悠”之后的结果，上片中的“春恨”因为“落花无主”而加深，到了这里才点名为什么会“春恨”。青鸟本是西王母身边的侍者，传说七月七日的时候，汉武帝看到了青鸟，没多久西王母便到了，之后人们便认为青鸟是传信的使者。可是主人公思念的人却远在千里之外，就连青鸟也不肯帮自己传信，思念本就无处可寄托的主人公，又遇到这样的情况，心中自然是“恨”的。丁香花在这里的意思是愁绪不散，李商隐在《代赠》中说：“芭蕉不展丁香结，同向春风各自愁”也是这个意用法。诗人在这一句中写法的高超之处在于他将丁香放入了雨中，雨仿佛是一个结界，将人和丁香花隔开了，只能看见，却触碰不到。主人公看到雨中的丁香花蕾，小小的花遭受着风吹雨打，可是自己却只能看着什么也做不了，于是更“恨”。前后的这两句让人意识到结局早已经注定了，向往的、渴望的不会出现，让人心中万般无奈。最后诗人用景结尾，“回首绿波三楚暮，接天流”，看似说江水接天，连绵不断，实际上是暗示自己的愁绪永不停歇，而且最后的“接天流”三字很容易让人联想到李煜的“问君能有几多愁，恰似一江春水向东流”，这两句在意境上是一致的，可见李璟写词风格是受到父亲的影响的。词的上片写春恨，下片才含蓄写出其根源，写法独特，是一首佳作。

屋子里实在令人烦闷，我伸手卷起了帘子，将它挂在玉钩上，想看看外面的风景。虽然身处高楼看风景有别样感受，但是我的眉头依旧紧锁，难以舒展，这楼被春恨笼罩着，我心中一片忧愁。我看到花儿被风吹散，片片花瓣飞舞不知到底是哪一朵花的，我为花儿的悲惨境遇感到难过，想起自己何尝不是孤苦伶仃，想到这里，忧愁更加深重了。思念的人偏偏在远方，我想要写信寄走，可是青鸟不愿意替我到那千里之外传信。转眼又开始下雨了，雨中的丁香花蕾微微颤抖，我也无能为力，心中的愁绪和春恨正是这样产生的，看到眼前的情形，心中更加忧愁。天色渐晚，回头看到了三峡之水，似是自天上奔流而下，永远不会停止一样，我的忧愁亦是如此。

深林人不知

竹里馆

［唐］王维

独坐幽篁里，弹琴复长啸。

深林人不知，明月来相照。

【注释】

竹里馆：因为房屋周围种满了竹子，所以由此得名。

幽篁：幽深的竹林。

啸：类似于口哨。

相照：只有明月陪着自己。

自己一个人坐在幽静的竹林里，弹着琴唱着歌。在这深深的竹林里没有人知道，只有天空中一轮明月陪着我。这首诗是诗人晚年隐居时所作的，这首诗描写了诗人在月下独坐的闲适生活，而且从诗中我们也能体会到诗人的闲情逸致以及淡泊宁静的心境。

“独坐幽篁里”，开篇即向我们说明诗人是一个人，“竹里馆”是建造在竹林深处的一座房子，诗人独自坐在里面，而且“独”这个字贯穿了全诗，使人印象深刻，那么诗人独自一人是否会觉得孤单？他都在房子里干什么？这些问题自然而然会出现在人的脑海中，让人产生一些联想。这首诗紧接的一句“弹琴复长啸”解释了我们的疑惑。众所周知王维不但是一位诗人，而且也是一个出色的音乐家，他独自在竹林里弹琴显然不是为谁演奏的，那么就只剩下一个原因：诗人是为了抒发自己的某种情感。诗人不只弹琴，而且还“长啸”，一边弹琴，一边大声地吟唱诗歌，可见只是弹琴并不能抒发诗人的全部感情。诗人之所以自己弹唱正是因为没有人理解他的内心世界，“深林人不知”，诗人的内心世界无疑是有些孤独的，他也同样希望有人能够理解他，这从诗的最后一句“明月来相照”可以隐约感受到。写明月不只说明了诗人久坐的时间之长，一直坐到了月亮出来，而且还有更深一层的意思：只有月亮来照耀着自己，只有月亮懂自己。月亮自古以来就有其自己的象征，古人在作诗的时候又往往会将月亮写入诗中，又或者是赋予其某种感情色彩，间接地表达自己的思想。诗人眼中的月亮是皎洁的，它在夜深人静的时候，将自己的圣洁光辉洒向人间，在这里的月亮对于诗人而言，不但是月亮，而且也是一位高洁雅士、是自己的知己。原本诗人是独坐在幽篁中的，一直到了晚上，整个画面已经变得有些昏暗了，而在这一片昏暗中，月亮却出现了，月光淡淡地笼罩在画面中，给整个画面蒙上了一层淡淡的白纱，这就使得原本暗淡无光的画面忽然变得生动起来，诗人内心的孤单仿佛也被一扫而光。最后一句称得上是本诗的点睛之笔，“人不知”和“来相照”又恰好照应，看似随意的描写却让整首诗的意境变得悠远、淡然，而且也衬托出诗人宁静、淡然的心态。

这首诗虽然只有寥寥数语，却将幽深的竹林、高昂的诗歌、淡淡的明月以及诗人的心境刻画得非常细致。全诗单独来看，并未有非常出彩的地方，而且其描写的景物也是很常见的，诗人用平淡的语调向我们展示了一幅静美的月夜图，将自己的心情和身处的景色联系在了一起，却有一种浑然天成之美。这种美不需要对景色进行浓墨重彩的描写，刻意的美都不够自然，作者却巧妙地将美写得动人，让人在不经意间感受到夜色的美丽蕴含了一种独到的魅力，使得整首诗意境高远，而且诗中竹林之幽静是景物描写，诗人心情之安逸是感情描写，弹琴的声音是声音描写，夜晚月光的洁白是颜色描写，诗人独坐是静态描写，而弹琴和长啸则为动态描写，因此这首诗中有静有动、有景有情，就像是一幅立体画作，无论从哪个角度来看都有不同的解读，实属一首难得的佳作。

今日天气甚好，闲来无事可做，于是将自己的琴取了出来，坐在幽静的竹林间，心生感慨，手中开始弹琴，琴声让我的心情变得有些不同了，原本平静的心情也起了一丝波澜，手指也在不断地变化着，只是弹琴已经无法满足我了，于是干脆大声地吟唱诗歌，天地间仿佛只剩下我的声音和我的琴声，这让我有一种酣畅淋漓的感觉。我不是一个人欣赏琴音，在这竹林里的一切事物、这天地间的万物都是我的听众，有了它们便足够了。时间不知不觉地流逝，等我发现的时候，月亮已经爬上了夜空。原本竹林中的一片绿色已经变得暗淡了，让人生出了一种孤独寂寞的感觉，在这幽静的竹林间，我也觉得有那么一些孤单了。正当我黯然神伤的时候，月亮将自己的光辉毫不吝啬地洒向这一片竹林间，白天的竹林仿佛一个身着绿衣的姑娘，现在她却变得有些害羞了，将自己的脸上和身上蒙了一层细细的白纱，让人看得不是很真切；洒到我身上，仿佛一个贴心的朋友在我身边给予无限的安慰，看着自己身上的月光，原本心头的那一丝压抑忽然间就荡然无存了；周围的其他景物也变得与白天不同了，有了一种别样的美。我是孤身一人在这幽静的竹林中的，没有人来听我弹琴，也没有人听我唱歌，可是那有什么关系？现在还有月亮陪着我，它用自己的方式表达对我的理解，我觉得很庆幸，静静的明月悬挂在夜空，单是这样安静无声的陪伴，我就已经心满意足了。

远游无处不销魂

剑门道中遇微雨

［宋］陆游

衣上征尘杂酒痕，远游无处不销魂。

此身合是诗人未？细雨骑驴入剑门。

【注释】

征尘：指旅途中衣服上沾染的灰尘。

合：应该。

未：表示发问。

一路旅途自己的衣服上面都沾染了许多灰尘，还有一些是杂乱的酒的痕迹，出门在外旅行，到过的地方没有一个是不让人感到愁苦的。难道我这一辈子就应该是个诗人吗？蒙蒙细雨中我骑着驴子往剑门关走去。

如果单独来看这首诗很容易让人陷入误解，或者因为最后一句话对诗篇的理解有偏差，因此想要清楚、正确地理解这首诗，必须联系诗人当时所处的环境、诗人的生平以及其他作品共同作为参考。陆游在《秋晚思梁益旧游》中写道："三十年间行万里，不论南北怯登楼。"这里的梁指的是南郑，而益指成都，这首诗是陆游晚年写的，他说自己行万里，事实是在这之前他就已经行了万里路了，那么诗人身上沾满了尘土就是可以理解的了。陆游年轻的时候，一心想要报国，奈何总是事与愿违，他在《长歌行》中写："兴来买进市桥酒。"所以衣服上除了尘土还有酒的痕迹，所以"衣上征尘杂酒痕"联系起来就是一路远游下来，身上除了尘土，还有杂酒的痕迹，这既是事实，也是作者壮志难酬的真实写照。接下来诗人说"远游无处不销魂"，用了双重否定，说一路行来没有一处不让人黯然伤神的，换而言之就是到处都是让人伤心的地方，这里也包括了剑门。

其实这并不是陆游第一次路过剑门，正是因为之前曾经路过，所以再一次来到这里才会觉得更加伤心。那么陆游为什么会这么伤心？诗人写诗的时候正值秋冬之际，这个时候作者没有像《雪中忽起从戎之兴戏作》描绘的那样"铁马冰河"，而是骑驴回蜀。古代许多诗人，诸如李白、杜甫、岑参等人都去过蜀地，而且这些人还通常写过"骑驴"或者有与之相关的故事，因此后人提到骑驴入蜀便习惯性想到诗人。陆游也不例外，他想的是自己在这蒙蒙细雨中为什么是骑着驴子在这剑门关外走，难道我这一辈子就只能当一位诗人，不能上阵杀敌报国了吗？也正是因为有这样的想法存在，所以在陆游眼里，那些到过的地方都是让人伤心的。陆游自己是个诗人，可是他并不愿意只做一个诗人，在他心中能上阵杀敌才是最好的报国方式，而自己却只能提起笔写一些文字，空有一腔热血却没有地方施展，也没有抛头颅、洒热血的机会。诗人明明可以做一个安逸的诗人，平平安安地活到离开这个世界，可是他却不肯，拥有这样爱国之心的人，不能做自己想做的事，该会多么难过，也因为这样，这首诗虽然短短几句话，却将一位心怀国家却又报国无门、壮志难酬的诗人形象刻画得非常清晰，让人仿佛感同身受。

陆游出生的时候是南宋初年，那时候金兵刚入侵，其实他十二岁便能作诗文，小的时候就显出与普通人不同的地方，更立志要收复中原，早年因为一些人为因素，没能及时考取功名，空有满腔抱负却无法上阵杀敌，只能将满腔爱国之情写于诗中。直到过了半百才实现了自己的梦想，但是也过了一段时间的军旅生活，现在又要去当个闲散的官写诗了，陆游的心中哪里会心甘情愿？经历过“铁马冰河”的日子，又怎么能默默过着平静的日子？可是就算陆游再想在沙场上建功立业，却也只能通过写诗来圆梦了。所以才有了这首诗，作者将自己报国无门、壮志难酬的心情全都寄托在了诗中。这首诗只有这样理解才最符合作者当时的心境，也最能感受到作者想要表达的感情，如果只是单独看一句或者不在意具体背景，必然对这首诗的理解存在偏颇。

天上下起了蒙蒙细雨，我低头看着自己身上的衣服，这一路走来风尘仆仆，衣服上早已经沾满了灰尘，因为心中郁结，我也会经常喝酒，所以衣服上也有各种酒的痕迹。回想旅途中看到的风景，我不禁心生难过，到处都是一片荒凉的景色，竟然没有一处让人欣喜的地方，这让我的心里特别难过。但其实我心里明白：是因为自己心中愁绪万千，所以才看什么都不能打起精神。驴子载着我慢慢在剑门山外走着，我想起有许多诗人亦曾经骑驴入蜀，难道我就只能当一个诗人吗？一个除了写诗什么都做不了的诗人吗？剑门山我也不是第一次来了，可是正是因为这样，我才更加失落，为什么我不是带着兵马从这里走？细细的雨并不会让人心生冷意，可是我却觉得很冷，骑着驴子在这山道上慢慢地走着，什么时候才能实现自己上阵杀敌、报效国家的愿望？我是一个诗人，可我同样想要征战沙场，可照现在的情形来看，带兵打仗只怕是没有什么希望了，或许余生我也只能写写诗报效国家了。

聒碎乡心梦不成

长相思·山一程

［清］纳兰性德

山一程，水一程，身向榆关那畔行，夜深千帐灯。

风一更，雪一更，聒碎乡心梦不成，故园无此声。

【注释】

那畔：身处山海关的另一边，即关外。

千帐灯：无数的帐篷里都点起了灯。

更：古代将一个晚上分为五更，一更约等于现在的两小时。

聒：声音很嘈杂。

此声：指上文的风雪声。

跋山涉水地走过一程又一程，将士们不分昼夜、马不停蹄地奔向山海关。现在已经是夜里了，千万顶帐篷中都已经点上了蜡烛。帐篷外面的风声一直没停过，雪也在铺天盖地地下着，因为声音太过嘈杂，吵醒了睡梦中的将士们，他们想起了自己的故乡，故乡是那么宁静啊，哪里有边关这样嘈杂的声音啊。

想要理解这首词，就必须说一说纳兰性德这个人了，他字容若，年纪轻轻便深受皇帝赏识，再加上出生在贵族世家，二十多岁的时候就当上了皇帝身边的一等侍卫，康熙多次出巡他都伴随圣驾，而且他本人在诗词、地理、天文、佛学等方面都有涉猎，其中要数他的诗词最为著名，况周颐曾经称他为“国初第一词手”，可见其诗词造诣之高。纳兰性德的词风格隽秀，而且在写作风格上也与南唐后主李煜有所相似。这样一位家世显赫、才华横溢、平步青云的贵公子，本该拥有灿烂的人生，可是纳兰性德的追求并不在此，对于这些身外之物他并不曾在意过，他一生洒脱，不肯向现实屈从，也许是因为慧极必伤吧，他在年仅三十岁的时候，走完了自己的一生，给后人留下了无数“纳兰词”。据悉，纳兰性德留下来的诗词一共有三百多首，不仅写生活之事、爱情亲情，还写边塞风光以及咏物诗等，涉及多方面，本首词就是在远赴边关途中的所思所想。

上片“山一程，水一程”诗人跋山涉水、翻山越岭，走过了一个又一个地方，离自己的故乡也越来越远，从这一写法中可以感受到旅途的艰难，而且也可以感受到诗人对于故乡的眷恋之情，正是因为留恋故乡，所以远方的路才让人觉得十分漫长；接下来诗人说“身向榆关那畔行”可以看出虽然诗人舍不得离开，但还是要离开因为他要远赴边关，诗人原本低落的心情变得高昂了一些；“夜深千帐灯”，将士们经过了多日的奔波劳累，到了夜晚纷纷支起帐篷休息，明明身体非常劳累，可是为什么帐篷中的灯都还没有熄灭？这短短五个字却深刻地刻画了人们夜不能寐的情景，由此诗人的感情又发生了变化。上片中诗人的感情跌宕起伏，有了不同的变化，不但可以体会到诗人对于家乡深深的眷恋，而且还能理解诗人的拳拳报国之心。原本纳兰性德有着先天和后天的多种优势，想要报效国家可以说是非常容易的事情，可正是因为这些优势，反而限制了他的发展，成为他的束缚。词的上片以“夜深千帐灯”结束，这是诗人感情的高潮，也是在为下片做铺垫，让人不由得产生了思考，进而引出下片内容。

夜已经深重了，但是无数的将士却没有休息，这从帐篷中的灯光可以知道，同时我们也知道了诗人当时也是没有睡觉的，这个时候人最容易想家，而且如果是在家中，一家人待在一起，即便有再大的困难也不怕。可是在这寂静的夜里外面风雪交加，使人辗转反侧，如何又能休息好？即便有些人因为太过疲惫睡着了，可是这嘈杂的声音还是将他们从美梦中吵醒了。旅途的辛苦、将士们的思乡之情，就这样被诗人描绘得淋漓尽致，而且也巧妙地回答了上片人不能寐的原因。通常来说，边塞诗都是以大气磅礴、悲凉、深沉为基调的，不同于王维的“大漠孤烟直，长河落日圆”的气势宏伟和王昌龄的“黄沙百战穿金甲，不破楼兰终不还”的豪言壮志，纳兰的这首词没有什么华丽的词藻，也没有大肆渲染气氛，可是正是这样简单的笔触和诗人细腻的刻画，使得词变得温婉了一些。这也符合纳兰词的一贯风格。

皇上出关东巡，祭拜祖陵报告云南平定的这件事情，我奉命跟随，经历了十五日的跋山涉水，车马劳顿地跨过山海关，我眼看着故乡离自己越来越远，心中愈加不舍。多日的活动使得将士们身心俱疲，终于到了晚上，将士们在塞外支起了帐篷，远远望去像一座座小山。连日的奔波让皇上很快就在帐篷内歇下了，士兵们也纷纷进入了梦乡。躺在帐篷里，原来要入睡的我，却翻来覆去无法入眠，夜已经越来越深了，可我却没有丝毫困意，只好起身走出帐篷，却发现许多帐篷中的灯还在亮着，原来不只是我一个人无法入睡。那些没有睡着的将士，是不是和我一样思念着故乡？不知不觉在外面已经站了许久，想了许久，直到自己的脸快被冻住了才感觉到了更深露重，于是转身进了帐篷，和衣躺下，迷迷糊糊间睡着了。忽然一阵嘈杂的声音传来，我立刻惊醒了，还以为发生了什么事，刚要起身查看，发现这声音的来源正是帐篷外的风雪，虽说帐篷中有取暖的东西，可这天寒地冻，而且是在边关，条件依然是十分有限的，听着外面呼呼的风声还有雪打在帐篷上的声音，这样一个风雪交加的夜晚，让人如何能睡得着？思绪万千之际，想起了刚才做的一场美梦，梦中我在家中和家人一起围在火炉旁说话取暖，好美的梦，可惜都被这聒噪的风雪声给打破了。如果现在是在家中该有多好，可我现在身在边关，好不容易睡着了还被恼人的风雪搅了美梦，这让我如何再度入睡？

前不见古人，后不见来者

登幽州台歌

［唐］陈子昂

前不见古人，后不见来者。

念天地之悠悠，独怆然而涕下。

【注释】

前：过去，从前。

后：将来。

念：想到。

怆然：形容凄凉、悲伤的样子。

回望过去，我看不到招揽贤士的明君，未来也没有看到重视人才的君王。只看到了天地悠悠、无边无际，只有我自己，想到这里就难过地流下了悲伤的泪水。

这首诗的基调显然是忧愁、苦闷的，联系当时的背景，这一点不难理解。陈子昂所在的朝代正是武则天的时代，他本身是一个有着很高政治才能和远见的人，由于他直言不讳，总是提出许多建议，可他的建议通常都是“忠言逆耳”的，所以武则天没有听取他的建议，而且还因为触犯一些人的利益而被扣上了“逆党”的罪名，被关到了牢狱中。公元 696 年，契丹李进忠和孙万荣背叛朝廷，武攸宜奉武则天之命前往讨伐，陈子昂则作为参谋，武攸宜出身贵族，其人对于军事并不通晓，因此刚一出兵就致使大军大败，将士们信心大减，陈子昂请求带兵作战，但是武攸宜却因为他是一介书生，觉得他打不了什么胜仗，于是拒绝了他的请求，一腔热血就这样被一盆水从头浇到脚，其内心的无奈和失望我们可想而知。由于心有不甘，所以陈子昂没过多久又一次进谏，可这次令他更加失望：武攸宜直接将他降为了军曹，也就是一般的将士，正是在这样的背景下，诗人登上幽州台眺望远方，不禁悲从中来，谱写下了这一首旷世之作。

诗篇开头便写："前不见古人，后不见来者。"虽然人的一生几十载，但是往往转瞬即逝，生命虽然是有限的，可是人的精神却可以永远保留下来，所以才有无数的人在自己有限的生命中做一些有意义的事情。如果因为生命有限就放松自己、贪图享受，那么这样的人生态度显然是不正确的，我们的诗人陈子昂就是前者。诗人登上幽州台，看着远方的风景想到自己的处境，心中不免感慨万千，山河岁月古往今来皆是如此，只有人在不断改变。

诗人想起了战国时代诸如乐毅之类被明君以礼相待，未来也定然会有贤明君主，只是自己恰好身处这个时代，以前的君主已经成为过去，将来的君主只怕是难以相见，这样一想不免觉得自己生不逢时，拳拳报国热情却无处施展，怎能不让人感到伤感?而且诗人当时所处的时代，自己不被君主所喜欢，又被同僚排挤，心中不免感到孤单难过。想到这里，诗人忍不住流下了悲伤的泪水，所以才有了"独怆然而涕下"。这首诗并非一般的五言绝句，而是前后不一的，也正是这种不一致的独特写法，才让人在这首诗的理解上有所不同，而且其本身也具有丰富的内涵，意境深远、引人共鸣。

本诗名为登幽州台歌，全篇虽未有一字描写幽州台，但是作者对登上幽州台之后的感慨，却使得这首诗有别于其他登高诗。一个在仕途上屡屡失意的人，登上了幽州台，眼中的风景不论如何，他都无心欣赏了，联想到自己的为官生涯，不禁为自己感到心酸，可这种心酸却不是无可奈何之后的随波逐流，虽然经历了无数的苦难，可是人并未因此放任自己，这些苦难都是人生旅途中的必然经历，所以更需要去克服它，而不是被它打败。诗中前两句诗人回望古代、遥望未来，想到了这些圣贤之主，从古至今可以看出其在时间线上的绵长，而“念天地之悠悠”则描写了天地广阔，属于空间上的广阔，也是诗人远望所见。诗人原本沉浸在自己的世界里，抬头看见了苍茫天地，想到人的一生如此短暂，自己已经走过的岁月是如此坎坷，便忍不住流下了泪水。最后一句既是作者的内心描写也是他的外在表现，使人感受到作者内心的愁苦思绪。而且这首诗是作者由自己的经历，想到了自己身处的时代，想到了以前的朝代，也预想了未来的朝代，因此这样的思考是超出所处的朝代的，其外延远远超过了其本身，有高瞻远瞩的意味，虽然同其他表现怀才不遇的诗作感情是一样的，但是作者将自己的这种感情放在了辽阔的背景之中，风格深沉，完全不同于齐梁之后的靡靡之音。而且虽然也能感受到作者的孤独，可是这种孤独却带了一些哲学的感觉，因为这种孤独不会使人消沉，却激发了诗人高昂的斗志，结尾感情真挚，读完让人心中思绪万千，同时带给人一些有深度的思考。

纵观历史的长河，人的生命对于漫长的历史而言，是如此短暂、如此不值一提，任何人都经受不住时间的摧残，多么伟大的人也早晚会被历史长河淹没，消失在人的记忆中。既然人生短暂，干脆及时行乐、得过且过，功过自有后人评论。可我不甘心这样度过自己的一生，虽然人生短暂如白驹过隙，人也无法延长自己生命的长度，但是总可以在有限的时间里做一些有意义的事，让自己的人生变得更有价值。这一路走来心中说没有委屈是假的，我的好言劝谏，却一次又一次被驳回，我愤怒、痛苦也无奈，可我始终不愿放弃。独自登上幽州台，看着无边无际的天空，我的心中无限感慨。我渴望被燕昭王那样的明君赏识，可我已经错过了燕昭王那个时代；想到今后一定还有重视人才的贤君，可我也无法遇到了，要怪也只能怪自己生不逢时吧？都说普天之下莫非王土，但我遥望着远方，天地虽然辽阔，可我竟然找不到属于自己的位置，也找不到让我一展抱负的王土，天地苍茫，可我觉得自己无比孤独，有生之年还能报效国家吗？越想越觉得悲凉，我一堂堂七尺男儿，竟也忍不住恸哭了。虽然未来如何并不知晓，可我依然相信苦难过后自己心心念念的事情会成功的，眼前的一切都是对我的考验，我一定要更加努力克服这些困难，让自己活得有意义，这样才能仰不愧于天、俯不愧于地，才能问心无愧。

飞花令里品诗词
开

开帘见新月

拜新月

［唐］李端

开帘见新月，便即下阶拜。

细语人不闻，北风吹裙带。

【注释】

拜新月：唐教坊曲名。很早以前人们就对月亮非常崇拜，慢慢演变为了拜新月，只是到了唐代才算正式有了这个风俗。拜新月通常在农历七月七日或者是中秋，即八月十五晚上进行。古代妇女通过拜新月祈求夫妻团圆。

开：撩起，卷起。

即：立刻，马上。

拜：叩拜。

细语：少女对着月亮轻声说自己的心里话。古人认为月亮上的月老掌管着人间的姻缘。

撩起门帘，就看到一轮明月正高高地挂在天空中，急急忙忙地走下台阶，双手合十对着月亮深深参拜。院子中静悄悄的，没有一个人，只听到自己对月细语的呢喃声，一阵微风吹来，衣服上的纤细裙带被吹了起来。

唐朝的时候，妇女们拜月的风俗已经流行起来了，而且这种风俗无论是在民间还是皇亲国戚中都非常流行，那时候的人们普遍认为月亮和人的姻缘关系密切，认为月亮上住着“月老”，也就是我们现在所说的媒人。少女拜月是希望月老为自己找到如意郎君，而妇女则希望夫妻和睦，平安顺遂。可见人们通过对月祈祷来许下自己的心愿，这首诗的巧妙之处就在于诗人不走寻常路，明明是个男人，却用女子的口吻拜月，以祈求心愿达成，不得不说，这样巧妙的心思，一般人不容易想到这一点。

一位原本在屋子里的女子，在屋子里心绪不宁，只好出门排解苦闷，谁知道刚掀开帘子，就看到一轮明月正悬挂在夜空中，便急急忙忙地走出房间，下了台阶对着月亮倾诉自己的心事。在掀开帘子之前，女子似乎并未有拜月的打算，但是当看到月亮的一瞬间，忽然就想这样做了，而她也立刻这样做了。原本拜新月的时候，必然是需要准备一些东西，甚至要办一个仪式的，可是女子并没有这样做。我们不难想象，她心中一定是积攒了许多的心事，因为无人可说，才在心头郁结，直到看到了月亮，终于找到了一个让自己释放的出口。一个“见”字，写出了主人公的感情：因为走到屋外，却看到了月亮，怎能不让人感到欣喜？虽然什么都没有准备，仿佛是对月亮的不敬重，可这都是无奈之举，因为迫切地想要将自己的满腹心事说与月亮，所以才有了这看似“不敬重”的举动，可是却也从侧面反映了女子的迫切心情，根本来不及准备好一切。而且“下”和“拜”字也能体现女子的心情，看见月亮就立刻下了台阶，这仿佛是一个下意识的动作，却体现了主人公最真实的内心感受，下了台阶之后立刻对着月亮参拜也是这样。这一系列的动作描写，将一个迫切拜月的女子形象刻画得入木三分。

女子虽然对月诉说心事，可是却是“细语”，因为她并不想让别人知道自己的心事，女子家多半是娇羞的，而且古代的时候，女子都被要求说话轻声细语、笑不露齿等。我们的女主人公原本就是这样的人，再加上要对着月亮说一些女儿家的悄悄话，自然是更不愿意被人听到的，所以才有了细语声。夜晚的庭院中，女子专心致志地诉说着，我们听不清她说的什么，但是能感觉到她那种虔诚参拜的心，微风吹过，女子依旧在悄声诉说，不为外界所打扰，她绣罗裙上的衣带随风飘动，这是一幅多么美好的画面。试想一下，如果这个女子大声地说出自己的心事，整个画面一定会失了美感，这种隐约能听到，但是又听不清的轻声细语，让我们仿若身处一个朦朦胧胧的世界，有一种雾里看花的感觉，虽看不真切但并不影响花儿的美丽。衣带也仿佛感受到了女子心中所思，微微飘动着，使得这幅画静中又带了一些动景，让整个画面鲜活了起来。虽然作者没有清晰地描写女主人公的心情，可是我们仍然可以从她的外在行为表现、细细的呢喃声还有娇羞的神态感受到她内心的虔诚之心，读完让人有一种欲罢不能的感觉，就如同一位带着淡淡栀子花香的女子从自己身旁走过，虽然人儿已经远去，可是她那淡淡的气息却经久不散，让人难以忘怀。

夜晚来临，总是会悄无声息地让人心中涌起无限愁思，在床上辗转反侧却难以入睡，只好起身，又在屋子里踱来踱去，可是心里始终难以平静下来。也罢，反正也睡不着了，索性去院子里走一走吧，掀开门帘，还未走出门口，却发现院子里一片洁白，心中忽然有些兴奋，抬头一看，夜空中果然有一轮皎洁的明月，我竟忘了今日可以叩拜月亮。快步走下门前的台阶，双手合十，对着月亮虔诚地叩拜，甚至来不及准备叩拜需要的东西，也没有一个像样的仪式，但是月亮应该不会怪我吧？趁着四下无人，月色正好，我将自己的满腹心事都说与月亮知晓，但是也没敢有太大声音，怕吵醒了还在睡梦中的人。月儿啊，我把自己的心意说与你听，你可否听到，可否帮我实现它？忽然吹来一阵风，我感觉到罗裙的衣带被风轻轻吹起，可我并没有睁眼去看，依旧将自己那无法与人道的隐秘想法细细地说给月亮听，希望它能帮我早日实现所求。

花开时节动京城

赏牡丹

［唐］刘禹锡

庭前芍药妖无格，池上芙蕖净少情。

唯有牡丹真国色，花开时节动京城。

【注释】

芍药：草本植物，和牡丹外形相似。

妖无格：虽然妖娆但是格调不高。

净少情：虽然纯净但是少了情韵。

牡丹：古代将牡丹和芍药统称为芍药，通常人们认为牡丹的称呼是从唐朝之后开始流行的。

国色：原指女子具有倾国倾城之容颜，这里指牡丹雍容华贵、姿态万千。

庭院前的芍药虽然很妖娆，但是少了一些风骨；池塘中的荷花虽然纯洁美丽但是又少了点韵味。只有牡丹的倾国之色才称得上是花中之王，毕竟牡丹花开的时候引来了无数的人前来观赏，一时间名动京城。题目中的赏牡丹就直接点明了本文的主旨，接下来用了四个短句写出自己的所见所闻，赞颂了牡丹的“真国色”，表达了对牡丹的喜爱之情。

一般来说描写某种事物会在事物本身下笔墨，会用大的篇幅来阐述，但是刘禹锡这首诗虽然是在写牡丹，但是他却巧妙地从另外的角度切入，来衬托牡丹，这种写作手法其实并不难，难的是这样写的人很少，直接描写完全可以，但是侧面烘托亦别有一番感觉。

诗人题目就说要赏牡丹，但是却没有直接写牡丹的外形、颜色及盛开状况，而是先把目光放在另外两种花上，一为芍药、一为荷花。芍药和荷花也是大家所喜爱的花，只是在诗人眼中这两种花虽美，但是却有了不同的看法。芍药本身外形和牡丹非常相似，而且也是一种具有很高的观赏价值的花，而且对于大多数人来说，人们对芍药的喜欢远比牡丹花早得多，例如《诗经》中就出现过赠芍药的欢乐场景，同时期的文章中却没有见到记载牡丹的，这一点宋代诗人在赞美芍药的诗中曾提到过。只是随着社会的发展，人们的生活习惯和风俗等都发生了一些变化。在唐朝的时候，武则天和牡丹流传着这样一个故事：武则天心血来潮，想看到百花齐放的盛况，于是下令花园中的花都要开放，到了第二天花儿们果然都开花了，唯有牡丹不肯屈从，武则天一怒之下将牡丹全部烧毁并扔到了洛阳的邙山岭，谁知牡丹在艰苦的环境下非但没有灭绝，反而顽强地活了下来，由此可见牡丹是非常有风骨的花。并且在那之后，宋朝周敦颐写下过“自李唐来，世人盛爱牡丹”，甚至还有人认为牡丹是花中之王，而芍药是近侍，这样一对比高下立现，由此可见牡丹地位的提高。再加上诗人本身的主观意愿，即对牡丹的喜爱，所以才有说芍药虽然美丽但是少了些风骨。诗中的“芙蕖”指的是荷花，荷花往往象征着高洁的品格，古代也有很多诗人对其进行了大量的描写，《爱莲说》中说荷花是“出淤泥而不染，濯清涟而不妖……可远观而不可亵玩焉”，可见荷花有着高洁的品质，对它的态度是远观，反而给人一种高不可攀的感觉，而且荷花虽然有风骨，但是却少了些韵味。通过对这两种花的评价，作者为描写牡丹花做了一个良好的铺垫，既然芍药和荷花都有这样或那样的美中不足，接下来诗人就告诉了我们，他眼中最美的花是牡丹花，于是“花中之王”就这样展现在我们面前了。

通过上文的铺垫我们了解到芍药和荷花分别拥有的美，既然说牡丹最美，那么自然牡丹除了有它们的美之外，还拥有它们所没有的美，也就是说牡丹既具备了妖媚的外表、高洁的品格，还具有自己的格调和韵味，这也正是牡丹高于其他花的地方，因此也被称为“花中之王”。“国色”这里用来形容牡丹，可见牡丹的风姿超群，“唯有”是唯一、仅仅的意思，对照上面的两句诗不难发现，作者是将芍药和荷花与牡丹做比较，是经过深思熟虑之后做出的选择，确定了牡丹是“真国色”，一个“真”字可见作者加强了语气，认为事实确实如此，这是对牡丹的高度赞美，最后一句“花开时节动京城”也表明了这一点，正是因为牡丹的真国色，所以在它开放的时候才使得京城轰动，都争相出门赏花，而且倾城赏花本身也是一种习俗。全诗一共写了三种花，诗人对其有不同的评价，虽然对牡丹高度赞美，可是也没有因此就贬低其他的花，为全文的升华之处，蕴含着诗人对牡丹的美好感情。

正是花开的好时节，我也忍不住出来赏花，只见庭院中的芍药开得非常热烈，如同一个个柔媚的女子，看得人心神荡漾，只是芍药美则美矣，但是过于妖媚，少了一些格调。继续往前行走，远远就看到池塘中亭亭玉立的荷花了，荷花虽然是从泥塘中长出的，但是它的花瓣却没有沾染污泥，在清水中洗涤过后却不显得妖媚，荷花的幽香沁人心脾，只是或许是荷花太过高洁，让人只能远远观望，无法细细赏玩，这也是一大遗憾，荷花虽美可也少了韵味。一抹红色吸引了我的注意，原来是娇艳的牡丹花，牡丹花既有芍药和荷花的妖艳、洁净，又有着它们所没有的品格和韵味，不愧被称为“花中之王”，也难怪它盛开的时候能让百姓们奔走相告，前去赏花了。

两朝开济老臣心

蜀相

［唐］杜甫

丞相祠堂何处寻，锦官城外柏森森。
映阶碧草自春色，隔叶黄鹂空好音。
三顾频烦天下计，两朝开济老臣心。
出师未捷身先死，长使英雄泪满襟。

【注释】

柏森森：柏树枝繁叶茂的样子。

空：白白地。

频烦：很多次。

开：开创。

济：辅佐，扶持。

出师：即出兵。

到哪里能找到诸葛亮的祠堂？锦官城外面有着繁茂柏树的地方就是了。绿草映照在台阶上昭示着春天的到来，树上的黄鹂隔着枝叶，不过是空作好音。丞相自刘备三顾茅庐找他共商一统天下的大计，忠心耿耿地辅佐两代君王。原本要出兵讨伐魏，可惜大业未成便病逝在了军营中，后世的英雄每当想起这件事，总是忍不住泪湿衣裳。

公元759年，杜甫总算结束了长久的漂泊生活，最终在成都定居了，次年春天，他拜访了诸葛武侯祠之后，心中无限感慨，于是写下了这一首诗。诸葛亮在历朝历代都是人们称赞的对象，文人雅士用自己的笔刻画这位英雄，杜甫的这一首蜀相，则是其中非常有名的一篇，在这首诗中，诗人既对历史做了回顾，又因为眼前之景产生了别样的感情。

“丞相祠堂”即为诸葛亮祠，它位于成都南郊，是三国时著名的都城。后来成都遭遇变故，遭到了严重的破坏，只有武侯祠完好无损地保留了下来，武侯祠前面种着许多柏树，据说是诸葛亮亲自种的。“寻”字说明诗人不是偶然经过这里，而是有目的的、是专程前来找武侯祠的。“丞相祠堂何处寻”是诗人的自问，由于刚到成都，因此也算是人生地不熟，想要找到祠堂只怕也不是很容易。而且诗人必然对祠堂有着深深的憧憬，想瞻仰伟人，所以才想找祠堂。“锦官城外柏森森”既是对上面问题的回答，同时也描绘了武侯祠外的景物，这是作者亲眼所见，因此这个时候他其实已经找到了祠堂。用“柏森森”既说明了柏树的生长状况，同时在无形中渲染了一种静谧的气氛。

“映阶碧草春色，隔叶黄鹂好音。”这两句一静一动，前者是碧绿的青草，后者是婉转鸣叫的黄鹂，颜色鲜明，而且这两者都是春天最有代表性的事物，简单几个字便描绘出了武侯祠春日生机勃勃的景象。春天本是充满希望的季节，可是诗人想到自己的国家，不知何时才能有希望，心中不免忧伤，于是诗人将自己的感情用在这些景物身上，使得这两句变成了“映阶碧草自春色，隔叶黄鹂空好音”，诗人的忧国忧民情怀由此可以知晓。

“三顾”是典故“三顾茅庐”，刘备为了得到诸葛亮这个奇才的相助，三次去诸葛亮家中拜访，第三次的时候才见到诸葛亮，共商大计，诸葛亮在《出师表》中也说：“先帝不以臣卑鄙，猥自枉屈，三顾臣于草庐之中，咨臣以当世之事。”而两朝则指刘备和刘禅，诸葛亮帮助刘备创下基业，刘备过世后又辅佐刘禅，他的一生都在为蜀汉贡献，就算是去世之前仍旧心心念念，尽可能地贡献自己的力量。“三顾频烦天下计，两朝开济老臣心”，诗人想起诸葛亮这一世为蜀汉所付出的心血，歌颂了他的雄才大略，也表现了诸葛亮一生忠于蜀汉，为之鞠躬尽瘁死而后已的高尚品格。这也正是诗人对于诸葛亮如此敬重的原因，为人已经不在，但是去瞻仰祠堂也能表达感情。诸葛亮这样德才兼备的大人物，如果将刘禅扶植好，那么他这一生怕是死而无憾了，但是世间总是不圆满，为了伐魏，诸葛亮六出祁山，和司马懿对峙了三个多月，终于在八月的时候病逝在军营中，他的雄心壮志就此彻底结束了，这是蜀汉的遗憾，也是诸葛亮的遗憾。“出师未捷身先死，长使英雄泪满襟”，大业还未完成，便撒手人寰了，一个足智多谋、运筹帷幄的丞相悄然离世，他心中也一定万般遗憾，而这样的英雄在后人眼中，同样让人扼腕叹息，因此每当想起诸葛亮时，无数人都忍不住为之落泪。这首诗篇幅不长，但是其表达的内容却异常丰富，诗人概括了诸葛亮的功绩，表达了自己的真情实感，还隐含着对国家前途命运的担忧以及对诸葛亮的崇敬，寓情于景的写法，也符合杜甫诗的“沉郁顿挫”。

朵朵花开淡墨痕

墨梅

［元］王冕

吾家洗砚池头树，朵朵花开淡墨痕。

不要人夸好颜色，只留清气满乾坤。

【注释】

墨梅：墨笔画出的梅花。

头：边。

淡墨：水墨画中常将墨分清墨、淡墨、浓墨和焦墨这四种。

满：弥漫。

乾坤：天地。

我家的洗砚池边上有一棵梅花树，那一朵朵盛开的梅花都像是洗完砚台后留下的淡淡痕迹，没有多么明亮的颜色。梅花也不需要别人来夸奖它外形有多么漂亮，只要把自己的香气留在天地之间就足够了。王冕在回到绍兴后居住的地方种有梅花树，因此自称是“梅花屋主”，这首诗就是在梅花屋所作的。那时候王冕面临着一些难以解决的问题，对于仕途他再三努力，可是仍然没有好结果，一时感慨，便写下了这首诗，读完全诗也许会有不同的发现，可以体会到作者的思想感情。

“吾家洗砚池头树”，诗句开头便写自己家的梅花树，屋外的梅花树生长在洗砚池旁边，王冕因为和王羲之同姓，就认为王姓为一家，“吾家”即为“我家”，这里的“洗砚池”借用了王羲之“临池学书，池水尽黑”的典故。王羲之自幼便学习书法，对于大书法家张芝非常崇拜，他会在自己的衣服上用手指反复练习，时间久了衣服都被划破了，他还每天在池塘边上蘸水磨墨写字，久而久之，池塘中的水都变成黑色了。王羲之为了成为张芝那样的书法家，每天都坚持练字，写完之后就跑去池塘清洗毛笔和砚台，后来人们把这个池塘称作“墨水池”或是“洗砚池”。

王冕的“朵朵花开淡墨痕”写出了梅花的颜色，池塘旁边的梅花已经开放了，每一朵梅花都像是用淡墨染上去的一样，可见梅花颜色是那种淡淡的。通常来说大部分梅花颜色都会比较鲜艳，而诗人所看到的梅花却并不属于这大部分，虽然梅花没有那样娇艳的颜色，但是它那冰清玉洁和超凡脱俗的气质却让人无法忽视。诗的最后两句“不要人夸好颜色，只留清气满乾坤”是作者对梅花的写实，同时也是作者在暗喻自己。梅花不需要别人夸赞它的外形有多漂亮，只想将自己的淡淡幽香留在天地之间。

王冕小时候因为家中贫穷，所以没能上学堂，但是他并没有放弃读书，白天的时候他就去放牛，到了晚上跑到寺庙中趁着青灯古佛抓紧读书，皇天不负苦心人，最后他不但成为一位满腹经纶的人，而且也会吟诗作画。王冕多次参加考试，但是却没有高中，他自己又不愿意巴结权贵、趋炎附势，所以最后干脆放弃了功名利禄，归隐乡间，靠画画来换取粮食养活自己。体现了诗人不为名利所诱惑、坚持自己本心的高尚情操。这首诗表面上是在写梅花，实际上是借物言志，梅花傲然于天地间的形象象征着诗人的高大形象，而且这两种形象都会在读者心目中产生深刻的印象。诗中的“淡”和“满”分别对应着两种事物，一种是墨，另一种则是梅花的香味，这两句前后照应，而且读来让人仿佛能闻到这两种味道，淡淡的墨香和幽幽的梅花香交织在一起，让人忍不住心生欢喜，有身临其境之感。作者将诗和人巧妙地联系在一起，虽然没有说人的品格，但是梅花的品格已经跃然于纸上，再联系作者当时的背景就知道作者其实真正想写的就是自己的高尚品格。

从京城回到绍兴后我就住在了会稽九里山中的一座房子里，这里的风景很好，我在这里待着也很闲适。房子外面种了些梅花树，每当花开的时候，我就在门前赏花，兴致来的时候，也会把它们的样子画下来，细细欣赏。说起来屋子旁边也有一个池塘，我效仿王羲之，无事的时候就在池塘旁写写诗、作作画，写完之后就把毛笔和砚台放在水池中洗一下，时常长了这个池塘也变成了“墨池”。又是梅花树开花的时候，我站在树下观赏梅花，我家的梅花与其他梅花颜色不相同，其他的梅花要么是红色的，要么是粉色的，而我家的虽然也有颜色，但是颜色比较淡，就像是沾染了淡淡墨汁点上去的颜色。这种颜色虽然不见得像其他颜色那样受欢迎，但是我却十分偏爱，梅花就这样娇俏地挺立在枝头，它们对着天空尽情地舒展自己的身姿。有的梅花开得早一些，这会儿有些花瓣已经落在了地上，虽然树上已经没有了它们，可是它们的香气却还一直存在着，闭上眼睛就能闻到，这一缕幽香终究是留在了这天地间，梅花如果有思想，应该也不需要别人夸赞它的美丽吧。虽然花无百日红，但是梅花毕竟曾经盛开过，就算它们的花不在了，但是能把香味留下来也算没有白白地盛开过。

人何尝不是如此？也许每个人都会经历无数的苦难挫折，可是总不能为了外界就改变自己，忘记了自己的本心，不与世俗同流合污，恪守内心，这一生就是值得的。

星桥铁锁开

正月十五夜

［唐］苏味道

火树银花合，星桥铁锁开。
暗尘随马去，明月逐人来。
游妓皆秾李，行歌尽落梅。
金吾不禁夜，玉漏莫相催。

【注释】

火树银花：绚烂的灯火和烟花，特制上元节灯景。这句诗对后世影响很大，例如辛弃疾在《青玉案·元夕》中写道："东风夜放花千树，更吹落，星如雨。"

铁锁开：唐朝时夜晚有宵禁，但是正月十五这晚，天津桥、黄道桥和星津桥上的锁会打开，让百姓自由通行。

逐人来：跟随人流而动。

秾李：《诗经·召南》中有一句："比秾矣，华如桃李。"这里指盛装打扮。

金吾：原指仪仗队或者乐器，这里指负责京城安全的金吾卫。

不禁夜：取消禁夜，每年只有正月十四、十五和十六这三天没有宵禁。

绚丽的灯火和烟花交相辉映着，城门的铁索也打开了，人们可以自由地出入了。马儿跑过，暗中扬起了灰尘，人潮涌动，明月好像也在跟着人走。月光下，舞姬们个个浓妆艳抹，边走边唱着《梅花落》。京城中取消了宵禁，这元宵佳节一年只有这么一次，所以不要再看着计时的滴漏错过这欢乐的节日了。

正月十五为元宵节，古代称之为上元节。《大唐新语》中有记载，武则天时期，每逢这个节日京城中到处放花灯，而且不宵禁，不管是达官贵人还是平民百姓，人们都热热闹闹地在街上，或三五成群或乘坐马车，前去观赏花灯和烟火。为此，无数文人专门写诗作赋纪念这一盛况，苏味道的这一首诗正是上元节观灯的代表名作之一。

史书上有记载：唐玄宗先天二年，即713年，正月十五、十六、十七日在皇城门外做灯轮，高二十丈，衣以锦绮，饰以金银，燃五万盏灯，竖之如花树，可见上元节的热闹盛况。诗人写这首诗的时候是神龙元年，即705年，虽然不是史书上所记载的，但是由记载我们也可以想象得到每年到这个节日的时候，人们的激动和快乐。首联说“火树银花合，星桥铁锁开”，这里“合”解释为到处都是一样的景象，佳节美景诗人自然也没有错过，他看到长安城中到处都是花灯，一派欢乐的气氛，天上时不时地闪过烟花，如繁星一样装点在夜空中。无数人从桥上经过，四面八方的人争相目睹盛况。这一句出来，我们眼前便立刻有了这样的场景，因为我们也经历过这样的盛况，这也刻画了当时的热闹氛围。

颔联“暗尘随马去，明月逐人来”继续描写热闹情形，诗人说有的人乘着马车观赏，马蹄踏过后，扬起了一阵尘土，平时的时候人们既看不到，也不会注意到它，正因为是上元节，所以到处都灯火通明，马车造成的灰尘便出现在了人的眼前。句中的“暗”和“去”字用得极好，生动地描写了上元节的同时，也写出了马儿飞扬而去的状态。既然写了马儿的奔驰，自然也要写人，人们熙熙攘攘地往人多的地方涌去，月亮好像通晓人的心思一样，人们走到哪里它就跟到哪里。这两句充分描写了节日月影和花灯相辉映的情形。

出来游玩的人如此多，诗人不可能都写，所以只挑选了代表性的“游妓”写下了“游妓皆秾李，行歌尽落梅”这样的诗句，在这样的盛况下，舞姬们也来凑热闹了，她们精心打扮，一边走，一边唱着《梅花落》，在人群中显得格外亮眼，也算是一道靓丽的风景线。美丽的灯影、清晖的月色、宝马香车、熙熙攘攘的人群、美貌的歌姬以及人的说话声、歌声交织在一起，共同构成了这一幅有声有色的喧闹上元图。结尾“金吾不禁夜，玉漏莫相催”，欢乐的时光总是觉得过得很快，诗人劝人不要把精力放在玉漏上，没有必要担心时间，因为今晚金吾军没有宵禁，好好享受这美妙时刻吧！这首诗描写了上元节时的欢腾景象，整首诗有声有色、流光溢彩，诗人辞藻华丽，将这一盛况描绘得淋漓尽致，甚至让人产生“欲罢不能”之感，因此成为千古绝唱。

又是一年上元佳节，大街上的人早已摩肩接踵，兴冲冲地去看花灯了。以往总是锁着的星桥，今天也终于开锁了，原本黑黑的城门也被火树银花给照亮了，城河上漂浮着许多精美的花灯，于是河面也变得明亮可见了，远远望去好像是天上的银河星桥一样，甚是美丽。有达官贵人的马车飞驰而过，由于灯火明亮，甚至能看到被马车扬起的尘土；跟着人潮前行，一路都有月光相随，仔细一看，到处都能看见明月。忽地听到几句《梅花落》，那声音十分好听，环顾四周发现，不知是哪家的歌姬正在唱着，她们本身容貌美丽，又赶上节日，个个脸上化着精致的妆容，身上穿着美丽的舞裙，在人群中更加出众了。时间总是过得如此之快，感觉还未尽兴就已经是深夜了，多希望时间可以停留在此刻，让我可以尽情地沉浸在这欢乐的海洋中。

酒酣胸胆尚开张

江城子·密州出猎

［宋］苏轼

老夫聊发少年狂，左牵黄，右擎苍，锦帽貂裘，千骑卷平冈。为报倾城随太守，亲射虎，看孙郎。

酒酣胸胆尚开张，鬓微霜，又何妨？持节云中，何日遣冯唐？会挽雕弓如满月，西北望，射天狼。

【注释】

聊：暂且。

孙郎：即孙权，这里是作者借孙权自喻。

尚：更加。

持节云中，何日遣冯唐：引用典故《史记·冯唐列传》，魏尚因为杀敌多报了六个被削职，冯唐辩白觉得惩罚过重，于是汉文帝派遣他带着圣旨的符节，恢复魏尚太守一职。

天狼：原为星名，这里指侵犯国土的辽和西夏。

暂且让老夫我抒发一下少年人的轻狂，左手牵着黄狗，右手举着苍鹰，随从们头上戴着锦帽，身穿貂皮衣服，我率领千骑像风一样浩浩汤汤地席卷过平冈。全城的人都来追随我，为了这个我也一定要像孙权那样亲自射杀老虎给大家看。虽然喝了不少酒，但是我的胸怀更加宽广了，胆子也更加张扬了，就算鬓角的头发都白了那又怎么样？朝廷什么时候能派人带着赦免我罪的符节来呢？等到那个时候，我一定把弓拉得像满月一样，瞄准西北，将我们的敌人射下。

这首词是苏轼在公元1075年，即神宗熙宁八年所作，当时作者在密州担任知府，那一年也是他的不惑之年，在上任期间，苏轼除了在地方上做出政绩外，也希望自己能被重用。苏轼的诗词大多都很豪放，这一篇也不例外，这首词的上下两阙，分别叙事和抒情，整篇词气势雄伟、大气磅礴，符合苏轼的惯例。北宋词坛初期的许多词人诸如晏殊、欧阳修、柳永和晏几道等人，他们大多沿袭南唐二主的风格，比较清丽、婉约，但是苏轼诗词的出现一扫这种风气，对北宋后期产生了深远的影响。而且根据资料我们可以了解到可能是苏轼首次尝试写这种风格的词，但从这首词中我们可以体会到作者高超的语言文字功底。

首句便写“老夫聊发少年狂”，这一个“狂”字贯穿了文章始终，让人心中不由得生出一种磅礴的气势，苏轼是“狂”的，虽然已经到了不惑之年，但是他依然满怀热情，心中有着和少年人一样不肯服输的狂傲，年龄的确比不上少年，可那种狂傲的心态和少年是一样的。先把年龄问题暂且放一边，让我抒发一下少年人的轻狂吧！“左牵黄，右擎苍”，接下来说自己左手牵着黄狗，右手举着苍鹰，这样全副武装，俨然是要去打猎的。后一句“锦帽貂裘，千骑卷平冈”则写出了打猎的声势浩大，外出打猎也不是自己单独去的，也有无数的随从跟随着自己，而这些随从都戴着锦帽穿着貂皮制成的衣服，大队人马浩浩汤汤地奔腾过平冈，足以见得这场狩猎的声势浩大。

“为报倾城随太守，亲射虎，看孙郎”，不但有数千随从跟随自己，就连城中的百姓都来送别自己，场面一定非常壮观。词人说自己一定会像孙权那样勇猛，亲自射杀一只老虎，来报答百姓们对自己的情谊。孙权当时射虎可是少年时期，而词人已经处在中年了，但是他还是决定这样做，而且也觉得自己一定能做到，可见词人之“狂”，也始终照应着词的开篇。“酒酣胸胆尚开张，鬓微霜，又何妨”，出发前词人痛快地饮了酒，原本就有着高昂的兴趣，喝了酒之后又有一些微醺，于是胆子更大了，虽然自己的两鬓已经生出了白发，也是老夫了，可那又有什么关系！词人仍然盼望着自己可以像魏尚那样，总有一天朝廷也会派冯唐拿着圣旨，赦免自己的罪，“持节云中，何日遣冯唐?”作者引用这一典故，将自己渴望报效朝廷的心意表达了出来。“会挽雕弓如满月，西北望，射天狼”，如果真的有那么一天，自己一定会把弓箭拉满，朝着西北方向，将侵犯自己国土的敌人全部消灭。全词至此结束，读完这首词后，词人宝刀未老、渴望报效国家的狂放形象跃然纸上。

天门中断楚江开

望天门山

［唐］李白

天门中断楚江开，碧水东流至此回。

两岸青山相对出，孤帆一片日边来。

【注释】

中断：江水自山中传出隔断两山。

开：断开。

回：回旋。

两岸青山：即梁山和博望山。

出：突出，出现。

天门山被长江从中间隔开，碧绿的河水从东边流过来，到这里回旋了。两岸的山峰相对高高地耸立着，仿佛拔地而起一样，一叶孤舟从天边飞速驶来。很明显这是一首写景诗，这首诗是李白在725年途经大门山时所作，从李白的描写中，我们也可以感受到这大自然的美丽壮观。李白一生游历过无数自然风光，而每到一处他都忍不住写下诗歌来赞美祖国的大好河山，这首诗就描写了天门山的雄伟风貌。

“天门中断楚江开，碧水东流至此回”，诗篇开头两句开门见山，作者将自己的所见用细腻的笔触描写了出来，在作者心中，天门山原本是一座完整的山，江水是从山的两侧流走的，只是因为长江水太过汹涌，所以日积月累的撞击之后天门山才变成了现在的两座山。这当然是作者的想象，现实并非如此，这样使人从侧面感受到了江水的势不可当。碧绿的江水原本一直奔腾着，只是到了天门山这里，两山之间过于狭窄，而江水流经这里的时候速度并没有改变，所以才形成了回旋，激起了波涛。作者先通过天门山写出了江水的气势，后用江水的澎湃反衬了天门山的奇和险。

“两岸青山相对出，孤帆一片日边来”，两岸的山峰相对着拔地而出，远处一片孤舟仿佛从天边正急速向自己驶来。最后这两句意境深远，尤其是“出”字和“来”字，“出”指出现，那么为什么两岸的山是出现的，而不是相对立？细想之下就会发现：原来那一叶孤舟正是诗人所在的小舟，此时再来通读这两句诗，就有不同的感情了。这首诗的题目是“望天门山”，那么诗人是在哪里望的，是在山上往下望的吗？答案是否定的，因为我们已经知道诗人正是乘坐小船的人，那么望天门山就是在小船上望的，也就是说诗人边乘船边欣赏景色。在这一过程中，诗人亲身经历也亲眼看到了天门山的景色，因为水流太急，原本离自己遥远而又模糊的山，变得越来越清晰可见，本是诗人自己随着江水流动，但是在作者眼中变成了自己不动，那么在变化着的自然就是天门山了，巧妙地描写，使得原本静止的山变得形象、生动了起来，让人有一种眼前一亮的感觉，而且也能感受到作者的那种惊喜之感。因为江水湍急，所以小船行驶得很快，仿佛是从遥远的天边来的，这里作者没有站在自己的角度上，而是站在天门上的角度来写的，因为对自己而言看到雄伟的天门山心中很是欢喜，而天门山也是如此，它也仿佛正在欢迎着自己的到来，人对天门山喜欢，天门山欢迎人的到来，使得人更加欢喜。天门山自然是不会有想法的，这些是作者自己心中所想，我们可以感受到作者内心的喜悦之情。

这首诗向我们展示了一幅绚丽的天门山水图，诗人乘着小舟顺流而下，一路上看到了天山的壮阔、天门山的雄奇、江水对天门山的阻断、天门山对江水的反作用力，青山绿水交相辉映，使得这一画面变得生动、活泼，不是一幅静止的山水画，而是在变化着的、流动的画面，这样的画面无疑让人印象更加深刻。天门山固然是雄伟的，可是江水亦不是缓缓流淌的，它们是奔腾而来的，江水的气势之大让人生出了一种“天门山是被其给冲开”的错觉，虽然江水奔流不息，可天门山同样不肯退让，江水到了狭窄之处，始终无法一次性通过，于是一部分水流向了天门山的另一边，而另一部分水由于速度过快但是冲不过天门山，于是便在这一处形成了回旋。两岸的青山慢慢地出现在人的眼前，远处一叶孤舟正由天边驶来，这一句点明了诗人观天门山的位置，而这扁舟上的人也正是自己，所以才对青山有“相对出”的感觉，说扁舟仿佛从天边而来，则衬托了江水的绵长、悠远。碧水、青山、红日、白帆共同构成了这幅五彩缤纷的画面。

我乘着一叶扁舟来到了天门山，天门山的风景瞬间吸引了我。天门山雄伟壮阔，只见它高高地耸立着，湍急的江水浩浩汤汤奔流而过，看起来仿佛是江水把天门山给隔断了一样，清澈的江水从东边冲向天门山，天门山同样不甘示弱，到了狭窄的地方，江水的脚步虽然不停歇，但是速度终究是慢了下来，澄澈的江水在天门山这里形成了湍急的旋涡。随着江水的流淌，小舟也在不断地行走着，两岸的青山依次展现在人的眼前，这一叶孤舟也从天边朝着天门山驶来。浩瀚的江水、雄奇的天门山一一展现着自己的身姿，置身于这样辽阔的天地间，欣赏着大自然的美丽景色，真是一个让人心情愉悦、雄奇壮丽的好地方啊！

飞花令里品诗词
思

思君不见下渝州

峨眉山月歌

［唐］李白

峨眉山月半轮秋，影入平羌江水流。

夜发清溪向三峡，思君不见下渝州。

【注释】

半轮秋：指秋月形状为半圆，即上弦月或下弦月。

影：月亮和人的影子。

平羌：在峨眉山东北，指青衣江。

发：出发。

君：一指峨眉山月，也有说是指诗人的友人。

下：顺流而下。

巍峨的峨眉山上挂着半轮秋月，月亮的影子倒映在流动的青衣江中。连夜从清溪乘船出发去往三峡，我心中十分惦记着你，恋恋不舍地去往渝州了。这首诗是李白出四川的时候，写下的一首诗，十分直接地表明了作者对于山水的留恋之情，全诗语言优美，读起来朗朗上口，也是李白诗中比较出名的一篇。

首先李白便点明自己出蜀的时间为秋季，而且是半月，从峨眉山的月亮入手，写出了此时天上的景色，单一句写景描写，并不能体会到作者的心情，但是联系后面的诗句，我们则可以慢慢找出这个答案。李白在“峨眉山月半轮秋”后紧跟着一句“影入平羌江水流”，“影”在这里有两个意思，一为诗人的影子，一为月亮的影子，月亮和诗人的影子随着青衣江的江水流动而不断地变化着。我们知道，当人固定在某个地方看水中的月亮时，不论江水如何流动，月亮都不会跟着动，人的影子也是这样，因此我们可以了解到作者必然是跟随着江水顺流而下的，再联系实际就可以想到诗人当时是乘船出行的。脑海中不由产生这样一幅画面：巍峨的峨眉山高高地耸立着，秋季的夜晚，山间挂着半轮明月，诗人乘着小舟顺流而下，此时他的心情是怎样的？他究竟要去什么地方？这些疑问便不由自主地出现在我们的脑海中，自然让人迫切地想要知道答案。接下来的“夜发清溪向三峡，思君不见下渝州”就告诉了我们答案。诗人是从清溪出发去往三峡的，虽然心中有万般不舍，可是还是要离开这里，前往渝州。至此，我们才真正理解了作者想要表达的意思，结合着这首诗的背景看，诗人明显是舍不得离开这里的，所以才依依惜别，而全诗中虽然只有“思君”这两个字是直观写出诗人的感情的，而除了“峨眉山月”之外对景物几乎没有具体的描写，可这首诗却在四个短句、二十八个字中依次写到了“峨眉山”“平羌”“清溪”“三峡”和“渝州”这五个地名，向我们展示了一幅出蜀图，又像是一本旅行的书，每个章节都带给人不同的感受。

更重要的是“峨眉山月”这个情境，其实始终贯穿在全诗中：从峨眉山出发的时候，月亮就好像一直跟着诗人在走一样，一会儿看得见，一会儿又躲在了山后面，到了平羌江的时候月亮依旧在，到了后来离峨眉山越来越远，再也看不见，只能对着月亮表达自己的思念和依依惜别之情，月亮当然无法代替思念的家乡，可是这也是没有办法的事情，这样的无奈反而更加衬托了作者的“思君”之情，这和李白《静夜思》中的“举头望明月，低头思故乡”有异曲同工之妙。而且这首诗中有地点的变换，月亮其实也是在变换着的，所以还有时间的变换，因此这首诗是时间和空间的同时变化，在唐诗中能有这样高超写作技术的人除了李白，找不出多少个了。而整首诗充满了诗情画意，既有地点描写又有抒情，虽有恋恋不舍的思乡之情，但也有壮志走天下的豪迈之感，使得本诗不同于一般的思乡诗，格调高出了许多，也带给人更多的思考，用词清浅，如一朵朵盛开着的、不加修饰的清雅芙蕖，美丽之中有着淡淡清香，让人见之难忘、闻之留香。

正是秋日的季节，秋高气爽，是一个收获的季节。巍峨的峨眉山高高地耸立着，半轮月亮出现在了夜空中，开始的时候它并不是很高，远远看去，就像是挂在峨眉山上一样，又好像是山间出月那样优美。低头看见自己的影子随着江水不断变换，乘着小船影子在变，水中月同样也在变化。半夜出清溪出发直奔三峡而去，虽然十分舍不得离开故乡，可是也只能如此，唯有将自己的心里话说与月亮知晓，希望月亮可以将我的思念转给故乡、转给故乡的人。不管怎么样，至少家乡的月亮和我看到的是一个月亮，所以我把自己的眷恋告知它，也算是稍稍缓解了自己心中之苦，月不可亲近、不可触摸，可是我也只能把希望寄托在它身上了。随着我的脚步，月亮好像在和我捉迷藏一样，一会儿出现在山上，一会儿又消失不见，我始终在追寻着它的影子，不肯就此放弃，毕竟它是我唯一的期望了。已经走过了峨眉山、平羌江、清溪，穿过了三峡，回头看早已看不到故乡了，所以就算心中有万般不舍，我也只能乘着小舟顺着江水去往渝州了。

沉思往事立残阳

浣溪沙·谁念西风独自凉

［清］纳兰性德

谁念西风独自凉，萧萧黄叶闭疏窗，沉思往事立残阳。

被酒莫惊春睡重，赌书消得泼墨香，当时只道是寻常。

【注释】

谁：指纳兰性德的亡妻卢氏。

疏窗：带有花纹的窗户。

被酒：醉酒。

春睡：醉酒后沉睡，脸上像春色一样。

赌书：指李清照和赵明诚夫妻二人的典故，这里是作者在说自己和妻子的关系也非常融洽、友好。

消得：享受。

是谁独自在西风中生出了无限感慨？不忍心看着萧萧的黄叶所以把窗子关上了。在屋子中发呆，任凭斜阳照在身上，沉浸在往事中，生出了诸多的回忆。春日漫长，喝过酒后便小睡了一会儿，想起以前和妻子在房中赌书，到处都是茶香、墨香，当时那样简单的快乐，觉得是再平常不过的事情，只是谁又能想到，现在却只剩下了自己。

纳兰性德娶了卢氏为妻，古代多为“父母之命，媒妁之言”，即便是纳兰也是如此，但幸运的是，卢氏是一位温柔的、知书达理的妻子，两个人婚后三年感情甚好，妻子的多才多艺虽不及纳兰，但夫妻二人相处也是琴瑟和鸣的，只是好景不长，卢氏在生产后不久，便因为受寒离开了人世，纳兰心中郁结。妻子去世后，写过无数的悼念词，这些词被收录在《饮水词》中，他写下的这些诗使得后人难以望其项背，他自己也无法超越。这首词便是纳兰怀念妻子写下的，充满了对妻子的怀念，有懊悔，有惆怅，还有对妻子深深的思念之情。

“谁念西风独自凉”，首句写秋天的景色，秋风萧瑟，空气中都弥漫着凉凉的气息，如果是在以前，妻子一定会担心自己着凉，会给自己添两件衣服，准备好一杯热茶，以免自己伤风着凉，可是现在妻子已经不在了，只剩下我独自一人在忍受着秋风，再也不会有人对我嘘寒问暖了，这是怎样悲伤的一幅场景啊！开头这句是个反问句，谁会惦记着自己呢？答案不言而喻：没有人惦记自己。明明没有人念着自己，却还是要这么问，期望妻子关心自己，转眼却失望了，因为这根本是不可能的事，这种期望夹杂着失望的矛盾心情，无疑使得作者心中的悲痛更加深刻，当我们读到了这一句的时候，不由自主地产生了感同身受的感觉。“凉”既是对天气的描写，是作者的主观感受，也体现了其内心的凄凉心境。既然是秋日所写，自然少不了对秋天景物的描写。

“萧萧黄叶闭疏窗”，就描写了“黄叶”——这一秋天的典型事物，因为西风一直在刮着，树上的许多叶子经受不住这样的摧残，摇摇欲坠地掉落了，心中本就愁苦的作者，看见这样的情形更觉悲凉，于是干脆把窗户关上了。只是关上了窗户屋子里只剩下了自己，虽然不会再受到外界事物的影响，但是也等于将自己隔绝在屋子中了。窗外的斜阳透过窗户照在了屋内的作者身上，作者就那样呆呆地站着，他的身后是长长的影子，屋子里的陈设还是和之前一模一样，只是再也没有那个陪着自己的人了。看着熟悉的一切，两个人的甜蜜过去又一点一滴涌上心头，作者就这样回忆着往事。这样的画面，单单是想象一下，就觉得无比地孤寂、伤悲，更何况是身为当事人的纳兰性德呢？那个时候，他心中的痛苦可想而知。

接下来作者回忆起了两件在他心中印象最为深刻的事：一件是自己醉酒后夫人的照料；另一个是赌书。每每当自己喝醉了酒，脑中昏昏沉沉，做了纷杂的梦的时候，妻子总是轻轻地为自己盖上衣服，甚至怕吵醒自己的好梦，不管是说话还是动作都是轻柔无比的。从这样的事情上我们也可以感受到妻子对纳兰性德无微不至的关心。还有就是夫妻二人闲暇的时候玩一个游戏：其中一人随意说出一句诗词，另一个人要迅速回答其在书中的位置，即是在哪本书的第几章第几节，说不出来或是说错的要为出题方烹水敬茶，两人时常笑作一团，不小心就打翻了茶杯，打湿了书本，但是满屋都弥漫着茶香。这样的夫妻生活，和宋代李清照夫妇的生活非常相似，他们的生活充满诗情画意，亦可见琴瑟和鸣、举案齐眉之情。妻子在世的时候，自己拥有着无限的幸福，只是当时并未察觉，还以为是寻常的事情，直到妻子离开自己才懂得这个道理，可惜已经为时已晚了。

日日思君不见君

卜算子·我住长江头

［宋］李之仪

我住长江头，君住长江尾。日日思君不见君，共饮长江水。

此水几时休，此恨何时已。只愿君心似我心，定不负相思意。

【注释】

卜算子：北宋盛行词牌名。

思：想念，思念。

休：停止。

已：停止，暂停。

定：这里是衬字，又称“添声”。

我住在长江的上游，你住在长江的下游。我每天都想念你却看不到你，只能和你共同喝着这长江的水。这幽幽的江水什么时候才会枯竭停止，这别离的愁苦什么时候才能结束？只盼望着你的心能和我的心一样坚定不移，也不辜负我对你的一番心意。

这首诗是李之仪被贬不久所写，当时他仕途坎坷，被贬后不久儿子女儿相继离世，紧接着和自己共同生活了四十年的妻子也离开了人世，事业上的不顺利加上家人接连遭遇不幸，李之仪的人生可以说是一片昏暗。也就是在这个时候，李之仪遇到了一位叫杨姝的奇女子，李之仪视她为红颜知己，也是她陪着李之仪度过了最难熬的日子。两人时常以诗会友，久而久之也生出了感情。秋天李之仪带着杨姝来到了长江边，面对着奔流涌动的江水和自己的红颜，李之仪心中无限感慨，于是一气呵成写下了这首传世佳作，这首词也成了他的代表作品之一。这首词意思非常简单明了，以至于多读几遍就可以达到记忆的效果，看似每一句意思都非常简单，但是整首诗带给人的感受是非常深刻的，达到了一种“言有尽而意无穷”的境界，这首词不但对后世影响深刻，对当时的当事人，也就是杨姝而言，也被它所感动，使她坚定了自己要和李之仪在一起的心，李之仪最后自然也俘获了她的芳心，成为他的第二任夫人，婚后两人还生下了一儿一女，也算是生活圆满了。

由于是看见长江心生感慨，所以写下的词，因此这首词开篇便用长江作为切入点，“我”和“君”相对应、“江头”和“江尾”相对应，可以清楚了解到两人距离之远，同时也暗示了相思之长。而且重复的句式使得相思的情谊更加绵长、深远，在奔腾不休的长江下，却向我们刻画了一个闺中女子对于心上人深深的思念，即便是在这种广阔的大背景下，这两者共同存在的情况，也没有把相思抹杀了。也因为两人空间上的遥远，使得女子无法见到想念的人，于是只好“日日思君”，同时这也是全词的主干，看起来情况好像很悲惨了，想念不能见的痛苦围绕着女子。只是接下来一句“共饮长江水”却又将笔锋一转，稍稍淡化了这种痛苦，虽然不得见，可是至少两个人还能一起饮长江水，这也算是缓解了一些相思离恨。前一句基调还是深沉、低落的，到了这一句却有一种“阴转多云”的意思，两句之间是有所转折的，至于它们之间有什么关系，是如何转折的，词人却不直接向我们说明，只能靠我们自己细细品味、慢慢揣摩了，这样无疑让这首词感情更加出众。

女子的目光始终停留在长江水上，到了这个时候，她对长江的心情转变成了“几时休”“何时已”，悠悠的长江水啊，不知道什么时候才能停下来；自己的相思离别什么时候才能到头？事实上江水是不会断流的，自己的相思也是不会停止的，而词人用的六个字则有两方面的含义，一方面是说自己的期望能早日成真，另一方面则是客观事实，也就是说自己对此事无能为力。看似是在问这水什么时候枯竭，实际上是从侧面烘托了自己的思念之深犹如滔滔江水连绵不绝。前面几句一直在说女子思念之深，那么她思念的那个人对她的感情是不是一样的？最后一句就告诉了我们答案："只愿君心似我心，定不负相思意，"可以推出两人是两情相悦的，虽然一个在江头，一个在江尾，空间上的距离是遥远的，可是只要两个人的心在一起，即便路途漫漫、江水悠悠，也无法阻止。一方的相思最后变成了两方的共同愿望，原本无休止的恨也变成了永不停歇的爱，两个相隔万里的人心灵上得到了极大的慰藉，而本为阻断两人见面的江水，最后也变成了他们感情的见证，江水的作用在变化着，让两人的感情也有了一种细水长流、永不停歇的意味。

化作相思泪

苏幕遮

［宋］范仲淹

碧云天，黄叶地。秋色连波，波上寒烟翠。山映斜阳天接水，芳草无情，更在斜阳外。

黯乡魂，追旅思。夜夜除非，好梦留人睡。明月楼高休独倚，酒入愁肠，化作相思泪。

【注释】

苏幕遮：西域传来，最早作为教坊曲名，后被用作词牌名。

寒烟翠：原本是白色的烟雾，因为上面挨着碧天，下面接着翠水，远远望去好像和碧天颜色一样。

芳草：本意为草地，这里指故乡。

乡魂：思乡的情思，出自《别赋》中的："黯然销魂者，唯别而已。"

追旅思（sì）：追随羁旅的思绪。

蓝天中飘浮着白色的云，发黄的树叶纷纷扬扬飘落大地。秋天的景色接连着水波，水面上笼罩着翠色的烟雾。斜阳照到了群山上，远处的天空接连着江水，青草不懂人的心思，一直蔓延到了夕阳照不到的地方去了。想起故乡只能黯然伤神，思乡的情绪一直挥之不去，只有每天都做美梦才能稍稍得到宽慰，不想独自倚靠在高楼上，只好不断将酒倒入口中缓解思乡情绪，最后都变成了相思的泪水。

这首词是范仲淹在西北边塞出任宣扶使的时候所作，主要工作为防御西夏入侵，因此这首词主要表达了作者在军营生活时对于故乡的思念之情，思乡类的诗词数不胜数，但是能让诗词脱颖而出却并不是一件容易的事情，而范仲淹就做到了，他的这首羁旅词意境开阔，同类中较为少有，也因此是一首相当难得的好词。

起句"碧云天，黄叶地"即描绘了秋天的景色。放眼望去，天空是澄澈的，飘浮着白色的云朵，树上的黄叶飘落了一地，好一幅颜色鲜亮、天高地阔的秋日美景图！这是作者总揽全局后的直观感受，接下来诗人说"秋色连波，波上寒烟翠"则将视野转到了近一点的水面上，只见这无边的秋色一直延绵到远处的湖水中，而水面笼罩着一层淡淡的雾，原本应该是白色的雾，但是由于雾气弥漫在整个湖面，远远望去，好像上面连接着湛蓝的天空，下面则接壤着碧绿的湖水，所以一时也无法分辨这雾究竟是什么颜色的，正如王勃在《滕王阁序》中的“落霞与孤鹜齐飞，秋水共长天一色”。“寒烟翠”这三个字，不仅写出了雾气的颜色，而且也写出了它带给人的感受。如果说首句的六个字是一幅彩色的油画，那么之后的这八个字则是油画上的精细点缀，因为它们互相映衬，所以才使得这幅画更加地绚烂多彩、美不胜收。

接下来的一句“山映斜阳天接水，芳草无情，更在斜阳外”将诗人眼中的高山、夕阳、天空、湖水以及芳草紧密联系在了一起，夕阳的余光照耀着远处的高山，蓝蓝的天空连着碧绿的湖水，青青的芳草一直蔓延到夕阳完全照不到的地方。在诗词中芳草往往象征了一定的含义，它被认为是与思乡有关的情感，这里的芳草给作者带来的便是这样的感受。作者眼中的芳草是“无情的”，因为它蔓延到了天边，使得思乡的游子想要寄托怀乡之情却没有办法，让人很是为难，所以才这样说它。可事实是草怎么会有自己的想法，只是因为作者过于思念家乡，所以才生出了芳草无情的想法。明明前面还是秋高气爽的美丽景色，到了这里却让人心中生出了一丝难过。由景物描写开始写到了人的情绪，这中间的衔接是非常自然的，不存在突兀感，而且写景的时候也并未让人觉得后面是这样低落的情绪，可以说这种处理方法是非常高超的。既然已经写到思乡，索性就不再写景物了，于是作者不再遮掩，直接表达了自己的心情。

下片“黯乡魂，追旅思”想到了故乡便黯然伤神，羁旅时间太久，这种思念反而越发深刻，也越发清晰，那么有没有办法解决或者缓解这个难题呢？办法是有，但是作者用了“除非”，加重了语气，有且只有一个办法那就是每天晚上在梦中回到故乡，只是这样的好梦也是比较少的，大多时候作者都是难以安心入眠的。继而引出最后的“明月楼高休独倚，酒入愁肠，化作相思泪”，因为睡不好觉，所以只好登上高楼，眺望明月，终究只有自己倚着楼，满心的愁苦无处安放，只好借酒消愁，可是没想到酒进入胃中最后却变成了眼泪。至此作者的思乡之情达到了高潮，本文也在这样黯然的氛围中结束了，但是却给人留下了深刻的印象，久久无法忘却，也正是本文能始终流传的原因。

我登上高楼眺望远方，湛蓝的天空中有着白色的云，一阵阵风吹过，树上的叶子掉了一地，大地很快变成了一片金黄。不远处的湖水也映衬着这秋日美景，湖面上的雾气上连着天、下接着湖面，一时竟然无法分辨它到底是什么颜色的。夕阳西下映照着远处的高山，不远处的青草一直蔓延到了天边，直至无法看见，芳草怎么如此无情，让思乡的旅人不能寄托感情？已经许久没有回过故乡了，越是这样想，心中对故乡的思念就越是深刻。除非晚上能做个好梦，否则每天晚上都是令我辗转反侧、难以入睡的。眼看着月亮已经出来了，我倚靠在柱子旁，可是对故乡的思念却丝毫未减，反而愈加强烈。抓起酒壶往口中倒入一大口酒，最后却从眼眶中出来了。

此物最相思

相思

［唐］王维

红豆生南国，春来发几枝。

愿君多采撷，此物最相思。

【注释】

相思：一作“相思子”，又作“江上赠李龟年”。

红豆：又作相思子，生长在江南地区的一种植物，结出的籽像豌豆，只是形状略扁，颜色为鲜红。

采撷（xié）：采摘，摘取。

相思：思念。

生长在南方的红豆树，不知道春天来了它能发多少枝丫？希望你能多摘一些红豆，因为它最能表达人们的相思之情。这是一首怀念友人的诗，书上曾记载安史之乱，李龟年流落到江南的时候，曾唱过这首诗，由此可以证明这首诗是王维在天宝年间所作的。诗人借红豆抒发自己的思想，也就是我们常说的托物言志，整首诗虽然并没有很多华丽的修饰语，但是感情真挚、趣味高雅，诗人巧妙地将写景和抒情融合在一起，是一首绝佳的作品。

红豆本是生活在南方的植物，果实晶莹，南方人常用它来作为饰品的配饰。关于红豆还流传着这样一个传说：古代一位女子由于丈夫死在了树下，妻子悲痛万分，在树下一直哭泣，最后死在了树下并且化成了红豆，因此红豆又被称作“相思子”。红豆寓意相思，代指男女之间的爱情，文人墨客们也都有着自己的见解，在柳永笔下是“便纵有千种风情，更与何人说”；元稹的相思是“曾经沧海难为水，除却巫山不是云”；温庭筠的相思是“玲珑骰子安红豆，入骨相思知不知”。相思却又不局限于男女之情，它同样可以指朋友之间的友情，本诗中的红豆即表达了这种感情。本诗的题目又可以称为“江上赠李龟年”，可见这首诗是作者送给李龟年的，这里更加清晰地说明这是一首怀念友人的诗。

李龟年当时也在南方，所以“红豆生南国”这一句可以说是一语双关，既点明了红豆的产地，也点出了朋友所在之地，而且以红豆切入，也为下文的相思埋下了伏笔。紧接着一句“春来发几枝”则是水到渠成的问法了，这两句之间承接得非常完美，而且可以说是恰到好处，这样的说法也是平易近人的，使读者读到这一句后有一种亲切之感，仿佛言犹在耳，带给人的影响也是深远的。“愿君多采撷”，希望你可以多采摘一些红豆，真实的意思是说希望你摘红豆的时候能想起我，是一种言在此意在彼的用法，在古诗文中这样的情况其实是很常见的。比较著名的就是汉代乐府中的“涉江采芙蓉，兰泽多芳草，采之欲为谁？所思在远道。”采荷花、芳草不是真的采，而是为了送给远方思念的人才这样做的，同样的道理，这首诗中的“多采撷”也是这个意思，摘红豆不是主要目的，主要目的是希望你摘红豆想起我，看见红豆也能想起我，暗示对方珍惜彼此之间的友谊，言辞真切、令人感动。在这里作者虽然只说了希望有人记挂着自己，没有说自己对友人的思念，但这并不说明作者就不思念友人，恰恰是因为自己对友人思念之深，所以才希望对方能给予自己同样深的友谊，便像叮嘱一样和友人说了这句话。“此物最相思”承接上句，为什么要多采红豆呢？正是因为用它来表达相思之情再合适不过了，红豆如此惹人怜爱，人们自然难以忘却。也即对于两人的友谊，作者希望它也能像红豆一样，不但有着深刻的寓意，而且给人留下深刻的印象，愿这友谊也能像这红豆一样经久不衰。

短短一首诗至此结束了，诗人从头到尾一直在说红豆，也借助红豆巧妙地将自己的相思融入其中，语言简练而又明快，感情含蓄，但是却将作者的相思刻画得淋漓尽致。越是深刻的感情表达起来往往越是简单，语言浅浅但情意绵长。王维的诗一向语言朴实，可他十分善于提炼字句，即便是这样简单的字眼，所要表达的感情却是深刻动人，这一首诗自然也不例外，也正是百姓们喜闻乐见的一种，读起来没有拗口的地方，但是意思浅显，一经问世就受到了无数人的喜爱传唱，最终成为脍炙人口的诗篇。这首诗的影响之深远，不但影响了古人，而且也影响着我们，如许多我们耳熟能详的歌曲中都引用过红豆和相思，可见王维被称为“诗佛”绝非浪得虚名。

南方的好风景数不胜数，温度也比较适宜，红豆大概也是因为这个原因所以才生长在了南方的吧！此时南方的友人应该可以看到红豆树，不知道红豆树上面发了多少新枝？又是一年春天，正是万物复苏的好季节，想必红豆也能生长得很好。说起红豆我就十分欢喜，眼前浮现了鲜红的果实，形状像豌豆一样，圆圆的又带着一些扁。希望友人看到红豆能多摘取一些，用红豆寄相思是最好的办法，所以摘着果实的时候也能想着我们之间的友谊，可以珍惜这段情谊。无论世事如何变幻，希望我们的友谊都能始终不变，如同这相思的红豆一样生生不息、流传永恒。

每逢佳节倍思亲

九月九日忆山东兄弟

［唐］王维

独在异乡为异客，每逢佳节倍思亲。

遥知兄弟登高处，遍插茱萸少一人。

【注释】

九月九日：指重阳节。

忆：思念。

异乡：他乡。

为：当作。

茱萸（zhū yú）：一种香草，古人认为插茱萸可以辟邪防灾。

身在他乡的我，对于他乡而言我不过是个客人，每当重阳佳节的时候，我就特别想念家中的亲人。遥想家乡，这个时候家中的兄弟应该都已经登高了，只是他们头上插上茱萸的时候却独独少了我一个人。这首诗是王维于十七岁时所作，当时他独自一人在外漂泊，又赶上重阳佳节，本是一家团聚的时候，可自己却只能靠想象才能和家人一起登高。这首诗虽然寥寥几个字，却将一位在外游子的思乡之情描述得入木三分，引起了许多游子的共鸣，可以说这首诗有直击人心的力量。

王维写这首诗的时候，他居住在蒲州，因为蒲州在华山的东边，所以他称自己的兄弟为“华山兄弟”，又因为写作的时候是重阳节，所以题目为“九月九日忆山东兄弟”。十七岁的少年，孤身一人在异乡因为什么？答案不言而喻：是为了进京考取功名。这样大好的年纪，少年前往长安，照理说繁华的长安城应该让人目不暇接，心中是充满豪情的。可对于王维而言，却并非如此，不同于其他莘莘学子对长安的极大兴趣，在他眼中这个地方固然热闹非凡，可一个心智还不成熟的少年，身处在这样的地方，心中却始终无法平静。长安城中的喧嚣并未让王维融入其中，京城越是繁华，他就越是孤单。

“独在异乡为异客”，一句中用了两个“异”字，加深了王维心中的孤单：对于长安来说，他这个非长安人士就是“异乡”；对于这里的人来说，自己又是个“异乡人”。长安不是自己所熟悉的家乡，那么在里面必然有很多不适应，不管是在生活方面的衣食住行，还是人们的风俗习惯等，对他都是不同的，他需要重新去适应。身处异乡心中的孤寂平时还可以因为人多而忽略，可是一旦到了家人团聚的节日，这种情绪便会像火山爆发一样，喷薄而出、势不可当。王维看到街上都是节日的气息，家人三三两两地逛街、买东西，对比他们的热闹，他却是孤单一人，这样的时刻，很难不想到远方的亲人，而且这种想念比平时还要频繁，来得更加猛烈，所以有了下句的“每逢佳节倍思亲”。不只古人有这种体验，就是我们现代人也同样有，而且虽然现在的通信技术已经相当成熟，可是和亲人分隔两地的痛苦，却是无论如何都无法消除的。就是这样简单的几个字，却将作者心中最真挚的感情高度概括了，而且也极容易引起读者的共鸣，因此这两句诗也是表达游子思乡最贴切的诗句了。

前两句诗几乎没有多余的话，直接点出整篇诗的思想，使得这首诗一针见血，瞬间就达到了高潮，这种写法无疑是非常成功的，可是很多诗人通常都会把这样的诗句放在诗尾，因为这时候人的感情已经达到了高潮，如果再写东西，就会显得多此一举，而且想要重新立意达到新的高潮可能性也不太大。作者却没有埋没了这首诗，在跌宕起伏的感情中继续写下了“遥知兄弟登高处，遍插茱萸少一人”，这一句用得极好，位置也刚刚好。王维想起了远方的兄弟，这个时候兄弟们应该都在登高了，而当他们头上配上茱萸的时候，却忽然发现少了一位兄弟，也就是诗人自己。诗人写自己思念亲人，但是却站在家人的角度上说他们思念自己，给人的感觉是自己不能陪他们过节的遗憾远大于自己身处异乡的孤寂。如果平铺直叙说自己遗憾不能和家人共同登高，也不是不可以，只是有了前面的凤尾，再这样写就显得没有新意，可诗人反其道而行，就使得后半部分和前半部分相得益彰。如果说前两句诗给人的感受是不断流动的湖水，那么这后两句就是在湖心中投入了一块石头，虽然石头不是特别大，但是毕竟湖水因为它泛起了层层涟漪，而且这涟漪不是短暂的，是从湖心一直开始向最外部漫延。前半部分的感情是外露的，是激荡人心的，而后半部分的感情相对来说是内敛的，但是却同样深沉，让人无法忽视。所以整首诗读下来，不得不让人为作者的写作而拍案叫绝，留给人的影响也如同陈年的老酒，经久不散。

街上一派繁华景象，来来往往的人好不热闹，毕竟是过节，哪里都是人声鼎沸的，我虽然想尽力融入这种气氛中，可是经过再三尝试我放弃了，我看到街上有夫妻二人同行的；有几口之家同行的；有带着小孩的，可唯独没有像我这样的异乡人，在这个陌生的地方，我是个外来者，是个过客，我心中十分清楚，平时也就罢了，现在这个重阳佳节，我却异常思念家人。想来这时候远方的兄弟们都在登高望远了，只是当他们在头上插上茱萸的时候，才发现独独差了我，想必他们会非常遗憾吧。

清风明月苦相思

伊州歌

［唐］王维

清风明月苦相思，荡子从戎十载馀。

征人去日殷勤嘱，归雁来时数附书。

【注释】

苦相思：指相思到了极点。

荡子：指丈夫。

十载馀（yú）：这里意思是从军时间非常久。

数：常常，经常。

附书：一作寄书。

夜色十分美好，伴着这阵阵清风，我却无比地思念你，浪荡的人啊，你从军已经十多年了。你出征之前我一再地叮嘱你要记得给我写信，这样当鸿雁回来的时候，你就能托它把信带给我了。这首诗写的是深闺妇女的哀思，作者用细腻的笔触，刻画了一位妇女的内心，一字一句都仿佛有深入人心的力量，让人不忍再读。

一个宁静的夜晚，女主人在院子中乘凉，月亮挂在漆黑的夜空中，月光洒下大地，院子中变得朦朦胧胧的，让人看得不是那么真切，清凉的风徐徐吹到人身上，给人带来丝丝凉意。原本一切都是这样的美好，可偏偏人的心中无法如意。清风明月本是令人愉悦的景，但是在女主人眼中却不是那么愉悦，甚至可以说是悲凉。“月圆人不圆”，再美的景也只是让人徒增难过罢了，这种写作手法叫“以乐景衬哀情”，古诗中时常用到，例如柳永的“应是良辰好景虚设，便纵有千种风情，更与何人说！”，《诗经》中的“昔我往矣，杨柳依依。今我来思，雨雪霏霏”等，世上从不缺美景，缺的只是陪你看风景的人，女主人就是这样，虽然眼前美景动人，但是却无心欣赏，因为心中想着自己的丈夫，这折磨人的相思，无时无刻不萦绕在人的身边。女主人想起了自己的丈夫，因为他已经从军十多年了。古人云：“一日不见兮，思之如狂”，现在也有“一日不见如隔三秋”的说法，一日不见便要遭受很大的折磨，难以想象两个人十几年不见面，这份思念该多么苦，而女主人的思念之苦在这天晚上也终于达到了极限，这是一重苦。

接下来诗人说“征人去日殷勤嘱，归雁来时数附书”，画面切到了十几年之前，也许两人是新婚燕尔的夫妇，丈夫报名投身军营了，妻子心中虽然有万般不舍，也只能含泪相送，可能是在长亭外，可能是在城门前，面对丈夫，妻子心中有千言万语，不知从何说起，只好将再多不舍化成了一句话：“你去到军营后可要时常给我写信，让归来的鸿雁把信带给我，当然写得越多越好。”女主人对丈夫恋恋不舍的形象跃然纸上。女主人回忆起了当时的情形，这种写作手法相当于记叙文中的“倒叙”手法，即先写女主人的相思之苦，后回忆为什么会相思。而且这种相思显然比普通的相思更加苦，因为原本丈夫答应给自己寄家书的，只是有再多的家书也无法排解心中的思念，此为第二重苦，这两重苦加起来无疑让人备受折磨。

当时那样的情境中，女主人应该是收到过丈夫的来信的，或者说前几年还是能陆陆续续收到信的，但是时间长了，可就很难说了。毕竟古代交通不够发达，写一封信寄回家中就需要很长的时间，再加上战场上情况十分复杂，丈夫可能因为行军打仗太过忙碌，所以中间耽误了，没有连续写信。等到拿起笔要写的时候，却不知从何说起，最后干脆不写了，这样的情况也不是不可能的。更或者最糟糕的情况是丈夫有可能已经不在人世了，这些情况都是有可能出现的，妻子也只是心中相思成疾所以便想起自己叮嘱丈夫要他给自己写信的事，而且只说这件事，刻意不提收不到家书的原因，可见隐隐也含有对丈夫的埋怨，让自己在家中尝尽相思之苦，感情曲折委婉，耐人寻味。如章碣在《下第有怀》写道："故乡朝夕有人还，欲作家书下笔难"；又如韦庄在《章台夜思》中的"家书不可寄，秋雁又难回"等，都直接说了家书难寄，可本诗的作者却反其道而行之，让人自己去揣摩其中的韵味，可谓是不着痕迹，但却娓娓道来。并且整首诗都围绕"苦相思"展开，语言亲切，让人不自觉产生亲近之感，同时也体现了作者写作水平之高超。

在屋子中看到窗外月色正好，明月像是黑暗中的明灯，照亮了周围的天空，反正自己也无事可做，于是起身走向院子中。屋里原本是有一丝燥热的，但外面的风凉凉地吹过，于是那点燥热也彻底消失不见了。这么美的月色，这么合适的温度，本应该是让人心生欢喜的，可我却因为太过思念丈夫所以无心看风景。时间过得真快，转眼丈夫已然从军十多年了。还记得他走的那年，我心中有无数的话想告诉他，可是看着他的时候，却又不知道从何说起，最后我再三叮嘱他："你到了军营后一定要记得时常给我写信，这样来年大雁归来的时候，我就可以数你写给我的信了。"没想到一晃就这么多年了，我也只能一遍遍读你写给我的信了。

飞花令里品诗词
君

君不见沙场征战苦

燕歌行

［唐］高适

汉家烟尘在东北，汉将辞家破残贼。
男儿本自重横行，天子非常赐颜色。
摐金伐鼓下榆关，旌旆逶迤碣石间。
校尉羽书飞瀚海，单于猎火照狼山。
山川萧条极边土，胡骑凭陵杂风雨。
战士军前半死生，美人帐下犹歌舞。
大漠穷秋塞草腓，孤城落日斗兵稀。
身当恩遇常轻敌，力尽关山未解围。
铁衣远戍辛勤久，玉箸应啼别离后。
少妇城南欲断肠，征人蓟北空回首。
边庭飘飖那可度，绝域苍茫更何有。
杀气三时作阵云，寒声一夜传刁斗。
相看白刃血纷纷，死节从来岂顾勋。
君不见沙场征战苦，至今犹忆李将军。

【注释】

非常赐颜色：远远超过平时的丰厚待遇。

摐 (chuāng)：撞击。

旌（jing）旆 (pèi)：旗帜。

凭陵：仗着势力欺凌。

腓：一作衰，枯萎的意思。

刁斗：古代两种铜器，一种为报更用的，一种为做饭用的。

唐玄宗开元二十六年，军中有个随主帅回来的人写了一首《燕歌行》拿给我看，对于边疆的战守之事我也深有感触，于是同样写下了《燕歌行》回应他。

唐朝边境升起了狼烟，东北方向升起了尘土，将军们从家中离开，准备破除残忍的边贼。原本战士们在战场上就是所向披靡的，皇上又给予了更丰厚的赏赐。密密的锣鼓声一时响彻山海关，各种旗帜飘扬在山石之间。校尉的紧急文书飞往瀚海，单于的火把已经照到了我们的狼山上了。山河萧条、满目荒凉一直延续到了边上，胡人的骑兵仗着势力在风雨中挥霍着利刃。将士们在沙场上奋力拼搏，生还的概率只有一半，美人却还在帐篷中唱歌跳舞！正是深秋时节，塞外大漠草木枯萎，随着夕阳西下孤城前的士兵越来越少。深受皇恩的将士们一心想要报国，只是轻视了敌人，拼尽全力也没有冲出匈奴的围攻。战士们已经身穿铠甲守护疆土许久了，妻子与丈夫离别后眼泪从来没有断过。少妇独居城南伤心断肠，丈夫在蓟北频频回望。边境这样的缥缈哪能轻易回归，这荒凉之地人迹罕至。杀气渐起仿佛春夏秋三季乌云密布，夜晚凛冽的寒风声中夹杂着报更声。眼看着刀剑乱飞，鲜血肆流，因着气节报国谁会在意功勋？你不知道现在在战场上浴血奋战的士兵们，现在还在想念着智谋双全的李将军。

总体而言全诗可以分为四部分，第一部分是“出师”，也即本诗的前八句，这八句又可以分为两层意思，第一层是战事突起，将军领命打仗，走之前天子给予足够的待遇，这就使得主将恃宠而骄。第二层写出征前的大张旗鼓、声势浩大。第二部分是后面的八句，详细描写了战斗的经过。敌军来势凶猛，凭借着有利的地形和骁勇善战使得我军伤亡惨重。身为主将这个时候不但没有想办法解决问题，反而还在军营中寻欢作乐，前方的将士们伤亡惨重。这场战争持续到了黄昏，还在战斗着的士兵越来越少。接下来诗人点出了战争失利的直接原因——主将过于轻敌，是本诗的主旨，同时也照应前面的恃宠而骄，可以说正是因为有了这样的因才造成了现在的果，被敌军团团包围，形势可以说是非常严峻。第三部分写征人和思妇，他们互相惦念却又不得相见，战争残酷，人身安全得不到保障，只能频频回望来路，征夫的“望”和少妇的“断肠”烘托了凄清悲凉的氛围。

最后一部分是战争的结果，在敌军如此强有力的打击下，士兵们看不到丝毫生存的希望，于是纷纷做好了为国捐躯的准备，将来他们都会得到一份功勋，只是谁又是为了这不值一提的功勋才这样做的呢？结尾处写将士们思念李将军，更从侧面讽刺了主将，而且前面出征时的大队人马和现在的寥寥数人也形成了鲜明的对比。士兵们拼死一搏，是多么勇敢、多么想报效国家啊，可这同时也是多么可悲，明明很多人都可以活下来的，体现了作者对他们的深切同情。

与君离别意

送杜少府之任蜀州

［唐］王勃

城阙辅三秦，风烟望五津。

与君离别意，同是宦游人。

海内存知己，天涯若比邻。

无为在歧路，儿女共沾巾。

【注释】

辅：护卫。

宦游：外出做官的人。

海内：古人认为国土四周都是海，所以将天下统称为四海之内。

无为：不要，不必。

沾巾：泪水沾湿衣服，这里指含泪告别。

长安城被附近的关中之地保卫着，在一片烟雨蒙蒙中遥望着蜀地。和你离别我心中有着无限的情谊，因为我们都在官场中浮沉。普天之下的知心朋友，就算相隔天涯也如邻居一样亲近。当我们在这分岔路口道别的时候，就不要再像小儿女一样挥泪告别了吧！

写这首诗的时候，王勃在长安，当时要送别一位姓杜的少府去四川上任，于是写下了这首送别诗，不同于一般送别诗总是充满悲伤的感觉，这首诗虽然也有离别的伤感，但是又有一种豁达的感情融入其中，使得这首诗在送别诗中轻易地脱颖而出，成为名篇。

“城阙辅三秦，风烟望五津”，点出送别的地点和杜少府要去的地方，长安被三秦所守卫着，长安城自然是繁华而且安全的，繁华是由它所处的位置决定的，至于安全则是因为被长安附近的关中保卫着，眼前仿佛自动浮现出这样的画面，同时也可以感受到长安气势宏伟。后一句中“五津”指万里津、江南津、白华津等五个地方，同门同在蜀川之地，这里则点出了杜少府去上任的地方正是蜀地，“望”字是作者由长安望去看到了蜀地，这样一来就将原本并无联系的两个地方不着痕迹地联系在了一起。从宏伟的长安城向蜀地望去，由于烟雨笼罩，所以并不能完全看清楚，这也为送别添上了一种离愁别绪，为下文的抒情做了铺垫。

“与君离别意，同是宦游人”，诗人说友人就要离开这里去往蜀地了，他心中的想法诗人也是清楚的，因为诗人也是离开故土到这里做官的人，此时他即将离开，诗人不免产生一种惺惺相惜的感觉。孤身一人前往他乡心中必然是孤单、惆怅的，诗人心中虽然也有不舍，但是他用自己的亲身经历鼓励友人，希望他能振奋精神，虽然是安慰的话，但是这样的感同身受却使人很容易接受。“海内存知己，天涯若比邻”，原本心中的离愁别绪经过前两句作者的开导，已经变得淡了一些，接下来诗人又说只要两个人心意相通，那么不管相隔多远，也永远如同近在身边一样。这一句的情感无疑和前面的都不同，虽然人与人之间都必然离别，但是彼此之间真诚的友谊却不会因为距离和时间而有所改变，这可以让人心中充满着希望，并且怀着这样的希望期待着下一次的见面。而且这句诗意境深远，将作者豁达的心胸刻画得入木三分，即便是放在现在来看，同样是鼓舞人的好诗句，因此这一句无疑是本诗最脍炙人口的一句。

结尾的“无为在歧路，儿女共沾巾”则加深了这种情感，既然早晚会有再见的那天，我们又何必像小儿女离别那样让泪水沾湿了衣服？倒不如笑着挥手告别，期待下一次的重逢。至此，原本悲凉的曲调已经完全不见，转变成了豁达豪放，让人顿生好感。古人眼中的离别，虽然送别的人不同，但是大致感受是一样的，柳永眼中的离别是："执手相看泪眼，竟无语凝噎"的百转千回却无从说起；是温庭筠眼中的"梧桐树，三更雨，不道离情正苦"的心酸苦楚；是纳兰性德的"握手西风泪不干，年来多在别离间"的聚少离多的别离心酸；而在王勃眼中却是"海内存知己，天涯若比邻"的乐观心态，虽有伤感但不过分沉溺，这和高适在《别董大二首》中的"莫愁前路无知己，天下谁人不知君"有着相似之处。

马上就要去蜀地上任了，在你临走之前我们小聚了一下，也算是为你饯行了。之后我们登上了长安城，在城楼上俯瞰，周围的三秦保卫着长安，长安城中目之所见是一片欢乐、祥和的气氛。天空中不知何时飘起了一些细雨，眺望远方似乎还隐隐约约能看到蜀地的轮廓，这样一看长安其实和蜀地的距离并不是特别远。我知道你心中十分难过，一个人要去远方做官，你想说的话我都知道，跟你离别的情意啊，我明白，我何尝不是如此？所以不要太伤感了。你我既是好朋友，就不该在乎这距离的远近，只要我们心意相通，就算是天涯，对我们而言也是咫尺间，就像是邻居一样，随时都能再见面。送君千里终须一别，已经到了必须要说再见的时候了，我们不要像男女离别一样哭哭啼啼的了，这样反而没有意思了。人生还长，前路虽然尚不可知，可是只要我们心存希望，总有一天会再相见的。

了却君王天下事

破阵子·为陈同甫赋壮词以寄之

［宋］辛弃疾

醉里挑灯看剑，梦回吹角连营。

八百里分麾下炙，五十弦翻塞外声。沙场秋点兵。

马作的卢飞快，弓如霹雳弦惊。

了却君王天下事，赢得生前身后名。可怜白发生！

【注释】

八百里：古代一种名为“八百里驳(bò)”的牛。

炙：烤熟的肉。

作：像……一样。

的(dí)卢：一种烈性马。

天下事：指统一大业。

可怜：可惜。

喝得半醉半醒的时候，把油灯的灯芯挑亮，从剑鞘中抽出了佩剑，在灯光下细细观赏，不知何时睡着了，做了一场梦之后醒过来了听到了军营中此起彼伏的号角声。从梦中醒来将烤好的牛肉分给了将士们，各种乐器共同合奏着边塞乐曲。正是金黄的秋季，马儿们都吃得饱饱的，战场上正在检阅士兵。马儿们跑得都像的卢马一样飞快，拉弓射箭后弓弦声音如雷贯耳。我心中十分想替天子分忧，早日收复故土，统一大业，不管在我活着的时候，又或是死去之后这件事情都能一直流传。可惜我现在是心有余而力不足，已经满头华发的我，这件事注定无法完成了。

辛弃疾年轻的时候曾参加过抗金起义，只可惜起义以失败告终了。在那之后他回到南宋，只是一直未受到重用，就这样闲居了将近二十年。幸运的是他认识了陈亮，两人才气相投，且都力主抗金收复失地，两人因此成了好友。公元1188年，两人进行了第二次“鹅湖之面”，分手后辛弃疾便写下了这首词。这首词大气磅礴，读来让人心潮澎湃、热血沸腾，词人渴望收复中原、为国家建功立业，可现实却已经不允许他这样做了，满腔爱国之心无处释放，只好在词中将自己的所想表达出来，原本一心想做的事情没能做成，现在就算是有这样的机会，自己也只能错失了，从中可以很明显地感受到词人的壮志难酬。

忧心国家前途命运的词人在和友人促膝长谈之后，心中的忧愁只是被暂时分散了，友人离开之后，心中的忧愁再次袭来，于是只好借酒消愁，可是这样做的结果只是徒增愁绪。“醉里挑灯看剑，梦回吹角连营”，天色已经慢慢暗了下来，将灯火挑得明亮一些后，醉眼蒙眬中抽出了宝剑，一瞬间仿佛又回到了战斗时的场景，心中升起无限感慨，随时渴望着自己能再次报效国家。就这样对着宝剑若有所思地睡着了，梦中自己又回到了那个场景，迷迷糊糊中感觉天已经有些亮了，耳边也响起了高昂的号角声，这声音有种振奋人心的力量。

“八百里分麾下炙，五十弦翻塞外声。沙场秋点兵”。从床上翻起，穿好衣服带上佩剑，走出军营将烤好的牛肉分给士兵们，以犒劳他们，将士们全都士气高昂，精神抖擞。耳边充斥着各种乐器的声音，虽然乐器繁多但是总体的基调是一致的，因为吹奏的都是塞外名曲，久久回荡在人的心中。在秋天这个黄金季节，马儿养得健康又有力，随时等待着上战场，教场中士兵们严阵以待地等待检阅，可见这绝对是一场稳操胜券的仗，所以这场战争的结果已经是显而易见的了。

准备工作已经完成，接下来词人展现的是战争的场面："马作的卢飞快，弓如霹雳弦惊"。将军骑着战马快速冲进战场，马儿的速度像闪电一样转瞬不见，士兵们在后面一直掩护，无数弓箭齐发，场面蔚为大观，词人只写到了这里，并没有具体说后续，但是我们很容易就可以推断出这场战争的结果，眼前仿佛有了全军欢呼的盛况。这位将军打了一场漂亮的胜仗，部下们对他更为尊崇。很快，他的名字就会传遍大街小巷，天子自然也少不了一番奖赏，既免去了天子的烦心事，又会名垂青史，岂不是给自己的人生增添了浓墨重彩的一笔？写到这里词人的情绪达到了高潮，也符合辛弃疾豪放派的基调，如果到了这里就结束，那么这首词也不见得会给我们留下这么大的感触，但是最后以"可怜白发生！"作为结尾，却让人一下子由半空中跌入无底深渊，高昂的情绪至此突然转变为悲凉，如同一场盛大的烟花在最高处忽然消失不见，只留给人深深的怀念，至此我们方才明白：原来这一切不过是词人的一场梦。词人壮志难酬、无限悲凉的形象跃然纸上，让人不禁为之心酸，这也正是这首词的精妙所在。

然诺重，君须记

金缕曲·赠梁汾

［清］纳兰性德

德也狂生耳。偶然间，缁尘京国，乌衣门第。有酒惟浇赵州土，谁会成生此意。不信道，遂成知己。青眼高歌俱未老，向尊前，拭尽英雄泪。君不见，月如水。

共君此夜须沉醉。且由他，蛾眉谣诼，古今同忌。身世悠悠何足问，冷笑置之而已。寻思起，从头翻悔。一日心期千劫在，后身缘，恐结他生里。然诺重，君须记。

【注释】

梁汾：指顾贞观，是纳兰性德的知己。

德：诗人自称，指我。

缁尘：本意是污垢，这里解释为混迹。

会：理解，明白。

成生：纳兰性德原名纳兰成德，因避讳太子名字故改为性德。

忌：语助词，没有实际意思。

我原本也是个轻狂的少年，不过是因为我出身在名门，还有命运的偶然安排，我才能在这官场中混迹。我打心底里羡慕平原君，也想像他一样礼贤下士，可是谁又能理解我的这片心意？万万没有想到竟然认识了你，我们两人还成了知己。现在趁着我们还处于青春年少，让我们擦掉眼泪，饮酒高歌，振奋精神吧！

今天我们一定要开怀畅饮、不醉不归。那一夜的月亮特别皎洁，见证了我们的友谊。古往今来，但凡是才能出众、作风正派的人哪个没有被人造谣污蔑过？这些都是很正常的事，所以就随他去吧！人生如此漫长，谁都会遭到挫折，这些事情不用太过在意，冷笑一声把它放在一边就可以了。如果一直惦记着这回事，那么人的一生从开始便错了。今天我们以心相知，成为知己，就算日后经历多少千难万险，我们也要友谊长存。就算今生过完，到了来生，我们的友谊也会一直延续。这个诺言是很重的，希望你能一直记在心里。

纳兰性德的父亲纳兰明珠在朝堂上可是数一数二的大人物，是皇上面前的大红人，照理说纳兰出生在这样的家庭中，前途一定是一片光明的，可这首词中起句便说："德也狂生耳。"他不但将自己称作狂生，而且语气中还带着一些不屑，抓住了人的眼球，让人迫不及待地想要知道他为什么要这么说。

接下来三句"偶然间，缁尘京国，乌衣门第"，他说自己之所以能在官场中混迹，不过是因为出生在了一个豪门大户，沾染了尘世的污浊，但从"偶然间"这三个字可以看出这样的生活并不是他想要的。他将自己的真实想法告知顾贞观，可知他希望顾贞观不要把自己当成富家子弟。"有酒惟浇赵州土"出自平原君广纳贤士的典故，纳兰用在这里是说对于人才自己也是十分尊敬的，他本是青云平步的富家子弟，但是看到好友们的不公平遭遇，感受到了世道的不公，所以他愤恨、他忧思，可是他的这种心情，谁又能理解，所以他说"谁会成生此意"。

纳兰无疑是孤独的，正当他对人生失望的时候，顾贞观出现在了他的生命中，"不信道，遂成知己"，认识顾贞观，正是人生的意外之喜，可见诗人内心的狂喜。“青眼高歌俱未老，向尊前，拭尽英雄泪”，两人相识之时都值青年，于是饮酒高歌，有生之年得一知己是人生的一件大乐事，但是境遇不顺心头又感到心酸，人的复杂心情交织在一起，又是哭，又是笑。“君不见，月如水”，那天的月亮也见证了我们的友谊。

下片“共君此夜须沉醉”，我们今晚一定要大醉，诗人为什么这样说，紧接着诗人就告诉了我们答案“且由他，蛾眉谣诼，古今同忌”，遇到不公是常见的，这是事实，无可避免，他这样劝好友，也是说干脆别管这些事，索性麻木自己，痛饮一番。“身世悠悠何足问，冷笑置之而已”，诗人由人及己想到自己，在这世间谁又能不受污染，索性冷笑一声置之不理，要是一直记在心里，那人的一生从开始便错了，所以才说“寻思起，从头翻悔”。“一日心期千劫在，后身缘，恐结他生里。”诗人又想到能认识顾贞观这样的知己着实不易，所以不管今后经过多少困难，都会好好珍惜彼此的友谊，今生太短，所以只能希望来生再续友谊。这番铮铮直言，真诚令人动容，所以诗人又一次强调“然诺重，君须记”，表达自己希望和顾贞观一直做知己的强烈愿望。

醉卧沙场君莫笑

凉州词

［唐］王翰

葡萄美酒夜光杯，欲饮琵琶马上催。

醉卧沙场君莫笑，古来征战几人回？

【注释】

凉州词：盛唐时流行的一种曲调名，王翰一共写了两首《凉州词》，其中这一首王世贞对其有着极高的评价，将其称为唐代七绝的压卷之作。

夜光杯：用白玉制作的酒杯，光能用来照明，这里指华丽精美的酒杯。

琵琶：指作战的时候发出号角声音的一种器具。

催：催人打仗。

沙场：指战场。

征战：打仗。

夜光杯中装着刚酿好的葡萄酒，还未来得及品尝一番，耳边连续不断地响起了琵琶的催促声音，原来立刻就要出发打仗了。如果我在战场上醉倒了你可不要笑话，从古至今有多少打仗的人是可以活着回来的呢？

唐朝以七绝著名，而七绝又多为乐府歌词，凉州词自然也属于这一种。凉州地处西北地区，而夜光杯产自西域，葡萄酒亦是西域的特产，所以不管从哪一方面来看，这些都和塞外有着莫大的联系。作者写这首诗的背景我们并不知道，但是根据诗的内容来看，作者无疑是反对战争的，只不过诗人不正面描写战争，也不写战争有多残酷，反而用另一种不同的写法，从侧面说明了这一点。

起句“葡萄美酒夜光杯”，让人眼前不自觉浮现了宴会的喧闹场景：精美的夜光杯中斟满了葡萄酒，将士们都聚在一起，准备痛饮一番，看起来是一幅欢乐的场景，那么我们推测可能是军中打了胜仗，所以这是在犒赏三军的，可接下来的一句：“欲饮琵琶马上催”却转眼否定了我们的推测，因为美酒还未来得及品尝，催战的号角声便不停地响起来了，到这里我们才明白：原来这是战前的狂欢，这两句营造了两种截然不同的场景，一为欢乐，一为紧张，原本的欢饮时光镜头一转就变成了催人的号角声，而且这声音是连续不断传来的，可见战事吃紧。诗中将士们对于催战的号角并没有感到诧异，可见之前他们就已经知道这件事，明明大战在即，可是将士们没有急着操练兵马，而是准备畅饮美酒，这其中的原因值得人深思。既然战前气氛如此紧张，想必没有时间再喝酒了吧，可是作者接下来一句“醉卧沙场君莫笑”却再一次推翻了我们的推测，即便战争一触即发，我们必须立刻出征，但是我们也管不了那么多了，美酒难得，不能浪费了，而且由“醉卧”我们同样可以推测将士们一定喝了不少酒，所以才说自己可能在战场上醉倒了，还希望别人不要见笑。难道将士们心中早已知道结果，所以才这样毫不在意的吗？诗的最后一句“古来征战几人回”则告诉了我们一个残忍的真相：军令如山，在外的将士们不愿意可是又毫无办法，而且战争的结局也早已经注定好，既然如此，那又何必拼死拼活，反正最后能活着回来的没有几个人，既然如此，为何不在活着的时候好好享受自己所拥有的？读到这里不禁让人生出“一将功成万骨枯”的悲凉感情，战争无疑是残酷的，无论最后的结果是胜或是败，过程都是惨烈的，正是因为统治者们为了自己的利益，使得成千上万的将士们为他们卖命，可事实上，这些事情跟他们又有什么关系呢？战争最后胜利了，活下来的人寥寥无几；战争失败了同样无人生还，这是一个普遍的事实。这首诗里将士们早就知道这个残忍的结果，却也只能遵从，因为他们是军人，军人要听从命令，他们早已经视死如归了，明明这是一种悲壮的情绪，可是在作者笔下却写出了豁达和乐观之感，可以说已经到达了大彻大悟的境界。对于战争，作者无疑是讽刺的、是拒绝的，可是身处那样的时代，他的这些想法注定是微不足道的，他悲愤、他反对战争，可他同样无能为力，也只能向将士们表达自己的同情了。短短四句诗却一波三折，让人不断地推翻自己之前的推测，直到最后才将答案呈现在我们面前，而且这个答案是那样鲜血淋漓，让人不忍再看。

军营中到处是一派欢乐的气氛，新进贡的葡萄美酒散发着诱人的香甜，被倒在了精美的夜光杯中，将士们几个人聚在一起，说着闲话，只是还未来得及细细品尝出这酒到底和平时所喝的有何不同时，耳边就响起了战争集合的号角声。将士们只呆愣了一瞬便继续品尝美酒，宴会不止，觥筹交错也未止，只是那号角声催促得越来越频繁，最后一群人无奈去集合，准备打这一场早已知晓结果的仗，那时候已经记不清自己到底喝了多少酒了。要是我们在战场上杀敌的时候忽然醉倒了，你可千万别嘲笑我们啊，想想从古至今的战争中，又有多少人是可以生还的？

江南江北送君归

送沈子福之江州

［唐］王维

杨柳渡头行客稀，罟师荡桨向临圻。

唯有相思似春色，江南江北送君归。

【注释】

沈子福：又作沈福，是王维的朋友。

行客：即游人。

罟（gǔ）师：这里指渔夫。

临圻（qí）：原意是靠近曲岸的地方，这里指友人前往的地方。

相思：彼此之间的惦念。

渡口处只有寥寥无几的旅人，岸边的柳树在微风的吹拂下轻轻摆动，渔人正撑着船桨在江水中晃悠着前往临圻。如果我对你的思念也能如同这春色一样，不管你去往东南西北都能送你回家了。

单看这首诗的题目就能够获取不少信息：这是一首送别诗，诗人的好友要前往江北，诗人依依不舍，全诗字数不多，但是该描写的东西并没有少，不论是送别的对象，还是送别的地点，又或是作者的感情都完美地融合在了这首诗中。从这首诗的起句“杨柳渡头行客稀”可以看出，诗人是在渡口送别友人的，而且这一句中含有“柳树”这一典型的景物，“柳”和“留”是同音，送别朋友时，古人常常会折一枝柳，暗含自己期望友人能留下来的依依不舍之情，诗人送别友人的渡口两岸生长着柳树，心中本就不舍，再看到这样真实的场景，无疑使作者心中的感情更深重了几分。诗人和友人两人漫步到了渡口，因为心中不舍，所以两人一直没有道别，直到后来渡口的人越来越少，送别的人也早已回家，眼看在渡口的人已经屈指可数，诗人只好送友人上船。

“罟师荡桨向临圻”，虽然友人已经乘着船远去了，但是诗人并没有转身离开，而是站在原地久久地望着小船，船夫熟练地操纵着船桨，起初还能清楚地看到友人，后来随着两人距离不断变远，友人最终彻底消失在了诗人的视线中。因为不忍离别，所以想多看几眼，虽然这样做并不会改变结果，可是诗人仍然做了，我们的眼前也不由得浮现出这样的画面，想必那时候，诗人的背影必然是孤单的。这一句诗人的着眼点是船桨的运动，属于细节描写，看似在写渔夫和船桨，实际上写的是友人，李白在《黄鹤楼送孟浩然之广陵》中的“孤帆远影碧空尽”写的是远景，这两句话虽然描写的不同，但是想表达的感情是一致的。

面对友人的离别，诗人在最后写下了:“唯有相思似春色，江南江北送君归。”人已经看不到了，映入眼帘的无边春色和花红柳绿的景色触动了作者的心，自己的不舍不也正像这无边的春色一样吗？想到此诗人不禁想到：要是我的相思之情也能像这无处不在的春色多好，这样不管你去江南还是江北我都能一直陪伴着你了，你在船上的时候，我的思念就像是湖中的水，随你而去；你在岸上的时候，我的思念又如同岸边的花草树木紧紧相随，我对你的思念就能时刻围绕着你，也就不用忍受这离别的痛苦了。诗人将自己的相思巧妙地融在了春色中，而且是在前面送别友人的惆怅中自然而然产生出来的，衔接十分自然，使得这首诗和一般送别诗有所不同。通常的送别诗总是伴随着离愁和悲伤，虽然这首诗也有这样的描写，但是因为这后两句的感情有所改变，所以使得这首诗不是一味的悲伤基调，只有首句中渲染了一点悲伤的气氛，但是后来的奇思妙想，反而让原本那一点点悲伤也不复存在了，或者说是原本的基调变为哀而不伤，诗人的形象也更加饱满、生动了，也体现了诗人对友人深沉的感情。王维的送别诗经常采用寓情于景、情景交融的写法，苏轼曾称赞过:“味摩诘之诗，诗中有画；观摩诘之画，画中有诗，”其感情则通常是内敛含蓄的，这首送别诗也是王维送别诗中的一篇佳作，最后的奇思妙想成为这首诗的亮点。

我们两人漫步到了渡口，一路走来两岸春色动人，不远处的柳树已经生出了嫩绿的柳叶，一阵风吹来柳条微微晃动，周围的旅人也像我们一样，欣赏着春日好风光，只是随着时间的推移，原本的欢乐心情变得有些沉重。不少人已经坐上了船，要顺流而下了，前来送别的人终究只能挥手送别，毕竟天下没有不散的宴席，我心中虽然有万般不舍，但也只能送你到这里了，接下来的路需要你自己走了。将你送上船后，我又跟着船走了一段，然后看着船夫手里的桨，我知道小船离我越来越远了。我站在原地想：不知道下次见面是什么时候了，又回味着我们刚才说的话，心中越来越难过。试着转移自己的注意力，我将目光从江面离开，望向了四周，这春日美景真是好，放眼望去都是春色，不禁想到要是我的思念也能像它一样，是不是就能时刻陪伴着你，这样的话你去哪里我都能一直跟随了。

半缘修道半缘君

离思五首·其四

［唐］元稹

曾经沧海难为水，除却巫山不是云。

取次花丛懒回顾，半缘修道半缘君。

【注释】

经：经临。

难为：不值一提的意思。

除却：除了。

取次：匆匆、随意的样子。

花丛：指美貌女子众多的地方，暗指青楼。

修道：即修炼道家之术。

看过波澜壮阔的大海，再看其他地方的水就不值一提了。在巫山的云雨中沉醉着，别的地方的云雨都不算什么了。即便从万花丛中经过，我也懒得回头去看一眼，一半是因为我心中已经清心寡欲了，还有一半原因是因为曾经拥有过美好的你。

元稹所作《离思》一共有五首，这组诗都是为了悼念妻子韦氏，每一首都为七言绝句，而这五首诗中最为出名的便是这第四首，他描写的男女之间的美好爱情情感真挚、感人，是古代爱情诗中的绝佳篇章。“曾经沧海难为水”，诗人化用了《孟子·尽心篇》中的“观于海者难为水”，字面意思为看过大海之美的人，再看小溪就不会有多大的感触了，毕竟小溪或者说小河中的水小而浅的，就像是一张白纸铺在了人的眼前，没有什么亮眼的地方；而大海则不同了，大海是波涛汹涌的，是深不见底的，是无边无际的，像是一个万花筒，永远不知道它的真实面目，两者相比自然是大海更有意思。诗人第一句便写下这样一句话，让人不能一时间明白他的真正意图，但是认真思考一下就会发现，这样的理解是流于表面的，想要理解诗人的想法，我们就要往下看。第二句说：“除却巫山不是云。”又是将普通风景和巫山风景相比较，后者自然完胜，这一句中诗人化用了宋玉在《高唐赋》中的一个名为“巫山云雨”的典故，典故中的“巫山之女”其实就是“朝云”，元稹在这里是说亡妻是自己的心爱之人，也只有她能让他敞开心扉、与之相爱，换成其他任何人都不可以，因此这两句诗人想要表达的是对妻子深深的爱恋，语意虽然含蓄了一些，但是感情是热烈而真挚的。

“取次花丛懒回顾”，同样借物比人，表面意思是说走过花丛不会留恋，真实意思是就算身边围绕着再多倾国佳人，自己也无心欣赏，再一次表达了对心爱之人的感情，可见诗人是一个非常痴情的人。最后一句点明原因“半缘修道半缘君”，一是因为诗人已经专心修道所以心无旁骛，二是因为诗人心中只有妻子一人，失去了心爱之人，其他人再好都和自己没有关系。整首诗虽然只有二十八个字，却句句不离心爱的人，而且前三句已经做了足够铺垫，到了第四句，诗人的感情才彻底地释放了，我们也感受到了诗人的专一和深情。

这首诗的写法十分奇特，首先作者使用的是水、云和花来比人，这样委婉含蓄的写法是本诗的一大特点，让人有一种想要拨开云雾看清真相的感觉；其次使用了肯定和否定的写法，再一次肯定自己想要表达的是正确的，即心爱的人确实是别人无法替代的。而且虽然是悼念诗，但是却并不是哀伤的基调，这在这种类型诗中是与众不同的，感情也是逐渐加深的，言辞真切而不刻意。也许就是因为这些原因，才使得这首诗成为这一组诗中最著名的一首吧。爱情自古以来就是一个亘古不变、人们不断探索的话题，在李商隐笔下它是“春蚕到死丝方尽，蜡炬成灰泪始干”，忠贞不渝；在卓文君笔下，它是“今日斗酒会，明日沟水头”的决绝；

在秦观笔下，它是“两情若是久长时，又岂在朝朝暮暮”的心意相通；在元稹诗中的爱情是专一的、是真诚的。都说“一千个读者就有一千个哈姆雷特”，不管是什么人在失去了心爱的人后，几乎都可以从这首诗中找到情感寄托，而且他们往往有自己的见解，虽然元稹的初衷不是如此，但不得不承认，这一首诗确实能引起人的情感共鸣。即便是在现在，仍然有许多作家，或者是普通人，都会拿这首诗表达自己对某个人的痴情，可见这首诗具有独特的魅力和极大的影响力。

我看过苍茫无垠的大海，再见到小河就没有什么感觉了，就像是你一样，别的人哪里比得上你？看过巫山的美丽风景之后，别处的风景就没有什么好看的了，你是这么美好，别的人再好在我眼里还是比不过你。你走之后，我见过不少美丽的女子，可是我看见她们的时候，心中没有一丝波澜，哪怕她们倾国倾城，毕竟也不是你。你是我心爱的人，在我心中你就是最美的，而且别人怎么会有我们这样深刻而美好的感情？我已经无心爱其他女子了，因为我已经看破红尘，开始研习道家之术了，凡尘世俗与我何干？纵有绝代佳人又能如何？除了你还有谁能让我再动心？不会了，因为我的心中已经有了一个你，再也容不下其他人了。

飞花令里品诗词
归

归来倚杖自叹息

茅屋为秋风所破歌

［唐］杜甫

八月秋高风怒号，卷我屋上三重茅。茅飞渡江洒江郊，高者挂罥长林梢，下者飘转沉塘坳。

南村群童欺我老无力，忍能对面为盗贼。公然抱茅入竹去，唇焦口燥呼不得，归来倚杖自叹息。

俄顷风定云墨色，秋天漠漠向昏黑。布衾多年冷似铁，娇儿恶卧踏里裂。床头屋漏无干处，雨脚如麻未断绝。自经丧乱少睡眠，长夜沾湿何由彻？

安得广厦千万间，大庇天下寒士俱欢颜，风雨不动安如山。呜呼！何时眼前突兀见此屋，吾庐独破受冻死亦足！

【注释】

三重茅：很多层茅草。三，泛指多。

罥（juàn）：挂。

呼不得：指呵斥无用。

俄顷（qǐng）：很快，没多久。

恶卧：睡相不好。

彻：彻晓，意思是天亮。

八月里秋天的风怒吼着，把我屋子上的茅草都卷走了好几层。茅草随风飞到了对岸的江边，飞得高的茅草缠在了树上，低一些的飘落到了池塘和洼地里。南村的一群孩子欺负我年纪大了没有力气，竟然忍心在我的眼皮下当“贼”，把茅草抱走跑进竹林里了，我大声地制止他们，但是并没有用，回到家后我拄着拐杖感叹。风停后天又很快变成了像墨一样的黑色，天空阴阴地黑了。布制成的被子盖了多年早就像铁一样又冷又硬，孩子睡觉又不安分，被子都蹬破了。下雨的时候，屋子里面到处都漏雨，雨珠子就没有停过。自从安史之乱后我就很少能休息好了，夜晚如此漫长，屋子里很潮湿，不知道什么时候才能熬到天亮。什么时候才让天下贫寒的学子住上宽敞高耸的屋子，让他们即便面对风雨也能稳如泰山？唉！什么时候眼前真能出现这样的房子，那时候就算我在这茅草破屋中冻死也心满意足了。

这首诗是杜甫晚年所作，公元761年，杜甫多方求助下才勉强盖起了一座茅草屋，有了庇佑之所，但是次年八月的时候，秋风席卷茅屋，又赶上下大雨，诗人为国家前途担忧，心中感慨万千，于是写下了这首脍炙人口的名篇。“八月秋高风怒号”，八月正是秋季，风是“怒号”着的，可见其猛烈，结果就是“卷我屋上三重茅”，诗人好不容易才有了栖身之处，可这秋风这么猛烈，将他屋子上的茅草都卷走了，他心中焦急万分，赶紧去追茅草，因为秋风的“卷”，所以四散的茅草被刮得到处都是，有的高高地飘着最后缠绕在了树的高处，有的则飘落在了低处，诗人有心去追，只怕最后能收回来的茅草也寥寥无几。一个老人面对狂风，阻止不了四处飘散的茅草，只能看着它们被吹走，然后再迈着蹒跚的步伐去追，这样的画面，想想就辛酸。

接下来是过程：诗人想尽力把茅草捡回，可“南村群童欺我老无力，忍能对面为盗贼”，一群小孩竟然当着诗人的面做了“盗贼”，诗人不禁想到，要是自己处于壮年，哪里会被这些孩童欺负？可是现在自己“老无力”是事实，所以孩童们“公然抱茅入竹去”，自己只能“唇焦口燥呼不得”。这几句既表现了诗人的无可奈何，也反映出诗人家贫。诗人也只能“归来倚杖自叹息”，这里诗人叹息的内容很复杂，因为自己过得苦而叹息这只是其中一方面原因，更重要的原因是诗人为那些在战乱中流离失所、生活凄苦的人而叹息。

烈风终于停下来了，可是天又转阴了，“俄顷风定云墨色，秋天漠漠向昏黑”，本就是晚上，天气因为阴沉所以变得更加黑了。“布衾多年冷似铁，娇儿恶卧踏里裂”，我们跟随诗人的视线从屋外转到了屋内，屋子里也的确很贫穷，只有穷人才会盖“布衾”，用布做的被子很不舒服，又被孩子给蹬破了。“床头屋漏无干处，雨脚如麻未断绝”，本就少了茅草的屋子，又因为下雨所以屋子里面到处都有雨，这境遇真的是很悲惨了。屋里寒冷，诗人不禁希望时间能快点到明天。诗人由自己的遭遇，想到了天下千千万万和自己一样遭遇的“寒士”，于是发出了“安得广厦千万间，大庇天下寒士俱欢颜，风雨不动安如山”的感慨，诗人的情感在“何时眼前突兀见此屋，吾庐独破受冻死亦足”中表现得淋漓尽致。

春归何处

清平乐·春归何处

[宋]黄庭坚

春归何处？寂寞无行路。若有人知春去处，换取归来同住。

春去踪迹谁知，除非问取黄鹂。百啭无人能解，因风飞过蔷薇。

【注释】

行路：春天的踪迹。

换取：换来。取：助动词。

百啭：黄鹂的叫声婉转动听。

解：懂得。

因风：乘风。

春天去了哪里？找不到它的踪迹我的心中十分烦闷。要是有人知道春天的踪迹，请一定帮我叫住它，让它回来与我同住。没有人知道春天究竟去哪儿了，我只好去问一问黄鹂。黄鹂的歌声虽然婉转动听，可是谁又能知道它说的究竟是什么意思？不知从何处吹来一阵风，黄鹂顺着风飞过了盛开的蔷薇花。

公元1105年，也就是崇宁四年，这是黄庭坚被贬至宜州的第二年，词人内心的凄苦可想而知，而且也是这一年九月，便与世长辞了，那个时候是词人耳顺的年纪，身体上的原因是一方面，但是更多的怕是心理上的压力。这首词风格清新、用笔委婉，让人不由自主地产生一种美好的意境，使人沉醉其中。

词的上片说“春归何处？寂寞无行路”。这里把春天拟人化了，使得抽象的春天变得可观、可感，甚至可以触摸到，词人到处找寻春的踪迹，却遍寻不得，心中感到焦虑、孤单，在他眼中的春天，不是一个季节，而是一个对自己来说很重要的朋友，通过自己的感受突出对春天的喜爱和找不到春天的烦闷，给人一种强烈的感受，同时也点明了本首词的主旨为惜春。假如词人一直这样写，倒也不算是一篇特别出彩的词，可是妙就妙在词人没有重复赘述自己惜春，而是用不同的笔触，让我们自己感受到这一点，就像是解谜游戏一样，解开这个谜底还会有下一个，不到最后永远不知道结果是什么，吸引着我们不断地去探索，勾起我们的好奇心。

“若有人知春去处，换取归来同往”，接下来词人说要是有人知道春天去哪儿了，请一定要告诉它，请它回来和我们同住。前两句词人自己已经找过春的踪迹了，可是并没有找到，词人并未就此放弃，反而执着地找寻着，只是他不但自己找，还希望有人和他一起找，所谓“人多力量大”，也许某个人会找到春，能找到自然是最好不过的事情。词人希望找到春天后请它回来，加深了对春天的依依不舍之情，感情上的跌宕起伏，让人的心情随之变化，原本有些伤感的前两句，到了这里感情变得高昂了一些，让人重燃了一些希望。

整个上片是词人的主观感受以及幻想，到了下片，词人从幻想中抽身而出，回到了现实世界，“春去踪迹谁知，除非问取黄鹂”，可见词人已经知道，春天已经离开，谁也找不到了，可就算认清这个事实后，词人还是不愿意放弃，他想自己或许可以问一问黄鹂，毕竟它们总在飞来飞去，而且是和春天一起到来的，它们那里说不定还有春天的线索，原本已经回到现实世界的词人，到了这里又回到幻境中了。词的最后两句写道“百啭无人能解，因风飞过蔷薇”，黄鹂清脆的声音拉回了作者的思绪，词人试图理解黄鹂说了些什么，结果发现只是徒劳，心中的落寞更加深重了。抬起头追随着黄鹂的飞行轨迹，结果看到它们随着风飞过了蔷薇花。蔷薇是夏天开花的，到了这个时候，词人才终于正视了春天已经过去的这个事实，自己再怎么努力都找不回来了。整篇文章中，词人对春天有着深厚的感情，首先是自己去找寻春天，结果发现找不到一点踪迹；于是就想找他人帮忙共同寻找，可是同样找不到；接下来词人又想黄鹂是和春天一起出现的，那么为什么不问问黄鹂？它们一定知道春天在哪儿，这似乎是个好办法，到了这里，词人的心中仿佛也涌起了一阵希望，词人话锋一转又说，可是谁又能理解黄鹂那百转千回的歌声代表了什么意思？刚燃起的一点小火苗，就这样被一盆冷水给浇灭了。黄鹂似乎已经完成了它的使命，于是转身就飞走了，词人也终于认清了现实，不再做无用功了。

君问归期未有期

夜雨寄北

［唐］李商隐

君问归期未有期，巴山夜雨涨秋池。

何当共剪西窗烛，却话巴山夜雨时。

【注释】

寄北：给北方的亲人写诗。

归期：回家的日期。

巴山：泛指巴蜀。

何当：什么时候。

共：用在谓语前，相当于现代汉语中的一起、共同。

却话：互相倾诉。

你问我什么时候能回去，我也没办法确定，巴山现在大雨滂沱，雨水漫出了秋天的池塘。不知道哪年哪月才能回到故乡，和你在西窗下一边剪烛火，一边促膝长谈啊，那个时候我一定告诉你我现在看着巴山的秋雨心中是多么孤单、多么地思念你。

这首诗是李商隐在巴蜀一带时所作的，当时诗人停滞在巴蜀，收到了亲人的来信，诗人无法回家，只能将自己的心事借此诗来诉说，关于这首诗到底是写给妻子王氏的还是写给亲人的，不同学者有不同看法，由于诗人在此诗中表达的感情比较热烈，所以我们就将其当作是写给妻子的，因为这种观点，所以这首诗又被称作《夜雨寄内》。可以很明显地看出，这首诗里的字是重复出现的，一般而言，近体诗里要避免字重复，诗人看起来是故意犯了这样的错误，可实际上因为作者这样的写法，使得这首诗反倒给人留下了深刻的印象，而且虽然“巴山夜雨”出现了两次，但这两次给人的感觉却是完全不同的。“君问归期未有期，巴山夜雨涨秋池”，根据这两句诗，我们可以了解到诗人是在回复妻子的来信，对于妻子的问询，诗人只能如实回答：知道会回来，但不知道什么时候会回来，归期未定是最戳人心的。接下来诗人提到了自己的所见，巴山指出了自己所在的地点，那时候的巴蜀尚未开发，是一个“凄凉的地方”，也点明当时的季节为秋季，长夜漫漫偏又下起了大雨，本就无心安睡，这下是彻底无法睡着了。诗人当时独自在异乡漂泊，其心中本就无限孤寂，好容易收到妻子的来信，又不知自己何时能回去，对妻子的深深思念、羁旅的辛苦以及独处的孤单这三种复杂的心情交织在一起，让人不禁悲从中来，眼前仿佛看到了诗人独自站在窗前的孤寂身影。诗人望着窗外的滂沱大雨，看着这雨使得池塘中的水不断增加，以至于最后都漫了出来，其实上涨的不只是池水，还有诗人对于妻子的深切思念。李商隐和妻子十分恩爱，只是好景不长，两人结婚后也不过在一起12年，也就是在这期间，李商隐四处漂泊，两人更是聚少离多，相思却无法一直相守，这对于相爱的人而言，无疑是一种巨大的折磨。

诗人并未继续写离愁别绪，而是由眼前的景想到了另外一幅景：等到自己回去的时候，一定和妻子在西窗下互诉衷肠，他们一定有说不完的话，所以才将烛火剪去，继续说着重逢的喜悦，告诉妻子自己现在的心情。后两句话无疑营造了一种温馨、充满爱意的氛围，同样是“巴山夜雨”，因为自己身在异乡孤苦无依，所以变得非常难熬，可是等自己和妻子团聚的时候，两人一定有说不完的话，那个时候虽然是同样的情形，却又不过是为两人的呢喃私语当作背景罢了。可以说前后这两个场景截然不同，一个给人凄清、悲凉的感觉，而另一个却是温馨、甜蜜的，因为有前一个场景的衬托，使得这后一个场景更加生动、更加幸福，作者对妻子的思念至此得到了升华。虽然后两句是作者的想象之景，可是我们仍然可以感受到诗人的幸福，虽然孤身一人在巴蜀，可是诗人想到不久之后就能和妻子团聚，心中的激动和满足就足以让他抵抗这风雨了，这让原本的凄风苦雨似乎也蒙上了幸福的薄纱。在当时那样交通十分不发达的时期，不能及时回到妻子身边，不能向她诉说心事，这无疑让人悲痛，可是诗人并未被眼前的困难所打倒，他只是想着自己说不定很快就能回到家乡和妻子团聚，单单是这样遥望未来，就已经觉得无比幸福，诗人对妻子真挚的感情可见一斑。想到美好的将来，前面所遭受的一切苦难，也是可以忍受的了，正因为有了分别，团聚才显得更加美好、更令人期待。

我的妻子啊，你问我什么时候能回家，我也不清楚啊，现在正是晚上，巴山的雨下个不停，你现在在家里做什么呢？是不是像我一样正在看着窗外的秋雨？窗外的雨越下越大，眼看池塘中的水越涨越高，最后终于溢了出来。四周都静悄悄的，只是偶尔有闪电划破天空，我在这里思念着你。等我回去那一天，我们一定有说不完的话，那时候就算是像现在这样的天气，也没有什么糟糕的，反正我们可以相互依偎着，在西窗下呢喃，可以共剪烛火。一想到能和你团聚，我就觉得无比幸福，即便现在你我相隔万里，也没有什么可怕的，我在这里思念着你，也是另外一种幸福。

风雪夜归人

逢雪宿芙蓉山主人

［唐］刘长卿

日暮苍山远，天寒白屋贫。
柴门闻犬吠，风雪夜归人。

【注释】

逢：遇到。
宿：借宿，暂住。
日暮：指傍晚。
苍：青色的。
白屋：没有修饰过的茅草房，一般是贫穷人家。
夜归人：夜晚回来的人。

傍晚来临的时候，看着远处苍茫的山觉得路途越来越远了，天气也逐渐地变冷，越发显得屋里贫穷。柴门外忽然传来了一阵阵的狗叫声，原来是有人冒着风雪回来了。刘长卿受到诬陷被降罪，幸而监察使明镜高悬，这才从轻发落，只是被贬官，这首诗的写作背景应该是在被贬期间所作的。这是一首诗，同时也是一幅画，作者将一个风雪中的借宿的旅人形象刻画得生动形象。可以很明显地看出这首诗是按照时间顺序描述的，首句“日暮苍山远”写出了旅人也即诗人的内心感受，暮色苍苍，山在远处，其实山未必真的很远，只是在他心中觉得远，那么我们不由得想到诗人一定是已经长途跋涉了许久，所以才有这样的感觉，虽然并未言明诗人的心情，但是我们同样可以推测诗人当时迫切想要找到地方歇息的心情，我们眼前瞬间就浮现了这样一个疲惫的旅人形象。

接下来一句“天寒白屋贫”说明终于找到了可以借宿的地方，我们的视线也随着诗人不断移动，虽然通过诗人的描述，我们了解到主人家中的贫寒，但是在这样苍茫的大雪天中，能找到一个栖息之处，无疑是雪中送炭了。那么接下来诗人一定上前敲了这家门，并顺利地借宿了。原本的大雪天，使得诗人的步伐无法加快，再加上一直没能遇到投宿的地方，眼看前路漫漫，不知何时才能找到休息之处，诗人心中一定非常焦急。好容易发现一户人家，诗人没有先写房屋，而是先描述了天气非常寒冷，想要找一所温暖的屋子是理所应当的，眼前的这户人家是“白屋”，再加上天气的衬托，显得更加贫穷了。前两句的几个字就已经将诗人行路途中的艰难和找到栖息之所借宿的事情描述得很详尽了。

诗人已经借宿至主人家，那么这期间必然也看到了主人家的贫寒，以及两人之间的交谈，可是对于这些东西，诗人都没有描写，长途跋涉的诗人到了此时说不定已经休息了，可是门外忽然传来了狗叫的声音，“柴门闻犬吠”，有人敲响了柴门，也惊醒了门外的狗，这里的“柴门”对应着前文的“白屋”，可是狗叫声又是充满活力的，这一前一后的对比，也使人产生了不一样的感受。“风雪夜归人”这一句不得不让人拍案叫绝，原本是投宿的客人，到了这里却变成了主人，欢迎回来的人，从“风雪”也可以看出外面天气的恶劣，屋子外一定站着一位夹着寒气的人。虽然外面天寒地冻，但是终于回到了家，心里面一定是温暖的，外界的困难的确会让人产生一些消极的情绪，可是不管怎样，苦难总会过去，人的心也会找到栖息之处，到那时必然能雨过天晴。从中也可以看出诗人虽然受贬谪，心中有些难过，但是总体上他还是乐观的，这样的心态也是十分难得的。

这四句诗，单独来看每一句都是一幅画，整篇看也是一幅画，但是前者的画和后者是有关联的，如果说后面的一幅画是完整的画，那么前面的四幅图便是其中的四部分，我们可以由小见大，也可以总览这幅画。最后的这两句话体现了作者“反客为主”的奇思妙想，这就好比平地拔起一座高峰，给人一种回味无穷的感觉。前半部分着重描写客观所见，后半部分重点写诗人的内心感受，可以说是有景有情，外界的寒冷和内心的温暖相对立，句式并不复杂，但留给人的感受却是深刻的。诗中的远近描写也是别具一格的，可见这首诗是经过作者的深思熟虑才完成的，其中也一定是经过深思熟虑的，所以才成就了这首诗。

独自跋山涉水，已经走过了很多地方，眼看着天色已经越来越晚了，可是眼前的山仿佛还在远方，不知何时才能抵达，也不知中途能否遇到人家，可以让我借宿一宿，我的手指和脚都已经很僵硬了，想到自己被贬到这样的地方，心中更觉凄苦。随着夜色更加深重，我心中的希望也越来越小，正当我无助的时候，忽然发现有一座小屋正在前行路上伫立着。我就像是一个在沙漠中旅行许久的旅人，终于看到了一汪清泉，重新燃起希望，很快地来到了房屋前。从外面来看就可以知道这家一定比较贫穷，但是能有住的地方我已经很开心了。上前敲门，跟主人说明了自己的来意，主人很热情地请我进门，关上门后外面的风雪也仿佛被阻隔了。安顿好一切之后，诗人也一定很辛苦，所以就准备躺下休息了，本来应该可以安睡的，但不知是因为身心太过疲惫，还是因为屋子里并不够暖，所以还未入睡。正好在这个时候，屋外有人敲门，同时还伴随着一阵犬吠声。之后不久便听到开门声，原来是主人家人回来了，外面天寒地冻，远行的归人带着一丝寒意进入了家中，随后门一关，只能听到簌簌的落雪声。

燕然未勒归无计

渔家傲·秋思

［宋］范仲淹

塞下秋来风景异，衡阳雁去无留意。四面边声连角起，千嶂里，长烟落日孤城闭。

浊酒一杯家万里，燕然未勒归无计。羌管悠悠霜满地，人不寐，将军白发征夫泪。

【注释】

渔家傲：词牌名，又名“忍辱先人”“游仙关”等。

衡阳雁去：传说秋天大雁从北一直南飞到湖南衡阳便不再南飞了。

边声：边塞特有的诸如风声、号角声等。

千嶂：形容山峰绵亘不绝的样子。

燕然未勒：战争尚未结束，还未建功立业。

羌管悠悠：指声音飘忽。

秋天的边塞之景和其他地方是完全不同的，大雁直接飞去了南方，好像一点也没有留恋的意思。边塞外的呼呼风声、马儿的叫声，还有号角声等交织在一起，从四面八方响起，山峰不断蜿蜒，曲曲折折，远处升起烟雾，夕阳西城门紧紧关闭着。饮下浊酒，不由得想到千里之外的亲人，如今战事未平、功业未立，做回家的打算还早了些。远处传来幽幽的羌笛声，天越来越冷了，风霜弥漫了一地。夜深了，可是将士们都还没有睡觉，将军们的头发已经花白了，征夫们也纷纷落下了眼泪，沾湿了衣裳。

写这首诗的时候，正是北宋和西夏对峙时期，范仲淹是被朝廷派遣到西北战线的，守护西北边境，他义不容辞。通过对边关风景的一系列描写，让人有一种身临其境的感觉，情景交融，有一种苍凉悲壮的意味。首句“塞下秋来风景异”直接指出作者此时身在边塞，而且正值秋季，作者说边塞秋天的风光和其他地方是不同的，那么究竟是哪里不同，和别的地方相比是更好还是更坏，作者却并未告诉我们。开始便向我们抛出这个答案，可是我们却忍不住去思考那些问题，甚至迫不及待地想要知道这一切。接下来一句为写景：“衡阳雁去无留意，”大雁都毫不留恋地飞向南方了，那么这里的真实景色可想而知，大雁作为鸟类都不愿意留在这里了，更别说是人了？可是边塞将士们有他们必须要做的事情，所以他们坚守边塞、保卫国土。

“四面边声连角起，千嶂里”，四面八方传来各种声音，有号角声、胡笳声等边塞乐器所奏响的声音，号角声为主要声音，也就是说号角声响起后，其他声音跟随着响起，还伴随着风声，各种声音交织在一起响彻在边塞上空，这样的声音是单调的、是悲凉的，可同样也是振奋人心的。边塞的山峰连绵不绝，像是一个个屏障伫立在边塞。“长烟落日孤城闭”，边塞荒凉无人，远处烟雾袅袅，夕阳西下，城门紧紧地关闭着。原本是只有声音的无图像画面，出现了这样一幅场景，人的注意力不由得被吸引去，心中也生出了许多感慨，这也是全词中最为著名的句子，其意境是无穷的。

“浊酒一杯家万里”，将士们一边喝着酒，一边思念着家乡，思念着家中的亲人，时间越是晚，思念就越是强烈，这是人之常情。他们想回家，想和家人团聚，可是他们不能这么做，因为“燕然未勒归无计”，战争还未结束，国家尚未稳定，所以没有回家的打算。由此我们也可以看出，将士们不回家不是不愿意回去，而是因为必须留下来，而且他们是自愿这样做的，这既符合当时的情境，也表现出军人对于国家的热爱，只有国家和平稳定了，百姓们才能安居乐业，每一个家庭才能过上平安的日子，他们也能和家人团聚，所以守卫国土是他们义不容辞的事情。“羌管悠悠霜满地”，将士们都懂得要将国家放在第一位的这个道理，只是对于亲人的思念却是无法控制的，幽幽的羌笛声不绝于耳，地上铺了白霜，只怕将士们都是彻夜未眠，本就思乡的心在这一刻情感达到了高峰。“人不寐，将军白发征夫泪”，心中有所牵挂，辗转反侧也终究是难以入睡，年纪大的士兵鬓角头发已经变白了，而年轻一些的则忍不住落下了眼泪。全词虽然有悲凉的情感在，但是这其中也不乏英雄的悲壮气概，有对亲人的思念，也有报效国家的壮志，所以在悲伤中仍然存着希望。

又是一年秋季，大雁似乎是忍受不了这边塞的天气，所以毫不犹豫地飞向了南方，毕竟这里的风景和别处是截然不同的。号角的声音忽地响起，之后还有羌笛的声音，呼呼的风声交织在一起从各个地方钻进人的耳朵中。巍巍高山绵亘不绝，已经到了傍晚时刻，太阳也马上要下山了，落日的余晖映照着紧闭的城门，让人心中不能平静。喝下浊酒，想起了远在千里外的家人，不知他们现在过得怎样。这个时候既没有建功立业，也没有平息战争，短期内就不计划回家的事宜了。已经到了夜里，却怎么也无法入睡，又听到了飘来的羌笛声，更加睡不着了，从窗外望去，地上已经散落了一地白霜。从军年龄已久、白发苍苍的为什么还不能回家共享天伦？年轻的战士为什么泪湿衣裳？

归燕入胡天

使至塞上

［唐］王维

单车欲问边，属国过居延。
征蓬出汉塞，归雁入胡天。
大漠孤烟直，长河落日圆。
萧关逢候骑，都护在燕然。

【注释】

使：出使。

单车：一辆车，形容简装出行。

问边：去边塞查看，指慰问官兵。

征蓬：随风飘散的蓬草。

胡天：指唐军占领的北方的地方。

候骑：主要负责通信和侦察的骑兵。

轻装简行要去边关慰问将士们，路经的属国已经过了居延。我像随风飘散的蓬草一样在奔向边塞，北归的大雁正在天空中盘旋。茫茫沙漠中一缕孤烟直上云霄，黄河边上夕阳正圆。在萧关碰到了侦察兵，他们告诉我都护已经到达燕然了。

唐玄宗开元二十四年，吐蕃攻打唐属国，次年春吐蕃大败，为了慰问将士们，唐玄宗任命王维为河西节度使判官，并命他出使凉州，看似是一件好事，实际上这是将王维排挤出了朝堂，这首诗就是王维在行军途中所作。“单车欲问边”，诗人轻装简行就向边关出发了，从这一点我们可以了解到诗人出发的时候，阵仗并不大，“属国过居延”，这是诗人的目的地，根据当时的背景这是诗人代表天子去慰问将士们，但是由第一句我们发现前后两句是矛盾的，因为慰问三军、体察民情通常来说赏赐都是很多的，但是诗人却说自己是“单车”，那么我们由此产生了两种推测：一是赏赐已经提前送去，诗人是后来出发的；二是赏赐其实并不是很多。很明显第一种可能性更大一些，我们认为诗人只带了几个仆人一起的。

“征蓬出汉塞，归雁入胡天”，本来“征蓬”指随风飘荡的蓬草，可是这里诗人是将自己比作蓬草，在他心里自己被派往边塞其实和蓬草没什么差别，堂堂一个朝廷命官，却用这样的字眼来形容自己，其心中一定是悲愤的。后一句又说自己像北雁一样飞入了胡天，北雁在天空飞翔，既是诗人的亲眼所见，也是诗人的自比，可谓一语双关，他将自己比作“蓬草”、比作“大雁”，这两种都是孤独无依的事物，也写出了诗人内心的漂泊无依。一个朝廷官员，看似风光无限，可实际上自己的前途命运都掌握在别人的手中，即便心中有悲痛、有愤怒，可是除了接受也没有别的办法了。而且从京城至边塞有千万里，路途一定非常艰辛，可是作者什么也没说，只是用了这么几个字就轻轻带过，因为对于诗人而言，身体的劳累远远比不上心里的酸楚，毕竟如果是身体累，只需要足够的时间休养就可以恢复，但是精神上的却很难恢复。

接下来的“大漠孤烟直，长河落日圆”则是王维诗中的千古名句，这两句诗为写景，这也是王维最擅长的部分，此时诗人已经进入边境。展现在他眼前的是一望无际的大漠，漫天黄沙，放眼望去看不到任何花草树木，原本大漠就没有什么风光，这时候一股浓烟就这样出现了，诗人自然而然地将目光转向它，所以将烟称为“孤烟”，这算大漠中唯一的风景了，接下来诗人用了一个“直”字却写出了其坚韧之感，仿佛给死气沉沉的大漠增添了一丝生机。诗人到的时候临近傍晚，当时夕阳很快就要落下了，诗人站在某处，看着落日正好在河水面上，水面被照耀得金光粼粼，这是一幅多么壮丽的画面啊，而且本来夕阳西下给人的感觉通常都是悲伤的，容易产生负面情绪，但是作者用一个“圆”字却弱化了这种感觉，甚至给了人一种苍凉而温暖的感觉。如果说前面的四句是诗人在画卷上的轻描淡写，那么这两句便是在画面正中间增添上了浓墨重彩的一笔，又或者说这两句诗是画龙点睛之笔。王国维在《人间词话》中称赞："'明月照积雪''大江流日夜''中天悬明月''黄河落日圆'，此种境界，可谓千古壮观。求之于词，唯纳兰容若塞上之作，如《长相思》之'夜深千帐灯'，《如梦令》之'万帐穹庐人醉，形影摇摇欲坠'差近之。"也可见诗人高超的艺术描写。"萧关逢候骑，都护在燕然"，已经到了边塞的诗人因为没有见到将官，侦察的骑兵说都护此时正在燕然。

我奉命前往边关慰问将士们，只带着很少的车队和人马就出发了。路过属国过了居延。路上我看到蓬草随风四散，抬头又看见北雁飞翔在天空中，蓬草和北雁是身不由己的，可我又比它们强到哪里？同样是命不由己，我虽是朝廷命官可生死存亡自己无法决定，一样是掌握在别人手里的，我又何尝不是它们？长途跋涉后，我到达了边境，眼前是黄沙漫漫、四处荒凉无人烟，大漠一望无际，我心正茫然，恰好在这时候远处升起了一股浓烟，大漠连一丝风也没有，于是浓烟就这样直直地冲向云霄了，也总算是给沙漠增添了人气。长河蜿蜒不绝，横穿大漠，夕阳西下，落日却无比浑圆，原本孤寂的心也生出了一种温暖，就像是一只温暖的大手正温柔地抚平人身上的伤口。已经进入边塞这么久，却还是没有见到都护，心中正疑惑的时候，恰好有侦察兵过来，告诉我将军他们此刻正在燕然前线。

菊花须插满头归

九日齐山登高

［唐］杜牧

江涵秋影雁初飞，与客携壶上翠微。

尘世难逢开口笑，菊花须插满头归。

但将酩酊酬佳节，不用登临恨落晖。

古往今来只如此，牛山何必独霑衣。

【注释】

翠微：这里指代山的翠微亭。

尘世：出自《庄子》："上寿百岁，中寿八十，下寿六十，除病瘦死丧忧患，其中开口而笑者，一月之中，不过四五日而已矣。"这句话是说人生中欢乐难得，应该放宽心，对于烦恼的事不要太过在意。

菊花：出自典故《艺文类聚》中王弘给陶渊明送酒。

酩（mǐng）酊（dǐng）：喝醉了的样子。

登临：泛指游山玩水。

牛山：出自《晏子春秋》："（齐）景公游于牛山，北邻其国城而流涕曰：'若何滂滂去此而死乎？'。"

霑：一作沾。

秋雁正要往南飞去，江水中倒映着它们的身姿，和朋友一起带上美酒登上翠微亭望远。尘世多烦恼，遇到的开心事比较少，今天看到这满山的菊花，我一定要将头上都插满才可以回去。重阳佳节这么开心的事，我一定要痛饮才能尽兴，登高临水不必因落日余晖而忧愁痛恨。人生短暂，从古到今都是这样，就没有必要像齐景公那样对着牛山流泪了吧？

根据题目可知，这首诗是在重阳节写下的，杜牧在诗中所说的好友，指的是张祜，当时他去拜访杜牧，两人都是怀才不遇的人，又赶上节日，所以在途中杜牧便写下了这首诗。

首句“江涵秋影雁初飞，与客携壶登翠微”便描绘了江南秋天的好风景，虽然只有短短十几个字，但是诗人表达的可远远不止这些。已经到了秋季，江南的山仍然呈现一片青色，也即诗人说的翠微。诗人和好友带着美酒登上了高处。自高处往周围看，眼前的美景让人心情愉悦，大雁正在空中翱翔，远处的山一片青翠，低头望向江水，不管是山还是大雁，都倒映在这清澈的江水之中，前一句中的“涵”字用得极好，将江水比作人，它将这秋日美景都揽入自己的怀中了，有一种独特之美，同时也可以感受到秋日碧空和江水的澄澈，借助诗人的眼，我们看到了这些美景，由此也可以推断诗人的心情必然是很愉悦的。这种登高欣赏美景的节日，对于诗人而言是好的，就算不能完全纾解心中的郁结，至少也能减轻一些。

“尘世难逢开口笑，菊花须插满头归。”看到这样的美景，诗人也忍不住喜笑颜开，再看到漫山盛开着的菊花，觉得自己如果不能把头上插满菊花，就辜负了这美丽的秋色。当诗人正开心地折着菊花的时候，忽然想起尘世中烦心事颇多，遇到开心事能一笑的时候并不多，想到这一点，诗人开始劝诫自己“但将酩酊酬佳节，不用登临恨落晖”，既然人生欢乐难得，就应该豁达一些，不要总把不愉快放在心上，乘着这重阳佳节，我们来一醉方休，既然已经登上高峰，就不要再因为夕阳西下、人生迟暮而感到遗憾了。从这两句中，我们也可以感受到诗人的乐观旷达，他心中自然是有不平、有愤恨的，可是人生总有不顺心，遇到美景就忘却烦恼，好好欣赏这一切。诗人的心态让人觉得他十分豁达，对于不顺心的事情已经看开了，可实际上并不是这样，因为快乐是短暂的，就像昙花一样很快就会消失，而苦闷忧愁则如影随形，可诗人并未继续落寞，而是顺着这话再次劝诫自己："古往今来只如此，牛山何必独霑衣。"诗人想到齐景公牛山坠泪的故事，由此领悟到人生无常，自古以来便是这样的，谁也不能改变，既然是这样自己也不用再伤感了。诗人心中郁结是正常的，他自己遇事不顺，再加上身边的友人，即张祜跟自己是同病相怜的，所以诗人心中有自己有友人，于是这烦恼就更加让人难以平静。诗人想在重阳节借助登高摘花来缓解这种烦恼，也用了道理试图说服自己，只是知道道理是一回事，情感上能否照做又是另一回事，从"但将""不用"和"何必"等词可以感受到作者内心的挣扎，只是能否将这种郁闷的情感转变为积极的情感，我们就不清楚了，但我们不能否认诗人的努力。因此诗人这首诗里，既有对人世无常、壮志难酬的悲愤，同时又有及时行乐的乐观心态，这两种不同的心情交织在一起，共同成就了这首诗。

正是重阳佳节，又有秋日美景作伴，我和友人提了酒前去登高山。到了翠微亭，头上是澄澈的天空，空中飞翔着大雁，远处的山隐隐约约显出一派青色，低头是碧绿的湖水，湖水中倒映着天、倒映着山也倒映着刚刚南飞的大雁。山上到处盛开着菊花，放眼望去是一片黄色，我折下菊花，高兴地插在头上，意识到自己在笑，想起平时烦恼太多，竟然很少会笑，刚好乘着这个机会，不把自己的头上插满菊花我是不会回去的。痛快喝酒来感谢这个节日，感谢迷人的景色，就算已经是夕阳西下了，也不必要感慨时光易逝。仔细想想，自古以来谁的人生不是短暂的？既然如此又何必像齐景公那样对着牛山流泪呢？人生如此短暂，不如及时行乐、快意人生。

飞花令里品诗词
来

来从楚国游

渡荆门送别

［唐］李白

渡远荆门外，来从楚国游。
山随平野尽，江入大荒流。
月下飞天镜，云生结海楼。
仍怜故乡水，万里送行舟。

【注释】

远：远自。
大荒：无边无际的平原。
下：移下。
海楼：即海市蜃楼。
仍：依然的意思。
怜：怜爱，疼惜。

我坐船过江到达遥远的荆门外，来到战国时的楚国境内游览。随着低平的原野出现在视线中，山也慢慢消失了。平原一望无际，长江在其中奔流不息。月亮的影子倒映在湖水中，像是一面大镜子，云层汇聚在一起形成了海市蜃楼的奇观。我还是怜爱来自故乡的水和小舟，即便相隔万里还是要送我。

这是李白出蜀时所作的一首诗，“渡远荆门外，来从楚国游”描绘的是这次旅程。这个时候诗人正值青年，乘坐小舟沿路观赏风景，原本诗人一直欣赏着崇山峻岭，之后景色逐渐发生了变化，到了荆门的时候，眼前所见已然是另一番天地：“山随平野尽，江入大荒流。”起伏的山岭已经逐渐变成了平原，宽广的长江奔腾在平原大地，短短十个字，却描绘了四种不同景象。而且这样写的时候，诗人的视线是不断变化的，实际上变化的地点，就像是一幅大气磅礴的山水图缓缓展现在我们眼前：原本是巍巍山脉，后来山慢慢变低，平原一点一点出现，最后前者完全消失；而江水冲击着平原，给人一种力量感，也引起了世人内心的壮志豪情。诗人用“随”字把山脉和平野连接在了一起；用“入”把长江和荒原联系在了一起，连接处丝毫没有突兀感，且这两句刻画逼真，因此成为脍炙人口的名句。因此前两句是远景描写，这后面两句则是近景描写。“月下飞天镜，云生结海楼。”这两句是说河面上倒映着月亮的影子，仿佛一面从天而降的巨大镜子，云彩则凝聚在一起，幻化出了海市蜃楼。而且这两句的时间点是不一样的，前者是在夜晚看到的，是月夜俯视，后一句则是白日所见，是白昼仰视，但不管是哪个时间点，这样的情形无疑都是美丽异常的。同时也从侧面说明了诗人行船时间之久，为下文的“万里送行舟”埋下了伏笔。最后一句“仍怜故乡水，万里送行舟”这两句运用拟人手法，其实是自己舍不得离开故乡，但是偏要说是故乡的水和小舟舍不得自己，就算自己去往遥远的地方，还是要送自己一程，足以体现诗人对于故乡的依依不舍之情。这两句意境悠远，故乡的水和舟都要相送，具有浓重的离别意味，给人的思考却是无穷的，这结尾句也具有很高的艺术价值，是不可忽视的。全诗虽然为五言律诗，但其语言壮丽，气势宏大，可以说内容丰富，包罗万象，具有很高的概括性。

我乘船从荆门巴蜀出发，经过了三峡，要前往荆门外，沿途是连绵起伏的山脉，对着蓝天碧水，我的心情无比快乐。随着小舟的不断行驶，眼前的山脉越来越低，平原随之慢慢出现，直到最后完全展现在我的眼前；一望无际的平原上，奔腾着长江水，我心中不由得生出一种豪情万丈的感觉。到了晚上的时候，月亮正皎洁地挂在天空中，低头发现，江水中倒映着月影，在水面上闪闪发亮，就像是一块巨大的镜子自天上飞入江中，就这样我欣赏着月色睡着了。早上醒来的时候，天空中的云彩都汇聚到了一起，在阳光的照耀下，形成了美丽而多彩的云霞，映衬着蓝蓝的天空，好看异常，让人移不开眼。虽然我已经离开故乡万里了，可故乡的水和小舟也送了我一路，它们一定非常舍不得我，不愿意我离开，这样的深情厚谊我又怎么会不明白，其实我心中何尝舍得离开家乡，只是我已经到达地方了，不需要再送我了，而且，总有一天我一定会再次回到这里的。

人来鸟不惊

画

［唐］王维

远看山有色，近听水无声。

春去花还在，人来鸟不惊。

【注释】

画：指诗人赏画而作的诗，故将其作为题目。

色：颜色，也可以理解为景色。

去：逝去，离开。

惊：惊动。

远远看过去，高山颜色明亮，可是走近了却听不到水流动的声音。虽然春天已经过去，但是仍然有许多花在争奇斗艳，人走到近处，鸟却没有被惊动。

苏轼曾高度评价王维的诗，说他的诗是“诗中有画，画中有诗”，这一首诗自然也不例外，这是一首欣赏画而作的诗。“远看山有色”，远处的山有色，这便是好山，那么什么样的山叫有色呢？清秀俊朗是色，寒色是色，巍巍挺拔也是色，只不过这些色有所不同罢了，有的是色，有的是绝色，还有佳色等，至于究竟是哪种色其实并不重要，重要的是要有色，俗话说“距离产生美”，山离人很远，所以产生的色是模糊不清的，但这并不影响人们对它的向往，正是因为看不清所以才让人产生了无限的遐想，觉得山有绝美的风光。这一句显然是静景描写，这一句非静心之人不能体会，换句话说如果水平有限，那么只读了这一句便觉得这首诗平淡无奇，于是就放弃了下面的句子，这也自然筛选出了那些不懂得欣赏的人，而这些人往往是那些内心浮躁、性格急切的人，他们放弃了这首诗，就等于是放弃了追求这首诗的美，这是他们的一大损失。这里要求人心静如水才能体会到其中之美，否则这美就会被误会、被无视，人虽然心静如水，可这水不是死水，而是活水。

“近听水无声”，水是流动的，自然是动景，可诗人却说水是“无声的”，这是否有些矛盾？当然不是，对于动和静的描写，诗人始终把握得游刃有余，水声，是我们心中的水声，前面已经说了这水是活水，既然是活水，自然是流动的水，也就是有声音的。

而诗人说的“无声”是说这幅画中的水，画是死的，水自然也是死的，可这只是表面现象，当我们观赏这幅画的时候，我们心中的活水和这幅画中“无声的水”发生了一些奇妙的反应，产生了一种独特的天籁之音，王羲之笔下的“在山阴道上行，如在镜中游”也是这种天籁之音。这种声音必须用心才能体会到，而且是无法用语言来描述的，只能意会，不可言传。

“春去花还在，人来鸟不惊”，现实中的花儿虽然美丽，但是其生命往往短暂，美好过后便是枯萎，可这画中的花不一样，它们在最美的年华中开放，而且能一直保持着这样的姿态，让自己的生命在这有限的时间中显示出无限的生命，它们开得那样好，好像用自己全部的生命绽放出这最美的一刻，等到它们的生命结束的时候，也不会后悔曾经这样热烈地燃烧过。花儿永远年轻娇艳，因为它们身在画中，可这画中的花也是春天将要过去时候的花，这样的美也是马上要消散的。画中的鸟当然不会动，人靠近它的时候，它仿佛懵懂的孩童，不知岁月已逝、青春已尽，让人为之伤感。

这幅画似乎寓意着一种可望而不可即的梦想，就像是“水中月、镜中花”，只有当我们的内心完全宁静下来的时候才能想起来的梦想，不可触，也是事实，诗人带着淡淡的忧思去寻找可以寄托感情的事物。人走了，花败了，鸟不惊，这些都告诉我们：世间并没有永恒的美丽，一切美丽的东西到最后都会成为幻影，没有什么是一成不变、永不消散的。由一幅画，诗人心中联想到这些道理，可见对画观察仔细，而且进行了有深度的思考。这首诗虽然读的时候感觉好像很多地方都违背了自然规律，但是这正是王维构思的巧妙之处，他于暗中设置谜题，却突出了画的特点，我们虽然未曾见画，但是这幅画却已经出现在我们的脑海中了。

偶然寻得一幅画，今日得空便静静欣赏这幅画。远远望去，这幅画中的山是模糊的，但是画上的景色却比较清晰，正是因为远山，所以才有了美感，看到了画中的景色，看着画，我的内心无比宁静。走到近处，细细观赏，发现这幅画上还有流水，看到流水我的脑海中便不自觉地想到自己曾经看过的山水，那些水流的声音，我至今还记得，只是这幅画上的水是没有声音的，我脑海中的水声和画中的水声交织在一起，我心中产生了一种别样的感觉，那是一种无法言说的美感。春天过去了，许多花儿已经凋谢了，也有一部分花仍然固执地守在树上，不肯飘落，可即便如此，春天的花也无法生长到夏天啊，它们最终还是要凋谢的。这幅画中的花，正是春天马上过去的时候画的，不信你看，这些花正努力地发挥着自己的最后一份美丽，很快它们就会凋谢了。树上的鸟，人还没有靠近，它便受惊飞走了，可是这画上的鸟不会飞，人走到它旁边，它也不会动，它自然不明白韶华易逝、红颜易老啊。哪里有永垂不朽的美？我想了想，还是不肯放弃，我会尽力去寻找这个答案的。

燕子来时新社

破阵子·春景

［宋］晏殊

燕子来时新社，梨花落后清明。池上碧苔三四点，叶底黄鹂一两声。日长飞絮轻。

巧笑东邻女伴，采桑径里逢迎。疑怪昨宵春梦好，元是今朝斗草赢。笑从双脸生。

【注释】

新社：古代祭祀土地神仙的日子，目的是祈求丰收。

碧苔：即绿色的青苔。

巧笑：指少女美好的笑容。

逢迎：相逢的意思。

疑怪：本意为奇怪，这里的意思是难怪。

斗草：又称“斗百草”，是古代女性的一种游戏。

燕子飞来的时候正好是社祭，梨花落后就是清明时节。水池中的水上漂浮着几片碧苔，树上的黄鹂正在婉转地鸣叫着，到处都飘浮着柳絮。去采桑的路上碰到了嬉笑的东邻女伴。正疑惑她为什么这么开心，想着她是不是昨晚做了个好梦，原来是今天早上斗草赢了啊，两颊又泛起了笑容。

在古代，每年春秋的时候，人们都会祭祀土地神，一年一共两次，这两次分别被称作春社和秋社，其中春社更加受到重视，每逢这个时候，人们都聚集在一起，好不热闹，而且在社日和清明时节，古代女子可以休息一整天，不用劳作，而且可以参加一些诸如斗草、踏青或是荡秋千等的简单游戏，这首词描绘的就是春社时的情景。词人通过一个生活片段，展示了少女们的青春和活力，全词充满着欢乐的气氛，让人体会到春天的生机勃勃。词的上片以景入手，“燕子来时新社，梨花落后清明”这两句点明了写词的时间为清明时节，而且季节和景物之间是存在一定联系的。通常认为燕子飞来的时候是社日，因此燕子又被称为社燕，它春天飞来，秋天离开，所以又说春社来，秋社去，由此可见诗人在这里所说的新社为“春社”。按照民族“花历”又分为二十四番花信风，从小寒到谷雨，每五日为一花信，春分时节的花信有三种，分别是海棠花、梨花和木兰花，而梨花凋谢后也就到清明节了，所以有了这前两句话。“池上碧苔三四点，叶底黄鹂一两声，日长飞絮轻”，词人开始描写具体景物，他看到池塘中点缀着青苔，听到树林深处黄鹂的叫声，空气中飘飞着柳絮。下片词人开始写人，词人正欣赏着暮春的景色，走到桑田小路上，看到了两位女伴在采桑路上恰好遇到了，两人笑眯眯地说笑着，于是有了“巧笑东邻女伴，采桑径里逢迎”，词人运用了白描的手法，却用“巧笑”二字，将少女的神态和心理刻画得非常详尽，就像是摄影中的抓拍，恰好捕捉到了那一瞬间的美。其中一人问另一人:“你这是昨天夜里做了什么美梦吗，看起来这么开心?”另一人则回答:“哪里有什么美梦，我开心是因为刚才和别人斗草赢了呢!”“疑怪昨宵春梦好，原是今朝斗草赢。”这两位少女无疑是诗人镜头下的主角，那么她们之间发生的事情，自然也是需要描绘的，于是便有了这样的描写。最后一句“笑从双脸生”又是一句特写，本就赢了斗草的女子说起这件事来，更加开心了，于是两个脸颊都是止不住的笑意，让人对其内心的高兴有感同身受的感觉。

看到燕子飞来恍然发现原来春社已经到来了，梨花也慢慢掉落了，预示着清明节来了。我看见春池水中漂浮着一些青苔，翠绿的颜色正好装点了这池水；林间树荫下，黄鹂鸟在叽叽喳喳地叫着，声音很是悦耳；天气渐渐变暖了，柳絮也迫不及待地表现自己，到处都能见到它的身影。这样的好节日，少女们自然也放下了手中的针线活，三三两两地约着游戏去了。采桑路上两位少女相遇了，其中一人看起来特别高兴，另一个人就打趣说是不是做好梦了，那个人说自己早上刚赢了斗草，怪不得那么高兴，说起自己赢了的这件事，那个少女的脸颊上又忍不住浮现笑意。

山雨欲来风满楼

咸阳城东楼

［唐］许浑

一上高城万里愁，蒹葭杨柳似汀洲。
溪云初起日沉阁，山雨欲来风满楼。
鸟下绿芜秦苑夕，蝉鸣黄叶汉宫秋。
行人莫问当年事，故国东来渭水流。

【注释】

蒹葭：泛指芦苇。
汀州：水边平坦的沙洲。
溪云：这句下诗人标注："南近磻溪，西对慈福寺阁。"
当年：又作"前朝。"
故国东来渭水流：又作"渭水寒声昼夜流。"

登上高楼，凭栏眺望，生出了许多愁绪，眼前的芦苇，和南汀州的非常相似。夕阳已经沉到阁楼后面了，乌云刚刚浮到溪水上，凛冽的风声已经刮满了阁楼的每个地方，眼看就要下雨了。鸟儿飞入秦汉宫苑里，秋蝉在枯黄的叶子里鸣叫。来往的人不要去打听过去的事情，只有渭水还像以前那样不断流淌。

在一个秋日的傍晚，诗人登上咸阳古城楼，当时的大唐已经处于风雨飘摇的动荡时期，诗人登高望远，眼前的景色让他感慨万分，因此写下了这首诗。诗句首联中的“高楼”指的是咸阳城西楼，而咸阳的旧址就在西安市西北，汉代的时候被称为长安，秦朝和汉朝就定都在这里。诗人首句以景入手，句中的“蒹葭”，在《诗经·国风·秦风·蒹葭》中，又常常表达了个人的心情；“汀州”在这里借代的是诗人的故乡——江南。诗人远离家乡，刚刚登上高楼，望向远方，看到远处的蒹葭、杨柳，瞬间想起了自己的家乡，心中不禁愁上心头。“一上”表明了诗人的情感是瞬间迸发出来的，足以看出时间之短，“万里”则展现出空间之大，而“愁”字更是直接奠定了全诗的基调。看到了和家乡相似的风景，难免触景生情，想到自己的家乡，这“万里愁”就从思乡开始了。“蒹葭”和“杨柳”一般都和人们的分别有关系，读到第一句的时候，就让人有低沉的感觉。

颔联“溪云初起日沉阁，山雨欲来风满楼”，诗人在傍晚的时候登上了高楼，目之所及一片苍茫景象，远处的夕阳正缓缓落下，映衬着慈福寺的影子，好像是落在了寺中。当诗人正在欣赏这落日之景的时候，忽然刮起了一阵凉风，天地之间忽然变换了景象，一阵冷意袭来，西楼也被笼罩在这凉风之中，眼看就要面临一场山雨了。这一句描写的不只是诗人的所思所想，同时也暗指了当时摇摇欲坠、危机四伏的局势。诗人巧妙的将“云”、“日”、“雨”、“风”四个字用在一起，寥寥几笔就勾画出了一种和首联完全不同的景象。“山雨欲来风满楼”更像是一种意境，让人不自觉产生一种“形势紧迫”、“迫在眉睫”的紧张感，使人有种身临其境的感觉，也仿佛逼人尽快做出决定：是迎难而上，还是知难而退？细腻的景物描写，使得我们可以根据生活经验，推测出眼前的景象是风雨来临的前兆，心情也会有所改变。这让前一句的思乡之愁，转变到了眼前即将出现的另一种愁。这一句也时常被后人引用，表现了暴风雨来临的前兆或是当前形势的紧迫等，成为了不朽的名句。

颈联“鸟下绿芜秦苑夕，蝉鸣黄叶汉宫秋”是虚实结合的表达：雨势已经迫在眉睫了，鸟儿自然也感受到了这种危险的信号，于是慌张逃进遍地绿芜秦汉宫苑，秋蝉也缩到黄叶里了，这是诗人看到的景象，是真实存在的。“秦苑”、“汉宫”早就已经不存在了，原本的两朝都城，现在却变成了荒草丛生，遍地黄叶的荒凉景象，这是诗人看到的，而这又使诗人想到，朝代的更迭、世事的变迁，只剩下这些凄凉的宫苑和虫鸟，它们不懂这些，依然存在着，这是虚景，虫鸟不懂人心，不解世事，可人记得，当年的盛世，现在还是变成了眼前这一副荒凉的景象。由眼前的荒凉景象，想象到过去的辉煌，实景和虚景对比之下，更显凄凉，至此，诗人的吊古形象已经跃然纸上。

尾联的“行人莫问当年事，故国东来渭水流”，更是将自己的感情寄予在了景物之中，“行人”本身的意思是过客，这里指的是古往今来的游子，当然，也包括诗人自己。本诗的最后诗人说道：来往的游子啊，还是不要过问当年的秦汉兴亡事了吧！我从东边来到这里，当时的宫殿早就不复存在了，就遗址都找不到了，只剩下渭水还像过去那样不断的流淌着。这里的“莫问”并不是劝诫的意思，而是诗人自己的思索和感慨，根据诗人笔下的这些景物里，我们也能感受到历史的沉重，世事的无常，而“流”字又有一种无可奈何的感觉，是一种深深的无力感。最后一句的渭水东流，其实包含了诗人深深的忧愁，委婉的表达了对于古今变化的感慨，让人有伤感之情。一般的思乡诗或者怀古诗的情感都是单一的，而诗人将“思乡”和“吊古”两种情感巧妙的融合在了这一首诗中，使得这首诗感情更加的丰富，其意境也就更加的高远了。

金陵子弟来相送

金陵酒肆留别

［唐］李白

风吹柳花满店香，吴姬压酒唤客尝。

金陵子弟来相送，欲行不行各尽觞。

请君试问东流水，别意与之谁短长。

【注释】

柳花：即柳絮。

吴姬：金陵属于吴地，所以当地的女子被称为“吴姬”，这里指酒店中的侍女。

压酒：古代新酿的酒需要引用的时候，才压槽取出。

子弟：这里的意思是诗人的朋友。

尽殇：饮尽杯中的酒。

试问：一作“问取”，问一问的意思。

风吹柳絮，满屋子里弥漫着香味，侍女捧出美酒邀我品尝。金陵城年轻的朋友都来送我，将走未走的时候，饮了一杯又一杯的酒。请你问问这东流的水，究竟是它长还是离别的情意更长？

李白在金陵城都逗留了大半年后，准备出蜀去往扬州，离别之时，朋友都为他饯行，于是李白写下了这首诗，感谢朋友们的相送。“风吹柳花满店香，吴姬压酒劝客尝”，微风吹动着柳树，柳絮四处纷飞，酒肆中到处都是香味，侍女捧出新压的美酒请我细细品尝，首句指出了地点在“金陵”，这个地方隶属江南，“柳花”则说明时间是暮春，说明朋友们是在这家店中为李白送行的，这交代了事件的起因。诗人说自己走进店中，便感到芳香四溢，柳絮原本是没有味道的，可诗人偏说其是香的，其实这是诗人故意为之，其实自然界中的任何植物本身都有自己的气息，即它们有香味，只是有的香味比较浓，如花香；而有的则比较清淡，如柳絮。而且这个香除了指柳絮的香味，还有之后的酒香，所以这里的“满店香”不是单指一种香味。酒店侍女满面笑容，一边压酒，一边还殷勤地招呼着客人。身处在这样的环境中，诗人的心情自然很愉快。而且读这两句很容易让人的味觉、视觉以及听觉都调动起来，仿佛和诗人置身于同一个背景中，让人忍不住为之沉醉。“金陵子弟来相送，欲行不行各尽觞”，金陵的一群年轻人都来到店中，为诗人送行，李白性格爽朗，喜欢交朋友，他之后在《上安州裴长史书》中写下：“曩昔东游维扬，不逾一年，散金三十余万，有落魄公子，悉皆济之。此则白之轻财好施也，”可见李白当时既仗义，又富有，这样的人自然是不缺朋友的。诗人将要离开，朋友送行，有人斟酒，诗人就陪着喝，本就是年轻人，心中自有豪情万丈，对于分别也不会有太多伤感之意，两方人各自饮尽杯中的酒，一切要说的话，便都在这酒中了。这是事情的经过。只是再美的酒也早晚要停杯，一番畅饮后自然是要分别的，于是诗人在最后写下意料之中的结局“请君试问东流水，别意与之谁短长”，直到真正要说再见的时候，心中的离别伤感之意才彻底涌上心头。感情是一种看不见、摸不着的抽象的事物，而江水却是实实在在存在着的事物，诗人将这两种事物放在一起，问出了：“长江水和我们之间的离别情意，哪种更加绵长呢?”诗人十分擅长这样的描写，例如他在《赠汪伦》中也写过“桃花潭水深千尺，不及汪伦送我情”这样的句子。而且最后的描写，也符合李白的豪放、浪漫的风格。

在金陵已经待了许久，我准备离开这里去往扬州了。正是暮春时节，和风吹起了柳絮，空气中弥漫着淡淡香味，进入店中更是香满四溢，只是这香味中多了酒香，店中的侍女招呼我先坐，说话的时候她去压酒了。没过一会儿，我的朋友们都到了这家酒店，他们因为我要离开了，所以专程选在这里为我饯行。我们一边说笑，一边品尝着美酒，不管是我还是他们，都开怀畅饮。到了离别的时候，我心中才涌起了一些感慨，舍不得这些朋友，不知道是我们之间离别的情意长一些还是绵绵不断的江水更长一些?

惟有幽人自来去

夜归鹿门山歌

［唐］孟浩然

山寺钟鸣昼已昏，渔梁渡头争渡喧。
人随沙岸向江村，余亦乘舟归鹿门。
鹿门月照开烟树，忽到庞公栖隐处。
岩扉松径长寂寥，惟有幽人自来去。

【注释】

昼已昏：已经到黄昏时刻了。

开烟树：原本被烟雾缭绕着的树，随着月光的出现渐渐看清了原来的样子。

庞公：即庞德公，隐居在鹿门山，荆州刺史想请他做官，他带着妻子去鹿门采药，然后便再也没有回来过。

岩扉：山岩相对着，就像门一样。

幽人：隐居者。

眼看就要黄昏了，山间寺庙中的钟声响起来了，渔梁渡口许多人纷纷要渡河归家，渡口上人来人往，喧嚣不停。行人们都沿着沙岸向着江村走去，我也坐着小船回到了鹿门。月光静静地笼罩着鹿门山，原本烟雾缭绕的山和树也渐渐地显出了它们的本来面貌。不知怎的，就到了庞公隐居的地方了。相对如门的山岩、静谧的松间小路，只有隐居者于这天地之间浑然一体，来去自如。

孟浩然早年的时候，就在鹿门山隐居过一段时间，后来他游历过一些国家，不惑之年的时候又去长安谋职，只是并不顺利，之后又过上了隐居的生活。这首诗便是作者在仕途不顺隐居后所作的。

"山寺钟鸣昼已昏，渔梁渡头争渡喧"，首句写了作者的所见所感，前半句写的是静谧之景，而后半句则是动静描写。"昼已昏"则点出了当时的时间是黄昏的时候，作者这时候看到天色已晚，夕阳快要全部落下了，山间的寺庙中传来了敲钟的响声，由此我们可以知晓当时的环境是比较安静的，也正是因为环境的原因，所以注意到了山间的钟声，这是诗人的所听。接下来诗人将目光望向不远处，看到了渔梁渡口的喧闹景象，因为天色不早了，所以人们都急着回家，由于只能通过坐船往返，自然渡口就聚集了许多的人，这是作者的所见，前后两个截然不同的场景都是作者的所见所闻。“人随沙岸向江村，余亦乘舟归鹿门”，前面说人们都各自坐船归家，接下来就是人们到了对岸，往江村也就是自己的家去了，而与此不同的是诗人自己是坐船回鹿门的，两种不同的方向，也意味着两种不同的人生。到了鹿门山，这里的景色不一样了，月亮不知何时爬上了天空，原本树木是被雾霭笼罩着看不清本来的样子，但是月亮的光辉一出现，这些树木却慢慢变得清晰可见了，而作者也在不知不觉间走到了庞公隐居的地方。“鹿门月照开烟树，忽到庞公栖隐处”一个“忽”字说明了作者在登鹿门山时候的忘我，因为被这自然风光所吸引，所以才没有注意到身边事物的变换，等到自己察觉的时候周围已经变化了。而且在这句诗里，诗人引用了“庞公隐居”的典故，间接地表达了作者对于庞公隐居的向往，同时也为下文的诗人自比幽人做了铺垫。诗的最后一句“岩扉松径长寂寥，惟有幽人自来去”，诗人仿佛已经看破这纷纷扰扰的俗世，所以想效仿庞公，过上隐居生活，毕竟鹿门山这里山石奇特，林间小径静谧、有趣，小径两边是松柏树，这样安逸的地方怎么能不让人喜欢。这里的“幽人”可以理解为两层意思，一层意思指“庞公”，另一层指诗人自己，这样幽静的地方仿佛被人遗忘了，这里的人非常少，也正是因为如此，所以作者在小径中漫步，才有一种天地之间唯有自己和周围的美景相伴的闲适之感。纵观全诗，第一句中的“钟鸣”和“渡喧”为两种场景，而且这两种场景都给人留下了深刻的印象，可以引申为心中有禅的作者和俗世的喧嚣的直接对比；第二句中的“人随向江村”和“余乘舟”，其他人的纷纷归家和作者乘船去鹿门场景是不同的，在这一组对比中我们感受到作者对于名利的淡泊。接下来作者进入了物我合一的境界，因为被自然风光所吸引，所以才会在不经意间走到了庞公隐居的地方。诗的最后一句写诗人的内心感受。

在外面的时候时间过得总是很快，转眼间就到了黄昏时刻了。我听到不远处的山寺里传来报时的钟鸣声，而这个声音仿佛惊醒了正沉醉在风景中的人们，他们发现自己该回家了，于是簇拥着走向了渔梁渡口，不用说渡口都是等待回家的人，此时想要回家的心是一样的，这其中自然少不了有一些讨价还价、先来后到，还有人的说话声音，其吵闹情形我远远就看到了。过了一段时间后，总算都坐上了船，下了船人们都沿着沙岸往自己的家中走去，我也乘着船回到了鹿门。一路攀爬欣赏着鹿门山的景色，越往上走我发现树木变得越清晰了，原来不知何时，月亮爬上了夜空，它一出来烟雾慢慢消散，树木就这样完全地展示在了我眼前。没走多久竟然又有了意外的发现：一个不起眼的地方却有一座旧一些的小房子，这让我不禁想到庞公就是在此隐居的，看来我这是走到他居住的地方了。不远处生长着松柏树，往前行是静谧小径，漫步在这样幽静的地方，很容易让人忘却世俗的烦恼，听着远处的鸟叫声、闻着松柏的清香还欣赏着美丽的风光，没有世俗的困扰，在这里可以过上与世无争、安逸的生活了。

不尽长江滚滚来

登高

［唐］杜甫

风急天高猿啸哀，渚清沙白鸟飞回。
无边落木萧萧下，不尽长江滚滚来。
万里悲秋常作客，百年多病独登台。
艰难苦恨繁霜鬓，潦倒新停浊酒杯。

【注释】

啸哀：形容叫声凄厉。

渚：水中的小块陆地或小洲。

回：回旋。

万里：这里指的是故乡。

百年：一生，这里是说晚年。

新停：刚刚戒酒。

风急天高，猿猴的叫声显得非常悲哀，水清沙白的河洲上鸟儿正在飞来飞去。无边无际的树木上正飘下叶子，无边无际的长江水奔腾而来。对着万里秋景，感慨自己在异乡漂泊多年，一年到头疾病无数，我在今天登上了高台。已经历尽千难万险，两鬓早已斑白，满心失意，却停下了浇愁的酒。

这首诗整体上给人一种悲凉、萧条的感觉，诗人寓情于景，把自己的飘零和雄心壮志难以实现都融入在了这悲凉的秋景之中，让人有一种一发不可收拾的悲伤感觉，这也符合杜甫一直以来沉郁顿挫的风格。“风急天高猿啸哀，渚清沙白鸟飞回”，这首诗起句和其他诗一样，都是先写景物，渲染气氛，而且这两句都是动静结合句，一个“哀”字，就奠定了悲凉的气氛，让人读到此处，心中就不自觉地产生一种难以控制的忧伤情境中，风声呼呼，高高的天空中，传来令人悲伤的猿猴叫声。面对这样的情形，诗人心中满心愁苦无处释放，只好借助景物来帮助自己，在“沙白”的背景下，鸟儿飞来飞去，在“渚清”这样荒无人烟的地方，还有鸟在飞，可见其是非常孤独的，这和曹操在《短歌行》中的“绕树三匝，何枝可依”有异曲同工之妙。如果把这前两句看成一幅水墨画的话，那么这幅画显然是用冷色调来着笔的，而且是从微观上来说的。

“无边落木萧萧下，不尽长江滚滚来”，诗人用自己的眼睛告诉了我们他所处的地方的秋天是这样的景色：抬头眺望远方，看到了无边无际的萧萧树叶，低头俯视长江，是滚滚而来的江水，这一句既有写景，又有抒情。诗人用“萧萧”和“滚滚”将树木和长江刻画得更加细致，前者的窸窣之声和后者的奔腾之感，都在不经意间传达了一种年华易逝的悲凉和壮志难酬的伤感、无奈之情，这两句出神入化的描写，成为这首诗中最为著名的一句。

颈联中“万里悲秋常作客，百年多病独登台”，原本“悲秋”就已经足够让人伤心了，诗人却还觉得不够，于是写出了“万里悲秋”这样的句子，让人彻底被悲怆情绪所包围，只这一次便足够痛苦了，对于诗人而言，这种情绪却是“常作客”，让人不禁悲从中来，不知该如何减轻这种悲怆，这样一来，诗人的悲秋感觉更加深重了。于是诗人想通过登高来减轻，身在异乡，只有自己陪伴自己，这是多么孤寂，再加上荒凉的秋色，这种沉痛之感至此达到了一个极高点。诗人由眼前秋色想到了自己，想起自己年老多病，在这异乡又无人陪伴，只能独自拖着残破的身躯登上高处，这其中的辛酸可想而知，而此时我们的眼前也不由得浮现出一个佝偻着身体的老人，步履蹒跚地登上高楼的情形。

结尾“艰难苦恨繁霜鬓，潦倒新停浊酒杯”中的“艰难”和“苦恨”交织在一起，使人内心的愁苦达到了一个顶峰，只怕再有什么风吹草动，他就支持不住了，心中郁结，所以白发越来越多，诗人已经失去了时间，身体也越来越差了，可壮志还没有完成，为了能继续，所以只好停止喝酒，再也不能借酒消愁了。这首诗的前半部分主要写景，后半部分主要为抒情，但这只是大体上来划分的，毕竟前面写景中也有抒情成分存在，诗人首先着重刻画了景物，不需要我们再来描绘了；接下来描写了秋季气氛，需要我们根据这个感觉自行补充；再次开始抒发自己的感情，写自己漂泊异乡的孤寂，写自己多病的痛苦；最后指出自己之所以如此痛苦、壮志难酬正是因为世事艰难，全诗读完后，我们眼前便不自觉地浮现出了一位忧国伤时的老人形象。

秋季的风猛烈地刮着，天空中传来猿猴凄厉的叫声，鸟儿在一片萧瑟的背景中于“渚清”上来回盘旋，它们是如此可怜，孤苦无依。我抬头看到了萧萧黄叶正从树上缓缓飘落，低头看见长江之水奔腾而过。我不禁想到自己年轻的时候，那个时候仿佛还在前几天，怎么转眼我就老了？我还未完成报国大业，怎么就老了？我想念着家乡，看着这满目萧条的秋景，心中悲痛万分，惆怅难书。自从晚年之后，我的身体时常生病，如今在这么个异乡，我也只能独自蹒跚着登到这高处了。我历尽了艰难，身体也病了，年纪也大了，头发也白了，好时光一去不复还了，以往还能借酒消愁，可现在身体生着病，为了早日恢复健康，我也只能把酒戒了，可是我心中的悲苦、愤恨又该如何排解呢？